中国文学图像关系史 明代卷 下

总主编 赵宪章 副总主编 许结 沈卫威

本卷主编 周群 本卷副主编 张玉勤 杨森 冯韵

江苏凤凰教育出版社
Phoenix Education Publishing, Ltd

"十三五"国家重点出版物出版规划项目
2020年国家出版基金资助项目
南京大学"985"工程重点项目
北京大学人文社会科学研究院支持项目

第十章 《西游记》与图像①

　　《西游记》在中国古典小说中占据重要的位置，为中国四大名著之一。其插图在中国美术史上亦占据无可取代的位置，"西游"故事已成为中国文学和艺术的"母题"，两者在历史的长河中曾长期并行发展并相互交织。"西游"故事从一个真实的历史创举发展到一部伟大的神魔小说，其间，《大唐大慈恩寺三藏法师传》《大唐三藏取经诗话》《永乐大典》中"梦斩泾河龙"的故事、《朴通事谚解》中转引的"西游记"故事、杂剧《西游记》以及民间口传艺术《江淮神书》等，虽只是沧海一粟，却粗线条地向我们展示了"西游"故事不断演进的历史。"西游"美术题材作品更是遍布于壁画、绘画、雕塑、瓷器、门窗镂空雕刻等古代遗存之上，特别是玄奘取经图，《唐僧取经图册》，榆林窟、千佛洞、张掖大佛寺、程山青龙寺的唐僧取经壁画，现藏于河北省文物研究所的"白地黑花山水人物图长方形枕"和现藏于广东省博物馆的"唐僧取经瓷枕"等，虽作者不可考，但创作年代大多处于小说足本世德堂本形成之前，以视觉图像呈现于世，不仅表明"西游"故事流传之广，深受人民喜爱，同时，也让后人看到了故事流传过程中的人物形象和情节演变。

　　从小说插图而言，世德堂本《西游记》插图形成于中国古代版画"光芒万丈"的万历年间；李评本《西游记》插图则是中国版画杰出代表徽派刻工的佳作，是明代《西游记》插图的经典；闽南三本：阳至和本、朱鼎臣本、杨闽斋本，虽然仅后者有时间可考，但插图以图像证史的方式向世人传递了三者之间的"家族相似性"以及传承关系。清代刊本中，虽然点评者的兴趣点集中在"唐僧传"和以金丹大道诠释"西游"，但并没有妨碍插图的发展，真诠本、稀世绣像本、证道书本、原旨本、新说本等，以手法各异的方式向我们展示了幽艳恢奇的"西游"故事。随着石印技术传入中国，形成了插图印刷精美的新说本，从而出现一时洛阳纸贵的情形。初编刊于日本文化三年（1806）的《绘本西游记》，则呈现出异域他国的艺术风格，是一部经典之作。

第一节　现存插图本《西游记》情况概述

　　首先对学界关于插图本《西游记》作品整理、文献研究的工作成果加以述评，检

① 本章为教育部人文社会科学研究项目"明清刊本《西游记》'语—图'互文性研究"（14YJC751044）中期研究成果。本章还是国家社科基金重大项目"中国汉传佛教文学思想史"（18ZDA239）阶段性成果。

视其得失；其次，我们搜集尽可能多的资料，并在此基础上梳理现存插图本《西游记》的版本及其流变。

一、插图本《西游记》文献研究情况概览

关于《西游记》版本，前辈学者在访书、收藏和研究过程中多有论及，有的虽然寥寥数语，却清楚地记录了相关版本的情况。在对《西游记》版本进行梳理过程中，鲁迅、孙楷第、傅惜华、柳存仁等筚路蓝缕，使存世《西游记》相关版本逐渐呈现，为后学者奠定了版本研究的基础。

现将学者们论及的《西游记》相关插图本作简要概述。鲁迅先生在《集外集拾遗》中《关于小说目录两件》记载：

甲　内阁文库图书第二部汉书目录

《西游记》（百回。明李贽批评。明版。十本。）

《全像西游记》（百回。华阳洞天主人校。明版。十本。）

《西游真诠》（百回。明李贽等评。清版。十本。）

《绣像西游真诠》（百回。清陈士斌评，金人瑞加评。清版。二四本。）

《绣像西游真诠》（同上。清版。二十本。）

《绣像西游真诠》（同上。清版。十本。）

《西游证道书》（百回。明汪象旭等笺评。明版。二十本。）①

从鲁迅先生所记录的书目来看，有四本标注"全像""绣像"，可知为插图本。

孙楷第在《日本东京所见小说书目》卷四明清部三（长篇）"灵怪类"中记载"余在日京所见，有华阳洞天主人校本，书凡三部，内阁文库、帝国图书馆及村口书店俱有之。有袁幔亭序李卓吾评本，内阁文库及宫内省图书寮各有一部；有汪憺漪评《西游证道书》（此清初刊本），唯内阁文库有一部。有《鼎锲全相唐三藏西游记》，为村口书店书，其书尤世所仅见。保存旧本，如斯之多，颇多惊叹"②。孙楷第先生将《鼎锲京本全像西游记》《新刻出像官板大字西游记》《唐僧西游记》归为华阳洞天主人校本。其中，《鼎锲京本全像西游记》，二十卷一百回，内阁文库藏。孙楷第先生对此书插图述评为"黑纸，上图下文，半叶十五行，行二十七字。末卷末叶有大图占半叶，上栏横题云'四众皈依正果'。刻工不甚精"③。《新刻出像官板大字西游记》，二十卷一百回，村口书店藏。对此书插图，孙先生述评为"图嵌正文中，左右各半叶为一幅，颇古雅"。对内阁文库所藏《李卓吾先生批评西游记》，孙先生对其插图述评为："卷首附图百叶，前后二面写一回事。刻绘精绝。'五行山下定心猿'一图中，岩石上有细字四，曰'刘君裕刻'，则昌、启时刻书也。"可见孙先生对此书插图

① 鲁迅：《关于小说目录两件》，见《鲁迅全集》（第八卷）之《集外集拾遗补编》，人民文学出版社 2005 年版，第201 页。

② 孙楷第：《日本东京所见小说书目》，人民文学出版社 1981 年版，第 72 页。

③ 同上。

推崇之极,并以图为证,判断刊本的初刻时间。对内阁文库所藏《汪憺漪评古本西游证道书》插图述评为:"前附'仙诗绣像'共十七幅。右图左诗,刻绘均极工细。第一幅'悟彻悟提真妙理'图,左下方有小字曰'念翼'。按'念翼'当即胡念翊,乃有名绘手,笠翁《无声戏》原本图,即其所绘。"孙先生对此刊本插图也给予了高度评价,其依据在于留款者为当时绘画名手。对村口书店所藏"颇惹中日学者之注意"的《鼎镌全相唐三藏西游释厄传》插图,孙先生仅以上图下文而概之。

傅惜华先生是中国古版画的藏家和研究大家,他对中国古典戏曲版画尤为偏爱,其所藏的古代戏曲版画珍品让后世学者惊叹不已。他在《内阁文库访书记》中,对所见的《西游记》相关刊本也有记载,如对杨闽斋刊本《西游记》记有:"全书题名,殊不一致,封面曰'新镌全像西游记传',序文曰'全像西游记',目录曰'新镌京板全像西游记',正文卷一曰'鼎锲京本全像西游记'。"[①]又记有《李卓吾先生批评西游记》《西游证道书》两刊本,对其在版本学上的价值给予肯定。他认为杨闽斋刊本《西游记》"实为小说史料之重要资料",他评价《李卓吾先生批评西游记》为"故此本亦为研讨《西游记》版本源流之重要参考珍籍",对《西游证道书》的评价为"此原刻本,国内未见藏者,洵属珍品"。傅先生极其重视三者的版本价值,却对此三本的插画未提及一字,在其编著的《中国古典文学版画选集》上下册中亦未收录相关古本《西游记》插图,实在是令人不可思议。

谭正璧先生在《日本所藏中国佚本小说述考》中记有《唐三藏西游释厄传》,十卷,朱素臣撰,日本村口书店藏,版式为上图下文。柳存仁先生在《伦敦所见中国小说书目提要》中有《跋唐三藏西游释厄传》一文,记有"《鼎锲全相唐三藏西游释厄传》,明万历间刊本。正文每面十行,行十七字。每面文字的上面俱是图,绘工并不很粗糙,夹图两边各有四个字说明"。两者对该刊本主要探讨其是否为《西游记》之祖本,对其插图未多论及。柳先生倒是记述了一部清代刊本《绣像西游真诠》,对其插图记述为:"图共二十幅,或是绘书中人物,或绘故事,图的另面是赞语。"[②]阿英在研究连环画时,也注意到古刊本《西游记》的相关情况,"清初绘的《西游记》,我曾见到两种,每种都达数百幅彩绘,有一部极其工整,有现在四开报纸半页大小"[③]。

当代古典文献专家周绍良先生藏有中国古代小说、唱本等万余册,后大部分捐给天津图书馆。在《周绍良先生藏明清小说版画》中,收录了三种古插图本《西游记》。一是《鼎锲全相唐三藏西游释厄传》,明万历书林刘莲台刻本。对本刊本插图述评为,"上栏图像,下栏正文",认为"图书镌工粗犷,此等形式,为当时南方板刻所流行,与皖、浙板画迥然不同"[④]。收录该刊本插图三幅。二是《新刊出像官板大字西游记》,明唐氏世德堂刻本。对该刊本插图述评为:"图嵌正文中,左右各半合为

---

① 朱一玄、刘毓忱编:《西游记资料汇编》,南开大学出版社 2002 年版,第 198 页。

② 同上,第 221 页。

③ 阿英:《中国连环图画史话》,见《阿英美术论文集》,人民美术出版社 1982 年版,第 59 页。

④ 《周绍良先生藏明清小说版画》,中国书店出版社 2007 年版,第 224 页。

一帧,仿佛教典籍《普门品》之出相形式同。"①收录该刊本插图七幅。三是《新镌出像古本西游证道书》,清初原刻本。对此刊本插图的述评沿用孙楷第先生对内阁文库所藏《汪憺漪评古本西游证道书》的评议。收录该刊本插图十六幅。

　　自 1950 年代起,周芜就致力于中国古版画收藏和调查研究工作。1980 年代,几经周折,周芜赴日本访书,先后访问了内阁文库、宫内图书馆、国会图书馆以及私人图书馆,采集图像三千余幅,许多为孤本。在其编著的《日本藏中国古版画珍品》中,对古本《西游记》记有三种:"大字西游记,二十卷。题明华阳洞天主人撰,万历年间金陵世德清刊堂辑印荣寿堂版。天理大学藏书。此本罕见。正文首刊书名及'金陵荣本西寿堂梓行',内封面刊'刻官板全像西游记',中小字刊'金陵唐氏世德堂校梓'。此本书内插图,对页连式,图上通栏标目。"②收录该刊本插图一幅。"西游记杂剧,六卷,吴昌龄编,万历四十二年(1614)版。日本昭和二年(1927)盐谷温影印此本,宫内厅书陵部藏书。1954 年《古本戏曲丛刊》初集影印此本。此本罕见。插图生动有趣,举凡天上神仙菩萨、人间善男信女、妖魔怪物和地下鬼魅精灵,皆人格化,生趣盎然,为同类书插图中之佼佼者。观其风格,似属苏州版画。"③共收录该刊本五幅插图。"李评西游记,明旌德郭卓然、刘君裕刻,崇祯年间(约1635)刊本。公文书馆藏书。西谛藏书题《西游记图》一册,存图目。近年河南省图书馆收藏一部,始知书的全貌。"④共收录该刊本插图十四幅。此外,在其编著的《金陵古版画》中,收录了世德堂本插图情况,记为:"《新刻出像官板大字西游记》,明吴承恩撰,华阳洞天主人校,明万历间金陵世德堂刊。日本村口书店、晃山慈眼堂藏。"⑤该书共收录世德堂本插图八幅。在其编著的《建安古版画》中,收录了朱鼎臣本插图情况,记为:"全名《唐三藏西游释厄传》。又作《鼎锲全相唐三藏西游传》,明代小说,共十卷。为吴承恩《西游记》之删缩本。题'羊城冲怀朱鼎臣编辑''书林莲台刘永茂绣梓'。上图下文版式,图两旁随有简要联语式标题,如《太极初分,三皇治世》《石猴操演,教习众猴》《如来登坛,诸神谢经》等。插图中主要以人物充满画面,风格古朴。"⑥收录该刊本插图三幅。同时,还收录了杨闽斋本插图,记为:"全名《新镌京板全像西游记传》,共二十卷,一百回。吴承恩编,华阳洞天主人校,万历年间建阳书林清白堂杨闽斋刊本。扉页上栏刻绘玄奘赴西土取经,朝中诸臣为之送行的图景,下栏题'新镌全像西游记传''书林杨闽斋梓行'。全书每页皆上图下文,图占四分之一版面。绘刻风格明快生动,图两侧有八字标题。兹选扉页、《菩萨驾云到黑风山》及《行者变兔引太子射》三幅。日本内阁文库藏。"⑦

　　对中国历代版画书籍收藏最丰富、研究最深入的学者当属现代著名文学家、文

---

① 《周绍良先生藏明清小说版画》,中国书店出版社 2007 年版,第 242 页。

② 周芜、周路、周亮编:《日本藏中国古版画珍品》,江苏美术出版社 1999 年版,第 182—183 页。

③ 同上,第 492 页。

④ 同上,第 531 页。

⑤ 周芜编著:《金陵古版画》,江苏美术出版社 1993 年版,第 96 页。

⑥ 周芜、周路、周亮:《建安古版画》,福建美术出版社 1999 年版,第 458—459 页。

⑦ 同上,第 461 页。

学史家、藏书家郑振铎先生。他在收藏中国古版画上的苦与乐可从其所述见出："偶一获见一二奇书，便大喜若狂。大类于荒山野谷中寻掘古帝王之陵墓。又尝于残书之背，揭下万历板西游记二幅，建安余氏板西汉志传一幅，万历板修真图一幅，便大觉快意。凡此一页半幅之微，余亦收之。"①《中国古代木刻画史略》为郑振铎生前最后一部奇书。此书以时间为线索，同时兼顾地域、流派特色，对中国古代版画进行了系统梳理和精彩剖析。清代《西游记》插图情况主要体现在《西谛藏珍本小说插图》中，该书共收录了清代刊本三种、现代刊本一种。其中，清代刊本有《西游证道奇书》，存首册，清九如堂刊本，共收录插图十六幅。《西游真诠》，一百回，清芥子园刊本，共收录人物绣像两幅，插图十四幅，均为图像与赞语双页合一式。《西游真诠》，存八回，清刊本，收录插图十六幅。现代刊本有《绣像西游记》四卷四十一回，1927 年上海大成书局石印本，共收录人物绣像四幅。②

　　在当代学者中，对中国古代版画资料收集最全，研究最用力的当数周心慧。古本《西游记》相关插图也自然是其研究的对象。其所著《中国古小说版画史略》作为首都图书馆编《古本小说版画图录》的代序，彰显了他十分扎实的学术功力。在其所著的《中国版画史丛稿》中，专设"《西游记》版画考"，对古本《西游记》相关版本情况论述精准。例如，对《鼎锲京本全像西游记》插图述评为："此本上图下文，图版狭窄，仅占版面的五分之一左右，图两旁镌图题，左右各四字，文字刻印极为粗糙，因受版面的限制，图亦颇简约，但草草数笔，能抓住本页所表达的情节主旨，使人一目了然，图刻亦工。而且，这是现今所遗闽建书林刊上图下文本《西游记》内容最为完整，版刻插图数量最丰的一部。仅此一端，在《西游记》版画发展史上，就应该对其给予足够的重视。"③对《鼎锲全相唐三藏西游释厄传》插图评述为："图版占版面的三分之一强，远比杨闽斋本宏阔，从而也为版画创作提供了较大的空间。人物刻画工致，山石林木等背景的刻画亦较杨本精细，线刻之流畅更不知胜杨本凡几。在明刊上图下文式《西游记》版画中，无论绘画镌版，都堪称是最精整的一种。"④对《新锲唐三藏出身全传》插图评述为："图版绘镌颇草率，明刊上图下文式《西游记》版画中最粗糙的一种。"⑤对世德堂本《西游记》插图评述为："这是第一种给版画家以最充分的创作背景和文字描绘的《西游记》足本，绘刻者充分利用了这个条件，以极为丰富的想象力，使书中仙佛神鬼皆赋之于有形，绘刻大胆、泼辣，刃锋韧而有力，古朴浑厚，是金陵派版画最具典范意义的作品之一。"⑥对《李卓吾先生批评西游记》插图评述为："在雕空凿影间，变虚幻为现实，神道仙魔皆赋之以人性的灵光，图画变幻无方，刀笔游刃而有余，绘事刻技，堪称双绝。欣赏《官板大字西游记》的版画如饮残烈火酒，醉人而意味绵长，阅此本则若沥细雨清风，奇诡而又典雅有致，堪称

① 郑振铎：《中国版画史序》，见《西谛书话》，生活·读书·新知三联书店 1998 年版，第 385 页。

② 《西谛藏珍本小说插图》（第 7 册），全国图书馆文献缩微复制中心 2007 年版，第 3489—3561 页。

③ 周心慧著：《中国版画史丛稿》，学苑出版社 2002 年版，第 146 页。

④ 同上，第 146 页。

⑤ 同上，第 147 页。

⑥ 同上，第 148 页。

是明清所刊《西游记》版画的第一杰作。"①对《镌像古本西游证道书》插图述评为："此本版画不令绘镌俱精工,且图为新创,并非套自明版,堪称是《西游》版画入清后的最佳之作。"②同时,该本还论及了清代《悟一子批点西游真诠》《重刻西游原旨》等,但对其插图评价均不高。在周心慧编著的《明代版刻图释》中,对《新刻出像官板大字西游记》《杨东莱先生批评西游记》《李卓吾先生批评西游记》相关插图均有收录。③ 特别是在其编著的十一册《新编中国版画史图录》中,几乎囊括了现存的所有古本《西游记》相关版本,并收录了相关插图。

虽然学者们对古代插图本《西游记》版本情况进行了记述,但或由于侧重于小说版本研究而忽视其插图,或侧重于将其插图作为版画素材收录而对相关版本情况存在偏误,因此,还需要对明清插图本情况进行系统性梳理。

二、现存插图本《西游记》版本述论

我们坚持用文本调研和实证的方式对古本《西游记》插图本进行梳理,以《中国通俗小说总目提要》《中国古代小说总目·白话卷》和《中国通俗小说书目》三本目录学著作作为基点,落实其中涉及插图本《西游记》的馆藏地或者影印出版情况,进而补充那些现存却未被收入上述目录的古代插图本《西游记》。

(一) 明刊本

《中国通俗小说总目提要》将明刊本分为两类。

第一类:"华阳洞天主人校"本,计三种,二十卷一百回。

1. 《新刻出像官板大字西游记》

《中国通俗小说总目提要》的记载为:

题"华阳洞天主人校""金陵世德堂梓",间题"金陵荣寿堂梓行""书林熊云滨重锲"。首秣陵陈元之"壬辰夏端四日"序。正文半叶十二行,行二十四字。图嵌正文中,左右半叶为一幅。论者或谓系初刻本,然亦有持异议者。【藏北京图书馆】今通行本《西游记》即据此校印。

该刊本各卷以"月到天心处,风来水面时,一般清意味,料得少人知"二十字为序。全书插图计一百九十七幅,除第十八回、第九十回、第九十九回为一幅图,第六十五回为残缺单叶图,第九十八回为三幅插图以外,每回为两幅插图,双面联式,散插于各回内。此本虽不是祖本,但为今见古本《西游记》足本,全书插图绘刻大胆、泼辣,刀锋韧而有力,古朴浑厚。画面以人物为主体,注重人物表情刻画,背景只作简单描写,家具、建筑、砖墙及山石等多用黑底阴刻。日本天理图书馆、广岛市立浅野图书馆、日光轮王寺天海藏。《新刻出像官板大字西游记》残存十六卷,为宏远堂

① 周心慧著:《中国版画史丛稿》,学苑出版社 2002 年版,第 149 页。

② 同上。

③ 周心慧主编:《明代版刻图释》(第 4 册),学苑出版社 1998 年版,第 122 页、188 页、389 页。

样。天一出版社于 1984 年出版的"明清善本小说丛刊"初编第五辑"西游记专辑"、上海古籍出版社 1994 年出版的《古本小说集成》据金陵世德堂本影印。中国国家图书馆文津馆古籍库有缩微胶卷。

2.《新镌全像西游记传》

《中国通俗小说总目提要》的记载为：

目录曰《新镌京本全像西游记》，叙曰《全像西游记》，卷一曰《鼎锲京本全像西游记》，间题"鼎锲原本全像唐僧取经西游记"，今依封面所题著录。卷一题"华阳洞天主人校""闽书林杨闽斋梓"，间题"清白堂杨闽斋梓""书林清白堂重梓"。首秣陵陈元之序，序署"癸卯夏念一日"。二十卷，以"月到天心处，风来水面时，一般清意味，料得少人知"为序，每卷五回。上图下文，正文半叶十五行，行二十七字。末卷末叶有大图占半叶，题"四众皈依正果"。共十册。【藏日本内阁文库】

此外癸卯为 1603 年，表明此本晚于世德堂本。从以上记载来看，该刊本刻堂署名杂乱不齐。同时，各卷卷首所标书名也杂乱不齐，或"鼎锲"，或"新刻"，或"新锲"，或"西游记"，或"唐僧西游记"，或"唐僧取经西游记"。从插图来看，为连环画性质，图像清晰，线条流畅，镌刻风格前后一致，人物造型保持一致。图像中左右有竖幅题字，左右各四字，以概括或描写该本内容，如图 10-1。天一出版社于 1984 年出版的"明清善本小说丛刊"初编第五辑"西游记专辑"，上海古籍出版社 1994 年出版的《古本小说集成》，刘世德、陈庆浩、石昌渝主编的《古本小说丛刊》第 36 辑（中华书局 1991 年版）均影印了日本内阁文库藏本。

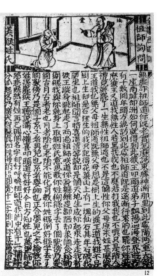

图 10-1 《鼎锲京本全像西游记》插图

3.《唐僧西游记》

《中国通俗小说总目提要》的记载为：

署题回目与以上两本全同。每卷第一行题"唐僧西游记"，末有长方木记曰"全像唐三藏西游记卷终"。正文半叶十二行，行二十四字，书有残缺。【藏日本帝国图书馆】

以上记载所记刊本未见影印本。所见刊本为天一出版社于1984年出版的"明清善本小说丛刊"初编第五辑"西游记专辑"之《唐僧西游记》，前有袁于令题词，目录标为"李卓吾先生批评西游记目录"，某些正文标题下又标"华阳洞天主人校"，该刊本没有图像。《中国通俗小说总目提要》所记刊本与天一出版社辑本也非同一个刊本，不再多论。

第二类：李卓吾批评本，题为：

《李卓吾先生批评西游记》

《中国通俗小说总目提要》的记载为：

> 一百回，卷首有题词，尾署"幔亭过客"，下有"字令昭""白宾"墨章二，据此知题词为袁于令（1592—1674）作。题词后有凡例。正文有注、夹批，回末多有总评。大字本。正文半叶十行，行二十二字，有图二百幅，二幅写一回事，附于每回前。图为刘君裕刻，刻绘精绝。孙楷第考定为昌启时书。【藏中国历史博物馆、河南省图书馆、日本内阁文库】（中州书画社有影印本行世）

此刊本插图刻绘精绝，衣饰、山容水波、发须无不纤细精到、绵密精细。郑振铎评价此刊本图像时指出"图中牛鬼蛇神，无所不有，奇谲之至，也怪诞雄健之至。幅幅都需要精奇的布局，其工程很大。它刻于万历二十年（1592），是杭州派木刻家们的通力合作的一个大成就。此后，便无人敢为《西游记》作细图"[1]。郑先生所论及的《西游记》在注释中标为《李卓吾先生批评西游记》，这是正确的。但认为其刊刻于万历二十年（1592）则是错误的，这是世德堂本《新刻出像官板大字西游记》刊刻的时间。孙楷第考定该书原刻当在泰昌、天启年间[2]，而李时人认为此书当为崇祯初刻，理由是"仅从刻工方面考虑，本书初刻可在万历末至崇祯年间。但为本书题词的袁于令生于万历二十七年（1599），天启时不过二十余岁，故其题词写于崇祯时较为合理"[3]。该刊本藏于中国历史博物馆、河南省图书馆、日本内阁文库。天一出版社于1984年出版"明清善本小说丛刊"初编第五辑"西游记专辑"影印，中州书画社于1983年依原图尺寸，将全书插图集为一册影印。

《中国通俗小说总目提要》中仅收录以上《西游记》明刊本。

其他明刊本《西游记》。

1.《唐三藏出身全传》

《中国通俗小说总目提要》在收录完清代《西游记》版本后，又记有《西游记传》，对此刊本记载为：

> 《西游记传》又名《唐三藏西游全传》《西游记》《唐三藏出身传》，四卷四十回存。

> 题"齐云杨志和编、天水赵毓真校"。

本书清刊本有嘉庆十六年（1811）《四游记》本，内封题"唐三藏出身传""近文堂

---

[1] 郑振铎：《中国古代木刻画史略》，上海书店出版社2006年版，第68—70页。

[2] 孙楷第：《日本东京所见小说书目》，人民文学出版社1958年版，第77页。

[3] 李时人：《西游记考论》，浙江古籍出版社1991年版，第163页。

藏板"。首唐僧、孙悟空、猪八戒、沙僧绣像，半叶一幅。次"新刊西游记传目录"，计四十一回（实际正文内不标回数）。正文卷端题"西游记传卷之一、齐云杨致和□（不清）、天水赵菴真校、龙江聚古斋梓"。卷三署题："新刊唐僧出身全传之三。"半叶十二行，行二十字。四卷四十回。道光十年（1830）本《四游记》本内封题"绣像西游记全传""□□（挖痕）堂梓行"。正文卷端题："绣像西游记卷之一、齐云杨致和编、天水赵毓真校，绣谷锦盛堂梓。"卷二、三、四署题"新到（应为刊——编者按）唐三藏西游全传"。上图下文，半叶十二行，行二十字。上两种均藏北京图书馆，系郑西谛藏。复有小蓬莱仙馆《四游全传》本等。或以为书出于明。或以为出康熙间。①

从记载来看，因收录者仅见清刊本，在刊本信息上又不知其来历，因此，无法判断其初刻时间。为避免以讹传讹，故将有关学者研究结果附于后。在孙楷第编《中国通俗小说书目》中，对此刊本记载为：

《西游记》四卷，一名《西游唐三藏出身传》。

存清道光十年《四游全传》本，不标回数。小蓬莱仙馆《四游合传》本，四十一回。嘉庆十六年坊刊《四游传》本。

题"齐云杨致和编""天水赵毓真校"。此书亦节本，与朱鼎臣本规模略同，今不详其来历。②

因"不详其来历"，孙先生也只是以所见的清刊本来记述此书。《中国古代小说总目·白话卷》详细记述了日本学者矶部彰对该刊本的论述，现摘录相关内容如下：

《西游记传》（《唐三藏出身全传》、《唐三藏西游全传》）四卷四十回，（明）杨致和编。《西游记传》是简称，成书时全名或为《（新刻）唐三藏西游全传》。编者杨致和，除知其为明末齐云（安徽）人外，其具体经历不详。

杨致和编本其初刻本今已不存，现存仅有明刻本一种和清刊本数种。明刻本是朱苍岭刊本的重印或重刻本，书名为《唐三藏出身全传》。清刊本《四游全传》的锦盛堂刊书名则为《唐三藏西游全传》。一般认为，锦盛堂刊本所据之明刊本，乃较朱苍岭刊本更早之版本，《唐三藏西游全传》盖为原名或最近原名。

杨致和编本有明清两代刊本，明刊本只有一种，藏在英国牛津大学图书馆。该刊本书志如下：

内封或副叶上有"唐三藏出身"等手书文字。无封面、序目等。正文题署"新锲三藏出身全传卷之一，齐云阳至和（编），天水赵毓真校，芝潭朱苍岭梓"。下为"诗曰混沌未分天地乱……"，诗后进入回目。"○猴王得仙赐往（?）"和正文。上图下文式。第一叶图左侧有"书林彭氏发图像秋月刻"刊记。除第一叶 A 面外，其他为无界，半叶十行，行十九字。版心镌唐三藏、卷次、叶次。眉上有英氏阿拉伯数字叶码标记。卷末有几张缺叶，故卷尾是否有跋、刊记等不详。全四卷四十回。③

① 苏兴：《杨致和〈西游记〉摭谈》，见《文学遗产》1983 年 2 期。
② 朱一玄、刘毓忱编：《西游记资料汇编》，南开大学出版社 2002 年版，第 186 页。
③ 石昌渝主编：《中国古代小说总目·白话卷》，山西教育出版社 2004 年版，第 420 页。

上述日本学者矶部彰编写的《西游记传》条目摘选很清楚地表明，该本有明清两种刊本，其中，明刊本为孤本，藏于英国牛津大学博德廉图书馆，如图 10‑2。但关于该本初刻于何时，与世德堂本、杨闽斋本之间是何关系，因刊本没有相关信息，无从考。矶部彰认为杨致和编本乃是对《鼎镌京本全像西游记》删减而成，理由是"明刊杨致和编本与清白堂本在版式上相似，尤其在图像上有共同之处。两本在构图上相同或类似的图像，占明刊杨致和编本全书之 65%。将繁本制成简本较易，而反之将简本制成繁本却相当困难"①。此论断是否正确，还有待深入研究。

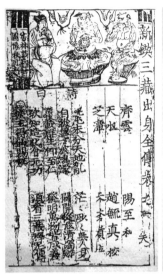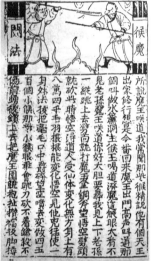

图 10‑2　《唐三藏出身全传》插图

2.《唐三藏西游释厄传》

其实，除了《西游记传》为明刊本外，《中国通俗小说总目提要》还漏录了《西游记》一个传世明刊本，该书名为《唐三藏西游释厄传》。《中国通俗小说书目》则录之，记载为：

《鼎锲全相唐三藏西游释厄传》十卷。

存明万历间书林刘莲台刊本。上图下文。正文半叶十行，行十七字。【藏北京图书馆、日本日光晃山慈眼堂】

明朱鼎臣撰。鼎臣字冲怀，广州人。此书似节本。②

《中国古代小说总目·白话卷》则详细记载了该刊本的情况，现摘录相关内容如下：

《西游释厄传》(《唐三藏西游传》)十卷六十七或六十八则，(明)朱鼎臣编。

《西游记》简本之一，万历年间刊。通常称为《唐三藏西游释厄传》。全称为《鼎锲全相唐三藏西游传》。

---

① 石昌渝主编：《中国古代小说总目·白话卷》，山西教育出版社 2004 年版，第 420 页。

② 朱一玄、刘毓忱编：《西游记资料汇编》，南开大学出版社 2002 年版，第 186 页。

编者朱鼎臣，明代后期嘉靖末年至万历年间人，字冲怀，生于羊城(今广东广州)。

朱鼎臣编本之版本现存二本。一本原藏高崎大河内家、北京图书馆，现为台湾"故宫博物院"图书馆藏本，缺内封。另一本为日光轮王寺慈眼堂"天海藏"本。此本存有带"全像唐僧出/书林刘莲台梓/身西游记传"字样和图像的封面。半叶十行，行十七字，白口(黑口)，双边，有界，无目录序跋。卷末有"书林刘莲台梓"的刊记。长泽规矩也先生认为刊记"刘莲台"乃后来填补，但若将其与卷首"书林莲台刘永茂绣梓"联系起来考虑，此刊记或是原来就有的。台湾本、日光本分别由天一出版社、北京中华书局(有用台湾本补配)出版了影印本。另外，人民文学出版社将其作为"中国小说史料丛书"中的一种，还出版了排印本。①

由于此刊本初刻时间无从考证，因此，学术界一般认为朱鼎臣在编纂《唐三藏西游传》时，前半部采用的是世德堂之祖本旧本《西游释厄传》，后半部采用的是已刊行的杨致和编本，并分别进行删节，合并而成为一种简本②。

3.《杨东莱先生批评西游记》杂剧

明代《西游记》除小说刊本外，还有杂剧一种。《古本戏曲剧目提要》记载为：

《西游记》，杨讷撰。《录鬼簿续编》著录。杨讷，原名暹，字景贤，一字景言；后改名讷，号汝斋。蒙古族人。

《西游记》共六本二十四出。第一本包括《之官逢盗》、《逼母弃儿》、《江流认亲》、《擒贼雪仇》四出。第二本包括《诏饯西行》、《村姑演说》、《木叉售马》、《华光署保》四出。第三本包括《神佛降孙》、《收孙演咒》、《行者除妖》、《鬼母皈依》四出。第四本包括《妖猪幻惑》、《海棠传耗》、《导女还裴》、《细犬擒猪》四出。第五本包括《女王逼配》、《迷路问仙》、《铁扇凶威》、《水部灭火》四出。第六本包括《贫婆心印》、《参佛取经》、《送归东土》、《三藏朝元》四出。

此剧仅存明万历四十二年(1614)刊本《杨东莱先生批评西游记》一种。有《古本戏曲丛刊》初集影印本。另有日本复排明刊杨东莱批评本，《元曲选外编》本，王季思等编校《全元戏曲》本。③

原刊本半叶十行，行二十二字。前附图四十八幅，双页连式。图像刻画精美，线条流畅，主要刻画人物形象，戏曲舞台效果明显。《杨东莱批评西游记》杂剧在"西游记"故事发展过程中具有十分重要的里程碑意义。

(二) 清刊本

1.《西游证道书》

《中国通俗小说总目提要》的记载为：

一百回。首创撰者为邱长春。目录前题"新镌出像古本西游证道书"。目录题"钟山黄太鸿笑苍子、西陵汪象旭憺漪子同笺评"；正文题"西陵残梦道人汪憺漪笺

① 石昌渝主编：《中国古代小说总目·白话卷》，山西教育出版社 2004 年版，第 421—422 页。

② 同上，第 421 页。

③ 李修生主编：《古本戏曲剧目提要》，文化艺术出版社 1997 年版，第 152—155 页。

评"，"钟山半非居士黄笑苍印正"。憺漪为汪象旭，原名淇，又字右子，里居未详。虞集序，次《丘长春真君传》，次《玄奘取经事迹》；卷末黄太鸿跋。前附图十六幅，图为胡念翊绘。正文半叶九行，行二十六字。有回前总评和夹批。版心上顶格题"证道书"，中题"古本西游记第×回"，下题"蜩寄"。二十册，为清初原刻本。【藏日本内阁文库】

同名小说还有清文盛堂刻本。《中国通俗小说总目提要》的记载为：

清文盛堂刻本，二十册。内封：上横题"圣叹外书"，中为"绣像西游证道书"，左为"西陵憺漪子笺注，秣陵蔡元放重订"。卷首为"乾隆十五年(1750)金陵野云主人蔡宙憨订"，版心下有"九如堂"三字。有图十七幅。正文半叶九行，行二十字。【藏浙江图书馆】

此刊本重要版本学意义在于，在百回世德堂本内容基础上，首次补入第九章"陈光蕊赴任逢灾，江流僧复仇报本"一回。在作家考订上，首创"邱处机"说。插图有别于明清其他刊本，为原创，如图10-3。原刻本为郑振铎藏，现存于中国国家图书馆，另外浙江图书馆、日本内阁文库、京都人文科学研究所也有藏本。上海古籍出版社1994年出版的《古本小说集成》是据日本内阁文库藏清原刊本影印，天一出版社于1984年出版的"明清善本小说丛刊"初编第五辑"西游记专辑"亦有影印。

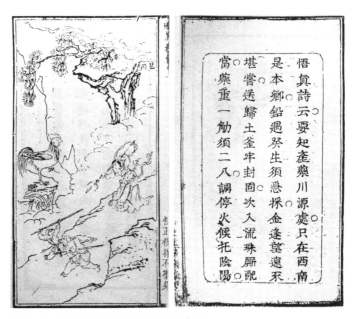

图10-3　《新镌出像古本西游记证道书》插图

2.《西游真诠》

《中国通俗小说总目提要》的记载为：

一百回。清陈士斌撰。士斌字允生，号悟一子，浙江绍兴府山阴县人。此种有清乾隆庚子(1780)刊本。又有芥子园刊中小型本，内封题"绣像"，中题"金圣叹加评西游真诠芥子园藏板"，右"悟一子批评"，左"丘长春真人证道书"。二十四册，正

文卷端上署"西游真诠",下署"山阴悟一子陈士斌允生甫诠解",图二十幅,图另面为赞语,每回末有长评。【藏北京图书馆】

同名小说还有经山房校刻本。《中国通俗小说总目提要》的记载为:

光绪甲申(1884)良月校经山房校刻本,首有康熙丙子(1696)西堂老人尤侗序,正文卷端题"西游真诠""山阴悟一子陈士斌允生甫诠解",正文半叶十一行,行二十四字,白口,无格,四周单边。【藏大连图书馆】

在目前发现的古本《西游记》小说中,它是图像最多的一种,且图像精美,人物造型极具戏曲舞台程式化特点。郑振铎曾指出:"清初刊的《西游真诠》,卷首曾附有插图二百幅(但后来刊本皆已去之)。刻工极为精致。"①郑振铎所言当为此刊本。上海图书馆藏"己丑仲夏上海广百宋斋校印"本,"己丑"当为光绪十五年(1889)。题"绘图增像西游记""尤侗序""山阴悟一子陈士斌允生甫诠解"。北京图书馆出版社2001年出版的《稀世绣像珍藏本〈西游记〉》即是从此本中抽取的图像,其中,人物图像二十五幅,情节性插图五十三幅。在该书的出版说明中明确指出:"本书是根据清康熙三十五年(1696)石印本《西游真诠》为底本勘校而成,缺漏之处参照其他版本补入。为便于欣赏,原本人物绣像与插图皆集中到了卷首。"②

3.《新说西游记》

《中国通俗小说总目提要》的记载为:

一百回。清张书绅撰,书绅字南熏,山西西河人。内封上横题"第一奇书",中题"新说西游记",左"三晋张南熏注",右"晋省书业公记藏板"。首自序,乾隆十三年戊辰(1748)总论,总批,回前回后皆有长评,文中有夹批,"晋省书业公记藏板"本,正文半叶十行,行二十四字。【藏北京图书馆】

另有味潜斋石印本,《中国通俗小说总目提要》的记载为:

上海(原文未用邗江——编者注)味潜斋石印本,有王韬光绪十四年戊子(1888)序。

上海古籍出版社1992年出版的《古本小说集成》中收录的内容据上海古籍出版社所藏版本影印,天一出版社于1984年出版的"明清善本小说丛刊"初编第五辑"西游记专辑"亦有影印,但影印版本均无插图。光绪十四年(1888)王韬序邗江味潜斋《新说西游记图像》,正文前有图二十幅,其中十六幅为人物图像。正文有图八十幅。这部书皆请名工圣手绘刻,刻印异常精美,如图10-4。

图10-4 邗江味潜斋《新说西游记图像》插图

---

① 郑振铎:《西游记的演化》,见《西谛书话》,生活·读书·新知三联书店,1998年版,第41页。

② 见《稀世绣像珍藏本〈西游记〉》"出版说明",北京图书馆出版社2001年版。

4.《西游原旨》

《中国通俗小说总目提要》的记载为：

一百回。清刘一明撰，一明，甘肃兰州金天观道士，自号栖云山素朴散人悟元子。初刻于嘉庆十三年（1808）①，有乾隆戊寅（1758）刘一明自序、读法，嘉庆十五年（1810）再叙和《山居歌》，有梁联第、杨春和、苏宁阿序，张阳全等跋。封面题"指南针西游原旨"，内封题"嘉庆十三年刊　长春业真君著　西游原旨　素朴刘一明解　栖云山藏板"。分二十四卷，每卷一册，正文半叶十行，行二十四字，开本小于32开，为原刊本。【藏甘肃省图书馆】

另有护国庵重刊本，《中国通俗小说总目提要》的记载为：

嘉庆二十四年（1819）门人夏恒志永湖南常德府护国庵重刊本，有瞿家整序，夏复恒等跋。

该刊本回目后附人物图八幅，艺术性不佳，特色不明显。上海古籍出版社1992年出版的《古本小说集成》中收录的内容据嘉庆二十五年庚辰（1820）湖南常德府护国庵重印本影印，天一出版社于1984年出版的"明清善本小说丛刊"初编第五辑"西游记专辑"亦有影印。上海图书馆古籍库藏三部《西游原旨》，一部为嘉庆二十五年庚辰（1820）湖南常德府护国庵印本，扉页题"长春邱真君著　西游原旨　素朴刘一明解　湖南常德府护国庵藏板"，二十四卷；第二部封面有原收藏者小字题"远虚子参玩"，扉页题"悟元道人著　西游原旨　护国庵藏板"，二十四卷。此两个刊本与《古本小说集成》影印本图像相同。第三部为十三卷，封面题"三教一原　西游原旨　上海大成书局印行"；扉页题"悟元道人著　三教探原　西游原旨　古暨阳缪（言永）仁题"，第三页题"民国十三年甲子（1924）仲夏月"，该刊本内容多为用太极、八卦图解说西游记。

5.《通易西游正旨》

《中国通俗小说总目提要》的记载为：

一百回，清张含章撰，含章字逢源，四川成都人。道光己亥（1839）眉山何氏德馨堂刊本，题"通易西游正旨分章注释"，首门人何廷椿序，又自序及后跋。②【藏北大图书馆】

该刊本封面题"道光己亥花朝　天仙状元长春邱真人著　通易西游正旨　眉山城南德馨堂何氏藏板"。天一出版社《通易西游正旨》缺前十回，目录前是否有人物绣像和插图不得而知。残本中也未见有插图。

6.《清彩绘全本西游记》

初绘于晚清，采用古典小说绣像插图手法，将共计三百幅图像全部画在绵纸上。原作高36 cm，宽24 cm，竖幅。由于画面没有署名款式，也没有图章印记，作者姓名和创作年代无从考证，为孤本。孟庆江认为"从绘画的创作规模来看，是与

---

① 王守泉：《〈西游原旨〉成书年代及版本源流考》，载《兰州大学学报》1986年第1期。

② 江苏省社会科学院明清小说研究中心文学研究所编：《中国通俗小说总目提要》，中国文联出版公司1990年版，第72—73页、98页。

晚清提倡做大量的名著插图不无内在的联系。画中人和神的表现生动活泼,色彩(尤其是青绿石色的应用和结构的描金勾画)都有明显的清代庙堂建设壁画的痕迹,应该出自于高水平的民间画工之手"①。

第二节 《西游记》插图主题分析

作为一部神魔小说,《西游记》插图主要表现的是唐僧师徒西天取经路上降魔除妖的经历,因此,对佛陀世界、天宫神仙、九幽冥府、人间世态等均有不同程度的描述。此外,《西游记》文本中有大量对自然风景、走兽飞禽、亭台楼阁的描写,小说插图中也时有该类主题的表现。

一、自然风景

《西游记》小说开始即对花果山的风景进行了描写:

势镇汪洋,威宁瑶海。势镇汪洋,潮涌银山鱼入穴;威宁瑶海,波翻雪浪蜃离渊。水火方隅高积土,东海之处耸崇巅。丹崖怪石,削壁奇峰。丹崖上,彩凤双鸣;削壁前,麒麟独卧。峰头时听锦鸡鸣,石窟每观龙出入。林中有寿鹿仙狐,树上有灵禽玄鹤。瑶草奇花不谢,青松翠柏长春。仙桃常结果,修竹每留云。一条涧壑藤萝密,四面原堤草色新。正是百川会处擎天柱,万劫无移大地根。②

对此美不胜收的奇景,《西游记》不同版本插图给予了不同的展示。如图10-5为杨闽斋本插图,作为建安派的代表,杨闽斋本版式属上图下文,因插图空间的狭窄,在表现花果山风景时,创作者无法进行充分的艺术表现,只能以象征的手法,对"丹崖怪石,削壁奇峰""瑶草奇花不谢,青松翠柏长春"等以简笔点到为止。同样的情形,也出现在朱鼎臣本中,如图10-6所表现的对象主要集中在三个方面,即近景以一块石头象征花果山,中景是大海,远景是在天空飞翔的彩凤。同为上图下文版式,但从艺术表现来看,图10-6要优于图10-5,这主要体现在创作者对小说

图10-5 《西游记》(杨闽斋梓本)插图

① 孟庆江:《清彩绘全本西游记》,中国书店2008年版,前言。
② 《古本小说集成》编委会编:《西游记》(世德堂本),上海古籍出版社1994年影印版,第3—6页。

图 10-6　《唐三藏西游释厄传》插图

文本图式意象把握上略胜一筹。对于石猴出生地的花果山,究竟在插图艺术表现上要抓住哪些要素?从小说文本可知"汪洋大海""丹崖奇峰""彩凤麒麟""瑶草奇花"等是花果山的风景特征,后者无论是在插图的表现对象上,还是插图题词上,均优于前者。

以上两幅插图完全以花果山风景作为表现对象,其实这种表现方式并不符合中国传统山水画特点,即文人画山水一定有人迹。对于表现花果山风景的插图,也应该有猴子在画面中。如图 10-7 为新说本插图。它表现的是花果山仙石迸裂,石猴出世,目运两道金光,射冲斗府,惊动玉帝,玉帝即命千里眼、顺风耳开南天门观看的情景。当然,插图主要背景仍是花果山风景。与建安派上图下文,图像创作受到空间限制不同,新说本插图为单页整幅插图,因此,有足够的空间供创作者展开艺术想象和布局。

图 10-7 表现的花果山风景主要是"山"与"水"。为了表现花果山的"削壁奇峰",创作者以三重山予以层层烘托,石猴背后的山当是孕育其成长的仙山,与此山紧邻的高山上生长着奇花异草、青松翠柏,在烘托出花果山挺拔之势的同时,也创设了一个适宜猴子生长的家园;远处之山与近处之山或是云或是水相间,使三者之间既有深远之意,又有高远之势。同时,将千里眼、顺风耳置于半山腰之中,更加衬托出花果山之险高。山的右侧则是大片留白,以一望无际的大海填补空间。新说本是清代石印技术形成后《西游记》的一个重要版本,其插图极富文人画风格,是清代《西游记》插图的重要代表作。

图 10-8 为李评本插图,它表现的是石猴跳入水帘洞为群猴寻得安身之地的情形,小说写道:

你看他瞑目蹲身,将身一纵,径跳入瀑布泉中,忽睁睛抬头观看,那里边却无水无波,明明朗朗的一架桥梁。他住了身,定了神,仔细再看,原来是座铁板桥,桥下之水,冲贯于石窍之间,倒挂流出去,遮闭了桥门。却又欠身上桥头,再走再看,却似有人家住处一般,真个好所在。但见那——

翠藓堆蓝,白云浮玉,光摇片片烟霞。虚窗静室,滑凳板生花。乳窟龙珠倚挂,萦回满地奇葩。锅灶傍崖存火迹,樽罍靠案见肴渣。石座石床真可爱,石盆石碗更堪夸。又见那一竿两竿修竹,三点五点梅花。几树青松常带雨,浑然象个

图 10-7　邗江味潜斋《新说西游记图像》插图　　　　图 10-8　《李卓吾先生批评西游记》插图

人家。①

　　插图在景物还原上达到了炉火纯青的地步,插图作者在传神般再现小说文本所描写故事情节的同时,向我们展示了一幅千回百转、层层叠叠且又层次分明的山水景象。在千岩竞秀般的岩石之中,作者由下而上、由外而内地给读者展示了三层景象:最下层为群猴在水帘洞瀑布下的泉水中嬉戏玩耍,中间层是石猴跃入水帘洞后,走在铁板桥上,遥首观望洞内景物,最上层是水帘洞内洞天福地,"浑然象个人家"。这是一幅融故事与风景为一体的插图,去掉猴子仍不失为一幅优美的山水画。它的妙处恰恰是将故事置于优美的风景之中,使两者浑然天成。为什么说徽派刻工创作的《西游记》插图是经典之作,从此幅插图中,我们就能见出李评本插图"一切景语皆情语"与建安派插图"唯景而作"之间的优劣。

二、走兽飞禽

　　《西游记》插图中有大量的走兽飞禽,独立地观赏插图,它是一幅幅花鸟画或动物画,如果结合文本,即知这些走兽飞禽常常是孙悟空或妖魔所变,但这并不影响读者对插图的审美鉴赏。如图 10-9 为杨闽斋本插图,仅从插图画面来看,表现的是两只鸟儿在树枝上栖息与穿梭。其中一只较小的鸟儿驻足枝头,回首观望;另一只大鸟正向枝头的小鸟飞去。画面中,驻足于枝头的小鸟与展翅飞翔的大鸟形成了"动"与"静"的内在张力,不失为一幅优美的简笔花鸟画。对照小说文本,此图表现的是第六回"小圣施威降大圣"情节中美猴王与二郎神斗法的情形。小说写道:

---

① "明清善本小说丛刊"初编第五辑"西游记专辑"《李卓吾先生批评西游记》,天一出版社 1984 年版。

图 10-9 　《西游记》(杨闽斋梓本)插图

"大圣慌了手脚,就把金箍棒捏做绣花针,藏在耳内,摇身一变,变作个麻雀儿,飞在树梢头钉住……二郎圆睁凤目观看,见大圣变了麻雀儿,钉在树上,就收了法象,撇了神锋,卸下弹弓,摇身一变,变作个饿鹰儿,抖开翅,飞将去扑打……那大圣就撺出水中,一变,变作一条水蛇,游近岸,钻入草中。二郎因旺他不着,他见水响中,见一条蛇撺出去,认得是大圣,急转身,又变了一只朱绣顶的灰鹤,伸着一个长嘴,与一把尖头铁钳子相似,径来吃这水蛇。"①

　　图 10-10 为朱鼎臣本插图,画面中展示的是一只展翅的鹤。鹤是中国古代文人喜爱的鸟类,因洁白的羽毛使其脱俗于其他鸟类,又因鹤的自由自在,使其成为中国文人情感的投射物,并逐渐被人格化。白鹤亮翅是中国传统花鸟画经常表现的对象,并成为后世太极拳招式之一。朱鼎臣本插图人物形象虽然前后不统一,但是并不妨碍其表现对象的艺术水准,此幅插图是明清以来《西游记》插图中仅见的表现大圣与小圣斗法时变灰鹤的图像,因其极具文人画特点,所刻灰鹤栩栩如生,而给欣赏者留下深刻的印象。

图 10-10 　《唐三藏西游释厄传》插图

　　麻雀是寻常之鸟,为凡人所常见。灰鹤虽不多见,但通过画家的描摹,还是能够使观者知道其体型特点。《西游记》小说中,存在一些极其罕见的鸟类,或世间并

———————

① 《古本小说集成》编委会编:《西游记》(杨闽斋梓本),上海古籍出版社 1994 年影印版,第 65 页。

不存在的飞禽，而这就需要创作者根据自己的想象去创作。如图 10 - 11 展示的是小说第六十一回孙悟空与牛魔王变相斗法的情景。小说写道：

> 那老牛不得进洞，急抽身，又见八戒、行者赶来，慌得卸了盔甲，丢了铁棍，摇身一变，变做一只天鹅，望空飞走……
>
> 这大圣收了金箍棒，捻诀念咒，摇身一变，变作一个海东青，飕的一翅，钻在云眼里，倒飞下来，落在天鹅身上，抱住颈项旺眼。那牛王也知是孙行者变化，急忙抖抖翅，变作一只黄鹰，返来旺海东青。行者又变作一个乌凤，专一赶黄鹰。牛王识得，又变作一只白鹤，长唳一声，向南飞去。行者立定，抖抖翎毛，又变作一只丹凤，高鸣一声。①

从小说描写可知，牛魔王先后变成天鹅、黄鹰、白鹤，孙悟空先后变成海东青、乌凤、丹凤。但在插图中，我们根本无法辨别两者是何种鸟，唯一的区别在于两者颈部长短不一，或一只为天鹅，另一只为丹凤。

如图 10 - 12 所示为雷神，古代中国人认为自然界风雨雷电均有相应的天神掌管，管风有风婆，管雷有雷神，各司其职。那么究竟雷神是何模样呢？小说插图创作者刻画了一个鸟身人面的天神，双手拿着打鼓的锤子，置身于锣鼓之中。当然，这种禽人一体的创作，也并非《西游记》插图创作者首创，在中国古代版画中有许多这样的案例。

图 10 - 11　《西游记》(杨闽斋梓本)插图　　　　图 10 - 12　《西游记》(杨闽斋梓本)插图

除了表现飞禽，《西游记》插图中还经常出现以蛇蝎野兽等为主题的图像。图 10 - 13 展示的是一只公鸡立于岩石上，地面上的蛇蝎紧盯着公鸡。此幅插图在艺术手法上，突出了所描绘对象的体型特征，如公鸡的尾巴、高高盘起的蛇身、蝎子长长的脚。当然，这些虫蛇野兽的刻画是与故事情节紧密相连的。世间所见的猛禽走兽因有"具象"，容易描摹成艺术化"形象"，但《西游记》小说中有一些怪异神兽为世间所无。如图 10 - 14 描绘的是北方神武，似龙非龙，似蛇非蛇，似龟非龟，为龙蛇龟三者结合体。美术史上有"画鬼容易，画犬马难"之说，原因是"夫犬马，人所知也，旦暮罄于前，不可类之，故难。鬼魅，无形者，不罄于前，故易之也"②。相对于《西游记》插图创作而言，创作者"游于艺"的前提是依据文本，即根据小说所描写的具体形象来创作，因此，在插图创作中，画鬼则显得不易，欣赏者从小说文本出发去

---

① 《古本小说集成》编委会编：《西游记》(杨闽斋梓本)，上海古籍出版社 1994 年影印版，第 709 页。
② 《韩非子·外储说》，见俞剑华注译：《中国画论选读》，江苏美术出版社 2007 年版，第 7 页。

欣赏插图,犹如犬马旦暮罄于前。

图 10 - 13　《西游记》(杨闽斋梓本)插图　　　　图 10 - 14　《西游记》(杨闽斋梓本)插图

三、亭台楼阁

《西游记》小说插图中,有一些主题表现的是亭台楼阁等建筑物。如图 10 - 15
所示的佛塔。此类主题插图的出现,或是由于小说故事情节描写所逼,或是由于上
图下文版式内容所限而不得已的"文图吻合"之需。

图 10 - 15　《西游记》(杨闽斋梓本)插图

例如,杨闽斋本第六十二回"涤垢洗心惟扫塔　缚魔归正乃修身"题词为"金光
寺唤名伏龙寺"的插图,就是小说文本描写的重点内容:

行者却将芝草把十三层塔层层扫过,安在瓶内,温养舍利子。这才是整旧如
新,霞光万道,瑞气千条,依然八方共睹,四国同瞻。下了塔门,国王就谢道:"不
是老佛与三位菩萨到此,怎生得明此事也!"行者道:"陛下,金光二字不好,不是
久住之物。金乃流动之物,光乃闪灼之气。贫僧为你劳碌这场,将此寺改作伏
龙寺,教你永远常存。"那国王即命换了字号,悬上新匾,乃是"敕建护国伏
龙寺"。①

该插图采用虚实结合的艺术表现手法,近景刻画了一间房屋,并题以"寺"字
提示建筑物为寺庙,同时,在远处又刻画了两层楼台,以云雾绕其腰,表明其高
大。当然,由于受到空间所限,创作者只能象征性地刻画楼台一角,即便如此,我
们也能通过《西游记》插图见出中国古代建筑物的多种式样,给后代以丰富的图

_____

① 《古本小说集成》编委会编:《西游记》(杨闽斋梓本),上海古籍出版社 1994 年影印版,第 722 页。

像参考资料。

如图 10-16 为明代李评本插图,图像表现的是小说第六十二回"涤垢洗心惟扫塔 缚魔归正乃修身"中的金光寺。小说写道:

图 10-16 《李卓吾先生批评西游记》插图

> 唐僧用帚子扫了一层,又上一层。如此扫至第七层上,却早二更时分。那长老渐觉困倦,行者道:"困了,你且坐下,等老孙替你扫罢。"三藏道:"这塔是多少层数?"行者道:"怕不有十三层哩。"长老耽着劳倦道:"是必扫了,方趁本愿。"又扫了三层,腰酸腿痛,就于十层上坐倒道:"悟空,你替我把那三层扫净下来罢。"行者抖擞精神,登上第十一层,霎时又上到第十二层。正扫处,只听得塔顶上有人言语,行者道:"怪哉,怪哉! 这早晚有三更时分,怎么得有人在这顶上言语? 断乎是邪物也! 且看看去。"①

该插图重点表现的是塔顶三层,第十一层中刻画一人持扫帚或扫地或坐着休息,当是唐僧,孙悟空不在图中。李评本以中景式构图方式,将金光寺塔隐于云霄之间,既显其高,又艺术化地突出了塔顶三层,静谧之中,让读者见到了唐僧对佛法的虔诚和坚贞。

四、佛陀世界

《西游记》小说开篇即将世界分为四大部洲:东胜神洲、西牛贺洲、南赡部洲、北俱芦洲。其中,西方极乐世界居于西牛贺洲。对佛祖所在的极乐世界,小说描写道:

> 瑞霭漫天竺,虹光拥世尊。西方称第一,无相法王门。常见玄猿献果,麋鹿衔花;青鸾舞,彩凤鸣;灵龟捧寿,仙鹤噙芝。安享净土祇园,受用龙宫法界。日日花开,时时果熟。习静归真,参禅果正。不灭不生,不增不减。烟霞缥缈随来往,寒暑无侵不记年。②

《西游记》插图中有许多表现西方极乐世界的主题,或是对佛祖所在的灵山、大雷音寺进行刻画,或是对观音菩萨所在的南海进行展现。在李评本插图中,对极乐世界的展现,常常是佛祖盘坐在莲花座上,身上光芒万丈,静穆安详,目视前方;莲花座两侧香女侍奉,小童正贡香于台上;三千诸佛、五百罗汉、八大金刚、四大菩萨等或分列两侧,或拜之于地,个个头顶灵光。整个环境是祥云霭霭、天花乱坠,一派

---

① "明清善本小说丛刊"初编第五辑"西游记专辑"《李卓吾先生批评西游记》,天一出版社 1984 年版。
② 《古本小说集成》编委会编:《西游记》(世德堂本),上海古籍出版社 1994 年影印版,第 169—170 页。

图 10 - 17 　《西游记》（杨闽斋梓本）
　　　　　插图

祥和。图 10 - 17 为杨闽斋本插图中唯一的一张单页全幅插图，展示的是唐僧师徒完成取经大业后，终成正果。此幅插图构图独特，人物形象突出，一改建安派上图下文版式图像单调、模式化的特点，使读者见到了闽南刻工卓越的艺术表现能力。再如在《绣像西游记真诠》中观音奉佛祖法旨赴东土长安寻找取经人的插图，区别于其他插图，该刊本插图具有明显的儿童画特点，几何图形的构图方式使人物形象十分拙朴。插图中观音师徒三人驾祥云而来，前面一童子举着旌幡，紧随其后的童子则手持净瓶杨柳，天空中祥云朵朵，映衬着人物祥瑞。但不可否认的是，与小说文本内容相对照，该插图展示的人物形象则出现文图不合的现象。小说中伴随观音菩萨来东土的只有惠岸行者，且他手持的是一条浑铁棍。或许受到其他观音图像的影响，插图创作者超出小说内容刻画了一幅观音图像。

五、四方神仙

《西游记》小说故事情节主线是唐僧师徒一路西行时降魔除妖，当降不了妖魔时，孙悟空就会向佛界、天庭及四方神仙寻求帮助，因此，小说插图中存在大量展示神仙世界的主题。例如世德堂本第五十八回"二心搅乱大乾坤　一体难修真寂灭"插图，展示真假美猴王闹到天庭，找玉帝辨真假，玉帝命托塔李天王持照妖镜查看两行者的情形。插图通过侧视的手法达到对人物的全景展示，玉帝端坐上方，文武官员列于两边；李天王一手持镜，一手指着行者，威风凛凛；两行者相互纠缠在一起，互不相让。插图中人物通过视线聚焦在右下方的行者身上，人物形象既符合各自身份，又符合小说的情节描写，十分传神。当然，受到世间人物造型及处所环境的影响，插图中所刻画的玉帝及天庭更像是人间帝王及宫殿。

神仙是道教中能力非凡、超脱尘世、长生不老的人物。道教信奉的最高尊神是"三清"，其次为玉皇等四御，再次则为众天神。其他分司不同职责的神仙，人们最熟悉的有风、雨、雷、电、水、火诸神，以及财神、灶神、城隍、土地等。《西游记》中对道教的神仙常常持戏谑的态度，即便是对太上老君、玉帝等都将其视为无能、被孙悟空捉弄的对象。例如，第四十四回"法身元运逢车力　心正妖邪度脊关"中，为偷食三清观中的贡品，悟空、八戒、沙僧将三尊圣像推到台下，扮作三人坐于台上享用贡品。为防止第二天被人发现，悟空让八戒将三座圣像藏起来，对此小说写道：

这呆子有些夯力量，跳下来，把三个圣像拿在肩膊上，扛将出来。到那厢，用脚登开门看时，原来是个大东厕，笑道："这个弼马温着然会弄嘴弄舌！把个毛坑也与他起个道号，叫做什么五谷轮回之所！"那呆子扛在肩上且不丢了去，口里咽咽哝哝的祷道：三清三清，我说你听：远方到此，惯灭妖精，欲享供养，无处安宁。借你坐位，略略少停。你等坐久，也且暂下毛坑。你平日家受用无穷，做个清净道士；今日里不免享些秽物，也做个受臭气的天尊！①

图 10-18 清康熙三十五年《西游记》插图，上海图书馆藏

图 10-18 为稀世绣像本插图，展示的是悟空、八戒、沙僧变作三清端坐在贡台上，台下一群道士拿着茶盅舀缸里的水喝，而这些所谓的仙水实乃悟空三人撒的尿。小说中描写的是悟空三人扮作三清，而插图创作者仍画三人本来面目，无论从小说描写，还是从插图内在逻辑体系来看，均不符合常理，否则，一群道士何以发现不了，还顶礼膜拜，以至于受到悟空三人的捉弄？但是，这恰恰是创作者的高明之处，将悟空三人画出本来面目，则直接点题，见出插图中的喜剧因素。

六、人间世态

作为一部神魔小说，《西游记》中也多有对人间世态的描摹，上至帝王将相，下至村野渔夫，无所不及。在各种版本插图中，我们也见到了江匪恶霸的凶残狠毒、女儿国国王的情意绵绵、樵夫渔民的闲情野逸、王侯将相的苦闷人生等。其实，即便是写妖魔鬼怪，折射的还是世态人生。从石头中迸出的美猴王向天宫皇权挑战，欲改变统治秩序，让环境适应自己，最终落得个被镇压在五指山下，经过五百年反思，最终选择向天庭低头，愿意护送唐僧去西天取经。一路上也逐渐学会世故圆滑，通过自己的不断奋斗，在为取经事业扫除万难的同时，他自己也成了佛。这多么像年轻人的成长经历。猪八戒好吃懒做、贪色爱财，在参加蟠桃大会后，因醉酒而误闯广寒宫，被贬下界后，对当倒插门女婿乐此不疲，即便走上了取经路，依旧不改本性。这样的一个角色，其实仍是人间世象的另类表达，是凡夫俗子"食色性也"的真实再现。当然，这是《西游记》小说广义上的"世俗"，对于插图主题，我们还是更多地关注"天地人神"中的"人"。如图 10-19 为世德堂本插图中的"渔樵问答"。插图中两人寄情山水，相互问答。从两人衣着打扮来看，皆为布衣凡夫，一人头戴斗笠，坐于松树根上，从身边的渔篮和渔网可知为渔夫；一个身挂斧头，坐于石头之上，从身边的柴和身上的斧可知为樵夫。他们物质生活简陋，为生计而奔波于山水

①《古本小说集成》编委会编：《西游记》(世德堂本)，上海古籍出版社 1994 年影印版，第 1126—1127 页。

图 10‑19　《西游记》(世德堂本)插图

之间,在精神上却胜于神仙。"想那争名的,因名丧体;夺利的,为利亡身;受爵的,抱虎而眠;承恩的,袖蛇而去。算起来,还不如我们水秀山青,逍遥自在,甘淡薄,随缘而过。"①两相比较,可见出人有其乐,神有其忧。

图 10‑20 为稀世绣像本插图,展示的是陈光蕊赴任途中遭江匪刘洪所害死于非命的故事。小说对杀害陈光蕊的描写并不多,仅寥寥数语,"将船撑至没人烟处,候至夜静三更,先将家僮杀死,次将光蕊打死,把尸首都推在水里去了"②。小说没有具体描写刘贼杀人时各方的心态与神情,倒是插图对此有精彩的表现。月夜时分,江心芦苇下的一叶扁舟上,刘洪手持大刀,赤足立于船板上,满脸横肉,凶神恶煞般地盯着陈光蕊。陈被这突如其来的场景吓得跌倒在船,以手遮目,魂飞魄散。陈的夫人则跪在船上,央求刘洪手下留情,同时将目光投向陈光蕊,对即将发生的惨剧无可奈何。插图的妙处在于将小说没有描写的内容,即"秀才遇到匪"时的孤立无援表现得淋漓尽致。

图 10‑20　清康熙三十五年《西游记》插图,上海图书馆藏

---

① 《古本小说集成》编委会编:《西游记》(世德堂本),上海古籍出版社 1994 年影印版,第 192 页。
② 《古本小说集成》编委会编:《西游证道书》,上海古籍出版社 1993 年影印版,第 180 页。

七、九幽冥府

《西游记》小说中存在大量描写孙悟空上天入地的故事情节,因而在插图中也有表现阴曹地府的主题。在小说第十回还集中描写了太宗皇帝游地府的情形。对冥府的鬼门关、森罗殿、背阴山、十八层地狱、奈何桥等恐怖环境进行了展示。阴曹地府是掌握世人生死的地方,无论是王侯将相还是平民百姓,在生死面前都一律平等,无可选择。正因为如此,小说描写了太宗进冥府后,一路上惊心动魄,若无崔判官帮助,恐不是被阳世为其斩杀的建成、元吉等索命鬼吞噬,也会被一群恶鬼揪住不放的情形。小说写道:

太宗心又惊惶,点头暗叹,默默悲伤,相随着判官、太尉,早过了奈河恶水,血盆苦界。前又到枉死城,只听哄哄人嚷,分明说:"李世民来了,李世民来了!"太宗听叫,心惊胆战。见一伙拖腰折臂、有足无头的鬼魅,上前拦住,都叫道:"还我命来,还我命来!"慌得那太宗藏藏躲躲,只叫:"崔先生救我,崔先生救我!"①

图 10 - 21 展示的是太宗在地府中路过"六道轮回"之处的情形,所谓"六道轮回"是指:行善的升化仙道,尽忠的超生贵道,行孝的再生福道,公平的还生人道,积德的转生富道,恶毒的沉沦鬼道。无论是僧尼道俗、走兽飞禽,还是魑魅魍魉都奔走在那轮回之下,各进其道。

图 10 - 21 《西游记》(世德堂本)插图

如果说连一代名君太宗皇帝都难逃生死劫,那么平民百姓对掌握生死簿的阴曹地府更是缄口不言。可这对于孙悟空来说,却完全是另一番景象,所有的地府规

---

① 《古本小说集成》编委会编:《西游记》(世德堂本),上海古籍出版社 1994 年影印版,第 235—236 页。

图 10 - 22　《李卓吾先生批评西游记》
插图

矩和秩序都被他打乱、打破,以至于唬得那牛头鬼东躲西藏,马面鬼南奔北跑,十代阎王出门恭迎,他可以在生死簿上随意涂抹。这与太宗入冥府形成了鲜明的对比。图 10 - 22 为李评本插图,展现的是判官奉上生死簿供美猴王查看的情形。图中,十代阎王列于两侧,牛头马面站在阶下,判官小吏忙前忙后,仿如地府在接受天庭玉帝派来的钦差大臣巡视。

八、降魔除妖

《西游记》故事情节中,降魔除妖是最重要的主题,降黄袍怪、金角大王、银角大王、青牛怪、大鹏鸟,除蝎子精、蜘蛛精、九头鸟、蜈蚣精、老鼠精等,既表现了取经路上的凶险多厄、障碍重重,也体现了孙悟空无所畏惧、勇往直前的战斗精神。此类主题较多,从类型上来看,可分为降魔、除妖、捉怪、杀精、诛寇、灭欲等。当然,这种划分只是便于对《西游记》插图中降魔除妖主题进行分类表述。从小说故事情节来考察,妖魔鬼怪常常是合而为一,两者之间并非泾渭分明。

降魔。纵观《西游记》小说故事情节可知,唐僧师徒西天取经路上最难对付的就是"魔",特别是从佛界下凡的"魔"。无论是虎力、鹿力、羊力大王等"妖",还是白骨精、九头虫精、蛇精等"精"在法力上都比不过"魔"。例如,文殊菩萨的青毛狮子、弥勒佛的黄眉童子、观音菩萨的金鱼等,这些"魔"常常把唐僧师徒折腾得苦不堪言,甚至是命悬一线。孙悟空师兄弟三人与其打斗,往往不是其对手,甚至被打得落荒而逃。即便是与当年花果山的结拜兄弟、土生土长的牛魔王打斗起来,孙悟空也占不了便宜,只能算打个平手罢了。例如小说第六十一回"猪八戒助力败魔王孙行者三调芭蕉扇"插图。图中悟空、八戒联手对付牛魔王,可见牛魔王之神勇,丝毫没有收兵的模样。但凡走投无路,或是悟空到佛界去求助,或是"魔"的主人亲自来降,很少有"魔"被斩杀。再如第二十一回"护法设庄留大圣　须弥灵吉定风魔"插图,展示的是风魔口吐黄风,"把孙大圣毫毛变的小行者刮得在那半空中,却似纺车儿一般乱转"。风魔所吹的不是凡风,而是"三昧神风"。"那风,能吹天地暗,善刮鬼神愁,裂石崩山恶,吹人命即休。"[①]有如此本领的妖怪原来是灵山脚下的得道老鼠,因为偷了琉璃盏内的清油,灯火昏暗,恐怕金刚拿它,故此走了,在此处成精作怪。因此,灵吉菩萨要拿它去见如来佛祖。

除妖。在唐僧师徒经历的八十一难中,除了来自佛界的"魔"最难对付外,第二难对付的则是来自天宫的"妖"。例如,由太上老君看炉童子所变的金角大王、银角

---

① 《古本小说集成》编委会编:《西游记》(世德堂本),上海古籍出版社 1994 年影印版,第 502 页。

大王。当然,如果不是来自天宫,无宗无源,只是通过自身修炼而成,即便法力再大,也斗不过悟空,反而要被其嘲弄,最终落个尸首不全、死无葬身之地的下场,如虎力、鹿力、羊力大王。对来自天宫的"妖",因"冤有头,债有主",孙悟空查出"妖"的来历后,就会吵吵闹闹到天宫找其主人,此类"妖"因有主人庇护,也很少有被诛杀的。如图10-23为小说第四十六回"外道弄强欺正法 心猿显圣灭诸邪"插图。图中展示的是虎力大仙与唐僧打赌比"云梯显圣"式坐禅,两人各坐一梯,虎力大仙梯下是鹿力、羊力大王,唐僧下面是悟空、八戒和沙僧。插图外显的是两者之间的赌斗,内隐的是两个团队之间的斗智斗勇。唐僧一心向佛,从不打诳语,更不与人争斗,此幅插图是唯一一张表现唐长老受到悟空唆使,取经途中与妖道赌斗的场面。再如稀世绣像本第三十四回"魔王巧算困心猿 大圣腾那骗宝贝"插图。图像展示的是孙悟空打死九尾狐狸后,变作金角大王、银角大王的母亲,来享受唐僧肉。插图中,金角、银角正跪在地上拜见"母亲",悟空变作的"母亲"满面笑容地接受礼拜,两边柱子上,一边绑着唐僧,一边绑着八戒和沙僧。这与小说情节描写存在不合之处,小说中三者是被吊在梁上,也正是由于被吊在半空,猪八戒才发现二王"母亲"是悟空所变。因为,当她弯倒腰,叫"我儿起来"时,那后面就撅起猴尾巴了。

图10-23 《西游记》(世德堂本)插图

捉怪。《西游记》小说中的"怪"可谓五花八门,既有土生土长的熊罴怪,也有来自佛界的青狮、白象、大鹏怪,还有来自天宫的黄袍怪、青牛怪、犀牛怪等。这些"怪"本领非凡,与"魔"相比毫不逊色。也正是由于其本领大、法力高,这些"怪"也成为唐僧师徒西天取经道路上的拦路虎。例如,熊罴怪因本领大而被观音菩萨收降作为落伽山的守山大神。如图10-24是第六十六回"诸神遭毒手 弥勒缚妖魔"插图,展示的是弥勒佛收黄眉怪的情形。在小雷音寺假充佛祖的黄眉怪,身上有两件宝贝:金铙和布褡包。悟空被其用金铙罩住,黔驴技穷之际,想起观音给的

图 10－24　《李卓吾先生批评西游记》插图

三根救命毫毛，拔下一根后才打孔钻出。唐僧及八戒、沙和尚和悟空请来的天神、揭谛、伽蓝、龟蛇二将并五大神龙、小张太子并四将等均被黄眉怪装进布褡包里。以至于大圣望此情形怅望悲啼：

> 师父啊！我——
>
> 自从秉教入禅林，感荷菩萨脱难深。保你西来求大道，相同辅助上雷音。
>
> 只言平坦羊肠路，岂料崔巍怪物侵。百计千方难救你，东求西告枉劳心！①

最终还是弥勒佛亲自来降私自下凡的黄眉童儿。即便如此，由于黄眉怪神通广大，弥勒佛和悟空通力合作才将其降住。插图展示的就是弥勒佛在山坡下，设一草庵，种一田瓜果，悟空将怪引来后，自己变作一个大熟瓜，被妖怪吃下肚后，才将其降住。可见此怪之能耐，绝不亚于各种魔头。甚至，有的还令如来佛祖无可奈何，如大鹏怪，论辈分是如来佛祖的娘舅。听八戒、沙僧说师傅被大鹏怪不是蒸，就是夹生儿吃了后，悟空再次心如刀绞，泪似水流，放声大哭，叫道：

师父啊——

恨我欺天困网罗，师来救我脱沉疴。潜心笃志同参佛，努力修身共炼魔。

岂料今朝遭蜇害，不能保你上婆娑。西方胜境无缘到，气散魂消怎奈何。②

悟空护送唐僧西天取经途中，少有的两次因救不出师傅而伤心痛哭的都是因"怪"所为。图 10－25 展示的就是悟空与三怪斗智斗勇的场面。插图中，悟空立于岩石上，手中牵着一根从青狮鼻孔中通出来的绳子，青狮怪则被吊在半空，处在身体痛苦之中，白象、大鹏怪见此情形则跪拜在地，向大圣求饶。

杀精。《西游记》小说中世间万物皆可成精，植物中有各种树精，动物中有老鼠精、狮子精，还有传说中的九头虫精、九头狮精、玉兔精。小说中特别把动物界的"五毒"：蟾蜍、蝎子、蜈蚣、蜘蛛和毒蛇变成的精作为重点表现对象。与佛教的"贪、嗔、痴、爱、恶"形成了类比。与"妖、魔、怪"相比，这些世间之物虽然已修炼成精，但除了九头虫精、九头狮精、玉兔精来自大海龙宫、佛界和天宫外，其他毕竟属于世间凡物，因此，在孙悟空护送唐僧西天取经路上打死最多的就是这些"精"。小说第二十七回"尸魔三戏唐三藏　圣僧恨逐美猴王"插图，十分传神地表现了唐僧师徒各自的心理活动。悟空恨之切切，举棍打死白骨精，白骨精变作一堆骷髅。唐

---

① 《古本小说集成》编委会编：《西游记》(世德堂本)，上海古籍出版社 1994 年影印版，第 1684 页。

② 同上，第 1977 页。

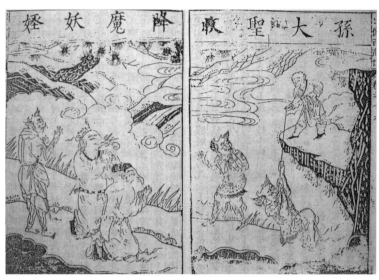

图 10-25 《西游记》(世德堂本)插图

僧见此情形,心惊胆战,忙举手掩目,避之而不及。八戒贪恋白骨精所变女子的美色,冲上去劝阻,他摆着双手,仿若在说"猴哥棍下留人!"沙僧则手持禅杖站立一旁,静观其变。此插图虽然是西游故事流传到海外,日本画家根据故事情节所绘,但不可否认,插图的艺术表现力极强,成为《西游记》海外版本中不可多得的插图经典。

图 10-26 为小说第六十三回"二僧荡怪闹龙宫 群圣除邪获宝贝"插图,展现的是二郎神率梅山六兄弟除九头虫鸟的情形。插图以艺术化手法同时展示了天上和水下两个场景。天上的是九头虫鸟腾空展翅,欲扑向二郎神,二郎神则扯弓劲射,六兄弟紧随其后,同戮虫精。下面展示的则是猪八戒与龙子龙孙打斗的场景。对照文本,可知此图以共时手法展示的是历时性情节,即先是八戒打入龙宫引出虫鸟,才有二郎神射九头虫鸟,哮天犬咬下其一头,虫精负伤向北逃飞的情形。

图 10-26 《新说西游记图像》插图

诛寇。在《西游记》故事情节中,还有一些表现孙悟空打杀拦路打劫的世间盗匪、草寇等内容。与妖魔鬼怪相比,他们对于取经事业的阻碍几乎不存在。孙悟空不费吹灰之力,就会让其成为金箍棒下的"肉泥"。当然,从类属上区分,人与妖魔鬼怪也不可归为一类。虽然区区蟊贼阻挡不了西行之路,却足以使取经团队内部出现前所未有的离心力。从这个意义上来看,如果说孙悟空的诛寇是解厄,倒不如说是考验唐僧的心理底

图 10-27　《李卓吾先生批评西游记》插图

线。因为,恰恰是这微不足道的磕绊,险些拆散取经团队,使取经大业功亏一篑。图 10-27 是小说第十四回"心猿归正　六贼无踪"插图。在唐僧师徒西天取经过程中,一共遇到三次草寇拦路抢劫,这是第一次。六个分别叫做"眼看喜""耳听怒""鼻嗅爱""舌尝思""意见欲""身本忧"的蟊贼见悟空手里的绣花针瞬间变成碗口粗的棍子,吓得四散逃走,却被悟空一个个追上尽皆打死,并剥了衣服,夺了盘缠。图中展示的正是蟊贼作鸟兽散的情形,悟空轮棒如秋风扫落叶一般向蟊贼打去。远处山坡上唐僧吓得战战兢兢,目不敢视。对于出家人来说,扫地恐伤蝼蚁命,爱惜飞蛾纱罩灯。因此,唐僧认为悟空不分青红皂白,打死六人,全无一点慈悲好善之心是不可理喻的。从而导致了第一次师徒间有隙,迫使悟空主动离开。

图 10-28 是小说第五十六回"神狂诛草寇　道昧放心猿"插图,展示的是唐僧策马奔驰,被一群草寇拦路抢劫的情形。吸取了前次打杀六个蟊贼的教训,悟空这次倒是手下留情,打死两个后,其他人被吓跑,他便不再追上赶尽杀绝。唐僧虽没有像上次那样反应强烈,但在对死者的祷告中说道:"你到森罗殿下兴词,倒树寻根,他姓孙,我姓陈,各居异姓。冤有头,债有主,切莫告我取经僧人。"①这激起了悟空内心的愤愤不平。白天拦路抢劫的草寇之中,有一人恰好是唐僧师徒借宿的老杨家儿子,当贼人再次企图谋财害命时,老杨及时告知唐僧四人,让其逃离。当草寇追来时,悟空不仅打死了老杨的儿子,还割其首级去见唐僧。对于悟空来说,这是该杀的草寇,对于唐僧而言,这是恩人的儿子。杀恩人的儿子,恩将仇报,这是唐僧万万不能接受的。如果说第一次杀死六个蟊贼,且主动离队,那是悟空不通人性,无拘无束所致;第二次打死的虽是白骨精,唐僧却认为是打死普通百姓一家三口,导致悟空被迫离队,是长老凡眼不识妖精,猪八戒唆使所致;那么这次悟空杀死恩人的儿子,却是主动行为,完全突破了唐僧的心理底线,这也彻底导致了师徒两人的决裂。由此可见,在西天取经过程中,即便被妖魔鬼怪折磨得死去活来,唐僧始终保持着坚定的意志,对悟空完全信任,两人之间也从没有二心。而当情况一旦变为普通蟊贼草寇时,就会出现师徒之间的离心,这表明诛寇对于悟空来说,虽不费力,却要面对唐僧这一关,这是在挑战师傅的心理底线。与其说是诛寇,不如说是在驱除唐僧的心头之魔。

灭欲。阅读《西游记》故事,会让读者感觉到取经队伍除了要面对形形色色妖

---

① 《古本小说集成》编委会编:《西游记》(世德堂本),上海古籍出版社 1994 年影印版,第 1429 页。

图 10-28　《西游记》(世德堂本)插图

魔鬼怪的考验,还要接受"心魔"的考验。它虽然没有具象,却实实在在地存在于每个取经人的心间。《心经》曰:"色即是空,空即是色。"猪八戒说"和尚是色中饿鬼"。为了考验取经队伍的意志,黎山老母、观音菩萨、普贤和文殊"四圣试禅心",结果,猪八戒淫心动荡,被缚于网。师徒路过女儿国,禁不住女王的甜言蜜语、情爱绵绵,唐僧险些也动了凡心,虽勉强通过,但也显示了取经意志最坚定者,也难免受到"心魔"的困扰。因此,如果说降魔除妖是外在的为西天取经荡平道路,那么"灭欲"则是内在的为西天取经修身养性。如稀世绣像本第二十三回"三藏不忘本　四圣试禅心"插图,表现的是八戒"撞天婚"的情形,你看他"东扑抱着柱科,西扑摸着板壁,两头跑晕了,立站不稳,只是打跌。前来蹭着门扇,后去汤着砖墙,磕磕撞撞,跌得嘴肿头青,坐在地下"①。再如《绘本西游记》中第五十四回"法性西来逢女国　心猿定计脱烟花"插图,图中唐僧端坐在台上,目光注视着身边站立着的女王,台下众女子或奉茶或贡果侍候两旁。悟空、八戒和沙僧在享受着山珍海味。其中,沙僧背对着台上的师傅在低头吃东西,悟空和八戒则边吃边观察台上师傅和女王的举动,只不过悟空是警惕地看着,担心师傅扛不住女王的爱情攻势;八戒则是嫉妒地看着,心里在想"为什么台上的男人不是我"。当然,如果我们对照小说文本,就可知道,唐僧与女王共登凤辇,并肩而坐,三个徒弟被安排在光禄寺筵宴,并非和唐僧同在一个地方。小说中,女王倒是主动出击,叫道:"御弟哥哥,请上龙车,和我同上金銮宝殿,匹配夫妇去来……大唐御弟,还不来占凤乘鸾也?"②可见,版画作者将师徒四人的活动空间转换成同在金銮殿宴席上,有利于表现四人的心理活动。刻画一个含情脉脉的唐僧,一个端庄羞涩的女王,虽然不符合小说情节描写,但更符合

---

① 《古本小说集成》编委会编:《西游记》(世德堂本),上海古籍出版社 1994 年影印版,第 565 页。
② 同上,第 1376 页。

传统封建社会的礼仪。对于唐僧来说,西行路上能否抵挡住女色,拔除心头之魔,这也是一个严峻的考验。

第三节 《西游记》插图中的人物形象分析

《西游记》版本在中国古代四大名著中是比较复杂的,明清两代《西游记》经典性插图版本就有十几种。虽然,插图创作者都要按照小说文本描写的内容进行创作,但由于受到地域特点、刻工技艺、版式要求、刻印技术等因素的制约和影响,各种版本均显现出不同于其他刊本的插图特点,在人物形象的刻画上,也呈现出各不相同的造型特征。如果再考虑到在西游故事形成过程中存在于小说之外的古代遗存及其他小说、戏曲中涉及西游故事情节的,那么人物形象则更为复杂。本节将对《西游记》故事中的主要人物形象进行梳理。

一、唐僧

在取经队伍中,唐僧无疑是最主要的人物,其次才是他的三个徒弟。虽然在小说中,说他是如来的弟子金蝉子转世,但其实他与凡人并没有任何不同的地方。与三个能驾云翻斗的徒弟相比,他只能靠自己的双脚和借助白龙马的脚力翻山越岭;与悟空火眼金睛能识别妖魔鬼怪相比,凡胎俗眼的他常常被妖精迷惑。即便如此,

图 10-29　玄奘画像,日本镰仓（1185—1333）后期绘制,东京国立博物馆藏

如果没有唐僧这个关键人物,孙悟空的降魔除妖就没有任何意义了。也正是有了唐僧这个意志坚定的凡人,带着三个神通广大的徒弟,才最终取得真经。从总体上来看,唐僧人物形象的变迁可分为以下几个方面:

(一) 历史人物的图像再现

玄奘幼年出家,10 岁随哥哥进入佛门,13 岁剃度出家,21 岁受具足戒。前后遍访佛教名师,造诣日深。因感各派学说分歧,难得定论,便决心至天竺学习佛法。贞观三年(629)玄奘结侣陈表,请允西行求法,但未获唐太宗批准。然玄奘决心已定,乃"冒越宪章,私往天竺",始自长安神邑,终于王舍新城,长途跋涉十余万里。贞观十九年(645)正月二十五日,玄奘返抵长安,以至于当时"道俗奔迎,倾都罢市",出现万人空巷的情形。尔后玄奘留长安,悉心翻译佛经,前后共译经论七十五部,总计一千三百三十五卷,成就非凡。玄奘奉诏口述所见,由门徒辩机辑录而成的《大唐西域记》,介绍西域诸国的历史人情、宗教信仰、地理资源,打开了人们的眼界。玄奘圆寂后,为纪念他"乘危远迈,杖策孤征"的创举,人们在佛经卷、壁

画、雕塑等方面开始对其进行写实式的形象刻画,如元代碑刻拓片"唐玄奘取经图",东京国立博物馆藏"玄奘画像"(图10-29)。此类图像所刻画的多是玄奘孤灯苦影,负笈而行,但他目光坚定,步履从容,形象地展示出人物内心对佛教圣地的向往与皈依,以及取经返回后翻译佛经的情形。

(二) 取经途中的神化其人

玄奘门徒慧立、彦琮又据其经历撰写了《大慈恩寺三藏法师传》。为了弘扬佛教,也为了神化玄奘,此书在描绘他突破艰险,一意西行的同时,还穿插了一些神话传说,如狮子王劫女产子,西女国生男不举,迦湿罗国"灭坏佛法"等。它们虽然游离于取经故事之外,却启发后来作者创作出更多的有关取经的神话。特别是对法师的有意神化,弘扬佛法无边的感召力,使其开始迈出偏离事实的第一步。例如:

是时四顾茫然,人鸟俱绝。夜则妖魃举火,灿若繁星,昼则惊风拥沙,散如时雨。虽遇如是,心无所惧,但苦水尽,渴不能前。是时,四夜五日无一滴沾喉,口腹干燋,几将殒绝,不复能进,遂卧沙中默念观音,虽困不舍。启菩萨曰:"玄奘此行不求财利,无冀名誉,但为无上正法来耳。仰惟菩萨慈念群生,以救苦为务,此为苦矣,宁不知耶?"如是告时,心心无辍。至第五夜半,忽有凉风触身,冷快如沐寒水。遂得目明,马亦能起。体既苏息,得少睡眠。即于睡中梦一大神长数丈,执戟麾曰:"何不强行而更卧也?"法师惊寤,进发行可十里,马忽异路制之不回,经数里忽见青草数亩,下马恣食,去草十步欲回转,又到一池,水甘澄镜彻,下而就饮,身命重全,人马俱得苏息。[1]

作为玄奘的信徒,这样的想象是合理的。玄奘曾在大沙漠中迷路五天四夜,幸得老马带路寻找到水源,才转危为安。老马识途,已是常识,然而在《大慈恩寺三藏法师传》中被写成是观音菩萨慈善,特意安排了一块草地,还让一名身长数丈的巨神对昏迷中的玄奘大喝:"何不强行,而更卧也?"则跨出了高僧传记的门槛,带有虚构想象的色彩。

在玄奘的图像创作上,也开始出现了神化其西行取经的作品。"自唐末,即公元9世纪初开始,有关唐三藏的纪念物开始增多:唐太和三年(829),兴教寺之塔宇修建。接着由于玄奘的西行求法成功,"伴虎行脚僧图"本大量流行,莫高窟藏经洞出土有十二幅。"[2]在人物塑造上,对玄奘形象的刻画,开始出现以物衬人,以景烘人的艺术创作倾向。例如,现藏于日本美术馆的玄奘取经图。此类图像中玄奘虽也策杖而行,但不再是孤灯苦影,与他同行的还有其手中所牵的一只猛虎。老虎为百兽之王,这表明有其相伴一路上不受猛兽侵害。

以上仅是对玄奘人物画创作上的神化,如果联系"西游"故事,那么元代《唐僧取经图册》则是其中一个重要的由真实再现向艺术虚构演进的作品。全画册"凡三

---

① 慧立、彦琮著,孙毓棠、谢方校点:《大慈恩寺三藏法师传》,中华书局1983年版,第17页。

② 李翎:《玄奘大师像与相关行脚僧图像解析》,载《法音》2011年第1期,第40页。

十二帧，递传千百年余，犹觉神采跃然如生，真有尘云拥护，乃能获见于今日，观者惊叹以为神笔”，"其笔墨之生动，界画之精工，着色之古厚，蹊径之深邃，绢质之精细"①为后世所不及。以世德堂本故事情节作为参照，《唐僧取经图册》由对真实历史人物玄奘取经的展示转入艺术想象和虚构的境界。

图 10-30　《唐僧取经图册》插图

图 10-31　《唐僧取经图册》插图

图 10-32　《唐僧取经图册》插图

全幅图像以唐僧为主人公，而非世德堂本中的孙悟空。参照矶部彰和曹炳建、黄霖等学者对图册故事的重新编排，图10-30展现的就是"唐僧祈雨"的故事，元末明初杨景贤杂剧《西游记》第五折有："小官虞世南，奉观音佛法旨，荐陈玄奘于朝。小官引见天子。京师大旱，结坛场祈雨。玄奘打坐片时，大雨三日。"②可见其确为"西游"故事演变过程中曾经存在的状态。"唐僧取经回国"（见图10-31）主要展现唐僧的活动。悟空仅在画册中出现过一次，猪八戒、沙僧两人虽然题签中有其名，但图像中并无其人。画册里出现玄奘西天取经过程中遇到的许多妖魔鬼怪以及得到天王救助的图像。例如，"遇观音得火龙马"（见

① 梁章钜：《〈唐僧取经图册〉跋》，见蔡铁鹰编：《西游记资料丛编》（上册），中华书局 2010 年版，第 531 页。
② 引自"古本戏曲丛刊"初集，《杨东莱批评西游记》第一卷第五折"诏饯西行"。

图 10-32），佛赐法水救唐僧，以及后世"西游"故事中未见的故事情节。例如，"张守信谋唐僧财""飞虎国降大、小班""五方伞盖经度白蛇""玉肌夫人""释迦林龟子夫人""六通尊者降树生囊行者""金顶国长爪大仙斗法""哑女镇逢哑女大仙""明显国降大罗真人""悬空寺过阿罗律师""过截天关见香因尊者""毗篮园见摩耶夫人""白莲公主听唐僧说法""万程河降大威显胜龙"等。也正是这些未见的故事情节，表明"西游"故事从早期向足本世德堂本演进的过程中，不断去芜取精，才最终形成一部伟大的神魔小说。

（三）古代遗存中的西游首领

从古代遗存来看，虽然我们认为先有对玄奘取经的写实性图像创作，再有神话取经的图像创作，但因各国所藏的玄奘取经图大多年代无可考，因此，就历史遗存来看，西夏的东千佛洞与安西榆林窟内几处壁画是所能见到最早的取经壁画。这几幅壁画的特点是，从玄奘取经故事演变来看，作为唐僧的徒弟猴行者开始加入取经队伍。例如，东千佛洞第二窟的"水月观音"中的"玄奘取经图"，经专家考证，"水月观音"是西夏时由宫廷画师画就的上乘壁画①。图像中人物虽已模糊不清，但如果仔细辨认，仍能够见出为唐僧师徒二人，前面的为唐僧，头上有神光，身披褐色交领僧衣，展示了玄奘西行求法时向观音菩萨虔诚顶礼的画面。他的身后为猴行者，一手牵马一手遮着额头望着水月观音菩萨，调皮的形象跃然于眼前。在他身后画着一匹马，正呈背面站立状，马头转向猴行者一侧，马背上无物。再如榆林窟第二窟西壁北侧"水月观音"局部图。虽然壁画已斑驳脱落得面目全非，但仍能够在模糊的图像中见出唐僧师徒行至一处断崖或险滩处，玄奘双手合十高举，做礼拜状；行者弯曲高举右手，举至头部上方，手部动作不清，或为遮眼作搭凉棚状，或亦作行礼状，左手放于胸前。左臂下方绕出一根缥绳，拴在身后马头上，与小说中白马颜色相异，马呈黑色，仅露头部于画中。又如榆林窟第三窟"普贤变"局部，图像清晰地展示了师徒两人行至断崖边无路可行的情形，玄奘头上有神光环绕，双手合于胸前，身后是猴行者牵着白马，他昂首向上，怒目圆睁，毛发竖立，双手捧于颈部，我们仿佛能够听到从他那喉咙中发出的怒吼；猴行者身边的白马亦昂首挺胸，身上驮着莲花座，座上放着包裹，当是经卷。由此可见，当是师徒两人取经返途中的情景展示。唐僧师徒这种动作情形，不禁让我们想起《大唐三藏取经诗话》中"过长坑大蛇岭处第六"的相关描写：

行次至火类坳白虎精。前去遇一大坑，四门陡黑，雷声喊喊，进步不得。法师当把金镮杖遥指天宫，大叫："天王救难!"忽然杖上起五里毫光，射破长坑，须臾便过。②

以及《经过女人国处第十》中的相关描写：

① 张宝玺：《莫高窟周围中小石窟调查与研究》，见段文杰等编：《敦煌学国际研讨会文集：石窟考古编》，辽宁美术出版社 1995 年版，第 94 页。
② 《古本小说集成》组委会编：《大唐三藏取经诗话》，上海古籍出版社 1994 年版，第 16 页。

前遇一溪,洪水茫茫。法师烦恼。猴行者曰:"但请前行,自有方便。"行者大叫"天王"一声,溪水断流,洪浪乾绝。师行过了,合掌擎拳。此是宿缘,天官助力。①

不管是"大坑"还是"洪水",总之,"水月观音"局部图和榆林窟"普贤变"更能展示此两处险境,当初师徒两人过大梵天王宫时,天王承诺:"有难之处,遥指天宫大叫'天王'一声,当有救用。"②因此才有师徒两人对天大叫"天王"的情形。

杭州飞来峰唐僧取经雕塑被认为是宋元时期创作的古代遗存。③ "龙泓洞口左下方的两组浮雕是飞来峰元代造像题材中别开生面的杰作。第一九号龛取材于'唐僧取经',玄奘作前导状,面相温雅,透露出虔诚真挚的思想感情,他的左上角隐约有'唐三藏玄奘法师'一行题字,其后一马负经,一马负莲花座,旁边还布置着人物三身,动因呼应一致,生动自然。"④从图中可见,唐僧头罩神光,面带笑容,双手合于胸前,身上袈裟如曹衣出水,层次分明,身后是徒弟们手牵两匹驮着经书的白马。

再如,山西省稷山县青龙寺所保存的古代壁画遗存。⑤ 据记载:"青龙寺创建于唐龙朔二年(662),翌年改为今名。元、明、清各代多次重修、修葺和补绘,现存建筑多为元明遗物。"⑥学者们大多认为这是元代壁画遗存。图像中共为三人。走在前面的当是唐僧,双手合十,拜于前方;身侧后则是沙僧,亦双手合于胸前;行者牵白马紧随其后,目光炯炯有神,身似猴状;马背上驮着莲花经卷,马匹主色调为白色,与人物形成强烈色差对比。

在元代唐僧取经图古代遗存上,同为磁州窑的两个瓷枕却展示了两幅不同的取经图像。一个为藏在河北省文物研究所的"白地黑花山水人物图长方形枕"⑦,一个为藏在广东省博物馆的"唐僧取经瓷枕"。河北省文物研究所藏的"白地黑花山水人物图长方形枕"在构图上,绘唐僧头带宽檐帽坐于白马上,转头仿若在招呼行者,行者则紧随其后,看着马上的师父,一只手持金箍棒,一只手指向后方;前方则是沙僧开路,沙僧头上亦戴着宽檐帽,肩上扛着月牙宝杖,宝杖上系着行李,正回

---

① 《古本小说集成》组委会编:《大唐三藏取经诗话》,上海古籍出版社 1994 年版,第 31—32 页。

② 同上,第 7 页。

③ 黄涌泉指出"根据所处地位以及造像大小看来,似定在元代较妥",后来,他在致刘荫柏的书信中,又纠正说"当时定为元代作品,后经仔细考察,应定为宋代较妥"。见黄涌泉:《杭州元代石窟概述》。

④ 黄涌泉:《杭州元代石窟概述》,转引自刘荫柏编:《西游记研究资料》,上海古籍出版社 1990 年版,第 257 页。

⑤ 2003 年 10 月 29 日,山西省稷山县青龙寺北人殿南壁拱眼下方发现了一组长 8 m、宽 0.6 m 的连环画式壁画,内容为唐朝"玄奘取经图"。据文物专家考证:此组壁画绘制于元末明初。

⑥ 稷山县县志编纂委员会编:《稷山县志》,新华出版社 1994 年版,第 510 页。

⑦ 《中国出土瓷器全集·河北》对"白地黑花山水人物图长方形枕"的介绍是:"元代(1271—1368),高 15 cm、枕面长 42.5 cm、宽 17.5 cm。1969 年河北磁县上潘汪出土,现藏于河北省文物研究所。枕呈长方形,枕面微凹,略向前倾,出檐,枕壁竖直,后壁有一气孔,平底。黄灰胎,稍粗。白釉略泛黄,较光润,施满釉,底无釉。白地黑花,黑褐色彩;枕面绘直线纹和波折纹作边框,内有壶门形开光,开光内绘山水人物图,似表现行旅场景,或为西游记的早期图形;开光外满绘缠枝菊花纹,在左边框内有"漳滨逸人制"五字题款。枕白四壁分别在开光内绘竹、荷、牡丹等花卉。此枕为河北磁州窑元代的典型器物。参见曹凯主编:《中国出土瓷器全集·河北》,科学出版社 2008 年版,第 216 页。

头观看身后的师父。广东省博物馆所藏的元代取经瓷枕[①]所呈现的图像中,可以见出唐僧师徒四人,加上白马一匹。"从磁州窑唐僧取经瓷枕说明取经故事至迟在元代已经基本定型……说明当时取经故事已广为流传,并基本完善,成为人们喜闻乐见的题材,因此陶瓷工艺匠人把它作为主题,画在瓷枕上。"[②]

(四) 小说人物的艺术重塑

在《西游记》小说中,唐三藏只是一个被借用的历史人物,一切关于他的事迹都只存在于概念之中。他的前世是如来佛祖的二弟子,因不专心听佛讲经,轻慢大教,所以被罚转世东土。他的父母不再是平民百姓而是达官贵人,父亲陈光蕊是海州弘农县新科状元,母亲殷温娇是大唐丞相殷开山之女。他出生即遭厄运,母亲被迫将其放入匣中漂流而下,幸得金山寺法明和尚相救。十八岁复仇报本,为父母昭雪沉冤后,法明长老为他摩顶受戒,取名玄奘,坚心修道。因一心想得到西方大乘佛法,他决心到西天拜佛取经。唐太宗赐玄奘为御弟后,指唐为姓,因西天有经三藏,故又称"唐三藏"。真实历史上玄奘的西行艰辛已不重要,重要的是一路上师徒的降魔除妖。小说插图中唐僧人物形象的变迁,要从两个方面来把握,一方面是小说情节上的人物成长、演变,另一方面是不同小说版本中人物形象的变迁。

从小说故事情节上来考察唐僧的形象变迁,那么,他经历了以下几个重要的人生节点:

命运坎坷江流儿。在现存最早的《西游记》简本阳至和本中,对唐僧有一段简要的介绍:

此人是谁?诨号金蝉,只为无心听佛讲法,押归阴山,后得观音保救,送归东土。当朝总管殷开山小姐,投胎未生之前,先遭恶党刘洪,惊散父亲陈光蕊,欲犯小姐。正值金蝉降生,洪欲除根,急令淹死。小姐再三哀告,将儿入匣抛江,流至金山寺,大石挡住,僧人听见匣内有声,收来开匣,抱入寺去,迁安和尚养成。自幼持斋把素,因此,号为江流儿,法名唤做陈玄奘。他母幸得刘洪母贤,脱身修行不题。[③]

同时,还配插图一幅,如图 10-33 展示的是金山寺迁安和尚出门观看江中之匣,闻匣内有声,双手伸出欲救之的情形。插图题"金蝉降生"四字。虽然小说对唐僧的身世介绍十分简洁,但它向我们表明后世版本,如"证道书本"对唐僧身世设专

---

① 广东省博物馆对"唐僧取经瓷枕"的介绍:(1271—1368),前高 10 cm、后高 13 cm、长 40 cm、宽 16.7 cm。枕为长方形,前低后高,中微凹。通体施白釉,但白中泛黄;以铁料作画,呈褐色。枕面以线框卷草纹饰边框,内有菱形开光,开光外四角绘折枝花卉,开光内绘唐僧师徒四人取经图。枕前壁绘竹,后壁绘虎,两侧壁绘芙蓉花。整个画法写意性强。底部印阳文楷书横款"古相"、直款"张家造"。此枕出现于小说《西游记》成书之前,对古典文学研究具有重要的参考价值。

② 郁博文:《瓷枕与〈西游记〉》,载《光明日报》1973 年 10 月 8 日。此文收录在刘荫柏编:《西游记研究资料》,上海古籍出版社 1990 年版,第 260—263 页。又收录在朱一玄、刘毓忱编:《西游记资料汇编》,南开大学出版社 2002 年版,第 149—151 页。

③ 《古本小说集成》编委会编:《唐三藏出身全传》,上海古籍出版社 1993 年影印版,第 86 页。

章讲述,并非无中生有。在明代另一简本朱鼎臣本中,则对唐僧的身世进行了详细的介绍,该刊本设"陈光蕊及第成婚""刘洪谋死陈光蕊""小龙王救醒陈光蕊""殷小姐思夫生子""江流和尚思报本""小姐嘱儿寻殷相""殷丞相为婿报仇"七节对唐僧的身世进行了系统的讲述。但该刊本不同于阳至和本和证道书本的地方则是唐僧出生并没有被入匣抛江成为"江流儿",而是殷小姐将其托付给南极星君变作的和尚,然后将其交给金山寺法明和尚抚养成人。图 10-34 展示的则是殷小姐刺写血书,将儿子托与和尚的情形。

图 10-33　《唐三藏出身全传》插图

图 10-34　《唐三藏西游释厄传》插图

明代刊本仅阳至和本有"江流儿"情节故事,至清代"江流儿"故事则基本定型。图 10-35 为新说本插图,展示的是殷丞相捉拿刘洪,将其押至江边以祭奠陈光蕊的情形,"江流儿"在此图中站立于江边,只展示一个背影,但不同于其他图中人物的粗布白衣,而是一身袈裟,与西天取经途中的唐僧别无二致。

"西游"故事插图中,真正全方位展示"江流儿"被"入匣抛江""寻母报本""江边祭陈"等情形的倒是杂剧《杨东莱批评西游记》插图。如图 10-36 展示的是"江流儿"被"入匣抛江",殷小姐怀抱儿子十分不舍,江波滔滔之中,龙王浮出水面,关注着岸上的人间悲剧,远处天空中观音菩萨伫立在祥云之中,远远地看着"江流儿"母子。观音和龙王的出现表明两者前来暗中保佑"江流儿"平安,增强了故事的神秘感与神圣感。图 10-37 展示"江流儿"寻母的情形,小和尚放下肩上的行李担子,向关房门的女子作问讯状。这是母子十八年后的第一次见面,人物各自内心的感情如同江水掀起的波澜。此幅插图虽然只展示了"江流儿"的侧面,但我们见到一个年轻英俊的僧人形象。

图 10-35　《新说西游记图像》插图

一代法师陈玄奘。小说第十二回"玄奘秉诚建大会　观音显像化金蝉"中,讲述的是唐太宗地府还魂后,要选一名有大德行者作坛主,设建道场,超度众生。玄奘因德行高、千经万典无所不通而被众臣推荐给太宗皇上。小

图 10 - 36 《杨东莱批评西游记》影印本插图

图 10 - 37 《杨东莱批评西游记》影印本插图

说中对穿上观音赠送的锦襕异宝袈裟、手持九环锡杖的玄奘进行了一番描述：

凛凛威颜多雅秀，佛衣可体如裁就。辉光艳艳满乾坤，结彩纷纷凝宇宙。
朗朗明珠上下排，层层金线穿前后。兜罗四面锦沿边，万样稀奇铺绮绣。
八宝妆花缚钮丝，金环束领攀绒扣。佛天大小列高低，星象尊卑分左右。
玄奘法师大有缘，现前此物堪承受。浑如极乐活罗汉，赛过西方真觉秀。
锡杖叮当斗九环，毗卢帽映多丰厚。诚为佛子不虚传，胜似菩提无诈谬。①

　这个"浑如极乐活罗汉，赛过西方真觉秀"的玄奘，其佛经造诣如何呢？小说又
描写道：

① 《古本小说集成》编委会编：《西游记》(世德堂本)，上海古籍出版社1994年影印版，第276—277页。

万象澄明绝点埃,大典玄奘坐高台。超生孤魂暗中到,听法高流市上来。

施物应机心路远,出生随意藏门开。对看讲出无量法,老幼人人放喜怀。①

图 10-38 为世德堂本插图,展示玄奘坐坛讲法的情形,但与小说描写的故事情节相差甚远,图像中一老者坐于木椅上,一小童侍奉在旁,下面是三个和尚列于一侧作交流状。如果不是插图题词标识内容,我们无法想象这就是玄奘讲法的场景。特别是老者的形象无法与年轻英俊的玄奘相比拟。相形之下,图 10-39 则给我们展示了一个井然有序的水陆大会场景。图像中虽然玄奘不是主角,却刻画了一个身穿袈裟,一手持锡杖,一手持金钵盂的玄奘法师形象。

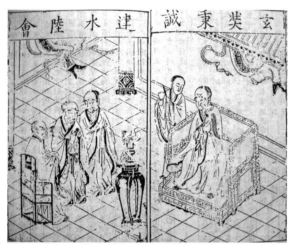

图 10-38　《西游记》(世德堂本)插图

图 10-39　《李卓吾先生批评西游记》插图

眉清目秀唐御弟。在《西游记》中,对唐僧的描写更多的是从一个佛家弟子的角度落笔,作为一个男子形象的描述很少,仅见于第五十四回"法性西来逢女国 心猿定计脱烟花"中,女王眼中的唐僧:"丰姿英伟,相貌轩昂。齿白如银砌,唇红口四方。顶平额阔天仓满,目秀眉清地阁长。两耳有轮真杰士,一身不俗是才郎。好个妙龄聪俊风流子,堪配西梁窈窕娘。"②由此可见,唐僧无疑是一表人才的美男子,这也是为什么在西天取经路上女妖见到唐僧就要配夫妻、行男女之事的缘由。对于这个丰姿英伟,相貌轩昂的美男子,小说插图创作者是如何表现的呢?通过对插图本《西游记》的考察,我们发现这一形象基本上经历了一个从概念性人物逐步清晰化为眉清目秀,温文尔雅人物形象的过程。在阳至和本和杨闽斋木插图中唐僧仅是一个普通和尚的形象,与其他和尚并没有什么区别,对这样一个概念化人物形象的认知只不过是从插图的题词中获得的。将世德堂本和李评本插图中唐僧形象与建安派小说上图下文版式中的人物形象相比较,能够全景式展开对人物形象的理解,在插图中我们能够见到人物的表情特征,但人物整体形象仍没有达到小说

---

① 《古本小说集成》编委会编:《西游记》(世德堂本),上海古籍出版社 1994 年影印版,第 279 页。

② 同上,第 1376 页。

描写的境界。

　　图 10 - 40、图 10 - 41 分别是稀世绣像本和新说本中的人物绣像图。与小说情节插图相比,这是对人物的特写,是人物肖像画,观者能够近距离地对人物形象进行细致观察。从两幅绣像来看,前者更符合小说中"长老"的佛家身份,却丝毫见不出人物"丰姿英伟,相貌轩昂"的特征。真正将《西游记》中唐僧形象准确而又传神地刻画出来的,当是后者。新说本中的唐僧,身着锦襕袈裟,手持九环锡杖,在白龙马的衬托下,显得高大英俊且儒雅敦厚,成为《西游记》插图中"唐僧"的经典形象。

图 10 - 40　清康熙三十五年《西游　　　　图 10 - 41　《新说西游记图像》插图
　　　　　　记》插图,上海图书
　　　　　　馆藏

　　一心向禅取经人。在《西游记》小说中,意志坚定、一心向佛是唐僧的主要艺术特点。唐僧在主动接受唐王旨意上西天拜佛求经时就表明了自己的决心:"我这一去,定要捐躯努力,直至西天。如不到西天,不得真经,即死也不敢回国,永堕沉沦地狱。"[1]特别是被女妖摄入洞中要行男女之事时,更能够见出唐僧的禅心。例如,小说第五十五回"色邪淫戏唐三藏　性正修持不坏身"中写道:

　　目不视恶色,耳不听淫声。他把这锦绣娇容如粪土,金珠美貌若灰尘。一生只爱参禅,半步不离佛地。那里会惜玉怜香,只晓得修真养性。那女怪,活泼泼,春意无边;这长老,死丁丁,禅机有在。一个似软玉温香,一个如死灰槁木。那一个,展鸳衾,淫兴浓浓;这一个,束褊衫,丹心耿耿。那个要贴胸交股和鸾凤,这个要画壁归山访达摩。女怪解衣,卖弄他肌香肤腻;唐僧敛衽,紧藏了糙肉粗皮。女怪道:

"我枕剩衾闲何不睡?"唐僧道:"我头光服异怎相陪!"那个道:"我愿作前朝柳翠翠。"这个道:"贫僧不是月阇黎。"女怪道:"我美若西施还袅娜。"唐僧道:"我越王因此久埋尸。"女怪道:"御弟,你记得宁教花下死,做鬼也风流?"唐僧道:"我的真阳为至宝,怎肯轻与你这粉骷髅。"①

图10-42表现的就是此场景,插图中女妖坐在唐僧对面百般挑逗,唐僧则如枯灯死灰,打禅静坐,对女妖的举动丝毫不为心动。插图为了表现女妖的轻浮,刻画其一只手正欲向唐僧的脸上轻抚而去,而唐僧则双手合于袖中,静坐在椅子上,双目直视前方,对旁边的女妖视而不见。插图将女妖与唐僧两人之间进行的心理对抗情形设置在一个亭子内,这与小说所写的女妖香房是有出入的,但这并不影响图像对小说故事情节的传神展现。在稀世绣像本展示第七十二回"盘丝洞七情迷本　濯垢泉八戒忘形"插图中,唐僧被七个蜘蛛精所变的美女团团围住,女子们搔首弄姿、卖弄风情,唐僧则低头不语,目不斜视。

图10-42　《李卓吾先生批评西游记》插图

图10-43　清康熙三十五年《西游记》插图,上海图书馆藏

西天旃檀功德佛。唐僧师徒西天取得真经后,终成正果,分别被佛祖封为旃檀功德佛、斗战胜佛、净坛使者、金身罗汉。佛祖对唐僧说道:"圣僧,汝前世原是我之二徒,名唤金蝉子。因为汝不听说法,轻慢我之大教,故贬汝之真灵,转生东土。今喜皈依,秉我迦持,又乘吾教,取去真经,甚有功果,加升大职正果,汝为旃檀功德佛。"《西游记》插图中对唐僧师徒成佛后的人物形象并未作多少改动,仍旧在各个版本中保持了人物形象的连续性,只不过是将成佛后的唐僧从地上搬到了空中,意在表明其成佛后具有腾云驾雾的法力。图10-43为稀世绣像本插图,展示的是成佛后"五圣"的形象。在灵山上,唐僧师徒受封后与众佛立于佛祖两侧,图像中佛祖

① 《古本小说集成》编委会编:《西游记》(世德堂本),上海古籍出版社1994年影印版,第1399—1400页。

居于中间，唐僧与悟空居于左侧，八戒与沙僧居于右侧，他们身着圣装，头顶佛光，双手合十，表达对佛祖的虔诚与敬畏。

二、孙悟空

在西天取经团队中，与其他三人相比孙悟空最具传奇性。在取经之前，命运跌宕起伏，从赤身裸体的一只石猴到光彩照人的美猴王，从掌握天河神马的弼马温到看护王母蟠桃园的齐天大圣，从五指山下身长青苔的老猴到身束虎皮裙、手握金箍棒的行者，身份的不断转换，使得人物形象也不断刷新。因此，仅从小说故事的自身体系来看，孙悟空的形象就经历了一个不断变化的过程。即便是同一个刊本中的插图，也描绘了不同时期的孙悟空形象。如果再从不同刊本来看，各个刊本虽然也客观上按照人物命运的不同发展阶段对人物形象进行塑造，但由于不同地域、不同流派的刻工技艺参差不齐，以及不同刊本的版式需要不同，必然带来对同一个人物形象有不同艺术表现形式的问题，特别是到了清代后期，随着石印技术的使用，小说插图更加精美，人物形象也更具有艺术表现力。

孙悟空形象是小说《西游记》塑造的艺术经典，这一人物自"西游"故事形成以来，就紧随唐僧而出现。在《大唐三藏取经诗话》中，猴行者开始登场，并且是护送唐僧西天取经的重要帮手，但此时，它仍然不是主角。在《唐僧取经图册》中，主角依旧是唐僧，从唐僧出发到其返回是故事主线，虽然开始有孙悟空降魔除妖的图像展示，但它仍是配角。在杂剧《杨东莱批评西游记》中，故事还是从唐僧的身世讲起，从完整叙述其坎坷命运，一直到复仇报本走上西天取经之路后，才引出孙悟空的故事。表明在杂剧中，故事的源起和主角还是唐僧。直至简本阳至和本开始才以悟空作为故事的源头，到世德堂本后，已彻底改变以前"西游"故事的源头，将主角从唐僧转变为孙悟空。更为奇特的是，甚至存在为了突出主角，而将唐僧身世故事情节删掉的可能性。直到清代证道书本又开始恢复唐僧身世的相关内容，但并没有改变悟空是小说第一角色的现象。

对插图中孙悟空形象演变的考察，需要从两方面展开，一是作为小说内在系统，孙悟空经历一个从无到有，从弱到强，从不食人间烟火到逐步懂得人情世故的过程，角色本身也在不断演进。二是作为艺术殿堂中的经典，孙悟空的形象被艺术创作者不断重塑，从一个概念性的猴子形象逐步演化为一个光彩照人的美猴王形象。

仙石育孕一石猴。关于孙悟空原形，学术界一直争论不休，大致形成了四种意见。第一种是"本土说"，鲁迅先生认为孙悟空形象当来自中国民间传说中的水怪无支祁。大禹治淮水时，无支祁跳出来作怪，被大禹用大铁索锁住了颈脖，大禹拿金铃穿在他的鼻子上，把他镇压在龟山脚下，从此淮水才平静地流入东海。第二种是"外来说"，胡适先生认为孙悟空形象来自印度神猴哈奴曼。哈奴曼的神通大得惊人，能在空中飞行，能把山背着走，还曾经被吞入一个老母怪的腹中，在里面变化后又从老母怪的耳朵里钻出来。这与《西游记》中的孙悟空十分相似。第三种是

"混血说"，季羡林先生认为，孙悟空这个人物形象基本上是从印度《罗摩衍那》中借来的，又与无支祁传说混合，沾染上一些无支祁的色彩，因而是一个受多元影响兼收并蓄的艺术形象。第四种是"佛典"说，由日本学者矶部彰首先提出。他认为孙悟空形象来自密教佛典中的护法神将。在《佛说出生一切如来法眼遍照大力明王经》里有个大力明王，这个人有时穿着虎皮裙，头发如火，眼露金光，手拿金刚棒，而且翻译过来的名字叫孙拿利，与孙悟空的名称已经很接近了。

关于孙悟空是"独生子"，还是有兄妹多人也存在不同的版本。例如，在元代杂剧《杨东莱批评西游记》中，孙悟空每次出场，都要先自报家门："小圣弟兄、姊妹五人，大姊骊山老母，二妹巫枝祇圣母，大兄齐天大圣，小圣通天大圣，三弟耍耍三郎。喜时攀藤揽葛，怒时搅海翻江。"①

在小说《西游记》中，孙悟空是从花果山上一块仙石中孕育出来的，无父无母，无兄无姊。对此，小说写道：

那座山正当顶上，有一块仙石。其石有三丈六尺五寸高，有二丈四尺围圆。三丈六尺五寸高，按周天三百六十五度；二丈四尺围圆，按政历二十四气。上有九窍八孔，按九宫八卦。四面更无树木遮阴，左右倒有芝兰相衬。盖自开辟以来，每受天真地秀，日精月华，感之既久，遂有灵通之意。内育仙胞。一日迸裂，产一石卵，似圆球样大。因见风，化作一个石猴。五官俱备，四肢皆全。便就学爬学走，拜了四方。目运两道金光，射冲斗府。②

如世德堂本第一回插图展示的是石猴跪拜四方，玉帝派千里眼、顺风耳察看下界的情形。小说将悟空的身世设置成这样，极具深意。既表明石猴非凡物，为仙石吸天地精华孕育而成，必具不同寻常的本领，因此才有两道金光射冲斗府之说，同时也暗藏了其不食人间烟火、不解人间风情、不谙人间世故，以致在西天取经路上经常打死人。在艺术造型上，此时的石猴如婴儿初生，赤身裸体，在外形上仅是一只普通的猴子而已。"石猴出世"一直以来都是艺术家们津津乐道的创作对象，如图 10-44 为当代作品，展示的是石猴出生后，坐立花果山石上，目运两道金光直射苍穹的情形。寄身于山水之间的石猴，虽然身材矮小，势单力薄，但作为天地孕育的灵物，一出生即惊动天庭，预示着将拥有非凡本领。

灵台山上号悟空。"猴王学艺"在孙悟空成长的过程中具有承前启后的重要意义。在《西游记》整个故事情节中，孙悟空大体上实现了从兽

图 10-44　吴承恩著《西游记》插图

---

① 引自《古本戏曲丛刊》初集：《杨东莱批评西游记》。
② 《古本小说集成》编委会编：《西游记》（世德堂本），上海古籍出版社 1994 年影印版，第 6 页。

到人，从人到神的转变。如果说取经路上是人，那么取经之前则是兽，取经之后变成神。从"美猴王—孙悟空—弼马温—齐天大圣—孙行者—斗战胜佛"的变化，亦可称之为心与魔之间相交的变化，二者相交反映了孙悟空的心路历程，体现了"求心—纵心—束心—放心—收心—正心"的过程。石猴学艺当是"求心"，艺成之后，开始"纵心"，以致被佛祖镇压在五指山下，意为"束心"，直至唐僧路过，才为其"放心"，取经路上意在"收心"，最终获得正果，求得"正心"。因此，"求心"是其成长的关键一步。从须菩提祖师那儿，石猴获姓得名也可见出其意味深长。小说写道：

祖师笑道："你身躯虽是鄙陋，却像个食松果的狲猢。我与你就身上取个姓氏，意思教你姓'猢'。猢字去了个兽旁，乃是个古月。古者老也，月者阴也。老阴不能化育，教你姓'狲'倒好。狲字去了兽旁，乃是个子系。子者儿男也，系者婴细也，正合婴儿之本论，教你姓'孙'罢。"①

祖师又赐石猴号为"悟空"，正所谓"鸿蒙初辟原无姓，打破顽空须悟空"，有名有姓才算是"人"的基本条件吧。因此，到灵台山是石猴从兽到人的第一步。更为重要的是，他还从祖师那学得一身武艺，特别是七十二变为其"纵心"，从而为他后来闹龙宫、进地府、闹天宫等埋下了祸根，也为其被佛镇压而"束心"种下了因缘。《绘本西游记》该回插图展示的是石猴到灵台山三星洞拜祖师学艺的情形。祖师为一道长形象，在一群人众星捧月之下站立于洞口，石猴放下行李倒头便拜。图10-45是证道书本插图，展示的是悟空变为松树，众师兄惊奇不已，大声喧闹，惊动祖师，出门观看的情形。小说写道："郁郁含烟贯四时，凌云直上秀贞姿。全无一点妖猴像，尽是经霜耐雪枝。"②插图中，祖师抬头观看着悟空变的松树，内心既满意于弟子悟性高、得道快，又因其在众人面前卖弄而感到不安，这既会引发众师兄的嫉妒，又会给自己带来隐患，也正是如此，才有悟空被赶下山的结局。从此，悟空独闯江湖，再未得重见祖师一面。

花果山上美猴王。花果山是孙悟空的洞天福地，他为猴子们找到了水帘洞的栖身之地，从而被众猴推为猴王。在这里他无拘无束，逍遥自在，特别是从龙宫借得金箍棒，头戴凤翅紫金冠，身穿锁子黄金甲，脚蹬藕丝步云履后，神采奕奕、光彩照人，自称美猴王，更是四方来贺，备受崇敬。花果山是孙悟空的故乡，就如同每个人对故乡的感情一样，他对花果山在情感上无法割舍。当他在外面

图 10-45 《西游证道书》插图

① 《古本小说集成》编委会编：《西游记》(世德堂本)，上海古籍出版社1994年影印版，第23—24页。
② 同上，第40页。

功成名就时,他首先想到的就是花果山和他的猴儿们;当他在外面闯荡受挫时,也是径直回到花果山抚慰受伤的心灵。细数小说中孙悟空返回花果山的次数,虽然不多,但都充满胜利的喜悦或失意的烦恼。学艺成仙后,他荣归故里,带领猴儿们剿杀了混世魔王,给猴子们重新创造了一个无忧无虑的乐园。对此小说写道:

> 青如削翠,高似摩云。周围有虎踞龙蟠,四面多猿啼鹤唳。朝出云封山顶,暮观日挂林间。流水潺潺鸣玉珮,涧泉滴滴奏瑶琴。山前有崖峰峭壁,山后有花木秾华。上连玉女洗头盆,下接天河分派水。乾坤结秀赛蓬莱,清浊育成真洞府。丹青妙笔画时难,仙子天机描不就。玲珑怪石石玲珑,玲珑结彩岭头峰。日影动千条紫艳,瑞气摇万道红霞。洞天福地人间有,遍山新树与新花。①

取经路上两次归来,均是被唐僧误解,他怀着无法言说的悲愤和痛苦回到花果山,不愿再受那长老没完没了的唠叨。美猴王在花果山的地位和自由自在,连猪八戒看了都忍不住羡慕和向往,小说写道:

> 八戒仔细看时,看来是行者在山凹里,聚集群妖。他坐在一块石头崖上,面前有一千二百多猴子,分序排班,口称"万岁! 大圣爷爷!"八戒道:"且是好受用,且是好受用! 怪道他不肯做和尚,只要来家哩! 原来有这些好处,许大的家业,又有这多的小猴伏侍! 若是老猪有这一座山场,也不做什么和尚了。"②

世德堂本第二回插图展示的美猴王与混世魔王大战的情形,美猴王拔下身上的猴毛变成千千万万个小猴,手持金箍棒围住魔王不放。对照小说文本可知,此时

图 10 - 46　《李卓吾先生批评西游记》插图

的美猴王刚刚学艺归来,还没有到东海龙宫借得定海神针作为武器。这种情形的出现,常常是创作者受到孙悟空整体形象的影响,孙悟空与金箍棒两者已成为一个意象,深深地印在每一个读者的脑海中。图 10 - 46 为李评本插图,展示的是美猴王从东海龙宫获得一身披甲,特别是金箍棒,跃出水面告别龙王的情形。插图将一个踌躇满志、十分得意的美猴王展现了出来,特别是将其置于波涛汹涌的大海之上,也预示着人物命运的跌宕起伏。

上天敕封弼马温。美猴王受封弼马温既是其接受天庭仙箓,有了职务的开始,也为其反抗天庭埋下了种子。在民间传说中,将母猴子的尿与马料混合在一起喂马,可以避免马生病。"弼马温"是"避马瘟"的谐音,是养马的小官。"弼",是辅助的意思,又是"避"的谐音;"瘟"是

---

① 《古本小说集成》编委会编:《西游记》(世德堂本),上海古籍出版社 1994 年影印版,第 744—745 页。
② 同上,第 741 页。

发病的意思，又是"温"的谐音。天庭让孙悟空担任弼马温一职，看似承认他的能力并任用他，实质上却是天界对孙悟空的极大嘲弄。所以后来出现孙悟空大闹天宫等事，以及孙悟空保唐僧取经路上，各路妖怪称他是弼马温时，都是对他的羞辱，美猴王听了都愤怒至极。这是个"未入流"的卑贱无品小官，因此，他对此极为不满。从下界后美猴王与四健将的谈话中也可见出，小说写道：

猴王摇手道："不好说，不好说！活活的羞杀人！那玉帝不会用人，他见老孙这般模样，封我做个什么弼马温，原来是与他养马，未入流品之类。我初到任时不知，只在御马监中顽耍。及今日问我同寮，始知是这等卑贱。老孙心中大恼，推倒席面，不受官衔，因此走下来了。"①

图 10-47 为新说本插图，展示的是美猴王被封弼马温后，身着官袍上任的情景。图像中弼马温显然认为自己位高权重，他昂首挺胸，双手叉腰，迈着方步，官气十足。两边侍从们有的举着"弼马温"的官牌，有的举着旌幡，一路护送其到御马监上任，两名御马监人员外出迎接，场面隆重，极具讽刺意味。再如稀世绣像本该回插图，展示的是弼马温上任后，坐在朝堂之上，查看神马的情形。此幅插图传神之处就在于将一个闲不住、坐不稳而又有"猴急"性格的悟空置于朝堂之上，装模作样，充当斯文，使得画面极富喜剧性。实际上，小说文本并没有大肆渲染弼马温上任的情形，亦没有描写其坐于朝堂之上处理公务的情况，完全是插图创作者根据自己对小说的理解而创作的，这种虽然不忠实于文本却传神表现小说内容的插图，是《西游记》小说插图作品中不可多得的精品力作。

下界自封齐天大圣。自认为受到天庭羞辱的孙悟空回到花果山后，听从独角鬼王的建议，自封为"齐天大圣"，美猴王对此称号十分欢喜，对鬼王的建议连道几个"好、好、好"，接着又让四健将立竿张挂"齐天大圣"旌旗，并要求众猴以后不许再称自己大王，只许称其为"齐天大圣"，可见，美猴王心高气傲，独爱此称号。而且，在玉帝派遣托塔天王和哪吒三太子下界捉拿他时，他没有丝毫的畏惧，完全以"齐天大圣"的排场迎战，小说写道：

猴王听说，教："取我披挂来！"就戴上紫金冠，贯上黄金甲，登上步云鞋，手执如意金箍棒，领众出门，摆开阵势。这巨灵神睁睛观看，真好猴王——

身穿金甲亮堂堂，头戴金冠光映映。手举金箍棒一根，足踏云鞋皆相称。

一双怪眼似明星，两耳过肩眉又硬。挺挺身才变化多，声音响亮如钟磬。

① 《古本小说集成》编委会编：《西游记》(世德堂本)，上海古籍出版社 1994 年影印版，第 82 页。

图 10 - 48　《李卓吾先生批评西游记》
插图

尖嘴咨牙弼马温,心高要做齐天圣。①

天兵天将战不过齐天大圣,玉帝派遣太白金星下界招安,孙悟空接受招安,只不过他并不知道天庭的内部议定事项,即"名是齐天大圣,只不与他事管,不与他俸禄,且养在天壤之间,收他的邪心,使不生狂妄,庶乾坤安靖,海宇得清宁也"②。鉴于美猴王的不安分守己,玉帝在设齐天大圣府时,内设"安静司""宁神司",可谓神来之笔。可事与愿违,当上齐天大圣后,玉帝恐其闲中生事,让其看管王母蟠桃园。世人皆知猴子爱吃桃,让孙悟空看护蟠桃园,无疑是对其禀性的挑战。悟空虽然身为齐天大圣,但猴性难改,抵挡不住蟠桃的诱惑,最终乱蟠桃盛会,误闯兜率宫偷吃仙丹,引发了与玉帝之间最激烈的对抗。也正是此次,他向玉帝叫板,"强者为尊该让我,英雄只此敢争先",充分显示了齐天大圣的英雄气概,虽然他最终遭佛压五指山,但从此奠定了其在江湖中的地位。只不过大家不称其为"齐天大圣",而尊称他为"大圣",即便是玉帝的亲外甥二郎神,也只是被尊称为"小圣"而已。"大闹天宫"成为《西游记》插图本以及后世艺术家极力表现的对象和题材。

图 10 - 48 为李评本插图,展示的是四健将立竿张挂"齐天大圣"旗子,美猴王站立于洞口,气宇轩昂,单手叉腰,另一只手指着旗子,气场十足。后当代艺术家项维仁和窦世魁对齐天大圣大闹天宫、玉帝调二郎神协助捉拿妖猴情形进行描绘时,插图展示的是二郎神气势汹汹,从天而降,哮天犬狂叫不止,大圣在应对小圣的过程中,被太上老君的金刚琢砸中天灵盖而摔倒的瞬间情形。美术家刘继卣先生的《闹天宫》展示的是齐天大圣坐于蟠桃树上,手持金箍棒,几个仙女跪在地上向他讲述各路神仙参加蟠桃盛会情况的画面。当代《西游记》插图和美术作品向我们展示了一个头戴紫金冠,身穿黄金甲,脚蹬步云鞋,光彩夺目的大圣形象。可以说,这身打扮成为孙悟空艺术形象的经典,虽然他护送唐僧西行时,再也没有穿过这么华丽的服饰。正是这昙花一现,给欣赏者留下了深刻的印象,如同金箍棒成为悟空的代名词,仿若只有这身衣物才配得上齐天大圣。

取经路上降魔者。如果说"齐天大圣"是石猴的"前世",那么,西天取经路上的行者就是悟空的"今生"。自封"齐天大圣"并得到玉帝的认可,是美猴王在仙界的巅峰。正所谓站得越高,摔得越惨。不遵守规则,放纵自己,蔑视天庭的结果是瞬间又回到了从前,且失去了自由。光彩的形象已不再,代之以身上长满青苔;跳跃山涧的自由已失去,代之以被身困山下五百年;山珍海味已成为昨天的回忆,代之

①《古本小说集成》编委会编:《西游记》(世德堂本),上海古籍出版社 1994 年影印版,第 85 页。
② 同上,第 95 页。

以饥食铁丸渴饮铜汁。等待解救自己的唐僧,唐僧非佛非仙非神,而是一介凡人。小说将一个能够上天入地、神通广大的孙悟空设计成最终需要通过凡人唐僧来救赎,在他的带领下修得正果的形象,具有十分深刻的寓意。孙悟空一路护送师傅西天取经,降魔者成为他最主要的角色。从人物形象演变来看,作为降魔者的孙悟空也经历一个逐步成长的过程,在不同时期,其形象亦不相同。大体可以分为以下几个阶段:

一是重获自由的老猿。齐天大圣被佛祖压在五指山下后,从美猴王变成了身限石匣中的一只老猿猴,对此,小说写道:

尖嘴缩腮,金睛火眼。头上堆苔藓,耳中生薜萝。鬓边少发多青草,颔下无须有绿莎。眉间土,鼻凹泥,十分狼狈,指头粗,手掌厚,尘垢余多。还喜得眼睛转动,喉舌声和。语言虽利便,身体莫能那。[①]

图10-49是杂剧《杨东莱批评西游记》中的插图,展示的是孙悟空被压五指山下的情形。齐天大圣只露出头来,浑身动弹不得,土地神与五方揭谛警惕地看押着神猴。观世音站在山前,手指大圣以示训导,托塔天王等神将在其身后交头接耳谈论着。从杂剧故事情节来看,最初法压大圣于五指山下的是观音菩萨,演化成小说故事情节之后,则变成如来佛祖将五指化作五指山法压大圣。稀世绣像本插图展示的是悟空从五指山下重获自由,赤身裸体再次从山崩地裂之中腾空而起,来到唐僧面前跪拜认师傅的情形。这不禁让人联想起石猴从花果山上仙石中孕育而出的场景。前一次认师是为了成"仙",欲实现从"兽"到"仙"的转变;这一次认师则是为了成"人",实现从"兽"到"人"的转变,只有在人的世界里忍受千辛万苦,经受千锤百炼,才能最终修得正果。

图10-49 《杨东莱批评西游记》插图

① 《古本小说集成》编委会编:《西游记》(世德堂本),上海古籍出版社1994年影印版,第313页。

二是腰束虎皮裙的行者。从五指山下解脱出来的孙悟空已具有人的基本礼仪，他跪拜唐僧既表明其内心有此理念，同时，也表明他具有相应的廉耻之心。刚陪唐僧走出不远即遇猛虎，他高兴地说它是送衣服来的。小说写道：

好猴王，把毫毛拔下一根，吹口仙气，叫："变！"变作一把牛耳尖刀，从那虎腹上挑开皮，往下一剥，剥下个囫囵皮来，剁去了爪甲，割下头来，割个四四方方一块虎皮，提起来，量了一量道："阔了些儿，一幅可作两幅。"拿过刀来，又裁为两幅。收起一幅，把一幅围在腰间，路旁揪了一条葛藤，紧紧束定，遮了下体道："师父，且去，且去！到了人家，借些针线，再缝不迟。"①

如果对照其当初漂洋过海到南赡部洲，弄把戏，装鬼脸，把人吓得四散逃跑，而他在得意之间将那跑不动的拿住一个，剥了人家的衣裳，也学人穿在身上，摇摇摆摆，装模作样地学人礼、学人话的情形，现在的悟空则是发自内心的"人性"初醒。虽然被从五行山下解放出来后也对有恩于自己的唐僧行人礼，但毕竟只是开始，从兽到人的修炼并非一朝一夕就能完成。见到有蟊贼拦路，依旧毫不手软。这恰恰是其与师傅唐僧之间最大的差距。图 10‐50 是世德堂本插图，展示的是手持金箍棒，腰束虎皮裙的悟空与六贼对立的情形。

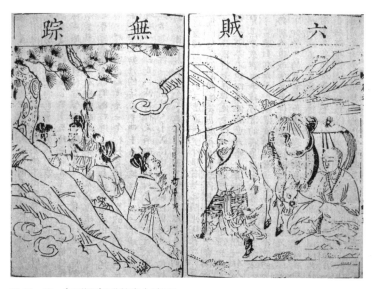

图 10‐50　《西游记》(世德堂本)插图

三是头戴紧箍咒的悟空。紧箍咒是西行取经路上孙悟空挥之不去的"痛"，对于崇尚自由的大圣来说，这显然是其本性所不能容忍的。当他多次受到唐僧误解而遭受委屈或者因无力救出被妖魔摄去的师傅时，他会去找观音菩萨或如来佛祖，要求他们退下其头上的紧箍咒，放其回归花果山过无拘无束的日子。当然，当初戴上紧箍咒也并非其心甘情愿，而是受了唐僧的欺骗。火眼金睛、足智多谋的悟空之

①《古本小说集成》编委会编：《西游记》(世德堂本)，上海古籍出版社 1994 年影印版，第 320—321 页。

所以相信唐僧的话，有两方面的原因，一是其内心就有想做人、做人样、行人礼的强烈愿望；二是唐僧从五指山下解救他出来，又是一介凡夫，悟空并没有多心或留意，在完全信任的情况下，受到了师傅的欺骗。对此，小说写道：

又见那光艳艳的一领绵布直裰，一顶嵌金花帽，行者道："这衣帽是东土带来的？"三藏就顺口儿答应道："是我小时穿戴的。这帽子若戴了，不用教经，就会念经；这衣服若穿了，不用演礼，就会行礼。"行者道："好师父，把与我穿戴了罢。"①

从小说描写可知，如果悟空不想念佛经、不愿行人礼，这套衣物对他可能并没有那么大的吸引力。在受骗上当之后，已知无可挽回，他只好服从唐僧。从人物服饰演变来看，这是《西游记》小说中悟空穿戴时间最长的衣帽。从此，一顶嵌金花帽、一领绵布直裰就是西行路上行者唯一的行头，一直到成佛以后才得以退去紧箍咒，再次获得自由。图 10-51 是朱鼎臣本插图中展示的行者头戴嵌金花帽，身着绵衣直裰的情形。他站立在行李旁，一手在戴帽子，一手在作照镜子的模样，仿佛在欣赏自己戴上帽子后的情形。《绘本西游记》此回插图展示的是戴上紧箍咒的悟空发现被骗后欲对师傅下手，唐僧则端坐在地上，口念咒语，大圣头痛难忍的情形。

图 10-51 《唐三藏西游释厄传》插图

四是英勇无畏的大师兄。孙悟空护送唐僧西天取经的过程中，还有一个重要的角色，即唐三藏三个徒弟中的大师兄。作为大师兄就要有担当、有责任，特别在保护师傅方面，更要尽心尽力，面对漫漫征途要有坚忍不拔的毅力，遭受厄运时要有迎难而上的勇气，在受到师傅误解后要顾全大局，等等。八戒的"懒散"衬托了悟空的"勤奋"，八戒的"贪色"衬托了悟空的"明心"，八戒的"爱财"衬托了悟空的"空灵"，八戒遇到困难时的"散伙"衬托了悟空的"聚力"。当然，还有沙僧的"沉默"衬托了悟空的"机灵"等。在取经团队中，悟空虽然是师傅的大徒弟，但这个大师兄并不好当，一方面会受到师傅紧箍咒的限制，另一方面还会遭受猪八戒在师傅面前的

---

① 《古本小说集成》编委会编：《西游记》(世德堂本)，上海古籍出版社 1994 年影印版，第 338 页。

图 10-52　《李卓吾先生批评西游记》插图

挑唆，常常处于两头不讨好的境地。但每一次遇到妖魔挡道时，都是他义无反顾地冲出去，为师傅和团队的安危战斗到底。这一点与并肩战斗的八戒形成了鲜明的对比。图 10-52 是李评本插图，展示的是第六十七回"拯救驼罗禅性稳　脱离秽污道心清"中悟空与八戒一起追打蛇精的情形。小说写道："二人赶过涧去，见那怪盘做一团，竖起头来，张开巨口，要吞八戒，八戒慌得往后便退。这行者反迎上前，被他一口吞之。"①插图创作者抓住了蛇精欲吞两人，悟空迎难而上，八戒掉头就跑的瞬间，两人面对困难时的心理被刻画得淋漓尽致。

五是艺术经典孙大圣。在中国古典文学的殿堂中，孙悟空与宋江、诸葛亮、林黛玉等同为经典的人物形象。同时，美猴王也是中国艺术长廊中经久不衰的艺术形象。这一人物在小说中的光辉形象使其家喻户晓，艺术家们常常突破文本的束缚，直接对孙悟空的形象进行艺术重塑。

我们从小说插图来考察不同版本对美猴王的形象塑造。存世最早的简本阳至和本以及后来的朱鼎臣本、杨闽斋本都属于建安派刊刻风格，小说为上图下文版式。插图中的美猴王形象大同小异，插图中的人物模式化倾向十分明显，人物见不出表情，多呈猴面人形；在服饰上也没有按照小说的描写来塑造，毫无例外地将人物的穿着打扮打上时代的烙印，完全符合明代人物的日常穿着特征。这种人物形象还处于草创时期，所塑造的艺术形象是模糊的、粗糙的。值得一提的是，朱鼎臣本插图在美猴王的形象塑造上出现前后不一、形态不同的现象，有时像猴，有时类猿，两者混杂在一起，使得插图更显得杂乱无章。这或许与该刊本刻工不同、分别刊刻合为一本有关，从图像上也佐证了朱鼎臣本为"三缀本"的可能性。

明代世德堂本和李评本刊本插图中，前者为近景式特写，后者为全景式展现；前者突出人物形象的舞台特征，后者突出人物与景物的有机融合。从人物形象塑造来看，前者注重人物的动作刻画，模式化特点突出；后者注重对人物心理的描摹，情趣性特点明显。图 10-53 为世德堂本插图，展示的是哪吒与悟空打斗的场景。哪吒变作三头六臂，手持斩妖剑、砍妖刀、缚妖索、降妖杵、绣球儿、火轮儿六般兵器向悟空扑来，悟空见状也变作三头六臂，把金箍棒晃一晃，变作三条金箍棒对打哪吒。插图以双方正面示人的方式，展示打斗双方三头六臂的变化及武器，虽然表现的对象主要是人物，但见不出人物的心理变化，只是比较符合舞台表演以及观众观看的效果。图 10-54 为李评本插图，展示了悟空三打白骨精后遭唐僧误解而被驱逐出队后返回花果山，众猴见大圣爷爷回家纷纷跪拜的情形。插图将场景设置在

――――――――――――

① 《古本小说集成》编委会编：《唐三藏西游释厄传》，上海古籍出版社 1990 年影印版，第 1710 页。

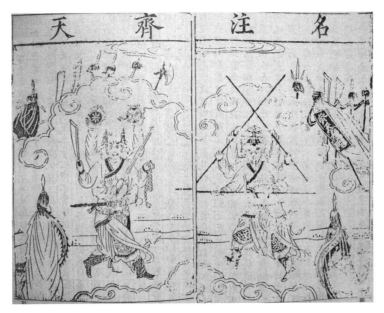

图 10 - 53　《西游记》(世德堂本)插图

花果山水帘洞中,大圣坐在石凳之上看着地上的群猴,满脸笑容,回家后得到众猴爱戴的温暖,一扫之前被唐僧赶走时的悲愤与伤心。这让我们看到了一个真正有情有义的美猴王形象。纵观明代《西游记》小说插图中的美猴王形象,一个演进的过程十分清晰,仿佛孙悟空从远方向我们慢慢走来,从一个模糊的轮廓渐渐变得清晰,人物的音容笑貌开始进入我们的眼帘。但这时的美猴王穿着朴素,没有华丽的服饰,甚至连取经路上头上最明显的紧箍咒都没来得及设计好,就那么仓促地与读者见面了。

　　清代《西游记》插图的显著特点是出现了人物绣像,美猴王形象再次迎来了一个新的创作高潮期。人物绣像的创作,如同描摹人物的肖像,既要从整体上把握人物的风格特点,还要从细节上精雕人物的面部表情,因此,在创作人物绣像

图 10 - 54　《李卓吾先生批评西游记》
插图

时,创作者必须深刻理解和领悟小说文本对人物的描写,在整体把握人物神韵的基础上,再脱离文本的束缚后进行创作。也正因为如此,才使得清代插图本小说中出现了许多精美的人物绣像图。在清代《西游记》插图中,虽然真诠本人物绣像影响大,但清代真正将美猴王既超凡脱俗又机灵顽皮、既有兽形又通人性的特点表现出来的是新说本绣像。真诠本中的悟空身着直裰,头戴紧箍咒,手持金箍棒,驾祥云于万里,虽神气十足,但兽形未脱,略显野蛮而不空灵。稀世绣像本中的悟空身着

图 10 - 55 《新说西游记图像》插图

虎皮裙,头戴紧箍咒,手持金箍棒,举首投足之间猴性十足,但人物更像一位耍杂技的老汉,人性虽有但猴气不足,且人物年龄不符合美猴王的特征,老气横秋。新说本中的悟空造型独特,他从天而降,头戴紧箍咒,身穿虎皮裙,脚蹬步云履,一手持金箍棒,一手在额前搭凉篷,双目炯炯有神,大有神通万里之神韵,如图 10-55 所示。这是明清《西游记》插图本中最精彩的美猴王造型,正是创作者出神入化的插图创作,使该刊本一出,即出现读者争相抢购阅读的情形,一时洛阳纸贵,可见当时民众对该刊本的喜爱。

当代《西游记》小说插图及美术作品中的美猴王形象光彩照人,这一方面得益于艺术家不懈的努力,一方面得益于彩色印刷技术的普及。此类插图所塑造的美猴王形象大多服饰华丽、多彩飘逸;人物动作造型通常表现其神勇,或跳出龙宫时的风驰电掣,或大闹天宫时的雷霆万钧,或腾云驾雾时的风马流星等。创作者在赋予人物华丽服饰的同时,还注重对人物内心的刻画。项维仁和窦世魁在《新绘西游记插图精选》中用画笔表现了孙悟空离开龙宫的一瞬间,他风驰电掣般跃出水面,四海龙王将他送出龙宫,有的跪拜于地,有的拱手于胸,一副毕恭毕敬的模样,反衬出大圣的神勇与傲气。刘继卣的《闹天宫》是单幅作品,描绘的是美猴王在东海龙宫借得定海神针作为武器和一身衣服后的画面,展现美猴王蔑视天庭、力压群雄的英姿,他双手持金箍棒,虎视眈眈,服饰的飘带衬托出人物的威风凛凛。

三、猪八戒

在《西游记》唐僧师徒西天取经的队伍中,猪八戒是一个非常值得解读的角色。如果一部西游小说没有猪八戒,只有孙悟空云来雾去和各路妖魔鬼怪打打杀杀,其生活性、趣味性、哲理性将大打折扣。正是有了猪八戒参与其中,使得魑魅魍魉皆有人性,妖魔鬼怪皆俱人情。他不经意间的一句话,常常让读者捧腹大笑,细究起来却意味深长,毕竟我们需要从人类生活的现实角度去欣赏小说人物和故事情节,而猪八戒恰恰是亦兽亦人亦神的一个结合体。在面对斋饭时,他是个甚至不顾师傅的感受抢先吃、多吃多占的饿鬼;在面对女色时,他是一个把持不住自己、淫心荡漾的色和尚;在面对心狠手辣的妖魔时,他是一个能跑则跑、能躲则躲,不顾其他人死活的二师兄;在取经大业中,从开始他就是个被迫胁从者,意志薄弱,一遇到困难首先想到的便是散伙回家过日子。即便缺点很多,但在团队成员中,作为唐僧的二徒弟,与悟空相比,他更能赢得师傅的信赖;与沙和尚相比,在捉拿妖怪时他是悟空的好帮手。正是有了八戒这样一个角色的存在，使得西游故事妙趣横生。因此，在《西游记》各类插图本中，猪八戒也是一个重点表现的对象，它的"出镜率"并不比孙悟空少，常常作为悟空的陪衬及反面典型，形成人物之间的张力。

在《西游记》中，猪八戒的出现是在唐僧西行路上收了孙悟空之后，他是观音菩萨东土寻找取经人时事先安排好的唐僧二徒弟。人物故事情节的出现完全顺应孙悟空降魔除妖的主线和唐僧取经的副线需要，为其设置的章节很少。但纵观历史上"西游"故事演进情况，猪精故事的精彩程度并不亚于石猴。在《杨东莱批评西游记》中，首先介绍唐僧的出身及遭遇，江流儿复仇报本后的"诏见西行"，紧接着就是孙悟空的故事，然后是猪精的故事，三个故事各占一卷，全书共六卷。可见，在《杨东莱批评西游记》中，主线是唐僧取经，孙悟空和猪八戒均是西天取经路上的一部分。小说《西游记》将孙悟空故事调整为主线，并大大增加了表现孙悟空的故事情节，甚至将本该是猪八戒的故事移植到孙悟空身上，而将《杨东莱批评西游记》中"猪妖幻惑、海棠传耗、导女还裳、细犬擒猪"等精彩故事删改得荡然无存。

探究《西游记》小说插图中猪八戒人物形象的演变，不得不指出的是，这是一种人物形象的内在平行研究，他并没有像孙悟空那样经历多种造型的塑造，就是一个人身猪脑、大腹便便的怪物，历代创作者对其形象塑造手法没有太大的变化，只是在表现人物时有的注重其外形的馕糠，有的注重结合其性格特点而已。从小说情节的发展历时性角度，可以将猪八戒形象的演变划为以下几个阶段：

一是占山为王猪刚鬣。在杂剧《杨东莱批评西游记》中，猪精自称是摩利支天部下御车将军。这个御车将军来源于印度佛经故事中的摩利支天菩萨的坐骑金色猪。摩利支天菩萨为天女形象，三面三目，八臂，持金刚杵、针、钩、箭、索等立于猪车上。她的坐骑是一只金色猪，也就是驾猪车的武士。佛经上说，念这个菩萨的名号，如果修炼有成，可以隐身，可以变相，敌不能侵，这些神通都是塑造猪八戒形象的来源。[①] 在小说《西游记》中，与美猴王成仙上天受封一样，猪八戒也是从凡夫俗子经过不断修炼而成仙，进入天庭后被封为掌管天河的天蓬元帅，从这个角度来看，玉帝对人修炼成仙是十分看重的，对猴子成仙从心理上却没有予以重视。只因天蓬元帅在蟠桃大会上喝醉酒后误闯广寒宫调戏嫦娥而被玉帝贬下人间转胎投世，因错投到母猪肚中，从而生就一副猪样。小说描写观音赴东土寻找取经人路上遇到猪精，为故事情节的展开埋下伏笔。小说首次对猪妖的外形进行了描写：

卷脏莲蓬吊搭嘴，耳如蒲扇显金睛。獠牙锋利如钢锉，长嘴张开似火盆。

金盔紧系腮边带，勒甲丝绦蟒退鳞。手执钉钯龙探爪，腰挎弯弓月半轮。

纠纠威风欺太岁，昂昂志气压天神。[②]

然后从猪妖到高老庄做倒插门女婿开始，在悟空与其打斗过程中通过猪精的自述家门而将其前世今生作了简要交代。图10-56所示为世德堂本插图，展示的是大圣与猪精在云栈洞前大战的情形。图中猪妖以九齿钉钯迎战悟空的金箍棒，

---

① 《悟空与八戒的身世之谜》，载《新华书目报》2008年5月8日，第14版。

② 《古本小说集成》编委会编：《西游记》（世德堂本），上海古籍出版社1994年影印版，第182页。

图 10‑56　《西游记》(世德堂本)插图

两人身着同样的服饰,猪妖是一个人身猪头的怪物。猪妖造型基本上符合小说中的描写:"生得丑陋:黑脸短毛,长喙大耳;穿一领青不青、蓝不蓝的梭布直裰,系一条花布手巾。"①

　　二是高老庄上怪女婿。猪八戒喜欢当倒插门女婿,以便享用别人的家产。先是占山为王,后是倒插门到福陵山云栈洞娶了卵二姐,不到一年卵二姐死了,所有家当尽归猪精享用。后来听说高太公欲招一女婿撑门抵户,做活当差,他又化作一个黑胖汉,谎称家住福陵山,上无父母、下无兄弟,无羁无绊。这完全符合高太公招婚的标准。进门后,八戒倒也勤快,耕田耙地,不用牛具;收割田禾,不用刀杖。只是纸包不住火,时间一长不经意间露出长嘴大耳朵本相,脑后还有一溜鬃毛,身体粗糙,呆头呆脑。除了丑陋无比,还饭量奇大,一顿要吃三五斗米饭,早间点心,也得百十个烧饼才够。这使得高太公一家人无比痛苦,既怕影响门风,又担心这样下去,家业田产早晚被他吃个罄净。因此,急于找人除妖。当然,这只是太公的立场,八戒却并不认为如此,他道:"我到了你家,虽是吃了些茶饭,却也不曾白吃你的。我也曾替你家扫地通沟,搬砖运瓦,筑土打墙,耕田耙地,种麦插秧,创家立业。如今你身上穿的锦,戴的金,四时有花果享用,八节有蔬菜烹煎,你还有那些儿不趁心处,这般短叹长吁,说甚么造化低了?"②由此可见,八戒反倒认为高家招了"乘龙快婿"。《绘本西游记》该回插图展示的是悟空假扮成翠兰坐在床上,猪精晚上来见,急着要亲热,被假翠兰推倒在地的情形。插图中悟空身着妇人装,坐在床上,以襟遮面,窃笑猪精。长嘴大耳的猪八戒则倒在地上,身压九齿钉耙,既吃惊又嗔怪翠兰哪来那么大的劲。稀世绣像本该回插图展示的是悟空现出本相后,猪精吓得扭头就跑的情形。

① 《古本小说集成》编委会编:《西游记》(世德堂本),上海古籍出版社 1994 年影印版,第 435 页。
② 同上,第 436—437 页。

三是取经路上畏难者。西天取经对猪八戒来说的意义是什么？最初他为什么同意观音菩萨的劝说给唐僧当徒弟？我们来探究一下其中缘由。小说第八回"我佛造经传极乐　观音奉旨上长安"写道：

菩萨道："古人云，若要有前程，莫做没前程。你既上界违法，今又不改凶心，伤生造孽，却不是二罪俱罚？"那怪道："前程前程，若依你，教我嗑风！常言道，依着官法打杀，依着佛法饿杀。去也，去也！还不如捉个行人，肥腻腻的吃他家娘！管什么二罪三罪，千罪万罪！"菩萨道："人有善愿，天必从之。汝若肯归依正果，自有养身之处。世有五谷，尽能济饥，为何吃人度日？"怪物闻言，似梦方觉，向菩萨施礼道："我欲从正，奈何获罪于天，无所祷也！"菩萨道："我领了佛旨，上东土寻取经人。你可跟他做个徒弟，往西天走一遭来，将功折罪，管教你脱离灾瘴。"①

从小说描写可知，八戒愿意西行取经的最初动因是有"饭"吃。解决温饱是人最基本的生理要求，也是最低层次的要求。对于猪八戒来说，只要能解决温饱问题，就什么都肯干，哪管它辛苦不辛苦。同时，也带来了另一个问题，即一旦解决了温饱问题或有条件解决温饱问题之后，取不取经对他来说就没多大意义了。也正是在这种思想的主导下，一路上他才会耍滑偷懒，私藏金银，遇到困难便叫嚷着散伙，根本不去考虑取经大业这样的高大上问题。因此，从取经团队的人物特征来看，猪八戒是典型的取经路上的畏难者，贪图享乐的却步人。例如，悟空让其巡山开路，猪八戒边走边骂，然后找个地方睡觉，以应付差事。小说写道："那呆子一时间侥幸，搴着钯又走。只见山凹里一弯红草坡，他一头钻得进去，使钉钯扑个地铺，毂辘的睡下，把腰伸了一伸，道声：'快活！就是那弼马温，也不得象我这般自在！'"②图10‑57所示为新说本人物绣像图，创作者正是抓住了猪八戒好吃懒做的性格特点创作了这幅惟妙惟肖的插图。在与师兄弟并肩携手战妖精时，猪八戒一旦打不过，就全然不顾悟空或沙僧的死活。例如，与沙僧一起打黄袍怪时，八戒渐渐气力不支，钉钯难举，小说写道："那呆子道：'沙僧，你且上前来与他斗着，让老猪出恭来。'他就顾不得沙僧，一溜往那蒿草薜萝，荆棘葛藤里。不分好歹，一顿钻进，那管刮破头皮，搠伤嘴脸，一毂辘睡倒，再也不敢出来。"③小说第三十七回"鬼王夜谒唐三藏　悟空神化引婴儿"中描写唐僧被南柯一梦惊醒后，慌得叫"徒弟！徒弟！"八戒醒来道："什么土地土地？当时我做好汉，专一吃人度日，受用腥膻，

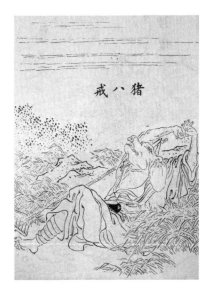

图10‑57　《新说西游记图像》插图

① 《古本小说集成》编委会编：《西游记》(世德堂本)，上海古籍出版社1994年影印版，第186—187页。

② 同上，第793页。

③ 同上，第718页。

其实快活,偏你出家,教我们保护你跑路！原说只做和尚,如今拿做奴才,日间挑包袱牵马,夜间提尿瓶务脚！这早晚不睡,又叫徒弟作甚?"①在西天取经路上,凡是能够给他提供吃喝享乐的地方,猪八戒均会毫不犹豫地选择留下。去花果山请孙悟空降妖救师时,他见到花果山满山奇珍异果,众猴伺候猴王,感叹如是自己还去取什么经不经的。如果既能解决"吃",还能解决"性",就更符合他的追求了,无论是"四圣试禅心",还是在女儿国,他都主动请求留下,这是其内心情感的真实表露。

四是挑拨离间猪悟能。观音菩萨赐猪八戒法号"悟能"大有深意。这里饱含深切期望,即希望八戒能够通过自身努力,提高自身生活之"能",自食其力,不再食人度日;提高自身武艺之"能",增强本领,一路护送唐僧西天取经;提高自身修养之"能",面对女色,克制自己,有个出家人的样子,六根清净;提高自身思想之"能",团结互助,顾全大局,共同走到灵山修得正果。但美好的愿望与残酷的现实之间存在着很大的距离。在去西天取经的路上,除了第一条不再吃人,其他几点猪八戒自始至终都没有能够做到,"悟能"体现更多的是"无能"。在取经队伍中,八戒常因悟空捉弄他而心生忌恨。特别是其本身心胸狭窄,考虑到自己打不过悟空,八戒常常在师傅面前说悟空的坏话,挑拨离间,使师傅对悟空产生误会,从而达到通过师傅念紧箍咒而"收拾"悟空的目的。小说中悟空两次被唐僧驱逐出取经队伍,看似缘于悟空杀人惹怒了师傅,实际上其间猪八戒也在不停地帮大师兄的"倒腔",挑唆师傅整治悟空。例如,在悟空三打白骨精期间,正是猪八戒的不停挑唆,使唐僧与悟空之间的误解不断升级,最终导致美猴王被逐。当悟空打死白骨精变的村姑后,小说写道:

长老才有三分儿信了,怎禁猪八戒气不忿,在旁漏八分儿唆嘴道:"师父,说起这个女子,他是此间农妇,因为送饭下田,路遇我等,却怎么栽他是个妖怪? 哥哥的棍重,走将来试手打他一下,不期就打杀了！怕你念什么《紧箍儿咒》,故意的使个障眼法儿,变做这等样东西,演幌你眼,使不念咒哩。"②

这次挑唆使唐僧念咒语并要驱逐悟空,在悟空下跪叩头哀告下才放其一马。在第二次打杀白骨精后,唐僧足足念了二十遍紧箍咒,把悟空的头勒得像个亚葫芦后又驱赶其走。见悟空还不走,八戒在旁说道:"师父,他要和你分行李哩。跟着你做了这几年和尚,不成空着手回去? 你把那包袱里的什么旧褊衫,破帽子,分两件与他罢。"③这种以己之心度人之腹的做法,不仅更加激怒了唐僧,也着实让悟空暴跳如雷。第三次打死白骨精后,见师傅被吓得口不能言,八戒在旁边又笑道:"好行者！风发了！只行了半日路,倒打死三个人！"唐僧正要念咒,悟空带其见妖怪本相。唐僧见妖怪脊梁上写着"白骨夫人"后倒也信了时,八戒在旁边唆嘴道:"师父,他的手重棍凶,把人打死,只怕你念那话儿,故意变化这个模样,掩你的眼目哩！"从而导致师徒两人之间的信任丧失殆尽,美猴王被逐。图10-58为世德堂本插图,

---

① 《古本小说集成》编委会编:《西游记》(世德堂本),上海古籍出版社1994年影印版,第923页。

② 同上,第656—657页。

③ 同上,第660页。

图 10-58 《西游记》(世德堂本)插图

展示的是有情有义的美猴王被逐临行前变四个行者跪拜师傅,唐僧气愤至极,扭头不接受行者之礼的场景。特别值得寻味的倒是八戒此刻的动作造型,他见此情形,双手平展开于胸前,表达"不关我事啊""无能为力啊",有将自己置身于事件之外的意思。这是世德堂本中一幅难得的精妙展示人物心理的插图。项维仁和窦世魁为第五十六回"神狂诛草寇 道昧放心猿"配图时,展示的是唐僧见悟空将恩人儿子的头割下来,便念紧箍咒,把个行者勒得耳红面赤,眼胀头昏,在地上打滚,翻筋斗,竖蜻蜓,疼痛难禁的情形。八戒则站立在唐僧身旁,满脸笑容地看着地上的悟空,感到大快人心,解恨解气。八戒的形象与身后站立的沙僧形成了鲜明的对比。沙僧见此情形,低头不语,脸上写满了难过。

五是风残云卷饕餮鬼。贪吃贪睡是猪的本性,这种习性自然也要体现在猪八戒的身上。在西天取经路上,困扰孙悟空的是各路妖魔鬼怪,困扰猪八戒的倒是吃不饱饭,经常要挨饿。因此,只要谈到吃,他就会条件反射一样马上来了精神。例如,孙悟空说起三清观中有许多供品,馒头有斗大,烧果一个有五六十斤,果品新鲜可口后,猪八戒不用叫就醒了。八戒贪睡,但"吃"的欲望显然要高于"睡"。这只是偷吃再普通不过的人间供品,如果是偷吃到人间"珍果"呢?"猪八戒吃人参果——不知其味"的歇后语,形象地道出了八戒的吃相。小说对此写道:

那八戒食肠大,口又大,一则是听见童子吃时,便觉馋虫拱动,却才见了果子,拿过来,张开口,毂辘的囫囵吞咽下肚,却白着眼胡赖,向行者、沙僧道:"你两个吃的是什么?"沙僧道:"人参果。"八戒道:"什么味道?"行者道:"悟净,不要睬他!你倒先吃了,又来问谁?"八戒道:"哥哥,吃的忙了些,不象你们细嚼细咽,尝出些滋味。我也不知有核无核,就吞下去了。哥啊,为人为彻。已经调动我这馋虫,再去弄个儿来,老猪细细的吃吃。"[①]

① 《古本小说集成》编委会编:《西游记》(世德堂本),上海古籍出版社 1994 年影印版,第 590—591 页。

当然,在取经路上,能遇到供应斋饭的,就算是八戒的幸事了。在夜阻通天河借宿陈家庄时,面对斋饭,八戒根本等不及师傅念完经,就拿起一碗白米饭扑地丢下口去,以至于众僮仆惊呼"爷爷啊!你是磨砖砌的喉咙,着实又光又溜!"①唐僧一卷经还没念完,八戒早已五六碗米饭下肚了。普通人家所提供的斋饭有限,八戒就是把米饭面饭、果品闲食都吃完了也只是半饱。因此,在取经道上,如果能吃顿饱饭,对于八戒来说就是福祉了。小说描述八戒在女儿国放开量尽情吃时,写道:

> 那八戒那管好歹,放开肚子,只情吃起。也不管什么玉屑米饭、蒸饼、糖糕、蘑菇、香蕈、笋芽、木耳、黄花菜、石花菜、紫菜、蔓菁、芋头、萝菔、山药、黄精,一骨辣噇了个罄尽,喝了五七杯酒。口里嚷道:"看添换来!拿大觥来!再吃几觥,各人干事去。"……女王闻说,即命取大杯来。近侍官连忙取几个鹦鹉杯、鸬鹚杓、金叵罗、银凿落、玻璃盏、水晶盆、蓬莱碗、琥珀钟,满斟玉液,连注琼浆,果然都各饮一巡。②

在西天取经路上,像这样敞开怀畅快地吃仅有几次。因此,忍饥受饿对八戒来说是常态,也正是由于他忍受住了饥饿,到达灵山修成正果后,佛祖赐他为"净坛使者",让其尽情享用各大部落送来的贡品。唐僧一心向佛,虽为凡夫俗子,但坚心不改,经受住了常人难以抵挡的诱惑,为东土取得了真经,功德无量,到达灵山脱去了妖魔鬼怪都想得到的肉体,灵魂实现了自由,成了"旃檀功德佛";悟空生性好斗,一路走来降妖除魔,多次险些丢了性命,他终于知道天外有天,真正认清了自己,最终修成"斗战胜佛";八戒一路走来,唯吃唯色,虽到达灵山但终难成佛,只是满足了他吃喝无忧的本性需求,这本身就是小说描绘的八戒的性格特征。

六是色胆包天猪八戒。猪八戒因色起事,醉闯广寒宫而被玉帝贬下天庭,这是其作为天宫神将时的淫乱表现。被贬下界后,先后霸占卵二姐和高翠兰,这是其作为妖精时的淫威表现。走上西天取经道路后,每每见到女妖变的村姑民妇他都忍不住拿头捏尾、假装斯文去讨好,全然不顾师傅的安危,这是其作为一个徒弟面对女色时的表现。在"四圣试禅心"时,猪八戒色胆包天的本性彻底暴露,在"撞天婚"而抓不着时,竟然打起了"丈母娘"的主意,这是其作为一个和尚面对观音时的表现。总之,猪八戒的"淫"和唐僧的"忍"形成了鲜明的对比。女人爱三藏和八戒爱女人是小说《西游记》中一个极具喜剧风格的情节设置。这种反差,不仅没有伤害人物的形象,反而更加突显各自的性格特征。例如,在面对女儿国国王时,小说对师徒两人有意进行了对比描写。小说写道:

> 女王看到那心欢意美之处,不觉淫情汲汲,爱欲恣恣,展放樱桃小口,呼道:"大唐御弟,还不来占凤乘鸾也?"三藏闻言,耳红面赤,羞答答不敢抬头。猪八戒在旁,掬着嘴,饧眼观看那女王,却也袅娜,真个——
>
> 眉如翠羽,肌似羊脂。脸衬桃花瓣,鬖堆金凤丝。秋波湛湛妖娆态,春笋纤纤妖媚姿。斜鬒红绡飘彩艳,高簪珠翠显光辉。说什么昭君美貌,果然是赛过西施。柳腰微展鸣金珮,莲步轻移动玉肢。月里嫦娥难到此,九天仙子怎如斯。宫妆巧样

---

① 《古本小说集成》编委会编:《西游记》(世德堂本),上海古籍出版社 1994 年影印版,第 1195 页。

② 同上,第 1383 页。

非凡类,诚然王母降瑶池。

那呆子看到好处,忍不住口嘴流涎,心头撞鹿,一时间骨软筋麻,好便似雪狮子向火,不觉的都化去也。[①]

"食色性也"在猪八戒身上表现得十分充分,猪八戒甚至直言不讳地说"和尚是色中饿鬼",可见其根本不把"色"当回事。图10-59为李评本插图,表现的是濯垢泉中七女妖下水洗澡的场景。在降魔除妖方面,八戒少有主动请缨去灭妖精的。这次听悟空说是七个女妖因衣服被悟空变的老鹰叼走而被困在水中,于是,他抖擞精神,欢天喜地,举着钉耙,就直奔濯垢泉而去。结果到了水池边,不是打妖而是迫不及待地跳入水中变作鲇鱼精在女妖腿裆间乱钻,戏弄女妖。项维仁和窦世魁的插图,展现的是"四圣试禅心"情形,猪八戒见老夫

图10-59 《李卓吾先生批评西游记》插图

人带三个女儿出来,喜出望外,既有一种天上掉馅饼般的庆幸,又感到机不可失要紧紧抓住,因此主动出击,完全置师傅和悟空、悟净于不顾,并且私下与老夫人达成招赘协议,在老夫人不知该让哪个女儿嫁给他时,八戒竟恬不知耻地要求三个都包了,还振振有词"省得闹闹吵吵,乱了家法",并且承诺保证将三人侍候得舒舒服服。可见,其色胆包天,本性难移。

四、沙和尚

在取经队伍中,最不起眼的人就是沙僧了。就像他的法号"悟净"一样,沙僧一路上默默不语,手牵白龙马,陪护在师傅左右。在取经队伍的成员分工上,如果说悟空是"前锋",八戒是挑着担子跟在队伍后面的辎重部队和"后卫",那么,沙僧则是承前启后,紧围着骑在白龙马上师傅的"中场队员"。在语言表达上,或许他不必像悟空那样考虑与各路神仙和妖魔打交道,上天入地游说起来能说会道;或许他也不必像八戒那样需要陪师傅说话还要防大师兄的捉弄,跑前跑后,唠叨不休;沙僧只是一个"沉默的他者",经常扮演着"缺席地在位"。在形体特征上,即便是小说的描写,也没能突出沙僧典型的外貌特征,或许是悟空明显的猴头猴脑、八戒典型的猪头呆脑太突出,从而掩盖了沙僧的形象。在人际关系上,沙僧游离于师傅、悟空与八戒之间,从不说谁好,也从不说谁不好,完全持中国传统文化的中庸之道。许多研究《西游记》小说人物形象的学者感慨,就那么四个人,为什么沙僧的艺术形象如此单薄,这是不是小说创作者在人物塑造上的失误?

纵观古今中外的《西游记》插图本,不得不承认一个事实,那就是与小说文本对

---

① 《古本小说集成》编委会编:《西游记》(世德堂本),上海古籍出版社1994年影印版,第1377页。

沙僧模糊的描写一样,插图中的沙僧形象也是不确定的,甚至许多插图创作者故意简化甚至忽略其形象,因此,更何谈该人物形象的演化呢?但是,作为取经队伍中的成员之一,缺少对沙僧人物形象的演变分析,同样是一种缺憾。本着忠实于小说文本和插图的态度,我们试着对沙僧人物形象的演变作简要论述。

一是灵霄殿前卷帘将。沙僧原是玉帝身边的卷帘大将,往来护驾,出入随朝,十分荣耀。想当初"玉皇大帝便加升,亲口封为卷帘将。南天门里我为尊,灵霄殿前吾称上。腰间悬挂虎头牌,手中执定降妖杖。头顶金盔晃日光,身披铠甲明霞亮。往来护驾我当先,出入随朝予在上"①。真可谓是一人之下万人之上,备受天宫诸神尊敬,十分华彩。当然,作为玉帝身边的人,天庭对其要求也是极高的。因为这不仅涉及个人的荣辱,还代表玉帝的形象,因此工作上不能有些微的差错。沙僧只因失手打碎了一个玻璃盏,就遭到了玉帝的严惩,要砍头,后经赤脚大仙求情,才免于死罪,但活罪难逃,杖打八百,贬出天宫,下界为妖,又叫天剑七日一次穿过胸胁百余下。研究《西游记》的学者曾比较过沙僧和小白龙之间的罪责,认为沙僧只不过失手打了一个普通不过的玻璃杯,罪不该诛,结果被玉帝判了"死刑,当场执行"。而小白龙则是纵火烧了夜明珠,结果被玉帝吊在空中,杖打三百,判了"死刑,缓期执行"。甚至有学者认为玉帝早已对身边这个卷帘将不满意,抓住把柄后即欲将其置于死地。当然,前者分析还有一定道理,后者则完全是自己的臆想罢了。如果我们从整体上来分析卷帘大将这个人物形象,就不会妄加评论。其一,沙僧曾深得玉帝的欣赏和信赖。玉帝亲自封其为卷帘大将,虽职务不高,但毕竟是玉帝身边的内侍官,如果玉帝不是欣赏其才华和本领,不可能将一个讨厌的人放在身边。否则,岂不闹心?其二,沙僧有过人的本领。这从八戒与沙僧流沙河上对打即知,甚至是多天未舞棍,急于下手的悟空都拿他没办法,可见,沙僧当神将时身手不凡。其三,沙僧是大内高手。走上西天取经道路后,沙僧周旋于师傅与大师兄、二师兄之间,若即若离,会察言观色,但又沉默寡言。这种个性特点非一朝一夕就能形成,明显是长期在"高层领导"身边工作养成的。如果他像悟空那样不守规矩,像八戒那样贪色懒散,估计早已被玉帝碎尸万段了。那么,对于这样一个有本领、守规矩、值得依赖的人,玉帝为什么对其所犯的"小错"不能饶恕呢?那必须看是在什么场合。沙僧自报家门时曾说:"只因王母降蟠桃,设宴瑶池邀众将。失手打破玉玻璃,天神个个魂飞丧。玉皇即便怒生嗔,却令掌朝左辅相。卸冠脱甲摘官衔,将身推在杀场上。多亏赤脚大天仙,越班启奏将吾放。饶死回生不典刑,遭贬流沙东岸上。"②一年一度的蟠桃大会由王母娘娘筹备和主持。从大圣闹天宫时就可知道,为了筹备这个会议,要花费大量的人力物力,酿琼浆玉液,做山珍海味,奉千年蟠桃,然后邀各方神仙共聚一堂。因此,蟠桃大会说是吃桃,但更具象征意义,这是显示王母母仪天宫、威信四方的重要时刻。在这种十分隆重的场合,作为玉帝身边的内侍官失手打碎玻璃盏,导致"天神个个魂飞丧",在天宫众神看来,这是在丢玉帝

① 《古本小说集成》编委会编:《西游记》(世德堂本),上海古籍出版社 1994 年影印版,第 524 页。
② 同上,第 525 页。

的"面子",砸王母的"场子",因此,必遭严惩。

　　二是流沙河中丑妖邪。卷帘大将被贬下界后,潜入流沙河中做怪,整日以吃人为生。对其形象,小说分别两次予以专门描写,每一次都作一个总体评价"长得凶丑"。一次是观音菩萨到东土寻取经人路过流沙河时,丑怪从水里窜出欲害观音,被木叉挡住。小说写道:"青不青,黑不黑,晦气色脸;长不长,短不短,赤脚筋躯。眼光闪烁,好似灶底双灯;口角丫叉,就如屠家火钵。獠牙撑剑刃,红发乱蓬松。一声叱咤如雷吼,两脚奔波似滚风。"[①]另一次是唐僧带着悟空、八戒一路西行过流沙河时,丑怪跃出水面欲夺唐僧。对其形象,小说写道:"一头红焰发蓬松,两只圆睛亮似灯。不黑不青蓝靛脸,如雷如鼓老龙声。身披一领鹅黄氅,腰束双攒露白藤。项下骷髅悬九个,手持宝杖甚峥嵘。"[②]从两次描写来看,沙僧的外形大体为:长着一副蓝靛脸,眼睛较大,嘴角上翘,一头红发,项戴骷髅圈,手持月牙宝杖。这个水妖不仅长相丑,而且本领大,极具战略战术。为了降住此妖,悟空与八戒的战术是,扬八戒之长,他当年掌管天河,水性好,与水妖交战引水妖上岸,交由悟空处理。但水妖三次与八戒打得难解难分之时,只要见悟空参战,形成二对一的不利局面就扬长避短潜入水中。以至于愁得唐僧落泪,悟空束手无策,八戒无可奈何。小说写道:"行者伫立岸上,对八戒说:'兄弟呀,这妖也弄得滑了。他再不肯上岸,如之奈何?'八戒道:'难,难,难!战不胜他,就把吃奶的气力也使尽了,只绷得个手平。'"[③]最后,只好求助观音菩萨,派出木叉才将其降伏。图10-60为世德堂本插图,展示的就是八戒与水妖在水中激战,悟空伫立岸上欲打而不得的情形。图10-61为新说本插图人物绣像,图像中沙僧身材高大,宽面体健,项带骷髅圈,肩扛月牙杖,正大步流星地从流沙河中走出。

图10-60 《西游记》(世德堂本)插图

① 《古本小说集成》编委会编:《西游记》(世德堂本),上海古籍出版社1994年影印版,第178页。
② 同上,第518页。
③ 同上,第534页。

图 10-61 《新说西游记图像》插图

三是皈依佛门牵马者。一直以来人们总以为在取经队伍中，八戒是牵马者，沙僧是挑担人。如 1986 年版杨洁导演的《西游记》电视剧剧照人物形象和造型就是如此。这完全是受到由《西游记》小说改编的影视剧的影响。或许考虑到猪八戒的戏份很多，让其挑着担子不利于人物动作的充分展现，而沙僧的戏份不多，属于配角，才做此调整。在小说纯文本的描述中，则不存在这种问题。这也恰恰体现出语言与图像的各自优势，以及两者之间的内在冲突。小说中悟空收了八戒后，挑担子的事就转移到了八戒肩上，而且一直挑到灵山。这从三个方面可以证实，一是在取经队伍的成员全部到位并过了流沙河后，大家一路上十分辛苦，八戒对悟空说道："哥啊，你只知道你走路轻省，那里管别人累坠？自过了流沙河，这一向爬山过岭，身挑着重担，老大难挨也！"①二是在取到真经送回东土后，唐僧给太宗皇帝介绍猪八戒时曾道"一路上挑担有力，涉水有功"。三是灵山受封时，佛祖对八戒的功劳进行评价"因汝挑担有功，加升汝职正果，做净坛使者"，在对沙僧的功劳进行评价时说道"诚敬迦持保护圣僧，登山牵马有功，加升大职正果，为金身罗汉"②。

沙和尚为什么会成为唐僧的牵马人？悟空在天宫当过弼马温养过马，马见他就害怕，让他牵马更多会惊吓了马而给马背上的唐僧带来危险。八戒最能理解师傅的心理，常说师傅爱听的话，是唐僧的贴心人。同时，唐僧也常常袒护、包庇他。让八戒给师傅牵马应该是最合理的安排。小说创作者之所以没有这么安排，自有其深意。取经之路是每个人的"赎罪"之路，团队中的每个成员前世都有"原罪"，需要今世去救赎。正所谓"每个人都有每个人的来时去时路"，修行在个人。悟空的"原罪"是大闹天宫，长幼无序，没有规矩，因此，需要在取经路上给他戴上紧箍咒以立规矩，让他认凡人为师以学人礼，降魔除妖以灭心魔。八戒的"原罪"是淫色，常言道："温饱思淫欲。"因此，需要他在取经路上负重而行，败其力泄其精，忍饥挨饿以灭淫心。沙僧的"原罪"是"失手"，因此，需要他在取经路上手牵马缰，寸步不离师傅，做好服务。其实，前世的"卷帘将"不正是今世的"牵马人"吗？他前世在玉帝身边当差时就练就了察言观色、沉默寡言、不沾女色、忠心耿耿的能力。所以，沙僧不需要灭心魔，不需要杀淫心，更不需要打打杀杀、负重而行，只需要修炼手牵马缰不失手的本领。在明清《西游记》插图本中，大多数见到的是八戒挑担、沙僧牵马的情形。图 10-62 为李评本插图，展示师徒四人进入五庄观的情形，其中，八戒挑着担子，沙僧牵着马。

---

① 《古本小说集成》编委会编：《西游记》（世德堂本），上海古籍出版社 1994 年影印版，第 542 页。

② 同上，第 2546 页。

四是取经团队聚心人。在取经团队里，虽然沙僧沉默寡言，但并不意味其不谙世事。与八戒的"离心力"相对应，沙僧常常是队伍的"凝心剂"。自从皈依佛门，走上取经之路后，无论是风餐露宿、跋山涉水，沙僧从不叫苦，紧跟着师傅不离不弃。在师傅被妖精摄走无迹可寻时，他不像八戒那样叫嚷着要散伙，而是坚信大师兄会有办法把师傅救出来。纵观小说文本，猪八戒前后共八次提出要"散伙"：遇黄袍怪要散伙、平顶山见悟空"愁哭"要散伙、唐僧被红孩儿怪摄走要散伙、见唐僧被假悟空打"死"要散伙、狮驼岭太白金星报信说魔头狠要散伙、见悟空被青毛狮子怪吞下肚要散伙、镇海寺唐僧得重病要散伙、听女妖说老鼠精要与唐僧成亲要散伙。在八戒八次要求散伙的过程中，沙僧意志坚定不移，甚至听说

图 10 - 62 　《李卓吾先生批评西游记》插图

师傅被红孩儿怪吃了后，连悟空都说要散伙时，他都在努力劝说大家。小说写道：

行者道："兄弟们，我等自此就该散了！"八戒道："正是，趁早散了，各寻头路，多少是好。那西天路无穷无尽，几时能到得！"沙僧闻言，打了一个失惊，浑身麻木道："师兄，你都说的是那里话。我等因为前生有罪，感蒙观世音菩萨劝化，与我们摩顶受戒，改换法名，皈依佛果，情愿保护唐僧上西方拜佛求经，将功折罪。今日到此，一旦俱休，说出这等各寻头路的话来，可不违了菩萨的善果，坏了自己的德行，惹人耻笑，说我们有始无终也！"①

与八戒经常在师傅面前挑拨离间，说悟空的坏话相比，沙僧则是个"厚道人"。这可以从美猴王被驱逐临行前对沙僧的嘱托中见出："贤弟，你是个好人，却只要留心防着八戒詀言詀语……"沙僧的厚道特别体现在其身陷魔掌时，宁肯牺牲自己，也不出卖别人。例如，被黄袍怪捉走后，当妖怪要杀公主时，为了报达公主放走师傅的恩情而将祸事独揽，小说第三十回"邪魔侵正法 意马忆心猿"章回写道：

他心中暗想道："分明是他有书去，救了我师父，此是莫大之恩。我若一口说出，他就把公主杀了，此却不是恩将仇报？罢、罢、罢！想老沙跟我师父一场，也没寸功报效，今日已此被缚，就将此性命与师父报了恩罢。"遂喝道："那妖怪不要无礼！他有什么书来，你这等枉他，要害他性命！我们来此问你要公主，有个缘故，只因你把我师父捉在洞中，我师父曾看见公主的模样动静。及至宝象国，倒换关文。那皇帝将公主画影图形，前后访问，因将公主的形影，问我师父沿途可曾看见，我师父遂将公主说起。他故知是他儿女，赐了我等御酒，教我们来拿你，要他公主还宫。此情是实，何尝有甚书信？你要杀就杀了我老沙，不可枉害平人，大亏天理！"②

---

① 《古本小说集成》编委会编：《西游记》(世德堂本)，上海古籍出版社 1994 年影印版，第 1011—1012 页。

② 同上，第 720—721 页。

正是由于他讲起话来理直气壮,如同真事一般,才使黄袍怪放下疑心,向公主赔礼道歉。由此可见,沙僧或不语言,语出则惊人。沙僧除了给师傅牵马,负有护卫师傅之责,还常常是师兄降魔除妖的"帮衬人"。如图10-63是世德堂本第五十三回"禅主吞餐怀鬼孕　黄婆运水解邪胎"插图,展示的是沙僧趁如意真仙与悟空打斗,无暇顾及自己时,趁机从井中吊出落胎泉水。图10-64是稀世绣像本第四十九回"三藏有灾沉水宅　观音救难现鱼篮"插图,展示的是八戒和沙僧携手潜入河内与妖精打斗,以引其出水面,悟空则仁立在空中,手搭凉篷密切关注下面的动静。当然,与八戒不同的是,妖魔激战时,沙僧即便是招架不住时,也不会像八戒那样临阵逃脱,置别人于不顾,可见其有仁有义有情。

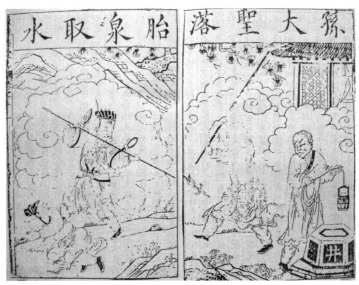

图 10-63　《西游记》(世德堂本)插图

图 10-64　清康熙三十五年《西游记》插图,上海图书馆藏

四、白龙马

在取经队伍中,有一位比沙僧还要"低调",以至于不在万不得已情况下就不会说话的成员,那就是沙僧手中所牵的白龙马。他原是西海龙王敖闰之子,因纵火烧了殿上的明珠,被其父以忤逆罪告到天庭玉帝处,被玉帝派人打了三百下,悬吊半空中,等候处理。观音菩萨赴东土寻找取经人半路遇至后,向玉帝求情救下小白龙,让他给西天取经人当脚力。因此,白龙马也是以戴罪之身来赎前世的罪孽。与沙僧相比,他应该是罪孽深重,"纵火"是故意行为,与"失手"有主观意愿的不同;"明珠"是珍奇异宝,"玻璃盏"只不过是普通的器皿,因此,损失程度完全不可同日而语。正是玉龙不知珍惜珍宝,所以才需要他从前世令人景仰的飞腾"玉龙"变成今世任人骑乘的普通"白马"。与其他三个师兄从神到妖再到人的转变相比,玉龙是直接从神到兽,在西行取经之路上通过四脚走路,还经常遭到别人抽打,体会什么叫"珍惜"。从小说内容来看,白龙马的形象本无太多的变化,但在取经路上,在事关大业成败的紧要关头有过精彩的表现,因此,作为取经团队中的成员之一,需要对其形象演变作简要阐述。

一是鹰愁涧内恶孽龙。小白龙得到观音救助后,就潜在蛇盘山鹰愁涧内等待取经人的到来。由于他不知道谁是取经人,因此,反倒成了唐僧师徒西行路上的一个障碍,并且吃了唐僧的白马。小说写道:"三藏勒缰观看,只见那涧中唿喇响了一声,钻出一条龙来,推波掀浪,撺在石崖之上,就抢长老。慌得个行者丢了行李,把师父抱下马来,回头便走。那条龙就赶不上,把他的白马连鞍辔一口吞下肚了,依然伏水潜踪。"①唐僧十分着急:"既是他吃了,我如何前进!可怜啊!这万水千山,怎生走得,全靠此马!"②进而泪如雨下。图10-65为朱鼎臣本插图,展示的即是孽龙从涧中跃起,三藏惊恐万状,回头间白马已被龙吞入口中的情形。图10-66为新说本插图,展示的是悟空与孽龙大战的情形。虽然大圣神勇,但他毕竟不能追到水中打斗,因此,小龙不敌后,就深潜涧底,对悟空的叫骂不闻不问,最后竟变作水蛇钻入草窠之中,让悟空无处可寻。大圣无奈之下,只好向观音菩萨求助。

二是西行路上苦脚力。在古代《西游记》刊本中,关于小白龙变马的过程从图像学考察,十分耐人寻味。一般情况下,小说插图往往是创作者依据小说文本内容创作的,理想状态是图与文合,两者相互融合,相映成趣。但在实践中也会出现文图不对称的情形,造成这种现象的根源在于创作者受到了后面故事情

图10-65 《唐三藏西游释厄传》插图

① 《古本小说集成》编委会编:《唐三藏西游释厄传》,上海古籍出版社1994年影印版,第395—396页。
② 同上,第397页。

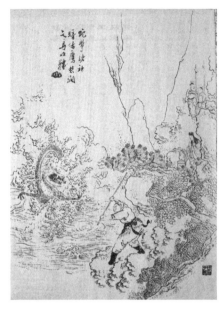

图 10 - 66　《新说西游记图像》插图

节的影响，从而，意象先行于文本内容，创作出图不对文的插图。如图 10 - 67 为朱鼎臣本插图，展示的小说相应情节是：

菩萨叫揭谛道："你去涧边叫一声'敖闰龙王玉龙三太子，你出来，有南海菩萨在此。'他就出来。"那揭谛果去涧边叫了两遍。那小龙出水，变一人相，踏了云头，对菩萨礼拜道蒙活命，在此等久，更不闻取经人的音信。[①]

插图题词"玉龙太子　勇跃出涧"也对应小说内容，但图像却为一匹白马。实际上小龙变的是人而非马，他也并不知道自己要变作马，更没必要变成马来迎接观音菩萨。因此，该图像完全是创作者受到小说后续故事情节的影响而先入为主的创作。图 10 - 68 则是图 10 - 67 的下图，更让人称奇的是创作者刻画了一个龙头马身的怪物，从题词"火龙变马"来看，当是展示从小白龙变成白马的瞬间转变过程。而实际上，应该是从人变成马。小说写道："菩萨把那小龙项上明珠摘了，将杨柳枝蘸出甘露往他身上一拂，吹口仙气，喝'变'，那龙变出原来马匹，又分付功成之后超越凡龙还你金身。"[②]

图 10 - 67　《唐三藏西游释厄传》插图

图 10 - 68　《唐三藏西游释厄传》插图

　　我们再来考察清代刊本插图对小白龙变马的创作情况。《绘本西游记》插图展示的是观音菩萨用杨柳枝从净瓶之中蘸水向下洒去。在观音脚下伏着一个前身为马后身为龙的怪物，也是展示从龙到马的瞬间转变。悟空和揭谛则惊奇地看着眼前发生的一切。《西游记》小说传到日本后，在表现本回情节故事时，日本插图创作者同样忽略小白龙变人，再从人变马的中间环节，而直接将龙变成马。这表明，"玉

① 《古本小说集成》编委会编：《唐三藏西游释厄传》，上海古籍出版社 1994 年影印版，第 404 页。
② 同上，第 404—405 页。

龙"与"白马"两个关键词已深深印在人们的脑海，只有从"龙"变"马"才更能突出插图的主题。这也证实小说插图与文本之间存在着错综复杂的关系，需要我们作深入的研究。稀世绣像本插图则以共时性手法再现天上地下的不同场景，回避了以上问题，而直接展示了天上云间一匹白马站立在观音及悟空、揭谛面前，它高昂着头，仿佛在聆听着菩萨的教诲。

三是危难时刻真英雄。作为唐僧的脚力，白马在西天取经路上只是出苦力，没有更多的任务需要其负责，因此，一路上他就如同一只普通的白马一般默默无闻。只是在取经事业遭受到重大考验，即将功亏一篑时才挺身而出，既让阅读者记住他还是一匹由龙变作的马，非寻常之物，又给西游故事增添了许多情节，让人读来津津有味，还起到了延续故事线索的作用，使情节一波三折、跌宕起伏。小说第三十回"邪魔侵正法 意马忆心猿"章回中，写道宝象国国王看到女儿百花羞托唐僧带来的家书后，请八戒和沙僧两人回到碗子山波月洞除黄袍怪救出女儿。结果两人招架不住黄袍怪，八戒见势头不妙自己临阵脱逃，沙僧被妖捉去。黄袍怪又变成美男子去宫中认亲，反咬唐僧是妖精，以法术将其变成一只斑斓猛虎取得国王信任。深夜，黄袍怪在银安殿饮酒作乐，十八个宫娥彩女为其吹弹歌舞，黄袍怪喝醉酒后现出本相，咬断了一个弹琵琶女子的头，其他宫娥吓得四散躲藏起来。拴在馆驿中的白马听到人传"唐僧是个虎精！"心中十分焦急，小说写道：

他也心中暗想道："我师父分明是个好人，必然被怪把他变做虎精，害了师父。怎的好，怎的好？大师兄去得久了，八戒、沙僧又无音信！"他只捱到二更时分，万籁无声，却才跳将起来道："我今若不救唐僧，这功果休矣，休矣！"他忍不住，顿绝缰绳，抖松鞍辔，急纵身，忙显化，依然化作龙，驾起乌云，直上九霄空里观看。①

图10-69为朱鼎臣本插图，展示的是白马变作宫娥给黄袍怪舞刀的情形。插图中小龙变作的假宫娥身材妙曼，形体轻盈，面对正在吃人的恶魔丝毫不惧。他上三下四、左五右六，丢开了花刀法，在妖怪看得眼花缭乱之时，往妖精劈去。结果，黄袍怪侧身躲过，顺手举起一根满堂红与其对打，并打伤了小龙的后腿。小龙只好

图10-69 《唐三藏西游释厄传》插图

---

① 《古本小说集成》编委会编：《西游记》(世德堂本)，上海古籍出版社1994年影印版，第731页。

潜入水中躲过一劫。应该说,在唐僧被变成虎,美猴王被逐,沙僧被捉,八戒不知踪迹的情况下,白马挺身而出,以自己有限的力量努力去战妖精,希冀挽救取经大业,这体现出白马心系大业的情怀和沉着英勇的斗争精神。

在《绘本西游记》该回插图中,则以全景式手法将人物分成三个空间,从而层次清晰地展示出一个翩翩起舞的女子,坐于案前喝酒观看的妖怪和其身后倒在血泊中的宫女。此回插图极具日本浮士绘风格,特别是白马变作的假宫娥,其造型特点已完全为浮士绘的人物特点,高高盘起的发髻,椭圆形的脸颊,甚至所穿的服饰都极具日本风格。即便如此,我们还是能够清楚地理解插图要表现的主题,虽然白龙马所变的宫娥已从中国古代女子变成了日本女人。如果说白龙马绝缰抖鞍变飞龙显其"仁",机智灵敏变宫娥显其"谋",沉着舞刀刺妖魔显其"勇",那么垂泪劝兄则显其"义"。在八戒听白马详说困境后提出要散伙时,小说写道:

　　小龙闻说,一口咬住他直裰子,那里肯放,止不住眼中滴泪道:"师兄啊,你千万休生懒惰!"八戒道:"不懒惰便怎么? 沙兄弟已被他拿住,我是战不过他,不趁此散火,还等什么?"

　　小龙沉吟半晌,又滴泪道:"师兄啊,莫说散火的话,若要救得师父,你只去请个人来。"八戒道:"教我请谁么?"小龙道:"你趁早儿驾云回上花果山,请大师兄孙行者来。他还有降妖的大法力,管教救了师父,也与你我报得这败阵之仇。"①

李评本该回插图展示八戒回到馆驿后,听白马说话,吓得跌倒在地,爬起来后就要向外走,被白马一口咬住后衣襟的情形。插图中,馆驿门前护卫已坐在地上睡着,表明已是深夜;八戒被白马咬住的瞬间回首观看,夸张的动作显示其急欲跑开。创作者将一个有胆有识、有情有义的白马和一个体型馕糠、只顾私利的八戒进行了鲜明的对比。特别是白马咬住八戒的瞬间"定格",使画面充满张力,而又感人至深。

第四节　《西游记》插图的形式演变与艺术特色

明清刊本《西游记》插图形式丰富多彩,在形式的演变上既体现为地域上的不同刊刻风格,又体现为镌刻者不同技法所形成的不同风貌;既体现在印刷技术改进后所形成的刻印与石印风格的差异,还体现为小说流布海外后所形成的本土与异域的民族审美差异。在艺术特点上,明清每个刊本都形成了自己独特的艺术风格,即便是具有"家族相似性"的闽南三木,也并不能统而概之。因此,需要对主要刊本具体分析,才能见出各自风采。

一、《西游记》插图形式的演变

在明清小说中,《西游记》以其通俗易懂的故事情节受到人们的普遍喜爱。各

---

① 《古本小说集成》编委会编:《西游记》(世德堂本),上海古籍出版社 1994 年影印版,第 737—738 页。

刊本中有大量精美的人物绣像和插图也是人们争相阅读的原因之一。无论是书坊出于吸引更多的读者之竞争所需而请刻工依文镌图，还是文人出于欣赏把玩之乐而绘图像，都给这部小说增添了无穷的视觉欣赏乐趣。纵观明清以来《西游记》刊本的插图，在形式上经历了"全相""出像""绣像"等演变。

(一) 全相

何谓"全相"，戴不凡认为"左图右史，自古已然。上图下文，肇自闽贾，观建阳余氏宋椠《烈女传》(有阮氏翻雕本)可知矣；此所谓'全相'者也"①。上图下文版式又被称为"鼎镌全像"，在中国古代板刻历史上，这是典型的建安派风格，带有浓郁的地域特色。明代建阳书坊刊小说版本现存大约一百二十种，其中至少三分之二以上都是上图下文的版式。最为引人注目的《三国志演义》《水浒传》《西游记》三大名著的各种版本就有四十余种之多，大多数都是上图下文的版式。② 当然，上图下文版式也是中国古代图书较早的插图刊刻方式之一。现存于世的元至治年间(1321—1323)建安虞氏务本堂所刊"全相平话五种"是中国古代早期插图本小说的代表作。如果将其图像放大，文字内容精简，它无疑则是中国连环画的始祖。阳至和本《唐三藏出身全传》、朱鼎臣本《唐三藏西游释厄传》和杨闽斋本《新镌全像西游记传》均是建安派上图下文版式，而且三者之间存在着大量相同、相似的插图，使三者之间具有"家族相似性"特征。如图 10-70 为阳至和本上图下文版式。需要指出的是，"全相"是指刊本从头到尾每一回每一页都有图像，如同连环画一般，并非指后世单页或双页全为图像插于相应的章回。正如汪燕岗所言："全相之'全'应指每页都配有插图，而'相'字是指故事情节图，插图方式一般都是上图下文式，以每页上面的图来表现下面的文字。"③

图 10-70 《唐三藏出身全传》插图

(二) 出像

在明清小说、戏曲插图中，"出像"是最常见的插图形式，也是最具有艺术表现力并广受阅读者喜爱的插图形式。与上图下文版式不同，这种插图是图文分开的，插图几幅不等，相对独立地插入相关章节，形象地说，类似于"图嵌于文"，这是真正意义上的"插图"。当然，"图嵌于文"有广义与狭义之分，广义上的"图嵌于文"指的是占据一页或两页的

---

① 戴不凡：《小说见闻录》，浙江人民出版社 1982 年版，第 294 页。
② 涂秀虹：《上图下文：建阳刊小说的标志性版式》，载《福建论坛·人文社会科学版》2009 年第 12 期。
③ 汪燕岗：《古代小说插图方式之演变及意义》，载《学术研究》2007 年第 10 期，第 141 页。

整幅插图分别插于小说的相应章回中，图与文是相对独立的。狭义上的"图嵌于文"指的是插图与小说文本融为一体，共同占据一页或两页，图与文是一体的。明清时期的《西游记》"出像"插图主要是广义上的"图嵌于文"。它有两种表现形式，一种是"双页连式"，分别插于相应的章回，如世德堂本插图；一种是"单页独幅"，分别插于相应的章回，如李评本插图。与上图下文版式的"全相"插图相比，无论是"双页连式"，还是"单页独幅"，"出像"插图在创作对象、创作空间、创作手法和艺术表现力、感染力上，均大大超过前者，创作者不再受到狭仄的创作空间的束缚，也不必受到相应表现文本的制约，可以选取最具"包孕性"的"顷刻"作为表现对象，用整幅甚至双幅页面空间予以充分展示。

（三）绣像

《西游记》小说插图发展到清代，一个突出的特点就是出现了人物绣像。关于小说绣像，鲁迅先生曾提到"日本内阁文库藏元至治（1321—1323）间新安虞氏刊本全相（犹今所谓绣像全图）平话五种"①。后来，鲁迅先生又对什么是绣像重新作了规定："宋元小说，有的是每页上图下说，却至今还有存留，就是所谓'出相'；明清以来，有卷头只画书中人物的，称为'绣像'。有画每回故事的，称为'全图'。那目的，大概是在诱引未读者的购读，增加阅读者的兴趣和理解。"②卷头只画书中人物形象而非故事情节，我们称此类插图为绣像。清代《西游记》插图大多带有人物绣像，精美的人物绣像甚至使一些刊本出现一时洛阳纸贵的情形，例如，张书绅《新说西游记图像》的发行。从《西游记》小说插图创作来看，人物绣像有两种功能，一种是审美功能，特别是出自苏杭刻工之手的作品，带有明显的文人画风格，这种插图创作不追求名利，完全是出于文人士大夫观赏的审美需求。一种是功利功能。这又体现在两个方面，一方面出于促销书籍的目的，对于刻堂来说，刊刻有绣像的插图，能够"诱引未读者的购读"。另一方面具有舞台表演时照扮冠服的功能。明万历三十四年（1606）刊刻的《新镌蓝桥玉杵记·凡例》甚至提出"本传逐出绘像，以便照扮冠服"之说，指明了戏曲插图对戏曲舞台演出具有直接的指导借鉴作用。周心慧在《古本戏曲版画图录·序》中同样指出："戏曲版画的功用，并不仅仅在于从审美角度来提高图书的艺术欣赏价值，同时也是梨园搬演的图释指南。"③清代稀世绣像本《西游记》卷前有六十多幅人物绣像图，而且极具舞台演出的程式化特点，显然，也是为了演员们照扮冠服。

二、杨评本杂剧《西游记》插图的艺术风格

杨评本自日本传回至中土后，学者们高度重视其语言文本，研究其与行世以来

---

① 鲁迅：《中国小说史略》，人民文学出版社 1973 年版，第 104 页。
② 鲁迅：《连环图画琐谈》，参见《鲁迅全集》（第六卷），人民文学出版社 2005 年版，第 28 页。
③ 周心慧：《古本戏曲版画图录》第 1 册，学苑出版社 1997 年版，第 13 页。

的第一个足本世德堂本之间的异同,探究其在西游故事演进中的重要作用,却忽视了对其插图的研究。实际上,杨评本插图不仅在《西游记》系列插图中具有重要的研究价值,在中国版画史上亦占据着重要的地位。众所周知,中国版画最初主要作为宗教、儒经以及民间实用书籍的图示。自作为世界最早的有时间可考的刊印于唐咸通九年(868)的《金刚经》扉页问世以来,直至两宋时期,戏曲版画未见传世。"元末明初虽见镂版,数量仍如凤毛麟角,无论在数量上还是质量上,皆无法与宗教等类版画同日而语。"①杨评本恰恰诞生于元末明初,无论在构图、人物刻画、镌刻风格等方面都可以与"西厢"媲美。恰如勾吴蕴空居士对其文本所评价"幽艳恢奇,该博玄隽,固非陷井之蛙所能揆测也,其于'西厢'允称'鲁卫'"②。杨评本插图是元末明初"凤毛麟角"版画中的佼佼者,对于其插图,蕴空居士的评价同样适用。

(一)情节展示的全景式构图

杨评本插图在版式上采用双页连式,这种版式虽然常见于古代戏曲插图,但相对于《西游记》插图而言,只有世德堂本插图采用此版式。杨评本早于世德堂本一百多年问世,两者均采用同一版式,或出于偶然。但作为金陵派风格代表的世德堂本插图强调舞台化效果却是不争的事实,而"舞台化"正是戏曲插图的主要特征之一。当然,世德堂本插图以人物为主,更突出对人物的塑造与刻画,而杨评本则呈现出一种全景式构图。如图10-71是杨评本第一卷第四折"擒贼雪仇"中的插图。图像展示的是押刘洪至江边杀之以祭陈光蕊的情形。杂剧写道:

图10-71 《杨东莱批评西游记》影印本插图

① 首都图书馆编辑:《古本戏曲十大名著版画全编》,线装书局1996年版,前言第1页。
② 《杨东莱先生批评西游记总论》,见《古本戏曲丛刊》初集:《杨东莱批评西游记》。

　　（虞云）孤即引此贼,直至大江水。尖刀剖其腹,俘献陈光蕊。（做引贼至江科）
（设香灯,读祭文科）……（夫人唱）

　　【川拨棹】江上设灵祠,用三牲作祭祀。浪卷风嘶,风袅杨枝。（龙王、夜叉背陈
光蕊上）（夫人惊,云）哑,孩儿,远远望见江面上,是你父亲的灵魂来了。（唐僧云）
这就是我父亲?（夫人唱）鬼吏参差,簇捧着屈死的孤穷秀士。十八年霜雪姿,我苍
颜他似旧时。①

　　对于江边祭奠的情形,创作者采用了虚实结合的手法,将人物分成三组,展示
了天上地下、水中岸边的场景。幡幢之下虞世南立于案前,两官军持刀押着跪于江
边的刘洪,殷氏以袖掩面,哀哀不止,江流儿则哭倒于地上。江水中龙王正引夜叉
背光蕊身尸向江口而来。形成了岸上之事与江中之人的相互呼应。而陈光蕊被害
投江得龙王保护不死,温娇十月怀胎一朝分娩,置江流儿于木匣顺江而去获救,以
至于最终擒贼报仇都得益于观世音菩萨的暗中保佑。因此,创作者在江水之上,祥
云霭霭之中,刻画了一个大慈大悲、手持净瓶杨柳枝的观世音的形象,她正默默地
注视着下方发生的一切。创作者以三段式构图,将天地人神鬼汇于一图,以全景图
像叙事,形成了杂剧文本的"图与唱合"效果。考察杨评本插图,在表现众多人物、
重大场景时,均采用全景式构图,呈现了一种宏大叙事的插图效果。

（二）人物形象的个性化塑造

　　杨评本插图所塑造的人物形态各异,各具特色。创作者能根据人物的身份,刻
画出符合人物内心活动和性格特征的艺术形象。例如,图10-72展示的是第一卷
第一出"之官逢盗"的情景。创作者以船头一角作为展示的重点,刻画了一个手持

图10-72　《杨东莱批评西游记》影印本插图

---

① 《古本戏曲丛刊》初集:《杨东莱批评西游记》第一卷第四折"擒贼雪仇"。

钢刀、凶神恶煞般的刘洪，他那夸张的动作、狰狞的面目，与被其推身落水、在江水中双手挣扎的王安形成了人物动作的因果相连；与此同时，陈光蕊抱拳微身，"秀才遇到兵"之后仍不失仁义礼节，"猝然临之而不惊"求其刀下留情的文人士大夫形象亦与刘洪形成了鲜明的反差；那悲痛欲绝、无助地拉着丈夫衣襟的殷氏，呈现出封建社会女性弱势从属的心理和社会地位。杂剧在描写此情景时，写道：

（刘做住船、抛石科）（推王安下水科）（夫人叫云）王安那里？（王云）我眼里认得人，夫人。（刘云）来到大姑山脚下。相公，你前生少欠我的。你的家缘过活妻子，都是我受用。明年这早晚是你的死忌。你死了呵，我与你追荐，累七念经□□□个慈悲的好人。（陈云）那梢子，我与你有甚冤仇，害我性命？（刘云）这里呵，放你不过了。（陈做抱夫人哭科）（夫人唱）

【后庭花】这厮去绿杨堤停了棹橹，黄芦岸持着刀斧。红蓼滩人踪少，白苹渡船舰疏。阁不住泪如珠，（刘做揪陈科）（夫人唱）他把他头梢揪住。风悄悄水声幽蒲苇枯，云漆漆碧天遥雁影孤，冷清清露华浓月色浮，明朗朗银河现星斗铺。

（刘推陈下水科）（夫人做倒科）①

图10-72所示的杂剧内容，创作者选取的并非是推陈光蕊入江的瞬间，而是推王安下水的瞬间，杂剧亦没有对人物形象作过多的描写和介绍，但我们从插图中仍可见出情节发展的必然结果；虽然没打上标签，仍可见出剧本中的各个人物形象。这不能不归功于创作者非凡的艺术感染力和对人物形象特征塑造的艺术表现力。如图10-73展示的是第二卷第五出"诏饯西行"的场面，我们见到天兵神将的威武雄壮、王侯将相的位尊身显、村姑乡佬的粗犷无拘、孩童幼小的懵懂好奇。特别是对取经四众的刻画，温文尔雅的玄奘、尖嘴猴腮的悟空、猪头呆脑的八戒、深目宽额的沙僧，更是为《西游记》插图史塑造了经典的人物形象。

图10-73 《杨东莱批评西游记》影印本插图

①《古本戏曲丛刊》初集：《杨东莱批评西游记》第一卷第一折"之官逢盗"。

（三）画面景色的诗意化追求

美国华盛顿大学何谷理教授（Robert E. Hegel）指出："晚明时代更多的插图艺术版式从单页扩展成双页连式，一般而言，其中一半是对故事场景的再现，剩下的另一半只是对背景的设置和延伸，大概其目的也仅仅是为了图像自身内在的美。这种版式经常出现在戏曲插图中……当一幅插图完成后，在宁静的山腰以流动的水和云相环绕，在《杨东莱先生批评西游记》中，即便是展示一桩谋杀案，创作者也不忘在插图中以几棵古树与芦苇相映衬。"①杨评本并非晚明时代的杂剧，何谷理在刊本的时间上并不清楚，但对明代戏曲突出地强调画面的唯美，颇有见地。在插图上，杨评本努力营造一种清风明月、宁静幽雅的环境。元代杂剧经过下里巴人于勾栏瓦舍之中不断的演出后，受到了广大民众的热烈欢迎。既而，一直将其视之为不登大雅之堂的文人雅士也逐渐开始欣赏并热衷于为杂剧文本创作插图，而这些插图也必然烙上创作者的个性和旨趣。因此，当我们见到杨评本这种明显带有文人画气息的插图时，也就不足为怪了。图10-37展示的是第三出"江流认亲"的情形。对此，杂剧描写道：

【逍遥乐】倚危楼高峻，瞑眩药难痊，志诚心较谨。（唐僧扮行脚僧上，云）来到洪州。问人来，旧太守陈光蕊家，在江边黑楼子内便是。惭愧，有他呵便，有我的母亲。来到也，这个便是。我叫一声：阿弥陀佛。（夫人唱）见一个小沙弥来往堑开门，叫一声阿弥陀佛心意全真。策杖移踪似有因，恰便是塑来的诸佛世尊。师父，俺家里斋来。（唐僧云）有布施么？（夫人唱）有做袈裟的绸绢，供佛像的斋粮，御严寒的衲裙。②

"江边黑楼子"则是插图创作者所依据的文本内容，既没有对黑楼子的具体描写，也没有对江水的过多渲染。图10-37则以绿荫掩盖下的一座门庭为重点表现对象，在空间关系中较好地处理楼宇与江水之间的关系、夫人与江流僧之间的关系。她以衣襟掩面，倚在门侧，既有大家闺范，又形象地刻画出内心的惊与愁。行脚僧言行举止似光蕊，在夫人心中一石击起千层浪，恰似那滚滚江水东流去，唤起了昨日匣中抛儿的悲痛。江流僧有备而来，见到夫人后，那压抑于心头的悲愤和割舍不断的亲情，在其面部表情上展露无遗，其背后的江水如同淤积于胸中的苦水即将喷涌而出，得以宣泄。创作者以一半的篇幅表现叠浪层起的江水，江水在插图中具有象征性。如果没有对剧情的深刻理解，没有创作上的匠心独运和高雅的艺术修养，这种情景交融的经典插图是无法形成的。

同时，值得注意的是，杨评本以图像证实了西游故事演进中的历史诸形态，它让我们见到了历时性状态下，西游故事在特定时空中存在的真实状态。

1. 从观音降悟空到如来压大圣的转变

"孙悟空跳不出如来佛手掌心"成为家喻户晓的《西游记》经典故事。然而，杨

---

① Robert E. Hegel, Reading Illustrated Fiction in Late Imperial China. Stanford: Stanford University Press, 1998. p207.
② 《古本戏曲丛刊》初集：《杨东莱批评西游记》第一卷第三折"江流认亲"。

评本以图文互现的形式清晰地展示此故事最初的样态。杂剧第九折"神佛降孙"写道：

> （观音上，云）天王见老僧么？（天王云）我佛何来？（观音云）老僧特来抄化这胡孙，与唐僧为弟子，西天取经去。休要杀他。（天王云）这厮神通广大，如何降伏得他？（观音云）将这孽畜压在花果山下，待唐僧来，着他随去取经便了。（众绑行者上）（观音云）将他压住，老僧画一字。你那厮且顶住这山者。（做压科）（行者云）佛啰，好重山也呵。①

此折插图中大圣被压在花果山下，身躯动弹不得，左右有土地山神看守，观音菩萨立于山前，手指大圣以示训导，身后托塔天王和哪吒三太子观此景有感而发，正在相互交谈；天上天兵神将围守花果山，表明一切刚刚结束。从图文对照来看，法压大圣的为观世音，而非如来佛祖，表明"西游"故事在民间流传的过程中，观音菩萨一直作为佛界至高无上的代表，直至世德堂本形成后，如来佛祖才取代观世音的地位而上升为"一号人物"，在收伏孙悟空的过程中，如来佛祖的人物形象血肉丰满，并有效地宣扬了佛法无边，一跃而成为取经事宜的实际操纵者，观世音则降低一级，成为取经队伍的组织者与管理者。

图 10-74 为第三卷第十折"收孙演咒"插图，对此杂剧描写道：

图 10-74 《杨东莱批评西游记》影印本插图

（看行者科）通天大圣，你本是毁形灭性的，老僧救了你，今次休起凡心。我与你一个法名，是孙悟空。与你个铁戒箍、皂直裰、戒刀。铁戒箍戒你凡性，皂直裰遮你兽身，戒刀豁你之恩爱，好生跟师父去，便唤作孙行者。疾便取经，着你也求正果。玄奘，你近前来。这畜生凡心不退，但欲伤你，你念紧箍儿咒，他头上便紧。若不告饶，须臾之间，便刺死这厮。你记着。（做耳边教咒科）（唐僧拜谢科，云）谢我

---

①《古本戏曲丛刊》初集：《杨东莱批评西游记》第三卷第九折"神佛降孙"。

佛慈悲……

（唐僧云）我且演一演这咒者。（行者做跌倒科，云）师父饶恁徒弟咱。（做救起科）（行者云）我抬下来，丢去咱。（做抬不下科）①

在图 10-74 中，大圣滚倒在地，双手扯头上的紧箍咒，唐僧则双手合十，口中念着咒语，身后的观世音、山神、土地等正在观看着眼前的一幕。在世德堂本中，送三藏紧箍咒的为观世音，但她只是个"二传手"，真正所赐者为如来佛祖。小说一改杂剧中悟空与观世音之间对立紧张的关系，较好地处理杂剧中观世音镇压大圣后又解救之的内在矛盾，恢复了她一直以来在民间的大慈大悲、救苦救难、广受民众尊崇的人物形象。小说将矛盾转移给如来佛祖后，观世音对悟空反而有了知遇之恩，把他推荐给唐僧作徒弟，又多次帮他在取经路上降妖除怪。从杂剧中的对立关系，转化为小说中如同母子的关系，无疑是小说艺术的伟大创举。

2. 从钵盂盖红孩到飞钵盖猕猴的演绎

在世德堂本中，"婴儿戏化禅心乱"和"二心搅乱大乾坤"是小说着力描写的精彩情节，小说分别用三回和二回篇幅予以描述。从西游故事演进来看，无论在《大唐三藏取经诗话》中，还是在《平话西游记》中都未见其踪迹，仅在杨评本中看到其源头。两个故事则来自杂剧第三本第十二折"鬼母皈依"情节。图 10-75 展示的则是此折故事的精彩瞬间。杂剧中红孩儿为鬼子母儿子，因其作祟施法劫去唐僧，观世音因不识妖怪为何物，特与悟空一起至灵山问世尊如来。为救出唐僧，如来采用围魏救赵的策略，用钵盂将红孩儿盖住，等鬼子母前来揭钵救子时，再降之。在图像中，如来端坐于莲花座上，众菩萨排列两旁，莲花座下一钵盂盖住红孩儿，鬼子母率众赶来，正搭箭射向世尊，众鬼子举棒指向莲花座，剑拔弩张的紧张气氛却被如来那面带微笑、神态自若之形和众神谈笑风生之状而消解。

图 10-75　《杨东莱批评西游记》影印本插图

---

① 《古本戏曲丛刊》初集：《杨东莱批评西游记》第三卷第十折"收孙演咒"。

图 10-75 以图像证史的形式向我们表明,在西游故事向世德堂本演进的过程中,一场挑战佛界至尊如来的精彩战斗曾长期流传,否则,无法被杨景贤写入杂剧,既而被插图创作者如此精心创作和镌刻。但自世德堂本行世以来,鬼子母这个在南宋《大唐三藏取经诗话》中早已存在的故事,从此销声匿迹。而由此引出的红孩儿故事却广为流传,并将其由杂剧中的鬼子母之子,演化为牛魔王与铁扇公主之子;将连观世音亦分辨不出的红孩儿精,演化为两个孙悟空打至灵山被如来识破,六耳猕猴欲逃走之际,被如来拿起飞钵盖住的故事。鬼子母故事在西游故事演进过程中,具有重要的意义。图 10-75 透露出的信息则是,即便与取经相关联的精彩故事情节,在向世德堂本演进的过程中,也曾因多种原因而被无情地淘汰。

3. 从二郎收八戒到小圣降大圣的移植

"小圣施威降大圣"是世德堂本所展示的故事情景,面对一根金箍棒打败众神将,十万天兵无可奈何的局面,观音菩萨向玉帝保举灌江口显圣二郎,让这位斧劈桃山救母,也曾向玉帝挑战而深受民众喜爱的二郎神率梅山六兄弟最终擒拿住齐天大圣,小说故事情节的设置本身就带有创作者的情感倾向。同时,为了不失大圣的神采,小说创作者还特意设置了老君抛金刚琢的章节:

可可的着猴王头上一下。猴王只顾苦战七圣,却不知天上坠下这兵器,打中了天灵,立不稳脚,跌了一跤,爬将起来就跑,被二郎爷爷的细犬赶上,照腿肚子上一口,又扯了一跌。他睡倒在地,骂道:"这个亡人! 你不去妨家长,却来咬老孙!"急翻身爬不起来,被七圣一拥按住,即将绳索捆绑,使二勾刀穿了琵琶骨,再不能变化。①

大圣猝然间被金刚琢击中,又被二郎的细犬咬住,因而倒地被擒。小说中描写的精彩瞬间被后世艺术家反复创作与再现。杨评本以一本四折浓墨重粉的笔触,将"妖猪幻惑""海棠传耗""导女还裝""细犬禽猪"以相对独立而又完整的故事淋漓尽致地表现出来。这种篇幅的安排,在杨评本中除了第一本江流儿故事外,是杂剧《西游记》的重头戏。也正因为其精彩,才被其他抄本所辑录。但恰恰是此本的故事情节,使我们见到了在杂剧向小说演进的过程中,"二郎收猪八戒"故事被小说演变为"小圣施威降大圣"。杂剧对于二郎收猪八戒的情节写道:

(猪跳出,做见科,云)二郎神,我与你有甚冤仇,你来拿我?(二郎云)兀那魔军,我奉观音法旨,特来拿你。你若真心皈依我佛,与你拜告观世音,着你也成正果。若不皈依,着你死于细犬口中。(猪云)别人怕你,偏我不怕你。(二郎唱)……左右神将,快将细犬,咬那魔军。(做斗科)

【幺】便遣快牵细犬,见本相直奔跟前。黑面郎心惊胆颤,逃命走洞门难恋。

(做猪逃、犬赶科)

【拙鲁速】这犬展草力应全,护家志当虔。御贼的性坚,吠形的意专。顾兔逐狐那轻健,忒伶俐个容他宽转,(犬做咬住科)则一口咬番在坡岸前。②

---

① 《古本小说集成》委员会编:《西游记》(世德堂本),上海古籍出版社 1994 年版,第 145 页。
② 《古本戏曲丛刊》初集:《杨东莱批评西游记》第四卷第十六折"细犬禽猪"。

图 10 - 76 是创作者对这段精彩情节的艺术化再现,图像中二郎神手持三刃钢刀,一副凛然不可侵犯的样子,胸有成竹地观看着眼前的一切。悟空手持金箍棒安静地侧立一旁,猪八戒则摔倒于地,手中武器丢在一旁,回头惊慌失措地看着追来的细犬,而细犬则一口咬住其小腿死死不放。

图 10 - 76 　《杨东莱批评西游记》影印本插图

一幅图像传递的信息胜于千言万语。"二郎收猪八戒"插图具有图像证史的意义,它向我们表明,直至元末明初"西游"故事中只有"细犬咬八戒"而无"小圣降大圣"之说。或许是杂剧中经常表演,使得这一故事深入人心,并广为流传。因此,我们才在明代孟称舜编著的《古今名剧合选·柳枝集》中见到其收录的"猪八戒",特别珍贵的是还收录了一张风格迥异于杨评本的"二郎收猪八戒"插图,见图 10 - 77。《古今

图 10 - 77 　明崇祯刊本《古今名剧合选·柳枝集》插图

名剧合选·柳枝集》刊于崇祯癸酉年(1633),但其收录的猪八戒并非那时刊刻的,至少要晚于杨评本。从图像所呈现的故事情节看,与杨评本插图一样,创作者抓取细犬追赶猪八戒瞬间作为表现对象,但不同于杨评本中二郎与悟空作为旁观者的形象,而是刻画了两人在细犬后以排山倒海之势,风驰电掣般地追赶猪精的情形。

从杨评本文本描写和插图细节中,一方面我们可以看出,至少在元末明初猪八戒所使用的钉耙还没有成形,图 10-76 中丢在一旁的是一杆枪。至《古今名剧合选·柳枝集》"二郎收猪八戒"插图(图 10-77)中,猪八戒所持的武器则具有钉耙的造型特征。这也表明,在西游故事演进的过程中,人物所使用的武器也不断地向符合人物性格特征的造型推进。另一方面,在西游故事不断演进的过程中,猪八戒的老婆也发生了变化,从杂剧之中的裴太公之女裴海棠改成了高老庄高太公的三女儿高翠兰。如果说在杨评本插图(图 10-78)中,假扮成朱郎的猪八戒还没有脱去猪头模样,那么,在《古今名剧合选·柳枝集》"裴海棠烧夜香"插图(图 10-77)中,则完全符合杂剧的描写,猪精化身为书生模样躲于假山后观看裴海棠烧香。在世德堂本中,裴海棠则被置换成高翠兰,"妖猪幻惑""海棠传耗""导女还裴"被删改得荡然无存,最后连"细犬禽猪"也被移植到孙悟空身上。杂剧浓墨重彩的猪八戒一本,因不符合世德堂本以悟空为主人公的情节展示,最终在"西游"故事向小说演进的过程中,被压缩、删改、移植,以至于面目全非。

图 10-78 《杨东莱批评西游记》影印本插图

三、世德堂本插图的艺术特点

(一) 以人物为中心的视点定位

世德堂本插图以人物为主体,并占到画面的三分之二强,这种突出人物形象并占据图像大部分空间的构图方式,看上去比例非常不协调,但这种构图也是汉画像

图 10－79　《西游记》（世德堂本）插图

石的构图特征，亦曾在中国人物画向山水画的发展过程中呈现过。唐张彦远在《历代名画记》中评价魏晋南北朝绘画风格时指出："或水不容泛，或人大于山，率皆附以树石，映带其地。列植之状，则若伸臂布指。"①有学者认为，世德堂本插图的构图方式是版画对汉代和魏晋南北朝绘画风格的继承。从不同版本比较来看，在明代《西游记》小说版本中，图文并存的版本共五部②，纵观这五部作品，世德堂本在插图的构图和表现对象上，与闽派上图下文风格和徽派精工细丽强调情景交融的风格均不相同。虽然其他四部版本插图表现重点也是人物，但世德堂本更像是短焦距镜头下的人物特写。与建安派《西游记》上图下文画面促狭短小相比，世德堂本双页连式插图在画面空间上已大大拓宽，创作者可以游刃有余地刻画人物形象，使其更加丰富饱满。与寓居苏州徽工所刻李评本相比，虽然在景物创设、人物动作塑造、关键情景的定格等方面，世德堂本无法与其相比拟，但世德堂本双页连式要比其单页单幅更有利于人物的近距离刻画。这种近距离的人物镌刻，带来的则是人物表情的丰富。郑振铎指出："其插图，线条简朴有力，人物皆是大型的，脸部的表情很深刻。虽稍嫌粗率，但十分放纵、生辣。"③世德堂本无论是表现佛、仙、魔界，还是展示天上、人间、地狱，均是以人物作为表现的主体和读者观赏的视点中心。即便是表现与故事中心和主题有所游离，其他版本很少表现的场景，世德堂本仍能抓住故事中的人物予以展示。如第九回"袁守诚妙算无私曲　老龙王拙计犯天条"上回插图展示的是"渔樵问答"的情形，而此回故事中心是袁守诚与泾河龙王之间的较量，"渔樵问答"仅仅是造成矛盾冲突的起因。因而，此情景几乎不被《西游记》其他刊本插图所表现，世德堂本却对此"情有独钟"，这不能不归因于其以人

① 张彦远撰，承载译注：《历代名画记全译》（修订版），贵州人民出版社 2009 年版，第 60 页。
② 分别为世德堂本、阳至和本、朱鼎臣本、杨闽斋本和李评本。
③ 郑振铎：《中国古代木刻画史略》，上海书店出版社 2006 年版，第 61 页。

物作为视点中心、以展示人物为能事的图像风格。在人物的造型上,其特点是"运用粗墨勾画,线条粗壮有力,刀刻大胆泼辣,人物更显雄姿、挺拔"[①]。图 10-79 为第九十八回"猿熟马驯方脱壳　功成行满见真如"插图,图像展示宝幢佛祖接唐僧师徒四人。图像中人物形态各异,宝幢佛慈眉善目,撑船悠然而至;唐僧微首暗喜,谦逊恭候;悟空、八戒和沙僧评头论足,相互攀谈。在人物刻画的版刻语言上,采用中国传统的线描手法,因线条有力,连绵悠长,有铁线描之遗风;又因其体稠叠而衣服紧窄,存曹衣出水之风韵。

(二) 阴阳交刻所形成的黑白相映

世德堂本在构图上以人物为视点,在图像表现技法上则采用阴刻与阳刻交互使用的方法。纵观全书一百九十七幅插图,这种阴刻与阳刻交互使用所形成的黑白相映,如同黑白相机拍摄的照片一样古典、淡雅、厚重,背景只作简单描写,家具、建筑、砖墙及山石等采用黑底阴刻,与阳刻线条配合,使画面主次分明,十分清晰醒目。周心慧在评价富春堂版画风格时指出:"在绘镌上用笔粗壮,发髻、衣饰、冠戴、砖石、器物等喜用大块阴刻墨底,与线描和画面上的空白处相映成趣,黑白对比的墨色效果更为明显,使人观后如饮醇酒,入口虽辛辣,回味却绵长。"[②]富春堂在镌刻风格上,本身就存在承继关系。将两个刻堂所刊刻的戏曲、小说插图进行比较即可看出其风格上的"家族相似性"[③]。从版画流派来看,这种风格也是金陵派版刻图像的特点,"阴刻和阳刻并用,线条与大片墨色结合,有突出的明暗对比,眼睛远远一扫,就能认出金陵本"[④],如第一回"灵根育孕源流出　心性修持大道生"第一幅插图。这种评价同样适用于世德堂本插图。这是因为世德堂本插图线条流畅,表现山石的线条实而折,在平面视角上亦能见出山石的起伏,层次感强;表现云海的线条虚而曲,有如行云流水;构图强调内在和谐与呼应,石猴跪在地上,拜四方,目光所投,仿若在遥望天上的两位天神(千里眼、顺风耳),而两位天神的刻画亦与之相互呼应,持剑者一边倾听,一边目视下方,神情自若。在构图上,石猴目视上方与持剑天神目视下方,形成内在呼应。石猴后面的石头,以黑色进行渲染,既强调其为孕育石猴之仙石,又能与天上天神所持的黑色旌旗遥相呼应,使图像有平衡、紧凑之感。特别是旌旗遥展的方向,与石猴身后仙石的棱角亦相互呼应。仙石犹如一头母狮,正警惕地遥望天上的不速之客,石猴如孩童般,在她的膝下嬉闹。石猴虽无父母,由仙石吸天地之灵气育孕而成,插图却饱含着浓郁的母性感情。图像对小说语言文本的艺术再创造,使世德堂本插图异彩纷呈,妙不可言。例如,第八十三回"心猿识得丹头　姹女还归本性"第一幅插图,创作者采用阴刻留下大片黑

---

① 徐小蛮、王福康著:《中国古代插图史》,上海古籍出版社 2007 年版,第 90 页。

② 周心慧:《新编中国版画史图录》(第一册),学苑出版社 2000 年版,第 95 页。

③ "家族相似性"概念来自维特根斯坦,即"由相似性所构成的一个复杂的网络,它们彼此重叠与交错。亦即大范围的以及局部的相似性。"见 Wittgenstein (1968). Philosophische Untersuchungen. Translated by G.E. M. Anscombe, (3rd ed.). Basil Blackwell Oxford, §§66,67, pp.31-32.

④ 徐小蛮、王福康著:《中国古代插图史》,上海古籍出版社 2007 年版,第 90 页。

底以达到画面空间的分隔效果。黑色表示洞中,悟空正察看妖精所立供奉香火的牌位;白底部分表示洞外,女妖正藏匿起来并向外观望。虽然在现实情形中,一个在地下,一个在地上,两者根本无法形成空间的水平并列,创作者却艺术化地实现了两者的并列与对视效果,这种"经营位置"方式增添了画面的对比性和生动性。冯鹏生指出:"作者吸取了前人利用黑白对比的传统经验,在表现人物的衣带鞋帽、发髻头饰以及景物器皿和砖墙梁柱时,大都用墨地,并行施数刀,使印出的阴文产生白线的效果,更加增添了画面的沉稳庄重感。"①

(三) 背景的模式化创作

世德堂本插图在突出人物形象的同时,在背景的刻画上常常是点刻不苟,或根据小说语言文本的描述,或根据图像的需要进行背景的设置。世德堂本作为双页连式,具有较大的创作空间,在环境设置上所采用的素材却出现模式化、类同性倾向。例如,作为图像背景的植物,虽然也间或有芭蕉、竹子,但松针、枫叶、垂柳等则是其主要表现题材。据统计,在世德堂本一百九十七幅插图中,以松针作为背景的共三十一幅,以枫叶作为背景的共二十一幅,以垂柳作为背景的共十三幅,以芭蕉、竹子作为背景的各六幅。这不能不归之于创作者的个体偏爱,以及地域特点对创作者这种偏爱的促成。如果说背景环境中树木的点缀还有意象生成的现实依据,那么,对于以刀枪丛立表现千军万马的打斗场面,则具有所指意义;对于以仙鹤、白鹿表现佛家圣境、道家仙境和天上神境,则具有象征意味。《西游记》小说中有许多打斗场面的描写,精彩的打斗也必然成为插图创作的表现对象。以近景特写式刻画人物为特征的世德堂本如何表现人物众多、场面宏大的打斗场面则是一个无法回避的问题。图 10 - 80 展示的是第六回"观音赴会问原因　小圣施威降大圣"插

图 10 - 80　《西游记》(世德堂本)插图

---

① 冯鹏生:《中国木版水印概说》,北京大学出版社 1999 年版,第 40 页。

图。小说中交代，玉帝"差四大天王，协同李天王并哪吒太子，点二十八宿、九曜星官、十二元辰、五方揭谛、四值功曹、东西星斗、南北二神、五岳四渎、普天星相，共十万天兵，布一十八架天罗地网"①捉拿悟空。图像展示了二郎显圣和孙悟空之间的酣战，玉帝、观音和老君在南天门观战。为了展示天兵天将的层层包围，创作者以刀枪环立于人物周围营造战争的场面。丛立的刀枪，"能指"的是古代众多的冷兵器，"所指"的是战斗、战争，恰如古代军队出征，远远望去尽是将士手持的兵器。刀枪给人们的心理暗示即武力、暴力，世德堂本恰恰是将这种兵器的"能指"转化为战争的"所指"。

当然，这种"所指"还不能等同于象征。索绪尔认为，象征和符号有明显的区别。"象征的特点是：它永远不是完全任意的，它不是空洞的，它在能指与所指之间有一点自然联系的根基。象征法律的天平就不能随便用什么东西来代替。"②那么，象征是如何产生的呢？"每当诸符号的给定序列越过根据符号功能的系统赋予它们的直接意思而暗示出某种间接意思时，便产生象征的东西。"③世德堂本插图在表现主要人物时，对其所处的环境除了用花草山石进行点缀外，还特意设置仙鹤、白鹿以象征仙境。如图 10‐81、图 10‐82，或象征皇家圣地，或象征道家仙境。仙鹤、白鹿之所以能够超出符号功能系统赋予它们的直接意思，即前者为禽类，后者为兽类，而具有象征意义，是由于两者在中国古代文化传统中，不是寻常之物，而是吉祥的象征。在《诗经·小雅·鹤鸣》中云："鹤鸣于九皋，声闻于野。"在《易传·系辞上》中云："鸣鹤在阴，其子和之，我有好爵，吾与尔靡之。子曰：

图 10‐81　《西游记》(世德堂本)插图

① 《古本小说集成》编委会编：《西游记》(世德堂本)，上海古籍出版社 1994 年版，第 112 页。
② 费尔迪南·德·索绪尔著，高名凯译：《普通语言学教程》，商务印书馆 1980 年版，第 104 页。
③ 翁贝尔托·埃科著，王天清译：《符号学与语言哲学》，百花文艺出版社 2006 年版，第 256 页。

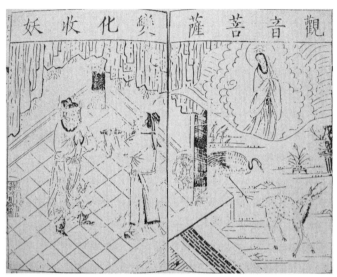

图 10-82　《西游记》(世德堂本)插图

君子居其室,出言其善,则千里之外应之,况其迩者乎。居其室,出其言不善,则千里之外违之,况其迩者乎。"①以鹤声比喻君子才华,世有"鹤立鸡群"之说,以表示超凡脱俗。在《诗经·小雅·鹿鸣》中云:"呦呦鹿鸣,食野之苹。"中国古代神话传说中有:"西王母,太阴之精,天帝之女也……慕黄帝之德,乘白鹿来献白玉环。又有神人自南来,乘白鹿献邕,帝德至地,秬邕乃出。"②鹿在中国传统文化中代表着吉祥、长寿、帝位③,其生存甚至出现过的地方都被视为宁静、祥和、幸福、美好之境。"很古很古的时候,这原上出现过一只白色的鹿,白毛白腿白蹄子……所过之处,万木繁荣,禾苗苗壮,五谷丰登,六畜兴旺……"④在世德堂本插图中,特别值得注意的是在展示熊罴怪所居黑风山黑风洞时也以仙鹤、白鹿作为背景衬托。这并非插图者的误用,而是神来之笔。小说文本中,对黑风山黑风洞外部环境的描写,字里行间洋溢着赞美之情。鹤与鹿也在景物描写之列。"涧边双鹤饮,石上野猿狂。""鸟衔红蕊来云壑,鹿践芳丛上石台。"⑤虽为妖精所居之地,插图者设置仙鹤、白鹿以象征仙境,一方面是由于熊罴怪在本领上与行者相当,不分上下,若不是有观音相助,恐难降也;另一方面则显示熊罴怪高超的管理、修整家园的能力,这一点亦与大圣有共同之处,这也恰恰是观音收其为守山大神的原因所在。

(四) 动作的程式化风格

世德堂本插图虽然侧重刻画人物形象,但更多侧重表现人物心理的外部形态,

①　唐明邦主编:《周易评注》(修订本),中华书局 2009 年版,第 240 页。
②　张君房纂辑,蒋力生等校注:《云笈七签》,华夏出版社 1996 年版,第 611 页。
③　常静:《白鹿传说在〈白鹿原〉中的文化意蕴与结构功能》,载《衡水学院学报》2005 年第 2 期。
④　陈忠实:《陈忠实小说自选集》(长篇小说卷),华夏出版社 1996 年版,第 25 页。
⑤　《古本小说集成》编委会编:《西游记》(世德堂本),上海古籍出版社 1994 年版,第 391 页、395 页。

对人物的动作造型刻画则带有程式化①特点。程式化是中国戏曲的重要特征之一，戏曲的形式美集中体现在音乐节律、舞台动作、人物角色、套路形式等程式化方面。舞台动作以夸张、虚拟、写意等方式高度浓缩地呈现现实生活，因其具有程式化特征，观众能够识别、接受并还原为生活原貌。纵观明代《西游记》不同版本插图，如果说建安派杨闽斋本上图下文式插图是书籍版式的需要，因文生图，图为文饰；徽派镌刻的李评本插图是情节展示的需要，图文一体，情景交融；那么，金陵派世德堂本插图，则是为读者观赏的需要，图题一体，正面示人。我们在欣赏世德堂本图像时，仿若其中的人物亦在看着我们。如第四回"官封弼马心何足　名注齐天意未宁"插图，图像展示的是哪吒与美猴王之间的战斗，图像上方题注"名注齐天"四字。小说描写道：

> 那哪吒奋怒，大喝一声，叫："变！"即变做三头六臂，恶狠狠手持着六般兵器，乃是斩妖剑、砍妖刀、缚妖索、降妖杵、绣球儿、火轮儿，丫丫叉叉，扑面来打。悟空见了心惊道："这小哥倒也会弄些手段！莫无礼，看我神通！"好大圣，喝声："变！"也变做三头六臂，把金箍棒幌一幌，也变作三条，六只手拿着三条棒架住。②

小说文本描写的哪吒与悟空各变成三头六臂相互打斗的场面给读者以无限的想象空间，而世德堂本插图将两者各分于一页，正面示人。从故事情节来看，两者之所以变化是为了战胜对方，三头六臂的相互打斗应是更激烈、更精彩。插图创作者舍弃相互之间的打斗，将表现重点转向变化成三头六臂手持兵器的人物，这反映了构图者的审美趣味和价值取向，即追求戏曲舞台人物身段形意动作的程式化效果，以夸张美饰、富有节奏和韵律的动作来表现打，并采用"以一当十，点到为止"的意会方式呈现动作效果。再如第十九回"云栈洞悟空收八戒　浮屠山玄奘受心经"插图，插图上方题"行者与猪刚鬣大战"，即表明创作者很清楚此图表现的是打斗，一个是曾经十万天兵无可奈何的齐天大圣，一个是曾经掌管天河的天蓬元帅，两者的大战显然不是凡夫之斗，小说中描写道："行者金睛似闪电，妖魔环眼似银花。这一个口喷彩雾，那一个气吐红霞。气吐红霞昏处亮，口喷彩雾夜光华。"③但世德堂本插图在表现两者大战时，仍将其分别置于左右两页，打斗的双方也没有设置在空中，仅以云雾环绕人物周围，以强调其神性；人物的动作既没有体现出猴子敏捷、灵活的特点，也没有体现出八戒笨重、饢糠的特征；在打斗动作上，采用八戒攻势，行者守势，亦见不出孰优孰劣，恰如戏曲舞台上的花拳绣腿，重在展示，表演性特征明显。

（五）构图的舞台化效果

世德堂本插图以人物为中心的视点定位、背景的模式化、人物动作的程式化等

---

① "程式"本意指具有套路、格式、规程、法式，常常又被理解为"僵化""固化""因循守旧"。在中国戏曲艺术中，程式化是其重要的外在形式美，程式化水平如何被用来衡量表演者的演技水准。

② 《古本小说集成》编委会编：《西游记》(世德堂本)，上海古籍出版社1994年版，第89页。

③ 同上，第442页。

特点都在指向一个不争的事实,即图像设置的舞台化效果。这一点可以从插图上方的题注、人物之间的距离、人物群体的同一时空呈现、室内书桌和案几的道具式布置、室内外的空间连结等见出。世德堂本插图虽然是近焦距下的人物展现,但人物之间的叙事空间距离太近,造成这种状况的原因,仍是受舞台演出实际效果所影响。狭小的舞台空间要全景式展现人物形象,人物之间的空间距离必然要缩短,反映在小说插图上则体现为叙事空间的缩短。图 10-83 为第二十回"黄风岭唐僧有难　半山中八戒争先"插图,图像中老虎、悟空、白马上的唐僧、八戒都处于近距离的空间水平线上。小说描写道:"说不了,只见那山坡下,剪尾跑蹄,跳出一只斑斓猛虎,慌得那三藏坐不稳雕鞍,翻根头跌下白马,斜倚在路旁,真个是魂飞魄散。八戒丢了行李,掣钉钯,不让行者走上前,大喝一声道:'孽畜,那里走!'赶将去,劈头就筑。"①显然,小说描写与图像展示出现了诸多不吻合之处,一是虎先锋自山坡下跳出,与唐僧三众存在一定的空间距离,不像插图所示的近在眼前;二是见猛虎跃出,唐僧已吓得跌下白马,斜倚在路旁,而插图中唐僧则稳坐鞍上,手指前方,侧首与八戒交谈;三是见猛虎后,冲锋陷阵的是行者而非八戒。图像违背小说描写而如此刻画和排列空间中的人物形象,其艺术再创造的动因应该是受到舞台演出的视觉化影响。作为一部神魔小说,《西游记》插图应该有很多天上、人间、地狱的空间交错式展示以及人物所处不同空间的展示,世德堂本插图却很少见到这种表现方式,图像整体上将人物群体置于同一时空内予以展示。这并非图像创作者处理此类题材的无能为力,而是出于对舞台演出效果的摹仿。这一点还可以从图像空间的连结中看出,图 10-84 是第三十七回"鬼王夜谒唐三藏　悟空神化引婴儿"插图,通过唐僧面前案几上的经书与蜡台、悟空卧于床上及地上的线纹与室外前来拜谒的鬼王形成空间上的隔断,又因人物四目相视形成情节上的联结,这种构图视觉

图 10-83　《西游记》(世德堂本)插图

① 《古本小说集成》编委会编:《西游记》(世德堂本),上海古籍出版社 1994 年版,第 477 页。

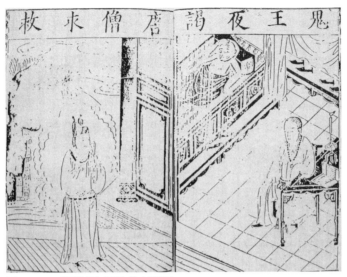

图 10 - 84 《西游记》(世德堂本)插图

化效果只有在舞台上才能呈现。再如第九十四回"四僧宴乐御花园　一怪空怀情欲喜"插图,图像中唐僧与三朝官相视而坐,道具仅是几把椅子和一个屏风,简洁明了,是舞台场景的常见情形;在空间上,室内、室外通过一道类似于舞台背景设置用的遮幔将两者隔开,室内四人的座谈与室外御花园之景相互映衬,有效诠释了图像展示的故事情节与主题。

四、李评本插图的艺术特色

谈李评本插图的特点是一种相对意义上的命题,没有比较就没有特点与风格可言。在明清时期《西游记》系列小说中,李评本图像因其工丽绵密的婉约风格、中景式构图创设的情景交融、人物动作刻画上的张弛结合、文本深层解读后的图与文合等显示了绘刻者的匠心独运和文化涵养。

(一) 镌刻艺术风格上的工丽婉约

李评本产生在天启年间,这是中国版画艺术高度发达的时期,特别是徽派刻工的崛起对"光芒万丈"的万历时期版画起到了支柱作用,并使古代中国版画风格发生了重要改变。"论及古版画的艺术风格,我一向认为建安派属民间艺人的草创之作,数量虽多却不甚精;至金陵派崛起为一变,以雄浑厚重取胜;至徽派崛起又一变,是从民间艺人的创作到文人画创作的质变。"①这个论断不仅符合历史遗存版画所显现出的风貌,亦符合版画发展的规律。作为个案的"西游记"版画同样符合这样的发展规律。徽派版画起于徽州,崛起于万历年间,至万历中叶,逐渐形成了其自身绵密婉丽的绘刻风格。至天启、崇祯年间已呈炉火纯青、巧夺天工的境界。

---

① 周心慧:《中国版画史丛稿》,学苑出版社 2002 年版,第 62 页。

图 10 - 85　《李卓吾先生批评西游记》
插图

李评本插图则是徽派刻工通力合作的成果。

雕空凿影虚实相生展现亦真亦幻的境界。李评本图像总体上属于婉约派风格。这种风格的形成，一方面与画家所居环境有关，江南杏花春雨、小桥流水和曲径通幽的园林，无疑会对他们产生深刻的影响，画家会产生精致细腻的艺术追求。另一方面，此时寓居苏杭的优秀徽州刻工完全具备将画家丹青所绘转化为版画（或绘刻一体）的二次艺术创作能力。"他们有那么一副精准的刀和尺，更具有那么精细熟练的眼和手。那布局是雅致而工整的，那线条是细腻而匀称的，小若针尖，大似泼墨山水，刚劲柔和，无施不宜。刚若铁线，柔若游丝。"①作为一部神魔小说，在刻工雕空凿影的刻凿下，李评本虚实相生的图像较好地展示了小说中描绘的天马行空、亦幻亦真的

画面。虚实相生是中国古代艺术的基本特征之一，它不仅反映在绘画上，亦反映在园林造景中。如图 10 - 85 展示的是唐僧被蝎子精摄入琵琶洞"性正修持不坏身"而遭捆绑，女妖居所呈现的俨然是江南私家园林式建筑与布局。院中有假山、竹子、花草、石屏、精致的房宇，我们见不出与常人所居有何不同。难怪郑振铎对徽派版画曾感慨道："自千门万户的皇宫到老百姓的草庐茅舍都被美化了，都像是世外桃源，自有那么一套谱子，甚至，水波的回漩、山云的舒卷、奇石的嶙峋、古树的权丫，也自有那么一套谱子。看不出时代，看不出地域，但从那些'谱子'里却幻化出千千万万的美妙的事物景色来。是美，是古典的美。"②所绘屋宇树石及人物器用，皆工丽绵密，结构谨严，庭堂栉比，摇曳多姿。甚至，那轮弯月和星星构成的笑脸，也较好地舒缓了人妖之间紧张的气氛；在婉约之余，增添了几分戏剧化色彩。

于微小细节处见匠心独运。李评本插图的工丽细密不仅在刻画天上瑶池宫阙、人间楼台亭树等场景上得到了充分的展示，还常常通过微小细节得以体现。例如，第四回悟空自封齐天大圣章节就有所体现。众猴立竿张挂写着"齐天大圣"四个大字的旌旗，四健将形态各异，欢呼雀跃。一个向下紧拉绳子回首作张望状，一个正爬上旗竿单手搭凉篷作探视状，一个侧首对着悟空，单臂高举遥指旗子作导视状，一个立于稍远处双手高举，昂首抬头作仰视状。特别是那根系旗帜的绳子，以点成线，一头紧系旗竿三条线以形成张力固定旌旗，通过似滑轮之物将旗子徐徐升起。这种精细化创作，体现了徽派工丽绵密的风格特点。再如小说第三十一回"孙行者智降妖怪"的插图，此图以"切面式"构图表现三个人物，洞中假扮百花羞的

①　郑振铎：《中国古代木刻画史略》，上海书店出版社 2006 年版，第 98 页。
②　同上。

行者,洞口的黄袍怪以及洞后深藏的百花羞。这幅图即使没有洞后的真百花羞亦已艺术化地表现了故事的情节。但创作者并没有按常态化表现,而于不起眼处添上一女,使插图更好地揭示了主题,提示了洞中静坐"女子"的真实身份。图像线条的绵密与工丽,匠心独运的细节处理,呈现出李评本插图隽永清奇的婉约特征。

从人物造型及使用的武器看图像的婉约。李评本图像的婉约,不仅体现在泉石花木、流红滴翠、亭台楼阁、曲径通幽方面,它还体现在对小说人物的塑造与刻画上。无论是天上仙女、人间凡女,还是魑魅妖女,在人物的造型上都带有中国传统女子古典美的特征。恰如一位江南女子,俏美之中透露几分妩媚,秀气之中显露几多灵气。郑振铎在论及徽派版画人物造型时指出:"人物的身躯和脸蛋儿是有那么一套'谱子'。美

图 10 - 86 《李卓吾先生批评西游记》
插图

人儿个个都是鹅蛋脸,像粉装玉琢似的,看看美丽极了,增之一分则太长,减之一分则太短。武将威武之至,文官庄严雍穆。"①唐僧的英俊、悟空的灵巧自不必多言,馕糠的八戒、晦气脸的沙僧与其他版本插图相比,竟也多了几分灵气,在动作上利索了些许。特别是八戒所使用的钉耙和沙僧所使用的禅杖(见图 10 - 86),则是李评本插图独有的造型。小说中表明,八戒的钉耙和沙僧的月牙铲均重五千零四十八斤,八戒的钉耙是老君亲自动手拎锤,才"造成九齿玉垂牙,铸就双环金坠叶",它能够"筑倒泰山千虎怕,掀翻大海万龙惊"②;沙僧的宝杖也是"养成灵性一神兵,不是人间凡器械""唤做降妖真宝杖",小说作者为人物"量身定做"的武器,在徽派刻工手中竟变得如此"婉约""管教一下碎天灵"!③ 应该说,李评本插图所塑造的只手可用、短如棰棒的钉耙与八戒笨拙、馕糠的外形并不匹配,这说明自传世最早的世德堂本以来,《西游记》插图创作在不断发展,人物使用的武器造型并没有完全定型。

(二) 中景式构图创设的情景交融

俯视式构图有效展现图像全景。李评本插图在布局上最突出的特点则是中景式构图。如果说世德本插图是人物特写的镜头,那么李评本插图则是定点俯视、由近及远展现故事情景的长镜头。李评本插图展现给观者的是偏左侧面全景,就好像是相机支在右上方取景俯拍的一张张照片。这种构图不同于传统西方绘画的焦

① 郑振铎:《中国古代木刻画史略》,上海书店出版社 2006 年版,第 98 页。
② 吴承恩著,陈先行、包于飞校点:《西游记》(李卓吾评本),上海古籍出版社 1994 年版,第 246 页。
③ 同上,第 657 页。

图 10-87　《李卓吾先生批评西游记》插图

点透视法,虽然也如同照相一样,观察者固定在一个立足点上,但焦点透视法强调的是客观的真实性。它亦不同于中国传统山水画中的散点透视法,虽然散点透视能够表现咫尺千里的辽阔境界,但它的视点是移动的。那么,李评本插图为什么选取这样的取景方式呢? 究其原因,一方面是全景展示故事情节的需要,另一方面是展示人物面部表情、动作和形态的需要。为了使刻画的人物和周围环境比例协调、画面和谐,采用中景式构图则是最佳选择。这种视角便于展示人物正面或侧面形象,尽可能避免背朝读者的情形,但为了更好地突出人物的形象,也不得不调整人物的空间位置。如图 10-87 所示,君臣对弈,皇帝坐北朝南的位置不可改变,而魏徵如坐其对面则背朝读者,作为重要人物展示,这是创作者力避的。因而,将其调整为在棋盘右侧,虽然不合常理,但对刻画人物及展示其梦中斩龙无疑是最佳的艺术空间选择。

以瞬间的凝固展现空间的共时。十八世纪德国美学家莱辛在《拉奥孔》中指出,诗是语言的艺术,画是空间的艺术。所以,诗“所描绘的是持续的动作”,而“画所处理的是物体(在空间中的)并列(静态)”[1]。对于小说而言,语言可以表现情节发展的历时性,而图像只能展示情节瞬间凝固时的共同性。李评本图像不仅在关键情节的瞬间定格上抓住了包孕性“顷刻”,还努力建构了关键情节瞬间定格时共时状态下的不同景象。为了达到这种效果,刻图者使用了“切面式”“分割式”“梦幻式”等方法,使图像呈现出奇谲俊秀的共时性风格特征。图 10-88 展示的是“陷虎空金星解厄”情景,图像采用“切面式”从上向下分三层展示了驾祥云而来的金星,山林中虎穴洞口,洞中老虎精、熊罴精和野牛精围石桌而坐,唐僧则被捆绑于地的情形。金星、洞口、三怪和唐僧在同一切面上共时性出现,给欣赏者传递了丰富的信息,也较好地诠释了该回的主题。图 10-89 展示的是“黑风山怪窃袈裟”的情节,图像采用“分隔式”从上向下分三个层次传递信息,中间为主体部分,行者立于房脊上,口送狂风以助火,上层则是辟火罩罩住的唐僧睡觉的禅堂,最下层则是熊罴怪趁火打劫偷走袈裟。图 10-87 则采用“梦幻式”将图像分成两部分,一部分表现现实情形,君臣对弈之时,魏徵伏于案上沉睡;另一部分则表现梦境中魏徵手持宝剑斩龙的情景。这些表现共时情景方式的综合应用,使《西游记》这部神魔小说的插图亦真亦幻,俊朗之中透露几分诡秘。

---

① 莱辛著,朱光潜译:《拉奥孔》,人民文学出版社 1979 年版,第 82—84 页。

图 10-88 《李卓吾先生批评西游记》插图　　　　图 10-89 《李卓吾先生批评西游记》插图

　　环境的创设契合人物的心境。李评本插图将人物置于故事情节所描绘的场景中，达到以景烘人、人融于景的效果。我们仅以李评本插图中形态各异的水纹来看其对不同人物心境的烘托。在图 10-90 中，"水流一似地翻身，浪滚却如山耸背"的小说描写被插图创作者赋之以叠浪层层、浪花滚滚的具象化。面对"径过有八百里遥，上下有千万里远"的流沙河，唐僧端坐于岸边，一筹莫展。八戒则一只脚蹬在岸上，一只脚还在水中，手持钉耙，回首指着水中妖精。这一瞬间定格意在展示他并不是抱头鼠窜，而是忙中有闲，故意引诱、调戏、激怒水妖上岸的情形，也暗示其通水性、善水战的特点。伫立在岸上的行者则手持金箍棒立于水边的岩石上，抬头张望。面对汹涌的流沙河水，唐僧愁眉苦脸，八戒大显神通，悟空急不可耐。在李评本插图中，江河湖海的水纹刻画各不相同。例如，在图 10-91 中观音携善财童子驾祥云于波光粼粼的河水之上，水纹细密，如同马远《水图》十二段之"洞庭风细"，烘托出观音心若止水，大爱无疆的心灵境界。第七十二回中的"濯垢泉"之水，则波光潋潋，层层涟漪，烘托出浅塘中七个女子戏水的情形。正是这种界画工致，点刻不苟的精致，显示

图 10-90 《李卓吾先生批评西游记》插图

了图像情景交融、意味浓郁的风格特点。

（三）人物动作刻画的张弛结合

图10-91　《李卓吾先生批评西游记》插图

对人物的刻画方式有很多种。小说用语言描写直接揭示人物形象，而将语言描写具象化为人物形象的版画，创作者或注重以环境刻画来烘托人物形象，或以动作刻画来塑造人物形象。对动作的描写与刻画则是小说语言艺术和插图艺术都偏好的方式。黑格尔认为："能把个人的性格、思想和目的最清楚地表现出来的是动作，人的最深刻方面只有通过动作才见诸现实。"[①]当然，与其哲学观相对应，黑格尔认为只有脱离物质外壳的语言才能使动作"获得最大限度的清晰和明确"。凝聚人物个性的细微动作往往是个性化人物的特有标志。李评本插图在人物细微动作的刻画上极具张力，创作者常常通过动与静、进与退、隐与显以达到张弛结合的艺术效果。

动与静。在人物动作刻画上，创作者将主要人物与次要人物之间，唐僧师徒之间，佛道仙与妖魔怪之间，形成两相对比，达到相映成趣的效果。我们抽取两组形象进行分析，即降伏妖魔鬼怪时悟空的动与观音的静，面对女色时八戒的动与唐僧的静。在《西游记》小说中，孙悟空与观世音之间构成了一组特殊的人物关系，对取经事业而言，观世音是组织者，孙悟空则是保驾护航者，两者在扫除取经途中的障碍方面思想是一致的。图10-92展示的是第十七回"观世音收伏熊罴怪"的情形。画面中行者持棒手舞足蹈，熊怪倒地疼痛难忍，展示了小说中"半空里笑倒个美猴王，平地下滚坏个黑熊怪"[②]的情景，相形之下，云端中的观音则恬静而安详。这既符合人物的个性特征，又形成了画面动静结合的张力效果。纵观小说全文，在面对女色时，唐僧无不是以静制动，通过心灵向禅经历一次次严峻考验。相形之下，面对女色，八戒则是主动上前，色欲薰心。第二十七回"尸魔三戏唐三藏"插图中尸魔变做个月貌花容的女子，"眉清目秀，齿白唇红，左手提着一个青砂罐儿，右手提着一个绿瓷瓶儿，从山路而来"。唐僧静坐思禅，目不斜视。相形之下，八戒则"摆摆摇摇，充作斯文气象，一直的觌面相迎"。此幅插图将女子的花容月貌、婀娜多姿、唐僧的宁心静气、坦然枯坐，八戒的故作忸怩、淫心荡漾刻画得淋漓尽致，十分传神。图10-93展示的是八戒"撞天婚"的情景，你看他"东扑抱着柱科，西扑摸着板壁，两头跑晕了，立站不稳，只是打跌。前来蹭着门扇，后去汤着砖墙，磕磕撞撞，跌

---

① 黑格尔著，朱光潜译：《美学》（第一卷），商务印书馆1979年版，第278页。

② 吴承恩著，陈先行、包于飞校点：《西游记》（李卓吾评本），上海古籍出版社1994年版，第226页。

得嘴肿头青"①，插图强化八戒四肢张扬的姿态，以突出其急不可耐的心理；四个女子则气定神闲地观看其丑态，老夫人端坐正堂，一女在左侧以手掩嘴偷笑不已，两女居其右侧，相互间对八戒品头论足。四女之静显示仙人神情自若、恬淡飘逸；八戒之动彰显凡夫手忙脚乱、色胆包天。

图 10-92　《李卓吾先生批评西游记》插图

图 10-93　《李卓吾先生批评西游记》插图

进与退。在李评本插图中，为形成人物之间的张力，创作者常采用一张一弛、一进一退的方式，达到势与力的对比。仅以悟空为参照物，与其形成一进一退强烈对比的则有草寇、唐僧、八戒等人物。在第十四回"六贼无踪"插图中，创作者以简单的线条形象地刻画了悟空的神勇：手持金箍棒，如秋风扫落叶，六个剪径蟊贼见之仓皇而逃。悟空的进与草寇的退，构成了图像内部的张力，与之相映成趣的还有远处侧面而立，心惊胆战的唐僧。图 10-94 展示的是第五十六回"神狂诛草寇"的情景，此幅插图突出的是悟空与唐僧之间的进与退。四散而逃的草寇、抢棒打死人的行者、风驰电掣的白马、惊恐万状遥指山前的玄奘、慌忙迎上的八戒和沙僧，使画面张弛结

图 10-94　《李卓吾先生批评西游记》插图

① 吴承恩著，陈先行、包于飞校点：《西游记》(李卓吾评本)，上海古籍出版社 1994 年版，第 304 页。

图 10-95　《李卓吾先生批评西游记》插图

合。再如第六十七回"拯救驼罗禅性稳"插图展示"那怪盘做一团,竖起头来,张开巨口,要吞八戒,八戒慌得往后便退。这行者反迎上前,被他一口吞之"的情形。图像中行者迎怪口而进和八戒转身而退,慌忙逃走,形成了进与退的比较。相同情形再现于第七十五回"魔王还归大道真"插图中,青毛狮子怪"张开大口,就要来吞八戒。八戒害怕,急抽身往草里一钻,也管不得荆针棘刺,也顾不得刮破头疼,战兢兢的,在草里听着梆声。随后行者赶到,那怪也张口来吞,却中了他的机关,收了铁棒,迎将上去,被老魔一口吞之"①。进退之间彰显个体精神境界,图像中悟空的进,体现其不畏西行路上艰难险阻的进取精神。

　　势与力。势是由动感、力感等组成的,力是势的延伸,势是力的积聚。造势是李评本插图形成内部张力最常见、最重要的手段。在李评本插图中,刻画打斗场面时,极具气势和力量。图 10-95 展示的是第四十回"猿马刀归木母空"情形,小说中对红孩儿使风的情形描写道:"淘淘怒卷水云腥,黑气腾腾闭日明。岭树连根通拔尽,野梅带干悉皆平。黄沙迷目人难走,怪石伤残路怎平。滚滚团团平地暗,遍山禽兽发哮声。"以至于"刮得那三藏马上难存,八戒不敢仰视,沙僧低头掩面"②。插图创作者在呈现风势时,以树木弯腰折背,花草零落飘飞,白马转首长嘶,红孩儿擒僧随风而去,八戒掩嘴背风躲于草窠中,突出风力之大,风势之猛。连悟空摔死妖怪假尸之状亦融于风势,使画面意象统一。如此情形的风势,还可见于第四十八回"魔弄寒风飘大雪"的插图中。在人物动作上造势显力的可见第十八回"高老庄大圣降魔"插图,小说中写道"那怪转过眼来,看见行者咨牙璙嘴,火眼金睛,磕头毛脸,就是个活雷公相似,慌得他手麻脚软,划剌的一声,挣破了衣服,化狂风脱身而去。行者急上前,挈铁棒,望风打了一下"③。在图像中,天高月清,猪妖挣脱行者后,慌不择路驾云而逃,行者则紧追其后,猪妖与悟空、身后的房宇形成路径上的逃窜之势;猪妖奋力逃跑,惊恐万分回首观望与行者举棒紧追之状形成了人物之间的张力。整幅图像力凝于势,势与力合,是《西游记》插图中不可多得的精品。

(四) 文本深层解读后的图与文合

　　前后两图与回目上下两联的严整对称。从广义上来说,中国古代插图本小说

① 吴承恩著,陈先行、包于飞校点:《西游记》(李卓吾评本),上海古籍出版社 1994 年版,第 1018 页。

② 同上,第 536 页。

③ 同上,第 239 页。

图像均与小说回目相关联,展示的都是此回或此页的故事情节。然而,对于明清"西游记"刊本而言,在严格意义上将两幅插图完全对应于回目题名上下两联的,李评本是当之无愧的独本。郑振铎指出,"此后,便无人敢为《西游记》作细图"[①]。无论是最早见世的世德堂本《西游记》插图,还是后来的真诠本插图、新说本插图、稀世绣像本插图等,或亦能每回刻两幅图像,却不能严整对称;或能够严格按照每回题名刻对应于上下两联的图像,但图像的精致程度与李评本不可同日而语。这种严整对称反映了《西游记》图像在明代的创作,由早期上图下文式的质朴率真,逐渐发展到世德堂本双页连式以侧重人物为主的雄健浑厚,再到李评本单幅独立成图的工丽细密,由以面向广大市民为阅读对象、以作坊刻工为绘刻主体逐渐发展成为以文人为阅读对象、由具有文化底蕴的名家良工为绘刻主体,继而在明末形成文人画的创作风格。"徽派的木刻画家,不仅是一位精良的刻手,同时,对于绘画技术,也是很有修养的。没有高深的绘画修养,便不把握得住整个画面的布局与乎每一株树,每一棵花或草,或每一个人物的形态变化等等。他们有时复刻古典或当时画家们的画稿,有时也自己创作。他们自己往往就是很高明的画家们。"[②]明代张栩在其编辑的《彩笔情辞》自序中称:"图画俱系名笔仿古,细摹词意,数日始成一幅。后觅良工,精密雕镂,神情绵邈,景物灿彰。"[③]这对于李评本插图的评价,同样适用。

图文互补共同展示情节与场景。创作者为了提示图像展示的场景与小说叙述相对应,常常在图像中标示出文字。这种文字标示与世德堂本图像上方的解释性文字或与杨闽斋本图像两侧的题词均不相同。它随情节的发展而跟进,与图像水乳交融,合为一体。据统计,李评本插图有二百幅,插图中有文字的共三十八幅。以文字标示故事情节发生的地点,正如中国早期的山水画在视觉上要求真实可靠,形成了中国山水画早期功能之一的"环境标识"。如第六十二回"缚魔归正乃修身"的插图,图中一潭碧水细浪漂漂,两边怪石丛生,空中悟空和八戒各用绳索缚一水妖而来。为了揭示环境所在,创作者在潭水中刻上"碧波潭"三字,在岸上怪石中刻上"乱石山"三字,表明所在地即是宴请牛魔王的万圣龙王所居地。除了"标识环境"外,图像中文字还用来标识身份。如在第四回"官封弼马心何足"插图中有两名天神镇守南天门,表明此处为天庭所在地;身着官服的孙悟空顺阶而下,前面两个使者手持旌旗,一旗上写着"敕封弼马温",表明悟空刚被玉帝招安并敕封,旗帜东倒西歪,并不显出庄重肃静,意在表明官职之小。标识事件亦是图像中文字功能之一。如第十一回"还受生唐王遵善果"插图,正殿上两女持辇立于唐王两侧,阶下两人共持一块牌匾,上写"修建水陆大会,超度冥府孤魂",表明唐王还魂后,修建水陆大会,选高僧作坛主,设建道场的情形,既而引出玄奘之事。无论是文字标识环境、标识身份,还是标识事件都必须以对小说文本的深层解读为前提。李评本插图幅

---

① 郑振铎:《中国古代木刻画史略》,上海书店出版社 2006 年版,第 70 页。

② 同上,第 100 页。

③ 明代张栩辑,黄君倩刻:《彩笔情辞》,十二卷。天启四年(1624)刊本。插图十二幅,双面大版,对页连式,绘刻精工。

图 10 - 96　《李卓吾先生批评西游记》插图

幅精美,没有杨闽斋本上图下文模式化、类同化,甚至张冠李戴的现象,这是创作者对小说文本深层解读的结果。

插图对文本的深度表现。李评本在插图上突出的特点是外在构图上所呈现出的纤细与精巧,它的独一无二性更体现在绘刻者对小说文本的深层解读以及这种解读所带来的图像的独创性上。例如,图 10 - 96 展示的是第六十回"牛魔王罢战赴华筵"场景。小说中重要人物和推动情节发展的元素均得以合理布置。环境设置在碧波潭底的龙宫中,关键人物牛魔王处于核心位置,与其处于同一水平线上的是左边门外由行者所变的探头探脑的螃蟹,挂于牛魔王右边廊柱上的是其坐骑金睛兽,前后迎接牛魔王的是龙宫中的侍卫。这种将牛魔王、孙悟空、金睛兽设置于同一水平线的构图,并不是依据小说文本的描写,实际上小说并没有描写龙宫迎接牛魔王的情节。小说写道:

好大圣! 捻着诀,念个咒语,摇身一变,变作一个螃蟹,不大不小的,有三十六斤重。扑的跳在水中,径沈潭底。忽见一座玲珑剔透的牌楼,楼下拴着那个辟水金睛兽。进牌楼里面,却就没水。大圣爬进去仔细观看时,只见那壁厢,一派音乐之声⋯⋯那上面坐的是牛魔王,左右有三四个蛟精,前面坐着一个老龙精,两边乃龙子龙孙、龙婆龙女。①

那么,创作者如此构图的用意何在呢? 那就是舍弃次要人物,突出贯穿小说情节的关键人物和"戏胆"。此回矛盾冲突在于行者与牛魔王,行者因借扇而找到昔日的结拜兄弟,而世情已变,"酒色财气"皆有的牛魔王显然已不再是当年巴结齐天大圣的平天大圣了,牛魔王罢战赴宴,这给孙行者偷走金睛兽,变作牛魔王样子骗罗刹女创造了机会,这才是小说的主要矛盾和关键情节所在。因而,舍弃表现觥筹交错或老龙王斥责野螃蟹的场景,而另设情形,则是对小说文本十分熟悉后的艺术再创作。

图 10 - 97 展示的是行者在山上持扇,八戒奋力向山上跑去的情形。此幅图就创作立意而言,史显高远。就人物形象来看,它延续了行者"猴急"的性格,一反八戒懒散的特点。行者因变作牛魔王模样从罗刹女处骗来芭蕉扇,将身一纵,踏祥云,跳上高山,将扇子吐出来,念起口诀,使本可藏于舌下之宝物,变为一丈二尺。图像将行者见扇子变长瞬间的惊奇与惊喜之状表现得淋漓尽致。追赶而来的牛魔王见状,以"其人之道还治其人之身",遂变作猪八戒模样,双臂挥舞,抄小路,奋力跑去,当面迎上行者,以师父让其协助之名,帮行者扛扇子。构图者亦没有完全按

① 吴承恩著,陈先行、包于飞校点:《西游记》(李卓吾评本),上海古籍出版社 1994 年版,第 806—807 页。

照小说描写去创作。"话表牛魔王赶上孙大圣,只见他肩膊上揹着那柄芭蕉扇,怡颜悦色而行。"①显然,在牛魔王变成八戒之前,行者已将扇子操演完毕。之所以如此构图,确实展现了创作者超凡的艺术想象力,刻画出悟空的"性急"和八戒的"奋力"。从小说到插图的正向阅读与欣赏,我们不难解读出内在的喜剧因素;反之,从插图到小说的逆向欣赏,必然会引发读者的疑问:一向不愿出力,懒散怠惰的八戒何以如此"努力"? 也正是由于牛魔王变为猪八戒,将战火进一步延伸,使八戒加入战斗,助力破魔王(见图 10 - 98)。当然,如果没有对小说的深层解读,构图者亦不会抓住牛魔王变天鹅这一情节进行艺术创作。构图者正是抓住了人物性格上的特点,不拘泥于原文,才带来了李评本图像的新气象。李评本插图创作者正是抓住了芭蕉扇这一"戏胆",将行者与罗刹女之间的借扇之争,因牵扯红孩儿前因,逐步使牛魔王、玉面公主、猪八戒、天兵、佛将等加入战斗,使故事情节跌宕起伏,人物形象饱满鲜明,将人情世态展露无遗。我们认为,李评本插图正是以这种深层的文化理解,才形成了与其他西游系列小说图像的不可比拟性,最终形成了其不可取代性。

图 10 - 97 《李卓吾先生批评西游记》插图

图 10 - 98 《李卓吾先生批评西游记》插图

五、杨闽斋本插图的艺术风格

杨闽斋本晚出于世德堂本十一年,仍以上图下文的版式刊行,表明这种版式为广大民众所欢迎。"其插图随着读者阅读文本的进程缓缓展示,读者可以通过插图

---

① 吴承恩著,陈先行、包于飞校点:《西游记》(李卓吾评本),上海古籍出版社 1994 年版,第 815 页。

了解故事情节发展,这于文字阅读能力不高的市民读者是很相宜的。故此以上图下文为特色的闽版小说,尤受市民读者青睐,在万历前后达到巅峰。"①明万历时期,全国书市林立,不下数百,然闽南书肆之多,傲居首位。仅刊刻过《西游记》的就有书林杨闽斋、莲台刘永茂、余氏双峰堂等,可见书市之繁盛。

(一)杨闽斋本插图的艺术特色

1. 经营位置上的"上图下文"

虽然世德堂本是有案可查的历史上第一个足本《西游记》,有一百九十七幅近距离展示人物形象的双页连式插图,集中体现了金陵派版画的风格,但如果追溯中国古代小说版画历史,那么闽南上图下文式风格则是小说插图最初的表现形态。众所周知,中国古代版画源起于佛教变相宣传的动因。版画应用于小说插图,则可追溯到北宋仁宗嘉祐八年(1063)建安书肆余靖庵摹刻的《古列女传》。② 该书版式即为上图下文。徐康《前尘梦影录》称:"绣像书籍,以宋椠《列女传》为最精。"③是上图下文版式之滥觞。至元代,"全相平话五种"④更是以上图下文的版本特点在古小说版画发展史上占据举足轻重的地位。"全相平话五种"皆为上图下文式,总计二百二十八幅图,"在情节发展上首尾相连,一气贯通,汇为一部气势磅礴的历史长卷……成为元刊版画中的著名典范,也是中国现存历史较久的讲史小说祖本和连环画长篇。为明代建安派上图下文式小说的大发展打下了良好的基础,提供了优秀的样本"⑤。明成化年间的《花关索出身传》亦为上图下文式,版式与"全相平话五种"完全相同。至明万历时期,建安派上图下文版式小说尤为兴盛,杨闽斋本即是其中一种,为广大民众所喜爱。因而,无论从古小说版画源起,还是建安派版画流传的时间跨度来看,上图下文是中国古代小说版画中最主要的一种类型。那么,上图下文版式何以会产生如此大的艺术魅力而长时间地吸引读者的目光呢?以杨闽斋本为例,究其原因则主要是语言艺术与造型艺术的互补,即莱辛所论的"诗"与"画"的互补。明夏履先在《禅真逸史·凡例》中指出:"图像似作儿态,然史中炎凉好丑,辞绘之;辞所不到,图绘之。昔人云诗中有画,余亦云画中有诗。"⑥画表现的是物体在空间中的静止状态,诗表现的是物体在时间中的流动状态。诗的流动状态在读者脑海中唤起的语象,还需要形象思维的参与才能形成,而且因个体内在差异往往会对同一意象形成千差万别的接受状态。因而,这种从诗到画的正

---

① 宋莉华:《插图与明清小说的阅读及传播》,载《文学遗产》2000 年第 4 期。
② 周心慧:《中国古小说版画史略》,见首都图书馆编:《古本小说版画图录》(第一册),线装书局出版社 2006 年版,第 2 页。
③ 转引自叶德辉:《书林清话》,岳麓书社 1999 年版,第 181 页。
④ 全相平话五种包括:《全相武王伐纣平话》《乐毅图齐七国春秋》《全相秦并六国平话》《全相续前汉书平话》《新全相三国志平话》。
⑤ 同①,第 3—4 页。
⑥ 《禅真逸史》,全称《新镌批评出像通俗奇侠禅真逸史》,八卷四十回,明末方汝浩编著,日本日光晃山慈眼堂藏古杭爽阁主人刻本。

向阅读需要读者具有相应的知识储备和文化修养,需要涤除玄鉴,思接千载。而当"画",即根据语象所形成的图像一经形成,就会产生由画向诗反向阅读的导引效果,在读者进入文本前就会形成空间形象,抹平不同读者之间的文化差异,吸引其进入诗的描写与叙述之中。在书籍的外在形式上,图像与语言相错而成文;在读者的内在接受上,诗与画两相对照,使不同读者均能获得审美愉悦。

图 10-99 展示的是天地混沌、鸿蒙初辟的情形。如果我们接受的仅仅是文本,而没有图像的先入,那么,对于中国古代哲学家所信仰的宇宙观,如老庄的"道",儒家的"气",《周易》的"太极"等,被认为是世界的本原状态,即混沌,则很难有清晰的认识。这种混沌一体、无序混乱的状态是怎么变成后来井井有条的有序状态的呢? 宗教认为是上帝于七日之内开创的,科学认为是宇宙大爆炸形成的,我国古代哲学认为是由盘古开天辟地形成的。因此,当我们读到"混沌未分天地乱,茫茫渺渺无人见。自从盘古破鸿蒙,开辟从兹清浊辨"时,我们在形象思维上可能形成不了对宇宙最初状态的语象,也无法想象盘古是如何开天辟地的。但当我们看到图 10-105 时,对照文本就能够在两者之间建立起联系,相互参照,迅速在脑海中形成可视化图像,并体悟插图的妙处。那上身裸露,仅以树叶、草藤遮身的原始先民,既代表着野蛮,又代表着向文明的开化;他一手持凿,一手持锤。悬崖峭壁之间,冉冉升起的太阳,飞流直下的瀑布,滚滚而逝的江河水,这一组意象群形象地展示了盘古开天辟地的情形。

图 10-99 《西游记》(杨闽斋梓本)插图

2. 镌刻手法上的"黑白相映"

杨闽斋本插图呈现出的黑白相映风格是由镌刻者采用阴阳相错的手法刊刻形成的。阴刻与阳刻是针对操剞劂者镌刻手法而言的,凹版与凸版是针对模板印刷而言的,黑白相映则是刊刻版画印出后所呈现的艺术风貌。杨闽斋本以线条作为塑造人物形象的主要手段,用于衬托和突出人物形象的背景,如房屋、家具、行李、山石等则采用阴刻的方式,以形成画面虚实结合的艺术境界,而这恰恰符合中国传统艺术追求的"有无相生,虚实相成"的审美追求。马远、夏圭被称为"马一角""夏半边",其绘画手法就是将实景与虚景相结合,将实景延伸向虚景,用虚景包涵实景,以形成空灵的艺术境界。

图 10-100 展示的是第三十七回"鬼王夜谒唐三藏　悟空神化引婴儿"中的情

形。在杨闽斋本插图中,也许是因为唐僧所骑的是小龙所变的白马,插图中的马大多是以阳刻为主。唯独此图中太子所骑的马是阴刻,黑色的骏马载着太子风驰电掣般地奔驰,马上的太子搭弓引箭,一支利箭已射向前方的兔子。骏马与兔子形成了鲜明的"大与小"的体量对比、"黑与白"的色差对比,同时,马的扬蹄奋力与兔子急速之中回首观望又形成了"动与静"的顷间对比。正是这种"一大一小""一黑一白""一动一静"的对比,使图像于咫尺之间意韵生动,神采飞扬。

图 10－100　《西游记》(杨闽斋梓本)插图

3. 人物塑造上的"简约率真"

建安版画在窄小局促的空间中主要以人物形象和动作作为主要展示对象,它没有世德堂本中那种近景式展示空间,人物形象如同特写,面部表情栩栩如生的特点;亦没有李评本中的中景式构图空间,将人物与背景水乳交融般地融合在一起。但它所描绘的人物形象生动活泼,仍不失民间艺术的古朴率真。郑振铎指出:建安版画"人物图像虽小,但动作的活泼,姿态的逼真,是会令观者们赞赏不已的"。[①]之所以会形成这种虽简约而意浓的艺术化效果,主要得益于线描的表现手法。杨闽斋本在人物刻画上,除了在表现猪八戒"猪头"用阴刻以外,其他人物基本是用阳刻。中国版画在人物形象上采用阳刻的方式与中国绘画选择线条作为绘画语言有着共同的文化渊源和哲学思想。宗白华指出,中国绘画注重的是流动的线条。与西方绘画相比,"埃及、希腊的建筑、雕刻是一种团块的造型。米开朗基罗说过:一个好的雕刻作品,就是从山上滚下来也滚不坏的,因为他们的雕刻是团块。中国就很不同。中国古代艺术家要打破这团块,使它有虚有实,使它疏通"[②]。打破团块、使其疏通的方法即是使用线条。中国古代原始先民的历史遗存,如岸画、地画、彩陶上的纹饰均使用的是线条,特别是彩陶上的几何图案以及表现动植物的线条已十分丰富。线条的选择与中国古代人朴素的宇宙观密切相连。老子宇宙发生观认为:"道生一,一生二,二生三,三生万物,万物负阴而抱阳,冲气以为和。"[③]"一"即是宇宙的初始化,《周易》认为,"一"既是"阳",又是"阴",代表着太极,由其而生两

---

① 郑振铎:《中国古代木刻画史略》,见《郑振铎全集》(第十四卷),花山文艺出版社 1998 年版,第 309 页。
② 宗白华:《美学散步》,上海人民出版社 1981 年版,第 48 页,图 10－154。
③ 《老子》,第四十二章。

仪,既而生出四象。"一画"被清代石涛视为世界万物形态和绘画形象结构的最基本的因素和最基本的法则,继而成为其绘画理论的核心概念①。因此,在中国绘画的实践中,魏晋南北朝和隋唐时期,中国的人物画就形成了铁线描和莼菜条两种表现形态,"曹衣出水,吴带当风"是这两种绘画语言所形成的艺术风格。以线条作为绘画语言,在用以表现人物形象的版画中,同样遵循了这种选择。具体到杨闽斋本插图中人物形象的塑造上,这种绘画语言的线条则体现为简约而又朴素,镌刻出的人物形象因空间窄小,虽然带有袖珍式、意会性特点,但人物形象仍可于简笔之中见出风采,于意会之中见出率真。

我们以展示"通风报信"主题的图像来看杨闽斋本人物塑造的特点。图 10-101 是第六回"观音赴会问原因　小圣施威降大圣"中的插图,托搭天王奉玉帝旨意,亲率十万天兵天将下界捉拿悟空,但两军对阵初次交手,先锋巨灵神、儿子哪吒均败下阵来。观世音派随从木叉下界打探消息,并见机助天王一臂之力。然木叉与美猴王交战后亦抵挡不过,败阵而逃,回到军帐中禀报天王。插图以寥寥数笔,勾勒出端坐于堂上的天王和跪于地上的木叉。木叉倾身向前,双手遥指门外,让我们体会到其喘息未定,急切地禀报美猴王本领之大,自己战胜不了的情形。天王则单臂伸出,手掌向前,是一种安慰木叉,有事慢慢说来的意思表达,用肢体语言表现出两军对阵不利情形下临危不乱的大将风范。图 10-102 是第二十三回"三藏不忘本　四圣试禅心"中的插图,八戒受不了财物、家产和美色的诱惑,以放马为由,

图 10-101　《西游记》(杨闽斋梓本)插图

图 10-102　《西游记》(杨闽斋梓本)插图

① 叶朗:《中国美学史大纲》,上海人民出版社 1985 年版,第 529 页。

偷偷转到后门见老夫人。行者明知其用心但不点破,变作个红蜻蜓儿,飞出前门,赶上八戒,观察其言行举止后,转翅飞回,现了本相,"笑将起来,把那妇人与八戒说的勾当,从头说了一遍,三藏也似信不信的"①。在图像中,唐僧坐于堂上,双手笼于袖中,笑眯眯地看着悟空。悟空一只脚踏于阶上,一只脚还悬于阶下,表明其刚刚进入房间,脚跟未定就急切地将其所见所闻说与师父听,他双手朝外,见师父半信半疑后,举手指向门外,仿若在说:"那是我在外面亲眼所见!"或者"那呆子就要来了,你自己问问看。"总之,将一个猴急的悟空和一个持重的三藏表现得淋漓尽致。

4. 空间分割上的"图像叙事"

《西游记》故事想象丰富,奇谲怪诞,正如学者对闽南建安派上图下文版式小说的评价,"在很小的画面上,描绘了与文中有关的主要情节。其印本虽显粗劣,但木刻家们依文变相,而且能以简练的笔法高度概括出文中内容的艺术才能,则是高超的"②。杨闽斋本插图空间促狭,然而,镌刻者依旧能够在经营位置上应用自如,甚至常常根据故事情节的需要,对空间进行切割以形成图像叙事的效果。

具体来看,杨闽斋本插图通过空间分割形成叙事功能的情况有以下几种:一是表现由真身变幻成的假身。《西游记》故事想象丰富,汪洋恣肆,表现为上天入地、捉妖擒魔;人神鬼怪、变化无穷。其中,孙悟空得道后就练就了七十二般变化,变幻无穷;猪八戒亦有三十六般变化,变幻莫测;各路妖魔也是云里来雾里去,变化多端。插图为了表现这些变化,镌刻者将图像空间切割成两部分,一部分为"此在"的真身,另一部分为变化后的"幻像"。图像在叙事上呈现出时间的流动,"画"所呈现出的"最富有包孕性的那一顷刻"③,仿若"诗"在时间中的流动。二是表现假身还原为真身。对应于真身变幻成假身,则是假身还原成真身。此类情况在插图中亦多有体现。如第九十五回"假合真形擒玉兔　真阴归正会灵元"中的插图,分隔出的空间中有一只玉兔,正惊慌失措地回首观望悟空。玉兔精假扮天竺国之公主,又欲与三藏配成夫妻,被悟空识破后追打至此,太阴星君解救玉兔并让其现出原身。三是表现西天取经路上一物降一物,吞入、摄入或吐出之状。如第七十五回"心猿钻透阴阳窍　魔王还归大道真"插图,图中展示的是青毛狮子怪中了行者机关,迎风吞其于腹中的情形。再如第五十九回"唐三藏路阻火焰山　孙行者一调芭蕉扇"中的插图,行者为借芭蕉扇与罗刹女打斗,打斗不过变成一只焦寮虫乘其喝茶时进入其腹中,百般折磨,铁扇仙疼痛难忍,只好同意借扇。插图呈现的是罗刹女张口,悟空从其体内飞出的情形。四是表现妖风乍起摄走唐僧的情形。以表现妖风而形成空间分割的情形在插图中俯拾即是,十分常见。五是表现梦境。这在小说插图中亦为常见的空间分割类型。如图10-103展示的是猴王松下酣睡,梦见小鬼扯索命绳来勾他魂的情形。继而才有了打入地府,十殿阎王阶下迎接,牛头

---

① 《古本小说集成》委员会编:《西游记》(杨闽斋梓本),上海古籍出版社1994年版,第255页。
② 冯鹏生:《中国木刻水印概说》,北京大学出版社1999年版,第39页。
③ 莱辛著,朱光潜译:《拉奥孔》,人民文学出版社1979年版,第83页。

马面东躲西藏，最后造成"九幽十类尽除名"的喜剧性结局。六是展示降妖除魔过程中遇到的厄难。如图10-104是第七十二回"盘丝洞七情迷本　濯垢泉八戒忘形"插图，八戒于濯垢泉中戏弄完七个蜘蛛精后，上岸举钉耙要打死水中的妖精，七个蜘蛛精已不顾光身羞耻，慌忙上岸施法术，"脐孔中骨都都冒出丝绳，瞒天搭了个大丝篷，把八戒罩在当中"①。再如第七十三回"情因旧恨生灾毒　心主遭魔幸破光"插图，悟空与蜈蚣精所变的道士相打斗，道士两胁下有一千只眼，眼中迸放金光，这金光"幌眼迷天遮日月，罩人爆燥气朦胧；把个齐天孙大圣，困在金光黄雾中"②。

图 10-103　《西游记》(杨闽斋梓本)插图

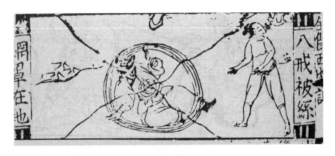

图 10-104　《西游记》(杨闽斋梓本)插图

(二) 杨闽斋本插图稚拙与成熟的内在矛盾

后之学者论及闽南建安版本时，颇多贬词。明代胡应麟指出："余所见当今刻书，苏、常为上，金陵次之，杭又次之。近湖刻、歙刻骤精，遂与苏、常争价。蜀本行世甚寡，闽本最下。"③"出书最多，而板纸俱最滥恶，盖徒为射利计，非以传世也。大凡书刻，急于射利者，必不能精，盖不能捐重价故耳。"④周心慧认为，"胡、谢所言，指的主要是文字刻印及校勘优劣"，谢肇淛批评道："宋时刻本以杭州为上，蜀本次之，福建最下……闽建阳有书坊，但若推及版画，建阳所刊，也是较为粗糙的。即

① 《古本小说集成》委员会编：《西游记》(杨闽斋梓本)，上海古籍出版社1994年版，第855页。

② 同上，第867页。

③ 胡应麟：《少室山房笔丛》，中华书局1958年版，第59页。

④ 谢肇淛：《五祖俎》，卷十三，事部一。

使以上图下文版画而言,万历间建阳刊此类版画,数量恐不下百种,刻印多草草,象元刊《平话五种》那样的精雕细琢之作恐难见到。"①周心慧对中国古代戏曲、小说版画研究有许多真知灼见,特别是关于"建安版画属质朴派,金陵版画属雄劲派,徽州版画属婉约派"②的划分符合中国古代版画历史发展的轨迹。但他对明万历时期建安版画的判断有值得商榷的地方。总体而言,建安派版画所呈现出的风格是古朴稚拙、质朴无华,这确实也如其所言"是一切民间艺术在初创阶段的共同特色"③。但在普遍性之中仍有特殊性个案,其中,杨闽斋本即是一例。此本现藏于日本内阁文库,从《古本小说集成》和台湾"明清善本小说丛刊"影印本来看,我们无法得出其刊刻粗糙的结论,相反,其版刻十分整齐,图像亦非常清晰。经过仔细勘查,我认为此本仅从插图上来看,表现出既有传统闽南建安刊本插图稚拙无华的"家族相似性",又有近似于金陵派风格的雄健浑厚性。

首先,探讨一下杨闽斋本插图承继建安派版画上图下文、稚拙无华"家族相似性"的情况。具体而言,这种稚拙体现在插图切面的平面化、动作的程式化、背景的模式化、艺术表现的僵硬化等方面。这些特点确实是民间艺术草创时期存在的共性问题。

1. 平面化

"绘画表现是建立在有关物体的完整的三度视觉概念的基础上进行的。"④但这种在三维空间中表现绘画对象的方式是经过长期实践而形成的。应用透视法表现物体在三维空间中的位置符合人们的视觉特点,但是,从人类早期的绘画(或从儿童画)来看,空间中的物体和人物常常是二维的,即平面化的。其"最大的特点在于,它是以正方形去再现正方形,以对称去再现对称,以外部的位置去再现外部的位置"⑤,这或许才是早期人类或儿童所认为最忠实于原物的绘画吧。在杨闽斋本插图中,同样采用平面化手法表现物体或人物在二维空间中的位置。但它不是垂直透视法,而是通过切面式来展示二维空间中的物体。如图 10-5 展示的是美猴王家乡花果山仙境,对山石的刻画显然是切面图,真正的山石并非如此。插图所体现出的平面化特征,表明杨闽斋本刊刻者更多地受到民间艺术创作的影响,或者说,平面化的图像创作迎合了普通民众的审美心理。但由此推断杨闽斋本镌刻者是个艺术素养不高的民间艺人,或者说杨闽斋本是建安上图下文式绘刻草创时期的作品,均为时过早。

2. 程式化

程式化是戏曲舞台艺术动作的特点,本无贬义。但在绘画和板刻中,人物动作反复呈现出同一种造型,那么,这种艺术创作方式将给欣赏者一种创作思维固化、

① 周心慧:《中国古版画通史》,学苑出版社 2000 年版,第 144 页。
② 周心慧:《中国古小说版画史略》,见首都图书馆编:《古本小说版画图录》(全三册)"序言",线装书局出版社 2006 年版,第 10 页。
③ 周心慧:《中国古版画通史》,学苑出版社 2000 年版,第 142 页。
④ 鲁道夫·阿恩海姆著,滕守尧、朱疆源译:《艺术与视知觉》,中国社会科学出版社 1984 年版,第 134 页。
⑤ 周心慧:《中国古版画史略》,学苑出版社 2000 年版,第 136 页。

艺术灵感枯萎、作品丧失艺术活力的印象。插图的程式化有如艺术形象的复制与粘贴,违背了艺术独一无二性的价值追求,失去了艺术作品的原真性;光韵的散失,诚如本雅明(Benjamin W.)指出的"机械复制的作品"留给欣赏者的只是其"展示价值"①。在杨闽斋本中,图像的程式化是非常明显的,之所以会出现这种大量重复、相似的插图,我们认为一方面是此本插图洋洋洒洒一千二百二十八幅,每一页都要配图,这需要耗费镌刻者大量的时间和心血,在镌刻的过程中,以自己最熟练的表现方式来刻画熟悉的画面是创作者自然而为,毕竟在《西游记》中有许多故事情节是相似的。另一方面,闽南刊本面向的是下层民众,为了在竞争激烈的书肆中尽快将自己刻印的小说推销出去,扩大影响,占据有利市场,要求刻写者尽可能缩短刊刻时间,这样,也必然会带来创作者镌刻图像时的自我复制。我们仅以孙悟空在西天取经途中不同时期降妖除魔的动作来看杨闽斋本插图人物动作的程式化特点。如在图10-105、图10-106中行者的动作基本相同,即便在没有金箍棒的情况下,依旧是同样的动作。插图中人物动作的程式化恰恰折射了镌刻者创作手法的程式化。

图 10-105　《西游记》(杨闽斋梓本)插图

图 10-106　《西游记》(杨闽斋梓本)插图

3. 重复性

杨闽斋本插图在经营位置上多为重复,这是造成其艺术性不高的重要原因。图10-107为第十二回"玄奘秉诚建大会　观音显象化金蝉"插图,表现的是太宗送三藏出皇城赴西天取经的情形,画面的构图与人物的动作及白马的行走方式与图10-108完全一样。而图10-108表现的则是第十三回"陷虎空金星解厄　双

① 本雅明著,王才勇译:《机械复制时代的艺术作品》,中国城市出版社2002年版,第7页、8页、20页。

叉岭伯钦留僧"中刘伯钦送三藏至国界,依依不舍的情形。前后两图为上下紧连着两回中的插图,由此可见杨闽斋本插图大量复制造成人物动作和马匹行走姿势完全重复的情形。跨度大一些的重复性插图,可见于第五十二回插图,表现的是太上老君收回私自下界成妖的青牛;第六十回插图,表现的是悟空趁牛魔王在万圣老龙处赴宴作乐,防备松懈,偷偷骑上其金睛兽飞至铁扇公主处假变牛魔王骗扇的情形。两图在人物和动作形象上虽稍有不同,但模式化特点亦非常突出。除了在构图、人物动作、马匹行走等方面呈现出相互之间重复的特点之外,在背景设置上亦有大量重复现象。在杨闽斋本插画中,不论是人间帝王、天上玉帝,还是地下阎罗王面前的龙桌都是一个造型,三者完全是同一个模式,甚至连祖师禅堂的条案、托塔天王挂帅用的将案、妖王所伏的桌子均是同一造型。

图 10 - 107　《西游记》(杨闽斋梓本)插图

图 10 - 108　《西游记》(杨闽斋梓本)插图

4. 僵硬化

僵硬化指的是在杨闽斋本中部分插图呈现出呆滞与僵化的形态,此类插图不同于人物动作的程式化,也不同于经营位置的模式化,而是表现为一种与生活经验、物之形态内在逻辑相悖的现象。例如,作为百兽之王的老虎,活着的时候凶猛无比,威震山林,一只死虎呈现出的应该是了无生气、软绵无力的样子。但在杨闽斋本插图中被行者打死的老虎、狐狸等野兽丝毫见不出是一具野兽的死尸。例如图 10 - 109 所示为悟空拖着被八戒迎头打死的黄风怪虎先锋,去找黄风怪索战的情形。图 10 - 110 所示为八戒打死的假变成美女祸害国王的狐狸精,插图没有能够准确地表现出动物的死尸之状。在现实生活中,死虎不可能如活着时那样被揪着耳朵拉着向前走。可以说,这些插图所体现出的与生活常识相悖的情形,一个民间刻工不可能不清楚,这只能说明镌刻者在表现此类题材的插图时,还没有达到庖丁解牛、运刀自如的境界。

图 10 - 109 　《西游记》(杨闽斋梓本)插图

图 10 - 110 　《西游记》(杨闽斋梓本)插图

　　其次,探讨一下杨闽斋本插图独树一帜的一面。由于杨闽斋本插图大量存在平面化、程式化和重复性等弊端,往往使阅读者形成此本刊刻草率,插图稚拙的印象。加之后人论及闽南刊本时颇有微词,贬多于褒,因此,往往会将杨闽斋本笼统归类。实际上,此刊本尽管有以上诸多弊病,却并非一无是处。甚至可以说,它内在涌动着一股朝气与活力,吸收其他流派的刊刻风格,特别是吸收金陵派的版画风格,改革传统建安版画面貌的尝试已在此本中付诸实践,一些插图中人物动作之优雅,想象力之丰富,让人仿若是在观赏中国古本戏曲中经典的插图画面。

　　1. 人物动作优雅轻盈,具有中国传统艺术造型之美

　　将中国古典戏曲插图与古本小说插图相比,仅以《古本戏曲丛刊》和《古本小说集成》、《古本小说丛刊》、"明清善本小说丛刊"相比较,虽然前者在数量上没有后者多,但从镌刻的艺术高低来看,戏曲插图立意之高、镌刻之精是后者无法企及的。当然,戏曲插图也使后人对照小说插图时形成两相参照的欣赏效果。例如,图 10 - 111 为杨闽斋本第二回"悟彻菩提真妙理　断魔归本合元神"中的插图,表现的是悟空在众师兄面前卖弄自己学到的本领,你看他长袖飘舞,神采飞扬,回首之际流露出无限得意;身后众人则交头接耳,对其品头论足。图 10 - 69 是第三十回"邪魔侵正法　意马忆心猿"插图,展示的是在西天取经事业面临解体的关键时刻,白马为救唐僧变作宫廷舞女,为黄袍怪跳舞助兴,欲趁机谋杀之的情形。插图中小龙所变的宫女翩翩起舞,目光镇定地望着正在吃人的黄袍怪。在表现人物舞蹈姿态和

动作方面杨闽斋本是成功的。其刻画的人物造型让我们见到了对中国传统舞蹈艺术造型的传承。

图 10-111　《西游记》(杨闽斋梓本)插图

2. 艺术想象奇谲瑰丽，将无形化为有形直指人心

艺术想象力是艺术构思、创作、接受等过程中必不可少的重要因素，自古以来就备受关注。刘勰在《文心雕龙》"神思"中指出："寂然凝虑，思接千载；悄焉动容，视通万里。吟咏之间，吐纳珠玉之声；眉睫之前，卷舒风云之色。"①具体到艺术创作，特别是以文本为依据而进行的艺术创作，顾恺之的《洛神赋图》则是典型代表。杨闽斋本插图亦是依据文本而创作出来的，由于小说想象丰富，飘渺无际，创作者要将这种无形转化为有形，只有靠自己的艺术想象。例如，天上的雷公、风婆等在现实生活中并不存在，要形象化地创作出此类天神的形象，并非刻画几个人物就可以敷衍了事的，还要抓住人物代表的自然现象所具有的特征，只有这样，才能为世人所接受和欣赏。例如，第六十六回"诸神遭毒手　弥勒缚妖魔"中的插图表现的是在武当山请师相真仙营救被妖魔"人种袋"吸入的唐僧等人的情形，师相派龟蛇龙前往助战。龟蛇龙是什么样的动物？在外形上有哪些特征？小说文本中并没有具体描述，而此页主要表现的对象恰恰就是龟蛇龙。"龟、蛇、龙"在人类的印象中是三种动物。因此，创作者刻画了一个龟与蛇合为一体的"怪物"形象，特别是为了显示其"龙性"，将"蛇头"改为"龙头"。这一仿若变异的动物形象，却很好地展示了中国传统文化中"青龙、白虎、朱雀、玄武"四神之一的"玄武"形象。

3. 大图彰显大家风范，隽雅画风使人物心理昭然若揭

杨闽斋本最后一页插图(见图 10-17)，以单页整版的空间刻画了一幅画面。相对于其他页面上图下文式的图像，这是一幅大图，而恰恰就是这一幅大图的存在，让我们窥见了镌刻者非凡的技艺。其实，没有此图，杨闽斋本依旧是完整的。或许是镌刻者在完成了一千二百余幅插图和文字的镂刻后，在大功告成，情绪高亢的情况下即兴创作的一幅插图；或许是创作者特意留下的一幅大作以待慧眼，彰显其真实的镌刻技艺。不论出于哪种目的，但确实为后人留下了一幅经典的西游插图。此图一改上图下文式插图中两边对联式题词以表示插图主题的方式，将题词

---

① 刘勰著，周振甫注：《文心雕龙注释》，人民文学出版社 1981 年版，第 295 页。

"四众皈依正果"提到图像上方,这种题词方式与金陵派版画风格是一致的。观看图像,我们见到了镌刻者高超的构图能力,体会到创作者已非常注重通过人物表情刻画达到揭示人物心理的艺术表现力,而这一点恰恰也是金陵派版画的特点之一。图像中洋溢着一股喜悦与温馨的浓厚气氛,佛祖端坐在莲花台上,依旧保持传统的"瘦骨清相"形象,并一改肃穆之状而颔首微笑着观看着唐僧四众,神将手持宝剑侍立旁边。两者头上祥云缭绕,视线投向下方,使图像的重心下移到跪拜的唐僧师徒身上。唐僧则谦逊低首,面带微笑,双手合于胸前,虔诚朝拜佛祖,修得正果,一路而来的千辛万苦化为云烟。徒弟们虽不敢仰视,但眼睛仿若在瞻仰着佛祖。功成正果后,悟空"猴急"的性情显然有所改变;八戒这个取经队伍中最具离心力,最无禅心的成员,也双手拱拳,目光淡然,神情虔诚地敬拜着佛门。在经营位置上,佛祖、神将、唐僧与徒弟们通过视线的牵引,形成了从左上方向右下方平缓过渡的效果。图像对观赏者形成的视点,与李评本插图一样,如同从其右上方取景拍摄的照片,人物虽以侧面为主,但前后人物均得到了充分的展示。这种将人物正面拜佛改为侧面,避免背面朝向读者的形式,是后来徽派李评本固定的构图视点。特别在三个徒弟的位置安排上,创作者亦是煞费苦心。为了与唐僧有所区别,师徒不同席,特意将行者置于唐僧之后,左侧为八戒,既而为沙僧。这样,就将三个徒弟形成一个序列。在三者中,唯有沙僧转头背向读者,或许有人会以为这是败笔,仔细想来则为飞来神笔。一是他转身向内,在视线上形成了与莲花台上佛祖目光的呼应,亦在图像的左右侧形成了相互之间的呼应。二是沙僧形象的塑造历来是《西游记》小说插图中的难点,他不同于行者、八戒,后两者具有鲜明的外部特征。同为一个普通的人物形象,沙僧的形象并不突出,很容易与唐僧相混淆,虽然小说描写中的唐僧是眉清目秀,在上图下文式的版画中,且非论此两者,许多人物形象均是模糊不清,难以区分的。为了避免表现沙僧形象,或镌刻一个不能为广大民众接受的沙僧,镌刻者有意通过位置的经营,规避这一难题。总之,一叶而知秋,此图对人物心理的刻画异常精准,与金陵派强调人物的舞台化效果,强调对人物心理的揭示不谋而合;同时,此图呈现出的典雅、俊朗风格,甚至可与徽派作品相比肩。如果忽略了此图,我们就很容易陷入学术界对闽建版本的常规评价之中。

4. 突破空间狭仄限制,图像呈现双页连式发展趋势

在明代《西游记》版本插图中,世德堂本以双页连式而成为其独特的插图构成形态。杨闽斋本插图因空间窄小,在表现相关故事情节时,不得不突破单页独立构图的空间限制,用两个页面表现同一幅插图。这种插图在版式上,如同金陵派刊刻的世德堂本一样,呈现出双页连式的风貌。如图 10-112、图 10-113 所示为第三十七回"鬼王夜谒唐三藏 悟空神化引婴儿"中的插图。图像展示的是三藏深夜静读经书困倦伏案,迷糊之中,见一水淋淋的皇帝来谒见,诉其冤情的情形。图像在空间上则以两幅插图表现同一主题,使前后连贯,连为一体。特别是表现打斗的场面,如第二回"悟彻菩提真妙理 断魔归本合元神"插图,与世德堂本插图如出一辙,均以人物作为主要表现对象,打斗双方各占一页,手持武器,如同戏曲舞台上的人物动作一样,身段"意会"重于真实"打斗"。杨闽斋本插图这种表现形式或许受

到世德堂本插图形式的影响，或许是自己率性而为的一种创新，不管怎样，两者在插图上的内在律动是显而易见的。

图 10 - 112　《西游记》(杨闽斋梓本)插图

图 10 - 113　《西游记》(杨闽斋梓本)插图

六、朱鼎臣本插图的艺术风格

陈新认为朱鼎臣本"插图和文字刊刻都很精美，在小说刻本中堪称上乘"[1]。纵观朱鼎臣本插图，我们能够见出图像中洋溢着一种活力，这种活力来自插图构图的灵活性、人物造型的多样性、场景创设的生动性、线条镌刻的流动性等。也许正是基于此，此本在 1930 年代前后在日本村口书店被发现之后，才"颇惹中日学者之注意"。

(一) 图像构图的灵活性

朱鼎臣本插图在构图上不拘一格，常常是创作者应小说之景而作。可以说，从插图创作者通过小说语象唤起的形象，即"形之于心"，再到"形之于手"，完全是创作者兴会之至的淋漓之作。不可否认，朱鼎臣本插图亦存在构图上的模式化倾向，但它并没有杨闽斋本插图那样大面积相似所带来的画面的呆板。也不可否认，朱鼎臣本插图常常存在着文不对题的情形，但仅从图像学视角来看，这并不影响插图本身的生动性和艺术感染力。上图下文式的刊刻受到空间的限制，使得许多闽建古本小说插图很难做到纤巧精致。特别是由于读者群定位于下层民众，加之为在

---

[1] 陈新：《重评朱鼎臣〈唐三藏西游释厄传〉的地位和价值》，载《江海学刊》1983 年第 1 期。收录于朱一玄主编：《古典小说版本资源选编》，山西人民出版社 1986 年版，第 180 页。

激烈的书市竞争中占据有利位置,刊刻者又受到刻堂的时间限制,在插图创作上常常是草草了事。一直以来,学者们论及建安上图下文式书籍的插图时,常将其作为早期小说插图的艺术形式,对其艺术水准贬多于褒。但从个案而言,朱鼎臣本插图却呈现出一种异样的风格和创作追求。至少在一些插图上,我们见到了创作者高雅的艺术旨趣和咫尺之间追求视通万里、呈现宇宙万象的艺术效果。例如图10-6,为展现花果山丹崖怪石、势镇汪洋之奇境,创作者采用了中国传统绘画中的三段式构图手法,近处为山,中间为海,远处为天。用层层叠叠的山石表现花果山的削壁奇峰,以层波叠浪展现汹涌澎湃的海水;卷浪与天上的舒云形成对比,达到天水共长之效果;彩凤在山水之间飞舞,在图像的空间位置上,既与彩云形成了烘托,又与山石形成了呼应。在明代《西游记》小说刊本插图中,特别是闽建刊本中,独以景物作为插图表现对象,朱鼎臣本当属首例。即便是在古代戏曲插图中,虽也常常以景物作为表现对象,但大多是以景寄情,以景托人。例如,图10-10展示的是"小圣施威降大圣"中悟空与二郎神赌斗的情形。大圣变作鱼儿淬入水中,二郎赶来不见其踪影,遂变作一只朱顶灰鹤在岸边等候。古松之下,有一只张着双翅、昂首挺胸、跃跃欲飞的松鹤,如一幅花鸟画。如果我们不知故事背景,去除题注,仅观此图像,谁能知道这是一幅《西游记》插图呢?朱鼎臣本打破了长期以来《西游记》小说插图以表现人物为主的形态,将中国古代山水、风景绘画等元素镌刻在神魔小说插图之中,带给读者一股清新的气息。

(二) 人物造型的多样性

朱鼎臣本插图之所以让人感到面目全新,还在于其在人物形象塑造方面呈现多样性。这种多样性,不仅表现为塑造的人神鬼怪各具特色,还表现为具体的个体亦如川剧变脸一般,在变换着自己的面目。特别是在孙悟空的形象塑造上,有时像猴,有时类猿,有时若猩猩,前后不统一。

例如,第一回"大道育生源流出"中的相关插图①展示的是石猴跳入水帘洞中的情形,在此插图中石猴完全以另外的姿态呈现在读者的面前,这种形象类似于黑猩猩。而在"唐三藏逐去孙行者"回插图②中大圣正举金箍棒打变成老太婆的白骨精,此形象又不同于前个美猴王,特别是对其面部的刻画,对照灵长类动物,它仿若是依照大猩猩模样塑造而成的。再如,三藏揭去两界山上的金符后,悟空重获自由,跪在三藏面前认师的插图,无论从面部刻画,还是人物身高比例、体型上,此悟空又迥然不同于前几个形象。图10-114中的人物形

图 10-114 《唐三藏西游释厄传》插图

---

① 见《古本小说集成》编委会编:《唐三藏西游释厄传》,上海古籍出版社1992年版,第8页、9页。
② 同上,第472页。

图 10-115 《唐三藏西游释厄传》插图

象,如果不参照小说文本内容,很难见出是大圣,更像是呆头呆脑的八戒,从其手中飞出的几把尖刀,有如古龙小说中对小李飞刀武艺的神奇展示。在"孙行者降伏火龙"回插图①中悟空因师父的白马被鹰愁涧中孽龙所吞,正站在岸边骂阵。那昂首挺胸、威风凛凛的架势,更接近于该刊本插图中对神将形象的塑造。从朱鼎臣本插图对悟空形象的塑造来看,对人物形象的刻画是不统一的。这种不统一表明其插图并非出自一人之手,而是多个创作者依据小说文本内容独立创作的结果。也正是这种人物形象上的不统一,使得朱鼎臣本插图妙趣横生,更增添了小说刊本的神奇性。

朱鼎臣本插图在人神鬼怪的刻画上,尤显独特性。艺术创作源自社会生活,因而,对于一部神魔小说而言,不论是对天上、人间,还是地狱的刻画均带有社会生活的影子;不管是对神仙、凡夫,还是恶鬼的塑造都是对现实生活中人的外形异化、变形、人兽嫁接等而形成。朱鼎臣本亦是如此,但它在人物的形象塑造上,更鲜明生动,特别是对神将的刻画,鲜见于其他小说插图。朱鼎臣本中神将的形象都是雄赳赳、气昂昂的架势。例如,"小圣施威降大圣"回相关插图②展示的是托搭天王高擎照妖镜以防大圣变身难寻的情形。天兵天将奉玉帝旨意下界擒妖,不期十万天兵敌不过一根金箍棒,大圣打得二十八宿落荒而逃、九曜星君败阵而归。插图为突出托塔天王的威武与雄壮,将其塑造成一个身体稍稍后倾,一手高举照妖镜,一手持斩妖杵的神圣不可侵犯的模样,人物衣服和饰带的飘动,更为人物增添了浓郁的神性。图 10-115 则表现天兵天将下界围剿花果山群妖的情形。在图像中,创作者采用烘托和对比的创作手法以突出神将的威武。在人身比例上,将神将的身材高大与妖猴的躯体矮小形成对比;神将呈舞台程式化持刀动作以示勇猛,与小妖回首张望、仓皇失措形成强烈反差;神将驾云就雾、神光笼罩与妖猴赤脚逃奔、慌不择路形成视觉上的对比。

(三) 场景创设的生动性

朱鼎臣本插图与阳至和本、杨闽斋本插图相比,在场景的设置上,背景更加丰富,场景设置与人物活动融为一体,更好地展示了小说故事发生的情景,揭示了画中人物的心理特征。例如,图 10-116、图 10-117 与图 10-118、图 10-119 为两组展示"袁守诚妙算无私曲"节中"渔樵互答"的场景。在图 10-116 中,一个是渔翁张稍,一个是樵子李定。小说交代:"他两个是不登科的进士,能识字的山人。"③

① 见《古本小说集成》编委会编:《唐三藏西游释厄传》,上海古籍出版社 1992 年版,第 403 页。
② 同上,第 140 页。
③ 同上,第 243 页。

此两人整日以打鱼、砍柴为生,泛波在江湖之上,穿荡于山林之中。对于这两个人物形象,如何更好地表现其山林之乐呢?插图创作者并没有局限于小说文本的描述,即"一日,在长安城里,卖了肩上柴,货了篮中鱼,同入酒馆之中,吃了半酣,顺泾河岸边,徐步而回"①,而是变换了空间关系,将两人置于山林之中、松阴之下,以石台为桌,坐于地上饮酒作乐。继而在图10-117中,展示两人酒足饭饱之后解衣盘礴,无拘无束的精神自由状态。为了更好地烘托出各自赖以生存的方式,创作者在图10-118、图10-119中将两人分别置于山林之中和泾河船头。樵夫赤足坐于石头之上,弹指吟咏,逍遥自在;渔夫侧卧船头,指点江山,怡然自得。山清水秀,柴垛扁舟,渔樵互答,此乐何极!伟大的作品总能给人类描述一幅乌托邦的理想世界,《西游记》中的孙悟空不伏麒麟管,不受凤凰辖,追求一种天地任逍遥的自由自在;此处,对两个靠打柴捕鱼为生,物质生活极其简陋、毫无保障的凡夫俗子,以大量的篇幅进行描写并给予极大的赞赏,这是对人间平凡之人精神自由的一种理想化写照,这与仙石孕育的灵物——美猴王所追求的自由是平等的,两者均寄托着创作者的人生理想和价值取向。作为与小说语言文本相映生辉的插图,朱鼎臣本插图创作者以寻常之刻刀,艺术化地再现了作者的精神理想和其讴歌的对象。

图10-116 《唐三藏西游释厄传》插图

图10-117 《唐三藏西游释厄传》插图

图10-118 《唐三藏西游释厄传》插图

图10-119 《唐三藏西游释厄传》插图

朱鼎臣本插图在场景的设置上,精彩之处并非仅限于此。如图10-120展示的是卷三"五行山下定心猿"节中灵官报如来被压五行山下大圣欲出的情形。小说

① 《古本小说集成》编委会编:《唐三藏西游释厄传》,上海古籍出版社1992年版,第243页。

图 10 - 120　《唐三藏西游释厄传》插图

写道：

> 如来再三称谢，教阿傩、迦叶，将所献之物，一一收起回谢。玉帝挽留，如来称谢。只见巡视灵官报道："那大圣钻出头来了。"佛祖道："不妨，不妨。"①

根据这段文本内容，插图创作者可以从多个角度选取表现对象，至少，他可以选取三个人物作为图像的视点中心：被压山下露出头来的大圣、一切尽在其掌控中的如来佛祖、急切前来报信的灵官。但创作者并没有把大圣和如来作为主要表现对象，而是通过灵官报信将前后两者有效地连结在一起。对灵官进行刻画时，通过一个单腿下跪阶前，手指后方的人物形象，将情报紧急、心情急切的灵官塑造得活灵活现，跃然纸上。这种人物形象多见于《三国演义》《水浒传》等以战争为主要表现对象的古本小说插图中，将其用于《西游记》特定的场景中，对司空见惯于天马行空的插图人物的观者而言，更是感到清新与别致。

（四）线条镌刻的流动性

从一定意义上讲，线条是中国人对绘画造型表现形式的民族选择。线条即绘画语言，它区别于版刻技艺，毕竟后者是以刀代笔镌刻而成。但我们以此作为评价朱鼎臣本插图的艺术特点，或许更符合人们对插图的艺术评价习惯。与阳至和本、杨闽斋本插图相比，朱鼎臣本插图在线条上更富有动感和节奏。例如图 10 - 121 对山林猛虎的形象刻画，可以见出创作者无论在躯体、动作和形态上，均较好地塑造出一只呼啸而下、威震山林的猛虎形象，这种艺术效果完全得益于创作者刀法上将曲线、直线、波状线、蛇形线等线条综合应用，生动地表现了所描绘事物的外部特征或内在气质，从而使观赏者产生了美感。这种对虎出神入化的刻画，来自创作者对生活的仔细观察和娴熟的刀法。如果失去生活实践，仅靠艺术想象，创造出的便是了无生气的死虎，也会因失去重力而显得稚拙与平淡。

（五）艺术想象的丰富性

艺术想象是艺术构思"形之于心"阶段的一个重要环节，只有想象丰富，才有可能转化为艺术形象的奇谲与怪诞。康德认为："想象力（作为生产的认识机能）是强有力地从真的自然所提供给它的素

图 10 - 121　《唐三藏西游释厄传》插图

---

① 《古本小说集成》编委会编：《唐三藏西游释厄传》，上海古籍出版社 1992 年版，第 162 页。

材里创造一个像似另一自然来。"①黑格尔也认为:"最杰出的艺术本领就是想象……想象是创造性的。"②也正是由于有丰富的想象力,才使得同一题材的内容经不同创作之手而形成风格迥异的艺术形象。"例如画'黛玉葬花'都是根据《红楼梦》的描述,然而画出来都千差万别,可想而知其中包含着相当多的创造想象和主观因素。"③明代建安小说插图,"粗犷刚健风格一直盛行不衰,成为建阳版画的主流和代表风貌","不作过多的雕琢繁饰,朴实无华"构成了建安插图的总体艺术特色。④ 而在这种朴实无华的插图中,想要创造出让人过目难忘的作品,则需要创作者为想象插上两只飞翔的翅膀。例如,图10-65为朱鼎臣本"蛇盘山诸神暗佑"回中的插图。小说写道:

说不(原作"下")了,马到涧边,三藏勒缰观看,只见那涧中唿喇响了一声,钻出一条龙来,推波掀浪,撺在岩崖之上,就抢长老。慌得个行者丢(原作"去")了行李,把师父抢下马来,回头便走。那条龙就赶不上,把他的白马连鞍辔一口吞下肚去,依然伏水潜踪。⑤

对于小说描写的情景,创作者在艺术构思上当是将龙吞白马作为主要表现对象。这样,就带来两个问题,一是如何表现龙吞白马? 二是如何更生动地烘托出这一气势? 作为中华民族的图腾,龙为似蛇状多足动物,除非将龙放大,将白马缩小,否则在形体比例上并不构成口吞白马的可能,但比例调整又势必会影响艺术效果。创作者以空间分隔的方式将白马指向龙之口,同时,采用虚实结合的方式,仅画马的前半部,仿若白马的后半部已被龙所吞。为了烘托出这一惊心动魄的瞬间,创作者以翻滚的涧水、飞溅的浪花衬托孽龙一跃而起的气势。为了更好地凸显瞬间的惊变,创作者还以白马腾空被龙咬住,回头惊视,岸上的唐僧双腿打颤,惊慌失措之中被行者拉走来烘托龙威和气势。

再如小龙变白马的瞬间定格,这种情形让我们不禁想起著名巴洛克艺术家贝尼尼(1598—1680)的雕塑作品《阿波罗与达芙涅》,当阿波罗即将追上的瞬间,美丽的河神之女达芙涅变成了月桂树。在朱鼎臣本插图中,那龙头马身的怪物,与达芙涅亦有异曲同工之妙。对小龙变成白马,小说描写道:

小龙在水,变一人相,踏了云头,对菩萨礼拜道:"蒙活命,在此等久,更不闻取经人的音信。"菩萨指道:"这个就是取经人的大徒弟。"小龙说:"这是我的对头。他若说出半个'经'字、'唐'字! 却也自然拱服。"菩萨把那小龙项下明珠摘了,将杨柳枝蘸出甘露,往他身上一拂,吹口仙气,喝"变!"那龙就变出原来的马匹。⑥

插图创作者并没有完全按照小说的描写,即没有表现在观世音的杨柳甘露法力下从"人"变成"马"的画面,而是抓住从"龙"变"马"的瞬间定格。为了突出其神

① 康德著,宗白华译:《判断力批判》(上卷),商务印书馆1964年版,第160页。
② 黑格尔著,朱光潜译:《美学》(第一卷),商务印书馆1979年版,第357页。
③ 金开诚:《文艺心理学概论》,人民文学出版社1987年版,第78页。
④ 王朝闻总主编,杨新、单国强主编:《中国美术史·明代卷》,齐鲁书社·明天出版社2000年版,第208页。
⑤ 见《古本小说集成》编委会编:《唐三藏西游释厄传》,上海古籍出版社1992年版,第395页。
⑥ 同上,第404页。

性,创作者依旧将小龙置于涧水之上,在祥云笼罩之中,将一只归入佛门、自愿作为唐僧脚力的小龙马刻画得栩栩如生。

七、清代《西游记》小说插图的创作风格

历史先于逻辑,通过对清代《西游记》插图本诸刊本的梳理,我们见出其不同于明代诸刊本的突出特征。归纳起来,清代《西游记》插图创作呈现出以下几个特点:

(一)人物绣像的出现

徐康《前尘梦影录》云:"绣像书籍,以宋椠《列女传》为最精。"①由此可见,中国古代小说插图可追溯到宋代。《列女传》为北宋嘉祐八年(1063)福建建安余氏靖安勤有堂镌刻,为上图下文刊式。因此,徐康所言的"绣像"指的是带插图的刊本刊刻。"绣像"作为古代小说插图的一种特殊形式,正如鲁迅先生所言:"宋、元小说,有的是每页上图下说,却至今还有存留,就是所谓'出相';明清以来,有卷头只画书中人物的,称为'绣像'。有画每回故事的,称为'全图'。"②从《西游记》小说插图发展来看,清代是绣像产生的时代,且此插图形式十分流行,即便在小说插图进入低谷的乾嘉时期,在情节性插图全无的情况下,依旧能够在卷头看到几幅绣像。可见其深受人们的喜爱,能够达到"诱引未读者的购读,增加阅读者的兴趣和理解"③的目的。

清代《西游记》小说人物绣像从单本数量上来看,要首推稀世绣像本,此本卷前共有人物绣像八十二幅。不仅小说中主要人物有绣像,而且连一些并不重要的人物,如相婆、相良等亦有绣像。图像中的人物动作造型极具戏曲舞台程式化的特点,表明此本插图深受戏曲演出的影响。周心慧在《古本戏曲版画图录·序》中同样指出:"戏曲版画的功用,并不仅仅在于从审美角度来提高图书的艺术欣赏价值,同时也是梨园搬演的图释指南。"④诚如明万历三十四年(1606)刊刻的《新镌蓝桥玉杵记·凡例》所云,"本传逐出绘像,以便照扮冠服",直接道明了插图对戏曲舞台演出具有直接的指导借鉴作用。

清代《西游记》小说人物绣像最为精美的当推新说本插图,在最后一幅犼精的绣像中,左下方落款为"元和吴友如绘",并有篆字"吴嘉猷印"方形图章,"证明这二十幅⑤单人像绘制者,是光绪间名噪画坛的《点石斋画报》主持人吴友如。他的画风,擅工笔,人物仕女、山水界画、花鸟虫鱼,靡不精能。亦擅写意人物"⑥。新说本

---

① 转引自叶德辉:《书林清话》,岳麓书社1999年版,第181页。

② 鲁迅:《连环图画琐谈》,参见《鲁迅全集》(第六卷),人民文学出版社2005年版,第28页。

③ 同上。

④ 周心慧:《古本戏曲版画图录》第1册,学苑出版社1997年版,第13页。

⑤ 据查,新说本卷前人物绣像为十九幅。作者注。

⑥ 苏兴、苏铁戈、苏壮歌:《记味潜斋石印本〈新说西游记图像〉——附记〈古本小说集成〉本〈新说西游记〉》,载《社会科学战线》1994年第4期。

中的人物绣像,最终使《西游记》小说中的人物形象得以形成。无论是手持锡杖、踽踽独行的唐僧;一手持金箍棒,一手搭凉篷,目光如炬,穿行于云彩之间的悟空;于化斋途中躲懒,敞怀裸足,跷着二郎腿,躺在山坡草窠中的八戒,还是肩扛月牙禅杖,行走于江河之上的沙僧,都出神入化地展示了人物的性格特征。"它们是现实主义人物像的杰作,难怪味潜斋本以后的清及民国年间石印本《西游记》,今天一些排印本《西游记》,很多即摹吴友如的四众或复制入册以光篇幅。"①

(二)图像与题赞相互交织

清代《西游记》插图在形式上另一个突出的特点是题赞的出现,并与图像相辅相成,形成"左图右赞"或"前图后赞"等刊刻风格。题赞并非仅仅是与人物绣像相连,它亦与小说插图相结合。如同中国水墨山水画中的题诗一样,赞语多为点睛之笔,或对绣像中人物进行评价,或阐释插图的主旨,或发创作者之感慨,等等。能够出现中国传统书法艺术向小说插图渗透的现象并形成图与文和谐共舞的局面,与清代书籍镌刻技术的日益精湛和石印技术的传入有直接的关系。嘉靖时期研制出了一整套适于工笔白描的刀具和雕刻方法,印墨技巧也有所改进,在一部书内同时刻多幅工笔白描插图根本不成问题②。"殆及晚清,石印之法大行于申江。书肆翻印小说多请名手作画,其细致生动亦复可喜。"③以上两方面原因使得小说插图、赞语能够较好地保持着创作者的原貌,为清代小说插图增添了可读性和艺术魅力。例如,图10-122为乾隆四十五年(1780)《西游真诠》卷前人物绣像,刻如来佛坐于

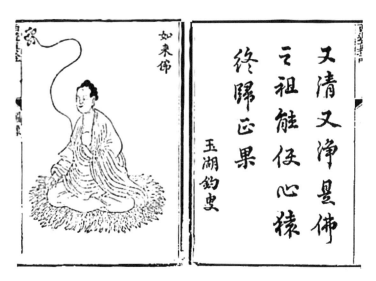

图10-122 《西游真诠》插图

---

① 苏兴、苏铁戈、苏壮歌:《记味潜斋石印本〈新说西游记图像〉——附记〈古本小说集成〉本〈新说西游记〉》,载《社会科学战线》1994年第4期。

② 参见潘吉星:《中国科学技术史·造纸与印刷卷》,科学出版社1998年版,第403页。

③ 戴不凡:《小说见闻录》,浙江人民出版社1980年版,第298页。

莲花台上,创作者意象化地从其手指处延伸出一朵莲花,既突出了莲花与佛教之间的内在象征,又在视觉上增添了人物绣像的动感。与左面人物绣像相对应的是右边玉湖钓叟的题赞:"又清又净是佛之祖,能使心猿终归正果。"既是对佛家六根清净的阐释,又与《西游记》故事情节紧密相连,体现了题赞者较高的文化艺术修养。

(三) 散点透视的情节展示

散点透视是相对于西方绘画焦点透视而言的。西方风景画家作画时,通常都是画家立定或坐定于一个固定处所,面对景物,以景物为对象,由我观物,重在写其眼前所见之物象。而中国山水画家作画,一贯以"画中人"身份作"画中游"。石涛称之为"搜尽奇峰打草稿",所写并不限于画家一时一地的"眼之所见",而常超越固定时空,为"心之所想"。清代《西游记》插图亦受到中国山水画创作的影响,在构图上呈现出散点透视的艺术风格,在情节展示上呈现出图像叙事的特点。例如图10-123为新说本第八十八回"禅到玉华施法会　心猿木母授门人"插图。图像左上方表现的是三个王子拜悟空、八戒和沙僧为师的情形,三个王子跪拜于地,悟空师兄弟三人立于地上,唐僧则端坐于正堂之上。图的右下方表现的则是悟空、八戒和沙僧在三个王子面前操演武器。悟空舞金箍棒于空中,八戒、沙僧操演于地,三个王子惊奇地观看着,唐僧双手合十立于王子身后。莱辛指出,诗是存在于时间中的,画是存在于空间中的。在时间中存在的语言具有不可回溯性,在空间中存在的画只可定格于瞬间,而不可能在空间中展示时间的流动性。也就是说,对于此插图或展示拜师情形,或展示操演武器情形。两者存在于时间中,因此,不可共存于同一空间中。按照西方焦点透视理论,图10-123在逻辑上则是不成立的。但对于中国绘画艺术而言,它则是诗意性成立。再如图10-124展示的是稀世绣像本第四十六回"外道弄强欺正法　心猿显圣灭诸邪"的情节。插图分上下两部分,上面

图10-123 《新说西游记图像》插图

图10-124 《绘图增像西游记》插图,上海图书馆藏

表现的是"云梯显圣",唐僧与虎力大仙赌坐禅。创作者以楼宇一角衬托云梯之高，对唐僧稳坐于台上，而虎力大仙则从台上倒下的瞬间进行定格，展示佛道两家赌斗的胜败。下面展示的是悟空与虎力大仙比砍头再接。瞬间定格的是虎力大仙头被砍下，既而被悟空毫毛所变的黄犬叼走，虎力大仙变成一只黄毛虎的情形。上下两部分插图既与小说情节紧密相连，也存在着因果关系。可以说，清代《西游记》散点透视类型的插图对后世"西游"插图有直接的影响，民国时期的《西游记》插图基本上都采用这种方式，且大多复制于清代刊本插图。

第十一章 《金瓶梅》与图像

开中国古典长篇世情小说先河的《金瓶梅》因为书中有不少情色描写的文字而被视作"淫书",在相当长一段时间内被划入禁毁书之列,如此一来就影响到了它的发行和出版,除了少数文学研究者和爱好者,普通读者往往不能真正目睹它的真实面貌,更不可能对它有全面的认识,以及更深层的理解。即便如此,《金瓶梅》在中国文学史上的重大意义仍是无法被忽视的。与《三国演义》《水浒传》《西游记》这三部奇书的题材相比,《金瓶梅》的世情题材是其最突出的特征,这也就意味着《金瓶梅》的图像将以展现世情世界为中心。《金瓶梅》托宋写明,展示了晚明广阔的社会风俗人情以及形貌迥异、性格不同的各色人物。面对这样一幅辽阔的社会图景和复杂的人物图景,插图绘制者们是如何理解小说文本并将其转化成艺术图像形式的呢? 这实际上就要考察插图绘制者们对作为视觉媒介的插图艺术的运用能力。本章就对《金瓶梅》及其插图本(图册)展开研究,主要通过对插图主题的分析、对插图中人物形象的变迁以及插图形式的演变与艺术特色的探讨对其进行研究,从而帮助我们认识和把握《金瓶梅》与其图像之间的关系。

第一节 现存插图本《金瓶梅》情况概述

在《金瓶梅》文本传播的过程中,插图本是一种重要的传播形态。我国香港学者梅节认为"研究插图的问题很重要。既然插图是全书的一部分,插图的情况在一定程度上也反映这本书的形成先后"[①]。他从插图、卷题、内容文字、评语四个方面考察两部《金瓶梅》版本(上甲本和上乙本),其中插图的依据意义非常大。因此,对《金瓶梅》插图本情况的梳理,不仅有助于在时间的长河中厘清《金瓶梅》版本的先后问题,也有助于我们认识与把握不同版本《金瓶梅》插图的艺术特色及其形式演变。

一、《金瓶梅》版本梳理

在概述《金瓶梅》插图本情况之前,我们首先了解一下《金瓶梅》的版本情况。
目前存世的古本《金瓶梅》,相较于《三国演义》《水浒传》《西游记》《红楼梦》等

---

① 梅节:《上海图书馆藏崇祯本〈金瓶梅〉观后琐记》,载《上海师范大学学报(哲学社会科学版)》2003 年第 1 期。

四大名著而言,数量要少得多。尽管如此,《金瓶梅》的版本系统却仍深受国内外学者的重视和关注。学者们对《金瓶梅》的版本流传系统进行了细致的整理与考辨,提出了各自不同的观点,早期的如中国学者孙楷第的《中国通俗小说书目》、阿英的《小说搜奇录》、戴不凡的《金瓶梅零札六题》、柳存仁的《伦敦所见中国小说书目提要》"第一奇书《金瓶梅》"、张守谦的《〈缺名戏曲小说书目〉及其著录的小说罕见本》以及后来的朱星、刘辉、黄霖、王汝梅、杨彬都对《金瓶梅》的版本进行了搜集与整理①。美国学者韩南的《〈金瓶梅〉的版本及其他》提出"自该年(万历四十五年,1617)至17世纪末年间问世的版本,至少有十四种尚存,其中之一是仅见的手钞本"②"综合此十四种版本,吾人可将其分为三大系统"③。其中收集到的崇祯本共十种十一本。美国学者浦安迪、日本学者鸟居久靖以及我国香港学者梅节和台湾学者魏子云也都对《金瓶梅》的版本问题进行了研究,提出了许多极有价值的观点。这些研究成果为我们梳理插图本《金瓶梅》带来了便利。

总体而言,《金瓶梅》的版本在其流传过程中大体可以梳理出以下三个系统,每个系统都有若干种不同时间、不同地点刊刻的本子④。具体如下:

(一) 词话本系统

成书于明万历和天启年间的《新刻金瓶梅词话》是现存成书年代最早的《金瓶梅》版本,全书近一百万字,称为"词话本"。

词话本都是首有欣欣子序,次廿公跋,后万历丁巳(万历四十五年,1617)东吴弄珠客序,无图。其开卷从"景阳冈武松打虎,潘金莲嫌夫卖风月"开始,前五回皆从《水浒传》有关章节而来。这一系统现存的本子主要有:

1. 原北京图书馆藏本(现藏于台北"故宫博物院")

此书1932年在山西发现,十卷二十册。正文半叶十一行,行二十四字。原书第五十二回缺七、八两页。1933年"古佚小说刊行会"影印了此本,影印本附图一册,每回二幅,共二百幅。图系通州王氏根据崇祯本系统的《新刻绣像批评金瓶梅》提供。1957年文学古籍刊行社据此影印本重印。第五十二回所缺两页,亦以崇祯本抄补。1989年人民文学出版社又重印了此本。1949年以前世界文库、上海杂志

---

① 朱星:《〈金瓶梅〉考证(一)——〈金瓶梅〉版本问题》,载《社会科学战线》1979年第2期;刘辉:《现存〈金瓶梅词话〉是〈金瓶梅〉的最早刊本吗?——与马泰来先生商榷》,载《光明日报》1985年11月5日;刘辉:《〈金瓶梅〉主要版本所见录》,载《复旦学报》1986年第2期;刘辉:《论〈新刻绣像批评金瓶梅〉》,载《文学遗产》1987年第3期;黄霖:《〈金瓶梅〉成书问题三考》,载《复旦学报》1985年第4期;黄霖:《关于〈金瓶梅〉崇祯本的若干问题》,收入《金瓶梅研究》第1辑,江苏古籍出版社1990年版;黄霖:《再论〈金瓶梅〉崇祯本系统各本之间的关系》,载《上海师范大学学报》2001年第5期;黄霖:《〈金瓶梅〉词话本与崇祯本刊印的几个问题》,载《河南大学学报》2006年第1期;王汝梅:《多伦多大学东亚图书馆藏〈金瓶梅〉版本考》,载《吉林大学社会科学学报》1994年第4期;王汝梅:《〈金瓶梅〉三种版本系统》,载《古典文学知识》2002年第5期;杨彬:《崇祯本〈金瓶梅〉研究》,文物出版社2011年版。

② 韩南:《〈金瓶梅〉的版本及其他》,收入《韩南中国小说论集》,北京大学出版社2008年版,第161页。

③ 三大系统分别对应孙目中的《金瓶梅词话》《金瓶梅》《张竹坡评金瓶梅》。

④ 此处参考了詹丹、孙逊:《漫说金瓶梅》(人民文学出版社2007年版)中的观点。

公司、中央书店,1985 年人民文学出版社都排印出版了此本的整理删节本。

2. 日本日光山王寺慈眼堂藏本

此本正文亦为半叶十一行,行二十四字。版式虽与原北京图书馆藏本相同,但正文旁圈点有异,同时第五十二回完整无缺,故知非同一版本。

3. 日本德山毛利氏栖息堂藏本

此本亦为半叶十一行,行二十四字,版本与前列两种词话本相同。不同之处在第五回末页异版,有十行文字明显不同。

(二)崇祯本系统

成书于明崇祯年间的《新刻绣像批评金瓶梅》,全书约有九十万字,称为崇祯本。这个系统的本子或只有东吴弄珠客序,或存廿公跋,但均无欣欣子序,有图二百幅或一百零一幅不等,有评语。此系统的本子对词话本从内容到回目都作了大量删改,如删削了大量的韵文,开卷数回演绎武松事的内容亦删去,代之以西门庆事,第一回回目改为,"西门庆热结十兄弟,武二郎冷遇亲哥嫂",其他回目也都做了整齐划一的修改。在行文中许多方言口语都改为了书面语。这也就意味着该本子是经过文人改定而成的,具有更强的文学性。至于评改者是谁,学界目前尚未有定论,有人推断为李渔,有人认为是冯梦龙,有人说是谢肇淛,也有人认为是汤显祖[①]。

这个系统的代表性本子有:

1. 通州王(孝慈)氏藏本

此本今下落不明,其插图二百幅曾由"古佚小说刊行会"予以影印,附于词话本前,集中装订为一册。世界文库排印词话本时,也曾影印若干插图及第一回一页书影,并据此本加以校勘。

2. 北京大学图书馆藏本

原为马廉(隅卿)藏。二十卷,三十六册。每卷五回,二十卷一百回。存弄珠客序。正文半叶十行,行二十二字。有眉评、行侧评。每回前有图两幅,共二百幅。1988 年北京大学出版社和齐鲁书社分别出版了此本的影印本和排印本(全书)。

3. 首都图书馆藏本

此本原北京孔德学校图书馆藏。二十卷,也是每卷五回,二十卷一百回。但分装成二十册,其中图一册,正文十九册。无序。正文半叶十一行,行二十八字。无眉评,有行侧评。图每回收一幅,只有第一百回收两幅,全书共有一百零一幅图。图后有半叶为"回道人题"。此版本插图"虽仿刻其他版本之插图,但技巧差之远矣。图上未刻插图者之名,尤其第八十一回后之插画极为粗俗,显为次流者所刻"。"由于减掉原有插图的半数,插画者不得不重新安排各图。一般插画者习惯将较有趣的事物搁在画页靠外面、离书中心较远的地方。现在因为减少了插画,有些画的

---

① 持"评改者是李渔"观点的主要是刘辉、吴敢两位先生,持"评改者是冯梦龙"观点的主要是黄霖先生,认为是"谢肇淛"的是王汝梅先生,而说是"汤显祖"的主要是刘洪强先生。

里外便与原来的方向不同。于是,像第三十四、五十六、六十四及七十八回,便如同用镜子反映一样,把画面整个翻转,使刻画者故事中心的人物仍在画页的外围上。"①

4. 其他

此外还有日本内阁文库藏本、日本长泽规矩也藏本(现归东京大学东洋文化研究所资料室)、日本天理大学图书馆藏本、天津市图书馆藏本、上海图书馆藏本(甲、乙两种)。其中日本内阁文库藏本曾由浙江古籍出版社作为《李渔全集》的一部分排印出版。

(三) 张评本系统

成书于清康熙年间的《皋鹤堂批评第一奇书金瓶梅》,全书约有八十万字,因有张竹坡的批评,被称为张竹坡批评本。这个系统的本子首有谢颐序,署为"康熙岁次乙亥清明中浣秦中觉天者谢颐题于皋鹤堂"。多数本子的扉页上题有"彭城张竹坡批评"。张竹坡在崇祯本的基础上对小说正文作了进一步的厘定,并增加了大量评语;此外还写有《凡例》《杂录小引》《竹坡闲话》《非淫书论》《寓意说》《苦孝说》《趣谈》《读法》等,附于卷首。属于这个系统的本子主要有:

1. 康熙乙亥本

不分卷,三十册。正文半叶十一行,行二十二字。无图。无回评,有眉批、行侧批和双行夹批。扉页上端题"康熙乙亥本"。框内右上方署"李笠翁先生著",中间为"第一奇书",左下方署"壬子暮春彭门钝叟订补"。

2. 在兹堂本

不分卷,二十册。正文半叶十一行,行二十二字。无图。无回评,有眉批、行侧批和双行夹批。扉页上端题"康熙乙亥本"。框内右上方署"李笠翁先生著",中间为"第一奇书",左下方为"在兹堂"。

3. 本衙藏板书

不分卷,三十六册。正文半叶十行,行二十二字。有图,每回两幅,共有二百幅,模刻崇祯本而成。有回前评、眉批、行侧批和双行夹批。扉页上端无题,框内右上方署"彭城张竹坡批评金瓶梅",中间为"第一奇书",左下方为"本衙藏板翻刻必究"。1987 年齐鲁书社出版了以此本为底本的删节本。

4. 影松轩本

不分卷,二十册。正文半叶十行,行二十二字。有图,每回两幅,共二百幅。有回前评、行侧批和双行夹批,无眉批。扉页上端无题(另有一种题为"第一奇书"),框内右上方署"彭城张竹坡批评金瓶梅",中间为"第一奇书"(另有一种题为"绣像金瓶梅"),左下方为"影松轩藏板"。

5. 其他

此外还有各种翻刻本,有回前评的如本衙藏板本(乙种,扉页上端题"全像金瓶

① 韩南:《〈金瓶梅〉的版本及其他》,收入《韩南中国小说论集》,北京大学出版社 2008 年版,第 168—169 页。

梅本",框内右上方署"彭城张竹坡批评",中间为"第一奇书",左下方是"本衙藏板"
四个字)、奇书第四种本(乾隆丁卯刻)、玩花书屋藏板本、崇经堂板本;无回前评的
有皋鹤草堂梓行本。

由以上梳理结果可知,在《金瓶梅》的三大版本系统中,插图本情况基本上是这
样的:词话本无插图;崇祯本插图为二百幅,每回两幅(也有的为一百零一幅)。这
些插图有的分插于各回前面(北大本),更多的是单独成册(王氏藏本、上图甲乙本、
首图本);张评本插图不定,有的无图,有的有图。张评本插图是按照崇祯本的构图
布局仿刻的,亦为每回两幅,共二百幅。"但绘刻效果无崇祯本插图的细腻传神感,
画面大多较为简单粗糙,当属明末清初版画中的简拙古朴派的风格。"①张评本问
世后,成为清代以来流行最广、影响最大的版本,以至于普通读者基本不知道还有
前两种版本的存在。现今出版的整理本也多以张评本为底本。

二、《金瓶梅》插图情况梳理

不同于其他奇书,以《金瓶梅》为题材的插图本、连环画以及影视剧在日常生活
中往往很难见到。究其原因,在于"除了作品定性上有阻力外,同时也与这部小说
故事曲折、人物众多,特别是西门庆六个妻妾之间的内部纠纷,头绪纷繁,波澜起
伏,极难用画面来表现有关。又如西门庆极度好色,荒淫成性,种种性事既不能回
避,又不便直露,这也给画家增加了难度"②。据沈津介绍,台北文经出版社于1991
年出版的《千年绮梦》中曾列举了作者所见到的《金瓶梅》八种插画:明崇祯刻本
《金瓶梅》、清人绢画《金瓶梅全图》、清初张竹坡评本《金瓶梅》、民初曹涵美绘《金瓶
梅》、民初张光宇绘《〈金瓶梅〉人物》、民初关山美绘《金瓶梅全图》、民国胡也佛设色
绢画《金瓶梅》、日人原田维夫木刻版画《金瓶梅》。其中,出现在《金瓶梅》中的木刻
版画,最早见于明崇祯刻本。清代版本中也有一些是有图的。但图皆粗劣,都是据
明崇祯刻本的图加以重刻的。又如清光绪三十一年(1905)石印的《新镌绘图第一
奇书钟情传》(哈佛燕京图书馆藏)、光绪三十二年(1906)香港书局石印的《改良绘
图劝善第一奇书》(残本,俄罗斯科学院汉学图书馆藏),两书所绘图像已没有明代、
清初的模样,而演变成另一种古典章回小说的回目前先绘制书中人物肖像的模式,
通常绘制站立的人物,然后每回或每卷或每册前刻有插图,但图都不精致。沈津认
为"画《金瓶梅》图最好的应推民国间胡也佛所绘《金瓶梅秘戏图》"③。王汝梅在
《王汝梅解读〈金瓶梅〉》中提到《金瓶梅》的四种绘画:明刊本《新刻绣像批评金瓶
梅》二百幅,清代《清宫珍宝皕美图》二百幅,二十世纪三十年代四十年代之交曹涵
美《金瓶梅全图》五百幅以及白鹭的文学漫画《金瓶梅》。④

---

① 邢慧玲、邢珺:《崇祯本〈金瓶梅〉插图中的徽派图形艺术考》,载《徐州教育学院学报》2008年第3期。

② 陈诏:《出版说明》,见《金瓶梅画集》,上海书店出版社2003年版。

③ 沈津:《〈金瓶梅〉的绘图——兼说胡也佛》,载《收藏》2011年第3期。

④ 王汝梅:《王汝梅解读〈金瓶梅〉》,时代文艺出版社2007年版,第249—250页。

在学界前辈们的研究基础上，我们可以将《金瓶梅》的插图情况作如下梳理。鉴于明代崇祯本系统内部各本子以及张评本系统内部本子的插图均与《新刻绣像批评金瓶梅》插图相同或相似，在此故将这两个系统的插图归为一种来考察，即崇祯本《金瓶梅》插图。目前我们还能见到的另一种明清时期的《金瓶梅》插图是清代雍正、乾隆年间的绢画《清宫珍宝皕美图》。此外，民国时期曹涵美的《金瓶梅全图》以及张光宇所绘的《〈金瓶梅〉人物》也是有关《金瓶梅》的插图。到了当代，越来越多的画家加入到《金瓶梅》插图绘制的队伍中来，代表人物有戴敦邦、傅小石、朱新建、李文江等。

（一）崇祯本《新刻绣像批评金瓶梅》插图

晚明，书坊主们为了促进书籍销售往往在书籍中插附评点和插图，"评点固然代表评点者对文本的意见，插图也常是根据文本的情节转译为图，亦可说是插绘作者对文本的理解与诠释"①。有论者指出："文学插图作为'插附'在文学书籍中的图像作品，其基本功能便是'文之饰'，即以图绘的形式描画和展现文学作品的主要内容，是文学作品的形象化、感性化、直观化。它通过线条、色彩、构图等图像形式吸引读者注意，增加阅读的兴趣，'召唤'着读者进入接受语境。"②此时，差不多无书不插图，无图不精工，《新刻绣像批评金瓶梅》便是这一时期的出版物。它因在杭州刊印而被郑振铎称为"武林版③《金瓶梅》"。1993 年，广西美术出版社出版了一本《金瓶梅插图集》，这是根据明代崇祯间刻本《金瓶梅》中的插图而翻印的。

崇祯本之得名，在于郑振铎对插图进行考察时发现常见于插图画面中的几个刻工的名字同时出现在崇祯年间刊刻的其他书籍中。特将原文著录于此：

明末版的插图，凡一百页，都是出于当时新安名手。图中署名的有刘应祖、刘启先（疑为一人）、洪国良、黄子立、黄汝耀诸人。他们都是为杭州各书店刻图的，《吴骚合编》便出于他们之手。黄子立又曾为陈老莲刻《九歌图》和《叶子格》。这可见这部《金瓶梅》也当是杭州版。其刊行的时代，则当为崇祯间。④

孙楷第在《中国通俗小说书目》中也提到崇祯本，他说："以上诸本皆无欣欣子序，盖皆崇祯本。"⑤

对于崇祯本《金瓶梅》插图，迄今尚无研究专著，不过，在一些版画研究著作以及《金瓶梅》的研究著作中，对其皆有所提及，存在相关论述。据《中国版画史略》的记载，我们知道《金瓶梅词话》的一百回插图是"明季末年在新安黄氏一家的健将合力下的制作"。这一百回插图，"是在明末插图中最细腻繁伙而又工整和富于变化的。同时也是刻工劲挺圆润兼而有之的杰出创作"⑥。

---

① 马孟晶：《〈隋炀帝艳史〉的图饰评点与晚明出版文化》，载《汉学研究》1999 年第 2 期。
② 张玉勤：《论明清小说插图中的"语—图"互文现象》，载《明清小说研究》2010 年第 1 期。
③ 武林是杭州的旧称。
④ 郑振铎：《谈〈金瓶梅〉》，转引自《名家眼中的金瓶梅》，文化艺术出版社 2006 年版，第 46 页。
⑤ 孙楷第：《中国通俗小说书目》，作家出版社 1957 年版，第 116 页。
⑥ 郭味蕖：《中国版画史略》，朝花美术出版社 1962 年版，第 78 页。

陈平原在《看图说书》中用了四章的篇幅来谈《金瓶梅》绣像，肯定其艺术价值和写实性，但他"更关注画家/刻工是如何领会和体贴小说，并最大限度地化解文字与图像之间的隔阂，以达到真正的'图文并茂'"①。《中国版画史略》在谈到崇祯本《金瓶梅》插图时，从画面内容和艺术特征方面对其给予了很高的评价，认为"从第一回到第一百回，每幅的构图，毫不雷同。通过这百幅画面，使读者可以见到数百年前的社会上形形色色的各阶层的代表人物。从人物的眉目传情中，更可以体验出各阶层人物的思想，作者更以写实的创作精神把当时中等以上富豪人家的家庭状况和享用服饰等，一一的捉写在图版中，更表达了富有说服能力的现实风格。从版图中，可以见到园亭楼阁，回廊曲槛，假山竹树，棕榈芭蕉；也可以见到溪桥村舍，古道垂杨，城郭衙府和酒肆茶场。更条理的安排了迎娶、赏灯、闹烟火等等的多人物的场面。同时大胆的利用俯瞰法的透视，布置了景物，给予读者以稳定而又十分舒适的感觉"②。

崇祯本《金瓶梅》插图是最为大家所熟知的，也是目前发现的最早刊刻的《金瓶梅》插图本，并成为后来诸插图本覆刻或覆印的底本，颇受研究者的重视。郑振铎曾指出："清人所刊之小说传奇，多半没有插图，即有之，亦愈益趋于简陋，几无一可观者。例如在这时刊的一本《金瓶梅》，其插图亦不少，且是翻刊明刊的，论理应该略略像样，而竟乃粗鄙万状，不堪寓目，所有人物，已俱辨不出其为人矣。"③可见，清人所刊的这本《金瓶梅》插图是毫无质量可言的，实在无法与它的原刻本崇祯本相提并论。曾钰婷在其硕士学位论文中指出："《金瓶梅》也有不同版本的插图，有明崇祯间刊本《新刻绣像批评金瓶梅》所附的两百幅绣像，以及清人彩色绢画《金瓶梅全图》。相较其他小说，也许是因内容多涉情色流通不如其他小说广泛故插图版本较少；或者为《金瓶梅》这样以人物对话为主要特色的小说，作画本身就具备一定的困难程度；又或许是崇祯本的绣像过于精美，其余书坊无法出其右，便翻刻挪用此版绣像，却受限于印刷技术与木版品质，其余翻刻崇祯本的绣像仍显粗糙，至今崇祯本绣像仍被公认是《金瓶梅》的最佳插图，也是徽派版画的代表之一。"④这一段话告诉我们插图本《金瓶梅》的版本情况，造成其"插图版本较少"的原因，以及崇祯本绣像在《金瓶梅》插图中的地位等情况。

明清小说插图常常使用"款识"⑤。小说插图的款识种类一般有图名、题诗、说明性文字、标题、图注、刻工姓名等。款识形式多样，有的在方框中，有的不带方框；有的在上边正中位置，有的在插图的左右两边，还有的不规则地刻在画上。崇祯本《金瓶梅》插图也使用了款识，主要是注有刻工姓名，"刘启先""黄子立"等，也正是因为这些刻工的姓名，郑振铎才得以推出绣像本出现的时间。刻工的署名情况是

① 陈平原：《看图说书——小说绣像阅读札记》，生活·读书·新知三联书店 2003 年版，第 43 页。
② 郭味蕖：《中国版画史略》，朝花美术出版社 1962 年版，第 78 页。
③ 郑振铎：《插图之话》，收入《郑振铎艺术考古文集》，文物出版社 1988 年版，第 16—17 页。
④ 曾钰婷：《说图——崇祯本〈金瓶梅〉绣像研究》，台湾师范大学硕士学位论文 2010 年。
⑤ 款识有两种解释：一为古代钟鼎彝器上铸刻的文字，另一为在书画上的题名。

这样的：在二百幅插图中，其中有三十二回有刻工署名。第一回，署名"新安刘应祖刻"；第二回、四回、三十五回，署名"黄子立刻"或"黄子立"；刘启先署名的有二十回，署名"新安刘启先刻"或"刘启先"；洪国良署名的有六回，署名"洪国良刻"或"国良刻"；黄汝耀署名的有两回，署名"黄汝耀刻"或"黄汝耀"。剩下的一百六十八回则没有刻工署名。除了刻工姓名，插图中还有其他款识（这一点将在下文论述）。

鲁迅在《且介亭杂文·连环图画琐谈》中说："宋元小说，有的是每页上图下说，却至今还有存留，就是所谓'出相'；明清以来，有卷头只画书中人物的，称为'绣像'。有画每回故事的，称为'全图'。"①汪燕岗对"绣像"作过分析，指出："'绣'意为精工郑重、精雕细琢，'像'在当时还是指故事情节图，书坊主'绣像'二字不过表明自己的图比别人精美罢了。'绣像'一词出现相对较晚，万历中后期，江南各地版画深受新安派风格之影响，转而为工细婉丽，诗人称为'绣梓'，'绣'的原意是用彩色线在布帛上制成花、鸟等图案。'绣像'一词的来历当与此有关，而不少插图的艺术水平确也当得起'绣像'之称。"②《新刻绣像批评金瓶梅》插图运用白描写实的表现手法，绘制用心，镌刻精良，当得起"绣像"之称。"绣像"一般指的是人物肖像，但是崇祯本的"绣像"却不同，它是实实在在的故事图，这样的插图不是为了描绘人物的相貌，而在于表现故事情节，"为了烘托人物，这种插图一般都会有背景"③。图中背景或为室内家居环境的描绘，或为室外自然环境的镌绘。

王汝梅说崇祯本《金瓶梅》插图是"忠实于原著，又不拘泥于原著，是百回回目的形象化题解，特别注重回归日常生活世界，对世态人情刻画入微，具有浓厚的写实风格与平民趣味。画面构图采用直线、斜线、正圆弧线及弧线与直线交叉等新技法，像小说文学本身一样，已具有前近代艺术成分，形成我国古典文学插图的杰作，是我国古代的艺术瑰宝"④。又如裴沙指出的"《金瓶梅》插图的作者，就是这样凭藉自己丰富的社会生活体验和出众的艺术才华，以真实生动的艺术形象，画出了自朝仪到狎妓、从内宅深院到酒肆村店等等中国明代社会广阔的生活场景；画出的娶亲、开宴、放烟火、赏花灯、解禳、荐亡、出殡、上坟等等丰富的风俗习尚；画出了从打情卖俏到欺行霸市、从阿谀献媚到贪赃枉法等等人情世态；画出了从达官显贵到三教九流以及市井小民等等社会各色人等的真实面貌；从紫衣蟒带直画到精赤条条，真所谓，其华衮，还其本相。甚至连家具器皿，也是一律地道的明代样式，具有很高的史料价值和认识价值"⑤。

我们知道，崇祯本插图属于回目画⑥，二百幅插图的标题与小说一百回二百条

---

① 鲁迅：《且介亭杂文·连环图画琐谈》，收入《鲁迅全集》（第六卷），人民文学出版社1981年版，第27页。

② 汪燕岗：《古代小说插图方式之演变及意义》，载《学术研究》2007年第10期。

③ 徐小蛮、王福康：《中国古代插图史》，上海古籍出版社2007年版，第297页。

④ 王汝梅：《王汝梅解读〈金瓶梅〉》，时代文艺出版社2007年版，第249页。

⑤ 裴沙：《亡国之鉴——试论〈金瓶梅〉的思想及其插图的艺术》，载《明清小说研究》1993年第3期。

⑥ 回目画指的是正文内容与文字相对应的连续性故事插图。参见颜彦：《中国古代四大名著插图研究》，社会科学文献出版社2014年版，第31页。

回目一致，正如裘沙所言，"《金瓶梅》插图，实际上成了回目的形象化的题解"①。然而，插图并非是对回目的简单图解，而是插图绘制者有意识的再诠释、再创造。

（二）《清宫珍宝皕美图》

《清宫珍宝皕美图》单独成册，为绢本画，原本系清初宫廷画师依据《金瓶梅》故事情节而绘制，所以按原书章回题目——配图。其画面的构图布局也是脱胎于崇祯本插图。据沈津介绍，《清宫珍宝皕美图》为民国间珂罗版本，有两种版本，第一种为一函五册，每册四十图，合共二百图；第二种为一函四册，每册四十二图，合共一百六十八图。两者的区别在于前者有春图，后者则在影印时删去，当可视为"洁本"。这些绘图较之明崇祯间所刻版画，构图要胜出许多，诸如人物形象、亭台楼阁、假山竹树、回廊曲槛、棕榈芭蕉、浮桥村舍、城郭衙府、酒肆茶舍等，均有细致描绘。至于图究竟为何人所绘，时至今日仍无人知晓。由于影印本的扉页上印有"五福五代堂古稀天子宝""八征耄念之宝""太上皇之宝"三玺，又题名"清宫珍宝"，故可证原物旧藏清宫大内。1992 年，北京书目文献出版社拟出版《清宫珍宝皕美图》，但未果。这或许因为画作内容较为敏感的原因。② 画册现收藏于美国的纳尔逊—艾金斯艺术博物馆。本文所见的《清宫珍宝皕美图》（以下简称《皕美图》）二百幅为台湾学者魏子云编著的《金瓶梅研究资料汇编》所附的插图。

目前，学界对《皕美图》的研究尚未完全展开。现知最早是郑振铎在《插图之话》中曾提及它，"仇英、唐寅、陈洪绶诸人是这时（明万历年间）的大画家，他们所作的插图俱很不少，仇英的《汪辑列女传》插图，是有名之作。传谓王世贞的短篇小说集《艳异编》，卷首有十二幅插图亦为仇英所绘。近来发见《金瓶梅》插图二百幅（每回二图）绢本精绘，相传亦为他所作，因为是原绘的手稿，不曾经过刻工之手，所以更有精神，更细腻"③。此处所说"《金瓶梅》插图二百幅绢本精绘"当指《皕美图》。至于是否是仇英的作品，至今没有见到其他有力的证据。虽然寥寥数语，但由此我们可知这二百幅插图属于上乘之作。台湾《金瓶梅》研究专家魏子云曾指出："我们选印的两种插图，一是大家悉知常见的新安名手黄子立等人的木刻，此图在民国廿二年间北平古佚小说刊行会，附印在《金瓶梅词话》中，因而流传甚广，见者亦多。而另一种则是乾隆间故宫藏彩色本，后经民国初年的上海某出版者，据以采用克罗印成黑白色，印行极少，只流行朋侪间，见者亦少。看来，只似脱胎黄子立等人的木刻，但仍有异样，底本是否另有所据？ 却也是一研究的问题。"④此处所说的乾隆间故宫藏彩色本即是《皕美图》。"底本是否另有所据"至今仍是一个谜。

《金瓶梅》研究专家王汝梅给予《皕美图》很高的评价："《清宫珍宝皕美图》二百幅，每回两幅，单独存在，已类似于现代的连环画，虽在明刊本插图基础上绘制，但

① 裘沙：《亡国之鉴——试论〈金瓶梅〉的思想及其插图的艺术》，载《明清小说研究》1993 年第 3 期。
② 沈津：《〈金瓶梅〉的绘图——兼说胡也佛》，载《收藏》2011 年第 3 期。
③ 郑振铎：《插图之话》，收入《郑振铎艺术考古文集》，文物出版社 1988 年版，第 9 页。
④ 魏子云编：《金瓶梅研究资料汇编》，台湾天一出版社 1987 年版，第 9 页。

不是作为插图而存在,是关于《金瓶梅》的第一件连环画,有其开时代先声之意义。"①由此可知《晒美图》在《金瓶梅》插图史上的重要地位,"有开时代先声之意义"。《晒美图》不仅观照文本,与回目内容对应,而且善于描绘人物的生活环境,特别是室内环境。注重细节的描绘,室内家具、墙上装饰物、屏风上的画作等都清晰可见。那么,《晒美图》与崇祯本插图之间是什么关系呢?

余岢在其论文中对《晒美图》作了认真的思考,提出了很多疑问。据他研究,"曾谈及此画册名字的文章,据查有施蛰存标点的全一百回、分五册的删节本《金瓶梅词话》(1935 年 10 月出版),内附《晒》图 8 页。还有从日本大安本缩印而成的《金瓶梅丛刻》,内附有《晒》图"。他还比较了崇祯本插图和《晒美图》,认为:"从画面上判断,《晒》当成画于崇祯本二百幅插图之后。因显而易见《晒》画中有相当多的画,其画面的构思实基于崇祯插图,有的是崇祯插图剪裁后的再创作,也有的是删枝去蔓、剔除崇祯插图中的不合理部分的新作,或竟是崇祯插图的'特写'、'细部'。"紧接着他提出疑问:为何这样一部画面精美的画册没能替代崇祯本绣像被吸收进《金瓶梅》而流行?对此,他给出的解释为:它是一个或数个有文学修养、熟黯《金瓶梅》内容的文人画家的精心之作,画成后没能刻版流传,出现后只是停留在清宫等上层社会,并即被珍藏而"湮没"无所见。② 同时认为"《晒》图不只是《金瓶梅》的画册,它更是明代民众生活的大写生,是一幅用多个画面联合反映一个时代社会风貌的'清明上河图',因此它的价值是无法估计的。它无疑是汉民族悠久文化中的一件珍品。表现了我国从封建主义末期开始迈步向资本主义时期过渡的'社会转型'期、'世纪交替'时的市民生活,因而具有了'纪念物'的性质"③。

《装饰》杂志曾于 1995 年第 2 期发表过两篇有关绘本《金瓶梅》图册的文章,其中一篇认为"唯有这部清初绘本《金瓶梅》图册是现存于世而较为完整的善本图录了""绘本《金瓶梅》图册因无题识,故难断其绘制年代、作者及其他。倘若以其中某些构图形式来与明代崇祯本《金瓶梅》之插图相对比则可知此图册绘制年代当在插图本出现之后,约绘于清代雍正、乾隆(公元 1723—1795)年间"④。揭示了《晒美图》绘制的年代。另一篇文章则认为:"如同小说所表现出来的巨大艺术魅力一样,绘本《金瓶梅》图册不仅是一部形象的中国封建社会后期社会生活的生动画卷,同时也为后人保留了不少建筑、园林、家具陈设、服饰以及民俗学、图案学等方面的珍贵资料,对于研究和发掘传统的工艺美术更有相当的认识价值和启发意义。""如果说《金瓶梅》小说是一部中国十六世纪的风俗史的话,那么绘本《金瓶梅》就是一卷不可多得的、搜集详备的风俗画。"⑤充分肯定了清绘本《金瓶梅》图册的认识价值和研究价值。

① 王汝梅:《王汝梅解读〈金瓶梅〉》,时代文艺出版社 2007 年版,第 249 页。
② 余岢:《〈清宫珍宝晒美图〉考辨——明〈金瓶梅〉画册探析》,载《济宁师专学报》1996 年第 1 期。
③ 同上。
④ 王树村:《全凭人力补天工——清绘本〈金瓶梅〉图册鉴赏与研究引言》,载《装饰》1995 年第 2 期。
⑤ 孙建君:《生动的历史社会生活画卷——清绘本〈金瓶梅〉图册的研究价值》,载《装饰》1995 年第 2 期。

尽管《䌽美图》有着极强的欣赏价值和认识价值，不过有一点值得我们注意，即它仅是宫廷画师所绘的供上流社会观赏的作品，并未进入寻常百姓的生活，它远远没有流传开来。

（三）曹涵美《金瓶梅全图》

时至今日，《金瓶梅》仍背着"淫书""黄书"之恶名，为何二十世纪三十年代的曹涵美如此大胆，选择《金瓶梅》作为自己的连环画创作对象呢？对此，他曾自述"是出于那个时代模特儿风起潮卷的影响。如专画人体，未免单调，要有故事联系，才能体现人物性格，且可起伏变化吸引读者，于是选择了写尽封建社会丑态的《金瓶梅》"。据有关资料介绍，曹涵美早年曾画过《兵变画谣》等适应时代要求的漫画，也画过《钟进士斩妖》等古题新解的漫画，还画过《渔娘哀史》《貂蝉》《长恨歌》等长篇故事连环画。这些都为《金瓶梅全图》的创作积累了经验。

《金瓶梅全图》属于漫画连环画，它"轰动当时，享誉至今，无愧为现代'连坛'横空出世的一部杰构"[①]。据王汝梅考证，曹涵美《金瓶梅全图》有两种：两集版本与十集版本。早期画的《金瓶梅》分三部分发表：1.《金瓶梅》，刊载在《时代漫画》，1934年2月出版。2. 李瓶儿，刊载在《独立漫画》，1935年8月出版。3. 春梅，刊载在《漫画界》，1936年出版。后两种都依次插入《金瓶梅全图》中。

早期《金瓶梅全图》共出两集，每集三十六幅图。第一集于1936年6月1日出版，第二集于1937年7月1日出版，由上海时代图书公司发行。第一集有邵洵美题序、贺天健题序。并有曹涵美文章《画金瓶梅果真低级吗》。第二集有姚灵犀题序，曹涵美撰文《感谢诸君赐评》。有人评说《金瓶梅全图》："曹君之画，古味若唐宋人，阅者欣赏；但现代色彩，自然流露，如画地板，将木纹画出，线条太多，图惹人目乱，改之，则全美尽善矣。"曹涵美反对"复古从旧"，认为"在我，非有创造，不能争胜古人"。他自云不愿重复《䌽美图》之画法。

曹涵美在早期《金瓶梅》画作的基础上，采纳了来自读者的意见，重新绘作《金瓶梅全图》，今存十集五百幅图，由民国新闻图书印刷公司出版。第一集于1942年1月出版，2月再版。卷前有包天笑《介绍金瓶梅全图》，卷末有马午《读曹涵美画金瓶梅》。

曹涵美于1941年开始重新画《金瓶梅》，先在报刊上连载一部分，后编集分十册在1942至1945年陆续出版。浙江人民美术出版社于二十世纪八十年代出版了《金瓶梅全图》连环画。2002年，又由浙江美术出版社重印出版。2003年上海书店出版社出版了作为民国美术资料汇编的《金瓶梅画集》（上下册）。

曹涵美画《金瓶梅》不按回目，而是依据画意，逐节绘图。虽然号称《金瓶梅全图》，事实上十集五百幅图仅包括《金瓶梅》第一至三十六回前半内容。为何只画这三十多回至今仍是个谜。第五百幅画第三十六回"翟谦寄书寻女子，西门庆结交蔡状元"上半回，止于"再不，把李大姐房里绣春，倒好模样儿，与他去罢"。由此可见，

---

① 高信编：《新连环画掠影》，上海远东出版社2011年版，第18页。

曹涵美的《金瓶梅全图》是件未完成品，如若按已画插图对应的回目数与小说回目总数比例来看，完成品应为一千五百幅之《金瓶梅全图》，真可谓："兰陵笑笑生创作的是部伟大的小说《金瓶梅》，曹涵美画的是部伟大的图画《金瓶梅》。"①

曹涵美早期的《金瓶梅全图》一、二集，七十二幅图，与四十年代画《金瓶梅全图》十集五百幅图相比较有变化、有发展。早期画作重布景，多大场面，用鸟瞰透视；四十年代的画作重人物、重表情，用平面透视。曹涵美的《金瓶梅》画，虽用现成题材，但不附和现成题材，而能超越现成题材。虽用旧章法，却有新创造，布局独特，每一幅有一幅之情绪。

曹涵美早期的七十二幅《金瓶梅全图》今已不易见到。四十年代画《金瓶梅全图》十集五百幅，每页上图下文，图侧有一句《金瓶梅》原句，起标题作用。

《金瓶梅全图》从何处开始，第一幅画什么人物，曹涵美是经过精心构思的，词话本第一回"景阳冈武松打虎，潘金莲嫌夫卖风月"，是从武松打虎，武大、武二相会开始的。而崇祯本、张评本第一回均为"西门庆热结十兄弟，武二郎冷遇亲哥嫂"，是从热结十兄弟开始的。从《金瓶梅全图》引文与构图来看，曹涵美是以张评本为底本改编成绘画的。两集版本第一集前二十八幅都是以潘金莲为人物中心画的，第二十九幅画金莲嫁进西门庆家参拜吴月娘。第一集第一幅画便在介绍潘金莲。图下摘录了原文："这潘金莲却是南门外潘裁的女儿，排行六姐，因她自幼生得有些姿色，缠的一双好小脚儿，所以就叫金莲。"裁缝店、缠小脚都在插图中得到了具体呈现。

《金瓶梅全图》在当时称得上是惊世之作，引起了社会上的广泛注意，得到了不少好评。邵洵美认为它笔致精工：每一人物，眉挑目语表情生动，又合各自身份，妙手写来吹毫欲活，嬉笑怒骂曲尽其态；布局奇特，华厦深院街坊茶舍一目了然，另物杂件各有交代，一张有一张的情绪；且独出机杼，自成一家风骨，虽用旧章法，却有新创造。更难能可贵的是：根据书意逐节绘图，读者不读原文就知全书详情。当时的发行广告词则有："文固奇书，画也佳作。曹画而无金瓶梅原文，便不能显曹画之能；金瓶梅原文而无曹画，便不能穷金瓶梅原文之妙！读曹画，不读原文则可，因已传神得一目了然；不读曹画，读原文，则不可，好比瘾没过足也。"②广告语难免有溢美之词，但在一定程度上足以说明曹画在艺术上的巨大成就。其他的如沈津说"曹君所绘，上图下文，乃根据全书旨意，逐节绘图，即使不读原文，单看曹君图文，也可贯通前后情节。画中人物，笔致精工，线条之勾勒以及造形颇具动态，又于华厦深院、街坊茶舍、室内陈设均有交代。所以署名慧子者说：'曹涵美先生乃擅绘工笔画，闻于世。现在把这《金瓶梅》作为连环画的题材，以异常工细之笔触，圆熟的技巧，表现出人物的动态、背景的布置，一丝一毫，没有含糊，十分大胆，十分细腻，可以说达到了素描画的艺术最高峰'"③。王汝梅认为"读《金瓶梅》研究文本

---

① 王汝梅：《王汝梅解读〈金瓶梅〉》，时代文艺出版社2007年版，第242页。
② 绡红：《邵洵美精心推介〈曹涵美画金瓶梅全图〉》，载《博览群书》2009年第12期。
③ 沈津：《〈金瓶梅〉的绘图——兼说胡也佛》，载《收藏》2011年第3期。

时，又读《全图》，确实可以图文并茂，相得益彰。《全图》在二十世纪三十年代四十年代，在《金瓶梅》的研究与传播方面，起到了积极的作用，在《金瓶梅》研究与传播史上，可与郑振铎的《谈金瓶梅词话》(1933)、吴晗的《金瓶梅的著作年代及其社会背景》(1934)、姚灵犀的《瓶外卮言》(1940)相比美，成为《金瓶梅》现代研究热潮中的一朵鲜葩"①。杨扬以为"现代画家中先后有人对《金瓶梅》作绘画表现的探索的确取得了可贵的成绩。曹涵美在二十世纪三四十年代绘制出版的《金瓶梅全图》，就是其中有代表性的一种"。② 张奇明认为《金瓶梅全图》为"藏家精品"。③ 朱水蓉说"《金瓶梅全图》作品的艺术性是我国三四十年代连环画创作最高水平的代表作之一"④。许志浩在《漫画家曹涵美及其〈金瓶梅〉插图》一文中对曹涵美的生平及他创作《金瓶梅全图》的情况作了详尽的介绍。⑤ 不过也有持不同意见的，如当代画家戴敦邦认为曹涵美的"作品风格装饰流畅，并具幽默，是颇能引起读者会心一笑的一部不完整长篇连环漫画"，同时指出他"在人物的刻画上犯了千人一面概念化的弊病"⑥。但不管怎样，《金瓶梅全图》是一部有着较强艺术性的连环画作。

（四）张光宇绘《〈金瓶梅〉人物》

张光宇是曹涵美的胞兄，以画漫画、插画而闻名，但他也是一位长期被忽视的艺术家。他的人物设计非常精彩，曾经先后为《林冲》《民间情歌》《西游漫记》《水泊梁山英雄谱》等绘图。他对《金瓶梅》这一题材亦颇感兴趣，"于 1933 年创作了《紫石街之春》这幅融合中西画艺为一体，带有浓厚装饰风味的单幅画，他自己称之为新的中国画。徐悲鸿先生见后倍加爱赏，特地将此画带到莫斯科参加国际画展。这是《金瓶梅》所借《水浒传》中西门庆与潘金莲初次相识的情节以新型绘画样式出现于世界画坛"⑦。而《金瓶梅人物》插图作于 1948 年，附于孟超所著《〈金瓶梅〉人物》(写于 1940 年)一书中，共画了二十七个人物，其人物顺序依次为潘金莲、春梅、林太太、王婆、常时节、如意儿、贲四嫂、蒋竹山、孟玉楼、孝哥儿、郑爱月儿、花子虚、宋蕙莲、王三官、迎春、应伯爵、李瓶儿、玳安、李娇儿、韩道国、吴月娘、陈敬济、孙雪娥、李桂姐、王六儿、秋菊、西门庆，插图共五十一幅，其中李瓶儿、李娇儿、贲四嫂只有一幅插图，其余人物均配两幅插图。

人物插图可分为有背景与无背景两种。譬如帝王后妃图，往往是不设背景的，多为半身像，且表情过于严肃一致。而张光宇所绘的《〈金瓶梅〉人物》插图，除了人物，还画有背景，画家将人物置于一定的环境背景衬托中，增强了人物处于特定情境中的动感。由于插图是附于《〈金瓶梅〉人物》这部书中的，所以画家在有的插图

① 王汝梅：《王汝梅解读〈金瓶梅〉》，时代文艺出版社 2007 年版，第 246 页。
② 杨扬：《〈金瓶梅全图〉的文化和艺术价值》，载《古典文学知识》2002 年第 5 期。
③ 张奇明：《藏家精品——〈金瓶梅全图〉》，载《美术之友》2003 年第 1 期。
④ 朱水蓉：《古为今用，洋为中用——〈金瓶梅全图〉连环画出版》，载《美术之友》2003 年第 1 期。
⑤ 许志浩：《漫画家曹涵美及其〈金瓶梅〉插图》，载《世纪》2003 年第 3 期。
⑥ 戴敦邦：《吾为什么画〈金瓶梅〉》，见《戴敦邦绘刘心武评金瓶梅人物谱》，作家出版社 2006 年版，第 5 页。
⑦ 同②。

画面中题有文字：如"风云人物春梅"，这与孟超给予春梅的评论一致，请看图11－1。一般说来，历代人物仕女图，往往有类似之感，通常有区别不大的程式化描绘。但张光宇所绘《〈金瓶梅〉人物》画，摆脱了旧有的模式，用略带夸张的手法描绘出各种人物的身份、个性和命运，对人物画的表现有创造性的改变。人物形象生动，个性鲜明。中国的绘画传统强调"以形写神，形神兼备"，通过外在"形"的描绘和塑造来表现内在的"神"。正如有论者指出的："可以说，在为书籍插图所作的白描人物画方面，张光宇是继明代陈老莲之后又一座高峰。他的线条，保留了陈氏'清圆细劲，森林然如折铁纹'的特点，但没有他的苦涩；他的变形，似乎更符合民间年画和版画变

图11－1　张光宇绘庞春梅

形的规则，没有陈老莲那么多的文人味……使他特别善于抓住本质而不及其余，一举手，一投足，都是最具表现力的一霎那，笔墨无多，形神赅具。"①

（五）戴敦邦绘《金瓶梅》

有"民间艺术家"称号的戴敦邦曾为四十余部中国古典文学巨著的人物群像作画，包括《水浒传》《红楼梦》《金瓶梅》等，而为《金瓶梅》绘制插图是戴敦邦图绘中国传统名著的"封笔之作"。目前已出版的有《戴敦邦绘刘心武评金瓶梅人物谱》（作家出版社2006年版）和《戴敦邦彩绘金瓶梅》（荣宝斋出版社2011年版）。

在《戴敦邦绘刘心武评金瓶梅人物谱》一书中，刘心武对小说中的五十五个人物进行了点评，戴敦邦为这五十五个人物作了七十二幅人物画。该书分上下两册，其中上册为戴敦邦绘《金瓶梅人物谱》，下册为刘心武评《金瓶梅人物谱》，绘和评最后合集出版。对像西门庆、潘金莲、李瓶儿、庞春梅这样的主要人物绘制多幅插图，力求全方面展示人物的性格特征，而其他人物只有一幅插图。图像占据了页面的大部分，图像旁均有画家对人物的评点，或短或长，图文并茂，可以帮助读者更好地把握人物形象。戴敦邦曾说："我的创作必须是艺术。所有可能涉及到情色的情节，我都绝对地控制在艺术品许可的范围内。比如说，不从正面去描摹，选取更合适的角度，含蓄地表达原著的含义。""书中收入了五十五位人物共计七十二幅画作，基本涵盖了全书的情节，也就是说，没有读过《金瓶梅》的读者，看我的这本图谱也不会有什么问题，因为情节是完整的。"②

在《戴敦邦彩绘金瓶梅》中，戴敦邦选取了《金瓶梅》中的三十二个人物以及四

① 王鲁湘：《"吉普赛画家群落"与张光宇——一个早熟而超前的自由画家》，载《装饰》1992年第4期。

② http：//news.xinhuanet.com/shuhua/2007-03/07/content_5811267_1.htm

十个故事加以绘制。与《戴敦邦绘刘心武评金瓶梅人物谱》相比,《戴敦邦彩绘金瓶梅》中很多人物图与其是一致的,不过也删除了部分人物,比如应伯爵、武松等,不知为何故。就人物画而言,版式不固定,或左图右文,或右图左文,每幅画像旁均有戴敦邦对人物的点评以及相应画面的故事梗概。再看故事图,图像之中以文字形式点明了故事篇名(小说中的回目),图像旁插入画家从原文中摘录的原句作为故事的简要概述。

总之,戴敦邦画笔下的《金瓶梅》有男欢女爱,有人情冷暖,揭示了小说悲欢背后的人性真相,反映了当时社会的风俗气象。画面的空白处还有"金瓶梅""民间艺人"印章,这样画、印、文三者很好地结合在一起。

在对《金瓶梅》插图本情况的梳理过程中发现,明清时期以及曹涵美所绘制的插图均作为文本叙事情节的形象化再现而存在,图像忠实并依附于文本叙事。张光宇、戴敦邦所绘制的插图则聚焦于主要故事人物和场景,图像不再依附于文本叙事,而超越了文本叙事,其艺术魅力以及视觉吸引力不断得到凸显。此外,我们还发现文学插图如果被单独放置在一起,不仅具有关键性情节的提示和表现作用,更体现出图像叙事的连贯性与浑整性。正如鲁迅所言,当书籍插图的幅数极多的时候,"即能只靠图像,悟到文字的内容,和文字一分开,也就成了独立的连环图画"①。进入由图像构成的另一个世界,势必会与阅读纯文本的文学有着截然不同的视觉冲击与审美感受。

第二节　《金瓶梅》插图主题分析

任何一部文学作品都有其主题思想,尤其是像《金瓶梅》这样一部存在着极大争议的作品,在其流传过程中,人们对其主题思想的认识和评价究竟发生了哪些变化? 这些变化在其插图本中又得到了怎样的体现? 插图是如何通过图像揭示文本丰富而深刻的主题思想的? 本节主要来探讨这些问题。

一、《金瓶梅》文本主题分析

作为"四大奇书"之一的《金瓶梅》自从问世以来,就一直处于争议之中,争议的焦点主要在其主题。在最初以抄本形式在少数文人群体中流传时,《金瓶梅》就被视为"淫书"。明代万历年间的沈德符就说这部书"坏人心术",朋友劝他将收藏的抄本交书肆出版,他不敢,怕"他日阎罗究诘始祸,何辞置对"②。李日华在《味水轩日记》中认为《金瓶梅》"大抵市诨之极秽者耳"③;谢肇淛在《金瓶梅跋》中也说:"猥琐淫媟,无关名理。"④此后,它一直被列为禁书。

① 鲁迅:《"连环图画"辩护》,见《鲁迅全集》(第四卷),人民文学出版社1981年版,第446页。
② 沈德符:《万历野获编》,转引自朱一玄编:《〈金瓶梅〉资料汇编》,南开大学出版社2012年版,第80页。
③ 李日华:《味水轩日记》,转引自朱一玄编:《〈金瓶梅〉资料汇编》,南开大学出版社2012年版,第181页。
④ 谢肇淛:《金瓶梅跋》,转引自朱一玄编:《〈金瓶梅〉资料汇编》,南开大学出版社2012年版,第179页。

然而，也有一批有见识的文人对《金瓶梅》给予了相反的评价，他们并非视其为"淫书"，而是注意到它的社会意义，强调它的社会现实性。

欣欣子在《金瓶梅词话序》中开篇就明确指出了这部小说的基本特点："寄意于时俗。"①也就是说，《金瓶梅》是一部通过描写"时俗"来表达作者思想情感的书。所谓"时俗"，就是指当时的平常世俗社会中的一切，作者就是"罄平日所蕴"而写成该作品的。对于这一点，谢肇淛在《金瓶梅跋》中阐发得更为详尽："《金瓶梅》一书，不著作者名代。相传永陵中有金吾戚里，凭怙奢汰，淫纵无度，而其门客病之，采摭日逐行事，汇以成编，而托之西门庆也。书凡数百万言，为卷二十，始末不过数年事耳。其中朝野之政务，官私之晋接，闺闼之媟语，市里之猥谈，与夫势交利合之态，心输背笑之局，桑中濮上之期，尊罍枕席之语，驵□②之机械意智，粉黛之自媚争妍，狎客之从臾逢迎，奴怡之稽唇淬语，穷极境象，骇意快心。譬之范公抟泥，妍媸老少，人鬼万殊，不徒肖其貌，且并其神传之。信稗官之上乘，炉锤之妙手也。"③人情世态，尽收眼底。之后许多学者也肯定了《金瓶梅》的写实成就，并指出其中的性描写实因明末风气所致，后期学者研究大多以此为基础。这样的评价就要宽容得多。崇祯本的评点者继承和发展了欣欣子"寄意于时俗"的观点，首次点明了《金瓶梅》是一部"世情书"。他说："《金瓶梅》非淫书也。"（第九十七回评）"读此书而以为淫者、讳者，无目者也。"（第一百回评）他指出："此书只一味要打破世情，故不论事之大小冷热，但世情所有，便一笔刺入。"（第五十二回评）这就是说，经常运用"一篇世情语"（第九十五回评）、"世情大都如此"（第六十四回评）、"世情冷暖"（第九十五回评）、"一部炎凉景况"（第一回评）、"写出炎凉恶态"（第三十五回评）等来评价得失。从此，"世情"一词便成了我国古代小说批评研究中常用的特有概念。所谓"世情小说"，简而言之，就是不同于历史演义、英雄传奇和神怪小说而侧重于写现实世态人情的小说。清代康熙年间的张竹坡在评点《金瓶梅》时，将其视为"一部世情书"。

崇祯本的评点者在指明《金瓶梅》是一部世情书的同时，进一步指出了这部世情书的特点就在于通过暴露社会黑暗来惩恶警世。如第九十回眉批指出："凡西门庆坏事必盛为播扬者，以其作书惩创之大意故耳。"这就是说，作者极力渲染其坏事，目的在于"惩创"而不在于宣扬。

清代康熙年间的张竹坡对《金瓶梅》做了进一步的研究和评点。这也是《金瓶梅》在传播过程中非常重要的一环。张竹坡为何要对《金瓶梅》进行评点呢？可以看他在《竹坡闲话》中所说的一段话：

迩来为穷愁所迫，炎凉所激，于难消遣时，恨不自撰一部世情书，以排遣闷怀，几欲下笔，而前后结构，甚费经营，乃搁笔曰：我且将他人炎凉之书，其所以前后经营者，细细算出，一者可以消我闷怀，二者算出古人之书，亦可算我今又经营一书，

---

① 欣欣子：《金瓶梅词话序》，转引自朱一玄编：《〈金瓶梅〉资料汇编》，南开大学出版社2012年版，第176页。
② 此字左边是马，右边是会。
③ 谢肇淛：《金瓶梅跋》，转引自朱一玄编：《〈金瓶梅〉资料汇编》，南开大学出版社2012年版，第179页。

我虽未有所作,而我所以持往作书之法,不尽备于是乎?然则我自做我之《金瓶梅》,我暇与人批《金瓶梅》也哉?①

这段话道出了其中的缘由,似乎有点"借他人之酒杯浇自己之块垒"之意。

在反对"淫书"说,强调小说暴露、泄愤主旨的基础上,张竹坡进一步指出《金瓶梅》暴露和批判的矛头不仅仅对准西门庆一人,而是对准了当时整个黑暗的社会,对准了整个统治集团。张竹坡在清代《金瓶梅》研究史上成就突出、影响巨大,是其中最受人们瞩目的人物。他所评点的《第一奇书》也因此成为清代最为流行的本子。

继张竹坡之后,清末的文龙对《金瓶梅》也做过细致的研究。他曾于光绪五年(1879)、六年(1880)、八年(1882)先后三次阅读、研究张竹坡评点的《金瓶梅》(在兹堂本),并将其心得用眉批、旁批及回评等形式手书于上,共约六万字②。

文龙在第一百回回批中对《金瓶梅》一书作了这样一个总体评价:

或谓《金瓶梅》淫书也,非也。淫者见之谓之淫,不淫者不谓之淫,但睹一群鸟兽孳尾而已。或谓《金瓶梅》善书也,非也。善者见善谓之善,不善者谓之不善,但觉一生快活随心而已。然则《金瓶梅》果奇书乎?曰:不奇也。人为世间常有之人,事为世间常有之事,且自古及今,普天之下,为处处时时常有之人事。既不同《封神榜》之变化迷离,又不似《西游记》之妖魔鬼怪,夫何奇之有?故善读书者,当置身于书中,而是非羞恶之心不可泯,斯好恶得其真矣。又当置身于书外,而彰瘅劝惩之心不可紊,斯见解超于众矣。又须于未看之前,先将作者之意,体贴一番;更须于看书之际,总将作者之语,思索几遍。看第一回,眼光已射到百回上;看到百回,心思复忆到第一回先。书自为我运化,我不为书捆缚,此可谓能看书者矣。曰淫书也可,曰善书也可,曰奇书也亦无不可。③

在此,文龙从读者阅读接受的角度谈了他对《金瓶梅》的理解和体悟。他说《金瓶梅》"曰淫书也可,曰善书也可,曰奇书也亦无不可"。《金瓶梅》的本质究竟是什么呢?他并没有给出明确的答案。可见,他没有能够真正把握小说的主旨。

到了近代,随着文艺观、人性观的发展,人们对《金瓶梅》的理解和认识更为深入。

鲁迅在《中国小说史略》中,用现代观点对我国古代小说进行分类时,也沿用了"世情小说"这个概念,并言简意赅地指出了这类小说的特点:"当神魔小说盛行时,记人事者亦突起,其取材尤宋市人小说之'银字儿',大率为离合悲欢及发迹变态之事,间杂因果报应,而不甚言灵怪,又缘描摹世态,见其炎凉,故或亦谓之'世情书'也。"并指出:"诸'世情书'中,《金瓶梅》最有名。"④同时作了如下具有经典意义的

① 张竹坡:《竹坡闲话》,转引自朱一玄编:《〈金瓶梅〉资料汇编》,南开大学出版社2012年版,第417页。
② 文龙的评点属于自我玩赏性的,只是写在书上,并未刊刻,所以它没有什么影响力。
③ 刘辉:《北图藏〈金瓶梅〉文龙批本回评辑录》,转引自朱一玄编:《〈金瓶梅〉资料汇编》,南开大学出版社2012年版,第656页。
④ 鲁迅:《中国小说史略》,人民文学出版社1973年版,第151页。

评价：

　　作者之于世情，盖诚极洞达，凡所形容，或条畅，或曲折，或刻露而尽相，或幽伏而含讥，或一时并写两面，使之相形，变幻之情，随在显见，同时说部，无以上之，故世以为非王世贞不能作。至谓此书之作，专以写市井间淫夫荡妇，则与本文殊不符，缘西门庆故称世家，为搢绅，不惟交通权贵，即士类亦与周旋，著此一家，即骂尽诸色，盖非独描摹下流言行，加以笔伐而已。①

　　郑振铎曾撰长文进一步论述了这部写实主义作品的社会价值。强调了这部小说的社会性和当代意义，"表现真实的中国社会的形形色色者，舍《金瓶梅》恐怕找不到更重要的一部小说了""不要怕它是一部'秽书'。《金瓶梅》的重要，并不建筑在那些秽亵的描写上。它是一部很伟大的写实小说，赤裸裸的毫无忌惮的表现着中国社会的病态，表现着'世纪末'的最荒唐的一个堕落的社会的景象"。并指出："《金瓶梅》的社会并不曾僵死的；《金瓶梅》的人物们是至今还活跃于人间的，《金瓶梅》的时代，是至今还顽强地在生存着。"②吴晗在 1934 年的《文学季刊》创刊号中说："《金瓶梅》是一部现实主义作品，所集中描写的是作者所处时代的市井社会的侈靡淫荡的生活。"③

　　《金瓶梅》中的"淫话"只有一二万字，仅占全书七十万字中的一小部分，小说的主旨也不在于"宣淫"，而是在"暴露"，暴露整个封建社会的黑暗与腐败。在小说所营造的文学世界中，我们能看到昏庸的皇帝、贪婪的权奸、堕落的儒林、无耻的帮闲、龌龊的僧尼、淫邪的妻妾、欺诈的奴仆，乃至几个称得上"极是清廉的官"，也是看着"当道时臣"的眼色，偏于"人情"，执法不公，到处是政治的黑暗，官场的腐败，经济的混乱，人心的险恶，道德的沦丧。在中国文学史上，可以说没有一部作品像它这样全面、深刻、集中地暴露了中国社会的阴暗面，所以说它是"我国暴露文学的杰构"④。

　　夏志清在论及《金瓶梅》主题时指出："就题材而言，《金瓶梅》无疑是中国小说发展史上的一个里程碑：它开始摆脱历史和传奇的影响，去独立处理一个属于自己的创造世界，里边的人物均是世俗男女，生活在一个真正的、毫无英雄主义和崇高气息的中产阶级的环境里。虽然色情小说早已有人写过，但它那种耐心地描写一个中国家庭卑俗而肮脏的日常琐事，实在是一种革命性的改进，而在以后中国小说的发展中也无后来者。"⑤小说主题摆脱了历史与传奇的范围，小说人物也不过是群世俗男女，他们没有什么特殊的能力。正如孙逊所言"《金瓶梅》以其现实主义的笔触为我们展示了一个真实而广阔的世界。但占据整部小说中心的，无疑是西门庆一家的家庭生活描写……然而《金瓶梅》的可贵，并不仅仅在于它是第一部以家庭生活为题材的小说，而且还在于它能够并善于通过貌似平常的家庭生活描写，

① 鲁迅：《中国小说史略》，人民文学出版社 1973 年版，第 152—153 页。
② 郑振铎：《谈〈金瓶梅〉》，转引自《名家眼中的金瓶梅》，文化艺术出版社 2006 年版，第 34 页。
③ 吴晗：《〈金瓶梅〉的著作时代及社会背景》，转引自《名家眼中的金瓶梅》，文化艺术出版社 2006 年版，第 10 页。
④ 黄霖：《金瓶梅讲演录》，广西师范大学出版社 2008 年版，第 2 页。
⑤ 夏志清著，胡益民等译：《中国古典小说》，江苏文艺出版社 2008 年版，第 158 页。

揭示出其中不平常的社会意义"①。也有论者认为："《金瓶梅》不像它以前的《三国演义》《水浒传》那样以历史人物、传奇英雄为表现对象,而是以一个带有浓厚的市井色彩、从而同传统的官僚地主有别的恶霸豪绅西门庆一家的兴衰荣枯的罪恶史为主轴,借宋之名写明之实,直斥时事,真实地暴露了明代后期中上层社会的黑暗、腐朽和它的不可救药。"②由此可知,《金瓶梅》是要通过平常的家庭生活描写来揭示不平常的社会意义。

二、《金瓶梅》插图主题分析

由上文分析可知,虽然《金瓶梅》的主题在不同时代、不同论者眼中得到不同的阐释,但有一点可以明确,即它不同于《三国演义》《水浒传》《西游记》等奇书,即它描写的不是历史演义、英雄传奇和神魔鬼怪,而是家庭生活,是日常生活中普普通通的人、平平常常的事,"它更面向现实,面向人生,因而更具有真实感"③。

《金瓶梅》主要写的是西门庆由一个开生药铺的小商人变成官僚、恶霸和商人的三位一体,最后精尽而亡的过程以及他和众妻妾之间的关系。西门庆的活动空间范围可分为内、外两个空间,其中,"内部空间,自然是相对闭合、自成一体的西门宅院;外部空间,则是西门宅院外部广阔的晚明/北宋世界,上至东京朝廷的庞大官僚系统,下至清河县狭斜巷陌的百态众生"④。与他有关系的人物除了自家宅院里的妻妾、奴婢、小厮等,还有商人、妓女、帮闲以及官僚。西门庆的活动范围与人际关系可见一斑,面对这样描写人情世态的小说,插图如何去再现文本内容变得尤为重要。又因为小说中有大量的性描写场面,这就对插图绘制者提出巨大的挑战。插图绘制者必须在全面了解小说主题思想的前提下进行插图创作,正如有论者指出的:"在内容上,改写者以'世戒'之说掩饰'亡国之鉴'的创作意图,也就成为了插图作者创作插图的指导思想。为了突出'世戒'这一带有保护色彩的主题,这就促使《金瓶梅》的插图作者去刻意追求在我国以往的插图史上所未曾有过的那种浓郁的世情味;为了揭示'亡国之鉴'的核心主题,这又要我们的插图画家在平淡无奇的、充满世情味的画面中,不着痕迹地注入那些发人深省的主题思想。"⑤又如王伯敏认为的那样,"插图艺术之所以成功,在于作者对原书的精神,对于人物的爱憎,一定抱有亲切的同感。他既须对原书有深切的了解,也需要有足够的生活经验,因而所作的插图,不只是帮助读者理解这本原书的精神,而且还加深了读者对原书人物的理解和对原书的印象……在这许多的木刻插图中,它之所以有这样的成就,由于他们能忠实地传达出原书中的情节与人物的精神状态,而且又表现出有大胆发

① 孙逊:《论〈金瓶梅〉的思想意义》,转引自《名家眼中的金瓶梅》,文化艺术出版社 2006 年版,第 120—121 页。
② 宁宗一、罗德荣主编:《〈金瓶梅〉对小说美学的贡献》,天津社会科学院出版社 1992 年版,第 20—21 页。
③ 黄霖:《〈金瓶梅〉与古代世情小说》,载《江汉论坛》1984 年第 6 期。
④ 刘泖屿:《论〈金瓶梅〉中三姑六婆的文学功能》,载《南京师范大学文学院学报》2012 年第 2 期。
⑤ 裴沙:《亡国之鉴——试论〈金瓶梅〉的思想及其插图的艺术》,载《明清小说研究》1993 年第 3 期。

挥的想象力"①。换而言之,崇祯本《金瓶梅》插图的成功之处在于插图创作者能够在充分理解原文的基础上,用精湛的技艺去表现原著中所描写的时俗、人情,进而揭示其背后深层的主题意蕴。

作为世情小说之祖的《金瓶梅》在写情时,把它与欲、与淫交织在一起。这样就造成了书中有不少情色描写的场面。其实这种现象与当时的社会环境有很大的关系。众所周知,受王阳明心学的影响,晚明时期是一个个人意识觉醒的时期,要求打破道学传统,提倡人情人欲。"好货好色"成为一种流行。作者之所以不厌其烦地描写这种场面,并非为了描写而描写,而是为了更好地刻画人物的性格特征。插图绘制者在处理这种场景时,一定也遇到不小的挑战。画还是不画,该如何画?他们必定经过深思熟虑。当然从目前我们所能见到的插图画面来看,插图创作者没有回避,而是做了些许的处理并将之形象化再现。如第八回、第十三回、第二十三回、第二十七回、第二十九回、第五十回、第五十一回、第五十九回、第六十一回、第七十五回、第七十八回、第八十二回、第九十七回、第九十九回均有较直露的画面。

曾有学者指出,"为这么一部长期被作为'淫书'欣赏/批判的小说插图,并非易事。首先碰到的,是如何处理与春宫画的关系。就像小说家一样,画工似乎也不希望将其做成'性学教科书'。明显的例证,便是全部插图紧扣小说情节,不做过多的发挥,也没有'特写镜头'。二百幅图像中,确有不少性描写,但也颇为讲究章法。若'琴童潜听燕莺欢'之刻画,依然是情节性的。有趣的是,第十三回中至关重要的道具春宫画并没有露面,单看翻墙幽会,你还以为是张生呢"②。可见,插图绘制者在创作时并非视《金瓶梅》为"淫书",而是在充分把握小说主题的基础上加以创造。又如在第十九回"李瓶儿情感西门庆"中,按照原文的描写,李瓶儿被西门庆拖翻在床地平上,又被抽了几鞭子方才脱去衣裳,战兢兢跪在地平上。西门庆则坐着。后西门庆听了李瓶儿的一番表白后勾起旧情,"欢喜无尽,即丢了鞭子,用手把妇人拉将起来,穿上衣裳,搂在怀里",并叫春梅放桌取酒菜。而在插图中,李瓶儿则穿戴齐整地站在西门庆对面,西门庆望着李瓶儿,倾听她的诉说。画面的左侧是端着酒菜的春梅。由此可知画面选择的是二人和好后的场景。毕竟,"图像也是历史中的人们创造的,那么它必然蕴含着某种有意识的选择、设计和构想,而有意识的选择、设计与构想之中就积累了历史和传统,无论是它对主题的偏爱,对色彩的选择,对形象的想象,对图案的设计,还是对比例的安排,特别是在描摹图像时的有意变形,更掺入了想象,而在那些看似无意或随意的想象背后,恰恰隐藏了历史、价值和观念"③。

小说插图具有"以像证史",表达"象外之意"的功能,明清小说插图也不例外。明清小说插图的图像呈现的确与当时人们的生活习惯、生产方式、审美风尚、制度习俗等有着千丝万缕的联系,有助于读者更好地认识作品的时代和社会背景。明代夏履先在《禅真逸史·凡例》中指出:"俾观者展卷,而人情物理、城市山林、胜败

① 王伯敏:《中国版画通史》,河北美术出版社 2002 年版,第 79—80 页。
② 陈平原:《看图说书——小说绣像阅读札记》,生活·读书·新知三联书店 2003 年版,第 55 页。
③ 葛兆光:《思想史研究视野中的图像》,载《中国社会科学》2002 年第 4 期。

穷通、皇畿野店,无不一览而尽。"①对于《新刻绣像批评金瓶梅》二百幅插图,郑振铎说:"这些插图把明帝国没落期的社会生活的各方面无不接触到。是他们自己生活于其中的,故体验得十分深刻,表现得也异常'现实'。流离颠沛的人民生活,与荒淫无耻的官吏富豪的追欢取乐,恰恰成一对照。像这样涉及面如此广泛的大创作,在美术史上是罕见的。不要说,这些木刻画家们技术如何的成熟,绘刻得如何精工,单就所表现的题材一点讲来,就足以震撼古今作者们了。如果要研究封建社会没落期的生活,这些木刻画就是一个大好的、最真实的、最具体的文献资料。"②郭味蕖指出,该插图本的作者以写实的创作精神把当时中等以上富豪人家的家庭状况和享用服饰等,一一地捉写在图版中,更表达了富有说服能力的现实风格。③周芜认为这些插图可以当作那个"世纪末"社会生活的一面镜子。④可见,崇祯本《金瓶梅》插图具有很强的写实性,它充分展示了晚明时期广阔的社会图景,补充了文本信息,拓展了读者的视野。

裴沙指出"《金瓶梅》插图在描写世情、尽其情伪的世情味,如在目前始终的写实性,用下层劳动者的朴质反衬上层社会丑恶的平民意识和在画面结构中运用形式规律等方面,都为我国现代插图的诞生开了头",并认为其"具有很高的史料价值和认识价值"⑤。

就明清小说插图的主题而言,金秀玹在其博士论文中指出:"明清小说插图描绘的故事情节主题表现为如下:战斗(一对一战斗、攻城战、全面战、军幕、军队的移动、埋伏),宴会/会谈/雅集,官衙(谒见、审判),送别/移动(军士、商人、旅者),幽会、偷听/偷看,梦境/幻想,闺阁/书斋,院墙/园林/楼阁,寺庙,天界,山水/江湖/自然景观,市街/客栈/商店,看热闹/岁时风俗等。"⑥《金瓶梅》插图既有这里所说的共性,又有其自身的特性。下面就对《金瓶梅》插图的主题展开分析。

(一)妻妾间的矛盾

《金瓶梅》很大篇幅都在写西门庆妻妾之间的明争暗斗、争风吃醋,特别是自从潘金莲嫁到了西门宅后,发生在众妻妾间的矛盾冲突就没有停止过。从回目名称就可知一二,如潘金莲激打孙雪娥、二佳人愤深同气苦、潘金莲抠打如意儿、因抱恙玉姐含酸　为护短金莲泼醋等。潘金莲经过一番努力终于成为西门庆的宠妾后,"在家恃宠生骄,颠寒作热,镇日夜不得个宁静"。在此以"潘金莲激打孙雪娥"一回为例,这是潘金莲和孙雪娥二人第一次发生正面冲突。孙雪娥是西门庆众妻妾中最没有存在感和地位的一位,她便成了潘金莲首先下手的对象。这一回主要写孙雪娥因造饼一事有所不满,潘金莲就挑拨西门庆说,孙雪娥说"俺们娘儿两个霸拦

① 夏履先:《禅真逸史·凡例》,见清溪道人:《禅真逸史》,上海古籍出版社1990年版,第2页。
② 郑振铎:《中国古代版画史略》,见《郑振铎艺术考古文集》,文物出版社1988年版,第389页。
③ 郭味蕖:《中国版画史略》,朝花美术出版社1962年版,第78页。
④ 周芜:《徽派版画史论集》,安徽人民出版社1984年版,第9页。
⑤ 裴沙:《亡国之鉴——试论〈金瓶梅〉的思想及其插图的艺术》,载《明清小说研究》1993年第3期。
⑥ 金秀玹:《明清小说插图研究:叙事的视觉再现及文人化、商品化》,北京大学博士学位论文2013年。

你在这屋里"。由此孙雪娥被西门庆狠狠踢骂了一顿。孙雪娥气愤不过，就向吴月娘揭发了潘金莲背地里无所不为的丑事，恰好又被潘金莲偷听到。她为了测试西门庆对自己的宠爱程度，借此机会，故意"卸了浓妆，洗了脂粉，乌云散乱，花容不整，哭得两眼如桃，躺在床上"，并向西门庆要休书。这就激起了西门庆更大的怒火，不问青红皂白，拿短棍又将孙雪娥狠狠打了一顿。如此看来，在这场冲突中，潘金莲占尽了上风。本回对应的插图选取的是西门庆第一次打孙雪娥的场景。在画面的下方，西门庆在厨房里打孙雪娥。只见西门庆一只手抓着孙雪娥的衣服，另一只手打出去。右脚正抬起作踢出去状。在画面的上方是吴月娘和小玉，结合文本内容来看，应是小玉在跟吴月娘说厨房里发生的事情。

此回回目为"潘金莲激打孙雪娥"，我们一般会以为画的是潘金莲打孙雪娥的激烈场面，而事实上，画面中并没有出现潘金莲，只是展示西门庆踢打孙雪娥的场景。事情因潘金莲而起，西门庆为她出气而打了孙雪娥，足见潘金莲在家受宠的程度。这样看来，插图很好地表达了作者的意图。

随着带着大量财富而嫁的李瓶儿的到来，潘金莲原先的地位受到了动摇，尤其是在李瓶儿生下官哥后。此时的矛盾便集中在潘金莲和李瓶儿之间，潘金莲常指桑骂槐叫人不得安宁。如"二佳人愤深同气苦"一回，此回插图对应的文本内容是：

妇人把秋菊叫他顶着大块柱石，跪在院子里。跪的他梳了头，叫春梅扯了他裤子，拿大板子要打他。春梅道："好干净的奴才，叫我扯裤子，到没的污浊了我的手！"走到前边，旋叫了画童儿扯去秋菊的衣。妇人打着他骂道："贼奴才淫妇，你从几时就恁大来？别人兴你，我却不兴你。姐姐，你知我见的，将就脏些儿罢了。平白撑着头儿，逞什么强？姐姐，你休要倚着，我到明日洗着两个眼儿看着你哩！"一面骂着又打，打了又骂，打的秋菊杀猪也似叫。李瓶儿那边才起来，正看着奶子打发官哥儿睡着了，又唬醒了。明明白白听见金莲这边打丫鬟，骂的言语儿有因，一声儿不言语，唬的只把官哥儿耳朵握着……

从回目看，"二佳人"当指潘金莲和李瓶儿，至于"愤深"，应是说潘金莲先是"见月娘与乔大户家做了亲，李瓶儿都披红簪花递酒"，心中本就很气愤，再加上又被西门庆骂了几句，就越发生气了。她便借打骂秋菊来泄愤。而李瓶儿呢，明知潘金莲是在借题发挥，却不敢发声，一味地息事宁人。虽然表面上看来，李瓶儿母以子贵，得到西门庆的宠爱，十分风光，实际上她却屡次遭受潘金莲言语上的暴力中伤，并郁结于心中，自然也是有苦说不出，一忍再忍，最后断送了自己的性命。

在图11-2中，潘金莲"惩罚"秋菊的场景

图11-2　崇祯本《金瓶梅》第四十一回"二佳人愤深同气苦"插图

与李瓶儿捂着官哥耳朵的场景同时出现在画面上,一边是嚣张跋扈,另一边则是忍气吞声,两边形成鲜明的对比,从而彰显了二人间不可调和的矛盾。

(二) 偷情

偷情主要发生在西门庆与众多女人之间(先后有潘金莲、李瓶儿、宋惠莲、王六儿、林夫人等),还有潘金莲与陈敬济间,春梅与陈敬济间。无论是西门庆还是潘金莲、李瓶儿,抑或其他人都是为了满足自己的淫欲而做出如此"勾当"。然而尽管都是偷情的场景,插图画面却不完全一样。就拿潘金莲、李瓶儿在未嫁入西门宅之前,西门庆与她们偷情的事来说。

在第四回"赴巫山潘氏幽欢"中,经过前几回的铺垫叙事后,西门庆终于有机会与潘金莲独处一室。话说西门庆为了撩拨潘金莲,"故意拂落一只箸来",刚巧那只箸儿落在金莲的裙下。

西门庆一面斟酒劝那妇人,妇人笑着不理他。他却又待拿箸子起来,让他吃菜儿。寻来寻去不见了一只。这金莲一面低着头,把脚尖儿踢着,笑道:"这不是你的箸儿!"西门庆听说,走过金莲这边来道:"原来在此。"蹲下身去,且不拾箸,便去他绣花鞋头上只一捏。那妇人笑将起来,说道:"怎这的罗唣! 我要叫了起来哩!"西门庆便双膝跪下说道:"娘子可怜小人则个!"一面说着,一面便摸他裤子。

此回插图选取的正是这一场景。画面左边,西门庆跪在潘金莲面前,双手扯住金莲的裙子,抬头望着金莲。金莲则是侧着身子看着西门庆。从画面看,两人之间隔着一定的距离。毕竟这是两人第一次发生亲密关系。画面右边坐着的妇人便是王婆,她故意坐在门外以给西门庆和潘金莲创造机会。

再看第十三回"李瓶儿墙头密约",这回主要讲的是西门庆半夜爬过墙头与李瓶儿幽会。原文这样写道:

图 11-3　崇祯本《金瓶梅》第十三回"李瓶儿墙头密约"插图

单表西门庆推醉到家,走到金莲房里,刚脱了衣裳,就往前边花园里去坐,单等李瓶儿那边请他。良久,只听得那边赶狗关门。少顷,只见丫鬟迎春黑影里扒着墙,推叫猫。看见西门庆坐在亭子上,递了话。这西门庆就掇过一张桌凳来踏着,暗暗扒过墙来。这边已安下梯子。李瓶儿打发子虚去了,已是摘了冠儿,乱挽乌云,素体浓妆,立在穿廊下。

在此回对应的插图(图 11-3)中,爬过墙头准备下来的便是西门庆,从着装上看,西门庆身着便服,而手扶梯子的是迎春,李瓶儿则立于穿廊下,用手掀开帘子望着西门庆。

虽然两幅图描绘的都是西门庆与女人偷情的场景,但很明显,两幅图给观看者的视觉感受很不一样。前者是在房间这样一个封闭的空间,孤男寡女相处一室并且有了身体接触,坐在门外的王婆则是别有用心地偷听着房内的动静;而后者是在月上柳梢头的院子里,营造出了浪漫的气氛,佳人盼着情郎的到来,这幅画面会让人想到张生和崔莺莺的故事。前者让人感觉到的是丑陋,后者则给人一种美感。

(三)偷窥

田晓菲说《金瓶梅》是"一部充满偷窥乐趣的小说"①。"偷窥"顾名思义,偷偷地窥视,窥视者在被窥视者不知情的情况下进行这一切举动。那么为何要"偷窥"呢?关于这一问题,有不同层面的解释。生物学认为:"人的前额叶区,主司压抑,由于前额叶区的压抑作用,人类因此产生了偷窥行为来疏理心理和生理上的压抑。"②精神分析学家弗洛伊德通过临床实证解释:每个人的潜意识中都有偷窥他人的欲望。英国性心理学家哈夫洛克·霭理士认为人之所以喜欢窥探性的场景,"倒不一定因为这人根本心理上有变态,乃是因为社会习惯太鄙陋,平时对于性生活或裸体的状态,太过于隐秘了;平时禁得越严的事物,我们越是要一探究竟,原是一种很寻常的心理"③。虽然偷窥这种行为在道德伦理的层面上是被禁止的,不过人往往有挑战禁忌和打破禁忌的冲动,这便是偷窥行为产生的心理基础。它也是中国古代小说、戏曲中常用的叙事手段,在《金瓶梅》中很多情节都用到这一手段。正如张竹坡在《金瓶梅读法》中所言:

《金瓶》有节节露破绽处。如窗内淫声,和尚偏听见;私琴童,雪娥偏知道;而裙带葫芦,更属险事;墙头密约,金莲偏看见;蕙莲偷期,金莲偏撞着;翡翠轩,自谓打听瓶儿;葡萄架,早已照入铁棍;才受赃,即动大巡之怒;才乞恩,便有平安之谍;调婿后,西门偏就摸着;烧阴户,胡秀偏就看见。诸如此类,又不可胜数。总之,用险笔以写人情之可畏,而尤妙在既已露破,乃一语即解,绝不费力累赘。此所以为化笔也。④

张竹坡说的"露破绽处"即偷窥处。既然是"偷窥""偷听",就意味着所"窥"、所"听"的对象都是不想让他人知道的,都是见不得人的,都属于自己的隐私。之所以会让此类环节介入,就是意欲"写人情之可畏",亦可对造成事件转折或者凸显人物性格特征具有一箭双雕的功效。从小说回目中也可见一斑,如"私窥""潜踪""私语""窃听"等。再看插图,二百幅插图中与窥视或偷听相关的有二十七幅,"崇祯本《金瓶梅》绣像处理窥视有两种方式:窥视者若是应伯爵或家仆婢女等小人物,则采取版画的传统作法,主体为被窥视的场景;窥视者若为小说的重要人物如潘金莲、孟玉楼等人,则主体为窥视者,被窥视的场景反而被安置到画面

① 田晓菲:《秋水堂论金瓶梅》,天津人民出版社2014年版,第45页。
② 钟安思:《心理分析:人为什么会偷窥》,载《健康天地》2006年第1期。
③ 哈夫洛克·霭理士著,潘光旦译:《性心理学》,生活·读书·新知三联书店1987年版,第74页。
④ 张竹坡:《金瓶梅读法》,转引自朱一玄编:《〈金瓶梅〉资料汇编》,南开大学出版社2012年版,第426—427页。

边缘"①。

　　之所以会有"偷窥"这一主题,和晚明时期世情窥视成风的社会风气有关,"更是画工指引阅读的化身",如毛文芳所言:"《金瓶梅词话》,不仅在章节安排上,明白置入窥视意涵的回目,大部分描绘私密空间中的男女情欲,亦呈现窥视的图绘细节,此与当时世情小说发达有关,展现大众对私密生活细节的兴趣。版画图像以具体的视觉传达,助长了异于传统之观看文化的流行,画迹与流行版画的内容,反映了市民社会的生活百态,大量视觉从传达的媒介管道,显露了人们窥视隐私的兴趣。当时大批闲观游赏的文人,尽情观览四周景物,他们是鼓励版画阅读的主要社群,也是鼓励文学读本的评点主流,闲游者在评点的世界里,处于一个有利的观看位置。"②汉学家浦安迪认为"窥春事件""在很多情况下,那仅仅是一系列偷看者的好奇张望而已,如第 27 回里的小铁棍儿、第 50 回里的琴童、第 13 回中的丫头迎春、第 22 回中的婢女玉箫、第 52 回中应伯爵窥看西门庆与李桂姐苟合,且不说同一回中那只好奇的猫。所有这些似乎大半是为了使叙述暂时停顿……在另外场合,这种私窥行动就常是挑起一场冲突的威胁性因素"③。

　　带有这一主题的插图画面往往含有情色意味。就《金瓶梅》插图来讲,这些场景实在是无法绕过去的,是故事的重要组成部分,也是故事情节发展的关键。透过这些场景,我们可以更好地理解和把握人物的性格特征。

　　在此以第二十三回"觑藏春潘氏潜踪"插图(图 11-4)为例加以分析。插图创作者在画面中营造了一个清幽的环境,门楣上写有"藏春坞"三字。画面左边靠近边缘处,是正在藏春坞洞里绞股叠坐在一起的西门庆和宋蕙莲,画面右边则是贴门偷听的潘金莲。里面的二人根本不知道隔墙有耳,宋蕙莲便在西门庆面前说了几句潘金莲的坏话,殊不知,这些话刚好被金莲听到,不听不要紧,"听了气的在外两只胳膊都软了,半日移脚不动",这就为后文潘金莲报复宋蕙莲埋下了伏笔。

　　再看"迎春儿隙底私窥"　回的插图,虽然"私窥"的主体是迎春,但是在画面中她的位置并不居于中心,反而是被偷窥的西门庆和李瓶儿处于画面中上方的中心位置。插图绘制者这样处理或许更能引

图 11-4　崇祯本《金瓶梅》第二十三回"觑藏春潘氏潜踪"插图

---

① 曾钰婷:《说图——崇祯本〈金瓶梅〉绣像研究》,台湾师范大学硕士学位论文 2010 年。
② 毛文芳:《物·性别·观看——明末清初文化书写新探》,台湾学生书局 2001 年版,第 159—160 页。
③ 浦安迪著,沈亨寿译:《明代小说四大奇书》,生活·读书·新知三联书店 2006 年版,第 125—126 页。

起观者的兴趣，满足观者的好奇心，让观者如同迎春一样直接窥见房间里发生的事情。

（四）筵席宴会

作为世情小说《金瓶梅》故事情节发展的需要，筵席宴会成了不可或缺的内容。在小说的前八十回，西门庆正处在夤缘钻刺、步步高升之际，每一个重要的节日他都要大摆宴席，以宴请宾客、寻欢作乐。宴会既是西门庆家团聚的时刻，也是充分展现西门庆家庭内部关系以及西门庆与其他人物关系的一种重要方式。在宴会上，食物的丰富自不必细说，戏班子也会应邀而至。很多重要事件都在宴会上发生，在此以文中前后两次与李瓶儿有关的宴会场景为例来看插图的主题。

第二十回"傻帮闲趋奉闹华筵"主要写"李瓶儿情感西门庆"后，西门庆与她重归于好，安排喜宴，邀请了除花子虚以外的其他兄弟，在家中吃会亲酒。"安排插花筵席，一起杂耍步戏。"应伯爵在席上先开言说道："今日哥的喜酒，是兄弟不当斗胆，请新嫂子出来拜见拜见，足见亲厚之情。"应伯爵一语道出了此次喜宴的目的，是为了拜见新嫂子李瓶儿。只见，西门庆亲自去请，足见李瓶儿所受的宠爱。瓶儿出来拜见时是盛装打扮，"恍似嫦娥离月殿，犹如神女到筵前"。此情景引发了潘金莲的不悦并挑拨月娘："大姐姐，你听唱的小老婆，今日不该唱这一套，他做了一对鱼水团圆、世世夫妻，把姐姐放到哪里？"正如张竹坡回前总评："瓶儿出见众人一段，总是刺月娘之心目，使奸险之人再耐不得也。而金莲如鬼如蜮，挑唆其中，又隐伏后文争宠之线。"[1]由此可知此回的重点不在众帮闲，而是李瓶儿，想必插图绘制者也意识到了这一点，因此，本回插图选取的是瓶儿被请出拜见一幕。试看原文形容：

> 厅上铺下锦毡绣毯，四个唱的都到后边弹乐器，导引前行。麝兰馣馤，丝竹和鸣。妇人身穿大红五彩通袖罗袍，下着金枝线叶沙绿百花裙；腰里束着碧玉女带，腕上笼着金压袖。胸前缨落缤纷，裙边环佩玎珰。头上珠翠堆盈，鬓畔宝钗半卸。粉面宜贴翠花钿，湘裙越显红鸳小……当下四个唱的，琵琶筝弦，簇拥妇人，花枝招飐，绣带飘摇，望上朝拜。慌的众人都下席来，还礼不迭。

这是李瓶儿第一次在众帮闲面前露面，对于她的出现可谓是"千呼万唤始出来"，当然她也没有让人失望。她一出场便艳惊四座，华丽的服饰，精美的打扮，无一不让人眼前一亮。她就是全场的焦点，这可从众人的反应中看出来，"慌的众人都下席来，还礼不迭"，一个"慌"字足以说明当时众人见到新嫂子时的神情：慌张。

图 11-5 表现的便是"傻帮闲趋奉闹华筵"一回内容。画面中央左上方是被簇拥出现的李瓶儿，画面最上方是从软壁后伸出半个身子听觑的吴月娘等人，画面右下方是西门庆和众帮闲，他们围成一个半圆，有的侧身，有的背对画面。从画面构

---

① 朱一玄编：《〈金瓶梅〉资料汇编》，南开大学出版社 2012 年版，第 477 页。

图来看,插图绘制者是深切领悟到此回是以李瓶儿为焦点的,故而在画面上以李瓶儿为中心,突出了她在整个场景中的重要性。而文本中在软壁后听觑的吴月娘、李娇儿、孟玉楼、潘金莲等却进入了画面,让她们目睹着"傻帮闲",正是因众人极力夸奖奉承李瓶儿,才会引起月娘、金莲的不快,并引发新一轮的明争暗斗。①

图 11-5　崇祯本《金瓶梅》第二十回"傻帮闲趋奉闹华筵"插图

图 11-6　崇祯本《金瓶梅》第六十三回"西门庆观戏动深悲"插图

再看第六十三回"西门庆观戏动深悲"插图(图 11-6)。此回插图与第二十回插图构图相似,视角却不相同。在插图中,位于左上方的仍然是在帘后观戏的月娘等人,画面中央除了戏子再无他人,西门庆则正面坐在席上以显"深悲"。

且看原文的描述:

贴旦扮玉箫唱了回。西门庆看唱到"今生难会面,因此上寄丹青"一句,忽想起李瓶儿病时模样,不觉心中感触起来,止不住眼中落泪,袖中不住取汗巾儿搽拭。又早被潘金莲在帘内冷眼看见,指与月娘瞧,说道:"大娘,你看他好个没来头的行货子,如何吃着酒,看见扮戏的哭起来?"孟玉楼道:"你聪明一场,这些儿就不知道了?乐有悲欢离合,相必看见那一段儿触着他心,他睹物思人,见鞍思马,才掉泪来。"金莲道:"我不信。打谈的掉眼泪——替古人担忧,这些都是虚。他若唱的我泪出来,这才算他好戏子。"月娘道:"六姐,悄悄儿,咱每听罢。"玉楼因向大妗子道:"俺六姐不知怎的,只好快说嘴。"

这一次"观戏"安排在李瓶儿死后不久,唱词引起了西门庆睹物思人,不禁悲从中来,就是这个举动惹来了潘金莲的非议。

这两幅插图尽管都描绘了宴会场景,然而一"冷"一"热",视角不同,但都揭示出了妻妾间的争宠。

---

① 陈平原:《看图说书——小说绣像阅读札记》,生活·读书·新知三联书店 2003 年版,第 44 页。

（五）梦境

就二百幅插图来看，涉及梦境的仅有三幅插图，而且这三幅画面都与李瓶儿有关，分别是第六十回"李瓶儿病缠死孽"、第六十七回"李瓶儿梦诉幽情"以及第七十一回"李瓶儿何家托梦"，其中一幅出现在瓶儿死前，是李瓶儿做的梦，后两幅出现在瓶儿死后，是西门庆做的梦。我们常说：日有所思，夜有所梦。精神分析心理学大师弗洛伊德认为梦是愿望的满足，跟人的潜意识有关。

小说插图对于虚幻梦境的表现有一套固定的程式，即"都是以线条区分现实与梦幻，线条外的现实栩栩如生，而线条内的梦境除了人物则是云雾或是留白。葫芦状的线条与内部的留白空疏，为一般梦画或魂图的套语结构"①。崇祯本《金瓶梅》插图亦运用此种方式来绘制梦境。不过，插图绘制者对这三幅插图的构图和绘制方式却不尽相同。图11-7和图11-8皆属于普通常见的梦境结构，画面中的梦境除了人物就是云雾或是空白，而现实则栩栩如生，天空中的圆月，李瓶儿房间里的帐子，院子里的树木、栏杆、山石等都如实绘出。我们不妨先来看图11-7对应的小说文本中的叙述：

李瓶儿夜间独宿房中，银床枕冷，纱窗月浸，不觉思想孩儿，欷歔长叹，恍恍然恰似有人弹的窗棂响。李瓶儿呼唤丫鬟，都睡熟了不答。乃自下床来，倒趿弓鞋，翻批绣袄，出户视之，仿佛见花子虚抱着官哥儿叫他，新寻了房儿同去居住……撒手惊觉，却是南柯一梦。吓了一身冷汗，呜呜咽咽，只哭到天明。

在图11-7中，花子虚抱着官哥儿驾着的那一缕青烟，意味着这是李瓶儿梦境中的场景。如果没有那缕青烟的提示，我们很难区分梦境与现实。图11-8插图

图11-7 崇祯本《金瓶梅》第六十回"李瓶儿病缠死孽"插图

图11-8 崇祯本《金瓶梅》第六十七回"李瓶儿梦诉幽情"插图

① 曾钰婷：《说图——崇祯本〈金瓶梅〉绣像研究》，台湾师范大学硕士学位论文2010年。

图 11-9　崇祯本《金瓶梅》第七十一回"李瓶儿何家托梦"插图

中的云雾从西门庆的脑门处生发出来,中间的空白是梦境中的场景。而现实中的西门庆书房中的装饰摆设都如实绘出。再看图11-9,跟前两幅图比较,略有差别。虽然也是描绘梦境,却把梦境以外的现实环境处理成空白,梦境场景则得到了栩栩如生的描绘。插图绘制者之所以会这样来构图,是因为小说文本侧重于写梦境,也说明了在当时虚幻比真实更真实。

(六) 岁时风俗

《金瓶梅》不仅在文本中对明代的社会风俗做了细致的描写,而且在插图中也通过精美的画面描绘了当时真实的风俗场面。"写实的小说,往往给我们留下一些美妙的风俗画。"[1]《金瓶梅》小说中多次写到节日,如元宵节、清明节、中秋节、端午节、重阳节等。其中元宵节出现的次数最多,在此以它为例。元宵节的传统习俗是燃放烟火,观赏花灯。文中第一次写元宵节是第十五回"佳人笑赏玩灯楼"。此时,李瓶儿尚未嫁入西门家,吴月娘、李娇儿、孟玉楼、潘金莲等盛装打扮坐了轿子来到李瓶儿新买的位于狮子街的房子楼上赏灯。我们不妨先来看一下文中的描述:

　　那灯市中人烟凑集,十分热闹;当街搭数十座灯架,四下围列些诸门买卖;玩灯男女,花红柳绿,车马轰雷。

北宋(晚明)时期元宵佳节灯市的场面之热闹繁华便可见一斑。

　　吴月娘看了一回,见楼下人乱,就和李娇儿各归席上,吃酒去了。惟有潘金莲、孟玉楼同两个唱的,只顾搭伏着楼窗子,往下观看。那潘金莲一径把白绫袄袖子儿搂着,显他那遍地金袄袖儿,露出那十指春葱来,戴着六个金马镫戒指儿,探着半截身子,口中嗑瓜子儿,把嗑的瓜子皮儿,都吐落在人身上,和玉楼两个嬉笑不止……妇人看见,笑个不了,引惹的那楼下看灯的人,挨肩擦背,仰望上瞧,通挤匝不开,都压保保儿。内中有几个浮浪子弟,直指着谈论。

　　这一段文字极其形象生动地描绘了西门庆妻妾嬉笑卖弄的情景,尤其是风骚轻佻的潘金莲。她"嬉笑不止""一回指道""一回又道""一会又叫",不仅在看灯,也在看人,引来楼下游人"仰望上瞧""直指着谈论"。

　　元宵节除了观花灯,便是放烟火。小说详细描写了明代元宵灯节放烟火的热闹场面,它绚丽多彩,灿烂夺目,其中最有名的是第四十二回"逞豪华门前放烟火赏元宵楼上醉花灯"前半回的描写:

---

① 牧惠著,黄永厚插图:《金瓶插梅》,百花文艺出版社1999年版,第223页。

少顷,西门庆吩咐来昭将楼下开下两间,吊挂上帘子,把烟火架抬出去。西门庆与众人在楼上看。叫王六儿陪两个粉头和一丈青在楼下观看。玳安和来昭将烟火安放在街心里。须臾,点着。那两边围看的,挨肩擦膀,不知其数。都说西门大官府在此放烟火,谁人不来观看?果然扎得停当,好烟火。但见:……

图11-10再现了第十五回"佳人笑赏玩灯楼"的情景,楼上的"佳人"与街上看灯赏玩的游人形成对比,上面的往下看,下面的往上张望,构成了一种内在的张力。插图绘制者把"佳人"放在画面的三分之一处,而把一半的画面留给了看灯赏玩的游客,浮浪子弟的直指议论。正是因为潘金莲的风骚举动引来了楼下游人的注意和议论纷纷,因此她成了万众瞩目的焦点,插图这样处理恰好能够揭示潘金莲的性格特征。图11-11则再现了第四十二回"逞豪华门前放烟火"文本的内容。文中原写了四架烟火,但插图只画了一架,即狮子街的那架。街心摆着一架烟火,两边站满了看烟火的人,男女老少,画面右下角的门庭之内则是一群女人,按文本叙述,当是王六儿她们。所有人的目光都投向烟火。画面展现了放烟火时的盛况,更是体现了回目中的"逞豪华"三字。西门庆正是要通过放烟火这种方式来"逞豪华",以彰显自己的豪气和威风。这是西门庆达到人生顶峰的一次元宵节。

图11-10 崇祯本《金瓶梅》第十五回"佳人笑赏玩灯楼"插图

图11-11 崇祯本《金瓶梅》第四十二回"逞豪华门前放烟火"插图

再来看另一个节日清明节,文中三次写到清明节。其中第四十八回和八十九回写了清明节扫墓这一习俗。前一次正值西门庆生子加官,春风得意,盛极一时,足以光宗耀祖。于是借此机会往坟上祭祖。"清明日上坟,要更换锦衣牌匾,宰猪羊,定桌面。三月初六日清明,预先发束,请了许多人,搬运了东西、酒米、下饭、菜蔬,叫的乐工、杂耍、扮戏的……里外也有二十四五顶轿子。""西门庆穿大红冠带,摆设猪羊祭品桌席祭奠。官客祭毕,堂客才祭。响器锣鼓,一齐打起来。"这次祭祖活动也为潘金莲和陈敬济的再一次打情骂俏创造了机会。该回的插图"弄私情戏赠一枝桃"选择的正是潘金莲和陈敬济嬉闹的场景。清明时节,正值桃红柳绿,草长莺飞,人们外出踏青,又遇西门庆春风得意,人人都可谓心情愉悦。而后一次是吴月娘带着孟玉楼和小玉,并奶子如意儿抱着孝哥儿一同往城外坟上与西门庆上新坟祭扫。"月娘与玉楼、小玉、奶子如意儿抱着孝哥儿,到于庄院客坐内坐下吃茶,等着吴大妗子,不见到……原来大妗子雇不出轿子来,约巳牌时分,才同吴大舅雇了两个驴儿骑将来。"此次上坟,吴月娘等人在永福寺还偶遇前来为潘金莲扫墓的已成为守备夫人的春梅。昔日的主仆再次见面可真是百感交集,个中滋味难以言说。

可见,前后两次清明上坟的场景对比鲜明,前者热闹铺张,场面很大,而后者则是孤儿寡母,寒酸冷清。昔日的豪华场面不再,今非昔比,从吴大舅、吴大妗子骑的小毛驴便可知一二。图 11-12 和图 11-13 分别呈现了这两回的内容。

图 11-12　崇祯本《金瓶梅》第四十八回"弄私情戏赠一枝桃"插图

图 11-13　崇祯本《金瓶梅》第八十九回"清明节寡妇上新坟"插图

(七) 官场腐败

前文说过《金瓶梅》是一部暴露的小说,那么它暴露了什么呢? 它不仅暴露了西门庆家庭内部肮脏的关系,也暴露了官场的腐败。就官场的腐败来说,先是"义士充配孟州道"与知县受了西门庆的贿赂有直接的关系。随后的"贿相府西门脱祸"说的是兵科给事中宇文虚中弹劾了杨提督,与杨提督有来往的西门庆自然也少不了被问责。为了保命,他连忙打点金银宝玩派家人心腹来保等人上京城打听消息。来保等人在贿赂了右相后,西门庆便不再被追究了。再往后的"蔡太师擅恩锡爵""蔡状元留饮借盘缠""走捷径探归七件事""西门庆两番庆寿旦""老太监引酌朝房　二提刑庭参太尉"等更加暴露了政治的黑暗,官场的腐败。西门庆本是清河县的一个流氓、一个小商人,可是每当他遭遇危险之际,都能够花钱疏通关系,每一次都可以化险为夷，相安无事，从而揭示了当时社会上普遍存在的权钱交易的本质。他的钱并没有白花，不仅为自己挣得了官位，正式步入官场，而且为自己赢得了更多的利益和好处。

第四十八回"弄私情戏赠一枝桃 走捷径探归七件事"后半回最能够体现官场的腐败。这半回主要说的是西门庆被曾御史参奏，忙命心腹来保备金银前往东京打点，来保等人"星夜往东京干事去了"，赶在曾御史的参本之前便抵达了。待打点完毕，确信无事之后方才返回，来保向西门庆说起了回来路上这富有戏剧性的一幕，即他"见路上一簇响铃驿马，背着黄包袱，插着两根雉尾、两面牙旗"，来保估计这"怕不就是巡按衙门进

图 11 - 14　崇祯本《金瓶梅》第四十八回"走捷径探归七件事"插图

送实封才到了"。西门庆听后，也充满信心地说："得他的本上的迟，事情就停当了，我只怕去迟了。"结果确实如他所料。图 11 - 14 反映的正是来保所说的这一幕。

画面上方左侧是来保等人骑马正往回走，马头垂向地面，可见走得很悠闲，这一独创的细节传神地暗示了来保完成任务后内心的踏实。画面下方则是快马加鞭赶往东京的衙役，两面牙旗迎风飘扬，可想此行可以将西门庆这些贪官参倒。可从来保的面部表情以及他手指御史衙门当差的动作来看，其内心的得意是可想而知的，正如有论者所言"还有什么比进京贿赂归来的仆人，与护送参本实封的驿马擦身而过更富有戏剧性的？选择这一刻，而且渲染来保等的得意之色，嘲弄的不是具体的巡按，而是整个腐败的吏治。如果此说得到落实，不难想象，绣像作者的文化修养其实不低"①。

(八) 嫖妓宿娼

我们知道，《金瓶梅》是以西门庆这个暴发户的家庭生活和日常琐事为叙述重点的，众人围绕在他周围，当时的社会世态习俗鲜明地呈现在人们面前。嫖妓宿娼便是其中的一个生活侧面。无论是主子还是奴仆都会光顾妓院，只是主子去的是高档妓院，比如丽春院（图 11 - 15），而奴仆去的是蝴蝶巷这样低档的场所（图11 - 16）。

在此以西门庆为例。西门庆是一个浮浪子弟，他常在外边"眠花卧柳"。他娶妓女李娇儿为妾，梳笼李桂姐，与郑爱月、吴银儿往来。有时妓女也是他用来攀权

---

① 陈平原：《看图说书——小说绣像阅读札记》，生活・读书・新知三联书店 2003 年版，第 64 页。

图 11-15　崇祯本《金瓶梅》第十五回"狎客帮嫖丽春院"插图

图 11-16　崇祯本《金瓶梅》第五十回"玳安嬉游蝴蝶巷"插图

附势的工具。比如在第三十六回"蔡状元留饮借盘缠"中，西门庆除了给蔡状元丰厚的礼物外，还让妓女董娇儿和韩金钏陪蔡御史过夜。当然他是会得到"回报"的。第二天蔡御史临别时，西门庆不但再次强调要提前支取盐引，而且还要蔡御史疏通关节，放掉贿赂西门庆千两银子的杀人犯苗青。从西门庆的一生来看，嫖妓是他生活中的一个重要内容。

　　以上是崇祯本插图的若干主题，其他的就不一一展开分析了。透过插图画面，我们知道插图与文本一样表现了西门庆宅院内外的生活场景，既表现了其家庭内部妻妾间复杂的关系，又展示了宅院外面广阔的社会场景。尽管《皕美图》的插图也表现了相似的主题，但对于具体场景的选择则有所不同。如周芜所言："画家不可能也不必画出文学作品中描写的一切部分，他有权选择他认为非画不可的这一方面，放弃他认为不使用造型手段表现的其他方面。它可能是文学作品的简单说明，也可能是发挥文学作品所没有达到的高度，与文学作品相映成辉，甚至超过文学作品的价值。""画家的能动性，不止于选取文学作品的某一个侧面或某一句台词，还在于画家以自己的思想情趣、美学观点赋予插图以某种艺术风格。"①如第二十四回"敬济元夜戏娇姿"主要写元宵夜西门庆在厅上张拌花灯，铺陈绮席，正月十六，合家欢乐饮酒，西门庆让金莲给女婿陈敬济递酒，金莲和敬济调笑的内容。

　　崇祯本插图（图 11-17）就形象地再现了这一场景。位于画面右边的金莲和敬济在调情，由于西门庆和其他妻妾要么背对着他们，要么相互间在说话，而无暇注意到他们，唯有在敬济身后的宋惠莲注意到了两人的小动作，识破了二人间的秘密，抓住了他们的把柄。

---

① 周芜：《关于古本戏曲插图艺术》，见《中国古本戏曲插图选》前言，天津人民美术出版社 1985 年版，第15 页。

难怪爱替古人担忧的张竹坡，看到这里，不禁痛下针砭，抱怨起西门大官人的"失防"：先命金莲递就酒，后又留敬济于众美之中，自家到别处赏灯吃酒去了，这就难怪与西门颇多同好的女婿，"渐渐心粗胆大，以至难制"。

再看《皕美图》中的"敬济元夜戏娇姿"插图，画面中仅有金莲、敬济以及小铁棍三人。金莲站在敬济的身后，右手放在敬济的肩上，敬济扭头看着金莲。而小铁棍站在敬济的跟前，伸手要着什么。与这一画面对应的小说内容是"独剩下金莲一个，看着敬济放花儿，见无人，走向敬济身上捏了一把……只见家人儿子小铁棍儿，笑嘻嘻在跟前舞旋旋的，且拉着敬济要炮杖放"。

图 11-17 崇祯本《金瓶梅》第二十四回"敬济元夜戏娇姿"插图

此回的回目是"敬济戏娇姿"，"敬济"与"娇姿"是戏与被戏的关系。显然，敬济是主动的一方，"娇姿"是被他戏的。这样看来崇祯本插图更贴合回目，《皕美图》此回插图画面上画的虽然也是金莲和敬济，但主动方则是金莲。这就说明不同的画工在对同一回目的理解以及场景的选择各不相同。

如前文所述，《皕美图》的绘制是以崇祯本插图为底本的，所以对于很多插图的处理是相似的。如"西门庆生子加官"一回，无论崇祯本插图还是《皕美图》插图，画面构图都很相似，画面的左边是在李瓶儿的房中，瓶儿抱着婴儿，西门庆在边上陪着。右边是两个丫鬟，一个手捧官帽，一个手捧官服，走在路上看似来报喜。文中这一回有多人物间的对话，对话内容显然无法在画面上展现出来，所以插图绘制者只能通过其他方式来体现。莱辛认为，绘画用空间中的形体和颜色，宜于表现那些全体或部分在空间中并列的事物即"物体"，"物体"连同它们可以眼见的属性是绘画特有的题材；而诗却用在时间中发出的声音，只宜于表现那些全体或部分在时间中先后承续的事物即"动作"，"动作"是诗所特有的题材[①]。生子与加官并不是同一天发生的事情，"正热闹一日，忽有平安报。不一时，二人进来，见了西门庆报喜"。而画工却把它们置于同一画面中，如张竹坡在本回回前总评中评道："一部炎凉书，不写其热极，如何令其凉极？今看其'生子加官'一齐写出，可谓热极矣。"

再看《金瓶梅全图》，它也是在忠实于原著的基础上创作而成的，插图将文中的人物关系、生活场景表现得栩栩如生，淋漓尽致。一幅幅插图构成了一部活生生的晚明社会生活风俗画。戴敦邦在《戴敦邦绘刘心武评金瓶梅人物谱》序言中认为："《金瓶梅》的作者是针砭了时弊，同样前瞻地击中了现在某些负面的要害。所以吾

① 莱辛著，朱光潜译：《拉奥孔》，人民文学出版社 1979 年版，第 91 页。

在画《金瓶梅》人物图时,对照以往所绘的其他古典小说,认为它更具现实意义了。确实吾曾一度想把《金瓶梅》画成一种肢体语言唯美的图画,但最终吾还是摈弃了这念头,当然吾不是去画删节本,吾认为作者兰陵笑笑生为什么如此仔细写实地描写这些性交媾合的文字呢,正因为他把握了《金瓶梅》整书就是种赤裸而疯狂的发泄占有与完全不计人性的交易的揭露,若一定要说《金瓶梅》这部分文字内容是淫秽糟粕的话,那所有资本的积累就是如此带有着血腥的膻气,所以说吾要原原本本地画那《金瓶梅》,现在这是吾创作《金瓶梅》人物画的第一步。因为《金瓶梅》是部警示当代又能告诫后人的伟大作品。"①很显然,这段话明确地表明了戴敦邦对《金瓶梅》的理解和认识,他认为小说里那些淫秽文字其实是对当时社会的揭露,要原原本本画出来。因此,在他画笔下的图像中就有男欢女爱,有对当时社会现实的讽刺和抨击。通过对那些男男女女的评点揭露当时社会的黑暗。

综上,我们发现不同时期不同画家笔下的《金瓶梅》插图主题并不如《金瓶梅》小说主旨受到的争议那么大。画家在图像中并不避讳尺度大的画面,但又不是将它们简单地画成一般的春宫画,而是有所取舍有所设计有所安排。事实上,这样的画面在整个图册中所占比例较小。画家更多地是通过画面去表现男欢女爱、普通男女的日常生活、村舍市街、书斋园林、宅院闺阁、节日风俗,总之,他们是紧扣小说的世情主题而加以描绘的。

第三节　《金瓶梅》插图中的人物形象变迁

《金瓶梅》小说塑造了当时社会上各色各样的人物形象,既有正面的,也有反面的,"但作者最着力的,还是对反面人物的刻画"②,像西门庆、潘金莲等经典形象给读者留下了非常深刻的印象。有论者指出明清通俗小说插图的功用之一是"有助于直观展示人物言行、性格",并认为"人物塑造的成功与否是判定小说作品成败优劣的重要标准,插图的设置可以为小说中人物的塑造起到较好的补充及完善作用,使小说人物塑造更为完整、全面"③。塑造了大量形形色色人物形象的《金瓶梅》也不例外。"一千个读者有一千个哈姆雷特",文字给我们提供的是一个可供想象的世界,不同时代的读者由于其个人的知识水平不同,对原文的接受程度不同,再加上他们所处时代的风尚和审美观念的影响,他们对同一个人物形象的认识也不完全一样。《金瓶梅》插图(无论是情节插图还是人物像)的绘制者首先是小说的读者,他们在阅读小说时必定会有自己的理解和体悟,反映在插图中便是对小说中人物的不同描画。本节就通过同一人物形象在不同插图本中的不同表现来看其变迁的过程,并分析造成这一状况的原因。

---

① 戴敦邦:《吾为什么画〈金瓶梅〉》(代序),见《戴敦邦绘刘心武评金瓶梅人物谱》,作家出版社 2006 年版,第 7 页。
② 任访秋:《略论〈金瓶梅〉中的人物形象》,转自《名家眼中的金瓶梅》,文化艺术出版社 2006 年版,第 78 页。
③ 程国赋:《论明代通俗小说插图的功用》,载《文学评论》2009 年第 3 期。

张竹坡在《金瓶梅读法》中指出:"《金瓶梅》妙在于善用犯笔而不犯也。如写一伯爵,更写一希大,然毕竟伯爵是伯爵,希大是希大,各人的身分,各人的谈吐,一丝不紊。写一金莲,更写一瓶儿,可谓犯矣。然又始终聚散,其言语举动又各各不紊一丝。写一王六儿,偏又写一贲四嫂;写一李桂姐,偏又写一吴银姐、郑月儿;写一王婆,偏又写一薛媒婆、一冯妈妈、一文嫂儿、一陶媒婆;写一薛姑子,偏又写一王姑子、刘姑子;诸如此类,皆妙在特特犯手,却又各各一款,绝不相同也。"①就是说,作者善于塑造同类人物,但又能抓住人物不同的性格特征、言谈举止而塑造出各不相同的人物形象。又说:"《金瓶梅》于西门庆不作一文笔,于月娘不作一显笔,于玉楼则纯用俏笔,于金莲不作一钝笔,于瓶儿不作一深笔,于春梅纯用傲笔,于敬济不作一韵笔,于大姐不作一秀笔,于伯爵不作一呆笔,于玳安儿不作一蠢笔:此所以各各皆到。"②由此可见,作者兰陵笑笑生在塑造人物形象时善于根据不同的人物特征而采用不同的叙事手法,反过来这些叙事手法有助于更好地突出人物的性格特征。作者这样的处理有助于读者在阅读时把握小说的人物形象,理解作者的艺术创造力,同时也对我们分析《金瓶梅》中的人物形象有所启发。

依照张竹坡《金瓶梅读法》中的分类,除了主人西门庆外,在此可将书中人物主要分为:妻妾、帮闲、妓女、其他宠妇、三姑六婆、小厮家仆等六类。

一、妻妾形象

妻妾是《金瓶梅》塑造的一个主要群体。西门庆有一妻五妾,分别是吴月娘、李娇儿、孙雪娥、孟玉楼、潘金莲和李瓶儿,然而主要写了四个,如张竹坡所言:"《金瓶》内正经写六个妇人,而其实只写得四个:月娘,玉楼,金莲,瓶儿是也。"她们性格迥异,相互争宠,明争暗斗,最后命运结局也各不相同。

(一) 吴月娘

吴月娘在小说第一回就出场了,文中这样介绍,"这西门大官人,先头浑家陈氏早逝……只为亡了浑家,无人管理家务,新近又娶了本县清河左卫吴千户之女,填房为继室"。由此可知吴月娘的身份地位,她出身官宦家庭,同时她是西门庆的继室而非结发妻子。文中又说她"秉性贤能,夫主面上百依百顺"。对此,张竹坡在第一回回前总评中说道:"篇内出月娘,乃云夫主面上百依百顺。看者止知说月娘贤德,为下文能容众妾地步也;不知作者更有深意。月娘,可以向上之人也。夫可以向上之人,使随一读书守礼之夫主,则刑于之化,月娘便自能化俗为雅,谨守闺范,防微杜渐,举案齐眉,变成全人矣。乃无知月娘只知依顺为道,而西门之使其依顺者,皆非其道。月娘终日闻夫之言,是势利市井之言,见夫之行,是奸险苟且之行,不知规谏,而乃一味依顺之,故虽有好资质,未免习俗渐染。后文引敬济入市,放来

---

① 张竹坡:《金瓶梅读法》,转引自朱一玄编:《〈金瓶梅〉资料汇编》2012年版,第435页。

② 同上。

旺进门,皆其不闻妇道,以致不能防闲也。送人直出大门,妖尼昼夜宣卷,又其不闻妇道,以致无所法守也。"①"故百依百顺,是罪西门,非赞月娘。"②可见,张竹坡对吴月娘颇有微词,认为她并非真正守妇道。而黄霖认为她是"贞妇"类中的代表,说"她是《金瓶梅》中唯一的一个从一而终、恪守妇道的女性。她压抑了个人的情与欲,一切都以顺从丈夫、遵循礼教为立身的准则,让封建的妇道完全吞噬了活泼泼的自我"③。也就是说吴月娘恪守了封建道德而压抑了个人的欲望。王汝梅认为吴月娘是"惨淡经营的一生",对她的一生表示了同情。孟超则说她是"第一夫人吴月娘",的确,在西门大宅内,作为继室的吴月娘拥有较高的权力和地位。总的说来,吴月娘并非等闲之辈,她贪财趋势,表现在她对李瓶儿财物的占有上;争风使气,鼓励淫行,表现在对西门庆的寻花问柳、玩安窃玉的态度上;侫佛拜庙,不善持家,实为愚钝之人。

关于吴月娘的容貌,文中未作正面描写,而是通过潘金莲眼中所见描出,吴月娘"三九年纪,生的面如银盆,眼如杏子,举止温柔,持重寡言"。

关于吴月娘的衣着服饰描写则要丰富得多,如第十五回元宵节看花灯时,吴月娘穿着大红妆花通袖袄儿,娇绿缎裙,貂鼠皮袄。李娇儿、孟玉楼、潘金莲,都是白绫袄儿蓝缎裙。李娇儿是沉香色遍地金比甲,孟玉楼是绿遍地金比甲,潘金莲是大红遍地金比甲。第二十一回写西门庆"灯前看见他家常穿着大红潞绸对衿袄儿,软黄裙子,头上戴着貂鼠卧兔儿,金满池娇分心,越显出他:粉妆玉琢银盆脸,蝉鬓鸦鬟楚岫云"。西门庆做官之后,给众妻妾做衣服,"吴月娘是一件大红遍地锦五彩妆花通袖袄;兽朝麒麟补子缎袍儿;一件玄色五彩金遍地葫芦样鸾凤穿花罗袍;一套大红缎子遍地金通麒麟补子袄儿,翠蓝宽拖地金裙;一套沉香色妆花补子遍地锦罗袄儿,大红金枝绿叶百花拖泥裙。其余李娇儿、孟玉楼、潘金莲、李瓶儿四个都裁了一件大红五彩通袖妆花锦鸡缎子袍儿,两套妆花罗缎衣服。孙雪娥只是两套,就没与他袍儿"。李瓶儿死后,去应伯爵家吃满月酒时,"五个妇人会定了,都是白狄髻,珠子箍儿,浅色衣服。惟吴月娘戴着白绉纱金梁冠儿,上穿着沉香遍地金妆花补子袄儿,纱绿遍地金裙"。(第七十五回)显而易见,吴月娘在多种场合下都身着与其他妻妾不同的服饰,她的服饰颜色要鲜艳得多,而且件数也多,以此衬托出吴月娘的身份地位。

总的说来,吴月娘的"服饰大多端庄规矩,衣着符合西门庆正妻的身份,是一个典型的中国古代的优秀主妇形象"④。

文学作品所塑造的人物形象是综合的整体形象,但是反映在图像中,则有所不同,插图不能再现人物的全部形貌,每一幅插图只能抓住人物的某一方面特征加以呈现。在此,我们来看吴月娘的插图形象。

---

① 朱一玄编:《〈金瓶梅〉资料汇编》,南开大学出版社 2012 年版,第 447 页。

② 同上,第 448 页。

③ 黄霖:《金瓶梅讲演录》,广西师范大学出版社 2008 年版,第 183 页。

④ 王惠:《服饰与〈金瓶梅〉人物形象塑造》,南昌大学硕士学位论文 2010 年。

吴月娘在崇祯本插图中的形象如图
11-18所示,图中靠台案站立,抬头望月的
女子便是吴月娘,她的脸部特征并没有得到
明显的呈现。画面描绘的是吴月娘在月夜
之下拜求子息的场景。从画面来看,吴月娘
是一个衣着普通的妇女,她在丫头的陪同下
对月祈求,画面并不能展现她祈求的内容,
但能够从中体会到她的诚心。由此看来,画
面中的吴月娘不同于文本中所塑造的,在母
凭子贵的封建社会,吴月娘想方设法怀孕生
子以巩固她在家里的地位,而插图中的吴月
娘给人的感觉就是一个想要生子的普通女
子。《丽美图》中的吴月娘形象与崇祯本插
图相似。

图 11-18 崇祯本《金瓶梅》第五十三回"吴月娘拜求子息"插图

在曹涵美《金瓶梅全图》的一幅插图中,
吴月娘戴着项圈立于西门庆身后,她身穿对
襟长袍,除了发髻上插有发簪外无更多装饰;从面部特征看,脸圆,符合文本中的描
述。在众妻妾都在场的场合下,吴月娘通常都与西门庆居于上首,足见吴月娘作为
正妻在家庭中的地位。

张光宇画笔下的吴月娘画像如图 11-19、图 11-20 所示。在图 11-19 中,我
们看到的是一个慈眉善目的妇人形象。只见吴月娘身着长裙,外罩一件宽袖的长
袄,坐在椅子上,左手拿着一个瓶子,作往右手掌倾倒状。头微低,双眼望着双手。
而在图 11-20 中,吴月娘的头发梳成个发髻绾结于脑后,面若银盆,戴着耳坠;身
穿宽袖妆花对襟袄儿,长裙;正面立于秋千架旁,右手抓着秋千架,左手作举起状。
从其装束来看,与文本中所塑造的端庄稳重的形象相符。

图 11-19 张光宇绘吴月娘

图 11-20 张光宇绘吴月娘

而在戴敦邦的笔下,吴月娘的形象就显得落寞了很多。如戴敦邦彩绘吴月娘图①所示,吴月娘身处危险的环境中,画面中的她头上戴着一朵白花,全身赤裸跪坐在炕上,怀抱衣物以保护自己不被欺负,身体靠向墙壁,神情紧张、恐慌。而在她身边的是三个壮汉,其中一个已经脱去了衣服露出一身肌肉,背向画面,正扭头望着另一男子。

虽然本文选取的仅是不同插图(图册)中的一两幅,但对照小说中塑造的吴月娘,我们发现张光宇所绘的图像更贴合文本所塑造的形象。相较而言,他抓住了人物内在的精神气质。而戴敦邦则更加全面地展现了人物在不同处境下的姿态。

(二) 孟玉楼

孟玉楼是西门庆娶的第三房小妾。她原是布商的遗孀,后经薛媒婆介绍嫁给了西门庆。关于孟玉楼的容貌,小说未作正面描写,而是通过他人之口让我们知道的。

先是薛嫂向西门庆介绍孟玉楼:"这娘子今年不上二十五六岁,生的长挑身材,一表人物。打扮起来,就是个灯人儿。风流俊俏,百伶百俐,当家立纪,针织女工,双陆棋子,不消说……又会弹一手好月琴。"(第七回)薛嫂作为媒婆,有着一张三寸不烂之舌,介绍时难免会夸大其词。

再看西门庆亲眼所见的孟玉楼:"月画烟描,粉妆玉琢。俊庞儿不肥不瘦,俏身材难减难增。素额逗几点为麻,天然美丽,湘裙露一双小脚,周正堪怜。行过处花香细生,坐下时淹然百媚。"这些使西门庆"一见满心欢喜"。(第七回)

到了潘金莲眼中,孟玉楼是一个"约三十年纪,生的貌若梨花,腰如杨柳,长挑身材,瓜子脸儿,稀稀的几点微麻,自是天然俏丽,惟裙下双弯与金莲无大小之分"的女子。(第九回)

小说还通过小张闲向李衙内介绍孟玉楼身份:"如此这般,是县门前西门庆家妻小。一个年老的姓吴,是他妗子。一个五短身材,是他大娘子吴月娘;那个长挑身材,有白麻子的,是第三个娘子,姓孟,名唤玉楼;如今都守寡在家。"(第九十回)让我们对孟玉楼的形貌有了更进一步的认识和了解。

虽然孟玉楼的容貌是通过不同人的眼睛描写出来的,但有一点我们可以肯定:孟玉楼天然美丽,身材高挑,脸上有点微麻。

关于孟玉楼的服饰,小说中很少描写,"只是在集体出现的时候,说到她穿戴的服饰,主要用作衬托吴月娘或者和其他人整齐划一"②。

在众妻妾中,孟玉楼是"出世能手"。孟超指出,在《金瓶梅》中,"孟玉楼刚好是潘金莲的对比人物,在姿态容貌上:潘金莲是人工制造,妖艳多姿;而她是月画烟

---

① 见戴敦邦绘:《戴敦邦彩绘金瓶梅》,荣宝斋出版社 2011 年版,第 19 页。

② 如第十一回"潘金莲激打孙雪娥,西门庆梳笼李桂姐"中写西门庆回家,看见孟玉楼和潘金莲二人"家常都带着银丝鬏髻,露着四鬓,耳边青宝石坠子,白纱衫儿,银红比甲,挑线裙子,双弯尖翘,红鸳瘦小,一个个粉妆玉琢"。见王惠:《服饰与〈金瓶梅〉人物形象塑造》,南昌大学硕士学位论文 2010 年。

描,天然美丽。在性格上：潘金莲是潇洒豪放,锋芒毕露;而她是蕴藉风流,含蓄行藏。在说话上：金莲是村语俗言,锐利明快;而她是深沉委婉,略具风趣。在处世做人上：潘金莲是压抑不下的热情,要挣扎,要反抗,要从非人的境遇,打出一条出路;而她却明彻地认识了自己,懂得了无数的世情,既不挣扎,更不反抗,利用着人与人间的关系,把握了自己的船舵,使地位虽不红到发紫,却也不失为一时宠儿"①。孟超对潘金莲和孟玉楼两人的评价可谓独到精辟。可以看出,孟玉楼才是真正的聪明之人,而潘金莲看似聪明,实则聪明反被聪明误。恰如黄霖认为的那样,"在《金瓶梅》中,唯有孟玉楼一人,不但不是淫妇,而且有主见,有头脑,一直在探寻着一个女性所应该走的路"②。

图 11-21 崇祯本《金瓶梅》第七回"薛媒婆说娶孟三儿"插图

那么,这样一位极有主见知道自己想要什么的女子在插图中又是什么样的形象呢?

图 11-21 展示的是崇祯本插图所绘的"薛媒婆说娶孟三儿"一回的内容。据文本叙述,图中的瓜子脸,长挑身材,站立在厅堂,面向画面的女子便是孟玉楼。比较符合小说中的描写。

戴敦邦画笔下的孟玉楼③,选取的是薛嫂说娶孟玉楼时,将孟玉楼的裙摆掀起以露出小脚这一场景。画面中的孟玉楼身着长裙,头发高高梳起挽成发髻于脑后,头上插着精美的发饰。与崇祯本、《皕美图》不同的是,这幅图取的是近景,人物的神态表情、服饰容貌都清晰地展现在观者面前,而前两幅图选的是远景,我们只能看见人物的总体轮廓。

以上画面皆选自同一个故事情节"薛媒婆说娶孟三儿",图中孟玉楼的形象也大致相同。而张光宇所绘的孟玉楼形象则展现出她心灵手巧、有计谋的一面。在张光宇的绘画中,我们看到孟玉楼妆扮精细,跷着二郎腿坐在椅子上,一手拿着鞋样,一手在穿针引线。

（三）潘金莲

说起小说《金瓶梅》,我们首先想到的便是潘金莲。那么作者笔下的潘金莲究

① 孟超著,张光宇绘:《〈金瓶梅〉人物》,北京出版社 2011 年版,第 51—52 页。
② 黄霖:《金瓶梅讲演录》,广西师范大学出版社 2008 年版,第 183 页。
③ 见戴敦邦绘:《戴敦邦彩绘金瓶梅》,荣宝斋出版社 2011 年版,第 22 页。

竟是一个什么样的人物呢？潘金莲是西门庆众妻妾中，描写最出色也是作者用墨最多的一个。小说题目《金瓶梅》，第一个字"金"就是潘金莲，随后才是李瓶儿和庞春梅，由此可见潘金莲在《金瓶梅》中的重要地位。

《金瓶梅》中的潘金莲虽以《水浒传》中的潘金莲形象为原型，但不同于在《水浒传》中作为武松的陪衬出现，《金瓶梅》中的她充满了淫欲，伙同他人毒死自己的丈夫，妒忌心极强，处处争宠，是"淫妇"的典型代表。但也有论者认为："潘金莲是一个淫妇。但潘金莲绝不仅仅是一个淫妇，她更是一个以极度扭曲的形式追求个人的幸福和发展而被那罪恶社会彻底毁灭了的市井下层女性的典型。"①因此，我们可以说潘金莲是"揉美丽、活灵、性感、泼辣、狠毒、无耻于一身，鲜明、复杂而真实"。②

先来看潘金莲的形貌。小说第一回中说她"自幼生得有些姿色，缠得一双好脚儿，所以就叫金莲……本性机变伶俐……""有些姿色"，因缠得一双好脚而取名为金莲，"机变伶俐"这些就是我们对潘金莲最初的印象。此外，作者更多地是通过他人的眼睛来间接描写潘金莲。如西门庆初次见潘金莲：

但见他黑鬒鬒赛鸦鸰的鬓儿，翠弯弯的新月的眉儿，清冷冷杏子眼儿，香喷喷樱桃口儿，直隆隆琼瑶鼻儿，粉浓浓红艳腮儿，娇滴滴银盆脸儿，青袅袅花朵身儿，玉纤纤葱枝手儿，一捻捻杨柳腰儿，软浓浓粉白肚儿，窄星星尖翘脚儿，肉奶奶胸儿，白生生腿儿。

何九见潘金莲，如第六回的描写"这何九一面上上下下看了婆娘的模样，心里暗道：'我从来只听得人说武大娘子，不曾认得他。原来武大郎讨得这个老婆在屋里。西门庆这十两银子使着了！'"

文中第八回描写了众和尚眼中的潘金莲："见了武大这个老婆，一个个都迷了佛性禅心，关不住心猿意马，七颠八倒，酥成一块。"

第二十九回则通过吴神仙的眼睛去看潘金莲："发浓鬓重，光斜视以多淫，脸媚身弯，身不摇而自颤。"

以上是几位不同男性眼中的潘金莲，通过他们见到潘金莲的反应，我们可知潘金莲是一个貌美的女人。不仅男人的目光被她吸引，就是在女人眼中，潘金莲的姿容也得到认可。如吴月娘初次见到潘金莲："眉似初春柳叶，常含着雨恨云愁；脸如三月桃花，每带着风情月意。纤腰袅娜，拘束的燕懒莺慵；檀口轻盈，勾引得峰狂蝶乱。玉貌妖娆花解语，芳容窈窕玉生香。""论风流，如水泥晶盘内走明珠；论语态，似红杏枝头笼晓日。"看的吴月娘心内想道："小厮每来家，只说武大怎样一个老婆，不曾看见，不想果然生的标致，怪不得俺那强人爱他。"（第七十五回）

由上可知，潘金莲是一个貌美如花，妩媚多姿、体态妖娆的人物，"加上后天服饰妆扮，而且她非常善于装扮，更具有锦上添花的效果，也更加凸显人物形象气质、

① 蒋平：《〈金瓶梅〉里的现象与现实》，转引自《名家眼中的金瓶梅》，文化艺术出版社 2006 年版，第 135 页。
② 徐小蛮、王福康：《中国古代插图史》，上海古籍出版社 2007 年版，第 299 页。

姿容仪态"①。

再看她的衣着服饰,在嫁给西门庆之前,由于武大家家境一般,潘金莲的穿着也很一般,可以说是相当普通,展现出来的仅是一个精心梳妆打扮过的普通家庭妇女的形象:"毛青布大袖衫儿,又短衬湘裙碾绢绫纱。""云鬟迭翠,粉面生春。上身穿白布衫儿,桃红裙子,蓝比甲。"而在成为西门庆的第四房小妾后,她的穿着就愈发讲究,形象异常丰富多彩起来,如第十五回"李娇儿、孟玉楼、潘金莲,都是白绫袄儿蓝缎裙……潘金莲是大红遍地金比甲"。第十九回"因看见妇人上穿沉香色水纬罗对襟衫儿,五色绉纱眉子,下着白碾光绢挑线裙儿,裙边大红缎子白绫高底鞋儿,头上银丝鬏髻,金镶分心翠梅钿儿,云鬓簪着许多花翠,越显得红馥馥朱唇,白腻腻粉脸"。此外,她还喜欢在头上戴鲜花,在鬏髻内放许多玫瑰花瓣来散发香味;将茉莉花蕊儿搅酥油定粉,把身上搽的白腻光滑,异香可爱;为讨西门庆喜欢,甚至打个盘头楂髻装丫鬟示爱。

可见,这是一个极其丰满的女性形象,她集美貌、狠毒、淫荡于一身,懂得如何取悦男人。那么,这样一位女子又是以什么样的形象出现在插图(图册)中的呢?作为小说主要人物的潘金莲,图像中有她的画面很多,无法一一进行描述,在此择其要加以分析。

在崇祯本《金瓶梅》"盼情郎佳人占鬼卦"一回插图中,我们看到树木纹丝不动,四周寂静;房门敞开,房内一女人懒睡在床上占卦。在《皕美图》此章节插图中,潘金莲穿戴整齐,着薄长裙坐在杌子上,双手拿着鞋子在专心打卦。插图绘制者们用简单的几笔勾勒出一个百无聊赖、穿着轻纱薄衫的女人形象。

"盼情郎佳人占鬼卦"写的是西门庆勾搭上潘金莲后又娶了孟玉楼,一个多月没有到潘金莲家,潘金莲一天先后差了迎儿、王婆两人去找,都空手而归,束手无策,无可奈何。此时正值三伏天气,潘金莲感到浑身发热,吩咐迎儿准备水,伺候洗澡。又做了一笼裹馅肉角儿,等西门庆来吃。身上只穿着薄纱短衫,坐在小杌上。盼不见西门庆来到,骂了几句"负心贼"。无情无绪,用纤手向脚上脱下两只红绣鞋儿来,试打一个相思卦。

根据原文内容,我们看到这两幅图便知是潘金莲在急切地盼着西门庆的到来,独守空房,双眉似锁。文字与图像互相补充,确切地表现出这个女人的内心活动,在读者的脑海中便显现出一个活灵活现、有血有肉的潘金莲。相比较而言,崇祯本插图更符合潘金莲的性格特征:风骚泼辣。

潘金莲说话尖酸刻薄,做事凶狠歹毒,嫉妒李瓶儿,常指桑骂槐。小说第四十一回"二佳人愤深同气苦",说的是李瓶儿自从生了官哥儿之后,更加受西门庆宠爱,一日官哥儿和乔大户的孩子联姻,潘金莲看到吴月娘与乔大户作亲,又看到李瓶儿披着红簪花递酒,气愤之余在酒席上便说了酸话惹怒西门庆,躲进房里哭。其后西门庆与李瓶儿在院子里喝酒,潘金莲催人不来知道自己又再度被冷落,便拿秋

---

① 王惠:《服饰与〈金瓶梅〉人物形象塑造》,南昌大学硕士学位论文 2010 年。

菊撒气,在当日想打人又怕西门庆听见便罢。次日西门庆往衙门中去,她便抓住机会,让秋菊顶着大石头罚跪,叫春梅扯了她裤子,拿大板子要打她,还要画童去扯掉她的衣服。边打边骂,边骂边打,打的秋菊杀猪也似的叫。李瓶儿那边才起来,正看着奶子打发官哥儿睡着了,又吓醒了。明明白白听见金莲这边打丫鬟,骂的言语儿有因。一声不言语,吓得只抱官哥儿耳朵捂着……

此回插图画面就定格在了这里,如前图 11 - 2 所示:

在图 11 - 2 中,画面左边的潘金莲在座上用手指着秋菊,春梅正扯去秋菊的裤子,画童则手拿大板子站在一旁,秋菊半躺在地上。右边李瓶儿在自己房间里用手捂着官哥的耳朵。《皕美图》此章节中的潘金莲,发髻结绾在脑后,身着长裙,凶狠泼辣。《皕美图》此回插图描绘的内容与图 11 - 2 相同。潘金莲的形象也大体相同。不过,从装束看,《皕美图》刻画的人物更为细致,连人物的服饰搭配都作了描绘。潘金莲上着长袄,下系长裙,外罩长比甲,腰间束着一根较阔的汗巾。李瓶儿则身穿白色衣服。崇祯本插图仅以线条勾勒出人物轮廓,潘金莲的装束跟李瓶儿类似。

总的说来,崇祯本插图中的潘金莲面部特征并不是很明显,但对姿态动作的刻画细致生动,特别是一些细微处,符合人物的性格特征。《皕美图》中的潘金莲面部特征较明些,服饰描绘也较细致。主要原因在于崇祯本《金瓶梅》插图多取远景描绘,而《皕美图》多取中、近景描绘。

曹涵美的《金瓶梅全图》前十八回是以潘金莲和西门庆为中心的,几乎每一幅插图中都能见到潘金莲的身姿。在这些画面中,潘金莲情态各异,妆扮不同。《金瓶梅全图》五百幅插图中的第一幅画面中的潘金莲年纪尚小,长相清秀,梳着两个发髻,正坐在凳子上缠脚。画面也说明了金莲的身份:潘裁的女儿。

图 11 - 22 张光宇绘潘金莲

图 11 - 22 为张光宇画笔下的潘金莲。图中,潘金莲面容清秀,身体丰满,头发高高挽起梳成一个发髻绾于脑后,上插花钿。她坐在椅子上,上身靠着椅背,双腿分开,右腿搁在椅子扶手上,左脚落在地上,身子往左倾斜,双眼望着左下方。上着对襟宽袖薄衫,下着裤子,里面的胸衣清晰可见。一对金莲亦隐约可见。左手带着手镯,右手高高举起放在背后,搔首弄姿之间显示出一种风韵。也能看出她是一个受封建传统思想影响不深的女子,这可以从她的坐姿看出来。

戴敦邦画了三幅潘金莲的人物像。第一幅图[①]画的是潘金莲与武大洞房花烛夜的场景,这样的场景应该充满喜庆热闹的气氛,而在此画面中我们丝

---

① 见戴敦邦绘:《戴敦邦彩绘金瓶梅》,荣宝斋出版社 2011 年版,第 3 页。

毫感受不到这种气氛。画面中的潘金莲肤白貌美,身材丰腴,上身穿一件红肚兜,下着裤子,洋溢着青春之气,健康之美。头上戴着一朵红花,双手交叠放在胸前,低头望着下方。再看她身旁的武大,一个长相丑陋矮小的老男人,身上挂着大红绸,正抬头望着美丽的潘金莲。两人实在不般配,好比是一朵鲜花插在了牛粪上。让观者不禁对潘金莲怀有一丝同情。第二幅图①中的潘金莲给观者的则是另一种感觉。这幅插图描绘的是潘金莲初次见到西门庆时的场景,只见金莲穿戴整齐,头上别着一朵花儿,身体略向右倾斜,双手捧着脸颊,隔着帘子侧脸望着站在门口的西门庆,表现出惊慌而又惊喜的神情。第三幅图②展示的是潘金莲赤身裸体地趴在床上睡觉的场景。三幅插图让我们看到了不同时期潘金莲的形象。在画家笔下,潘金莲是美丽的、充满活力的年轻女子,丝毫显示不出她的恶毒凶狠。

由上可见,从崇祯本到《陌美图》再到《金瓶梅全图》,又到张光宇、戴敦邦笔下,潘金莲这一文学形象得到了越来越清晰的呈现,不同的画面展现了她不同的侧面。画家的表现手法也越加艺术化,虽然画有裸像,但这些画面不会让观者有低俗下流之感。

(四) 李瓶儿

李瓶儿最初是大名府梁中书之妾,但由于梁中书正室凶悍善妒,李瓶儿一直在外宅居住,后嫁给花太监的侄子花子虚为妻,花子虚死后,她收赘了太医蒋竹山,最后成为西门庆的宠妾。

关于李瓶儿的容貌摹写,小说也是通过他人之口进行的。

如吴月娘说李瓶儿:"生的五短身材,团面皮,细弯弯两道眉儿,且是白净,好个温存性儿。"(第十回)

西门庆初次见李瓶儿:"生的甚是白净,五短身材,瓜子面儿,细弯弯两道眉儿。不绝魂飞天外,忙向前深深作揖。"(第十三回)

蒋竹山见到的李瓶儿是"粉妆玉琢,娇艳惊人"。(第十七回)

吴神仙看李瓶儿是"皮肤香细""容貌端庄"。(第二十九回)

由此可见,李瓶儿皮肤白皙,姿容娴雅文静,体态细腻婉转,不同于潘金莲的活泼热情。

关于李瓶儿的服饰,小说也做了细致的描写,如西门庆初见李瓶儿时,"夏月间戴着银丝狄髻,金镶紫瑛坠子,藕丝对衿衫,白纱挑线镶边裙,裙边露一对红鸳凤嘴尖尖翘翘小脚"。后来和西门庆幽会时:"乱挽乌云,素体浓妆""花冠齐整,素服轻盈"。在给潘金莲做生日时,则穿"白绫袄儿,蓝织金裙,白绉布狄髻,珠子箍儿"。可见,李瓶儿的服饰颜色对比醒目,材质高档,制作精美,营造出一种精致、富贵的效果。在嫁给西门庆后,李瓶儿的服饰有了很大的变化,由之前的复杂、精致转为简单、淡雅,如第二十七回"李瓶儿私语翡翠轩"中描述:"潘金莲和李瓶儿家常都是

① 见戴敦邦绘:《戴敦邦彩绘金瓶梅》,荣宝斋出版社 2011 年版,第 4 页。
② 同上,第 6 页。

白银条纱衫儿,蜜合色纱挑线缕金拖泥裙子。李瓶儿是大红焦布比甲,金莲是银红比甲。"再如李瓶儿死后,西门庆两次梦到李瓶儿,她一次"身穿糁紫衫,白绸裙",一次是"淡妆丽雅,素白旧衫笼雪体,淡黄软袜衬弓鞋"。

李瓶儿前后服饰上的变化与她在嫁入西门家前后性格的变化相一致。之前的李瓶儿与潘金莲没什么太大区别,会为一己之淫欲,隔墙密约西门庆,气死丈夫花子虚,嫁太医蒋竹山后将其逐出家门,尖酸刻薄、淫荡无耻。而在成为西门庆的宠妾后,性情发生了极大的变化,变成了一个温柔善良,性格懦弱,敢怒不敢言的女人,最后遭潘金莲陷害而死。

那么,这样一个前后性格迥异的女性形象在画家笔下又是什么样的呢?

如第十三回"李瓶儿墙头密约",说的是西门庆夜晚偷偷爬过墙头来与李瓶儿约会偷情。画面很好地再现了文本中的故事情节。无论崇祯本插图还是《丽美图》中的李瓶儿,都是侧面站立,面部特征不是特别清楚,只能见其瘦削的身姿,这与文本中所说的"五短身材"不相符。

再比如第十四回"花子虚因气丧生"插图,在崇祯本插图中李瓶儿站在院子里,身体转向右后方对坐在床上的花子虚说话,双手呈摊开状,显得冷漠无情。在《丽美图》中,李瓶儿立于房间里,身穿长裙,外罩对襟长衫;身体转向左后方,面带微笑,双手呈摊开状。两幅画面只是方向不同,李瓶儿的形象大体相同。

曹涵美画笔下的李瓶儿在"傻帮闲趋奉闹华筵"一回中装扮精美,双手扶玉带,头微低,眼望下方。在这一情节中,李瓶儿是众星捧月的焦点,也是她嫁入西门庆家门后最风光的一刻。

张光宇所绘的李瓶儿画像如图11-23所示:鹅蛋脸,妆容精致,头戴花冠,身穿制作精美的长裙,襟带飘舞,手拿一方巾望向窗外,完全是一位雍容华贵的妇人形象。这幅画像画的应是李瓶儿在嫁给西门庆前的模样。据前文所述,李瓶儿姿容娴雅文静,体态细腻婉转。在嫁给西门庆之前,服饰制作精美,是一个贵妇人。由此看来,画像基本符合文本中的描写。

到了戴敦邦的画笔之下,李瓶儿的形象有所变化。从一幅图①的画面来看,李瓶儿身为梁中书的小妾时,面容清秀,皮肤白皙,头发高高梳起个发髻,不见发饰妆扮;身着红色长裙,外罩对襟长袄。立于画面右侧,低着头,面带微笑望着左下方。在另一幅

图 11-23 张光宇绘李瓶儿

———————

① 见戴敦邦绘:《戴敦邦彩绘金瓶梅》,荣宝斋出版社 2011 年版,第 7 页。

图①中,失去官哥的李瓶儿坐在小杌子上,头发稍显凌乱,身穿一件素净的短袖长裙,胸部微露,面带愁容,头向左侧倾斜,望着下方。左手拿着拨浪鼓,神情忧伤。这幅插图描绘的是官哥死后,李瓶儿伤心、痛苦,思念爱子时的神情。戴敦邦第一次将李瓶儿身为梁中书小妾时的情形描绘出来,便于我们更好更全面更直观地了解李瓶儿一生的身份变化以及曲折命运。

二、帮闲形象

帮闲,就是帮着主子吃喝玩乐,消闲遣暇的一群人。作者在小说中就塑造了这样一个特殊群体。文中第一回"西门庆热结十兄弟"中写道,西门庆"结识的朋友,也都是些帮闲抹嘴,不守本分的人"。他们"见西门庆手里有钱,又撒漫肯使,所以都乱撮哄着他要钱饮酒,赌嫖齐行",这一句道出了帮闲们攀附西门庆的主要缘由。其实"古往今来,那些达官富豪,要装门面,摆威风,寻开心,通消息,就少不得这类哈巴狗式的帮闲人物"②,西门庆正是需要这类哈巴狗式帮闲人物的"达官富豪"。也正是通过对他们的描写才更好地衬托出西门庆的有钱有势。其中,有专在本司三院帮嫖贴食的应伯爵、有游手好闲的谢希大、有专于官吏保债的吴典恩……真是各有特色,各不相同,而其中用墨颇多的当数应伯爵。对于帮闲,作者批评道:"看官听说,但凡世上帮闲子弟,极是势利小人。见他家富豪,希图衣食,便竭力承奉,称功颂德,或肯撒漫使用,说是疏财仗义,慷慨丈夫,胁肩谄笑,献子出妻,无所不至。一旦那门庭冷落,便唇讥腹诽说他外务,不肯成家立业,祖宗不肖,有此败儿。就是平日深恩,视同陌路。当初西门庆待应伯爵如胶似漆赛过同胞弟兄,那一日不吃他的,穿他的,受用他的。身死未几,骨肉尚热,便做出许多不义之事。正是:画虎画皮难画骨,知人知面不知心。"可见帮闲是群势利小人,他们毫无情义可言。

(一)应伯爵

应伯爵是《金瓶梅》小说塑造的帮闲群体中最值得重视的一个人物,也是古典小说中最成功的帮闲典型。他是作者极力讽刺的对象。杨义在《中国古典小说史论》中指出:毛宗岗评《三国演义》有"三绝":诸葛亮、关羽、曹操。《金瓶梅》也有"三绝",它不属于战争传奇,而属于市井世情,这就是:西门庆、潘金莲、应伯爵。③那么,"三绝"之一的应伯爵究竟是何样人物呢?应伯爵原是开绸缎铺应元外的第二个儿子,亏了本钱跌落下来,专在本司三院帮嫖贴食,因此别人给他起了一个诨名,叫做应花子。他又会一腿好气球,双陆棋子,件件皆通。他虽然身份低微,却深得西门庆之心。且看西门庆对他的评价:"本心又好,又知趣着人,使着他,没有一

---

① 见戴敦邦绘:《戴敦邦彩绘金瓶梅》,荣宝斋出版社 2011 年版,第 8 页。
② 黄霖:《金瓶梅讲演录》,广西师范大学出版社 2008 年版,第 223 页。
③ 杨义:《中国古典小说史论》,中国社会科学出版社 1995 年版,第 472 页。

个不依顺的,做事又十分停当。"能够得到主子如此评价,实非等闲之辈,因此有论者称他为"帮闲的祖师爷"①。弄珠客在《金瓶梅序》中则评论道,借"应伯爵以描画世之小丑"②。他只知奉承与拍马,给人一种低下、卑劣、庸俗之感。"他的最突出的才能是见风使舵,触景生情,极善于帮衬,帮得及时而又恰到好处。为了果腹,他不惜出卖灵魂,助纣为虐。西门庆腾达时,他可以泯灭良心,溜须逢迎;西门庆尸骨未寒,他又会背信弃义,恩将仇报。"③这段文字将作为帮闲祖师爷的应伯爵的性格特征分析得淋漓尽致。

关于应伯爵的容貌,文中并未作任何具体的描摹。至于他的衣着服饰,文中有三处写到:第一处是第一回"应伯爵头上戴着一顶新盔的玄罗帽儿,身上穿一件半新不旧的天青夹绉纱褶子,脚下丝鞋净袜"。第二处是第六十七回"应伯爵头戴毡帽,身穿绿绒袄子,脚穿一双旧皂靴,棕套"。第三处则是西门庆借给他五十两银子后,他从头到脚便焕然一新:"应伯爵又早到了,盔的新缎帽,沉香色旋褶,粉底皂靴。"(第六十八回)从服饰打扮来看,应伯爵戴的都是小帽,无论是玄罗帽、毡帽还是缎帽。小帽是明代最流行的帽式,普通百姓都爱戴它。文中多处写应伯爵戴小帽也完全符合他帮闲的身份。

到了画家笔下,应伯爵这一典型形象得到了更加立体多元化的呈现。此处选取几幅插图以帮助我们更好地认识这一人物形象。

崇祯本《金瓶梅》和《皕美图》中"西门庆梳笼李桂姐"一回画面中人物的构成大体相同,应伯爵的形貌也几乎一致:坐在桌子一头,用手托着一只碗,伸出去等着丫鬟添酒,头戴方巾,身穿交领长袍;方脸,有髭须;露出狡黠的、微醺的、深通世故的微笑,就是这样的微笑将他与其他人区分开来。

其他画面中的应伯爵形象与此大致相同。应伯爵的面部特征均为有短须,国字脸;头戴小帽,身着长袍;常常露出狡黠的、深通世故的、与人生妥协的微笑。虽然明清易代,然而画工对应伯爵的认识是基本一致的。文中并未对应伯爵的相貌作过交代,画工仅是依据应伯爵的性格特征想象创造出了这一形象,并通过直观的图像加以呈现。

曹涵美笔下的应伯爵长得贼眉鼠眼,头戴小帽,身着交领宽袖长衫。从面部特征看,方脸,有胡须。

张光宇描绘的应伯爵形象,或头戴高顶罗帽,贼眉鼠眼,有胡须;身穿绣花交领长衫,脚穿黑鞋布袜,裤子束于袜子中;右手扶着衣摆,左手拿着折扇背于身后,右膝微弯在前,左膝在后,做上阶梯状。或头戴罗帽,身着打着补丁的长衫,双腿跪在蒲团上,双手拿着一副卷轴,作读文状。

戴敦邦画笔之下的应伯爵④。他身后有"宴庆""酒楼"字样的招牌,意味着他

---

①　孟超著,张光宇绘:《〈金瓶梅〉人物》,北京出版社 2011 年版,第 92 页。

②　弄珠客:《金瓶梅序》,见朱一玄编:《〈金瓶梅〉资料汇编》,南开大学出版社 2012 年版,第 178 页。

③　宁宗一、罗德荣主编:《〈金瓶梅〉对小说美学的贡献》,天津社会科学院出版社 1992 年版,第 99 页。

④　见戴敦邦绘,刘心武评:《戴敦邦绘刘心武评金瓶梅人物谱》,作家出版社 2006 年版,第 63 页。

刚从酒楼里出来。画面中的应伯爵络腮胡子，头戴方巾，身穿交领长袍，腰系涤带，腰间别着一支烟管。脸上露出酒足饭饱后十分满足的表情，眼睛眯成一条缝，右手拿着一根牙签正剔牙。画像真实再现了应伯爵这一帮闲形象，把一个到处乞食、不知廉耻的帮闲形象刻画得入木三分，活灵活现。

（二）其他帮闲

小说对其他帮闲的容貌也未作任何描写。就服饰而言，仅对白赉光的服饰作了简单的描写："头戴着一顶出洗覆盔过的恰如太山游到岭的旧罗帽儿，身穿着一件坏领磨襟救火的硬浆白布衫，脚下跋着一双乍板唱曲儿前后弯绝户绽的皂靴，里边插着一双一碌子绳子打不到、黄丝转香马凳袜子。"（第三十五回）穿着破旧，衣服材质普通，毫不讲究搭配，与一个终日无所事事的帮闲形象十分相符。

三、妓女形象

妓女是中国古代小说中常出现的一个群体，从李娃、霍小玉到杜十娘、沈琼枝，再到《海上花》之类作品里的人物，绵延不断。作为世情小说的《金瓶梅》，也少不了对这一群体的描写。据统计，《金瓶梅》中所写的妓女有三十八人，"若将名妓出身后嫁与西门庆为妾的李娇儿以及本为西门婢妾后沦落为娼的孙雪娥纳入其中，则尚不止此数"①。在《金瓶梅》以前或同时的小说中，妓女大都处于一种被同情的地位。而《金瓶梅》中的妓女并非如此，她们身段好，会唱曲子；但毫无真情可言，只会逢场作戏，攀权附势。喜欢寻花问柳的西门庆身边自然少不了她们的身影，与西门庆有密切往来的妓女主要有李桂姐、郑爱月、吴银儿等。正如张竹坡所言："然则写桂姐、银儿、月儿诸妓，何哉？此则总写西门无厌，又见其为浮薄立品，市井为习。而于中写桂姐，特犯金莲，写银姐，特犯瓶儿，又见金、瓶二人，其气味声息，已全通娼家。虽未身为倚门之人，而淫心乱行实臭味相投，彼娼妇犹步后尘矣。其写月儿，则另用香温玉软之笔，见西门一味粗鄙，虽章台春色，犹不能细心领略。故写月儿，又反观西门也。"②此论指出写桂姐、银儿、月儿是为了写"西门无厌""见其为浮薄立品，市井为习"。她们仨在与西门庆的交往中常常钩心斗角，也彰显了各自不同的性格：李桂姐狡猾，相较而言，郑爱月则实诚些，吴银儿给人的感觉是玲珑剔透，聪明俊巧。

（一）李桂姐

李桂姐是丽春院的妓女，李娇儿的侄女，被西门庆梳笼。西门庆因贪恋桂姐的姿色，竟"约半月不曾来家"。她颇有心机，善于耍手段，就连潘金莲都在她面前败

---

① 陶慕宁：《从〈金瓶梅〉中的妓女看晚明社会伦理》，见罗宗强、陈洪主编：载《明代文学研究国际学术研讨会论文集》，南开大学出版社 2006 年版，第 685 页。
② 张竹坡：《金瓶梅读法》，见朱一玄编：《〈金瓶梅〉资料汇编》，南开大学出版社 2012 年版，第 429 页。

下阵来。她与潘金莲争宠,因金莲将她拒之门外,遂怀恨在心,千方百计唆使西门庆剪下潘金莲一绺头发,并将头发絮于自己鞋底咒她永世不得翻身。一度因为她私下接了杭州贩绸绢的丁双桥,而致西门庆大闹丽春院,发誓"再不踏院门了"。可当西门庆做官后,为了改善与西门庆的关系,赢得权势的庇护,她便趋炎附势拜认吴月娘为干娘,借此与西门庆建立一种微妙的新型关系。

关于李桂姐的容貌,小说第一回便通过应伯爵和谢希大之口呈现出:"几时儿不见他,就出落得好不标致了!到明日成人的时候,还不知怎的样好哩。""哥不信,委的生得十分颜色。"告诉大家李桂姐长相漂亮。第十一回花子虚家摆酒会茶,请了李桂姐和吴银儿来弹唱,"端的说不尽梨园娇艳,色艺双全""但见罗衣叠雪,宝髻堆云,樱桃口,杏脸桃腮;杨柳腰,兰心蕙性"。可见,李桂姐长得颇有姿色,樱桃小口,杨柳细腰。

关于李桂姐的衣着装饰,小说第十五回这样描写:"家常挽着一窝杭州缵儿,金缕丝钗,翠梅花钿儿,珠子箍儿,上穿白绫对襟袄儿,下着红罗裙子,打扮的粉妆玉琢。"李桂姐拜认吴月娘为干娘后,文中对她的装扮做了细致的描写:"众人看见他头戴银丝狄髻,周围金累丝钗梳,珠翠堆满,上着藕丝衣裳,下着翠绫裙,尖尖翘翘一对红鸳,粉面贴着三个翠面花儿。一阵异香喷鼻,朝上席不端不正只磕了一个头,就用洒金扇儿掩面,佯羞整翠,立在西门庆面前。"可见,李桂姐是一个十分善于打扮的女子。

李桂姐虽然年纪小,但心思足,她善于审时度势,比如她为了与西门庆重新建立起联系,拜认吴月娘为干娘,图11-24形象地再现了这一场景。在画面中,只见李桂姐双手捧着礼物作跪拜状,她的形貌与其他女子并无甚大区别。

图11-24 崇祯本《金瓶梅》第三十二回"李桂姐趋炎认女"插图

曹涵美所绘的李桂姐形象画面中,她被油嘴滑舌、嬉皮笑脸的应伯爵搂过来亲一口。李桂姐只露了大半边脸,不过还是能看出她俊俏的面容。

张光宇画笔之下的李桂姐形象如图11-25、图11-26所示。在图11-25中,李桂姐的头发随意梳成一束扎于身后;长相俏丽,眉心有一红点,戴着耳坠,樱桃小嘴;上身着紧身衣,下穿花裤子;右脚未穿鞋子,右腿搁在左腿上;左手拿着鞋子,右手拿着头发,作将头发塞入鞋子状。在图11-26画面中,李桂姐头戴簪花,身穿绣花长袖长裙,上身稍微前倾,双腿跪于地上,双手交叉于身体左侧作道万福状。

图 11-25　张光宇绘李桂姐　　　　图 11-26　张光宇绘李桂姐

戴敦邦彩绘的李桂姐形象①。这幅图取的是李桂姐被西门庆梳笼之日的场景。对李桂姐而言,这是她人生中一个极其重要的时刻,画面中的她皮肤白皙,长相俊俏,身着喜庆的大红袍,袍子上绣着牡丹,头上插满花饰,垂着头,作弹琵琶状。

（二）郑爱月

郑爱月是与西门庆往来频繁的妓女之一。关于郑爱月的形貌,文中第五十八回在郑爱月正式出场之前,先借李铭之口作了基本介绍"这小粉头子,虽故好个身段儿,光是一味妆饰,唱曲也会,怎生赶的上桂姐一半儿……"李铭的意思是郑爱月比不上李桂姐,但从中我们也可以知道郑爱月有着好身段,会妆饰,会唱曲。等到郑爱月出场时,小说这样描写:"那郑爱月儿穿着紫纱衫儿,白纱挑线裙子,腰肢袅娜,犹如杨柳轻盈,花貌娉婷,好似芙蓉艳丽。"吴月娘见她也说"可倒好个身段儿"。第五十九回又做这样的描写:"忽听帘栊响处郑爱月儿出来,不戴狄髻,头上挽着一窝丝杭州缵,梳的黑鬒鬒光油油的乌云,云鬓堆鸦犹若轻烟密雾。上着白藕丝对衿仙裳,下穿紫绡翠纹裙,脚下露红鸳鸯凤嘴鞋,前摇宝玉玲珑,越显那芙蓉粉面。"看着这段文字,我们的脑海中立马出现一个亭亭玉立的俏佳人形象。又如第六十八回写郑爱月新妆打扮出来:"上着烟里火回纹锦对襟袄儿、鹅黄杭绢点翠缕金裙、妆花膝裤、大红凤嘴鞋儿,灯下海獭卧兔儿,越显的粉浓浓雪白的脸儿。"在第七十七回"西门庆踏雪访爱月"中对郑爱月的衣着打扮也做了描摹:"头挽一窝丝杭州缵,翠梅花钮儿,金钗儿,海獭卧兔儿。""打扮的雾霭云鬟,粉妆玉琢。"总之,郑爱月天生丽质,身段好,长相俊美,善于妆扮,服饰精美。

孟超说郑爱月是"巧施连环计",足见郑爱月也是一个厉害角色,她心机重,善使手段,自如周旋于多个男人之间。在与西门庆来往的同时,她也和林太太的儿子王三官保持着联系,后来更是向西门庆举荐风流的林太太,标致的三官娘子,从而

<hr />

① 见戴敦邦绘:《戴敦邦彩绘金瓶梅》,荣宝斋出版社2011年版,第30页。

图 11-27　崇祯本《金瓶梅》第七十七回"西门庆踏雪访爱月"插图

引出西门庆与林太太的一段情事。她和李桂姐一样都各怀心思，为了自己的利益不择手段。

崇祯本插图中的郑爱月形象如图11-27所示。该插图对应的是"西门庆踏雪访爱月"一回的内容，坐在西门庆怀中的女子便是郑爱月。在这幅插图中，由于取的是远景，郑爱月的形貌并未得到清晰的描绘和展现。

在张光宇所画的一幅插图中，郑爱月柳叶眉，瓜子脸，身材苗条，长相清秀，头上插着鲜花；身体往左倾斜，右手持酒壶，左手持酒杯伸出作递酒状。在另一幅插图中，我们看到郑爱月身穿长裙，外搭绣花比甲。面对一幅画轴，左腿弯曲搁在小凳上，右腿站立，左手背于身后，右手握着毛笔，作写字状。这幅插图对郑爱月作背向处理，人物的表情被完全屏蔽掉，在很大程度上掩饰了人物的内心世界，观者只能通过情节、环境的暗示来揣度人物此时的心境。

戴敦邦彩绘的郑爱月形象[1]。郑爱月发饰讲究，穿着绣花裙子，双腿并拢着，端坐在椅子上。头微低，略向右侧倾斜，左手端着，手里放着瓜子，右手拈着瓜子往嘴里送。好一副乖巧温柔的模样。

相较于张光宇笔下的郑爱月形象，戴敦邦彩绘的郑爱月无论是发饰还是服饰都要朴素得多。前者显得妩媚妖娆，后者则平常如良家女子。

（三）吴银儿

吴银儿曾是花子虚包养的妓女，花子虚死后，她跟西门庆往来频繁。在李桂姐拜吴月娘为干娘后，在应伯爵的提点下，她竟拜李瓶儿为干娘。关于吴银儿的容貌，小说除了第十一回她和李桂姐一起出场时有过简略的描写后再无其他描写。文中用"樱桃口，杨柳腰"之类词语形容吴银儿和李桂姐的形貌，这类词语是文学作品中描写女性形象的常用词语，丝毫体现不出她们各自的容貌特色。不过，由此亦可知吴银儿是一个色艺双全的妓女。她常常与李桂姐一起出现，以构成反衬。妓女之间也是在相互争宠的，她们明争暗斗，都不是省油的灯。虽然小说对吴银儿的描写不如李桂姐、郑爱月详细具体，但她们本质都一样，皆为不讲情义的娼妓。

小说中提到李桂姐和郑爱月头挽"一窝丝杭州缵"。这种发式"先将头发梳到脑后梳成一蓬松小髻，然后用簪钗等饰物固定即可，故称'一窝丝'。因为不像一般发髻一样紧密，所以较为妩媚。又为防止散乱，或加以小网固定，此网称为'缵'，因

---

[1] 见戴敦邦绘：《戴敦邦彩绘金瓶梅》，荣宝斋出版社2011年版，第29页。

杭州的'缵'在当时较为有名,故称'一窝丝杭州缵',当女性卸去假髻以后,脱去首饰的'一窝丝'、'杭州缵',便成了一种家常发型"①。这种发式"较为随性自然,是一种家常发型,因为这种发式显得非常随性、妩媚,多为妓女所用"②。由上可见,这几位妓女长相漂亮,色艺双全,服饰主要以精美、华丽为主,打扮随性、美丽。

四、其他宠妇形象③

(一) 春梅

小说以《金瓶梅》命名,梅当指春梅,虽然排在最后,但也足见她在文中的位置之重。有论者指出小说前八十回写的是西门庆,后二十回写的则是春梅。她原是吴月娘的丫头,潘金莲嫁过来后便过来服侍金莲。她心高气傲,常常表现出与其他丫鬟的不同,她敢骂孙雪娥,怒骂李铭,帮着潘金莲欺负秋菊,向西门庆撒娇,离开西门家不垂泪。关于春梅的身世,文中并未作详细交代。

"原来春梅比秋菊不同,本聪慧,喜谑浪,善应对,生的有几分颜色,西门庆甚是宠他。"寥寥数语,却道出了春梅的性格特征,她深受主子西门庆的宠爱。这一点从第四十一回"两孩儿联姻共嬉笑 二佳人愤身同气苦"中也可以看出:

西门庆在家,看着贲四叫了花儿匠来扎缚烟火,在大厅、卷棚内挂灯,使小厮拿帖儿往王皇亲宅内定下戏子,俱不必细说。后晌时分,走到金莲房中。金莲不在家,春梅在旁服侍茶饭,放桌儿吃酒。西门庆因对春梅说:"十四日请众官娘子,你们四个都打扮出来,与你娘跟着递酒,也是好处。"春梅听了,斜靠着桌儿说道:"你若叫,只叫他三个出去,我是不出去。"西门庆道:"你怎的不出去?"春梅道:"娘们都新做了衣裳,陪侍众官户娘子便好看。俺们一个一个只像烧糊了卷子一般,平白出去惹人家笑话。"西门庆道:"你们都有各人的衣服首饰、珠翠花朵。"春梅道:"头上将就戴着罢了,身上有数那两件旧片子,怎么好穿出去见人的! 到没的羞刺刺的。"西门庆笑道:"我晓得你这小油嘴儿,见你娘们做了衣裳,却使性儿起来。不打紧,叫赵裁来,连大姐带你四个,每人都裁三件:一套缎子衣裳、一件遍地锦比甲。"春梅道:"我不比与他。我还问你要件白绫袄儿,搭衬着大红遍地锦比甲儿穿。"西门庆道:"你要不打紧,少不得也与你大姐裁一件。"春梅道:"大姑娘有一件罢了,我却没有,他也说不的。"西门庆于是拿钥匙开楼门,拣了五套缎子衣服、两套遍地锦比甲儿,一匹白绫裁了两件白绫对襟袄儿。惟大姐和春梅是大红遍地锦比甲儿,迎春、玉箫、兰香,都是蓝绿颜色;衣服都是大红缎子织金对襟袄,翠蓝边拖裙,共十七件。一面叫了赵裁来,都裁剪停当。又要一匹黄纱做裙腰,贴里一色都是杭州绢

---

① 张金兰:《〈金瓶梅〉女性服饰文化》,台湾万卷楼图书有限公司2001年版,第29页。
② 王惠:《服饰与〈金瓶梅〉人物形象塑造》,南昌大学硕士学位论文2010年。
③ 其他宠妇在此指的是除了妻妾、妓女以外的受过西门庆恩宠或是西门庆与其偷过情的妇人,包括春梅、宋蕙莲、王六儿、贲四嫂、林太太、如意儿等。就在小说中的笔墨描写而言,此处主要选取春梅、宋蕙莲、王六儿三人加以分析。

儿。春梅方才喜欢了,陪侍西门庆在屋里吃了一日酒,说笑玩耍不题。

关于春梅的服饰,前期描写简略,第二十九回吴神仙相面时"头戴银丝云髻儿,白线挑衫儿,桃红裙子,蓝纱比甲"。

后期描写较多,如春梅进守备府时,周守备见她:"比旧时越又红又白,身段儿不短不长,一双小脚儿,满心欢喜。"(第八十六回)从侧面烘托出春梅的姿容。

第八十九回吴月娘上坟,在永福寺遇到祭拜潘金莲的春梅:"但比昔时出落的长大身材,面如满月,打扮的粉妆玉琢。"

刚到守备府时的春梅:"戴着围发云髻儿,满头珠翠,穿上红缎袄儿,蓝缎裙子,脚上双弯尖翘翘。"

而成守备夫人后的春梅则"宝髻巍峨,凤钗半卸。胡珠环耳边低挂,金挑凤鬓后双拖。红袖袄偏衬玉香肌,翠纹裙下映金莲小。行动处,胸前摇响玉丁当;坐下时,一阵麝兰香喷鼻。腻粉妆成脖颈,花钿巧贴眉尖。举止惊人,貌比幽花殊丽;姿容娴雅,性如兰蕙温柔。若非绮阁生成,定是兰房长就。俨若紫府琼姬离碧汉,宛如蕊宫仙子下尘寰"。(第八十九回)

春梅游旧家池馆时,"戴着满头珠翠金凤头面,钗梳胡珠环子。身穿大红通袖四兽朝麒麟袍儿,翠蓝十样锦百花裙,玉玎珰禁步,束着金带"。(第九十六回)

可见,春梅的衣着服饰精美、艳丽,形象端庄、稳重,"完全是一个具有良好品质、仪态万方、出身大家的佳人形象"[①]。

总之,在《金瓶梅》小说前半部分,春梅被塑造成一个心高气傲的女性形象。西门庆死后,因为她和潘金莲一起勾搭陈敬济而被领出西门宅,后来成了说一不二的守备夫人。这些特征也都一一反映在插图中。

图 11-28　崇祯本《金瓶梅》第二十二回"春梅姐正色闲邪"插图

小说"春梅姐正色闲邪"一回,写的是西门庆让乐工李铭教春梅她们弹琵琶,李铭将春梅手按重了些,她便怒骂李铭,"骂的李铭拿着衣服,往外走不迭"。崇祯本插图此回的内容如图 11-28 所示。插图描绘的正是春梅骂李铭,李铭忙往外走的情景。骂的内容自然是无法通过图像表现出来的,只能依靠动作神情加以体现。图中的春梅面带怒色,一副盛气凌人的模样。左边袖子退到肘部,用手指指着往外走的李铭,右手撑着桌子。崇祯本插图选取的是远景,人物的容貌服饰仅作简略勾勒。《崿美图》取近景描绘,对春梅的服饰作了描摹:身着上衣下裙长比甲,腰间系以较阔的汗巾。其装束打扮与潘金莲相似。

---

① 王惠:《服饰与〈金瓶梅〉人物形象塑造》,南昌大学硕士学位论文 2010 年。

曹涵美《金瓶梅全图》此回的插图虽然画的是春梅的侧身,但从画面看,我们可以知道她深受西门庆的宠爱。

张光宇画笔下的春梅形象如图 11 - 1 所示。画面中的春梅相貌俏丽,身着长裙,外罩比甲,腰间束以涤带,双手笼于袖中。画面上有一株梅花,春梅立于梅花前面。在中国古代的绘画传统中,有花中四君子之称的梅花孤傲高洁,在此有着极强的象征意义。作者笔下的春梅心气高,由于被西门庆"收用",有了仗势欺人的资本,如骂孙雪娥、李铭、秋菊等,也便有了"风云人物春梅"的称号。另一幅图中的春梅坐在石头上,右腿搁在左腿之上,作弹拨琵琶状。这两个画面在文中找不到对应的故事情节。人物画像不再是语言文本的形象化再现,而是通过对人物特征的理解和把握后进行的发挥和创造,从而彰显了艺术性。

我们再来看戴敦邦画笔下的春梅形象。在西门庆府上的春梅①,黑油油的头发梳成两个小髻于脑后,头上戴着一朵小花,脸颊上有颗美人痣,皮肤白皙,身材丰腴,裸露着上半身坐在西门庆怀中。春梅被卖到守备府后,因为她为周守备生育儿子,在那个母以子贵的封建时代,这也成了妻妾争宠最大的资本。显然春梅得到了这一资本,成了守备府说一不二的女主人。戴敦邦画笔下此时的春梅②,头发高高梳起个发髻束于头顶,身穿华美的服饰,外披红色披风,腿上盖着绣花垫子,坐在软和的椅子上。而一身戎装的守备大人则很殷勤,一手搭在椅背上,一手轻抚春梅的肩膀,弯着身子凑向春梅。春梅的表情则显得冷淡。

(二)宋蕙莲

宋蕙莲是西门庆家人来旺的老婆,后和西门庆勾搭上,最后因为来旺的事情向西门庆说情,说情不成上吊而死。孟超说她是"正统思想与爬高心理矛盾"③的人物。可以说她是一个可怜之人,但可怜之人必有可恨之处。

关于宋蕙莲的形貌,小说第二十二回有过介绍:"这个妇人小金莲两岁,今年二十四岁,生的白净,身子儿不肥不瘦,模样儿不短不长,比金莲脚还小些儿。"说明宋蕙莲皮肤白皙,长相颇有几分姿色。特别是她有一双比金莲还小的小脚,这在崇尚小脚的明清时期是极其受宠的,也是女性引以为傲的地方。又说她"性明敏,善机变,会妆饰,就是嘲汉子的班头,坏家风的领袖"。可见在作者看来,宋蕙莲并不是一个清白干净的正经女人。

关于宋蕙莲的打扮,小说中写道"初来时,同众媳妇上灶,还没什么装饰;后过了个月有余,因看见玉楼、金莲打扮,他便把狄髻垫的高高的,头发梳的虚笼笼的,水鬓描的长长的"。(第二十二回)因此被西门庆给看上,随后因为西门庆送的一批缎子便与他一拍即合。蕙莲淫荡轻狂,轻佻浅露。一旦得宠,便不可一世,"自此以来,常在门首成两价拿银钱,买剪裁花翠汗巾之类,衣服底下穿着红潞䌷裤儿,线捵

---

① 见戴敦邦绘:《戴敦邦彩绘金瓶梅》,荣宝斋出版社 2011 年版,第 12 页。

② 同上,第 13 页。

③ 孟超著,张光宇绘:《〈金瓶梅〉人物》,北京出版社 2011 年版,第 73 页。

护膝;又大袖子袖着香茶,香桶子三四个,带在身边。见一日也花销二三钱银子"。张竹坡在此处评道:"总写淫妇人得志,颠狂之态。则世所谓作死者也。"第二十四回宋蕙莲跟着众人走百病时:"换了一套绿闪红缎子对衿衫儿,白挑线裙子,又用一方红销金汗巾子搭着头,额角上贴着飞金并面花儿;金灯笼坠子。"无论是服饰还是妆扮都与她下人的身份不符,给人一种轻佻风骚之感。宋蕙莲之所以如此打扮是为了显示自己的得宠。

《金瓶梅》中的宋蕙莲并不是一个正经的好女人。先来看看崇祯本插图中的宋蕙莲形象,见图11-29。该插图描绘的是"蕙莲儿偷期蒙爱"一回的内容。位于画面上方的女子便是宋蕙莲。

图11-29　崇祯本《金瓶梅》第二十二回"蕙
　　　　　莲儿偷期蒙爱"插图

图11-30　张光宇绘宋蕙莲

图11-30为张光宇绘宋蕙莲形象:眼神悲戚,双眉微蹙,头发随意地梳成个马尾于脑后;上着黑色袄子,下穿花裤子;挽着一根白绸带的双手上举,头往上方望着,作往小杌子上蹬脚状。

戴敦邦彩绘宋蕙莲形象[1]。在画面中,宋蕙莲头发梳成一个高髻,一侧别着一朵花。眉目清秀,皮肤白皙,身着裙衫,胸部裸露,双眼微闭。西门庆正在调戏她。

(三) 王六儿

王六儿是西门庆店铺伙计韩道国的老婆,长期和小叔子二捣鬼鬼混,后来和西门庆勾搭上。她是一个很现实也很实际的女人,从西门庆处获得了很多好处。

关于王六儿的容貌,文中第三十三回在介绍韩道国时曾一笔带过:"他浑家乃是宰牲口王屠妹子,排行六儿,生的长挑身材,瓜子面皮,紫膛色,约二十八九年

---

① 见戴敦邦绘:《戴敦邦彩绘金瓶梅》,荣宝斋出版社2011年版,第27页。

纪。"此时王六儿并未正式出场。由此我们对王六儿有了一个基本的了解。等到第三十七回才有了正面的描写,我们不妨来看一下西门庆与王六儿初次见面时的场景:"这西门庆且不看他女儿,不转睛只看妇人。见他上穿着紫绫袄儿玄色缎金比甲,玉色裙子下边,显着翘翘的两只脚儿。生的长挑身材,紫膛色瓜子脸,描的水鬓长长的。"第四十二回西门庆邀请王六儿到狮子街房里看灯时,王六儿的衣着打扮是:"头上戴着时样扭心鬏髻儿,身上穿紫潞绸袄儿,玄色被袄儿,白挑线绢裙子,下边露两只金莲,拖的水鬓长长的,紫膛色,不十分搽铅粉,学个中人打扮,耳边带着丁香儿。"第九十八回再次提到王六儿的形貌:"那何官人又见王六儿长挑身材,紫膛色,瓜子面皮,描的大大水鬓,涎邓邓一双星眼,眼光如醉。"从这几处描写来看,王六儿容貌的关键词是"长挑身材""紫膛色""描的水鬓长长的"。所谓"紫膛色",是指黑而红的颜色,也就意味着王六儿肤色并不白,是一个长得并不十分漂亮的女人,但她善于打扮,再加上她原本就有点"淫",因此很容易跟西门庆勾搭成奸。在张竹坡看来,王六儿是一个"贪财淫妇",她跟西门庆"完全是一种色与财的交易,根本没有多少情义可言"[1]。所谓"水鬓",是指"古代女子梳理鬓发,多以带粘性的梳发水使之贴服、光亮"。"描的水鬓长长的"这一形容多与女子作风妖艳、不正派有关。描画鬓角使之延长,也是古代女子冶容的方法之一,从美容角度上说,这一修饰可使女子面型在观感上有所变化,并增加女子的妩媚。[2]

我们来看崇祯本插图中的王六儿形象,见图 11-31。

图 11-31　崇祯本《金瓶梅》第三十七回"冯妈妈说嫁韩爱姐"插图

图 11-32　张光宇绘王六儿

① 黄霖:《金瓶梅讲演录》,广西师范大学出版社 2008 年版,第 203 页。
② 转引自孙逊主编:《金瓶梅鉴赏辞典》,汉语大词典出版社 2005 年版,第 452 页。

该插图对应的是"冯妈妈说嫁韩爱姐"一回的内容。画面中王六儿身形高挑苗条,牵着女儿韩爱姐的手作扭头对韩爱姐说话状。

张光宇所绘的王六儿如图 11 - 32 所示。插图中的王六儿显得风情万种,头发用汗巾束着,戴着耳环,身着一件妆花对襟长衫。双手托着一个装有茶杯的托盘,身子转向右后方,左脚踏上台阶,右脚作登台阶状。

五、三姑六婆形象

三姑六婆在小说中的主要作用为"媒介男女、沟通内外"[①]。《金瓶梅》中出现的"三姑六婆"主要是王婆、薛嫂、文嫂、冯妈妈、刘婆子、王姑子、薛姑子等人。她们都有一张三寸不烂之舌,贪财好利,骗得钱物。如果没有她们的牵线搭桥,西门庆的人际关系就不会如此复杂,很多女性角色也就不会与西门庆有什么关系。

王婆是其中着墨最多也是写得最成功的一个,她是潘金莲与西门庆勾搭成奸的媒介。她贪图钱财,为西门庆出谋划策,定十条挨光计,为西门庆和潘金莲偷情创造机会。她还是潘金莲毒死武大的帮凶。当武松回来去她家提亲时,她为了钱财而使得潘金莲最终惨死于武松刀下,自己也成了刀下鬼。冯妈妈是李瓶儿的奶娘,但后来又帮西门庆与王六儿偷情。薛嫂则是孟玉楼与西门庆的媒婆。

关于三姑六婆的容貌,小说除了对薛姑子有所描写外,其他人均未描写。服饰描写也很简略。

在三姑六婆中,王婆的形象最令人印象深刻。王婆在崇祯本插图和《丽美图》中的形象如图 11 - 33、图 11 - 34 所示。对比两图中的王婆形象,我们发现二者形貌大体相同,看起来都是长相普通的老妇人。不过,图 11 - 34 中的王婆在服饰打扮上更讲究一些。

曹涵美运用了夸张的艺术手法创造了王婆这一形象:头发梳成个发髻结于头顶,额头上缠着一块方巾;面部特征较模糊,伸出的下巴很长。

张光宇笔下的王婆形象如图 11 - 35 所示。在图 11 - 35 中,王婆满脸皱纹,头发简单地梳成个发髻绾结于脑后,额前束有一块帕子;身穿一件长裙,外罩一件打有补丁的比甲,布带束腰;身体稍向前倾,头转向左后方,双手拉住大门的门环作关门状。

图 11 - 33　崇祯本《金瓶梅》第二回"老王婆茶坊说技"插图

---

① 刘汭屿:《论〈金瓶梅〉中"三姑六婆"的文学功能》,载《南京师范大学文学院学报》2012 年第 2 期。

图 11-34 《葩美图》"老王婆茶坊说技"插图

图 11-35 张光宇绘王婆

戴敦邦彩绘的王婆形象[1]。画面中的王婆满脸皱纹,长相丑陋,身体瘦削,穿着普通,紧紧抱着两卷布料,头侧向一边,一副心满意足的样子。符合文中所描写的王婆贪婪、市侩、唯利是图、贪得无厌的人物形象。

六、小厮家仆形象

小说中写到的西门庆家的小厮家仆很多,有玳安、琴童、书童、画童、来安、来旺等。其中,玳安是他最贴心的家仆。玳安的人生轨迹是由贴身奴仆成了主子,成为西门庆的接班人,人称"西门小员外",为吴月娘养老送终。小说第一回对他作了简单介绍:"生得眉清目秀,伶俐乖觉。"但对衣着服饰只字未提。而作为西门庆男宠的书童"生得清俊,面如傅粉,齿白唇红;又识字会写,善能歌唱南曲;穿着青绡直裰,凉鞋净袜"。(第三十一回)可见,书童外在形象俊俏美丽,所以"西门庆一见小郎伶俐,满心欢喜"。其他人的容貌未作描写。

常言道:上梁不正下梁歪。长期在西门庆身边耳濡目染,玳安自然就学会了西门庆的很多恶习。我们来看这一形象。

在图 11-36 中画面下方脸转向右后方的便是玳安。他身着交领及膝长衫,涤带束腰。

张光宇所绘的玳安形象如图 11-37、图 11-38 所示。在图 11-37 中,玳安的眉毛浓黑,圆脸,头发用方巾束成小髻,身着交领长衫。在图 11-38 中,玳安头戴小帽,身穿黑色交领长衫,涤带束腰,脚着皂靴;左手持盒,右手拿着一个写有"西门庆"字样的帖子。画家很好地抓住了玳安的特点,与文本中所塑造的玳安形象相互补充,使得我们对这一形象有一个全面的认识。

---

① 见戴敦邦绘:《戴敦邦彩绘金瓶梅》,荣宝斋出版社 2011 年版,第 38 页。

戴敦邦彩绘的玳安形象①。画面中的玳安与张光宇笔下的玳安无论是面部表情还是服饰打扮都有几分相似。

图 11-36　崇祯本《金瓶梅》第十回"妻妾玩赏芙蓉亭"插图

图 11-37　张光宇绘玳安

图 11-38　张光宇绘玳安

七、西门庆

上述诸多人物都是围绕一个人物——西门庆展开的。在此，我们就来说说西

① 见戴敦邦绘：《戴敦邦彩绘金瓶梅》，荣宝斋出版社 2011 年版，第 52 页。

门庆这一形象。全书一百回，前八十回是以西门庆为中心展开的，他是一个极其复杂的人物，我们无法用三言两语将其说清楚，也不能简单地说他好或是坏。

黑格尔在《美学》中说道："每个人都是一个整体，本身就是一个世界，每个人都是一个完满的有生气的人，而不是某种孤立的性格特征的寓言式的抽象品。"①小说的核心人物西门庆就是这样一个血肉丰满、个性鲜明、性格丰富的人。西门庆这个"豪门领袖"一生主要经历了"由一个破落户而土豪、乡绅而官僚的逐步发展"②。因而对他的衣着服饰也要根据他的不同人生阶段来区分，毕竟一个人的服饰是会反映其身份地位的。

对于西门庆的容貌，小说第一回说他是"风流子弟，生的状貌魁梧，性情潇洒"，第二回"俏潘娘帘下勾情"通过潘金莲的眼睛对其作了细致描摹："把眼看那人，也有二十五六年纪，生得十分浮浪。头上戴着缨子帽儿，金玲珑簪儿金井玉栏杆圈儿；长腰才，身穿绿罗褶儿；脚下细结底陈桥鞋儿，清水布袜儿；手里摇着洒金川扇儿。越显出张生般庞儿，潘安的貌儿。"孟玉楼见西门庆"人物风流"。第六十九回"招宣府初调林太太"则又写林太太眼中的西门庆："身材凛凛，一表人物，头戴白缎忠靖冠，貂鼠暖耳，身穿紫羊绒鹤氅，脚下粉底皂靴，就是个：富而多诈奸邪辈，压善欺良酒色徒。"可见，小说几处文字对西门庆的外貌描写不够具体，比较笼统，但仍可知西门庆外在形象不错，高大帅气、英俊潇洒、风流倜傥。

关于西门庆的衣着服饰，小说描写要丰富而具体得多。当官之前，他的服饰如第二回潘金莲所见那样稍显普通，不过"和他外貌结合展现出来的外在形象是一个风流倜傥的中产阶级形象"③。

然而在当官后，"每日骑着大白马，头戴乌纱，身穿五彩撒线揉狮子补子员领。四指大宽萌金茄楠香带，粉底皂靴，排军喝道，张打着黑扇，何止十数人跟随"。（第三十一回）"带忠靖冠，丝绒鹤氅，白绫袄子"。（第四十六回）"头上戴着披巾，身上穿青纬罗黯补子直身，粉底皂靴"。（第五十九回）"白绫袄子上，罩着青段五彩飞鱼蟒衣，张牙舞爪，头角峥嵘，扬须鼓鬣，金碧掩映，蟠在身上"。（第七十三回）

从服饰来看，此时的西门庆完全是一个得势官员的形象。

在对西门庆的衣着服饰描写中有几个关键词："带眼纱""缠棕大帽""忠靖冠""鹤氅""大白马"。所谓"眼纱"，是指在大檐帽前加的掩面巾，多以薄、透的纱为之，宋代就已出现，明清时期比较流行。邓之诚《骨董琐记》引《香祖笔记》云："今裁帽席帽为两等，中丞至御史、六曹郎中于席帽前加全幅皂纱，仅围其半为裁帽；员外郎以下则无之为席帽。"④"（布政司、按察司）俱坐轿开棍，今则导以尺箠策马带眼纱，与京师幕僚无异矣。"⑤《水曹清暇录》："（北京）正阳门前多卖眼罩（眼纱），轻纱为

① 黑格尔著，朱光潜译：《美学》（第一卷），商务印书馆 1979 年版，第 303 页。
② 吴晗：《〈金瓶梅〉的著作时代及社会背景》，见《名家眼中的金瓶梅》，文化艺术出版社 2006 年版，第 26 页。
③ 王惠：《服饰与〈金瓶梅〉人物形象塑造》，南昌大学硕士学位论文 2010 年。
④ 孙逊主编：《金瓶梅鉴赏辞典》，上海汉语大辞典出版社 2005 年版，第 462 页。
⑤ 沈德符：《万历野获编》（卷二十二），中华书局 1959 年版，第 570—571 页。

之，盖以蔽烈日风沙。胜国旧历，迁客辞阙时，以眼纱蒙面，今则无所忌也。"①《金瓶梅》写成于明代中后期，眼纱已成为大众流行的生活用具，西门庆追随潮流也热衷于使用该物。

关于"缠棕大帽"，张竹坡评论道"富家气象，却是市井气"。《云间据目钞》云："这种帽子本来只有起家科贡的生员才有资格戴，后来富民亦用之。仅见一二，价甚腾贵。"②可见西门庆喜欢示富。"鹤氅"用鹤的羽毛织成，一般当作裘衣，尺寸较宽大，穿在身上有羽化登仙之飘逸感，为魏晋名士追捧。"据文献记载，在明代，穿着鹤氅的不限于道士，常人也多穿此衣，这种鹤氅与作为道教法服的鹤氅略有区别，仅是指宽大的外衣。"③西门庆身穿鹤氅不只是为了御寒，还可以彰显他生活的豪奢，家境的富裕。

所谓"忠靖冠"，是明代品官之冠，嘉靖年间制定。《明史·舆服志》三记载，嘉靖"七年既定燕居法服之制，阁臣张璁因言：'品官燕居之服未有明制，诡异之徒，竞为奇服以乱典章，乞更法古玄端，别为简易之制，昭布天下，使贵贱有等。'帝因复制《忠靖冠服图》颁礼部……礼部以图说颁布天下，如敕奉行。按忠靖冠仿古玄冠，冠匡如制，以乌纱冒之，两山俱列于后。冠顶仍方中微起，三梁各压以金线，边以金缘之。四品以下，去金，缘以浅色线丝。忠靖服仿古玄端服，色用深青，以苎丝纱罗为之。三品以上云，四品以下素，缘以蓝青，前后饰本等花样补子，深衣用玉色。素带，如古大夫之带制，青表绿缘边并里。素履，青绿绦结。白袜"。又据田艺蘅《留青日札》"我朝服制"条云："隆庆四年奏革杂流、举监忠靖冠服，士庶男女，宋锦云鹤绫缎纱罗，女衣花凤通袖，机坊不许织造。"④忠靖冠服是当官人穿戴的。西门庆官居掌刑千户，所以戴忠靖冠。

骑白马形象贯穿西门庆形象始终。白马具有清俊神逸的特点，是西门庆重要的装饰。曹植在《白马篇》里已经奠定了白马的审美意象，从古代小说来看，骑白马者多为青年才俊，风流倜傥、性格俊逸。《说唐传》中的罗成白马银枪；《三国演义》里的马超穿白袍银甲，骑白马，人称"锦马超"；《西游记》中骑白马的唐僧，虽是一介僧人，但形象俊美，仪态风流。白马的特征在外形上彰显人物的内在气质，武将骑白马，精神抖擞，俊俏风流；文士骑白马，儒雅英姿，又兼了些许英气。明代市民文化已经相当发达，白马形象显然已随宋元话本戏剧成为一种普遍意义上的理想男性形象。⑤

总之，西门庆是小说的核心人物，作者将之塑造成一个复杂多面的人物。他有着极强的性欲和财欲，他时而仗义疏财，时而心狠手辣，时而溜须拍马。在他看来，一切都可以用钱财得到。他的形貌、动作姿态在图像中也得到了不同的反映和

---

① 孙逊主编：《金瓶梅鉴赏辞典》，上海汉语大辞典出版社 2005 年版，第 462 页。

② 同上，第 454 页。

③ 同上，第 478 页。

④ 转引自陈诏：《〈金瓶梅〉小考》，收入《名家眼中的金瓶梅》，文化艺术出版社 2006 年版，第 232—233 页。

⑤ 王惠：《服饰与〈金瓶梅〉人物形象塑造》，南昌大学硕士学位论文 2010 年。

再现。

崇祯本《金瓶梅》第二回"俏潘娘帘下勾情"中的插图，主要描写了西门庆与潘金莲初次相见的情景，双方都给对方留下了极其深刻的印象。这种印象首先就是容貌上的，西门庆头戴缨子帽儿，身穿宽袖长袍，半弯着身子拱手面向潘金莲。

小说中塑造的西门庆只是一介商人，他没有多少文化，可以说跟文化人沾不上什么边儿。但从插图中看，西门庆展现给读者的则是另一种形象。如"蔡状元留饮借盘缠"插图（图 11 - 39）中除了七个人物，便是园林、湖水、架桥、太湖石以及房屋里陈设的茶杯和围棋盘。"李瓶儿梦诉幽情"插图（图 11 - 8）描绘的环境是书房，房中有山水画屏风、花草

图 11 - 39　崇祯本《金瓶梅》第三十六回"蔡状元留饮借盘缠"插图

盆景，桌子上还有古琴和书册，书房应该具备的琴棋书画一应俱全。如果仅是看插图画面，我们难以将书房主人与西门庆看成是同一个人。仅从画面看，西门庆斯文儒雅，不似小说中所描写的那般跋扈、凶狠、财大气粗。

崇祯本插图和《皕美图》中的西门庆形象大体相同，只是个别插图在衣着服饰上有所不同。这与《皕美图》是以崇祯本版画为摹本绘制而成有关。

张光宇所绘《〈金瓶梅〉人物图》中的西门庆相貌堂堂，无须髯，身材高大，英俊潇洒，风流倜傥。头系葛巾，身着华美的宽袖长袍，脚穿皂靴。左手拿着马鞭，右手牵着缰绳，左脚登在马镫上，右脚站立，上半身转向右侧，双眼望向右下方，作上马状。在另一幅插图中，西门庆眉目清秀，头戴纱帽，身着家居便服坐于椅子上，脚穿家常鞋，跷着二郎腿，左手搁在椅子扶手上，右手端着酒杯。一副悠闲自在、衣食无忧的公子哥模样。

就画面中的西门庆来说，我们看到的是一个器宇轩昂、英俊潇洒的青年男子，难以把他与文中所描写的那个集淫邪、贪婪、冷酷、残忍性格于一身的西门庆视作同一人。可以说，画像淡化了西门庆横行一方、无法无天的恶霸淫魔色彩。

《戴敦邦彩绘金瓶梅》中的西门庆形象[1]。在画面中，西门庆皮肤白皙，身材魁梧高大，头上戴着红花，身着交领绣花长袍，玉带束腰，腰间别着一把折扇，外套一件黄色对襟长袍。他左手叉腰，右手托着鸟笼，在帮闲的簇拥下显出一副洋洋得意、唯我独尊的模样。画家意在呈现西门庆在十兄弟中的显赫身份。

综上可知，《金瓶梅》小说文本对人物形象的塑造是成功的，气质、风度和性格

[1] 见戴敦邦绘：《戴敦邦彩绘金瓶梅》，荣宝斋出版社 2011 年版，第 1 页。

各异的人物跃然纸上。文学文本通过抽象的语言文字塑造一个个鲜活的人物形象，而语言具有模糊性的特征。就好比我们说一个人美，但到底是一种什么样的美呢？语言文字并不能给出明确的答案。这样一来就给了读者无限的想象空间。身为读者之一的小说插图绘制者正是在理解文本的基础上充分发挥想象，运用线条、色彩去创造一个个可视的形象。有论者指出"每个时期的连环画家，总是根据个人的审美价值取向等来塑造各自心中的人物形象，即每个画家心中的意象，是经过经验的积累和缜密的思考后作出的选择，是有意味的形象"①。虽然这段话是针对连环画家说的，但同样适用于一般画家。

由于不同时代的画工受其自身艺术修养、对文本的接受理解程度以及他们所处时代的审美风尚的影响，笔下的人物形象也不尽相同，换而言之，同一人物形象在不同时期的插图中的具体呈现会有差异。因为"插图则是图画作者根据自己对文字的理解和想象作出的再创作，描绘出的图像往往也渗入了他自己的情感，同时由于绘画者所处的时间与空间或对于作品理解深度与文字作者不同，创作出来的插图能以更为形象的方式传达情感，而这种情感往往又是文字所不能传递的"②。

通过对小说中人物形象在不同时期不同画家笔下的具体呈现来看，我们发现，早期的崇祯本插图以再现故事情节为主，因此画面注重背景的描绘，往往取远景构图，给观者的感受是景大人小，人物的面部特征并不鲜明，服饰刻绘亦不很精细，只是用线勾勒出大概的形状，略显类型化。与崇祯本插图相比，《皕美图》中人物的基本造型并无过多的发展变化，画面中的人物形象大体与崇祯本相同。这说明人物的艺术造型已经定型。不过《皕美图》对女性发饰、服饰的描绘要细致得多，也要丰富得多。人物的神情也得到较清晰的表现，原因主要在于画面取中近景构图。又由于崇祯本插图是木刻版画，对线条的处理不如《皕美图》细腻柔和。曹涵美在《金瓶梅全图》中也是把人物置于一定的故事情节中去表现，对人物形象的把握和处理融入了当时的绘画技巧，与明清时期插图（图册）中的人物相比，女性服饰有透视的效果。女性形象的发饰造型繁复很多，男性的服饰也不完全符合明代的服饰特征。但人物的服饰与他们的身份地位大致相符。张光宇所绘的《〈金瓶梅〉人物》重视人物的直观形象，具有很强的装饰性。虽然是人物像，但也处于一定的背景中，在文中亦能找到相应的故事情节，可见画家在创作时既考虑到了原小说中的人物形象，又深刻领会了《〈金瓶梅〉人物》作者孟超对小说人物的理解和认识，而戴敦邦在绘《戴敦邦绘刘心武评金瓶梅人物谱》与《戴敦邦彩绘金瓶梅》时凸显了人物形象的某一方面或某几个方面的特征，人物表情丰富。戴敦邦指出"任何艺术作品的最高标准与最低要求：是否塑造出众多的人物形象，而主要人物的刻画更该使读者与观众留下不可磨灭的印象，至于什么线条、构图、色彩只是运用其塑造出人物形象而已，尤其是依附于名著而创作的任何作品，忠于原著本该天经地义的，而正确反映

① 沈其旺：《中国连环画叙事研究》，江苏大学出版社2012年版，第90页。

② 徐小蛮、王福康：《中国古代插图史》，上海古籍出版社2007年版，第370页。

塑造出原著中林林总总人物形象,即是此为二度创作的最高准则也是起码要求"①。戴敦邦为《金瓶梅》作画,更加大胆,更具现代意识,注重对各色人物神态、服饰的精细描摹,使得原著中的人物形象大放光彩。

总之,插图(图册)中的人物是对小说文本的模仿和再现,但在不同画家笔下,人物形象又各具特色。画家对人物形象的处理也更加大胆和直接。小说中的人物在插图(图册)中的形象也越来越清晰,特征越来越鲜明,越来越有自己的个性和艺术独立性。

第四节 《金瓶梅》插图的形式演变与艺术特色

中国古代图书的插图形式多种多样,可以作如下分类:第一,按插图的位置可分为扉页插图、封面插图、目录插图、正文插图(卷首插图、文中插图、卷尾或书末插图)和牌记插图;第二,按插图的编排可分为单面插图(上图下文、上文下图、上下两图、左图右文或前文后图、右图左文或前图后文、方格插图、不规则插图)、合页连式插图、主图和副图;第三,按插图图形可分为长方形、月光图、方形、扇形以及不规则形状等。② 李明君从插图在书籍中的位置和插图在版面上的位置两个方面对插图进行分类,认为"一、按插图在书籍中的位置可分为卷首插图、卷中插图、卷后插图、整卷插图;二、按插图在版面上的位置可分为:图文共页的插图、单页满幅的插图、左右跨页的插图、正背连页的插图"③。瞿冕良更为明确地指出:"插图是书中插入的图画页,有整叶的,也有上图下文的。"④本节就意在对《金瓶梅》插图的形式演变与艺术特色进行分析,从而找到演变规律。

一、《金瓶梅》插图的形式演变

就《金瓶梅》而言,明代崇祯年间刊刻的《新刻绣像批评金瓶梅》所附的二百幅插图是目前所知最早的《金瓶梅》插图。其他版本的插图本并不多见,也不见有其他刻工参与到《金瓶梅》插图的刻绘队伍中来。即使有,也是书坊主为了促进销售、吸引顾客而对绣像本的翻刻,往往技艺不精,刻制粗糙,画面模糊。插图形式也大同小异,延续的是崇祯本单页整版式的插图形式,即"图绘占满书页,一面书页即是一幅完整的画面;这种插图的独立性较高,具有单独欣赏的价值"⑤。

汪燕岗指出"不同的插图方式是由各地书坊主所针对的读者群的不同而决定

---

① 戴敦邦:《吾为什么画〈金瓶梅〉》(代序),见《戴敦邦绘刘心武评金瓶梅人物谱》,作家出版社2006年版,第5—6页。

② 徐小蛮、王福康:《中国古代插图史》,上海古籍出版社2007年版,第322—345页。

③ 李明君:《历代书籍装帧艺术》,文物出版社2009年版,第194—200页。

④ 瞿冕良:《中国古籍版刻辞典》(增订本),苏州大学出版社2009年版,第852页。

⑤ 同③,第197页。

的，又与版画艺术的发展和文人的审美需求密切相关"①。由杭州书坊所刻的崇祯本《金瓶梅》插图由徽州刻工通力合作完成。徽州地区刻绘的小说、戏曲插图在形式上普遍采取单页大图式，不同于建安版画的上图下文式。它也不同于其他小说插图经历了形式上的演变，而是一出现就以固定的形式存在。每回几万、几千言的文字内容仅通过两幅插图来表现，插图的叙事能力无疑是减弱了，但版面扩大，画家的发挥空间大，插图的表现力强。曾钰婷认为，其他四大奇书早期刊刻的插图通常是上图下文，留有戏曲舞台的表现形式，人物占画面一半以上，并有楹联，这是由于版画原先有保存戏曲表演画面的实用性功能。而《金瓶梅》插图没有这些形式特征，与它先在文人阶层中流传抄写一段时间才被书坊刊刻出版有关。即，一开始的小说读者，其他四大奇书尚有一般市民，《金瓶梅》则是文人阶层，且很可能于抄本时期就由文人改定，因此初刻附图的崇祯本绣像已甚少受到戏曲版画的影响，而朝向文人画的写意、展现个人观点方向发展②。部分插图中有刻工的姓名，插图边框外侧有相应回目以作画题。

《硩美图》画册单独成册，采用单页满幅式插图，也是每回两幅插图，共二百幅。因此从插图形式上来看，从明代的崇祯本插图到清初的《硩美图》画册，其插图形式并没有变化。与前者相同的是用回目作画题，相异的是画面中不见画工的名字。曹涵美《金瓶梅全图》则采用上图下文的版式，每页上部为曹涵美所绘的插图，图像一侧为从小说文本中摘录的语句以作标题之用，部分为该幅插图的故事梗概。由于《金瓶梅全图》是连环画册，前后连贯，读者翻看前后连续的画页便能对故事有一个整体的把握，图像可以离开文本而独立存在，对文本就不用亦步亦趋地"因循"。在此，图像是主要的，文字只是对画面内容的介绍说明，图文并茂，由原来的读文字转到读图上来。张光宇所绘的金瓶梅人物画重点刻画人物形象，插图单独成页，插附于书页之中，形式不拘。《戴敦邦彩绘金瓶梅》既描绘人物形象也刻画故事情节，采用单页满幅式插图形式，图像旁有或长或短的人物评点或从原文中摘录的文字。

二、《金瓶梅》插图的艺术特色

"《金瓶梅》不似其他四大奇书，既非累积式创作，现存资料未见戏曲演出的材料，内容既无《三国演义》宏大的历史背景与战争场面，无《水浒传》的英雄群体形象，亦无《西游记》的神魔奇幻场景等图像较容易表现的空间式的具体形象。《金瓶梅》的特色在于是市井风情与私人空间的展现，与琐碎繁复的家常细节和对话。"③给这样一部小说绘制插图也就更加考验画工的水平和功力。颜彦指出"小说插图以文本为依据，如何最大限度地发挥绘画的优势，是插图实现自身效能最大化的根

---

① 汪燕岗：《古代小说插图方式之演变及意义》，载《学术研究》2007 年第 10 期。

② 曾钰婷：《说图——崇祯本〈金瓶梅〉绣像研究》，台湾师范大学硕士学位论文 2010 年。

③ 同上。

本目的"①。那么,《金瓶梅》各个不同版本的插图是如何通过最大限度地发挥绘画的优势来实现其自身效能最大化的呢? 我们可以从各插图的艺术特色中去寻找答案。

(一) 崇祯本《金瓶梅》插图的艺术特色

《金瓶梅》以描写普通男女的日常生活为题材,小说对生活琐事作了不厌其烦的描写,包括妻妾间的争宠、服饰、饮食、器用、节日风俗等,以文本为模仿对象的插图也注重对细节的刻绘、对背景环境的描绘。在插图中,时常可见到西门庆家的内部环境,厅堂、卷棚、花园以及妻妾们居室的摆设。花园里的花草树木、亭台架桥、太湖石、室内的屏风,书斋内的琴棋书画等都一一展现在观者面前。

说起中国古代画风格发展演变的情况,恰如周心慧所言:"论及古版画的艺术风格,我一向认为建安派属民间艺人的草创之作,数量虽多却不甚精;至金陵派崛起为一变,以雄浑厚重取胜;至徽派崛起又一变,是从民间艺人的创作到文人画创作的质变。"②由上文概述,我们知道崇祯本插图是由明代徽州刻工通力合作的杰作。徽州刻工崛起于中国版画"光芒万丈"的万历时期,到万历中叶,徽派版画逐渐形成其自身绵密婉丽的绘刻风格。至天启、崇祯年间已达到炉火纯青、巧夺天工的境界。

对于徽派版画,郑振铎先生曾感慨"自千门万户的皇宫到老百姓的草庐茅舍都被美化了,都像是世外桃源,自有那末一套谱子,甚至,水波的回漩,山云的舒卷,奇石的嶙峋,古树的杈丫,也自有那末一套谱子。看不出时代,看不出地域,但从那些'谱子'里却幻化出千千万万的美妙的事物景色来。是美,是古典的美"③。杨森在其博士论文《明代刊本〈西游记〉图文关系研究》中认为徽派版画具有"俯瞰式构图有限展现图像全景,以瞬间的凝固展现空间的共时,环境的创设契合人物的心境"等特点,虽然这是对李评本《西游记》插图艺术风格的总结,但也可以用来分析同为徽派版画杰作的《金瓶梅》崇祯本插图的艺术特色。对于崇祯本插图的艺术性及作为历史资料的记录,学者们多加以肯定。如郑振铎称其"横姿深刻地表现出封建社会的现实生活……有的只是平平常常的人民的日常生活,是土豪恶霸的欺诈、压迫,是被害者们的忍泣吞声,是无告的弱小人物的形象,实在可称为封建社会时代的现实主义的大杰作,正和《金瓶梅》那部大作品相匹配"④。徐小蛮和王福康也认为:"书中的插图构图精到,刀工老练,运用俯瞰的透视,将明代路径、街市、茶坊、庭院、阁楼,乃至它的各种陈设以及在其陪衬下的社会众生相栩栩如生地表现在纸上,富于变化,幅幅具有特点,不愧是明代插图作品中的佼佼者。"⑤祝重寿亦指出

① 颜彦:《中国古代四大名著插图研究》,社会科学文献出版社 2014 年版,第 65 页。

② 周心慧:《中国版画史丛稿》,学苑出版社 2002 年版,第 62 页。

③ 郑振铎:《中国古代木刻画史略》,见《郑振铎艺术考古文集》,文物出版社 1988 年版,第 377 页。

④ 郑振铎:《〈中国古代版画丛刊〉总序》,收入《中国古代木刻画史略》,上海书店出版社 2006 年版,第 244—245 页。

⑤ 徐小蛮、王福康:《中国古代插图史》,上海古籍出版社 2007 年版,第 299 页。

《金瓶梅》崇祯本插图"在艺术上也有很高的成就,插图采用中国传统鸟瞰式构图,远近按上下布置,上远下近,场面开阔,近景、中景、远景,层次分明,一目了然。画面上人物众多,三教九流,个个生动传神,活灵活现。人物与人物,人物与环境(景物),互相呼应,互相衬托,相得益彰。整个看上去自然写实,如同电影画面一般"①。插图所绘屋宇树石、人物器用,都工丽绵密,结构谨严,庭堂栉比,摇曳多姿。"由于插图作者具有相当出色的艺术素养,又和小说作者一样,对当时的社会生活和各色人等都异常熟悉,因此,他在改写者所规定的框架之内,以娴熟的技巧和丰富的生活场景和有血有肉的人物形象,把小说所反映的中国明代病态的社会相,细腻生动地表现出来了,把改写者苦心经营的创作意图出色地完成了,并且由此而创造出一种在平淡无奇的日常社会生活中描摹世态的刻画入微的艺术风格,这在我国古典插图艺术中是别开生面,独树一帜的。"②

具体说来,崇祯本《金瓶梅》插图的艺术特色表现在以下几个方面:

1. 采用俯瞰式构图

明清小说插图大都采用"俯瞰式"的叙述视角。这是作品内在设定的一个类似于文本叙事中的"全知型"的"叙述者",它始终站在画面的对面,俯瞰画面,画面中的一切都在其统摄之中。这种"全知型"的"俯视"视角,可以把不同时间、不同空间、不同场景的片段并置在一起,使得画面的包容性更大,层次感更强,从而丰富了叙事表现,延长了叙事时间,拓展了图像的叙事空间。"崇祯本《金瓶梅》绣像也多采取俯瞰角度,然而回目中心的视点却往往只有突出一个,且未必置于画面中央,借此突出此回中心与隐含的主旨,类似这样特殊的场景与视角的选取,都足见画工是在小说之上有意识的再创作。"③

这种构图方式既不同于传统西方绘画的焦点透视法,也不同于中国传统绘画的散点透视法。明清小说插图充分吸收了散点透视等中国绘画元素,与西方绘画的焦点透视不同的是,中国画的散点透视往往强调观察视角的变化,形成步移景换的视觉效果。这一方法的最突出优势在于,能够在有限的空间内展现不同视点的观察对象,从而极大地丰富了图像的叙事表现。体现在明清小说插图中,图像往往能够突破时空界限,将同时发生的多个事件有机并置,无形中增加了对文本的信息摄入量,既能使读者加深对文本的理解,又非常到位地描绘出故事的内容。如第九回"武都头误打李皂隶",原文这样写道:

那武二奔到酒楼前,便问酒保:"西门庆在此么?"那酒保道:"西门大官人和一相识在楼上吃酒哩。"武二拨步撩衣,飞抢上楼去。不见了西门庆,只见一个人坐在正面,两个唱的粉头坐在两边。认的是本县皂隶李外传,就知是他来报信,不觉怒从心起,便走近前,指定李外传骂道:"你这厮,把西门庆藏在那里去了? 快说了,饶你一顿拳头。"李外传看见武二,先吓呆了,又见他恶狠狠逼紧来问,那里还说得出

① 祝重寿:《中国插图艺术史话》,清华大学出版社 2005 年版,第 51 页。
② 裴沙:《亡国之鉴——试论〈金瓶梅〉的思想及其插图的艺术》,载《明清小说研究》1993 年第 3 期。
③ 曾钰婷:《说图——崇祯本〈金瓶梅〉绣像研究》,台湾师范大学硕士学位论文 2010 年。

话来！武二见他不则声，越加恼怒，便一脚把桌子踢倒，碟儿盏儿都打得粉碎。两个唱的吓得魂都没了。李外传见势头不好，强挣起身来，就要往楼下跑。武二一把扯回来道："你这厮，问着不说，待要往那里去？且吃我一拳，看你说也不说！"早飕的一拳，飞到李外传脸上……武二听了，就趁势儿用双手将他撮起来，隔着楼窗儿往外只一兜，说道："你既要去，就饶你去罢！"扑通一声，倒撞落在当街心里。武二随即赶到后楼来寻西门庆。此时西门庆听见武松在前楼行凶，吓得心胆都碎，便不顾性命，从后楼窗一跳，顺着房檐，跳下人家后院内去了……

武松在前楼误打李皂隶和西门庆从后楼跳下人家后院是同时进行但发生在不同空间的两件事。按颜彦博士在《中国古代四大名著插图研究》中总结出的"一时一地、同时异地、同地异时、异时异地"①四种时空表现的构成类型，此回属于同时异地这种类型。

小说对时空的这种处理方式就是张竹坡所说的"两对章法"。张竹坡在《金瓶梅读法》中指出：

《金瓶》一百回，到地俱是两对章法，合其目为二百件事。然有一回，前后两事，中用一语过节。又有前后两事，暗中一笋过下。如第一回，用元坛的虎是也。又有两事两段写者，写了前一事半段，即写后一事半段，再完前半段，再完后半段者。有二事而参伍错综写者，有夹入他事写者。总之以目中二事为条干，逐回细玩即知。②

读《金瓶》须看其大间架处。其大间架处则分金、梅在一处，分瓶儿在一处，又必合金、瓶、梅在前院一处。金、梅合而瓶儿孤，近而金、瓶妒月娘远，而经济得以下手也。③

这是小说中的空间叙事方式，在插图中就表现为图像并置，即使同一时间在不同空间发生的事情也可在同一画面出现，从而极大地丰富了画面的内容。

崇祯本第九回"武都头误打李皂隶"插图描绘的场景为：在同一画面上，中央左侧画出了盛怒的武松正将李皂隶提起往外推，楼上客人惊慌逃跑，桌椅凌乱，楼下酒保见状惊得呆了的场面，右侧画出了西门庆逃到邻家后院的情景。这样的构图方式在崇祯本插图中还有很多，又如第十一回"潘金莲激打孙雪娥"、第四十一回"二佳人愤深同气苦"都采用类似的构图。

在俯瞰式的视角下构图，画面各要素比例适当，人物、建筑、植物等基本按照真实情况依据一定比例缩放在画面中，恰当的比例不仅容纳了文本中更多的叙事因子，丰富了画面呈现元素，而且实现了人景和谐的成像效果，使画面显得美观大方。

2. 在插图中添加文字

崇祯本插图常常在画面中添加文字来直接进行图像叙事。据统计，崇祯本《金瓶梅》插图二百幅，画面中有文字的共十三幅，分别是：俏潘娘帘下勾情、老王婆茶坊说技、定挨光虔婆受贿、武都头误打李皂隶、草里蛇逻打蒋竹山、走捷径探归七件

---

① 颜彦：《中国古代四大名著插图研究》，社会科学文献出版社 2014 年版，第 164 页。

② 张竹坡：《金瓶梅读法》，转引自朱一玄编：《〈金瓶梅〉资料汇编》，南开大学出版社 2012 年版，第 425 页。

③ 同上，第 426 页。

图 11-40　崇祯本《金瓶梅》第二回"俏潘娘帘下勾情"插图

事、请巡按屈体求荣、应伯爵山洞戏春娇、西门庆官作生涯、吴月娘大闹碧霞宫、普静师化缘雪涧洞、王婆子贪财忘祸、武都头杀嫂祭兄等。

图 11-40 描绘的是"俏潘娘帘下勾情"一回的内容，当潘金莲初遇西门庆时，一切都被在旁的王婆看在眼里。在画面中，王婆家屋檐下写有"茶坊"二字的幌子就点明了王婆的身份。而图 11-41 展示的是"王婆子贪财忘祸"的情景。此节故事虽也跟王婆有关，但她的身份发生了变化，这一点可以从画面中看出。武松上王婆家提亲，王婆家檐下的旗子换成了"重罗白面"四字，由此我们知道此时的王婆已不卖茶，改为磨面卖面了。可见刻工对细节的重视。

再如图 11-42 描绘的是"武都头杀嫂祭兄"一回的内容。桌上摆着一个灵牌，上面写有"武大郎"三个字，表明这是武大的牌位。插图绘制者这样处理便于读者对插图画面的理解，使读者能够一目了然；同时也是为了弥补图像的不足，或特指或暗示那些图像不易表现的内容和意蕴。

图 11-41　崇祯本《金瓶梅》第八十七回"王婆子贪财忘祸"插图

图 11-42　崇祯本《金瓶梅》第八十七回"武都头杀嫂祭兄"插图

3. 虚实结合

徽派版画景大人小，有大量留白，主要受中国绘画传统的影响，也与明末文人画的倾向有关。文人画讲究虚实结合，计白当黑。郭熙曾在论述以无衬有、以空白衬主景，凸显画面主题意象时指出："凡经营下笔，必全天地。何谓天地？谓如一尺半幅之上，上留天之地位，下留地之地位，中间方立意定景。"①崇祯本《金瓶梅》插图中有大量的留白，其中，最具代表性的是"韩道国拐财远遁"插图（图 11-43）。画面中的远景是远处连绵起伏的山峰，中景是扬州城外的景色，人物几乎湮没于景物描绘之中。在画面的下方才是拐财远遁东京的韩道国一家。从画面构图来看，好似一幅山水画，人物仅出现在画面的下方，并且被山坡遮住了大半个身子，比例微小，如果不仔细看，难以看到他们的身影。这里画工选取的是远距离视角，"目的在于突显'拐财远遁'，视角更为深广，空间感加大，其意境造景似乎已非世情小说，而有如《唐诗画谱》的气韵了"②。

又如图 11-44 的构图与图 11-43 相似，在画面中留下大片空白，景大人小，把人物置于广阔的自然山水背景之中。如果画面没有标示图题"书童私挂一帆风"，我们肯定会认为这是一幅普通的山水画。

图 11-43　崇祯本《金瓶梅》第八十一回"韩道
国拐财远遁"插图

图 11-44　崇祯本《金瓶梅》第六十四回"书童
私挂一帆风"插图

4. 注重写实风格和平民趣味

针对明代版画的构图特点，王伯敏曾指出：画面不受任何视点所束缚，也不受时间的限制；对于画面上的组织，如对待舞台场面那样的处理；对画面上的各种景

---

① 郭熙著，周远斌点校纂注：《林泉高致》，山东画报出版社 2010 年版，第 72 页。
② 曾钰婷：《说图——崇祯本〈金瓶梅〉研究》，台湾师范大学硕士学位论文 2010 年。

物,雕镂得特别精致华丽。[①] 其中构图的舞台化效果即通过人物之间的距离、人物群体的同一时空呈现,通过室内家具的道具式陈设、室内外的空间联结加以展示。早期的小说、戏曲版画插图大都带有这些特点。崇祯本《金瓶梅》插图则有所不同,它不具夸张的舞台化构图,而更加注重写实性。具体说来,即画面中的室内环境不仅家具一应俱全,从实用性的桌椅几案到装饰性的屏风照壁,种类繁多,而且各种陈设的位置井然有序,凸显了空间层次感,为展示各类人物活动提供了相匹配的环境背景。特别注意微小细节的刻绘,如"薛媒婆说娶孟三儿"插图(图 11-21)所示,富商孀妇孟玉楼家客厅的显著位置挂的一幅观音像,四面墙上挂的山水画,客厅通往院子台阶前的盆景,这些共同构成了孟玉楼的家居环境。在如此环境中,薛嫂正不知廉耻地掀起孟玉楼的裙子,让西门庆看她的缠足。

不同于《水浒传》《三国演义》和《西游记》突出英雄人物、历史演义和神魔鬼怪,《金瓶梅》重在描写普通男女的日常生活以及当时的社会风貌。插图表现手法也就有所不同,"在描写主要人物的故事情节的同时,经常还另有追求,那就是追求一种真实的生活场景和社会环境,对画面上出现的每一个人物,无论主次都一视同仁地加以生动的描绘"[②]。换而言之,崇祯本插图在对主要人物进行描绘的同时,将次要人物纳入画面构图之中,而且将其作为烘托主要人物和渲染气氛的重要因素。如在第三十三回"韩道国纵妇争锋"插图中,韩道国家的院落以及捉奸起哄的街坊邻居被描绘得栩栩如生、细致生动。又如第七十二回"潘金莲抠打如意儿"插图描绘的是如意儿在李瓶儿院里和韩嫂、迎春一起给西门庆浆洗衣裳,潘金莲借故前来殴打泄愤的场面。主要人物是潘金莲、如意儿,但周围袖手旁观的、劝架的都表现得生动自然,恰到好处,给人一种身临其境的真实感。第十一回"潘金莲激打孙雪娥"插图描绘的是西门庆到后边厨房里踢骂孙雪娥的场景。人物的动作姿态生动自不必多言,从烟囱飘出的缕缕炊烟亦得到细致的刻绘,画面充满了浓烈的生活气息,展现了真实的生活场景。

5. 注意对园林环境的描绘

小说中多处描写了西门庆家的花园,很多事件都发生在这样的环境中。晚明时期,受文人画和园林文化之风的影响,小说插图中往往也融进了园林元素,崇祯本《金瓶梅》插图就明显体现了明清时期典型的江南园林的风格特征。此外,文人画注重意境的创设,讲究背景的描绘,力求绘出理想化的背景。如第三十六回"蔡状元留饮借盘缠"插图(图 11-39),在整个画面中,人物的比例比较小,除了小厮、奴婢,其他人均为读书人的衣着打扮。再看背景,完全是江南园林的样子,湖水、架桥、树木、假山,还有画面右下方亭子里陈设着的茶杯和围棋。插图刻画笔体优雅,刻线细腻,描写精巧。再如第五十七回"戏雕栏一笑回嗔"插图(图 11-45)通过古树、怪石、雕栏等具有典型江南园林风格元素的精心搭配,营造出幽静的意境,给潘金莲、陈敬济的进一步接触创造了极好的环境。在画面中,潘金莲手拈白纱团扇,

① 王伯敏:《中国版画通史》,河北美术出版社 2002 年版,第 81—83 页。

② 裘沙:《亡国之鉴——试论〈金瓶梅〉的思想及其插图的艺术》,载《明清小说研究》1993 年第 3 期。

被陈敬济搂着脖子，从潘金莲的角度看，是陈敬济从后面抱着她，她回首嗔笑。试想一下，如果潘金莲是在一个人多嘈杂的环境下见到陈敬济，虽然她内心蠢蠢欲动，但在行动上还不至于如此大胆。只有在别无他人的环境下，两人才会有如此大胆的行为。所以说，插图绘制者在绘制这幅插图时应该是考虑到这一点的，符合潘陈两人偷情时既兴奋又怕被发现的复杂心理。

图 11 - 45　崇祯本《金瓶梅》第五十七回"戏雕栏一笑回嗔"插图

图 11 - 46　崇祯本《金瓶梅》第二十一回"吴月娘扫雪烹茶"插图

6. 其他

插图还注意运用线描。"线描"是中国画技法之一，纯以线造型，是以勾勒的手段表现物象、抒发情感、营造意境的一种艺术形式。崇祯本插图"以白描手法造型，线条细如毛发，柔如绢丝；以工整、秀丽、缜密而妩媚的婉约情调见长；以线条的粗细、曲直、起落、疏密来表现事物的远近、体积、空间和质量的关系"①。插图绘制者对屏风、门窗、地板、台阶用直线，对花草盆景用曲线，综合运用各种线条造型，形成一种节奏感或韵律感。如在第二十一回"吴月娘扫雪烹茶"插图（图 11 - 46）中，刻工将七个妇人连在一起，形成一条倾斜的直线，刻工把这条由人物组成的斜线，作为这幅插图的主线，将它和大门的垂直线、台阶的水平线、栏杆的长折线以及铲雪的铲子、地上的扫帚、枯树的枝干等短直线组合在一起，将画面组织得和谐完美。

聂付生指出"山峦、村郭、楼台、江河等都是晚明插图的重要背景内容。刻工通过线条的粗细、曲直、繁简的处理，使物象的远近、虚实、刚柔、动静诸感觉，都能根

---

① 刘潇湘：《明代小说版画插图的表现形式研究》，西南大学硕士学位论文 2010 年。

据构图的需要予以艺术地再现,使画面富有层次感,使人物生活的环境更真实"①。崇祯本插图亦如此。插图中随处可见楼台、宅院、树木。插图绘制者善于运用树木对画面加以隔断,以增强空间的层次感。如图 11-47 描绘的是武大在郓哥的帮助下来到王婆家捉奸的场景。画面中央用一棵古树加以隔断,把画面隔成左右两片区域,右侧为王婆、郓哥和武大,郓哥使劲"看着婆子小肚上,只一头将撞去,险些儿不跌倒,却得壁子碍着不倒",顶住王婆,以便使接到暗号"从外裸起衣裳,大踏步直抢入茶坊里来"的武大冲进茶坊。画面左侧为潘金莲和西门庆,只见潘金莲衣衫不整,西门庆则吓得躲到了床底下。

图 11-47　崇祯本《金瓶梅》第五回"捉奸情郓　　　　图 11-48　崇祯本《金瓶梅》第二十三回"赌棋枰瓶
　　　　　　哥设计"插图　　　　　　　　　　　　　　　　　　　　儿输钞"插图

　　小说插图虽然依附于小说文本,与文本大体契合,但也有所出入。因为插图绘制者作为文本的接受者,他们对文本有自己的理解和认识,在尊重原文的基础上,充分发挥自己的想象力和创造力而进行创作。插图或变动人物活动的场所,如"赌棋枰瓶儿输钞"一回的插图(图 11-48)。在画面中,我们看见孟玉楼、潘金莲和李瓶儿三人在院子里下棋。与之对应的原文这样写道:

　　……午间孟玉楼、潘金莲都在李瓶儿房里下棋……说毕,三人下棋。下了三盘,李瓶儿输了五钱……

　　文图对照,我们知道插图将人物活动的场所由室内移到了室外。又如"元夜游行遇雨雪"一回的插图(图 11-49)。先来看小说中的描写:

　　……吴二舅连忙取了伞来,琴童儿打着,头里两个排军打灯笼,引着一簇男女,

① 聂付生:《论晚明插图本的文本价值及其传播机制》,载《南京师范大学学报》2005 年第 3 期。

走几条小巷,到大街上……

由此可知,吴月娘等人在街道上行走,而在插图中她们则出现在郊外,并且穿着清凉的夏装,完全不同于原文的叙述。对此,陈平原曾发问:"可这一簇男女,本该'走几条小巷,到大街上',为何竟游行到有山有水有草有木、唯独没有房屋的郊外? 这还不算,如此天寒地冻,让吴月娘等脱下皮袄,换成飘逸的夏装,受得了吗?"①插图或在画面中增删人物。增加人物的如"饮鸩药武大遭殃"一回插图,在画面中,除了武大、潘金莲,还有处于画面右下角推门往上张望的王婆。而本回主要说的是潘金莲从王婆处得了砒霜喂武大喝下后,武大中毒而亡,"那武大当时哎了两声,喘息了一回,肠胃迸断,呜呼哀哉,身体动不得了。那妇人揭起被来,见了武大咬牙切齿,七窍流血,怕将起来,只得跳下床来,敲那壁子。王婆听得,走过后门头咳嗽。那妇人便下楼来,开了后门"。显而易见,潘金莲在喂武大毒药时,王婆并未出现在武大家门口而是在自己家里等消息。之所以会让王婆提前出现在画面中,想必插图绘制者是想突出王婆是帮凶的缘故。删减人物的如"李瓶儿带病宴重阳"一回插图(图 11‑50),原文写道:"西门庆不曾往衙门中去,在家看着栽了菊花。请了月娘、李娇儿、孟玉楼、潘金莲、李瓶儿、孙雪娥并大姐,都在席上坐的。春梅、玉箫、迎春、兰香在旁斟酒伏侍。申二姐先拿琵琶在旁弹唱。那李瓶儿在房中,因身上不方便,请了半日才来。"而在画面中上述文字中其他内容都得到落实,唯不见月娘等人。究其原因恐怕是为了突出回目中"带病宴重阳"的主角"李瓶儿"。

图 11‑49 崇祯本《金瓶梅》第四十六回"元夜游行遇雨雪"插图

图 11‑50 崇祯本《金瓶梅》第六十一回"李瓶儿带病宴重阳"插图

---

① 陈平原:《看图说书——小说绣像阅读札记》,生活·读书·新知三联书店 2003 年版,第 72 页。

（二）《清宫珍宝皕美图》的艺术特色

虽然迄今仍不知道《清宫珍宝皕美图》（下文简称《皕美图》）的绘制者为何人，究竟是一人所绘，还是如崇祯本插图那般是集体合作完成的作品，这些都有待进一步研究。但有一点可以明确，即《皕美图》是由清代宫廷画家手绘而成的。从画面来看，由于二百幅插图没有经过刻工之手，因此在对线条的处理更为细腻柔和。虽然它以崇祯本插图为摹本，但有所创新和超越，对很多情节和画面作了处理和改动。毕竟每一个时代有其独特的审美特征，绘画者们也有其对文本不同的理解和认识。《皕美图》的艺术特色主要表现在以下几个方面：

1. 近景聚焦

如前文所述，崇祯本插图具有以远景、俯视、室外景为画面的主要特色。《皕美图》则是以近景、平视、特写、室内景为主的画面设计，更符合生活实际，有利于表现故事情节。如果说前者是远景呈现，后者则为近景聚焦。

远景描绘会增强空间的层次感和深度，而近景则显得逼仄，场面不够开阔，无法将更多的人物和场景纳入画面中来，如"武都头误打李皂隶""潘金莲激打孙雪娥""逞豪华门前放烟火"等插图都有这样的局限性。

先来说说"武都头误打李皂隶"一图，画面主要表现在酒楼这边小二楼下待客、武松举起李皂隶奋力往楼下扔这一场景，而没有如崇祯本插图那般把西门庆翻墙逃走闯入胡姓人家误撞胡家丫鬟如厕的场景也一并纳入画面。相比较而言，画面信息的丰富程度就大大降低了。再如"逞豪华门前放烟火"一图，画面中除了画烟火架、观看烟火的男男女女外，还画了栏杆，加之是近景，人物的表情得到了逼真生动的描绘，但整个画面空间感不足，略显局促逼仄。

由于是近景描绘，画工在对器物的描绘上更加注意细节。插图对床栏上的花纹、帐子上的挂钩、地毯上的花纹、屏风上的图案等都作了细致的描摹，给观者一种生动逼真之感。

2. 生活气息更加浓郁

与崇祯本插图相比，《皕美图》更具生活气息。主要体现在对人物生活环境的描绘方面。除了作为坐骑的马以外，《皕美图》图中有二十多幅根据情节添画了各类小动物：鸡、喜鹊、鹤、鹦鹉、狗、鸳鸯、金鱼、驴、鹿、猴，乃至儿童玩的金鱼灯、玩具兔，这不仅渲染了人物的生活环境，还极有情趣地点缀了画面，使之充满了浓厚的生活气息。

如"西门观戏动深悲"一回的插图，十分生活化。画面中共有二十七个人，一旦一末位于画面中央一块演出用的花地毯上，面部表情细腻，举手投足都具剧情化、角色化。西门庆位于左中，正掩面而泣，紧扣画意"动深悲"。上中方门帘半遮半掩，两妇人边观看边议论，当是潘金莲和吴月娘对"深悲"中的西门庆不满。右下方当为"堂下"，除来宾观戏外，门外回栏边尚有观戏的顽童。画面下方是联结西厢的"堂后"，为"乐池"，一班演奏员正聚精会神地演奏，有吹笙的、拉京胡的，还有弹三弦、打品字乐、打镗、吹箫的。不仅人物神态各异，从构图的技巧上看，该幅插图画出了当时富户人家堂会时演员、演奏员和四面八方、门里门外观众的多种神态和情绪。又如"杨光彦作当面豺狼"一回的插图,一改崇祯本插图该画面仅有三个人物的构思,画了三十个人物。杨光彦骑马挥鞭笞打陈敬济,这是这幅画的"题旨",仅在左下角,占画面不到六分之一处。插图绘制者用更多的画面,十分精彩地画出了图意之外的一幅市民生活画。主背景是一古玩店,柜内柜外有六个人,有买有卖,正在品玩各种瓷器珍宝;屋上有两个瓦工在修屋,还有一只猫;门外街头有耍猴人、卖卜人,右下角一门洞开,观热闹的妇人、小孩、老者以及肩伞者,各为自己的营生、活计忙碌着,使读者不自觉地"身"入闹市、嬉戏于其间。

3. 画法更写实且多变化

《丽美图》在构图方面虽然参考了崇祯本插图,例如第十四回"李瓶儿迎奸赴会"、第三十八回"潘金莲雪夜弹琵琶"、第六十二回"潘道士法遣黄巾士"等,但画法技巧方面较刻本更接近写实且多变化。这点与刻本限于版画之尺寸这一局限有关,《丽美图》无需刻工,又可描金敷色,景物铺陈,所以《丽美图》自有其独到之处。就以"李瓶儿迎奸赴会"插图为例,《丽美图》与崇祯本插图同样是画李瓶儿坐于一辆车内,手掀软帘探身在向随行老妇问话,后有脚夫推车送行。《丽美图》则省却了挑担之小厮,更着意对古杆老梅的工笔细皴,不仅突出了画中主要人物的形象,而且也增强了对时节的展现。再如第二十一回"吴月娘扫雪烹茶"插图,《丽美图》和崇祯本插图同是描绘西门庆和吴月娘、潘金莲、孟玉楼等人赏雪品茶之情景。然而在《丽美图》中,画珠帘高卷,螺钿花案临窗,西门庆妻妾等或倚栏赏雪,或煮雪品茶,窗外庭中,雪压梅梢,雕栏嵌玉,各使女正在以簸箕收敛白雪,两只仙鹤点缀其间,意境幽雅娴静。小说文本中并未对花园中的景色作具体描写,画面中的一切全是画家想象出来的。为何在此要画上仙鹤,究竟有何深意? 在中国古代艺术传统中,"鹤"是经常出现的审美意象。如《诗经小雅·鹤鸣》:"鹤鸣于九皋,声闻于天。"《周易·系辞上》:"鹤鸣在阴,其子和之,我有好爵,吾与尔靡之。"诗词中常见"鹤"生情:"云间有玄鹤,抗志扬哀声。"(阮籍《咏怀》)"闲园有孤鹤,摧藏信可怜。"(沈约《咏鹤》)"独鹤窥朝讲,邻僧听夜琴。"(惠崇《赠文兆》)"鹤闲临水久,蜂懒得花疏。"(林逋《小隐自题》)。"鹤"的意象呈现多种形态,如鸣鹤、仙鹤、鹤舞、双鹤、别鹤、独鹤等,不同的鹤往往具有不同的象征意味,传达出不同的审美情怀。仙鹤体态典雅、温顺,有一种超凡脱俗的气质,因而常被当作高雅脱俗的象征,如果它出现在园林苑囿中,则烘托出园林的高雅氛围。

(三) 曹涵美《金瓶梅全图》的艺术特色

对于小说插图的理解和认识,邵洵美先生曾指出:"对于书本的插图,我们平常有两种见解:一种是说插图可以帮助人对于书本的理会,一种是说插图会阻止人对于书本的欣赏。我却以为插图有它自身的价值,它是画家借题发挥的一种意境的表现,它可以脱离书本而单独存在。"①这段话肯定了小说插图的价值。"可以脱

---

① 邵洵美:《〈曹涵美画第一奇书金瓶梅全图〉序》,见绍红:《邵洵美精心推介〈曹涵美画金瓶梅全图〉》,载《博览群书》2009 年第 12 期。

离书本而单独存在"对《金瓶梅全图》而言是可行的,但并不适用于崇祯本插图。毕竟小说插图是对小说文本的模仿和再现,一旦离开了文本,插图也就是一幅极其普通的图像。既然《金瓶梅全图》可以脱离书本而单独存在,那么,它的特色在哪呢?

首先,《金瓶梅全图》属于漫画连环画,而"连环画插图是以多幅插图连续表现一个故事情节和主题的插图"[1]。画家采用了夸张的艺术手法以五百幅前后连贯的画面表现了故事情节。画面运用黑白两色构图,形成强烈的对比。

相较于明清时期的插图,《金瓶梅全图》中人物在图像中占据的比例大,人物形象特征鲜明。

对于小说中情色描写部分,曹涵美所画有所不同,他不是回避删减,而是加以虚化,有的以帘子、纱帐相隔,从而产生朦胧、模糊、梦境似的效果,没有视觉刺激性,是艺术地而不是直露地描绘。

前文提到过,曹涵美先后两次画《金瓶梅》,在艺术表现手法上前后有变化。我们可以看当时署名马午的一篇评论文章,他指出:

> 早期《金瓶梅》重布景,人物大都置在画面上半部;近期《金瓶梅》中人物,构图非常饱满。早期作品,多伟大场面,如《金瓶梅》第三十一图中有二十三人,第五十九图中有十九人,第六十四图中有十一人,及第二十五图二十七图淫僧之表情……这种情不自禁的表情,可说画面生动到极点。近期作品除重表情外,更注意线条之多寡,完全凭着深入浅出的原则,画面上人物的衣褶,多一条就感繁琐,而少一条决不能,故每幅画面简洁得不能再简洁。早期画面,用鸟瞰透视,近期画面全部用平面透视,有很多取巧的地方,但没有深刻地绘画修养的人,决不能轻易尝试。早期作品的布景,每幅均煞费心血,而近期作品的布景,则从前后左右,多方转移,多样变化。[2]

也有论者认为,曹涵美的《金瓶梅》早期和近期之作,各有所长,也各有所短:早期之长是发挥了改七芗、陈洪绶人物画的线描特色,显得流畅飘逸,加以西洋人体画的科学造型,再略加夸张,使画中诸多女性风姿绰约,生动传神,只是布景太繁,干扰了画面人物的突出;后期之作,简略了布景,加强和突出了人物,是十分高明的设计,但改人物的游丝描为铁线描,与屋宇器物的界画技法一致了,却又弱化了人物的生动清韵。[3] 应当说,这种评论是中肯也是有道理的。由此可以帮助我们更好更全面地去理解和认识《金瓶梅全图》的艺术特色。

杨扬指出:"曹涵美以深厚的根柢用于对《金瓶梅》题材形象的生发,出笔屡现新意。他注意运用现代文化眼光,特别是鲁迅、郑振铎等学者对《金瓶梅》开展新的研究的眼光去观察和勾勒形象。画面着重小说所写人物神态与社会生活事理,力求形神兼备,于这方面颇见匠心。特别是对于人们看做难画的涉及原小说过分刻露描写男女做爱之事,画作者能注意斟酌画面上的分寸,使画面主要引导向对人物

---

① 徐小蛮、王福康:《中国古代插图史》,上海古籍出版社 2007 年版,第 314—315 页。

② 转引自高信编:《新连环画掠影》,上海远东出版社 2011 年版,第 20 页。

③ 同上,第 20—21 页。

社会关系和作品主旨的了解。""就艺术笔墨说,此作在画历史人物活动情景时,也赋予了由现代眼光观察、描绘而融入的现代感。比如,画人物交谈之类的规定情景又融入了心理幻化的影象,显然糅合了古代画梦境手法与现代电影的特技手法。又如,改绘后的十集本与原印初版第一集本那种工笔细绘的画面风格也有了显著的变化,那就是增强了如版画的刀锋感与装饰趣味。甚至在画面中的对联、匾额上加入了借诸原小说诗词曲文等而来的讽喻性内容,这是一种变动原作细节,类似电影旁白的方法,也是使画作带有现代感和讽刺韵味的一种别致的方法。"①朱水蓉在《古为今用,洋为中用——〈金瓶梅全图〉连环画出版》一文中亦对《金瓶梅全图》的艺术特色予以了肯定,认为"《金瓶梅全图》作品的艺术性是我国三四十年代连环画创作最高水平的代表作之一,绘画风格别具一格。它于传统的铁丝游描笔法中融入了日本浮世绘、西方立体派艺术,并综合图案、木刻等绘画技法,既写实又写意,一切显得更生动、更好看"②。

《金瓶梅全图》画面精彩绝伦,五百幅画面无一雷同,画中人物惟妙惟肖,背景删繁就简,角度不断变换,或远景,或近景,或仰视,或俯视。五百幅画中工细处,工细到了极点;传神处,传神到了极点。笔触挺秀,织而有力,章法新颖,烦而不紊。充分运用古今中外各种表现手法,线条挺拔老练。华夏深院、街坊茶舍均能陈别清楚。每幅画面吹毫欲活,嬉笑怒骂,曲尽其态。不愧为连环画库中的拔尖之作。

《金瓶梅》第二十七回是小说的名篇。《金瓶梅全图》二集之九即画潘金莲醉闹葡萄架。崇祯本醉闹葡萄架这幅插图为刘启先所刻,图右侧有刻工姓名。图中人物西门庆、春梅为一方,潘金莲为另一方,西门庆对潘金莲施行性虐待。崇祯本图描绘了小说这一情节内容,文图互文。曹涵美画醉闹葡萄架,也画了西门庆、春梅为一方,潘金莲为另一方,但在形象、姿态、神情上都有独特的创造,比崇祯本的图要高出一筹。画面中树叶茂密,丫鬟在树后以同情的眼神看着潘金莲,手中扇子滑落在地上。

(四) 戴敦邦绘《金瓶梅》插图的艺术特色

"戴敦邦的作品大多表现的是历史题材及古典名著中的人物,由于受连环画的影响,戴敦邦在进行人物画创作时更注重构图及对人物身份和情节的描写,这正显示了他的高明之处。"③戴敦邦画笔生动,所绘图像直观形象。在人物的描绘上更加大胆,线条柔和,色彩艳丽。戴敦邦画笔下的很多女性都裸露着身体,直接冲击着读者的视觉器官。

戴敦邦绘《金瓶梅》插图的艺术特色具体说来表现在以下方面:

一是视角的选取。明代版画多采用鸟瞰式取景,尽量在一个画面中展现多个事件场景。而在《戴敦邦彩绘金瓶梅》中,画家基本使用平视角,取景多为中近景,

---

① 杨扬:《〈金瓶梅全图〉的文化和艺术价值》,载《古典文学知识》2002 年第 5 期。
② 朱水蓉:《古为今用,洋为中用——〈金瓶梅全图〉连环画出版》,载《美术之友》2003 年第 1 期。
③ 吕长娟:《戴敦邦人物画创作研究》,山西大学硕士学位论文 2012 年。

背景也只取局部,有时甚至为了凸显人物而放弃对背景的描绘。虽然平视角下视域较为狭小,但可以在近景视域下细致地刻画特定景物以及表现人物的神态,为插图观者创造一个近观体验的图像感知空间,进而增强图像的视觉观赏性。如在"孟玉楼"人物图中,图像形象地再现了薛嫂带西门庆上孟玉楼家,她偷偷掀起孟玉楼裙子以露出小脚这一故事情节。画家运用平视角构图取景,在近景视域中细腻地刻画了孟玉楼的形象,其身形曼妙,仪态端庄,侧头望着身旁的薛嫂。而薛嫂则是一副媒婆的打扮,眼神中带着一丝得意。又如"潘金莲抠打如意儿"一回的插图,画家采用平视角构图,刻画出了潘金莲的泼妇形象,只见她一手抓着如意儿的头发,一手高高扬起作殴打状。一副气急败坏、恼羞成怒的样子,毫无任何美感可言。这个画面正是文本中相应情节的形象化再现。潘金莲的形象在近景视阈中也得到了逼真的展现。

二是对色彩的大胆运用。色彩是中国绘画形式的构成语言之一。在此之前的插图画册,由于时代原因基本上是黑白色,很少见到彩色图。其实色彩具有很强的象征意义和美学功能。如在"西门庆热结十兄弟"一图中,身穿黄色衣服的西门庆居于画面中央,而着灰色衣服的其他兄弟立于他身旁,突出了西门庆在十兄弟中的地位。再如"李瓶儿"插图,运用了红黄色调,背景以黄色为主,图像上半部的红色宫灯衬托出喜庆的气氛。西门庆的红色圆领官服显示其身份的高贵,李瓶儿的黄色长裙,吴月娘的红色衣服,官哥的红短褂,与奶妈如意儿的灰色衣服形成鲜明的对比。画面上的色彩体现出浓郁的民间特色,丰富了中国绘画的表现力。

三是运用夸张手法。中国画不同于西方的静物写生,不讲求模仿自然物象的形似,而追求骨法用笔之中的形象的神似,表现物象的神韵,所以中国画较注重夸张手法的运用。在整本图册中,画家也运用了夸张的表现手法。比如对女性形象的描绘,女子身体被拉长。而对男子的描绘,线条粗放。如武松雄伟刚烈,怒目圆睁,眉毛翘起,双手沾满鲜血。关于武大,画家重点刻画了他死亡的一幕。面部狰狞,因痛苦扭曲变形,一口鲜血从口中喷出,特别是眼眶的刻画极为夸张,以体现他临死前痛苦的神情。这个画面恐怖至极,让观者看了不禁毛骨悚然。

四是线条富于变化。中国绘画讲究以线条勾勒人物形象,"线条是中国画人物造型的首要元素,历来被画家所重视,从顾恺之的'高古游丝描'到'十八描',达到了高度的概括性,具有很高的欣赏性和美学价值"①。戴敦邦继承并很好地发展了这一传统技法,针对不同的创作对象运用不同的线条加以刻画。如对壮汉的刻画,多用钉头鼠尾描和枣核描法,线描运用大胆、直率、朴实,多用粗短有力的线条,以表现人物的粗野、豪放;对文官以及力士等形象的刻画则采用的是相对较长且圆柔流畅的高古游丝描等曲线线条,用笔用线可刚可柔,线描以流畅为主。

五是对死亡等可怖场景的直接呈现。就场景的选择而言,"崇祯本《金瓶梅》绣像场景大多选择剧情顶点来表现,或是采取散点透视并置场面凸显冲突性与戏剧性,或是自行选择最能代表人物性格的场面隐藏或彰显主旨;对于某些情色场景或

---

① 吕长娟:《戴敦邦人物画创作研究》,山西大学硕士学位论文 2012 年。

凶杀、死亡场景等,为了避免混淆重心,或回避表现顶点的恐怖丑陋,画工就会选择最富孕育的场景,使读者用自己的想象去填补其后的发展,并透过最富孕育的场景彰显此回隐藏的真正重心,也暗喻对人物的褒贬"①。戴敦邦彩绘金瓶梅对场景的选择不作过多讲究,无论是武大郎惨死,还是宋蕙莲上吊而亡,并没有刻意回避,而是直接呈现在观者眼前。画面当然是恐怖的,死亡场面带给观者的冲击是强烈的,或许这是因为画家在创作时忠实于原著。

总的说来,戴敦邦在对《金瓶梅》中的人物形象进行创作时,"会尽量忠于史实,把因人物所处的社会环境、身份地位不同而应体现的衣着、动态和表情等,均作为不同的社会属性加以分析、描绘"②,从而大大提高了作品的艺术感染力。

作为中国现代漫画和装饰画派奠基人的张光宇深受民族技法的影响,在绘制金瓶梅人物像时主要采用的是中国传统的白描画法。所谓白描,指的是单用墨色线条勾描形象而不施色彩的画法。利用白描画法绘制的人物形象线条细腻,造型富于变化,生动逼真,形神兼备。画家通常选取最能反映人物性格特征的一两个场景加以创作,画家还善于运用特定的物象帮助塑造人物形象。无论是陈经济(崇祯本作"陈敬济")手里拿着的簪子、鞋子,秋菊手里的橘子,还是玳安手里拿着的帖子,都很好地体现了人物的特征。人物画以精湛的艺术技巧完好地表现了《金瓶梅》中男男女女的命运。

① 曾钰婷:《说图——崇祯本〈金瓶梅〉绣像研究》,台湾师范大学硕士学位论文 2010 年。
② 吕长娟:《戴敦邦人物画创作研究》,山西大学硕士学位论文 2012 年。

第十二章 "三言二拍"与图像

在明代中后期,通俗小说的创作取得了极大的发展,冯梦龙的"三言"和凌濛初的"二拍"是其中的杰出代表。

冯梦龙(1574—1646),字犹龙,又字子犹,号龙子犹、墨憨斋主人、顾曲散人、吴下词奴、姑苏词奴、前周柱史等,南直隶苏州府长洲县(今江苏省苏州市)人。冯梦龙少有才名,毕生为科举耗尽心血,专攻《春秋》,用力甚勤,然科场蹭蹬,迟至崇祯三年(1630)57岁时方才取得贡生资格。其后,他曾担任丹徒教谕、寿宁知县等职。崇祯十一年(1638),解职还乡。清军南下后,他心系故国,辗转于浙闽之间,参加抗清活动。隆武二年(清顺治三年,1646)春忧愤而死,又有说是被清兵所杀。

冯梦龙的著述很多,流传下来的就有数十种,涉及小说、戏曲、民歌、诗文、笔记、笑话、经学、史志等多个方面,其形式有自撰、改编、增补、评点、选辑等。加之其久负盛名,托名作伪之书不少。

在通俗小说方面,冯梦龙更是积极倡导者。他认为:"大抵唐人选言,入于文心;宋人通俗,谐于里耳。天下之文心少而里耳多,则小说之资于选言者少,而资于通俗者多。试今说话人当场描写,可喜可愕,可悲可涕,可歌可舞;再欲捉刀,再欲下拜,再欲决□,再欲捐金;怯者勇,淫者贞,薄者敦,顽钝者□下。虽日诵《孝经》《论语》,其感人未必如是之捷且深也。"(《〈古今小说〉序》)故而他编纂了《新列国志》《增补三遂平妖传》《古今烈女演义》《广笑府》《智囊》《古今谭概》《太平广记钞》《情史》《墨憨斋定本传奇》等众多作品。其中影响最大的即为"三言"。

"三言"即《喻世明言》(又名《古今小说》)、《警世通言》和《醒世恒言》,"明者,取其可以导愚也;通者,取其可以适俗也;恒则习之而不厌,传之而可久。三刻殊名,其义一耳"。劝诫民众,济世医国,是"三言"一以贯之的主旨。"三言"每集四十篇,共一百二十篇,分别刊于天启元年(1621)前后、天启四年(1624)、天启七年(1627)。这些作品有的是辑录了宋元明以来的旧本,不过一般都做了不同程度的修改;也有的是据文言笔记、传奇小说、戏曲、历史故事,乃至社会传闻再创作而成,故"三言"包容了旧本的汇辑和新著的创作,是我国白话短篇小说在说唱艺术的基础上,经过文人的整理加工到文人进行独立创作的开始。它"极摹人情世态之歧,备写悲欢离合之致"(笑花主人《〈今古奇观〉序》),是宋元明三代最重要的一部白话短篇小说的总集。它的出现标志着古代白话短篇小说整理和创作高潮的到来。

凌濛初(1580—1644),字玄房,号初成,别号即空观主人,浙江乌程(今湖州)人。十二岁入学补弟子员(县学生),屡试不中。十八岁补廪膳生,五中副车(乡试的副榜贡生),崇祯七年(1634)五十五岁以副贡生选任上海县丞,管理海防事务,任职期间清理盐场积弊,颇有政声。崇祯十五年(1642)擢徐州判官并分署房村,去任前"卧辙攀辕,涕泣阻道者,踵相接也"。时值李自成起义,明将何腾蛟备兵于淮、徐,慕其才名,征于幕下,凌献策进"剿寇十策",后又趁农民军新败,单骑入农民军劝说接受招安,有功,授为楚中监军金事。未赴任,仍留房村。崇祯十七年(1644),李自成农民军攻打徐州,凌濛初入何腾蛟幕下,参与镇压,后在房村被李自成军包围,拒绝投降,忧愤呕血而死,享年六十五岁。

凌濛初著述甚丰,其中以"二拍"影响最大。"二拍"是指凌濛初所编的《初刻拍案惊奇》和《二刻拍案惊奇》。"二拍"是凌濛初在冯梦龙"三言"影响下编撰的,分别刊行于崇祯元年(1628)和崇祯五年(1632),"初刻""二刻"各四十卷,其中"二刻"第二十三卷"大姊魂游完宿愿　小姨病起续前缘"与"初刻"重复。第四十卷则是《宋公明闹元宵》杂剧。因此,"二拍"实有小说七十八篇。与"三言"不同的是,"二拍"基本上是个人创作,从某种程度上来说,是一部个人的白话小说创作专集。"二拍"的作品有鲜明的时代特色,很多篇章描写了市民的商业活动,反映了市民追求财富和享乐的社会风气,以及人们对爱情自由和男女平等的向往,这在以往的短篇小说中较为罕见。"三言""二拍"数次刊印,且多配有精美插图,吴郡书林叶敬池刊本被郑振铎先生评价说"吴郡的木刻画已受徽派的影响很深……虽不和徽派的杰作面貌全同,但自有其一番情调和意境,甚能传达出本文的意旨"①。《二刻拍案惊奇》为苏、杭二地所刻,"插图都是多而且精的"②。

第一节 《喻世明言》文图关系

一、版本概述

综合前人研究可知③,《喻世明言》有三个版本系统,即天许斋本、衍庆堂本和映雪斋本,前两种比较完善。

(一) 天许斋本

明泰昌、天启初刊,封面题"全像古今小说",四十卷四十篇,正文半页十行,行二十字,有眉评。每卷有图两幅,共有图四十叶,八十幅。第七十四图"梁武帝累修成佛道",题"素明刊"(刘素明)。此书原刻本藏于日本内阁文库,覆刻本藏于日本前田侯家尊经阁文库。覆刻本为白纸明本,行款形式、卷首序与内阁文库所藏天许

① 郑振铎:《中国古代木刻画史略》,上海书店出版社2010年版,第130—131页。
② 同上,第133页。
③ 关于《喻世明言》版本的研究,综合参考了孙楷第《日本东京所见小说书目》(人民文学出版社1958年版)、孙楷第《中国通俗小说书目》(人民文学出版社1982年版)、程国赋《三言二拍传播研究》(中国社会科学出版社2006年版)等书的研究成果。下同,不再一一说明。

斋本全同,但都残缺。二十世纪四十年代,王古鲁将藏于日本的两个版本摄成胶卷,互相补充,拼成较完整的版本,1947年由商务印书馆涵芬楼根据胶卷排印成铅印版,1955年文学古籍刊行社重印。1958年许政扬以重印本为底本,参考《清平山堂话本》和《今古奇观》加以修订,并删节了其中所谓的"庸俗"和"低级趣味"的内容,由人民文学出版社出版新本。这个版本又被香港中华书局及台北里仁书局翻印。福建人民出版社于1980年以商务印书馆本作底本,参以《今古奇观》作了校勘,重新排印出版。因其中的插图年代久远,难以翻拍,故请美术工作者重新临摹绘制,"基本上保持原作的艺术韵致"。1955年,李田意赴日本将"三言二拍"拍摄成胶卷,1958年台湾世界书局将"三言"的胶卷直接影印出版,台北三民书局据此出版铅印本,其中所谓"庸俗"和"低级趣味"的内容悉数保留,没有删节。今中华书局版《古本小说丛刊》、上海古籍出版社版《古本小说集成》均据日本内阁文库所藏天许斋本影印。

（二）衍庆堂本

明天启刊,封面题"重刻增补古今小说",二十四卷二十四篇,署"可一居士评,墨浪主人校"。图二十四叶。正文半叶十行,行二十字。系据天许斋版拼凑而成。出自天许斋所刊《古今小说》者二十一篇,卷二三"假神仙大闹华光庙"出自兼善堂本《警世通言》,卷一"张廷秀逃生救父"、卷五"白玉娘忍苦成夫"两篇出自《醒世恒言》,但与叶敬池刊本《醒世恒言》不同。绿天馆主人、茂苑野史氏、可一居士、墨浪主人等,疑为冯梦龙的别名。此本现藏于日本内阁文库。1947年,商务印书馆据王古鲁先生从日本拍的照片排印,1955年人民文学出版社重印。

（三）映雪斋本

原大连满铁图书馆藏日本人所抄映雪斋本,题"七才子书",四十卷,存十四篇。现残存十三篇,藏于大连市图书馆。

二、天许斋本《喻世明言》文图关系

天许斋本《喻世明言》有图八十幅,每回两图。笔者爬梳相关资料,制成图表（表12-1）:

表 12-1

目次	回目	插图内容	插图题字	题字出处
一	蒋兴哥重会珍珠衫	三巧、陈大郎意外碰面。	腊尽愁难尽,春归人未归。朝来嗔寂寞,不肯试新衣	描写三巧年终时节对丈夫的思念(正如古人的四句诗,道是……)
		县令让蒋兴哥、三巧重聚。	珠还合浦重生采,剑合丰城倍有神	评价吴知县让那两个人重聚一事(正是……)

续 表

目次	回目	插图内容	插图题字	题字出处
二	陈御史巧勘金钗钿	梁尚宾、顾小姐夜间私会。	可惜名花一朵，绣幙深闺藏护。不遇探花郎，抖被狂蜂残破。错误，错误！怨杀东风分付	评价两人偷偷云雨一事（有人作《如梦令》词云）
		梁尚宾布船验布。	贪痴无底蛇吞象，祸福难明螳捕蝉	梁尚宾将首饰卖与陈御史后发出的议论感慨（正是……）
三	新桥市韩五卖春情	金奴派八老访吴山，吴山、金奴重相会。	无题图文字	
		吴山白昼梦见和尚索命。	无题图文字	
四	闲云庵阮三偿冤债	陈小姐观赏阮三等人的演奏。	邻女乍萌窥玉意，文君早乱听琴心	摹写陈小姐的心思（正是……）
		阮三、陈小姐庙中私会。	一个想着吹箫风韵，一个想着戒指恩情。相思半载欠安宁，此际相逢侥幸	描写二人庙中私会的场景（有《西江月》为证……）
五	穷马周遭馅媪	马周客店以酒濯足。	世人尚口，吾独尊足。口易兴波，足能踄陆。处下不倾，千里可逐。劳重赏薄，无言忍辱。酬之以酒，慰尔仆仆	引用他言评价马周以酒濯足之事（同时岑文本画的有《马周濯足》图，后有烟波钓叟题赞于其上，赞曰……）
		常何代马周说媒。	分明乞相寒儒，忽作朝家贵客	评价马周成亲百官庆贺一事（正是……）
六	葛令公生遣弄珠儿	申徒泰一见珠娘失神。	岳云楼令公赏玩	据图意概括
		葛令公生遣弄珠儿。	葛令公生遣弄珠儿	回目/图意
七	羊角哀舍命全交	左伯桃脱衣助羊角哀，羊角哀跪拜不愿接受。	寒来雪三尺，人去途千里。长途苦雪寒，何况囊无米？并粮一人生，同行两人死；两死诚何益？一生尚有恃。贤哉左伯桃！陨命成人美	评价左伯桃舍命助友之事（后人有诗赞云……）
		羊角哀于左伯桃墓前自刎。	羊角哀舍命全交	回目/图意
八	吴保安弃家赎友	杨安居接见吴保安。	应时还得见，胜是岳阳金	描写杨安居不计金银、一心助友的心思（正是……）

目次	回目	插图内容	插图题字	题字出处
		郭仲翔身负吴保安夫妇尸骸千里归葬。	遥望平阳数千里,不知何日到家乡?	描写郭仲翔千里归乡途中的艰难……
九	裴晋公义还原配	唐璧遭劫后痛哭之际忽遇老者。	屋漏更遭连夜雨,船迟又被打头风!	对唐璧失去妻子又遭劫持生出的感慨(正是……)
		裴晋公义还原配。	裴晋公义还原配	回目/图意
十	滕大尹鬼断家私	倪太守偶遇白发婆婆与年轻女子。	随常布帛,俏身躯赛着绫罗;点景野花,美丰仪不须钗钿	文中用于描写年轻女子容貌之词
		滕大尹堪察画轴之际,丫鬟送茶来吃。	一幅画图藏哑谜,千金家事仗搜寻	文中评价(正是……)
十一	赵伯升茶肆遇仁宗	赵伯升茶肆遇仁宗。	赵伯升茶肆遇仁宗	回目/图意
		赵伯升赴任。	多谢贵人修尺一,西川制置径相投	抒发其人心意(遂吟诗一首,写于素笺,以寓谢别之意。诗曰……)
十二	众名姬春风吊柳七	柳永姑苏酒楼饮酒题词。	十里荷花九里红	柳永所题词(柳七官人听罢,取出笔来,也做一支吴歌,题于壁上。歌云……)
		众女安葬柳永。	乐游原上妓如云,尽上风流柳七坟。可笑纷纷缙绅辈,怜才不及众红裙	后人评价(后人有诗题柳墓云……)
十三	张道陵七试赵升	美色试赵升。	美色人皆好,如君铁石心。少年不作乐,辜负好光阴	文中人对赵升行为的评价(只见土墙上题诗四句,道是……)
		取桃试赵升。	张道陵七试赵升	回目
十四	陈希夷四辞朝命	华阴令访陈抟。	来时自有白云封	陈抟回应所作诗(陈抟大笑,吟诗一首答之,诗曰……)
		张超谷再访希夷峡。	片片白云迷峡索	对陈抟的评价(有诗为证……)
十五	史弘肇龙虎君臣会	王婆手持金带替柴夫人说亲事。	史弘肇龙虎君臣会	回目
		封官。	封史弘肇四镇令公	据图意概括

目次	回目	插图内容	插图题字	题字出处
十六	范巨卿鸡黍生死交	张、范二人久别重逢。	风吹落月夜三更，千里幽魂叙旧盟	描写二人阴阳相隔再次重逢的场景（有诗为证……）
		张邵不远千里祭拜范式。	灵輀若候故人来，黄泉一笑重相见	对二人事迹的歌颂（惟有无名氏《踏莎行》一词最好，词云……）
十七	单符郎全州佳偶	单司户杨玉书斋相会。	单符郎全州佳偶	回目
		单符郎手牵二女。	今朝彩线喜双牵	对单符郎喜得一妻一妾之事的评价（后人有诗云……）
十八	杨八老越国奇逢	杨八老等人路遇倭寇被俘。	杨八老漳州被虏	据图意概括
		杨八老一家团聚。	杨八老越国奇逢	回目
十九	杨谦之客舫遇侠僧	庞老人大闹公堂。	庞老人大闹公堂	据图意概括
		送别杨公。	无题图文字	
二十	陈从善梅岭失浑家	陈从善丢失妻子掩面哭泣。	陈从善梅岭失浑家	回目
		夫妻团圆。	三年辛苦在申阳，恩爱夫妻痛断肠	对夫妻遭遇的评价（有诗为证……）
二十一	临安里钱婆留发迹	钱镠与二钟赌钱。	钱镠与二钟赌钱	据图意概括
		钱镠王衣锦还乡。	钱镠王衣锦还乡	据图意概括
二十二	木绵庵郑虎臣报冤	贾似道西湖游玩。	贾似道西湖游玩	据图意概括
		木绵庵郑虎臣报仇。	木绵庵郑虎臣报仇	回目/图意
二十三	张舜美灯宵得丽女	院中，一女子坐在柳树下；院外，一男子踯躅。	月挂柳梢头，人约黄昏后	借古人诗句表达文中人心情（舜美……仍往十官子巷中一看，可怜景物依然，只是少个人在目前，闷闷归房，因诵秦少游学士所作《生查子》词云……）
		刘素香临江痛哭。	一江流水三更月	形容刘素香的心情（正是……）
二十四	杨思温燕山逢故人	杨、韩二人探访撒八太尉旧院。	何处最堪怜，肠断黄昏时节	思厚正看之间，忽然见壁上有数行字……思厚打一看，看其笔迹，乃一词，词名《好事近》……

目次	回目	插图内容	插图题字	题字出处
		思厚夫妇江中殒命。	一负冯君罹水厄,一亏郑氏丧深渊	后人评价(叹古今负义人皆如此,乃传之于人。诗曰……)
二十五	晏平仲二桃杀三士	晏子与楚王交谈。	晏平仲说楚王降齐	据图意概括
		二桃杀三士。	二桃杀三士	据图意概括
二十六	沈小官一鸟害七命	盗画眉张公杀死沈秀。	盗画眉张公杀死沈秀	据图意概括
		沈昱御院逢画眉。	沈昱御院逢画眉	据图意概括
二十七	金玉奴棒打薄情郎	金癞子大闹莫稽。	金癞子大闹莫稽	据图意概括
		金玉奴棒打薄情郎。	金玉奴棒打薄情郎	回目/图意
二十八	李秀卿义结黄贞女	李秀卿、黄善聪重逢。	今日重逢局面新	对秀卿、善聪婚事有障碍的评价(正是……)
		李太监巧计安排二人成亲。	虽然没有风流分,种得来生一段缘	对李太监的表彰(又有一首诗,单道太监李公的好处,诗曰……)
二十九	月明和尚度柳翠	月明和尚门前化缘,柳翠遣丫鬟邀请。	月明和尚度柳翠	回目
		月明禅师三喝柳翠。	欲知因果三生事,只在高僧棒喝中	对堂头三喝一事的评价(正是……)
三十	明悟禅师赶五戒	明悟、五戒二禅师赏莲花吟诗。	红莲争似白莲香	明悟禅师所做诗
		东坡梦游孝光寺。	东坡梦游孝光寺	据图意概括
三十一	闹阴司司马貌断狱	重湘梦见被鬼卒拖走。	无题图文字	
		闹阴司司马貌断狱。	闹阴司司马貌断狱	回目/图意
三十二	游丰都胡母迪吟诗	胡母迪戒愤吟诗。	胡母迪戒愤吟诗	据图意概括
		胡母迪遍观泉局报应。	无题图文字	
三十三	张古老种瓜娶文女	韦谏议夫妇回访张公。	八十公筹思娶二八娇女	据图意概括
		韦义方溪边遇牧童。	桃花庄上乐天居	韦义方大惊抬头,只见树上削起树皮,写着四句诗道……

目次	回目	插图内容	插图题字	题字出处
三十四	李公子救蛇获称心	李元闲玩救朱蛇。	李元闲玩救朱蛇	据图意概括
		李元拜见龙王。	龙神报德赠称心	据图意概括
三十五	简帖僧巧骗皇甫妻	皇甫质问妻子。	简帖僧巧骗皇甫妻	回目
		相国寺皇甫遇浑家。	相国寺皇甫遇浑家	据图意概括
三十六	宋四公大闹禁魂张	宋四公夜盗禁魂张。	宋四公夜盗禁魂张	据图意概括
		禁魂张屈陷开封府。	禁魂张屈陷开封府	据图意概括
三十七	梁武帝累修归极乐	支道林同泰祭禅。	支道林同泰祭禅	据图意概括
		梁武帝修炼升天。	梁武帝累修成佛道	据图意概括
三十八	任孝子烈性为神	周得梁圣金私会。	嘱多才明朝千万早些来	
		任珪捉奸杀死五人。	任珪捉奸杀死五人	据图意概括
三十九	汪信之一死救全家		二程诬陷汪信之	
		汪世雄与家人重新安葬父亲。	汪信之一死救全家	回目
四十	沈小霞相会出师表	沈小霞酒灌严世藩。	沈小霞酒灌严世藩	据图意概括
		父子重聚。	小霞相会出师表	据图意概括

据此可知:首先,每回故事仅配有两幅插图,那就意味着难以遍及所有内容,只能从纷繁复杂的故事情节中选取少量予以形象化的再现。小说插图具有多种功能,譬如装饰、娱乐,此外,如提示故事发展、辅助故事理解等亦是题中之义。如此,小说插图选取哪些故事情节,或者着重表现特定情节的哪一环节或者瞬间,就很值得思量。应当说,天许斋本插图的绘制者颇费了些思量,多是选择了一些具有代表性的内容予以展示。一般来说,绘制者会根据故事情节的发展,选择最为关键的环节进行表现。譬如第六回"葛令公生遣弄珠儿",核心内容有三:申徒泰一见珠娘失神,申徒泰杀敌立功,葛令公将珠娘赠予申徒泰。据文中说,葛令公欣赏申徒泰的胆勇,对于他的某些霸道举止非但"并不计较,倒有心抬举他",如此则杀敌立功恰好成了一个由头,使得葛令公可将珠娘赠予他。因此,故事核心落在了上述一、三两点上,以便凸显葛令公的"重贤轻色",该回两幅插图所展示的内容分别是"申徒泰一见珠娘失神"与"葛令公生遣弄珠儿",正与这两个场景一一对应,可谓切题。又如第一回"蒋兴哥重会珍珠衫",其核心情节有二,一则蒋兴哥外出,其妻王三巧与陈大郎通奸,兴哥知晓后休妻;再则为蒋兴哥后在机缘巧合之下与王三巧再续前缘。两幅插图一为三巧、陈大郎意外碰面,一为县令让蒋兴哥、三巧重聚,分别

对应这两个核心情节。但王三巧与陈大郎通奸一事个中充满曲折，先是陈大郎偶遇王三巧，一见倾心，继则贿赂张七嫂设计，再是二人恩爱贪欢，头绪众多，插图因容量的限制难以遍及，只能选取时间链条上的某一环节予以呈现。应当说，无论选取哪个片段，都具有一定的依据，也都可以发挥特定的作用，而绘制者选取的是二人初次相见这一场景，虽非高潮阶段或紧张关头，但正是因为这样一次"意外"才引出了后面的无数波折，这样一个"开端"蕴含了相当大的想象空间，颇有意味。除选择"开端"外，更多时候是展现高潮环节，譬如第二十五回"晏平仲二桃杀三士"中的第二幅插图，对应的内容是晏子巧设计，使三勇士因争名而自杀。在插图的中心位置，两人倒卧在地，一人更是身首异处，站立着的一人手持宝剑，正欲自刎，晏子的计谋即将成功，故事进入高潮，选择此一最为激动人心的"顷刻"，颇有见地。

虽每回两图，绘制者却多希望能通过这仅有的两幅图来尽可能地展示故事全局，保持插图叙事的完整，故而在不少卷次中，第二幅插图往往直接选择了故事结局作为表现对象，譬如第一回"蒋兴哥重会珍珠衫"第二图的内容是县令让蒋兴哥三巧重聚，第九回"裴晋公义还原配"第二图的内容是裴令公将黄小娥归还唐璧，第十二回"众名姬春风吊柳七"第二图的内容是众女安葬祭拜柳永……全文正是在此处收束。但有两回例外，插图只对应了大半的故事情节，未能展示全璧。一为第四回"闲云庵阮三偿冤债"，两幅插图的内容分别为"陈小姐观赏阮三等人的演奏"与"阮三陈小姐庙中私会"，此后的故事情节，即阮三丧身、陈小姐有孕、陈小姐养育孩儿等内容未涉及；又第二十三回"张舜美灯宵得丽女"，插图表现的内容至"刘素香临江痛哭"结束，此后尚有刘素香得尼姑收留、张舜美高中、二人意外重逢等内容。

插图毕竟数量、容量有限，有时面对纷繁的故事情节，在选择上会面临难以调和的困难。譬如第十三回"张道陵七试赵升"，计有七试，所谓"辱骂不去""美色不动心""见金不取""见虎不惧""偿绢不吝""被诬不辨""存心济物""舍命从师"，插图对应的是"美色不动心"与"舍命从师"两事。为何作如此选择？因为这两回最为突出？只怕不见得。绘制者想来只是随意为之，难有道理可言。

其次，图作为"空间"性的表现形式，只能够表现某一瞬间的内容，容量有限，但有时候，绘制者会积极动用其他手段来扩展图的叙事容量，增强插图的表现效果。如在第三回"新桥市韩五卖春情"第一幅图中，借助于房屋架构区隔，使一幅图分成两个空间／场景，分别表现了"金奴派八老访吴山"与"吴山、金奴重相会"两层内容。再如第五回"穷马周遭际卖𨫹媪"第一图，以屋檐为区隔，分为上下两个场景，上图表现的是常何遣老年邻妪传话的内容，下图则是常何替马周行聘的内容。

再次，插图虽是对文本内容的再现，却并非全然被动反映，某些插图中不同程度地出现了与文本相冲突的内容，这些差别的出现，或是由于表达的限制难以呈现，或是绘制者为了表现需要而进行的艺术再创造，又有一些可能是为了遵从当日俗套，还有一些则难以考知具体的原因。譬如第二回"陈御史巧勘金钗钿"中"梁尚宾与顾小姐夜间私会"一图，图中背景是后院凉亭，凉亭外计有四人，二女

仆掌灯,另一男一女当为梁尚宾与顾小姐,二人四目相对,眉目传情。然据小说中交代:

> 却说孟夫人是晚教老园公开了园门伺候。看看日落西山,黑影里只见一个后生,身上穿得齐齐整整,脚儿走得慌慌张张,望着园门欲进不进的。老园公问道:"郎君可是鲁公子么?"梁尚宾连忙鞠个躬应道:"在下正是。因老夫人见召,特地到此,望乞通报。"老园公慌忙请到亭子中暂住,急急的进去报与夫人。孟夫人就差个管家婆出来传话:"请公子到内室相见。"才下得亭子,又有两个丫鬟,提着两碗纱灯来接。弯弯曲曲行过多少房子,忽见朱接画图,方是内室。孟夫人揭起朱帘,秉烛而待……茶罢,夫人分付忙排夜饭,就请小姐出来相见。

故而当日的情况应该是:老园公于园门处接到梁尚宾,让他在亭子中暂住,随后回禀孟夫人,孟夫人差管家婆出来传话,请梁到内室相见。才下得亭子,有两个丫鬟提着纱灯来接。并无他与小姐在凉亭外相会的场景。及至进入内室,也是先见孟夫人,随后再唤小姐出来相见。可能的原因是,插图着力要表现梁尚宾与顾小姐相会这一核心场景,故而删繁就简,对文本内容进行改造,虚构出二人"夜间相会"这一场景。又如在第四回"闲云庵阮三偿冤债"中"陈小姐观赏阮三等人的演奏"一图,画中场景是:陈小姐与丫鬟驻足门口,门前地面上铺一地毯,上坐六人,手持各种乐器演奏。据文意,众人先是在阮三家厮闹,分别之际,阮三将众人送出门口,因见月色如画,便邀众人"在阶沿石上向月而坐,取出笙、萧、象板,口吐清音,呜呜咽咽的又吹唱起来",演奏地点并非在陈太尉家门口。陈太尉家与阮家相邻,先是在衙内听得乐声,"轻移莲步,直至大门边。听了一回,情不能已"。随后派心腹梅香"你替我去街上看甚人吹唱",可见二人并未会面。插图如此处理,一来可能是出于处理上的困难,此中曲折难以在一幅图中呈现;其次将二者强行纳入同一时空中,虽于文中情境有所曲解,却简单直接,让人能够有所会意。换言之,插图是去除了某些枝蔓,将最核心的内容以最直接的方式展示给读者。

有些时候,插图绘制者会根据自己的理解或是实际情况,添加某些要素,以丰富我们的认识。譬如第六回"葛令公生遣弄珠儿"中"申徒泰一见珠娘失神"一图,图中置一高楼,当即岳云楼,上有四人,葛令公、弄珠、申徒泰、侍从。展现的场景正是申徒泰一见弄珠失神,"一心对着那女子身上出神去了",与文意契合。但在楼下另有三人,即两名书生与挑担的随从,正作欣赏楼上景致模样。此景文中所无,但照常理推断,"时值清明佳节,家家士女踏青,处处游人玩景",这岳云楼乃城中最高处,加之令公携带诸妙龄姬妾登楼玩赏,关注的人自然不少,插图如此绘制倒也无可厚非。且这般处理还有一番妙处,一般而言,插图是在绘制故事内容,读者可通过读图欣赏故事。但这幅插图本身就已设置了"观赏"这一视角,层次更为丰富。再如第十四回"陈希夷四辞朝命"中"华阴令访陈抟"一图,图中场景是以山石隔断,上部是陈抟酣睡于石上,下部是冠盖相拥,华阴令王睦正在前往拜访陈抟的途中。据文意,只有二人的一番对话,不曾出现这一场景,但二人没有碰面前的情状想来不出此图范围,如此展示并不为错。但是,王睦见陈抟一事,意在展现希夷的超凡脱俗,插图中展示的内容只是细枝末节,故事文本中不曾耗费笔墨想必也正是源于此，故而这幅插图，作点缀尚可，就意义而言，可谓无关痛痒，未曾如其他插图那般，表现故事之警策。再如第十五回“史弘肇龙虎君臣会”中“封官”一图，据文意，只说“史弘肇自此直发迹，做到单、滑、宋、汴四镇令公，富贵荣华，不可尽述”，并没有直接描写封官场景，插图绘制者当是据想象所做发挥。按说，这一回题作“史弘肇龙虎君臣会”，其封官拜爵自当是重要环节，但就故事本身而言，内容甚多，尚有许多内容较之更具入图的意义，此种选择，除却所谓“重要环节”的因素外，想来更是因为此种“大团圆”场景系时人所想，具有鲜明的教化意义。再如第二十三回“张舜美灯宵得丽女”中第一图：院中，一女子坐在柳树下；院外，一男子踯躅，图中题字作“月挂柳梢头，人约黄昏后”，与图意倒颇为契合，但通读全篇文字，此图描绘场景却可谓莫名其妙。张舜美与刘素香初识于街市，相聚于广福庙，后按照指示，趁刘素香家人外出时于她十官子巷家中苟合。并无佳人侧卧柳树下、公子徘徊院墙外这样的情节。且按书中交代，张舜美吟诵秦少游的词句，乃是经年之后，思念佳人，重访十官子巷，悻悻而回后的排遣之词。此时的佳人刘素香因与张舜美走失，幸遇尼师，寄身大慈庵内。这幅图较之文意有较大出入，可能与其时的俗套有关。公子小姐一见钟情本是当时小说中的常见素材，惯常套路当是一见倾心、饱经挫折、大团圆结局。绘者此处大抵是按照惯常套路来绘制，而不曾细究故事内容。

有些时候，插图与文本存在冲突，却难以考校原因，譬如第二十四回“杨思温燕山逢故人”中的第二图，书中写道：

见水上一人波心涌出，顶万字巾，把手揪刘氏云鬓，掷入水中。侍妾高声喊叫：“孺人落水!”急唤思厚教救，那里救得！俄顷，又见一妇人，项缠罗帕，双眼圆睁，以手捽思厚，拽入波心而死。

而在插图中，绘有一船，一男子被女子按倒在船舱中，同时，一女子正被一男子按入水中。对比文、图，本是先后两事，图中处理作一事，按照上文所说，刻意抛弃某些枝蔓，将最核心的内容以最直接的方式展示给读者，两事作一事倒可理解，只是相关细节与文意多不符，却难以考究是何缘故。

复次，除第三回“新桥市韩五卖春情”中的两幅图、第十九回“杨谦之客舫遇侠僧”中的第二图、第三十一回“闹阴司司马貌断狱”中的第一图、第三十二回“游丰都胡母迪吟诗”中的第二图等五幅插图上没有题图文字以外，其他插图中多伴有或长或短的文字，这些文字与插图相互配合，相得益彰，构成了另一文—图结合体，既丰富了插图的表现力，也深化了我们的认识和理解。相关文字的来源主要有三，一是直接搬用回目，二是结合插图内容概括，三是引用文中诗句文辞，三者的数量分别为 15、26、34(详请参表 12－1)，下面分别述之。

因《喻世明言》一书各回使用的是单行标题，能够表现的内容有限，需尽可能地概括小说主旨，但在很多时候，回目往往是对核心情节或者最终结局的提炼，即回目本身就对应着某些特定内容，故而在使用回目的十五幅图中，题图文字往往与插图内容正相契合，回目成了对插图内容的精练说明。但若回目涉及内容较为全面，与表现具体情节的插图就不免存有偏差，而不能一一对应。如第十三回“张道陵七试赵升"中第二图表现的是"取桃试赵升"一事,题图文字为"张道陵七试赵升",其包含的内容显然远远超出了插图所揭示的内容。但此二者间毕竟还存在联系,有些插图表现的内容与题写在上面的回目之间毫无关联,譬如第十五回"史弘肇龙虎君臣会"第一图,插图内容是王婆手持金带替柴夫人说亲,与回目毫无关联;又有第三十九回"汪信之一死救全家"第二图,插图的内容是汪世雄与家人重新安葬其父亲,与回目也没有太过紧密的直接关联。

结合插图内容概括各图意旨,文字与图意自然是互相契合的,但在有些插图中,文字所提供的信息超出了插图直接呈现的内容,构成了对插图的提示或者补充。譬如第三十三回"张古老种瓜娶文女"第一图,从插图本身我们只可以看到韦谏议夫妇回访张古老的情形,那么他们此次见面谈及了什么内容呢?正是题图文字所说明的"八十公筹思娶二八娇女",即张古老提出想娶韦谏议夫妇的小女儿。

引用原文中诗句文辞的,多数是对某一事件的评价,如第一回"蒋兴哥重会珍珠衫"第二图中的"珠还合浦重生采,剑合丰城倍有神",等等,此类评价多是小说文本中针对插图选取的情节所作的直接议论、评判,彼此恰好应和,题字构成了对画面内容的深化与补充。有些时候,所题文字与插图中的故事情节存在时间上的偏差,如第一回第一图"腊尽愁难尽,春归人未归。朝来嗔寂寞,不肯试新衣"几句描写的是三巧年终时节对丈夫的思念,发生在她与陈三郎意外碰面之前,但正因思夫,才会窗前观望,才会与陈三郎意外碰面,故而此几句与图配合来看,具有说明背景、提示情节的作用,丰富了插图的表现力。又或者是对故事中人物心思的说明,如第四回"闲云庵阮三偿冤债"第一图上的"邻女乍萌窥玉意,文君早乱听琴心"两句正是对陈小姐听了阮三演奏后心思的生动反映,构成了对插图的极好补充。又或者是对插图表现事件的直接描绘,如第二回"陈御史巧勘金钗钿"第二图上的"可惜名花一朵,绣幕深闺藏护。不遇探花郎,抖被狂蜂残破。错误,错误!怨杀东风分付"。是对二人偷偷云雨一事的描绘兼评价,恰好构成了对插图的说明与补充。

插图在引用原文中的诗文时,或是全盘移录,或是摘录一二。某些具有总结性评价的诗句,往往是就全部故事而发,那就意味着不同的诗句可能针对不同的内容,在为插图配文字时,就需要注意选择合适的内容,总体来说,绘制者的选择是恰当的,仅第二十回"陈从善梅岭失浑家"第二图例外。此图描绘的是夫妇重逢的幸福场面,图中题字是"三年辛苦在申阳,恩爱夫妻痛断肠",原诗四句,就夫妻团聚一节而言,似乎后两句"终是妖邪难胜正,贞名落得至今扬"更为贴切一些。

最后,插图在再现故事的过程中,对于故事情节的忠实呈现尚是较为容易实现的目标,若想完美展示相关情节的韵味,则殊为不易,某些时候表达效果还比较差。譬如第十六回"范巨卿鸡黍生死交"中"张范二人久别重逢"一图,图中二人相对而坐,一人似在说话,一人身体前倾,似在听对方诉说。照常理,朋友重逢,把酒聊天,当是如此。但张、范二人重逢时,已是阴阳相隔,以鬼魂赴约的范式处处呈现出奇异,这幅图远未能展现出"千里幽魂叙旧盟"的神采。此外,第二十五回"晏平仲二桃杀三士"第一图中,诸人服饰皆非春秋样式。

第二节 《警世通言》文图关系

一、版本概述

综合前人研究可知,《警世通言》有三个版本系统,即金陵兼善堂本、衍庆堂本与三桂堂本。

(一) 金陵兼善堂本

明天启四年(1624)刊,四十卷四十篇,半叶十行,行二十字,有眉评。图四十叶,八十幅。著"素明刊",题"可一主人评""无碍居士序",首豫章无碍居士叙,作于天启甲子腊月,即明熹宗天启四年。今藏于日本东京大学东洋文化研究所仓石文库(所藏为图三十九叶,其中第十七卷图缺)、日本名古屋蓬左文库。中华书局版《古本小说丛刊》、上海古籍出版社版《古本小说集成》据日本名古屋蓬左文库所藏兼善堂本影印。

(二) 衍庆堂本

明天启七年(1627)刊,四十卷四十篇,半叶十行,行二十字,图四十叶。著"素明刊",封面有"二刻增补"字样。题"可一居士评""无碍居士校",首豫章无碍居士序。四十卷中,三十六卷与兼善堂本相同,不过多数卷不一致。出自《古今小说》者四卷,此书已残缺,卷二九"晏平仲二桃杀三士"、卷三○"李秀卿义结黄贞女"缺,另有八篇系抄补,即卷三一"陈可常端阳仙化"篇、卷三二"崔待诏生死冤家"篇、卷三三"李谪仙醉草吓蛮书"篇、卷三四"钱舍人题诗燕子楼"篇、卷三五"宿香亭张浩遇莺莺"篇、卷三六"金明池吴清逢爱爱"篇、卷三七"赵知县"篇,卷三八"况太守断死孩儿"篇。今藏于大连图书馆、日本天理大学图书馆。

(三) 三桂堂本

王振华刊,四十卷四十篇,半叶十行,行二十字,题"可一主人评""无碍居士校",首豫章无碍居士叙。今藏于东京都立中央图书馆,国内所见为三十六卷本,缺卷三七、卷三八、卷三九与卷四○。图十八叶,半叶十行,行二十字,题"可一主人评""无碍居士校",亦有无碍居士序。藏于国家图书馆、北大图书馆、清华图书馆。近代国内有根据传抄排印的世界文库本。1956 年,人民文学出版社据世界文库本并校以三桂堂本重新校勘印行了此书,原缺的三十七卷用另外的抄本补足,由严敦易校注,对个别色情描写作了删节。此本亦得到广大读者的认可,后来又多次重印发行,成为现在影响较大的一个普及本。

二、金陵兼善堂本《警世通言》文图关系

兼善堂本《警世通言》有图八十幅,每回两图。笔者爬梳相关资料,制成图表

（表 12－2）：

表 12－2

卷次	回目	插图内容	插图题字	题字出处
一	俞伯牙摔琴谢知音	伯牙船上抚琴，子期崖上听音。	洋洋乎意在高山，汤汤乎志在流水	截断子期对答语而成。原文作："美哉，洋洋乎！大人之意，在高山也。""美哉，汤汤乎！志在流水。"
		伯牙向老叟问路。	忆昔去年春，江边曾会君。今日重来访，不见知音人	伯牙悼念子期所诵之词（伯牙诵云……）
二	庄子休鼓盆成大道	庄子见年少夫人向其夫坟冢连扇不已。	生前个个说恩爱，死后人人欲扇坟	庄子评价先前所见妇人之辞（庄生又道出四句）
		庄子在其妻灵前作歌。	敲碎瓦盆不再鼓，伊是何人我是谁？	庄子悟道后所歌之辞（歌曰……）
三	王安石三难苏学士	东坡与陈季常后院访菊，看见满地黄菊落瓣。	西风昨夜过园林，吹落黄花满地金	王安石原诗
		东坡立于船头，看手下用瓮汲取下峡水。	王安石三难苏学士	回目
四	拗相公饮恨半山堂	王安石与家人踏月而行，老叟门前送别。	强辨鹑刑非正道，误餐鱼饵岂真情	荆公夜宿人家所见诗（荆公看新粉壁上，有大书律诗一首。诗云……）
		王安石嘱咐叶涛。	既无好语遗吴国，却有浮辞诳叶涛	荆公夜宿人家所见诗（荆公见窗上有字，携灯看时，亦是律诗八句。诗云……）
五	吕大郎还金完骨肉	喜儿被陌生人拐走。	喜儿中途被骗	据图意概括
		吕玉意外与儿子重逢。	本意还金兼得子	文末总结全文之诗，此句描述的正是还金意外遇子之事。
六	俞仲举题诗遇上皇	俞仲举题诗毕，打算自杀。	丰乐楼上望西川，动不动八千里路	俞仲举所作诗（写下了《鹊桥仙》词……）
		上皇召见俞良。	空有词章，片言争敢动吾皇。敕赐紫袍归故里，衣锦还乡	俞仲举所作词（就做了一词，名《过龙门令》）

卷次	回目	插图内容	插图题字	题字出处
七	陈可常端阳仙化	郡王命陈可常作词。	主人恩义重，两载蒙恩宠	可常所作词（可常问讯了，口念一词，名《菩萨蛮》）
		可常火中升天，问讯谢郡王夫妇、长老与众僧。	凭此火光三昧，要见本来面目	长老口念之辞（印长老手执火把，口中念道……）
八	崔待诏生死冤家	郭排军意外发现崔待诏与养娘。	谁家稚子鸣榔板，惊起鸳鸯两处飞	对事件的评价（正是……）
		郡王命人将郭立打了五十背花棒。	咸阳王捺不下烈火性，郭排军禁不住闲磕牙	对事件的评价（后人评论得好）
九	李谪仙醉草吓蛮书	李白让杨国忠捧砚，令高力士脱靴。	李谪仙醉草吓蛮书	回目
		李白坐于鲸背，腾空而去。	一自骑鲸天上去，江流采石有余哀	文末总结评价
十	钱舍人题诗燕子楼	盼盼居于燕子楼，无限感伤。	燕子楼前清夜雨，秋来只为一人长。	乐天和诗
		钱舍人启窗见到一女子。	向苍苍太湖石畔，隐珊珊翠竹丛中	文中形容钱舍人所见女子语
十一	苏知县罗衫再合	徐用偷放郑氏与朱婆逃走。	徐用夜救郑氏	据图意概括
		苏老太太将罗衫送与孙子。	苏母泣赠罗衫	据图意概括
十二	范鳅儿双镜重圆	范希周遇到被绑缚的顺哥。	绿林此日称佳客，红粉今宵配吉人	对事件的评价
		范希周夫妇重逢。	十年分散天边鸟，一旦团圆镜里鸳。	对事件的评价（有诗为证……）
十三	三现身包龙图断冤	押司娘与新夫房中吃酒，迎儿烧火时看见有人从灶床下冒出来，吓晕倒地。	孙押司三现身	据图意概括
		押司娘与小孙押司被押入牢中。	包龙图初断冤	据图意概括
十四	一窟鬼癞道人除怪	风吹起门前布帘，王婆与吴教授凑巧看到经过的陈干娘。	邪正尽从心剖判	文末诗，对事件的评价
		吴教授与王七三官人竹门楼前躲雨，看见有人跑出墓园，叫唤有人从墓中跳出。	西山鬼窟早翻身	文末诗，对事件的评价

卷次	回目	插图内容	插图题字	题字出处
十五	金令史美婢酬秀童	莫道人施法,小童似天将附身,向金满指示偷银之人。	金令史请将决疑	据图意概括
		胡门子与卢智高在家用斧敲银,陆门子隔壁偷听。	胡门子盗银□睹	据图意概括
十六	小夫人金钱赠年少	小夫人递物给主管。	小夫人□□赠年少	据图意概括
		张胜路遇张员外。	张主管看灯逢故主	据图意概括
十七	钝秀才一朝交泰	众人见到钝秀才避之不及。	惯于裱家书寿轴,喜逢新岁写春联	此题字与插图主题并不契合。
		马德称衣锦还乡。	十年落魄少知音,一日风云得称心	对事件的评价(后人有诗叹云……)
十八	老门生三世报恩	拆号唱名,鲜于同应声而出,众人哄然大笑。	本心择取少年郎,谁意收将老怪物	形容蒯公心情(蒯公无可奈何,正是……)
		鲜于同赠送银两给蒯悟。	老门生三世报恩	回目
十九	崔衙内白鹞招妖	崔衙内骑马入林,抬头看见山崖上一个骷髅,左手驾着白鹞,右手一个指头拨鹞子的铃儿。	虎奴兔女活骷髅,作怪成群山上头	对事件的说明,文末诗(有诗为证……)
		衙内乘着月色闲行,看见黑云起,云绽处,有一人驾着香车载着妇人。	双眼是横波,无限贤愚被沉溺	对事件的评价(衙内一时被她这色迷了)
二十	计押番金鳗产祸	计安钓得某物,起身归家。	计押番金鳗产祸	回目
		计安夜间听得有声响,走出房门去看。	但存夫子三分礼,不犯萧何六尺条	对事件的评价(正是……)
二十一	赵太祖千里送京娘	京娘骑马,宋太祖步行跟随。	赵太祖千里送京娘	回目
		赵匡胤独战匪人。	迎着棒似秋叶翻风,近着身如落花坠地	描述赵匡胤独战匪人场面
二十二	宋小官团圆破毡笠	宋金庙门口偶遇刘有才。	好花遭雨红俱褪,芳草经霜绿尽凋	对事件的评价(正是……)
		宋金锦衣貂帽登上刘公之船。	无题图文字	

卷次	回目	插图内容	插图题字	题字出处
二十三	乐小舍拼生觅偶	乐和、顺娘跌落潮中，弄潮子弟意图施救。	冒险轻生不自怜	东坡词
		乐和、顺娘潮王庙赛谢。	却将情字感潮王	对事件的评价（有诗为证……）
二十四	玉堂春落难逢夫	王公子、玉堂春百花楼耍乐。	酒不醉人人自醉，色不迷人人自迷	对事件的评价（正是……）
二十五	桂员外途穷忏悔	施济赠银桂富五。	试问当今有力者，同窗谁念幼时人？	对事件的评价（后人有诗赞施君之德……）
		桂迁跪在佛像前，三犬养于堂上。	早知今日都成犬，却悔当初不做人	对事件的评价
二十六	唐解元一笑姻缘	唐解元倚船舱独酌，偶见从旁摇过的画舫上的绝色女子。	唐解元一笑姻缘	回目
		唐解元携小娘子拜见华学士。	华学士千金赠嫁	据图意概括
二十七	假神仙大闹华光庙	何仙姑从天而降、魏生与吕洞宾迎接。	殷勤莫为桃源误，此夕须调琴瑟丝	三人联诗，此句为假吕洞宾所作。
		裴道士被石板压身呼救，魏公与家人拿着灯火来看究竟。	裴道官夜遭鬼辱	据图意概括
二十八	白娘子永镇雷峰塔	许宣与二女同坐舟中。	隐隐山藏三百寺，依稀云锁二高峰	描摹西湖景致（真乃……）
		员外看见粗大白蛇，慌忙逃奔。	心正自然邪不扰，身端怎有恶来欺？	法海禅师所作诗（法海禅师言偈毕，又题诗八句，以劝后人）
二十九	宿香亭张浩遇莺莺	张生宿香亭偶见莺莺。	似向东君夸艳态，倚栏笑对牡丹丛	描写莺莺之词（但见……）
		张生乘梯登墙，莺莺墙头等待。	夕阳消柳外，暝色暗花间	文中描写气氛语
三十	金明池吴清逢爱爱	吴子虚与二友游玩，偶遇一簇女子。	踏青士女纷纷至，赏玩游人对对来	对当日游人如织情形的摹写（三人绕池游玩，但见……）
		吴小员外狱中梦见与爱爱相见。	金明池畔逢双美，了却人间生死缘	对事件的评价（有诗为证……）

卷次	回目	插图内容	插图题字	题字出处
三十一	赵春儿重旺曹家庄	曹可成坟堂屋里教村童读书。	渐无面目辞家祖，剩把凄凉对学生	对事件的评价（正是……）
		曹可成跪谢春儿。	破家只为貌如花，又仗红颜再起家。如此红颜千古少，劝君还是莫贪花	对事件的评价（后人有诗赞云……）
三十二	杜十娘怒沉百宝箱	李甲将银三百两放在桌上给鸨母看。	料定穷儒囊底竭，故将财礼难娇娘	对鸨母心态的摹写
		杜十娘站在船头怒斥对面船上的孙富。	杜十娘怒沉百宝箱	回目
三十三	乔彦杰一妾破家	乔彦杰询问舥公临船女子的身份。	乔彦杰客途娶妻	据图意概括
		周春香与小二房内吃酒。	周春香索□怀私	据图意概括
三十四	王娇鸾百年长恨	周秀才于墙缺处看娇鸾打秋千耍乐。	只因一幅香罗帕，惹起千秋《长恨歌》	对事件的评价
		娇鸾门前送别周秀才。	郎马未离青柳下，妾心先在白云边	娇鸾临别赠诗
三十五	况太守断死孩儿	邵氏持灯来到得贵床前。	商成灯下瞒天计，转拨闺中匪石心	对事件的评价
		秀姑看见得贵死在地上邵氏自杀，惊慌逃走。	地下新添冤恨鬼，人间少了俏孤孀	对事件的评价
三十六	皂角林大王假形	赵知县命人点火烧庙。	赵知县怒焚妖庙	据图意概括
		两赵知县门前拉扯。	皂角林大王假形	回目
三十七	万秀娘仇报山亭儿	一人挑担，二人挟着万秀娘奔往竹林。	身似柳絮飘扬，命似藕丝将断	对小员外被杀情形的描写（看小员外时……）
		万秀娘将刺绣香囊扔给合哥。	万秀娘仇报山亭儿	回目
三十八	蒋淑真刎颈鸳鸯会	蒋女门前张望，秉中趁机传情	期人在灯前相待，几回家（价）又恐燕莺情。	对二人心态的描写
		秉中独留房中，蒋女与侍女持灯往门前查看动静，张二官持刀相向。	他两个贪欢贪笑，不提防门外有人瞧	对事件的评价
三十九	福禄寿三星度世	刘本道举竿欲打人。	刘本道捕鱼逢怪	据图意概括
		灵龟导引，寿星骑白鹤，刘本道骑黄鹿，上升霄汉。	福禄寿三星度世	回目

卷次	回目	插图内容	插图题字	题字出处
四十	旌阳宫铁树镇妖	兰公仗剑战海怪。	豫章城孽龙兴水	据图意概括
		制服恶龙。	旌阳宫铁树镇妖	回目

据此可知：首先，每回两图，为了尽可能好地照应故事情节、展现故事内容，相关插图在选择、取舍方面颇具匠心，多半是选择影响故事进程的核心事件或者最能够体现故事主旨的典型情节予以展现。譬如第六回"俞仲举题诗遇上皇"，核心事件有二，即俞仲举题诗和上皇欣赏其才华特别召见，两幅插图的内容正好分别对应此二事；又如第二回"庄子休鼓盆成大道"，两幅插图的内容分别是庄子见年少妇人向其夫坟冢连扇不已及庄子在其妻灵前作歌，前者引起了庄子的无限感慨，进而有了对妻子的那番试探，后者系庄子彻底悟道后的举止，这两项内容正是该回故事中最具典型意义或者说最关键的情节。但在有些卷次中，插图所展现的内容并未对应完整的故事情节，即只涉及了部分内容。譬如第五回"吕大郎还金完骨肉"，意在彰显"善恶分明不可欺"，此一回包含两则故事，即吕大郎还金得子与其弟卖嫂输妻，题目只及其一，插图亦只及其一。故事回目既有所遗漏，插图不免因袭了此缺失。

更多情况下，由于故事本身头绪纷繁、情节错综，可供选择的内容众多，插图却仅每回两幅，实在难以兼顾。譬如第三回"王安石三难苏学士"，题为"三难"，则必然涉及三事，而图仅两幅，必然要有所牺牲。又如第十一回"苏知县罗衫再合"，主要故事情节计有：苏知县夫妇遭歹人劫持，徐用偷放郑夫人，郑夫人尼庵生子，老尼将新生儿放在路中央被徐能捡回抚养，其间，苏知县意外获救，跟陶公回乡教育幼童，苏母遣小儿子寻兄，得知兄的噩耗后，染病身亡。若干年后，徐（苏）继祖会试途中路遇祖母，蒙其赠送罗衫，郑夫人告状，苏继祖得知身世，家人团聚，恶人伏法。故事发展跌宕起伏，人物关系错综复杂，可供插图选取的素材颇多，两幅插图实在难以全面展现。现有插图表现的是徐用夜救郑氏与苏老太太将罗衫送与孙子二事，此固然是故事的重要情节，但到此处，故事内容至多方及一半，且与其意义相当的内容尚有很多，许多精彩内容被弃之不顾了，此虽遗憾，想来也是无奈之举。至于为何独独选择了这两个情节，似亦无道理可言，插图绘制者在选择时虽颇为用心，却也不见得时时处处精密思量，动辄有据，随意、草率也是有的，我们今日也不必望文生义、过度解读。

因内容繁多而难以兼顾的情况并不鲜见，仅此本尚有如下数条，如第二十九回"宿香亭张浩遇莺莺"，插图表现的是二人偶遇及偷偷私会的场景，但二人此后如何历经波折终成眷属的内容未能得到表现。又如第三十三回"乔彦杰一妾破家"，两幅插图所呈现的仅是故事开始部分的内容，其后打死小二，继而事发，一妻一妾与女儿、工人俱死于牢中，乔俊自己也自杀等核心事件皆未能入图。再如第三十四回"王娇鸾百年长恨"，两幅插图一为周秀才于墙缺处看娇鸾打秋千耍乐，一为娇鸾门前送别周秀才，仅是故事前半内容，未及全文，特别是，本篇题为"百年长恨"，则核心与关键当在于此，两幅插图呈现出的温馨和乐场面显然与题目宗旨不符，而周生别后再娶，娇鸾闻讯传诗自杀，周生被打死种种未能得到形象再现。再有第三十五回"况太守断死孩儿",却独独未及"断死孩儿"这样的核心内容。

其次,插图数量有限,精心思量、慎重取舍自是题中之义,但某些插图的选择似乎有欠高明。譬如第一回"俞伯牙摔琴谢知音",其核心情节自然是伯牙操琴遇知音和伯牙摔琴谢知音二事,插图也自然以直接表现这两项内容为佳。然而实际情况是,第一幅图描绘的是伯牙船上抚琴,子期崖上听音,与核心情节契合;第二幅图展现的却是伯牙向老者问路的场景,相较于关键情节有所游移。甚而某些插图所选择的内容只是细枝末节,如此选择颇令人不解。譬如第五回"吕大郎还金完骨肉",本就头绪复杂,其第一幅图却绘了喜儿被拐一节,这于全文只是一个话头与引子,在文中也只是一笔带过,如此重视,似乎不必。当然也有特例,譬如第十七卷"钝秀才一朝交泰"第二图,表现的是马德称衣锦还乡的内容,所绘内容未必是故事精要,钝秀才困顿数年,屡受磨难,可供形象化的内容甚多,且效果想来亦更佳,但此大团圆结局颇有教化意义,或许因此获得插图绘制者的青睐,此类情况并非仅见,容当后述。

再次,多数插图皆是在忠于原著的基础上予以形象化再现,有几幅插图所呈现的内容相较于文本却存有差别。譬如第四回"拗相公饮恨半山堂"第二图(图12-1),图中王安石面南坐,叶涛侧坐,文中则云"荆公请叶涛床头相见,执其手,嘱道……",二者相较并不契合。又如第二十五回"桂员外途穷忏悔"第一图(图12-2),据文中说:

图12-1 金陵兼善堂本《警世通言》之"拗相公饮恨半山堂"插图

图12-2 金陵兼善堂本《警世通言》之"桂员外途穷忏悔"插图

施济下殿走到千人石上观看,只见一人坐在剑池边,望着池水,呜咽不止。上前看时,认得其人姓桂名富五……施公吃了一惊,唤起相见,问其缘故。桂生只是堕泪,口不能言。施公心怀不忍,一手挽住,拉到观音殿上来问道:"桂兄有何伤痛?

倘然见教,小弟或可分忧。"……施公恻然道:"吾兄勿忧,吾适带修殿银三百两在此,且移以相赠,使君夫妻父子团圆何如?"

由此可知,施济发现桂富五坐在剑池边哭泣,后将他拉到观音殿,问明情况并赠银。图中他却是在剑池边赠银,与文意不符。又如第二十七回"假神仙大闹华光庙"第一图(图12-3),文中云,"魏生见更深人静了,焚起一炉好香,摆下酒果,又穿些华丽衣服,妆扮整齐,等待二仙。只见吕洞宾领着何仙姑,径来楼上",而插图中则是何仙姑从天而降,魏生与吕洞宾迎接,文字所载与插图呈现有明显不合处。再有第三十七回"万秀娘仇报山亭儿"第一图(图12-4),图中一人挑担,二人挟着万秀娘奔往竹林,文中却是"担了笼仗,陶铁僧牵了小员外底马,大官人牵了万秀娘底马",二者亦不合。应当说,这些多是细微差别,对原文的改窜有限,也并不影响理解,至于其原因,实在难以考究,若是作一些可能的猜测,则有些情况或是由于未曾细察文本而造成的无心之失,譬如"桂员外途穷忏悔"第一图,施济在剑池发现了正在哭泣的富五,然后将其拉至别处询问,插图绘制者可能在阅读文本时比较粗疏,未曾在意他们活动范围的变化。如此虽对故事理解影响不大,但施济之所以要将桂富五拉到观音殿,想来是因为剑池处人多嘴杂,实在不是谈论私事的场合,此举可见施济的细心体贴,插图中一个看似不起眼的缺失,却对人物形象的塑造存在一定影响。

图12-3　金陵兼善堂本《警世通言》之"假
　　　　　神仙大闹华光庙"插图

图12-4　金陵兼善堂本《警世通言》之"万
　　　　　秀娘仇报山亭儿"插图

另有一些场合,插图与原文的差别可能是绘制者的刻意之举,有其意味。譬如第二十七回"假神仙大闹华光庙"第二图,文中云"只见三四个黄衣力士,扛四五十斤一块石板,压在裴道身上",但图中所见分明是几个奇形怪状的鬼怪将石板压在裴道士身上的,虽形似黄衣力士,实际却是鬼怪所扮,在文本中,借助上下文,自然不难理解个中蹊跷，但在插图中，缺少必要的交代，只能接受图像表面提供给我们的信息，那么是黄衣力士还是鬼怪将石板压在裴道士身上，差别极大，想来为了直接点破真相，绘制者故有如此"改窜"。再如第三十五回"况太守断死孩儿"第二图（图12-5），按文意，秀姑是"按定了胆，把房门款上"才跑去了丘大胜家。但在插图中，门却是开着的。这看起来有违文本原意，却是为了照顾插图观赏者不得不为之举，因为门若合上了，读者便难以知晓房内情况，这幅图也就失去了其价值，故不得不开着。

复次，插图既是对故事情节的形象展示，除了再现故事内容外，有时候也会发挥插图的自身优势，增强表达效果。譬如第十三回"三现身包龙图断冤"第一图，借助房屋作区隔，一边是押司娘子与新夫房中吃酒，另一边是迎儿烧火时看见有人从灶床下冒出来，吓晕倒地，一图表

图12-5　金陵兼善堂本《警世通言》之"况太守断死孩儿"插图

现两事，叙事容量被扩增了。有些时候，插图中也会出现某些"溢出"内容，虽非文本所有，却对我们的理解颇有好处。譬如同回第二图，描绘的是押司娘子与新夫被押入牢房的场景，图中特地为牢房开了一扇窗户，内中羁押有两人，手戴镣铐，此举一来可视作标志，让我们清晰了解到他们被押入的是牢房而非其他地方，其次亦是警示，凡作奸犯科之人必要遭受惩罚。但有些时候，此类心思却不免画蛇添足。譬如第三十回"金明池吴清逢爱爱"第二图，表现的是吴小员外狱中梦见与爱爱相会的场景，图中吴小员外伏案而卧，但如插图中那样的屋子，现实的监狱中是不会有的。

最后，除第二十二回"宋小官团圆破毡笠"第二图外，其他插图上皆有题图文字，与插图相配合，构成了另一层次的图—文结合体，此类文字，或是直接搬用回目，或是据图意概括，或是引用文中的诗句文辞，其数量分别为11、16、46（详请参表12-2）。

据图意概括的16例且不论，先来分析直接搬用回目的11例，由于回目是对全部故事情节的精练概括，涵盖的容量较大，远远超出一幅插图的范围，故而某些时候便会发生图与文不合，或者更准确地说，是文大于图的情况。譬如第三回"王安石三难苏学士"第二图，插图对应的是王安石二难东坡的情况，插图内容与回目意义间存有明显差距。与此类似的尚有第十八回"老门生三世报恩"第二图、第二十回"计押番金鳗产祸"第一图。

至于引用诗句文辞诸例，所引用的或者是文中针对插图中所涉及事件所作的当下回应或评价，此例甚多，可参表12-2，此不赘述。有些时候，引用的诗句或是发生在事前，或是发生在事后，但多半与此事件紧密相连，也因此具有了提示或警示作用。发生在事前的，譬如第三十五回"况太守断死孩儿"第一图，插图内容是邵

氏持灯来到得贵床前,所题文字"商成灯下瞒天计,转拨闺中匪石心"乃是此前支助授计后文中插入的评论,看似与此事无关,但邵氏此举正是"瞒天计"的实施与应验,文、图配合,叙事容量增强,给人以更多的想象空间。再如第三十八回"蒋淑真刎颈鸳鸯会"第二图,图中秉中独留房中,蒋女与侍女持灯往门前查看动静,张二官持刀相向,所题"他两个贪欢贪笑,不提防门外有人瞧"在文中乃此事发生之前语,与图配合,恰能解释图中故事发生的原因。发生在事后的,譬如第十九回"崔衙内白鹞招妖"第一图中所题文字"虎奴兔女活骷髅,作怪成群山上头"出自文末总结之诗,但此图的内容是崔衙内骑马入林,抬头看见山崖上一个骷髅,左手驾着白鹞,右手一个指头拨鹞子的铃儿,这两句正是对插图中情状的生动描述,用于此再合适不过。再如第二十回"计押番金鳗产祸"第二图,图中展现的内容是计安夜间听得有声响,走出房门去看,题图文字"但存夫子三分礼,不犯萧何六尺条"则是周三、庆奴因罪被斩首后,文中做出的评价,看似不相干,但此插图表现的正是周三犯案情节,是周三最终身首异处的源头所在,在此图中引用这两句诗也颇为恰当,且具有警示意义。又有第二十八回"白娘子永镇雷峰塔"第二图,呈现的内容是员外看见粗大白蛇,慌忙逃奔,题图文字"心正自然邪不扰,身端怎有恶来欺?"则是后文法海禅师言偈毕为了劝勉后人所题之诗。此二句虽据文末,却与此图十分契合。或者说,此图内容正是这一道理的生动表现。

题图文字与插图两相配合,或是解释,或是丰富,或是提示,或是警示,极大增强了插图的表现效果。但也有两处例外,引用诗文与插图内容并不吻合。一是第三十七回"万秀娘仇报山亭儿"第一图,所题文字"身似柳絮飘扬,命似藕丝将断"系对小员外被杀情形的描写,插图内容则是一人挑担,二人挟着万秀娘奔往竹林,文与图之间明显毫不相干,并且也缺乏较为明显的联系。再有第二十三回"乐小舍拚生觅偶"第一图中的"冒险轻生不自怜",据文中交代,这出自东坡学士《看潮》一诗,系因感叹临安府人多好弄潮,不少人因此丧命,却屡禁不止之事,此图表现的内容却是乐和、顺娘双双跌落潮中,二者可谓全不相干。

第三节 《醒世恒言》文图关系

一、版本概述

综合前人研究可知,《醒世恒言》有三种刊本:金阊叶敬池刊本、金阊叶敬溪刊本与衍庆堂刊本。

(一)金阊叶敬池刊本

明天启七年(1627)刊,四十卷四十篇,封面右上题"绘像古今小说",左下题"金阊叶敬池梓",首有陇西可一居士叙,作于明天启丁卯年(1627)。"可一主人评""墨浪主人校"。无识语。正文半叶十行,行二十字,原图四十叶八十幅,缺卷三"卖油郎独占花魁"、卷二一"张淑儿巧智脱杨生"、卷三三"十五贯戏言成巧祸"插图三叶共六幅,实有图七十四幅。今藏于日本内阁文库。中华书局版《古本小说丛刊》、上海古籍出版社版《古本小说集成》据日本内阁文库所藏金阊叶敬池刊本影印。

(二) 金阊叶敬溪刊本

明末刊,首陇西可一居士叙,题"可一主人评""墨浪主人校",叙、图及行款皆同叶敬池刊本,封面右上仅存"绘像"二字。今藏于大连图书馆。

(三) 衍庆堂刊本

首天启丁卯(1627)陇西可一居士叙,题"可一主人评""墨浪主人校",无图。

1956 年,人民文学出版社出版了顾学颉校注的《醒世恒言》,刊行时为繁体字、竖排版。因为《醒世恒言》的原刻本在国内已不容易见到,初刻本即天启丁卯年(1627)的金阊叶敬池刊本,目前藏于日本内阁文库,所以,这个本子只好以世界文库本复排明代叶敬池刊本为底本,并参校了藏于北京图书馆的衍庆堂刻本和《今古奇观》等书进行了校勘。书前附有明叶敬池刻本《醒世恒言》的扉页、目次及部分插图。此本对于原本错讹缺漏之处,加以订正、增补;对于个别色情描绘的字句,作了必要的删节;对于过于猥亵的"金海陵纵欲亡身"一篇,则整篇删去,存目。为了帮助一般读者了解,还作了一些简单的注释。这个本子后来又重印过几次,发行的数量较多。为满足读者的需要,二十世纪八十年代该社将其改成了简体横排版,并对全书的标点和注释又作了一次修订和增补。

二、金阊叶敬池刊本《醒世恒言》文图关系

金阊叶敬池刊本《醒世恒言》每回两图,有图八十幅。笔者爬梳相关资料,制成图表(表 12 - 3):

表 12 - 3

卷次	回目	插图内容	插图题字	题字出处	说明
一	两县令竞义婚孤女	钟离公发现月香庭中流泪。	可怜宦室娇香女,权作闺中使令人	对事件的评价	
		钟离公梦见石壁前来致谢。	试看两公阴德报,皇天不负好心人	对事件的评价(后人有诗叹云……)	
二	三孝廉让产立高名	许武教导二弟读书。	教诲二弟俱成行,不是长兄是父娘	对事件的评价(乡里……又传出几句口号,道是……)	
		许晏、许普衣锦还乡。	报道锦衣归故里,争夸白屋出公卿	对事件的评价(正是……)	
三	卖油郎独占花魁				缺图

卷次	回目	插图内容	插图题字	题字出处	说明
四	灌园叟晚逢仙女	朝天湖景致。	朝天湖畔水连天,不唱渔歌即采莲。小小茅堂花万种,主人日日对花眠	对四时景致的描写(那四时景致,言之不尽。有诗为证……)	
		秋公花下独酌。	名花绰约东风里,占断韶华都在此	形容牡丹之辞(有一只《玉楼春》词,单赞牡丹花的好处。词云……)	
五	大树坡义虎送亲	送亲队伍途中遇虎,众人逃散。	从来只道虎伤人,今日方知虎报恩	对事件的评价(惟胡曾先生一首最好,诗曰……)	
		勤自励背着妻子归家,再遇当日老虎。	能布恩施虎亦亲	对事件的评价(有诗为证……)	
六	小水湾天狐诒书	拉弓射猎。	山花多艳如含笑,野鸟无名只乱啼	对事件的评价(但见……)	
		假王福送信,王臣母妻拆看。	举家手额欢声沸,指日长安昼锦回	对事件的评价	
七	钱秀才错占凤凰俦	颜俊唤家童取出衣服让钱青更换。	为思佳偶情如火,索尽枯肠夜不眠。自古姻缘皆分定,红丝岂是有心牵	对事件的评价(正是……)	
		钱青与高小姐拜堂成亲。	臭美如何骗美妻,作成表弟得便宜	有诗为证	
八	乔太守乱点鸳鸯谱	小姐凭栏赏花鸟。	体态轻盈,汉家飞燕同称	对人物形象的描绘(但见……)	
		玉郎慧娘共处一床。	鸳鸯错配本前缘	对事件的评价(又有一诗,单夸乔太守此事断得甚好……)	
九	陈多寿生死夫妻	陈多寿向父亲等三人行礼。	只为一局输赢子,定了三生男女缘	对事件的评价	
		陈青张氏发现儿子媳妇服毒倒地。	相爱相怜相殉死,千金难买两同心	对事件的评价(时人有诗叹此,诗云……)	
十	刘小官雌雄兄弟	刘公看见远处一人跌在雪里,一人在旁搀扶。	乍飘数点,俄惊柳絮飞飚;狂舞一番,错认梨花乱坠	对雪的描绘(原来那雪……)	
		刘方题词,向刘奇表达心意。	营巢燕,声声叫,莫使青年空岁月。可怜和氏璧无瑕,何事楚君终不纳?	刘方所题之词	

卷次	回目	插图内容	插图题字	题字出处	说明
十一	苏小妹三难新郎	苏小妹续诗。	瓣瓣拆开蝴蝶翅,团团围酒水晶球	苏小妹所续之诗	
		新婚夜,苏小妹出题考新郎。	闭门推出窗前月,投石冲开水底天	二人所对对子	
十二	佛印师四调琴娘	东坡、佛印亭中对酌,琴娘唱词助兴。	既见耳根有分,因何眼界无缘?分明咫尺遇神仙,隔个秀帘不见	佛印所作《西江月》词	
		佛印代琴娘作赠东坡诗。	传与巫山窈窕女,休将魂梦恼襄王。禅心已作沾泥絮,不逐东风上下狂	佛印所作诗	
十三	勘皮靴单证二郎神	韩夫人赏春色。	落花无定挽春心。芳草犹迷舞蝶,绿杨空语流莺	有词为证	
		王法官被假二郎神弹中跌倒。	弓开如满月,弹发似流星		
十四	闹樊楼多情周胜仙	周胜仙走出门外,范二郎尾随,彼此眉目传情。	嫩脸映桃红,香肌晕玉白	对女子样貌的形容(细看那女子,生得……)	
		朱真身穿衰衣出门盗坟。	一天好事投奔我	朱真说的话(对着娘道……)	
十五	赫大卿遗恨鸳鸯绦	赫大卿与四尼姑团团而坐,饮酒纵乐。	生于锦绣丛中,死在牡丹花下	对事件的评价(有分教赫大卿……)	
		众尼姑被官差拿住,小和尚亦被从床底拖出。	只为贪那裤裆中硬崛崛一个莽和尚,弄坏了庵院里娇滴滴许多骚和尚	对事件的评价(有好事的,作个歌儿道……)	
十六	陆五汉硬留合色鞋	楼上女子将绣花鞋丢张荩。	靸鞋儿三寸,轻罗软窄,胜菓花片	也有《清江引》为证	
		两禁子扶着张荩到女监栅门外见潘寿儿。	赌近盗兮奸近杀,古人说话不曾差。奸赌两般都不染,太平无事做人家	对事件的评价(时人有诗叹云……)	
十七	张孝基陈留认舅	张孝基偶见病乞丐被人驱赶,让家人送他钱钞。	临崖立马收缰晚,船到江心补漏迟	对事件的评价(正是……)	
		乡人在嵩山遇见张孝基。	还财阴德庆流长,千古名传义感乡	对事件的评价	

卷次	回目	插图内容	插图题字	题字出处	说明
十八	施润泽滩阙遇友	施复还银，谢绝报答。	还带曾消纵理纹，返金种得桂枝芬	对事件的评价，文前所引诗。	
		施复劝阻朱恩杀鸡。	昔闻杨宝酬恩雀，今见施君报德鸡。物性有知皆似此，人情好杀复何为？	对事件的评价（有诗为证……）	
十九	白玉娘忍苦成夫	程万里被元兵追赶。	宁为太平犬，莫作离乱人	对事件的评价（正是……）	
		程惠坐在门槛上把玩鞋，玉娘惊异询问。	分鞋今日再成双，留与千秋作话说	对事件的评价（后人有诗为证……）	
二十	张廷秀逃生救父	邵主事观看张廷秀所作词。	玉京琼岛客，笑傲乾坤小。齐拍手，唱道长春人不老	张廷秀所作寿词《千秋岁》	
		杨洪、赵昂等人被当众抓住。	谁识毗陵邵理刑，就是场中王十朋？太守自来宾客散，仇人暗里自心惊	对事件的评价（有诗为证……）	
二十一	张淑儿巧智脱杨生				缺图
二十二	吕纯阳飞剑斩黄龙	钟离先生赠给吕洞宾宝剑。	云烟笼地轴，星月遍空明	吕洞宾临行前所作诗之二句	
		吕洞宾用力拔剑，黄龙长老端坐室中，唤出护法神。	丹只是剑，剑只是丹。得剑知丹，得丹知剑	四句偈曰	
二十三	金海陵纵欲亡身	定哥独自倚着栏杆看月。贵哥细细地瞧其面庞。	月明如昼，玉宇无尘	描写环境之辞	
		金海陵与定哥房中亲热，女待诏与贵哥处于另一屋中。	春意满身扶不起，一双蝴蝶逐人来	义中评价之辞（正是……）	
二十四	隋炀帝逸游召谴	隋炀帝欣赏歌舞。	《玉树》歌残舞袖斜	卷首诗	
		太史令伏地向隋炀帝进言。	兴亡自古漫成悲	索酒自歌曰	

卷次	回目	插图内容	插图题字	题字出处	说明
二十五	独孤生归途闹梦	独孤与妻在龙华寺前分别。	蝇头微利驱人去,虎口危途访客来	对事件的评价(正是……)	
		独孤躲在后壁看见妻子与六七个少年围坐一桌饮酒。	劝君酒,君莫辞!落花徒绕枝,流水无返期。莫恃少年时,少年能几时?	又歌一曲云……	
二十六	薛录事鱼服证仙	鱼头人骑大鱼宣读河伯诏书,薛少府变成人头鱼身。	衣冠暂解人间累,鳞甲俄看水上生	对事件的评价(只教……)	
		薛少府半山看见横坐青牛背上的牧童。	当面神仙犹不识,前生世事怎能知	对事件的评价(正是……)	
二十七	李玉英狱中讼冤	焦氏不理养娘,玉英劝阻揪打承祖。	打骂饥寒浑不免,人前一样唤娘亲	对事件的评价(有诗为证……)	
		承祖毒发,疼痛难忍跌倒在地。	昧心晚母曲如钩,只为亲儿起毒谋	对事件的评价(《列女传》又为赞云……)	
二十八	吴衙内邻舟赴约	停船岸边,吴衙内瞧见不远处船上的女子,不由动心。	天涯犹有梦,对面岂无缘	对事件的评价(其诗云……)	
		贺小姐夜间开窗,吴衙内趁机钻入。	舱门轻叩小窗开,瞥见犹疑梦里来	但见……	
二十九	卢太学诗酒傲公侯	众人欣赏美景。	纷纷玉瓣堆香砌,片片琼英绕画栏	对梅花的描写(这梅花已是……)	
		汪知县走至堂前,看见卢蓬头跣足,靠在桌上打鼾。	不共春风斗百芳,自甘篱落傲秋霜。园林一片萧疏景,几朵依稀散晚香	对菊花的描写(有《菊花诗》为证……)	
三十	李汧公穷邸遇侠客	房德夜间访侠客。	□就巧言诒义士,□成毒计害恩人		
		义士用匕首剖开贝氏胸膛,方德缩在一旁无比惊恐。	从来恩怨要分明,将怨酬恩最不平。安得剑仙床下士,人间遍斩负心人!	似出自文末总结评价之诗,文字略有不同,文中最后一句作"人间遍取不平人!"	

卷次	回目	插图内容	插图题字	题字出处	说明
三十一	郑节使立功神臂弓	和尚让张员外低头看山底之水。	千层怪石惹闲云，一道飞泉垂素练	对景色的描写（但见……）	
		红白蜘蛛精空中斗法，郑信拉弓射箭。	红白蜘蛛斗法	据图意概括	
三十二	黄秀才徼灵玉马坠	夜深人静，黄生推篷而起，从窗隙窥见玉娥。	一曲筝声江上听，知音遂缔百年盟	对事件的评价（有诗赞云……）	
		黄生三人设香案跪拜，老翁与白马现于云端。	今日云端来显相，方知玉马主人翁	对来人的形容（那人是谁？）	
三十三	十五贯戏言成巧祸				缺图
三十四	一文钱小隙造奇冤	长儿再旺撷钱玩。	相争只为一文钱，小隙谁知奇货连	对事件的评价（有诗为证……）此系结尾总论故事之诗	
		朱常引家人媳妇，扛着尸首，打进赵家。	设就巧谋夸自己，妆成圈套害他人	对事件的评价	原文作"算定计谋夸自己，安排圈套害他人"。
三十五	徐老仆义愤成家	徐老仆出门经商。	分书三纸语从容，人畜均分禀至公。老仆不如牛马用，拥孤媚妇泣西风	对事件的评价（有诗为证……）	
		徐宽弟兄搜查徐老仆家私。（"一齐走至阿寄房中，把婆子们哄了出去，闭上房门，开箱倒笼，遍处一搜"，图中却是大人小孩数人在庭中。）	年老筋衰逊马牛，千金致产出人头。托孤寄命真无愧，羞杀苍头不义侯	对事件的评价（诗云……）	

卷次	回目	插图内容	插图题字	题字出处	说明
三十六	蔡瑞虹忍辱报仇	蔡家船只被强盗打劫。	金印将军酒量高，绿林暴客气雄豪。无情波浪兼天涌，疑是胥江起怒涛	对事件的评价(有诗为证……)	
		众人拦阻不及，蔡瑞虹坟前自刎。	报仇雪耻是男儿，谁道裙钗有执持。堪笑硁硁真小谅，不成一事枉嗟咨	对事件的评价(有诗赞云……)	
三十七	杜子春三入长安	杜子春端坐堂中，蟒蛇缠身，猛虎咆哮，恶鬼跳跃。	十年一觉扬州梦，赢得人间败子名	对事件的评价(正是……)	
		老君与杜子春夫妇坐于云中，众人合掌顶礼。	千金散尽贫何惜，一念皈依死不移。慷慨丈夫终得道，白云朵朵上天梯	对事件的评价(有诗为证……)	
三十八	李道人独步云门	李清在众家人围观下坐竹篮下到洞穴底。			无题图文字
		李清向人问信。	向石而行，遇简而问	所诵偈子(偈云……)	文中作"见石而行，听简而问"
三十九	汪大尹火烧宝莲寺	张媚姐躺在床上假寐，有和尚从地下钻出。	空门释子假作罗汉真身，楚馆佳人错认良家少妇		
		和尚越狱，与宿兵厮杀。	夜色正昏，护法神通开犴狴，钟声甫定，金刚勇力破拘挛	审单内容(其审单云……)	
四十	马当神风送滕王阁	王勃向老叟作揖。	马当山下泊孤舟，岸侧芦花簇翠流。忽睹朱门斜半掩，层层瑞气锁清幽	壁上诗句(吟诗一首于壁上。诗曰……)	
		王勃登船赴洪州。	好风一夜送轻舟，倏忽征帆达上流	所作诗(见壁上所题之诗，宛然如新。遂依前韵，复作诗一首)	

　　据此可知：首先，每回故事配图两幅，数量有限，绘者多能持精心思量、慎重取舍的标准，选择故事之警策或核心情节予以展现，相关情况可参表 12‐3，此不赘述。但也有例外。譬如第二回"三孝廉让产立高名"，这一故事的核心，或曰精华当在于三兄弟不计利益，互相谦让，成就美名，但两幅插图的内容分别是许武教导二弟读书和许晏、许普衣锦还乡，衣锦还乡或可理解为是成就高名之表现，到底于中

心内容有所疏远，至于教导二弟读书则相隔更远，二图均是着眼于末节，偏偏忘记了许武"为弟辈而自污"，故意在分家产之时欺凌幼弟这一核心情节。又如第四回"灌园叟晚逢仙女"，标题已然点出"逢仙女"三字，一篇之要自然也在于此。恶霸张委一日发现秋公家花枝艳丽，闯进去就乱采。秋公上前阻止，张委就与众恶少将花园的花全部砸坏。当恶少走后，秋公对着残花悲哭，感动了花神，使落花都重返枝头。张委得知此事，买通官府，诬告秋公为妖人，把他抓进监狱。张委轻易霸占了秋公的花园。正当张委得意之时，花神狂风大作，将张委和爪牙吹进粪窖淹死，一应事件皆与"逢仙女"息息相关。但两幅插图或描绘朝天湖景致，或表现秋公花下独酌，皆未涉及此主题。又如第八回"乔太守乱点鸳鸯谱"，插图展现的内容是小姐凭栏赏花鸟和玉郎慧娘共处一床，却偏偏未曾涉及最为核心与关键的乔太守审理案件时将错就错，乱点鸳鸯，将三对夫妻相互错配之事。又如第十三回"勘皮靴单证二郎神"，追讨假二郎神乃故事一大关键，插图所描绘的韩夫人赏春色与王法官被假二郎神弹中跌倒仅是故事前半部分的内容，于后未曾涉及。

上述各例都有缺失，造成的原因也难以揣量。又有一例，虽也不免有同样的问题，却是绘制者刻意为之。此即第一回"两县令竞义婚孤女"，故事核心线索有三：钟离公发现月香庭中流泪进而了解其身世，两县令高义，为月香安排姻缘，石壁梦中致谢，相较而言，前两者更为重要，应当成为插图的首要选择，此版本目前的处理，即特意用一幅插图来表现梦中感谢的内容，于展现题旨而言，虽略有缺憾，却也无伤大雅，绘制者却另有深意，因为此图系"阴德报"的鲜明直接呈现，极具教化意味。

其次，即使绘制者有心要尽可能地以插图表现核心事件与关键情节，但故事头绪纷杂，图却只有两幅，难免顾此失彼。譬如第六回"小水湾天狐诒书"，野狐戏耍王臣一家数次，因插图数量限制，只能择一而绘，到底有些不便不足。又如第十一回"苏小妹三难新郎"与第十二回"佛印师四调琴娘"，"三难""四调"，两幅插图自然难以全盘展示。再有第十四回"闹樊楼多情周胜仙"，故事描写在樊楼卖酒的范二郎，于游赏金明池时，偶然见到周大郎的女儿周胜仙。周胜仙主动用和茶坊吵架的方式，介绍了自己的身世、情况。范二郎也如法炮制，使周胜仙对自己有所了解。各自回家后，相思成疾。此后由周母作主、王婆作媒，定了两人的亲事。孰料周大郎回家后断然拒绝，周胜仙一气身亡。殡葬时将三五千贯房奁全部葬在墓中。朱真盗墓时，周胜仙复活，并要求带她去见范二郎。周胜仙果真见到了范二郎，但范误认为她是鬼，失手将她打死。范二郎因此入狱，周胜仙鬼魂又三次前去与范相会。由于周胜仙鬼魂说情，范二郎无罪获释。两人情意深厚，周胜仙死而复活、活而复死，纵然做了鬼魂，也要三次相会，可谓感人至深。插图数量有限，实在难以将其中曲折完美展现。又如第十五回"赫大卿遗恨鸳鸯绦"，此中有案中案，先是赫大卿纵欲尼姑庵以致丧命是一桩，小和尚去非藏匿极乐庵中，其父母报官向老和尚要人又是一桩，正如文中所云："可怜老和尚，不见了小和尚；原来女和尚，私藏了男和尚。分明雄和尚，错认了雌和尚。为个假和尚，带累了真和尚。断过死和尚，又明白了活和尚。满堂只叫打和尚，满街争看迎和尚。只为贪那裤裆中硬崛崛一个莽和尚，弄坏了庵院里娇滴滴许多骚和尚。"可谓曲折离奇，图只两幅，捉襟见肘，只及得前情。又如第二十七回"李玉英狱中讼冤"只及前半,后面部分,尤其是玉英讼冤内容多有不及。又如第二十八回"吴衙内邻舟赴约"两图亦是只及一半。吴衙内藏身秀娥舱中,家人以为她患病,后被发现,其父母无奈,只得答应他俩婚事云云,都不曾涉及。又如第二十九回"卢太学诗酒傲公侯"亦只及一半,知县因嫌其无礼,设计陷害,身陷囹圄数载,后得陆县令搭救方才得解脱等内容皆无从涉及。又如第三十四回"一文钱小隙造奇冤",也是情节复杂,离奇曲折。杨氏选错地方自杀,后被移尸,最终被扔至河边。朱常想利用尸体做文章,赵家如法炮制,打死家中二人。此等内容皆无从得以形象化的再现。

图 12 - 6　金阊叶敬池刊本《醒世恒言》之"小水湾天狐诒书"插图

再次,插图系对故事情节的形象再现,多是据文本"实录",但也有少数情况并不契合,这些不一致有些难探究竟,譬如第六回"小水湾天狐诒书"第一图(图 12 - 6),文中称,王臣"止带一个家人,唤作王福",插图中却有三人;又,王臣射狐用的是"水磨角靶弹弓",图中用的却是弓箭。又有数处,虽文图不合,却可见绘制者的别样心思。图虽是对文的修饰、补充,一旦创制出来,到底具备了独立的意义,有其特定逻辑,除了要照应文本内容外,往往会立足于事件本身和一般逻辑,对有些内容进行创造性的改造,以期使图像叙事更为系统、完美,更能契合"观"的情意与诉求。譬如第十三回"勘皮靴单证二郎神"第二图(图 12 - 7),图中二郎神位于半空,云雾环绕。据文意,二郎神系弹中王法官后方才跨上槛窗,其时应是立于地上。插图如此处理,想来是为了凸显其神仙身份,按照世俗的理解,神仙正应与腾云驾雾相联系,若无此番处理,二郎神的身份属性便不够明晰。第三十回"李汧公穷邸遇侠客"第二图(图 12 - 8),图中,义士用匕首剖开贝氏胸膛,方德缩在一旁无比惊恐,文中却说:"房德未及措辨,头已落地……将贝氏一脚踢翻,左手踏住头发,右膝揿住两腿……提起匕首向胸膛上一刀,直剖到脐下。"原文场面太过血腥,插图实在不适合全盘实录,并且特意让方德未死,且表现出无比惊恐模样,恶人此状,让人既可笑,又痛快,颇具警示意味。第三十六回"蔡瑞虹忍辱报仇"第二图与原文多有不符。文中说"朱源分付刽子手,将那几个贼徒之首,用漆盘盛了,就在城隍庙设下蔡指挥一门的灵位……把几颗人头,一字儿摆开",图中则是用一个人头在坟前祭拜。又,图中蔡瑞虹是在坟前用刀自刎,文中说她"回房把门拴上,将剪刀自刺其喉咙而死"。文与图对照,除了人头数量这一细节外,最大的区别在于插图中将一应事件发生的过程都改换到了蔡指挥坟前,如此正有利于更好地彰显大仇得报这一主题。

但插图绘制者的心思未必全然精妙,又有一处,绘制者改换原文意思,却失掉了原有韵致。第十四回"闹樊楼多情周胜仙"第二图(图 12 - 9),"女孩儿约莫

图 12 - 7　金阊叶敬池刊本《醒世恒言》之
　　　　　　"勘皮靴单证二郎神"插图

图 12 - 8　金阊叶敬池刊本《醒世恒言》之
　　　　　　"李汧公穷邸遇侠客"插图

去得远了,范二郎也走出茶坊,远远地望着女孩儿去。只见那女子转步,那范二郎好喜欢,直到女子住处"。按图中二人前后脚跟着,有违"远远地望着"之意。绘图者如此处理或有其他想法,但他二人虽彼此有意且互通消息,却甚是曲折委婉,还颇为矜持,没有了"远远地望着"这一过程,殊失此意味。

　　复次,除第三十八回"李道人独步云门"第一幅图中无题图文字外,多数插图伴有题图文字,配合插图表意。此类文字,或是对故事内容的评价,或是对景致的描写,或是对人物形象的刻画,或是故事中人物所作诗词、所说话,又或者系根据插图内容予以概括,其数量分别为46、8、2、16、1(详情参见表12 - 3)。

图 12 - 9　金阊叶敬池刊本《醒世恒言》
　　　　　　之"闹樊楼多情周胜仙"插图

　　相关评价性的文辞,多是文中针对故事情节发出的感叹或评论,插图对应的内容与评价性的诗文在文中本就一体,彼此配合,相得益彰,如今插图上的图—文—体可谓直接照搬了文本自身的结构模式。但亦有几处例外,譬如第十八回"施润泽滩阙遇友"第一图,所题文字"还带曾消纵理纹,返金种得桂枝芬"系篇首引出话头的开场诗,据文中交代,这两句说的是"唐朝晋公裴度之事",裴度未遇时,一贫如洗,偶然拾得宝带,殷切归还失主,因而转换命格,出将入相,年享上寿。此图表现的内容是"施复还银,谢绝报答",

性质正与裴度当日相似，且文中并无直接对应的评价之辞，搬用文首所引诗倒也贴切。第三十四回"一文钱小隙造奇冤"第一图，插图描绘的内容是长儿、再旺撷钱玩耍，题图文字为"相争只为一文钱，小隙谁知奇货连"，此系结尾总结全文之诗的前两句，文字与插图内容并非完全对应，但正如这两句诗所揭示的，后来发生的无数事端皆由这两小儿撷钱玩耍所引发，故而以此两句诗配合这幅图倒也妥帖，且有警示意味。此两图之所以搬用他处文字，主要是因为文中未有专门评价之辞，才不得不如此处理，却不经意间取得了意外效果。另有一图，不知是绘制者另有深意，又或者是无心之失，弃直接评价文辞不用，转引他处内容，此即为第一回"两县令竞义婚孤女"第一图。图上所题文字是"可怜宦室娇香女，权作闺中使令人"，据文意，贾婆偷偷瞒着月香，通过张婆，将她卖到钟离府，让她服侍小姐，以作日后陪嫁，所以有了"宦室娇香女"沦为"闺中使令人"之叹。至于插图，描绘的内容是钟离公发现月香庭中流泪，据文中说，月香小姐进入钟离相公衙内次日，夫人吩咐她去打扫中堂，钟离公"打点早衙理事，步出中堂，只见新来婢子呆呆的把着一把扫帚，立于庭中"，后又发现她对着庭中一个土穴"汪汪流泪"，故而唤她去了解缘故。月香持扫帚打扫中堂，昔日官家小姐，如今却成了打扫庭院的婢女，看似正与上引两句诗照应，实则此图的关键不在感叹月香身世的凄凉，而是要通过钟离公意外得知她的身世引出以下内容。文与图的配合并不贴切，且文中明明有"今朝诉出衷肠事，铁石人知也泪垂"之语，清楚明白，不知绘制者为何抛弃这当下的评价之辞不用而另作他想。

最后，在上文例中，虽已存有插图与题图文字不相符合的情况，却多少有些关联。又有几幅插图，文与图可谓毫不相干。譬如第二回"三孝廉让产立高名"第二图，题图文字"报道锦衣归故里，争夸白屋出公卿"用于形容许武还家的情形，然插图所绘却是两人还乡的情景。按说晏、普归家自然也是一番繁华场景，但此时许普已做过御史大夫之职，再称寒门出公卿不妥。故而，插图所绘二人衣锦还乡场景或是真，题图文字却不当。

又如第四回"灌园叟晚逢仙女"第二图，图上题的是《玉楼春》词"名花绰约东风里，占断韶华都在此"，此乃歌咏牡丹之词，秋公虽是在牡丹花下独酌，却是享受这恬淡自然，就插图所绘，一人半卧于花下，手持酒杯，欣赏美景，逍遥快乐。题词与插图多少有些出入。

又如第五回"大树坡义虎送亲"第一图，题图文字是"从来只道虎伤人，今日方知虎报恩"，此二句可用以评价整个事件，用于表示此图内容未必全然合适。更何况，此二句在文中是用在勤自励找到妻子后。

第四节 《初刻拍案惊奇》文图关系

一、版本概述

综合前人研究可知①，《拍案惊奇》有明刊本、清刊本及民国以来影印本数种，

---

① 相关内容主要是引自赵红娟《"两拍"版本考述》（《湖州师范学院学报》2002 年第 1 期）一文。

今择要介绍如下。

现存明刊本主要有两种：

（一）尚友堂原刊本

原刊四十卷足本在国内久已亡佚，现藏于日本日光山轮王寺慈眼堂法库。封面右下角有方印白文曰"尚友堂印"，每叶版心下部均刻有"尚友堂"三字。半叶十行，行二十字。有插图四十叶，每叶两幅，共八十幅，雕刻十分精美。扉页用蓝色印刷，最右上角一行题曰"即空观评阅出像小说"，中行四大字曰"拍案惊奇"，左有小字四行为出版者安少云的广告，卷首有即空观主人序文。中华书局《古本小说丛刊》所收系据此本影印。

（二）尚友堂原刊后印三十九卷本

原属日本细野燕堂氏，现属日本广岛大学图书馆。该书缺原刊四十卷本里的第二十三卷"大姊魂游完宿愿　小姨病起续前缘"，而将四十卷本中的第四十卷"华阴道独逢异客　江陵郡三拆仙书"改为第二十三卷。据李田意先生观察，此卷和四十卷本里的第四十卷虽内容相同，但并不是同版，而系重刻。其余三十八卷则皆为尚友堂本原版。扉页书名改题"初刻拍案惊奇"。插图只有三十叶，且其中有两叶为《二刻拍案惊奇》卷三"权学士权认远乡姑　白孺人白嫁亲生女"和卷七"吕使君情媾宦家妻　吴太守义配儒门女"的插图。正文"字迹每多模糊不清，板框边缘断烂之处极多"。

1979 至 1980 年，章培恒先生在日本神户大学任教期间，得到了复印的广岛大学图书馆珍藏的尚友堂原刊后印三十九卷本《初刻拍案惊奇》。章先生校点即以此复印本为底本，"而校以清刊本中较好的覆尚友堂本及消闲居刊三十六卷本""又将《拍案惊奇》本文与其所依据的资料一一比勘"后出版。这个整理本（章培恒整理、王古鲁注释《拍案惊奇》上、下两册，上海古籍出版社 1982 年 8 月第 1 版）保留了王古鲁先生所作的注释及其所撰的《本书的介绍》《明刊四十卷本的拍案惊奇》和《稗海一勺录》三文，至于三十七卷以下的注释，则系章先生自己所加。此书是新中国成立后我国大陆出版的最早最完整的本子，初版后已印刷数次，影响至今很大。

又有影印《拍案惊奇》上、下两册，上海古籍出版社 1985 年 7 月版。影印的底本即为章培恒先生得到的日本广岛大学所藏的尚友堂刊后印三十九卷本《初刻拍案惊奇》复印本。尚友堂原刊四十卷本的扉页、目录页及第四十卷全文作为附录影印收入，影印的依据是王古鲁先生所得到的日本友人赠送的四十卷本的数页照片。至于四十卷本的第二十三卷及四十卷本的插图照片则没有作为附录收入。三十九卷本所缺少的卷十六第八页，据四十卷本钞补。广岛大学所藏三十九卷本为尚友堂原刊后印本，书名已改题《初刻拍案惊奇》，影印时仍用《拍案惊奇》。尽管这是《拍案惊奇》原刊后印三十九卷本的影印本，但影响颇大，二十世纪九十年代以来，我国大陆出版的各种《拍案惊奇》，在前言中大多自言参阅了上海古籍出版社影印的该书。

《初刻拍案惊奇》在清代屡遭查禁，但仍有不少新刊本出现，据赵红娟《"两拍"版本考述》(《湖州师范学院学报》2002 年第 1 期)一文介绍，现可见版本有十二种，即马隅卿旧藏覆尚友堂本、消闲居本、富文堂本(英国皇家亚洲学会藏)、万元楼精刊本(英国博物院藏)、同人堂本(法国巴黎国家图书馆藏)、飞堂本(美国哈佛大学图书馆藏)、松鹤斋本(马隅卿旧藏，现存北京大学图书馆)、同文堂本、文绣堂本、聚锦堂、覆消闲居本、覆万元楼本。此诸本除消闲居所刊二十三卷小字巾箱本只有二十六篇小说外，其余的都是三十六篇，且所缺均为原书最后四篇，即卷三十七"屈突仲任酷杀众生　郓州司马冥全内侄"、卷三十八"占家财狠婿妒侄　延亲脉孝女藏儿"、卷三十九"乔势天师禳旱魃　秉诚县令召甘霖"和卷四十"华阴道独逢异客　江陵郡三拆仙书"。今择要介绍前两种。

(一) 覆尚友堂本

马隅卿旧藏，现存于北京大学图书馆。版式与尚友堂本相同，半叶十行，行二十字。版心尚有"尚友堂"三字。绣像虽没有尚友堂本精致，但较接近。王古鲁校注《初刻拍案惊奇》(上海古典文学出版社 1957 年版)即据此本为依据，校以其他清刊本中较好的消闲居刊三十六卷本。覆尚友堂本所缺失的四卷，只据《今古奇观》补入一卷，即把《今古奇观》第三十回"念亲恩孝女藏儿"作为卷三十八"占家财狠婿妒侄　延亲脉孝女藏儿"。卷三十七、三十九、四十原文仍缺失。因为王古鲁先生虽然在 1941 年就已看到日本日光山轮王寺慈眼堂法库所藏的尚友堂原刊四十卷足本，但"当时因为限于时间、经济，没有能把全书或一般所缺四卷拍摄或抄录回来"。湖州市图书馆藏有该注本。

(二) 消闲居本

消闲居本有三十六卷本、十八卷小字巾箱本(实收小说三十六篇)、二十三卷小字巾箱本(实收小说二十六篇)三种。三十六卷本版式与尚友堂本不同，半叶十一行，行二十四字。绣像简单粗糙，与尚友堂本原图相差较大。正文内容变化不大。消闲居刊三十六卷本流传最广，许多清刊本都据它重印，现北京大学图书馆、大连市图书馆、美国哈佛大学图书馆均有藏本。

二、尚友堂原刊本《拍案惊奇》文图关系

《拍案惊奇》虽版本众多，但无疑以尚友堂原刊本影响最大，且是唯一完整保存了八十幅插图的版本，又系明末著名徽派刻工刘君裕所刻，人物线条细腻，形象生动，为小说版画之上品，而"两拍"的序言也皆为手写体，书法流畅，赏心悦目。故今以尚友堂原刊本《拍案惊奇》为例，探究其中的文图关系。

尚友堂原刊本《拍案惊奇》有插图四十叶，每叶两幅，共八十幅，笔者爬梳相关资料，制成图表(表 12－4)：

表 12 - 4

目次	回目	插图内容	三十九卷本	说明
一	转运汉遇巧洞庭红 波斯胡指破鼍龙壳	文若虚售卖洞庭红	有图	
		玛宝哈展示夜明珠		
二	姚滴珠避羞惹羞 郑月娥将错就错	王婆介绍吴大郎、姚滴珠相识	有图	
		姚乙、郑月娥晤谈		
三	刘东山夸技顺城门 十八兄奇踪村酒肆	刘东山路遇少年	有图	
		众人于刘东山酒肆中畅饮		
四	程元玉店肆代偿钱 十一娘云冈纵谭侠	程元玉替女子付钱	有图	
		程元玉观剑		
五	感神媒张德容遇虎 凑吉日裴越客乘龙	猛虎将张小姐送至裴越客夜宿处	有图	
		裴氏夫妇舟中成亲		
六	酒下酒赵尼媪迷花 机中机贾秀才报怨	赵尼姑给巫娘子倒热茶		
		贾秀才一刀砍倒老尼		
七	唐明皇好道集奇人 武惠妃崇禅斗异法	张果老于唐皇驾前显神通	有图	
		三藏于坛上做法守护袈裟，罗公远、唐明皇等人坛下观望		
八	乌将军一饭必酬 陈大郎三人重会	陈大郎邀乌将军吃饭	有图	
		陈大郎与妻、舅重逢		
九	宣徽院仕女秋千会 清安寺夫妇笑啼缘	拜住勒马偷觑墙内秋千会	有图	
		小姐复生，开棺重逢		
十	韩秀才乘乱聘娇妻 吴太守怜才主姻簿	韩秀才邀友人前往行聘	有图	
		吴太守断案		
十一	恶船家计赚假尸银 狠仆人误投真命状	图有两层，上半幅，王生取金银贿赂船家；下半幅，王生着人去船舱查看尸体	有图	
		胡阿虎、王生对簿公堂		
十二	陶家翁大雨留宾 蒋震卿片言得妇	陶翁邀蒋生二友登堂避雨，独留蒋生门外	有图	
		蒋生肩扛被囊前行，二女子尾随		
十三	赵六老舐犊丧残生 张知县诛枭成铁案	赵聪砍死老父	有图	
		张公断案，赵聪戴枷		
十四	酒谋对于郊肆恶 鬼对案杨化借尸	于大郊谋害杨化	有图	
		知县断案		
十五	卫朝奉狠心盘贵产 陈秀才巧计赚原房	陈秀才同众人勘察自家旧庄院		
		陈家仆人打砸卫朝奉家		

目次	回目	插图内容	三十九卷本	说明
十六	张溜儿熟布迷魂局 陆蕙娘立决到头缘	灿若骑驴追妇人		
		陆蕙娘告知灿若实情		
十七	西山观设箓度亡魂 开封府备棺追活命	吴氏家中设箓度亡夫	有图	
		开封府备棺追活命		
十八	丹客半黍九还 富翁千金一笑	丹客向潘富翁展示丹术	有图	
		潘富翁头陀模样乞化归家，路经临清码头		
十九	李公佐巧解梦中言 谢小娥智擒船上盗	齐公请李公佐猜谜题		
		申兰醉卧庭中，小娥意欲为父报仇		
二十	李克让竟达空函 刘元普双生贵子	李克让妻、子携空函投奔刘元普		
		刘元普儿子高中敬拜父母		
二十一	袁尚宝相术动名卿 郑舍人阴功叨世爵	袁尚宝告知王部郎小厮有碍主人		
		郑舍人盛装拜访旧主人		
二十二	钱多处白丁横带 运退时刺史当稍	郭七郎风光上路	有图	
		郭七郎执稍渡客		
二十三	大姊魂游完宿愿 小姨病起续前缘	崔生夜间孤坐，一女子敲门		
		崔生再访防御，情定庆娘		
二十四	盐官邑老魔魅色 会骸山大士诛邪	夜珠被两蝶劫走	有图	
		会骸山岭，幡竿钓老猴骷髅		
二十五	赵司户千里遗音 苏小娟一诗正果	赵院判探访病友赵司户	有图	
		苏小娟堂上作和诗		
二十六	夺风情村妇捐躯 假天语幕僚断狱	杜氏与二淫僧同桌吃饭	有图	
		杜公仰面对天打躬，自言自语		
二十七	顾阿秀喜舍檀那物 崔俊臣巧会芙蓉屏	两尼展示画卷，一人观赏	有图	
		高公内书房治酒榼招待崔俊臣		
二十八	金光洞主谈旧迹 玉虚尊者悟前身	金光、玉虚洞主室内晤谈	有图	
		冯公静坐茅庵内，一小童庵外煽火炉		
二十九	通闺闼坚心灯火 闹图圉捷报旗铃	张幼谦借梯翻墙，与惜惜相会	有图	与原文有出入
		众人迎接张幼谦出狱并恭贺其高中		
三十	王大使威行部下 李参军冤报生前	太守殷勤招待王士真		
		王士真酒席间命人绑住李参军下狱		

目次	回目	插图内容	三十九卷本	说明
三十一	何道士因术成奸 周经历因奸破贼	唐赛儿、何道士房内说话，钱氏带同小厮来访	有图	
		周经历领兵杀贼		
三十二	乔兑换胡子宣淫 显报施卧师入定	两婢扶醉酒铁生进屋，胡生狄氏帘内偷欢	有图	
		绣衣公向南北二斗诉冤		
三十三	张员外义抚螟蛉子 包龙图智赚合同文	张员外夫妇清明节带同安住为其父母扫墓	有图	
		杨氏中计，堂上拿出合同文书		
三十四	闻人生野战翠浮庵 静观尼昼锦黄沙衖	闻人生与翠浮庵一尼苟合，两尼旁观	有图	
		闻人生夫妇成亲归家		
三十五	诉穷汉暂掌别人钱 看财奴刁买冤家主	贾仁扒墙得金银	有图	
		陈德甫与贾仁庭上争辩，周秀才与妻子门外说话		
三十六	东廊僧怠招魔 黑衣盗奸生杀	东廊僧出逃，怪物在后追赶		
		东廊僧无意撞见私奔男女		
三十七	屈突仲任酷杀众生 郓州司马冥全内侄	将驴置于厕中，四周生火，逼迫驴喝灰水	有图	
		张判官着两青衣人送屈突仲回生		
三十八	占家财狠婿妒侄 廷亲脉孝女藏儿	张郎设计赶走引郎		
		引姐派人接小梅母子		
三十九	乔势天师禳旱魃 秉诚县令召甘霖	二天师登坛做法求雨		
		狄县令曝身烈日祈求降雨		
四十	华阴道独逢异客 江陵郡三拆仙书	李使君华阴道客店逢异客		
		仙客月下写仙书		

　　据此可知：首先，此书每回采取双行标题形式，标题的拟定系对全文核心情节的精练概括，插图也恰好多半与两行标题的内容一一对应。譬如第一回"转运汉遇巧洞庭红　波斯胡指破鼍龙壳"，两行标题标示的正是全文的关键情节，两幅插图的内容分别是文若虚售卖洞庭红与玛宝哈展示夜明珠，插图所绘亦与标题所示直接对应。当然，标题所提炼的情节多是一复杂事件或完整过程，插图难以对其予以全面完整的呈现，只能在时间链条中任选一点，或是高潮阶段，或是开端环节，前者令人亢奋，后者则引人遐想。譬如本回，"转运汉遇巧洞庭红"当包括无奈带着洞庭红上船、异域人见此稀罕物纷纷抢购等内容，插图选取的文若虚售卖洞庭红，正是此一事件的高潮与关键。再如第二回"姚滴珠避羞惹羞　郑月娥将错就错"，无论

是避羞惹羞还是将错就错都必是一较长过程,插图分别选取的是王婆介绍吴大郎、姚滴珠相识和姚乙、郑月娥晤谈两个场景,这两个场景不是故事的中心情节,而是事件的开端。有些插图虽与标题概括的内容对应,但所选取的情节有欠鲜明,不免弱化了插图与文本的关系,或者说,影响了插图对文本的形象展示。一个较为明显的例子是第三十一回"何道士因术成奸 周经历因奸破贼"第一图,题作"何道士因术成奸",插图表现的内容却是唐赛儿与何道士房内说话,钱氏带同小厮来访,既不是何道士设计勾搭,亦不是众人捉奸被戏弄,只是在枝叶上花费功夫,而忽略了此段之警策。即使是第二回"郑月娥将错就错"一图,此将错就错虽是由二人私下会谈商定的结果,但仅仅绘出二人在房中晤谈的场景,缺乏必要的针对性与独特性,表现效果到底是大打折扣的。又如第二十八回"金光洞主

图 12 - 10　尚友堂原刊本《拍案惊奇》之"刘东山夸技顺城门　十八兄奇踪村酒肆"插图

谈旧迹　玉虚尊者悟前身"第二图,图中所绘的内容是冯公静坐茅庵内,一小童庵外煸火炉,但此处故事中心在冯公得小童指点,重返修行处,又得金光洞主指点,悟得前身。插图所及只是前面一个引子而已,全无点化、开悟意味。再如第三回"刘东山夸技顺城门　十八兄奇踪村酒肆"中的第二图(图 12 - 10),意在表现十八兄的奇特,但图中展示的内容是众人于刘东山酒肆中畅饮,十八兄独自一人坐在对面的屋中,这"独自一人"多少有些特别,但于表现"奇踪"而言,却有隔靴搔痒之感,但十八兄到底有何奇异之举,文中也是语焉不详,如此处理倒也是无可奈何。

其次,插图是对文本内容的再现,大都能忠实于故事情节,予以形象、鲜明的展示,然某些图中亦存在偏差。如第六回"酒下酒赵尼媪迷花　机中机贾秀才报怨"中第一图(图 12 - 11),图中有一桌案,上置茶点,桌子两旁各站有一人,一为尼姑,一为普通女子,当即巫氏,其时老尼正在给巫氏倒茶,但文中说,"小师父把热茶冲上,(巫氏)吃了几口。又吃了几块糕,再冲茶来吃。吃不到两三口,只见巫氏脸儿通红,天旋地转,打个呵欠,一堆软倒在椅子里面"。据此,一则巫氏是坐着吃东西,而非站着;再者老尼姑早就算计妥当,并无倒茶之举,插图所绘与文意并不相符。圈套虽是赵尼姑设计,但在具体的实施过程中她并未直接"参与",想来是为了避嫌或者不引起怀疑,插图绘制者却刻意将她拉入局中,既与文意有违,也不符合赵尼姑当时的心思,看似"多此一举"、画蛇添足,揣摩其心思,应当是为了在脱离上下文语境的情况下,更为直接鲜明地揭露赵尼姑设计害人的恶行。再如第二十六回"夺风情村妇捐躯　假天语幕僚断狱"中第一图(图 12 - 12),呈现的内容是杜氏与二淫

僧同桌吃饭,图中老和尚抱住杜氏,杜氏却与小和尚传情,文中说的则是"老和尚大喜,急整夜饭。摆在房中,三人共桌而食。杜氏不十分吃酒,老和尚劝他,只是推故。智圆斟来,却又吃了。坐间眉来眼去,与智圆甚是肉麻。老和尚硬挨光,说得句把风话,没着没落的,冷淡的当不得",图中并无上述内容,如此,不过是为了着力展示他们的无耻而已。再如第三十五回"诉穷汉暂掌别人钱 看财奴刁买冤家主"第二图(图12-13),据图,贾仁与陈德甫争辩时,身前站着长寿,另有一人在照壁后张望。然文中指出长寿其时应已被其妻领走。之所以要让他出现,想来是为了突出卖他这一主题,更添辛酸与无奈意味,感染观者的情绪。再如第三十八回"占家财狠婿妒侄 延亲脉孝女藏儿"第一图(图12-14),按图中所画,一青年男子走出家门,当是引郎,一中年女子闹腾,当为员外妻。按文意"怎当得张郎怠懒,专一使心用腹,搬是造非,挑拨得丈母与引孙舅子,日逐吵闹。引孙当不起及激聒,刘员外也怕淘气,私下周给些钱钞,叫引孙自寻个住处,做营生去"。换言之,彼此平日间确有吵闹,但引孙之走乃暗地自寻住处,非因员外妻吵闹而愤然出走,此插图乃绘者融合己意所做加工,于文意虽有不合,却更为深刻地点出了事情的本质,即无论是暗地离开还是公开决裂,源头皆在于员外妻的无理折腾。由此数图亦可明白见出,插图虽只是对相关情节的形象展现,一经绘制,便成为一具有相对独立性的个体,绘制者并不满足于仅仅照文实录,往往希望插图能够鲜明直接地揭示本质,或是寄予褒贬,故而会如上述诸例所示,在不影响大节的情况下,适当进行"修饰"。

图12-11 尚友堂原刊本《拍案惊奇》之"酒下酒赵尼媪迷花 机中机贾秀才报怨"插图

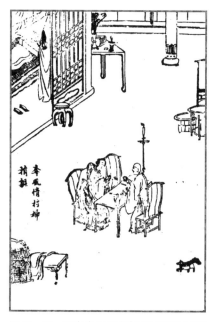

图12-12 尚友堂原刊本《拍案惊奇》之"夺风情村妇捐躯 假天语幕僚断狱"插图

图 12-13　尚友堂原刊本《拍案惊奇》之"诉穷汉暂掌别人钱　看财奴刁买冤家主"插图

图 12-14　尚友堂原刊本《拍案惊奇》之"占家财狠婿妒侄　延亲脉孝女藏儿"插图

　　再次，以上诸例，虽文与图有所不合，却别有意味，另有数处，显是绘制者出现偏差，且难有道理可言。如第七回"唐明皇好道集奇人　武惠妃崇禅斗异法"第二图，图中三藏于坛上做法守护袈裟，罗公远唐明皇等人坛下观望，但文中明言"公远坐绳床上言笑如常"。又如第十五回"卫朝奉狠心盘贵产　陈秀才巧计赚原房"第二图，所绘场景是陈家仆人打砸卫朝奉家，但文中说"众人一拥入来，除了老鼠穴中不搜过"，并无打砸之事。又第二十七回"顾阿秀喜舍檀那物　崔俊臣巧会芙蓉屏"第一图，插图中有两尼，年老者当为院主，年轻者当为崔妻，观赏者自是那后来买画的郭庆春。据文意，"院主受了，便把来裱在一格素屏上面"。且当郭要买画时，先找院主询问，院主再与王氏商量。插图所绘内容与文意不符。又如第二十八回"金光洞主谈旧迹　玉虚尊者悟前身"第二图，图中冯公静坐茅庵内，一小童庵外煽火炉，文中则说"忽见一青衣小童，神貌清奇，冰姿潇洒，拱立在禅床之右"。又如第三十九回"乔势天师禳旱魃　秉诚县令召甘霖"第一图，据文中说，"天师登位，敲动令牌；女巫将着九环单皮鼓打的廝琅琅价响，烧了好几道符"。图中所绘则是二天师登坛做法求雨的情形，与此不符，想来绘制者未曾细究文中内容，但凭自己的常识处理了。再如第十八回"丹客半黍九还　富翁千金一笑"第二图，书中言其经过临清码头，图中所绘是一头陀站在一小桥上，与文意明显不符。不少插图在刻画故事环境时，多半比较粗疏，除却一二直接相关内容，其余皆弃之不顾，我们或可理解为这是为了突出核心情节，尽去旁枝，但如此一来，此富翁遭遇的凄凉与可笑意味顿减。

　　上述几处虽有偏差，于故事理解并无太大影响，另有几处，图与文不合，且对文意构成了误解或虚弱。譬如第三回"刘东山夸技顺城门　十八兄奇踪村酒肆"，图中背景是一城门,上题"顺城"二字,城门外不远处有二人正骑在马上拉弓比试。但据文意可知,刘东山"交易完了,至顺城门(即宣武门)雇骡归家",在骡马主人店中偶遇邻舍张二郎,夸下海口,第二日五更起床,骑骡归家,"走了三四十里,来到良乡",于顾盼之际,碰到了二十岁左右的美少年,一并同行,又过了一日,并辔出涿州,才有比试之举。插图中将二人比试地点设置于顺城门外,乃望文生义之举。再如第十七回"西山观设箓度亡魂 开封府备棺追活命"第一图,文中说,"叫吴氏也一同跪着通诚",并未提及她的儿子。插图中,其子也跪立一侧。黄知观之所以让吴氏跪立,本就为了制造机会与吴氏接近,伺机存挑逗勾引,当不会让其子也跪在一旁碍手碍脚。绘制者误会了文意,将黄知观的有意之举视为普通礼仪。又如第三十回"王大使威行部下 李参军冤报生前"第一图,插图中所绘士真,一则年纪大了些,文中明明说他方才二十七岁,"少年骄纵",图中看到的却是一中年男子。且图中男子和蔼谦恭,与"倚着父亲威势,也是个杀人不眨眼的魔君"不符。想来,描画此类人物时多搬俗套,未有深究。又如第三十七回"屈突仲任酷杀众生 郓州司马冥全内侄"第一图,图中,一驴被置于厩中,四周生火,逼迫驴喝灰水,文中说"取驴缚于堂中",图中未缚,此有出入。更为重要的是此系屈花样吃法之一,插图所绘惜乎未能见出"任酷"来。

最后,每回插图虽只两幅,但与两行标题一一对应,也能大概见出全文故事的面貌,但有几处,在选取故事情节绘制插图时,未曾着眼全局,反而将气力全然放在了某些局部上。譬如第十二回"陶家翁大雨留宾 蒋震卿片言得妇",两图表现的内容分别是陶翁将蒋生独自留在门外,邀其二友人登堂避雨与蒋生肩扛被囊前行,二女子尾随,全是故事前半部分的内容,但此卷故事的精华全在前半,插图浓缩于此倒也无可厚非。又如第十三回"赵六老舐犊丧残生 张知县诛枭成铁案",全书精华皆在后半,插图亦集中展现此部分内容。这两卷如此处置是因故事本身前后叙事的重要程度不一所致,若无这一特点,插图在选取对应情节时就当均衡考虑,否则有碍表现效果。譬如第四十回"华阴道独逢异客 江陵郡三拆仙书",两幅图皆是前半内容,于后半无涉,如此于展现故事全貌便有极大缺陷。

第五节 《二刻拍案惊奇》文图关系

一、版本概述

综合前人研究①,择要介绍《二刻拍案惊奇》版本如下:

(一)尚友堂刊本

《二刻拍案惊奇》崇祯五年壬申(1632)由尚友堂刊行,但原刊四十卷足本早已亡佚,而且别无翻刻本,现有残本两部。一部藏于日本内阁文库,四十卷。有图七

---

① 相关内容主要是引自赵红娟《"两拍"版本考述》(《湖州师范学院学报》2002 年第 1 期)、李金泉《关于〈二刻拍案惊奇〉的版本》(《中国文学研究辑刊》2007 年第 1 期)两文。

十八幅,每卷两幅,所缺乃卷四十两幅。半叶十行,行二十字。有眉批,行侧小字批。卷首题"二刻拍案惊奇",版心题"二刻惊奇",下端刊有"尚友堂"字样。此书最早由孙楷第于1931年在日本东京阅书时发现,该书虽有四十卷之数,但并非全为《二刻拍案惊奇》原本。其中卷四十《宋公明闹元宵》杂剧,不仅版式相异,也非小说,而且此卷独缺卷首插图,版心无卷数,版心上该刻"二刻惊奇"之处却刻"闹元宵杂剧"字样。同时,此本的卷二十三与《拍案惊奇》的卷二十三不但完全相同,而且卷首、卷末所题书名仍为"拍案惊奇"。据李田意先生比较,此卷与日光山轮王寺慈眼堂法库所藏四十卷本《拍案惊奇》里的卷二十三"完全为同版所出"。因此这部《二刻拍案惊奇》并非尚友堂原刊足本,原刊卷二十三与卷四十已佚,而将《初刻拍案惊奇》的卷二十三与《宋公明闹元宵》杂剧分别补入,以凑足四十卷之数。

1957年上海古典文学出版社出版了由王古鲁先生1941年根据日本内阁文库藏本抄录,并加了标点和注释的《二刻拍案惊奇》。其中卷三十四"任君用恣乐深闺 杨太尉戏宫馆客"一篇,王先生认为"确是猥亵太甚,无法删节保留,决定不收外,其余无保留地全部刊出"。这是我国现在所能见到的《二刻拍案惊奇》的最早较完整的本子。1981年2月,青海人民出版社出版了校注本《二刻拍案惊奇》上、下册。此书对底本的来源没有任何说明,但实际上是上海古典文学出版社《二刻拍案惊奇》的翻刻本。

1983年9月,上海古籍出版社出版了《二刻拍案惊奇》排印本。以章培恒先生所拍摄的日本内阁文库藏本的照片为底本,由章先生重新进行整理校点,保留了王古鲁先生的注释,以及上海古典文学出版社版《二刻拍案惊奇》所附的王先生的文章。"原书中有些关于两性关系的描写,考虑到可能在部分读者中产生副作用,因而作了删节。原书有眉批和夹批,由于排印的困难,也均删去。"

1985年7月,上海古籍出版社又据章培恒先生所拍摄的日本内阁文库藏本胶卷影印出版了《二刻拍案惊奇》。这是我国从日本引回的《二刻拍案惊奇》最早影印本,此后《二刻拍案惊奇》的校点、校注均以此影印本为底本,影响深远。

1991年中华书局也据日本内阁文库藏本影印了《二刻拍案惊奇》,收入《古本小说丛刊》第十四辑。

1996年6月,人民文学出版社出版了陈迩冬、郭隽杰校注的《二刻拍案惊奇》,即采用上海古籍出版社的影印本为底本。注释以高中文化水平的读者理解是否困难为准,吸收了王古鲁、章培恒先生的校注成果。

与《初刻拍案惊奇》一样,《二刻拍案惊奇》的版本也很多,它们基本上都是以上海古籍出版社的影印本或排印本为底本。

另一部尚友堂刊本为李文田氏旧藏,现存国家图书馆,两函十册,黄纸,版框长约20 cm,宽约13.8 cm,缺第十三至第三十卷,内封亦不存,但其余部分保存相当完好,书首七十八幅图像也完整无缺。

(二)别本二刻拍案惊奇

据王丽娜《中国古典小说戏曲名著在国外》著录,有《二刻拍案惊奇》三十四卷三十四篇本,第十一卷以下与《二刻拍案惊奇》不同,法国巴黎国家图书馆藏。此书是郑振铎二十世纪三十年代在巴黎访书时发现的,是好事者糅合《二刻》与《型世言》而成,而冠以《二刻拍案惊奇》之名。实际上采自《二刻》的只有前十卷,后二十四卷则都采自《型世言》。为了与凌濛初《二刻拍案惊奇》分开,郑先生故有此称,现一般称之为《别本二刻拍案惊奇》,简称《别刻》。此书有台湾天一出版社1985年之影印本。又日本大分县佐伯市佐伯文库亦藏有一部《别刻》,1979年长泽规矩也、阿部隆一所编的《佐伯文库现存古书分类目录》曾加著录。

二、日本内阁文库藏尚友堂刊本《二刻拍案惊奇》文图关系

此刊本《二刻拍案惊奇》有图七十八幅,除第四十回外,每回两图。笔者爬梳相关资料,制成图表(表12－5):

表12－5

目次	回目	插图内容	说明
一	进香客莽看金刚经 出狱僧巧完法会分	湖中起风,经书被卷走	
		偶至草舍有意外发现,辨悟呼唤师傅去看	
二	小道人一着饶天下 女棋童两局注终身	国能租下妙观对面空房,立下标牌,引起轰动	
		众人围观二人弈棋	
三	权学士权认远乡姑 白孺人白嫁亲生女	权翰林寻访白孺人	
		权翰林、桂娘成亲	
四	青楼市探人踪 红花场假鬼闹	张大秀才访汤兴哥	
		张家二子红花场祭拜亡父	
五	襄敏公元宵失子 十三郎五岁朝天	元宵节天子黎庶共赏百戏	
		十三郎朝见神宗	
六	李将军错认舅 刘氏女诡从夫	金定夫妇以兄妹之礼厅上相见	
		金定夫妇门前送别老仆	
七	吕使君情媾宦家妻 吴太守义配儒门女	吕、董二船紧贴,使君与董妻开窗私会	
		吴太守为史秀才、薛倩订婚	
八	沈将仕三千买笑钱 王朝议一夜迷魂阵	沈将仕偶遇赤身汉子在池塘洗马	
		沈将仕与众女赌钱	
九	莽儿郎惊散新莺燕 㑲梅香认合玉蟾蜍	窦氏兄弟撞门,凤生急让素梅藏身	
		龙香将凤生所给戒指交与素梅	
十	赵五虎合计挑家衅 莫大郎立地散神奸	朱三受撺掇写借据	
		五虎欲找莫小官追债生事	

目次	回目	插图内容	说明
十一	满少卿饥附饱飏 焦文姬生仇死报	满生焦大郎痛饮	
		满少卿横死地下	
十二	硬勘案大儒争闲气 甘受刑侠女著芳名	朱晦庵将严蕊发配绍兴	
		严蕊被监禁	
十三	鹿胎庵客人作寺主 剡溪里旧鬼借新尸	竹林半山遇直谅	
		鬼抱柱不动,直生仓皇出逃	
十四	赵县君乔送黄柑 吴宣教干偿白锂	赵县君着童子给宣教送黄柑	
		宣教被大郎发现后绑缚在地,县君亦被绑着	
十五	韩侍郎婢作夫人 顾提控掾居郎署	江爱娘被送到徽商船上	
		顾芳公服拜谢侍郎	
十六	迟取券毛烈赖原钱 失还魂牙僧索剩命	阴司审理陈祈诉状	
		智高鬼魂夜扣毛家门	
十七	同窗友认假作真 女秀才移花接木	子中、俊卿楼坐床上	
		闻、景二小姐再相见	
十八	甄监生浪吞秘药 春花婢误泄风情	甄监生横尸当场,春花偷偷溜走	
		春花告知宗仁实情	
十九	田舍翁时时经理 牧童儿夜夜尊荣	寄儿偶遇道人,并蒙其传授五字真言	
		寄儿夜宿草房,梦见自己成了驸马	
二十	贾廉访赝行府牒 商功父阴摄江巡	承局持府牒向商妾借用金银器皿	
		商公父江上巡游	
二十一	许察院感梦擒僧 王氏子因风获盗	无尘真静当堂对质	
		李彪几人擒住李旺,掘地找到失窃银两	
二十二	痴公子狠使噪脾钱 贤丈人巧赚回头婿	公子撒银,众人哄抢	
		公子遭乞儿凌辱	
二十三	大姊魂游完宿愿 小姨病起续前缘	崔生夜间孤坐,一女子敲门	同尚友堂原刊本《拍案惊奇》第二十三回
		崔生再访防御,情定庆娘	
二十四	庵内看恶鬼善神 井中谭前因后果	轩辕翁端坐门前诵经,看见元自实经过,后有神鬼跟随	
		道士赠元自实梨、枣	
二十五	徐茶酒乘闹劫新人 郑蕊珠鸣冤完旧案	徐达将蕊珠推与门外接应同伴	
		蕊珠向邻妈哭诉身世	

目次	回目	插图内容	说明
二十六	慵教官爱女不受报 穷庠生助师得令终	高愚溪给三女儿银两	
		李御史拜访高愚溪	
二十七	伪汉裔夺姜山中 假将军还姝江上	山中遇贼，回风被抢	
		汪秀才设计将柯陈兄弟骗至江中，柯陈兄弟命人将回风送来	
二十八	程朝奉单遇无头妇 王通判双雪不明冤	程朝奉发现地上躺着无头女尸	
		一衙差将一男子头颅呈给王通判，三衙差在旁边地下挖出一女子头颅	
二十九	赠芝麻识破假形 撷草药巧谐真偶	蒋生循芝麻踪迹发现狐狸	
		蒋生、马小姐庭中聊天	
三十	瘗遗骸王玉英配夫 偿聘金韩秀才赎子	女子夜半敲门访韩生	
		韩生扮作星象家为黄翁三子推算	
三十一	行孝子到底不简尸 殉节妇留待双出柩	汪大尹会同陈大尹审案	
		王世名于父亲灵前哭拜，其子从后拉扯	
三十二	张福娘一心贞守 朱天锡万里符名	张福娘课子读书	
		朱景先为孙填册报仪部	
三十三	杨抽马甘请杖 富家郎浪受惊	抽马取官杖奉于皂隶	
		富家子发现女子被斫作三段，慌忙逃走	
三十四	任君用恣乐深闺 杨太尉戏宫馆客	任君用翻墙入园	
		五壮汉捆缚任生将其阉割	
三十五	错调情贾母詈女 误告状孙郎得妻	贾母怒责女儿	
		方妈妈领官差来家，孙小官与闰娘房中嬉闹	
三十六	王渔翁舍镜崇三宝 白水僧盗物丧双生	王渔翁夫妇将宝镜献给寺庙	
		真空遇到老虎	
三十七	叠居奇程客得助 三救厄海神显灵	程宰与一美人对面而坐	
		程宰于船上跪拜海神	
三十八	两错认莫大姐私奔 再成交杨二郎正本	郁盛诓莫大姐上船	
		莫大姐告知幸客缘由	
三十九	神偷寄兴一枝梅 侠盗惯行三昧戏	懒龙偷得东西于壁上画梅花图样	
		贫儿路遇懒龙	
四十	宋公明闹元宵		杂剧，非小说，无图。

据此可知：首先，此本体例与尚友堂原刊本《拍案惊奇》一致，依旧采取双行标题形式，插图多半与两行标题的内容一一对应。即以第一回"进香客莽看金刚经 出狱僧巧完法会分"为例，一为失落经书，一为重获经书，正是全文的两大关键点所在，故事皆因经书而起，无数波折也围绕经书的失与得而展开，一应劝惩意味也体现于其间。其他大都与此类同，兹不赘述。

有一种情形，两行标题虽分别对应一事，但标题本身并未能够清楚完整地囊括全部核心情节，进而使与标题一一对应的插图的表现力受到限制。譬如第五回"襄敏公元宵失子 十三郎五岁朝天"，标题中交代了两件事情，一则是十三郎元宵节被人拐走，二则是因缘际会得以拜见天子，插图所描绘的也正是这两个内容。需要说明的是，本回第一图描绘的是元宵节天子黎庶共赏百戏的场景，十三郎亦被仆人驮着挤在人群中，却没有直接表现"被人拐走"的主题，想来是因为作为一个时间性的过程，这一主题难以形象呈现的缘故，故而只能展示其事发生的背景，此正可见出图像表现力之不足。回归主题，这回故事意在表现十三郎的镇定与机智，镇定可由十三郎虽只是五岁孩童，朝见天子却从容不迫看出，至于机智，则全在他被歹人拐走时留下线索，后得以按图索骥，将贼人擒获一事上，可见巧智捉贼亦是故事的一大关键环节，无论标题抑或插图都有所忽略。再如第十三回"鹿胎庵客人作寺主 剡溪里旧鬼借新尸"，依照文意，在故事的后半段，直生向知县道及刘念嗣所托之事，知县先是拿来刘妻，让她交出财物，又设计让赖某交出当日寄存银两，将鬼所托之事一一办妥，故事方才完结。两幅插图虽与标题内容一一对应，所及却只是故事的前半部分内容，忽略了后半为鬼申诉之事。又如第十五回"韩侍郎婢作夫人 顾提控掾居郎署"，标题与插图所对应的仅是故事后半部分内容，未曾涉及前文顾、江两家交涉情形。顾芳出于仗义，搭救江老，江老夫妇为表达谢意，欲将女儿爱娘送与顾芳为小妾，几经波折，顾芳始终固辞，江老夫妇只好作罢，后来才有了因家庭困顿，将女儿嫁于徽商，后徽商得神示，又将爱娘许配于韩侍郎，后来郎婢作夫人，并报答恩人。全文主旨无外乎宣扬善恶果报，如此说来，前文才系故事核心所在。若无前文这些铺垫，哪来后文种种？天理循环之理又从何可以见出？无论爱娘婢作夫人，还是顾芳掾居郎署都只是结果而已。且就篇幅而言，标题所对应内容在文中只占小半部分，更系明证。再如第二十回"贾廉访赝行府牒 商功父阴摄江巡"，其间多有波折，"商功父阴摄江巡"仅是全文最后以笔墨交代的结局，相对来说，意义有限，但无论标题还是插图皆特别标举，甚而不惜在无形中侵占了其他更具意义的内容，此看似缺失，却也正可见出作者的一番苦心。因为全文核心是为宣扬善恶果报思想，商功父行善积德，自然要着重表彰，而为了强化宣传效果，自然要将这看似不重要却最具说明效果的内容予以着重展现。

其次，双行标题，一图对应一事，但有时候标题所指涉的乃是一复杂事端或漫长过程，插图由于自身表现力的限制，往往只能选取某一层面或环节予以呈现。譬如第十九回"田舍翁时时经理 牧童儿夜夜尊荣"，寄儿夜夜做梦，先是梦到富贵显耀，继而夜夜噩梦，其间有着诸多曲折，插图因只一幅，难将此中道理尽情展示，故而只选择了寄儿夜宿草房,梦见自己成了驸马这一基本情节(种种曲折,或富贵,或败落,都系围绕成为驸马的他展开)。又如第二十五回"徐茶酒乘闹劫新人　郑蕊珠鸣冤完旧案","郑蕊珠鸣冤完旧案"是一长期而复杂的过程,相关内容自非一幅插图就能囊括殆尽,插图表现的内容是蕊珠向邻妈哭诉身世,这正是后续故事的起点,继而邻妈代为诉冤,继而完结旧案,如此倒也是较好的选择。又如第二十二回"痴公子狠使噪脾钱　贤丈人巧赚回头婿",无论是女婿的任性,还是丈人的巧计,皆非仅指一事而言,其间必然涵盖了不同时空的诸多内容,插图只能选取其一,让人有所意会即可。

再次,有时虽名为双行标题,两行文字实则组合诉说同一事。譬如第八回"沈将仕三千买笑钱　王朝议一夜迷魂阵",沈将仕受人蛊惑,误入彀中,与众女赌钱,输掉大量银两,换言之,"三千买笑"一事的产生,正是由于中了"迷魂阵"之故。然就全文言之,核心情节亦只此一桩,可供标题提炼的要素有限,两行文字复合指涉一事亦属自然。就插图而言,一幅已然对应核心情节,另一幅在选择上似乎并无过多要求与限制,插图描绘了沈将仕与人出游,偶遇赤身男子在池塘洗马的场景,此正是众人为其设计的骗局之序幕。一则开端,一则高潮,此二图的选取倒也颇为精当。又有双行标题组合诉说一事,故事核心情节却非一桩的情形。譬如第六回"李将军错认舅　刘氏女诡从夫",金定千里寻妻至将军府,夫妇二人掩藏身份,假扮兄妹自处,标题虽两行,所指却系一事。但就此回故事而言,金定夫妇艰难重聚,隐藏身份只为可以不时相见,后双双病殁,将军将二人埋葬于一处是一事;二人鬼魂托老仆向父母传讯,得以骨肉重逢,解相思之苦,又是一事。前者友情,后者亲情,皆为此篇之要。标题顾此而失彼,显系有所偏颇,插图却有所纠正,二图分别表现两事。

复次,插图内容多半与故事情节紧密联系,准确而鲜明地予以呈现,但其中亦有龃龉不合处,至于产生偏差的原因,或可解,或不可解。譬如第十六回"迟取券毛烈赖原钱　失还魂牙僧索剩命"第一图,文中相关内容如下:

且说陈祈随了来追的人竟到阴府,果然毛烈与高公多先在那里了。一同带见判官,判官一一点名过了,问道:"东岳发下状来,毛烈赖了陈祈三千银两。这怎么说?"陈祈道:"是小人与他赎田,他亲手接受。后来不肯还原券,竟赖道没有。小人在阳间与他争讼不过,只得到东岳大王处告这状的。"毛烈道:"判爷,休听他胡说。若是有银与小人时,须有小人收他的执照。"判官笑道:"这是你阳间哄人,可以借此赖。"指着毛烈的心道:"我阴间只凭这个,要什么执照不执照!"毛烈道:"小人其实不曾收他的。"判官叫取业镜过来。旁边一个吏就拿着铜盆大一面镜子来照着毛烈。毛烈、陈祈与高公三人一齐看那镜子里面,只见里头照出陈祈交银,毛烈接受,进去付与妻子张氏,张氏收藏,是那日光景宛然见在。判官道:"你看我这里可是什么执照的么?"毛烈没得开口。陈祈合着掌向空里道:"今日才表明得这件事。阳间官府要他做什么干?"高公也道:"原来这银子果然收了,却是毛大哥不通。"当下判官把笔来写了些什么,就带了三人到一个大庭内。只见旁边列着兵卫甚多,也不知殿上坐的是什么人,远望去是冕旒衮袍的王者。判官走上去说了一回,殿上王者大怒，叫取枷来，将毛烈枷了，口里大声吩咐道："县令听决不公，削去已后官爵。县吏丘大，火焚其居，仍削阳寿一半。"又唤僧人智高问道："毛烈欺心事，与你商同的么？"智高道："起初典田时，曾在里头做交易中人。以后事体多不知道。"又唤陈祈问道："赎田之银，固是毛烈要赖欺心。将田出典的缘故，却是你的欺心。"陈祈道："也是毛烈教道的。"王者道："这个推不得，与智高僧人做牙侩一样，该量加罚治。两人俱未合死，只教阳世受报。毛烈作业尚多，押入地狱受罪！"

据文意，三人先见判官，毛烈依旧声称自己未曾收陈祈的银两，判官命人取业镜照着毛烈，镜中现出当日情由，案情由此大白。随后，判官将他们带至阎王处由阎王做出决断。插图分明将两事并作一事处理了，此系插图为了扩大叙事容量而为之，虽与主要故事情节存有差别，但基本无碍于读者理解，且通过"合并"将核心要素予以集中展示，倒也颇显

图 12 - 15　日本内阁文库藏尚友堂刊本《二刻拍案惊奇》之"程朝奉单遇无头妇　王通判双雪不明冤"插图

出些匠心。与此类似的还有第二十八回"程朝奉单遇无头妇　王通判双雪不明冤"第二图（图 12 - 15），据文中所述，"通判叫从人掘将下去，刚钯得土开，只见一颗人头连泥带土，毂碌碌滚将出来"，谁曾想挖出的尸首"颈子上也是刀刃之伤，嘴儿边却有须髯之覆"，并非是要寻找的女子，赵大见状逃跑后，审问其妻，道出其十年前杀死仇人埋尸其处的情况。抓到赵大后，"通判又带他到后园，再命从人打旧掘处掘下去，果然又掘出一颗头来。认一认，才方是妇人的了"。可见挖掘尸首之事发生了前后两次，但插图中表现的内容却是一衙差将一男子头颅呈给王通判，三衙差在旁边地下又挖出一具女子头颅，此图将两事并作一事，察其心思，想必是为了能够更大程度地涵盖故事内容。

再如第十九回"田舍翁时时经理　牧童儿夜夜尊荣"第一图（图 12 - 16），表现的内容是寄儿偶遇道人并蒙其传授五字真言，但据文中交代，寄儿"一日在山边拔草，忽见一个双丫髻的道人走过"，这是他二人初次相遇，得道士传授真言，"是夜寄儿果依其言，整整念了一百遍，然后睡下。才睡得着，就入梦境"。梦醒后邻里沙三走来告诉他已与莫老官家说好，推荐他去放牛。但据插图描绘，道士初遇寄儿时，其身边有三头牛被拴着吃草，显与故事内容不符，绘制者或许因大意弄错了。又如第二十七回"伪汉裔夺妾山中　假将军还妹江上"第二图（图 12 - 17），据文意，汪秀才假扮游击将军，在船上宴请柯陈兄弟，"早已排上酒席，摆设已完。汪秀才定席已毕，就有带来一班梨园子弟，上场做戏。做的是《桃园结义》、《千里独行》许多豪杰襟怀的戏文"，其时想必热闹非凡，而能容纳一班梨园子弟排演戏曲，则此船想必具有一定规

图 12 - 16　日本内阁文库藏尚友堂刊本《二刻拍案惊奇》之"田舍翁时时经理　牧童儿夜夜尊荣"插图

图 12 - 17　日本内阁文库藏尚友堂刊本《二刻拍案惊奇》之"伪汉裔夺妾山中　假将军还妹江上"插图

模,且颇为豪华,方才衬得上游击将军的身份。但在插图中,只有小舟一只,三人对谈,完全没有该有的气派与热闹。插图重在展示核心要素,删繁就简,于其他内容也就不太在意了。与此类似的尚有第三十七回第二图,程宰于船上跪拜海神,据文中说,"船上人多不见些什么,但见程宰在空中施礼之状",可见船上多有客人。但插图中仅有程氏兄弟与一船夫,只保留主要人物,尽去旁枝。

此外,第三十三回"杨抽马甘请杖　富家郎浪受惊"第一图,图中表现的内容是抽马取官杖奉于皂隶,然文中却说"抽马与妻每人取了一条官杖,奉与张千、李万",二者显然存在偏差,想是绘制者的疏忽;又有第三十九回"神偷寄兴一枝梅　侠盗惯行三昧戏"第二图,对应的内容是"侠盗惯行三昧戏",但插图仅画了不相干的内容,于三昧戏毫不相及,不知何故。

最后,当图像再现故事内容时,并非一味盲从,往往有所增删,虽与文本未必合,却有意外效果。且文字与图像,各有优劣,各有奇妙。譬如第十一回"满少卿饥附饱扬　焦文姬生仇死报"第二图(图 12 - 18),焦妻次日发现满少卿横死当场,为了说明焦文姬报仇情形,故而图作以云雾状环绕,显示文姬与侍女索命的情形。再如第二十六回"懵教官爱女不受报　穷庠生助师得令终"第一图(图 12 - 19),图中有三女子,一人手中牵着小儿,一人手中抱着小儿。此二童子文中皆不曾交代,想是绘者自行添加,却颇为切题。三女儿既想着老父的银两,时时来献殷勤,自然会带着自己的小儿一道来,儿孙在堂,更为老人家所欢欣。

图 12-18　日本内阁文库藏尚友堂刊本《二刻拍案惊奇》之"满少卿饥附饱扬焦文姬生仇死报"插图

图 12-19　日本内阁文库藏尚友堂刊本《二刻拍案惊奇》之"懵教官爱女不受报穷庠生助师得令终"插图

第六节　"三言二拍"的其他图像表现形式

伴随着技术的发展，在传统的版画之外，各类文学作品出现了更为多元和丰富的表现形式。作为中国古代白话短篇小说的经典之作，"三言二拍"持续获得世人的关注，除了故事文本不断再版以外，其丰富的故事情节和经典的人物形象也一再以连环画、影视作品等形式面世，或是将全部故事予以形象化的再现，或是选取其中的部分故事或某些人物进行生动展现，形式多样，数量众多，其中相当一部分是难得的经典之作。

一、电影电视

(一) 电视剧《三言二拍》

福建电视剧制作中心1991—1993年拍摄了由谢晋导演的五十四集电视剧《三言二拍》，具体情况见表12-6。

表 12-6

单元序次	单元名称	出处	说明
一	卖油郎独占花魁(三集)	《醒世恒言》卷三"卖油郎独占花魁"	

单元序次	单元名称	出处	说明
二	琵琶扣(两集) (又名李方哥卖酒)	《二刻拍案惊奇》卷二十八 "程朝奉单遇无头妇　王通判双雪不明冤"	
三	一着饶天下(三集)	《二刻拍案惊奇》卷二 "小道人一着饶天下　女棋童两局注终身"	
四	罗衫恩仇记(三集)	《警世通言》卷十一"苏知县罗衫再合"	
五	一箭姻缘(两集)	《二刻拍案惊奇》卷十七 "同窗友认假作真　女秀才移花接木"	
六	客舫奇缘(两集)	《喻世明言》卷十九"杨谦之客舫遇侠僧"	
七	丹客奇谈(两集)	《初刻拍案惊奇》卷十八 "丹客半黍九还　富翁千金一笑"	
八	船尸疑案(两集)	《初刻拍案惊奇》卷十一 "恶船家计赚假尸银　狠仆人误投真命状"	
九	错配鸳鸯(两集)	《醒世恒言》卷七"钱秀才错占凤凰俦"	
十	人情恩怨(两集)	《醒世恒言》卷三十"李汧公穷邸遇侠客"	
十一	一文钱(两集)	《醒世恒言》卷三十四"一文钱小隙造奇冤"	
十二	白玉娘(三集)	《醒世恒言》卷十九"白玉娘忍苦成夫"	
十三	郑月娥从良(三集) (又名胭楼记)	《初刻拍案惊奇》卷二 "姚滴珠避羞惹羞　郑月娥将错就错"	
十四	义结生死交(两集)	《喻世明言》卷七"羊角哀舍命全交"、卷十六 "范巨卿鸡黍死生交"	
十五	孙小官得妻(两集)	《二刻拍案惊奇》卷三十五 "错调情贾母詈女　误告状孙郎得妻"	
十六	莫大姐私奔(两集)	《二刻拍案惊奇》卷三十八 "两错认莫大姐私奔　再成交杨二郎正本"	
十七	醉草吓蛮书(两集)	《警世通言》卷九"李谪仙醉草吓蛮书"	
十八	重会珍珠衫(三集)	《喻世明言》卷一"蒋兴哥重会珍珠衫"	
十九	转运汉奇遇(两集)	《初刻拍案惊奇》卷一 "转运汉遇巧洞庭红　波斯胡指破鼍龙壳"	
二十	牧童奇梦记(三集)	《二刻拍案惊奇》卷十九 "田舍翁时时经理　牧童儿夜夜尊荣"	
二十一	包公断奇冤(三集)	《警世通言》卷十三"三现身包龙图断冤"	
二十二	相会出师表(两集)	《喻世明言》卷四十"沈小霞相会出师表"	
二十三	寂寞宫花红(两集)	《醒世恒言》卷十三"勘皮靴单证二郎神"	

(二)"三言二拍"数字电影系列

央视电影频道(CCTV6)节目中心与北京时代电影有限公司出品,2003—2006

年拍摄二十七部五十四集(按：1部电影长度＝2集电视剧长度)"三言二拍"数字电影系列,具体情况见表12－7。

表 12－7

单元序次	单元名称	出处	说明
一	长恨歌	《警世通言》卷三十四"王娇鸾百年长恨"	
二	常无常	《二刻拍案惊奇》卷一 "进香客莽看金刚经　出狱僧巧完法会分"	
三	蹉跎行	《警世通言》卷十七"钝秀才一朝交泰"	
四	毒中毒	《初刻拍案惊奇》卷十一 "恶船家计赚假尸银　狠仆人误投真命状"	
五	恩仇劫	《警世通言》卷十一"苏知县罗衫再合"	
六	芙蓉屏	《初刻拍案惊奇》卷二十七 "顾阿秀喜舍檀那物　崔俊臣巧会芙蓉屏"	
七	孤女泪	《初刻拍案惊奇》卷十九 "李公佐巧解梦中言　谢小娥智擒船上盗"	
八	花烛错	《醒世恒言》卷七"钱秀才错占凤凰俦"	
九	画鸟记	《醒世恒言》卷三十"李汧公穷邸遇侠客"	
十	金玉奴	《喻世明言》卷二十七"金玉奴棒打薄情郎"	
十一	空镜记	《二刻拍案惊奇》卷三十六 "王渔翁舍镜崇三宝　白水僧盗物丧双生"	
十二	拉郎配	《初刻拍案惊奇》卷十 "韩秀才乘乱聘娇妻　吴太守怜才主姻簿"	
十三	炼金术	《初刻拍案惊奇》卷十八 "丹客半黍九还　富翁千金一笑"	
十四	龙朝凤	《二刻拍案惊奇》卷二十七 "伪汉裔夺妾山中　假将军还妹江上"	
十五	卖油郎	《醒世恒言》卷三"卖油郎独占花魁"	
十六	群英会	《初刻拍案惊奇》卷三 "刘东山夸技顺城门　十八兄奇踪村酒肆"	
十七	三月三	《初刻拍案惊奇》卷四 "程元玉店肆代偿钱　十一娘云冈纵谭侠"	
十八	失银记	《初刻拍案惊奇》卷三十五 "诉穷汉暂掌别人钱　看财奴刁买冤家主"	
十九	行乐图	《喻世明言》卷十"滕大尹鬼断家私"	
二十	一枝梅	《二刻拍案惊奇》卷三十九 "神偷寄兴一枝梅　侠盗惯行三昧戏"	
二十一	玉马坠	《醒世恒言》卷三十二"黄秀才徼灵玉马坠"	

单元序次	单元名称	出处	说明
二十二	玉堂春	《警世通言》卷二十四"玉堂春落难逢夫"	
二十三	毡笠缘	《警世通言》卷二十二"宋小官团圆破毡笠"	
二十四	张廷秀	《醒世恒言》卷二十"张廷秀逃生救父"	
二十五	珍珠衫	《喻世明言》卷一"蒋兴哥重会珍珠衫"	
二十六	十五贯	《醒世恒言》卷三十三"十五贯戏言成巧祸"	
二十七	杜十娘	《警世通言》卷三十二"杜十娘怒沉百宝箱"	

（三）《十五贯》

朱素臣将《醒世恒言》卷三十三"十五贯戏言成巧祸"改编为传奇《十五贯》,又名《双熊梦》,后屡经改编,成为昆曲、晋剧、秦腔等传统戏曲形式的经典曲目,后又被改编为影视剧,具体情况见表12-8。

表12-8

名称	题材	导演	制作公司	时间
《十五贯》	昆曲电影	淘金导演	上海电影制片厂	1956年
《十五贯》	秦腔数字电影	熊伟执导	陕西文化音像出版社	2009年
《江南传奇之十五贯》	电视连续剧	刘嘉靖(原名刘崇峰)导演	中广基经影视文化和上海新文化联合制作	2011年

（四）《杜十娘》

杜十娘是明代冯梦龙所著《警世通言》卷三十二"杜十娘怒沉百宝箱"中的女主人公,其故事影响深远,多次成为影视创作的题材,具体情况见表12-9。

表12-9

名称	题材	导演	制作公司	时间
《杜十娘》	川剧电影,也是川剧的首部彩色电影	许珂执导	北京电影制片厂	1957年
《杜十娘》	电影	周予执导	长春电影制片厂	1981年
《杜十娘》	电视剧		广州市中原文化传播有限公司	2009年

（五）《玉堂春》

李翰祥策划的黄梅调电影《玉堂春》是胡金铨第一次自编自导的作品,改编自冯梦龙《警世通言》卷二十四"玉堂春落难逢夫"，它也是著名的京剧剧目。1963 年公映。

（六）《金玉奴》

《金玉奴》取材于《喻世明言》卷二十七"金玉奴棒打薄情郎"，曾于 1965 年被香港国泰公司改编成电影，该电影 1966 年获得台湾金马奖优秀剧情片奖。另有香港无线电视台 1977 年改编的电视剧，由王天林监制，共四集。

（七）《秋翁遇仙记》

《秋翁遇仙记》是上海电影制片厂 1956 年拍摄的电影，系根据《醒世恒言》卷四"灌园叟晚逢仙女"的故事改编而成。

（八）《山中传奇》

《山中传奇》是香港丰年影业公司、第一影业有限公司 1979 年拍摄的电影，由胡金铨导演，系改编自《警世通言》卷十四"一窟鬼癫道人除怪"。

（九）《白蛇传》

《白蛇传》出自《警世通言》卷二十八"白娘子永镇雷峰塔"，屡经改编，详见表 12 - 10。

表 12 - 10

单元序号	题材	制作公司	导演	时间	备注
一	电影	上海天一影片公司出品		1926 年上、下集 1927 年第三集	又名《义妖白蛇传》 又名《仕林祭塔》
二	电影	上海华新影片公司	杨小仲	1939 年	又名《荒塔沉冤》
三	电影	香港富华公司	王天林、洪叔云执导	1952 年	
四	电影	香港泰山影片公司	周诗禄执导	1955 年	
五	电影	邵氏兄弟（香港）有限公司邵氏制片厂	岳枫执导	1962 年	
六	京剧电影	上海电影制片厂	傅超武执导	1980 年	
七	粤语歌舞台剧		罗文独资监制	1982 年	香港首部
八	魔幻爱情动作电影	中国巨力影视	崔宝珠、程小东执导	2011 年	《白蛇传说》
九	动画电影	日本东映动画股份有限公司	数下泰司执导	1958 年	

单元序号	题材	制作公司	导演	时间	备注
十	电视剧	大陆和台湾联合投资、台湾台视出品	夏祖辉、何麒执导	1992 年 11 月 5 日在台湾台视首播,1993 年被大陆引进,在中央电视台播放	《新白娘子传奇》是在庆祝中央电视台建台 30 周年之际播出的一部古装经典神话音乐剧。该剧在中国大陆实地取景,由港台、大陆(内地)演职人员联合创作完成。该剧播出后获得年度收视冠军,随后又被引进到日本、越南等亚洲国家。
十一	电视剧	中国中央电视台	吴家骀执导	2004 年	三十集
十二	国产动画片	江通动画股份有限公司		2006 年	

(十)《三笑》

出自《警世通言》卷二十六"唐解元一笑姻缘",后人在此基础上踵事增华,屡屡搬演,详见表 12-11。

表 12-11

单元次序	单元名称	题材	制作公司	时间	执导
一	《三笑》	电影	国华影片公司	1940 年	张石川、郑小秋联合执导
二	《三笑》	电影	艺华影业公司	1940 年	岳枫执导
三	《三笑》	黄梅调戏曲电影	邵氏兄弟(香港)有限公司	1969 年	岳枫执导
四	《唐伯虎点秋香》	电影	香港南风影业公司	1950 年	白云执导
五	《唐伯虎点秋香》	电影	香港鸿福影片公司	1954 年	谢虹执导
六	《唐伯虎点秋香》	电影	香港立达影业公司	1957 年	冯志刚执导
七	《唐伯虎点秋香》	电影	香港永盛电影制作有限公司	1993 年	李力持执导
八	《唐伯虎点秋香》	电影	鸿盛影片公司	2016 年	杨里执导
九	《三笑》	电视剧	北京中博世纪影视传媒有限公司	2008 年	

电影电视毕竟与文字叙述存在巨大差异，即使与插图相比，也有巨大不同，此间转换是对操作者的巨大考验。"三言二拍"数字电影系列的编剧杨晓雄称"把这样一部短篇小说集搬上银幕绝非易事"，而且有些作品根本就不适合改编，"比如说《西山一窟鬼》，就是一个人走一段就遇鬼，重复如此。像这样的作品，影视的形式根本就没法表现"。他们的处理思路是先将所有作品分为"爱情、断案、神仙鬼怪等不同的类别，再把每个类别中的精品挑选出来"。在具体改编过程中，"情节的处理也是很大的问题""情节变化太大就不是原来的作品了""如果不做任何改动，又不适合影视的形式"。他们的"基本做法就是在原有情节的基础上，把握可能性，让情节更圆、人物更圆"，为了让新"三言二拍"的故事更丰满，他们不拘泥于某一故事文本，而是从其他类似的故事当中借来可以使用的情节，安排到要改编的新故事中。然而，"三言二拍"中的故事虽在艺术上较为成熟，但总体而言，无论结构、故事还是人物还相对较为单薄，改编成电影电视时或是容量不够，或是亮点不够突出，特别是由于电影电视与文字二者的区别，某些在文字叙事中可有可无的细节，在电影电视叙事中则成为必须完善的情节，因此，电影电视在总体不违背故事情节的基础上，又进行了不小的"修饰"，使得最终呈现的面目"有些篇章改编程度甚大，有些篇章则遵循原著，保持原汁原味，有些则居二者之间"。以"三言二拍"数字电影系列中的《群英会》为例，出自《初刻拍案惊奇》卷三"刘东山夸技顺城门　十八兄奇踪村酒肆"，原本的故事情节较为简单，一则是刘东山夸口后得教训，再则是刘东山于酒店中再逢故人，就人物而言，无论刘东山，还是十八哥，身份背景都比较模糊，改编成电影时，这些都成了必须克服的障碍，进行增补修饰在所难免，于是改编后的故事情节变成了：

明嘉靖年间，福建东南沿海屡遭日本倭寇的侵扰。猖獗时，大半个福建都在倭寇的控制之下，致使福建百姓倍受欺辱，苦不堪言。由于朝政被严嵩父子所把持，福建沿海的情况传达天庭时，皇帝也在上下蒙蔽中知之甚少。但尽管如此，为显示皇恩浩荡，国朝兴盛，嘉靖皇帝还是决定在京城召开天下群英比武大会，召集武林精英，赏赐先帝金盔，领军抵御倭寇。然而，群英会大典的当晚，从内库移至长乐宫的先帝的金盔就在森严的护卫中被人盗取。为掩天下武林高手的耳目，负责京城卫戍的严公子一面封锁消息，一面召集京城神捕刘东山，限期三天破案，缉拿窃匪，追回金盔。刘东山跟随严公子护卫京城多年，能得到严公子的赏识，武功自然了得。经过一番明察暗访，刘东山在"京城惯偷"时运和李莽的帮助下，打探到金盔的下落。对于刘东山如此神速的打探，严公子不仅不予嘉奖，而且还在诡秘的笑容背后有所掩藏。果然，在接下来处理仙客来客栈浙江武林中人被杀案时，刘东山遭遇到了一名手持金字令牌的神秘人士的监视和阻挠，直到刘东山将福建青龙会领头人青龙抓获时，刘东山才在严公子的介绍下认识这位神秘人士叫小林。对青龙审讯后，刘东山察觉金盔背后另有隐情，遂假装盛怒，救青龙于不死。在跟青龙一起去取获被藏匿的金盔时，刘东山一行在京郊一处寺庙遭到小林的埋伏。原来，小林是日本武士，与严公子勾结已久。作为协助严嵩父子兵变篡位的交换条件，严公子与小林相勾结，盗取金盔，破坏群英会，却不料被掌握严嵩父子勾结日本倭寇证据的福建青龙会半路发现。至此,一场捍卫国家,效忠朝廷的较量摆在刘东山的面前。在生与死的抉择面前,刘东山联手青龙、青莲、时运和李荞,一举端掉了严公子的地下行宫,血刃小林一帮日本浪人,夺回金盔,上达天庭,护卫了如期举行的群英会。一年后,刘东山收到发自福建的快报,圣览福建万民书的皇帝将山东戚继光派往福建,力主抗倭,与福建青龙会联手作战,铲除倭寇,捷报频传。

由此可见,电影拥有了宏大的故事背景——倭寇患,刘东山等人也成了一等一的武林高手,阴谋算计,环环相扣,真可谓紧张刺激、异彩纷呈,但相较于原著,已是面目全非。

二、连环画

(一) 连环画《古代白话小说》

冯梦龙原著,朱光玉、施友义、曾宪龙等绘画,福建人民出版社 1981 年 12 月出版。含以下数种:

《白玉娘忍苦成夫》《陈御史巧勘金钗钿》《杜十娘怒沉百宝箱》《灌园叟晚逢仙女》《侯官县烈女歼仇》《李谪仙醉草吓蛮书》《李汧公穷邸遇侠客》《乔太守乱点鸳鸯谱》《沈小官一鸟害七命》《沈小霞相会出师表》《宋小官团圆破毡笠》《滕大尹鬼断家私》《一文钱小隙造奇冤》《张廷秀逃生救父》。

(二)《明代白话小说连环画丛书》(全 6 册)

海南摄影美术出版社出版。含以下六种:

《秋翁遇仙记》《珍珠衫》《卖油郎独占花魁》《神偷一枝梅》《血色罗衫》《沈小霞相会出师表》。

(三) 漫画"三言二拍"

郁村主编,河北教育出版社 2001 年出版。

(四)《十五贯》

计有以下数种:

1. 匡荣写脚本,王弘力绘画,辽宁画报社 1956 年第 1 版。规格 48 开,五十四图,印数十三万册。据介绍,在这本仅有五十四幅画的作品里,图文作者以将近一半的篇幅(从第二十九幅开始)展现一位为官清正,被民众称颂为"包公再世"的况钟形象,歌颂了况钟宁丢官职,也不错杀好人的可贵品质。同时,画家对全书人物神态把握准确鲜明,刻画生动感人。紧紧抓住"性格的显露多在姿态动作,重点在手势上;感悟的变化多在面目,重点在眼神上"这两个塑造人物的重点并适当加以夸张,突出了人物的性格,大大增强了连环画的可读性。1957 年 7 月,辽宁美术出版社将该连环画以 20 开规格出版;1978 年 8 月,人民美术出版社选编该连环画出版,规格为 48 开。应外文出版社之邀,作者于二十世纪八十年代根据其原稿及已出版的连环画作品《十五贯》,本着对这部作品的挚爱以及长期以来对创作的感悟、沉淀和对艺术永无止境的追求,重新精心绘制了五十四幅图,可谓精益求精,更上层楼。"在塑造刻画人物上逾越了其他任何姐妹艺术""为其他美术人物画种所瞠目""成为创下历史纪录的艺术高度""成为可望而不可及的艺术巅峰"(戴敦邦语)。

2. 王肇歧改编,贺友直绘画,吸收古代绘画创作手法,上海人民美术出版社1979 年 2 月第 1 版,规格 64 开,142 页,印数七十万册。据介绍,"贺友直用画笔勾勒出了一系列有血有肉、活灵活现的人物形象,不论是正面人物况钟、熊友兰、苏戎娟还是其他各种类型的人物周忱、过于执、娄阿鼠等,画家都赋予他们有个性的外貌特征和精神状态""在景物描绘上,作者还吸收了古代绘画作品的长处,如在表现集市、拱桥方面尽量采用明、清版画中的皴法,使景物处理得疏密相间,层次分明,画面上充满了浓郁的江南城镇气息"。

3. 李成勋、陈愚绘画,以线描手法再现,人民美术出版社 1958 年 8 月第 1 版。

在此基础上,后续又出现了漫画、动漫等多种形式,表现手法愈加高妙,艺术形式更加精美。在漫画、连环画等形式中,文字与图像的地位实现了一个逆转,即文字少而精,图像才是叙事表达和塑造人物的主体,这是我们需要特别注意的。但就语图关系而言,仍然基本不超出我们上述总结的范围。

第十三章　明代戏曲文图关系的总体风貌

版画史家周心慧认为，"在中国古版画艺苑中，戏曲版画是最为引人注目的一株奇葩，无论其遗存数量之多，镌刻之精，拟或艺术价值之高，皆胜其它题材版画一筹"。① 戏曲版画又以明代为最盛，几乎到了"戏曲无图，便滞不行"（《牡丹亭还魂记·凡例》）的地步。郭味蕖曾对一百二十九种明刻戏曲传奇图书作过统计，其中所配插图少则二三幅，多则百余幅，总量达到二千余幅，平均在十五幅以上。② 王伯敏对《古本戏曲丛刊》委员会编辑的《古本戏曲丛刊》做过统计，前三集共计三百种，其中有木刻插图的明刻本计二百一十二种，明刊插图共有三千八百余幅之多，平均每种十八幅。③ 总体而言，曲本插图的出现及兴盛略晚于小说插图。曲本插图的刊刻与盛行，一方面得益于雕版印刷技术的日臻成熟，另一方面也得益于市民阶层、市民社会的涌现和市民文化的日益勃兴，前者提供的是技术、手段，后者则提供了内需、市场。总之，到了明代，曲本插图进入了黄金时期，可谓琳琅满目，风格多样，精彩纷呈。

第一节　明代曲本插图的发展脉络

明代戏曲图像最主要的部分当属曲本插图，因而关注曲本插图也就自然成为研究明代戏曲文图关系的首要事情。

一、明洪武至隆庆时期的曲本插图（1368—1572）

明洪武至隆庆，有着二百余年的历史。郑振铎先生在谈到木刻画分期时，曾把这段实际包括了"明初"和"明中叶"两个时期在内的木刻画历史合而为一地称为"明初"，认为这段时期内的木刻画历史比较简单，作品也不很多。④ 他指出，只是到了嘉靖时代，种种刻本才开始多了起来，"不知是原来刻得少，还是消灭不存得

① 周心慧：《中国古代戏曲版画考略》，参见《中国古代版刻版画史论集》，学苑出版社 1998 年版，第 65 页。
② 郭味蕖：《中国版画史略》，朝花美术出版社 1962 年版，第 79—87 页。
③ 王伯敏：《中国版画史》，上海人民美术出版社 1961 年版，第 73 页。
④ 郑振铎：《中国古代版画史略》，参见郑尔康编：《郑振铎艺术考古文集》，文物出版社 1988 年版，第 359—360 页。

多"①。对于这一时期的插图艺术,郑振铎有过一段非常精辟的概括:

> 明初文化,多仍元旧。朱元璋为政酷虐,过于胡人。洪武三十一年间,文化艺术,窒息不扬。而民间经大乱之后,资力艰难,与海外之交通,亦皆斩绝,故出版事业反较元代为落后。今所见洪武刊本,用纸之粗劣,古所未有,且往往以粗黄厚笺双面刷印文字者……靖难以后,生机渐复。燕京所刊之版画,呈空前未有之光芒,永乐刊板之佛道经卷,有竟卷施以版绘者,富丽精工,旷古所无。图型大似辽金时代之塑像,其精致细密之光轮花饰,一望即知为辽金遗式……宣德藏经图式亦工……正统以后,版画传作,于经藏插绘外,寂寞无闻。皇室士夫,殆皆不尚图绘。今所睹者皆市井流俗之所为耳,粗豪有余,工巧不足。世宗践祚,版画作者,乃复振颓风,争自磨濯。以燕京、金陵、建安三地为中心,所刊图籍,流传遍天下。而以建安诸书肆为尤勇健精进,其所刊之通俗演义,童蒙读物,无不运以精心而出以纯熟之手技。图中之人物动作,宫室景色,虽未脱宋元影响,而已较为繁杂多歧。隆庆及万历之初,版画作风,突转入一新时代。②

这一时期的版画总体上处于低潮时期,戏曲版画更是数量偏少,且多承宋元之风。即便如此,还是出现了一批较有代表性的曲本插图著作。

现存明代最早的戏曲插图本是宣德十年(1435)金陵积德堂刊本《新编金童玉女娇红记》,这也是目前第一部完整的插图本戏曲剧本。该本共有文字八十六面,配单面方式图八十六幅,每面配一图,左图右文。这种版式是对宋元盛行一时的上图下文式旧版型的大胆变革,具有特殊的意义。1967 年,在上海市嘉定县城东公社宣姓墓中,出土了明成化年间(1465—1487)北京永顺书堂刊刻的南戏戏文《新编刘知远还乡白兔记》以及《新刊全相唐薛仁贵征辽故事》等说唱词话③十种。这批词话本的插图是中国古代戏曲版画史的重要组成部分。现藏于北京大学图书馆的明弘治十一年(1498)京师书肆金台岳家刊本《新刊大字魁本全相参增奇妙注释西厢记》,是现知完整保存下来的、历史最久的《西厢记》插图本。该刊本牌记称:

> 若《西厢》,曲中之翘楚者也,况闾阎小巷,家传人诵,作戏搬演,切须字句真正,唱与图应,然后可。今市井刊行,错综无伦,是虽登垄之意,殊不便人之观,反失古制。本坊谨依经书,重写绘图,参订编次大字魁本,唱与图合,使寓于客邸,行于舟中,闲游坐客,得此一览,始终歌唱,了然爽人心意。命锓梓刊印,便于四方观云。④

该刊本共分五卷,每卷前均冠以单面整版插图一幅,存"西厢步月"等三图。书内插图皆为上图下文式,每页一图,图以戏文标目为单元分段,一段内或二三图,或六七图,图与图之间在画面上前后相连,段与段之间则契合剧情发展,在情节上首尾相接,展开来看,就是一幅"唱与图合"的连环画长卷。全书洋洋洒洒一百五十幅

① 郑振铎:《中国古代木刻画史略》,上海书店出版社 2006 年版,第 44 页。

② 郑振铎:《〈中国版画史图录〉自序》,参见《郑振铎全集》卷 14,花山文艺出版社 1998 年版,第 240—241 页。

③ 词话是宋、金时颇为流行的一种说唱艺术,有说有唱,间有词曲,元杂剧就是在此基础上发展起来的歌舞剧。

④ 王实甫:《新刊大字魁本全相参增奇妙注释西厢记》(北京京台岳刊本),河北教育出版社 2006 年版,第 316 页。

图,蔚为壮观。隆庆年间(1567—1572)苏州刊本《西厢记杂录》,冠"莺莺像"两幅,"会真图"一幅,署"何钤刻",为苏派(也可称"吴派")戏曲版画的开山之作,也是最早留下刻工姓名的《西厢记》版画。此刊本所附卷首图在《西厢记》版画中影响极大,后世刻本多有借鉴。早期戏曲版画在版刻技艺、版式探索、图像表现等方面进行了有益探索,为万历及以后的繁盛奠定了良好基础。

二、万历年间的曲本插图(1573—1620)

万历年间是中国古代版画艺术的黄金时期。郑振铎先生形容为:"登峰造极,光芒万丈。其创作的成就,既甚高雅,又能甚通俗。不仅是文士们案头之物,且也深入人民大众之中,为他们所喜爱。数量是多的,质量是高的。差不多无书不插图,无图不精工。"①万历时期的曲本插图同样处于发展的黄金阶段。这一时期的曲本插图,不仅数量众多,而且版刻质量和艺术水平都达到了古代版画的高峰,并形成了建安、金陵、徽州、苏州、吴兴、杭州等刊刻中心和不同风格。

建安派:福建建安是中国古代著名的书业中心,所刻书称为"建本"。宋、元时书坊多集中于建安,入明后建阳书业大盛。万历年间是建安版画最为兴盛发达的时期。建阳赫赫有名的刻书世家余氏,有姓名可稽考的就有余象斗、余仙源、余文龙、余光斗、余季岳等十余人,堂名有双峰堂、三台馆、萃庆堂、勤有堂、克勤斋等。不过,相比之下,建安版画的成就更集中在小说版画方面,"在晚明戏曲版画空前繁荣的局面中,如果仅就建安派版画而言,戏曲版画的成就是比不上小说版画的"②。尽管如此,建安戏曲版画中仍旧有少量佳作问世。最具代表性的刊本是明万历初年建阳书林刘龙田乔山堂刊本《重刻元本题评音释西厢记》。该刊本插图共有单面方式图二十幅,双面连式图两幅,图版人物形象突出,背景仅做简单处理,阴刻和阳刻并用,技法表现亦颇为纯熟。对此,郑振铎先生认为,这是"开启了建安派木刻画的新路",这种"以双幅的大画面,两旁还附上一对标语式的内容提要,来表现这一剧本的种种故事,也是今日所见的同型插图的最早者"③。不过,从建阳书林所刊刻的曲本插图来看,无论从刊本数量还是插图质量来看,单出选集都要比整本戏曲作品更高一筹,如日本内阁文库藏万历三十八年(1610)廷礼刊本《鼎刻时兴滚调歌令玉谷新簧》、丹麦哥本哈根皇家图书馆藏万历二十七年(1599)书林余绍崖刊《新锲精选古今乐府滚调新词玉树英》等。建本插图总体风格趋于古朴明快生动,刚健清新,具有鲜明的民间风格和地方特色,尽管进入万历中叶以后受徽派版画的影响有细腻精致的倾向,但"粗犷刚健风格一直盛行不衰,成为建阳版画的主流和代表风貌""不作过多的雕琢繁饰,朴实无华"构成了"建本"插图的总体艺术特色。④

---

① 郑振铎:《中国古代木刻画史略》,上海书店出版社 2006 年版,第 49 页。
② 周心慧:《中国古代戏曲版画考略》,参见《中国古代版刻版画史论集》,学苑出版社 1998 年版,第 71 页。
③ 同①,第 56 页。
④ 王朝闻总主编,杨新、单国强主编:《中国美术史·明代卷》,齐鲁书社·明天出版社 2000 年版,第 208 页。

金陵派：金陵自古为江南重镇，又是明初的都城，是当时朝廷的政治、经济、文化中心，历史上诸多文人在此发迹定居、著书立说。张秀民先生曾做过约略统计，金陵有名可考的书坊有九十三家，多于建阳九家，更远远超过北京。① 著名的书坊有：富春堂、世德堂、广庆堂、文林阁、继志斋、万卷楼、大业堂等。万历年间，金陵刻书进入最为辉煌鼎盛的时期，不仅数量众多，风格多样，而且绘镌精致。值得一提的是富春堂。富春堂刻书以传奇剧本为最多，相传有一百种之多②，而且多冠以"新刻出像""新刻出像音注"等字样，几乎每本均有图，少则七八幅，多则三四十幅。富春堂刻书不仅历史相当久远，而且还以出版有"花栏"（即书框的四周有雕花的或图案的框栏）的戏曲刊本著名，从而打破了宋元以来单边、双边的书籍基本样式。富春堂所刊版画的艺术风格可用雄浑、厚重来概括，线条简朴有力，构图以大型人物为主体，脸部的表情刻画深刻，人物动作有强烈的舞台演出意味，"使人观后如饮醇酒，入口虽辛辣，回味却绵长"③。唐锦池文林阁、唐振吾广庆堂，虽然在唐氏坊肆中崛起较晚，但所刊戏曲版画数量较多，风格也与富春堂、世德堂等大异，呈现出工丽、细致的特点，插图多采用双面连式大版图，更重背景描绘，颇似于徽派版画。到了继志斋刊本，其插图风格之婉秀清丽、布置之澹静娴雅，更接近于徽版，甚至徽州的艺术家们已经开始参与继志斋的版画绘刻。而到了汪廷讷环翠堂所刊诸本，戏曲版画更为精美，成就也更高，受徽派风格的影响亦最重。汪氏曲本插图不仅多采用双面连式，而且画面富丽堂皇，纤细入微，图版空白处以细密的图案花纹相补充，形成自身鲜明的特色。更为重要的是，汪氏积极推动了徽派风格的传播与普及，使金陵派版画加快了由粗豪至精丽的转变。周心慧先生认为，金陵版画的成就，远非建安所能比，而在明万历金陵版画艺苑中，戏曲版画又是名副其实的、最为绚丽多彩的一枝。④

徽派：徽派又称为新安派。郑振铎先生认为，徽派木刻画家们是构成万历黄金时代的支柱，是中国木刻画史上的"天之骄子"，他们的出现使久享盛名的金陵派、建安派的前辈们为之黯然失色。⑤ 徽派版刻插图突出的特点有：一是徽州自古以来就是制纸业、制墨业的中心，因而雕版就地取材较为方便，客观上促进了版画的发展。二是热心版刻者甚多，闻名于世的刻工代代相传、难以胜数："万历中叶以来，徽派版画家起而主宰艺坛，睥睨一切，而黄氏诸父子昆仲，尤为白眉。时人有刻，其刻工往往求之新安黄氏。"⑥"大凡歙人所刊版画，无不尽态极妍、须发飘动，能曲传画家之笔意。"⑦三是刻工、画工珠联璧合，使插图的艺术性大大增强，"古代

---

① 张秀民：《中国印刷史》，上海人民出版社1989年版，第348页。

② 根据《中国古籍善本书目》，遗存至今的不下三四十种。郑振铎在《中国古代木刻画史略》中亦一一列出今所知的由富春堂刊刻的传奇，如《金貂记》《东窗记》等近四十种。

③ 周心慧：《中国古版画通史》，学苑出版社2000年版，第147页。

④ 周心慧：《中国古代戏曲版画考略》，参见《中国古代版刻版画史论集》，学苑出版社1998年版，第77页。

⑤ 郑振铎：《中国古代木刻画史略》，上海书店出版社2006年版，第97页。

⑥ 郑振铎：《中国古代版画史略》，参见郑尔康编：《郑振铎艺术考古文集》，文物出版社1988年版，第258页。

⑦ 郑振铎：《〈中国版画史图录〉自序》，参见张蓍编：《郑振铎美术文集》，人民美术出版社1985年版，第11页。

之版画,刻工即为画家,故图式多简率。或摹写实物图形,或勾勒前人旧作,或凭其想象,创绘画幅,无一大画家之作品,亦无一大画家曾专为版画作图者",但此时则刻画联合,"以大画家之设计,而合以新安刻工精良绝世之手眼与刀法,斯乃两美俱,二难并,遂形成我国版画史之黄金时代焉。且诸刻工久受画家之陶冶,亦往往能自行拟稿作图,其精雅每不逊于画人之作"①。四是受徽州地理空间的限制,徽派版刻高手大都流寓外地,一方面使徽州版画得以迅速地传播和普及,另一方面也带来了这些区域版刻插图的风格变化。因此,在谈到"徽派"时,一般有两层所指:既指在徽州本土刊刻的版画,也指具有徽派艺术风格的作品,而不论是否刻于徽州本土。五是与建安版画的质朴和金陵版画的雄劲相比,徽派版画一开始走的便是纤劲、工丽的风格路线,郑振铎评价黄玉林刻图本《仙媛记事》时所说的"由粗豪变为秀隽,由古朴变为健美,由质直变为婉约"非常符合徽派版画的艺术特征。

明万历时除了建安、金陵、徽州三大刻书中心以外,武林、吴兴、苏州等地的版画亦颇具特色,如起凤馆刊本《王李合评北西厢记》、容与堂刊本《李卓吾先生批评红拂记》、万历三十年(1602)何璧校刊本《北西厢记》等。

三、明末的曲本插图(1621—1644)

"明末"指的是从天启到崇祯的二十多年时间。这一阶段的戏曲版画承续着万历年间的辉煌,并呈现出地域性特色不明显、区域性差异较大等特点。

启、祯年间的金陵戏曲版画,所遗不多,但其中不乏精品。《槃薖硕人增改定本西厢记》,前冠莺莺像一幅,双面连式图十四幅,署名画家十余人,是当时画坛名手通力合作的结晶。《朱订西厢记》《朱订琵琶记》,卷首各冠图二十幅,二书皆为朱墨套印,书中评点用朱色,图版绘刻精雅绝伦,已臻化境,是这两部戏曲名作版画中具有典范意义的作品。

启、祯年间的武林戏曲版画,无论在数量还是质量上,都取得了丝毫不逊色于万历时的辉煌成就。天启四年(1624)刊本《彩笔情词》,汇录元人套数小令,绘有图十二幅,编者张栩自称"图画俱系名笔仿古,细摩辞意,数日始成一幅。后觅良工,精密雕镂,神情绵邈,景物灿彰"。崇祯十三年(1640)刊本《李卓吾先生批评西厢记真本》、崇祯十二年(1639)刊本《张深之正北西厢记秘本》等,在构图设计上极具巧思,皆为匠心独运、不落俗套之作。

值得注意的是,此时的吴兴版画异军突起,著名书坊有闵、凌两家,以刻朱墨套印本闻名,其风格注意构图变化,追求意境深远,人物往往较小,背景刻写多显萧疏苍凉,颇具地方特色。苏州戏曲版画则大量出现外方内圆的"月光版"或"日光型"构图,极具欣赏意味。吴门萃锦堂刊本《词林逸响》、散曲选集《太霞新奏》、崇祯年间的《新刻魏仲雪先生批评琵琶记》等刊本,是这一时期曲本插图的代表作。

---

① 郑振铎:《〈中国版画史图录〉自序》,参见张薔编:《郑振铎美术文集》,人民美术出版社 1985 年版,第 10—11 页。

第二节　明代曲本插图的图文形制

明刊曲本的文图关系体现出多元化和复杂性的趋势。一方面，从外在形态上看，插图的版式各式各样，插图的位置变化多端，插图的类型丰富多彩，图像与语言之间既相互独立，又相互关联、相互呼应；另一方面，戏曲的图像与语言之间又不是简单的相互摹仿，而拥有更多的意义承载，许多时候插图的形态彰显着绘图者审美观念的变化，甚至承担着潜在而独特的叙事功能。因而，曲本插图的图文形制本身便是一种"有意味的形式"。

一、插图位置

从插图位置看，明刊曲本有图文一体式、图文分立式等类型区分。

（一）图文一体式

图文一体式，即图文共存于一个页面，图文互见。图文一体式的插图又有如下几种类型：

一是上图下文：图文并置，插图在上，戏文在下。读者阅读时可以文释图、以图释文，图文对照，一目了然，非常方便。这种编排方式到了明代已成为较为普遍的插图形式，如弘治年间刊本《新刊大字魁本全相参增奇妙注释西厢记》，从头至尾均是每页分上下两栏，上栏为画面，下栏为戏文，通篇共二百七十三幅图，颇为壮观。这种体例人物往往较小，背景相对较为简单，插图占整个页面的四分之一左右。

二是图嵌文中：此种编排体例虽然也是上图下文，但是形成戏文对插图的包围之势，不但图下有文，而且图上有文，图的左右还配有联语。总体而言，这种体例的插图表现往往较为简单，有时图像只占据非常小的空间，如明嘉靖四十五年（1566）福建书林余新安刊本《重刊五色潮泉插科增入诗词北曲勾栏荔镜记戏文》；有时则占三分之一左右的画面，如明万历年间刊本《新刻增补戏队锦曲大全满天春》。

三是上文下图：图文并置，但插图在下，戏文在上。这类体例插图往往比较大，文字较少，而且多为插图的补充性说明，有的是一首诗词，有的是一段唱词。如《元明戏曲叶子》《巧团圆》《慎鸾交》等戏曲作品便是这种形式。这类编排体例的戏曲作品不多，相比之下，一些实用类书籍、传记类书籍、宗教类书籍较多采用这种体例。

四是左图右文：同样是图文并置，但左边是插图，右边是文字。中国自古就有"左图右书"的传统。这样的编排体例符合古代人先读文字、后看图像的阅读习惯。如崇祯年间刊本《节义鸳鸯冢娇红记》，一边是陈洪绶所绘的娇娘像，一边是"题娇娘像词"，左图右文，相互印证。

（二）图文分立式

图文分立指的是图与文并不居于同一个插页或图版上，而是各自分开，单独出现。根据图像出现的位置不同，图文分立式的插图又可分为如下几种类型：

一是封面插图：古书的最外层称为书衣或书皮，里面的第一面称为封面，又称"书名页"，主要用来题写书名。早期的图书没有封面，书名与正文同处于一面，位于第一页右边第一行。自从元代有了封面后，书名与正文开始分离，独立成页。明刊戏曲刊本的封面一般有书名、著作人、刊刻者等内容，插图一般为上图下文或把图置于中间。封面插图除了提示相关出版信息以外，有时还承担着图书宣传的功用，如明刊本《鼎锲徽池新调南北官腔乐府点板曲响大明春》（又称《新调万曲长春》）封面插图（图13-1）两边便附有一副对联："洒落千般调，清新万曲音。"插图下方的方框内还题有"徽池滚唱新白"的字样。

图13-1　万历年间福建书林金拱塘刊本《新调万曲长春》封面

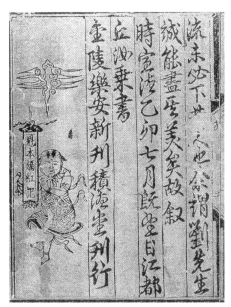

图13-2　《金童玉女娇红记》牌记，宣德年间金陵积德堂刊本，日本京都大学图书馆藏

二是牌记插图：牌记又称木记、刊记、书牌等，主要记录刊刻者姓名、书店的名号、刊刻的时间等，有的还将刻书的情况、内容提要、图书的广告宣传等文字刊刻在这里。牌记放置的位置并不固定，但一般放置在封面后、序后、目录后、每卷的后面或卷末空白处。[①] 并不是每本书上的牌记都有插图，但有插图的牌记既可以与剧情相吻合，又能起到很好的宣传作用。如明宣德年间金陵积德堂刊本《金童玉女娇红记》牌记上的一幅插图（图13-2）便是一个举着"魁本娇红记"牌子的"金童"，他

---

① 徐小蛮、王福康：《中国古代插图史》，上海古籍出版社2007年版，第330页。

头上飘着一朵祥云,图旁有"金陵乐安新刊积德堂刊行"的文字说明。

三是卷首插图:卷首插图是指放在图书的卷首或者每卷之首的插图。此类插图大体有三种类型。一类是书籍前面的绣像,如崇祯年间刊本《张深之正北西厢秘本》卷首的莺莺画像(题作"双文小像")、泰昌年间吴兴闵氏刊本《校正原本红梨记》卷首所附女主人公谢素秋肖像(题作"素娘遗照")、崇祯年间刊本《鸳鸯绦》卷首主人公张淑儿像、崇祯武林刊本《怀远堂批评燕子笺》卷前郦飞云像和华行云像等;一类是书籍前面统一置放的剧情插图,如《西厢记》王骥德校注本、凌濛初刻本、李廷谟延阁本、天章阁刊李卓吾本以及闵遇五《西厢记会真传》刻本等,均为二十幅插图集中置于全剧之卷端;一类是把插图置于每卷之前,如万历年间汪道昆所撰《大雅堂杂剧》四种(《高唐梦》《洛水悲》《五湖游》《京洛记》),每种杂剧卷首均附有连式插图。

四是折中插图:折中插图是指根据剧情绘制插图,且插图的位置居于每本(折)之中,虽属于图文分离,但与戏文之间的关系相对较为密切。如《西厢记》熊龙峰刊余泸东校正本、起凤馆刊王李合评本、刘龙田刊余泸东校正本等,均为每出或每折插一图,共二十幅插图,但其位置不是在卷首,而是插于每一出或每一折之中。与插图集中放于卷首不同,这种插图图文关系相对较为紧密。

二、插图版式

(一) 插图外形

从插图外形上来看,明刊曲本插图可谓异彩纷呈。最为常见的是长方形插图,长方形插图又分正长方形插图、横长方形插图,有的饰以单线框,有的饰以双线框,有的则饰以花边框。此外还有月光图,即圆形插图,如明崇祯年间山阴延阁李正谟刊本《北西厢记》插图。月光图又分为上图下文或下图上文月光图、单面满幅月光图、副图月光图、主副月光图等诸种情形。有的则呈扇形、六边形、多边形、椭圆形或不规则形状。德藏彩色套印本《西厢记》版画则直接置于器物(如手卷绘画、屏风、扇面、瓷缸、走马灯、酒器、玉璧、宫灯等)之上。明刊曲本插图有着越来越追求装饰和形式美的趋向,且这种趋向到了文人画家参与插图绘制以后,变得更加明显。插图俨然成了独立性较强的艺术品。

(二) 插图规格

明刊曲本插图不仅外观差异很大,而且规格和形制也各有不同。

一是上图下文式:这类插图往往图小文大,并且构图较为简单明了,有时甚至只是起到舞台提示的作用,插图的背景也不是非常突出,常作寥寥数笔的简要勾勒。

二是单页图版式:与上图下文的形制有所不同,这种类型的插图占据整个版面。早期的单页版式插图线条豪放,风格粗犷,人物表现较为突出,背景则相对较为简略;有时插图还冠以标题,两边同时附有联语。中后期的单页版式插图则人小景大，甚至人淹没于景中，有的还嵌入戏文或古典诗文，画面的抒情意味较浓，俨然一幅写意画，如明天启年间吴兴闵氏朱墨套印本《批点牡丹亭》插图。此种类型插图由于图幅变大，表现力大大增强，人物占据的空间和插图的背景显得疏朗开阔。

三是主副图式：又称为"自由体式"，即在一幅完整的插图中，一面绘有与戏曲文本相关的内容，另一面却是与原作内容关系不大的山水、花鸟、博古之类的画面，有的则题有赞诗。明崇祯刊本《二奇缘传奇》、陈洪绶等所绘的李卓吾评本《西厢记》等插图均属于这种类型。

四是连环画式：又称"长卷式"，即一幅完整的插图常常数页相连，犹如连环图画。这种类型的插图表现更加自由和充分，既可以连续呈现不同瞬间的场景，也可以实现同一瞬间场景的空间并置，有利于情节的细部表现，如弘治年间大字魁本《西厢记》。

三、图文形态

（一）图文对应关系

插图是依据文本并插附在文本中的图像，因而图与文的关系便成了区分插图类型的重要依据。根据图与文之间关联度的不同，明刊曲本插图可分为"紧密型"和"松散型"两种类型。

紧密型：追求唱与图合、图文对应。戏曲的插图表现与剧本内容紧密相关，前者是后者的图饰化与直观表达。这种紧密型插图，有的直接与文本共存于一个版面上，形成诸如上图下文、上文下图或图嵌文中等形态，有的则与文本分开。但总的来说，戏曲插图与戏曲文本有着较高的关联度。

松散型：图文关系不再是唱与图合，而是渐行渐远。插图表现有时只是对曲文大意略有顾及，有时则离题较远，甚至出现了与曲文毫无关联的"画谱"式副图。从插图位置来看，紧密型插图往往图在文中，图文对应；而松散型插图往往把插图集中冠于卷首，与语言文本相隔甚远。

（二）图文呈现形式

曲本插图的图文关系，不只体现在戏曲文本与曲本插图的简单对应上，而有着更为复杂的呈现形态。

图文对应本：这是最基本的曲本插图存在形态，即插图文本与语言文本相对应，尽管这种对应有时紧密程度并不完全一致。相对而言，这种戏曲刊本的语—图形态较为单纯，图文关系便于理解和把握。

"图—文—注—评"本：明代戏曲刊本有时并不只是戏文与插图并举。就"文"而言，除了戏曲剧本（包含科介、唱词、宾白等）以外，还有注音、释义、评点等文字形态。这样，戏曲刊本中的图文关系便显得更为复杂多元，如《新校注古本西厢记》《重刊元本题评音释西厢记》《王李合评北西厢记》等。

诗词曲文插图本：台湾学者徐文琴在研究《西厢记》版刻插图时指出，《西厢记》的曲文之美受到晚明文人的大力推崇，并广为传诵。书商投其所好，并在当时以诗词名著作画风气的影响之下，推陈出新，一改以往以情节内容为主题的做法，以经典曲文或诗词联句立意，在图面上题写曲文或诗词的插图应运而生。她认为，"诗词曲文插图"可分为两种，一种是不以剧情发展为本，只随意择取文中曲文作画，称为"曲文插图"；一种是虽然依照"出目插图"的原则来安排插图内容，但在图像上加题曲文或诗词，称为"混合体式插图"。这两种插图因为都与诗词、曲文有关，故统称为"诗词曲文插图"。① 明崇祯年间茧室主人刻《想当然·成书杂记》中称，该书插图是"择句皆取其言外有景者，题之于本图之上，以便览者一见以想象其境其情，欣然神往"②。日本学者传田章则称此为"文人校订本"，以区别于演出用脚本及"案头系"版本。像《词坛清玩西厢记》《西厢五剧》《董解元西厢记》等诸多刊本即是此种类型。

四、插图功用

明刊曲本插图所承担的实际功用并不完全相同，有时起到类似"装饰画"的审美装饰作用，有时像"叙事画"一样承担着叙事功能，有时则成为插图作者和插图本表情达意的"诗意图"。而且从曲本插图的风格演变来看，从明初到明末，有一个由"追求实用"（如装饰、表演）逐渐向"崇尚审美"（如写意、审美形式）变化的过程。

（一）装饰画

装饰画是明刊曲本插图最基本的艺术功能和最直观的外在呈现。曲本插图作为"插附"在戏曲剧本中的图像作品，它以栩栩如生的外表、直观形象的表现，直接或间接地对文本内容予以不同程度的反映。一方面，它是文本内容的图饰，以图像的形式在"言说"，因而构成"另一种讲述的方式"；另一方面，它能够吸引读者注意，从而间接地促进了书籍的接受和传播。

明刊曲本插图对于装饰功能的追求是显而易见的，有时甚至带有明显的主动自觉性。曲本插图到明代进入高峰期，几乎是"无书不图"。当时的书商也把为书插图作为自己的出版方略。但与此同时也带来另一方面的问题，即插图的质量参差不齐。有的书商为了追求时效性和商业利益，不惜抄袭模仿、粗制滥造，因而出现了大量雕刻粗糙、艺术水平低下的插图作品，甚至出现大量伪托名家之作。有的书坊则选择了截然不同的路径，他们在追求销量和卖点的同时，却把艺术水准放在优先的位置，如延请专业画师绘制图版，推进名刻工、名画家的联手等，这无疑大大促进了曲本插图水平的提高。有的书坊在推出某种曲本插图时，往往注重品牌宣传，以插图独特的"文之饰"功能吸引读者的眼球。像插图外框的单线、双线、花边

---

① 徐文琴：《由"情"至"幻"——明刊本〈西厢记〉版画插图探究》，载台湾《艺术学研究》2010 年第 6 期。

② 蔡毅：《中国古典戏曲序跋汇编》，齐鲁书社 1989 年版，第 1190 页。

等版式变化,以及插图图案的装饰化特征,便是着眼于插图的"文之饰"。不仅如此,书商们还巧立名目,纷纷打出"篡图""绘像""绣像""全像""出像""图像""全相""出相""补相""增相"等字样,以此招徕读者注意。有的书坊更是大肆吹捧自己推出的插图书,比如"坊间梓者纷纷,偏像者十余副,全像者止一家……士子买者可认双峰堂为记"①"今市井刊行,错综无伦,是虽登垄之意,殊不便人之观,反失古制。本坊谨依经书,重写绘图……了然爽人心意"②"兹编特恳名笔妙手,传神阿堵,曲尽其妙"③"图画俱系名笔仿古,细摩辞意,数日始成一幅。后觅良工,精密雕镂,神情绵邈,景物灿彰"④等。看来,"文之饰"虽说是曲本插图的表层功能,却不可或缺。

(二)叙事画

明刊曲本插图虽然是一种装饰,却是独立性很强的艺术品。插图既然是与文字唱和的"另一种讲述的方式",它必然在诉说着文本之内或文本之外的故事。虽说曲本插图不像小说插图那样充满强烈的叙事性,但在某些类型的插图作品中,其叙事功能还是十分明显的,因而构成了特殊的"叙事画"。比如《新校注古本西厢记》"负盟"插图(图13-3),该图虽然呈现的只是一个定格性的瞬间,但处于这个瞬间画面中的每一个人物都在"表现"着、表演着,一场紧张的"反目"之争正在上演:老夫人作着手势,似乎在振振有词地说着"小姐近前,拜了哥哥者""红娘看热酒,小

图13-3　负盟,万历年间香雪居刊本《新校注古本西厢记》插图

① 参见明万历二十二年(1594)刊本《忠义水浒志传评林》端首《水浒辨》,刘世德、陈庆浩、石昌渝主编:《古本小说丛刊》第12辑,中华书局1991年版,第1—3页。

② 王实甫:《新刊大字魁本全相参增奇妙注释西厢记》,河北教育出版社2006年版,第316页。

③ 《明清善本小说丛刊初编(第十一辑)·隋炀帝艳史》"凡例",台湾天一出版社1985年版,第3页。

④ 张栩:《彩笔情辞·凡例》,台湾学生书局1987年版,第16页。

姐与哥哥把盏者",全然不顾此前的订约;此时的莺莺目光朝向张生,左手置于胸前,表情凝重,对于突然之间降临的"俺娘变了卦",显出很无助的样子;一旁的红娘一边端盏,一边回望着老夫人,既表现出她对老夫人的突然反悔感到不可思议,又表现出她想看看老夫人对于张生断然回绝究竟会有什么样的反应;而张生则以夸张的举手转首动作,回绝了红娘递过来的杯盏,无疑是对老夫人悔约之举的一种无声抗议。正如王骥德在校注中所言:"此曲俱指张生,言生不堪其醉,岂真嫌玻璃盏大之故,盖只为我也。"①

明代曲本插图作为一种"叙事画",其叙事功能常常是通过"空间时间化"的手段予以实现的:一是对"包孕性瞬间"的进程"暗示",二是采用俯视视角实现空间并置,三是对图像隐喻的内容实行时间布展,四是实现曲情文意的绵延激荡。曲本插图所叙之事,可能与语言文本有关,也可能是文外之意。因而,语言与图像之间形成互文互补的微妙关系,也使得图像表现与文图关系变得更有兴味。

(三) 曲意图

茧室主人在《想当然·成书杂记》中提出:"欲从无形色处想出作者本意,固是超乘。"②按照其意,最好的插图不在直观重现情节,而在于可以引领读者进入文字营造的情趣。曲本插图与小说插图的突出区别便是,前者更多地传达"曲意",而后者更多地实现"叙事",一个追求写意,一个追求写实。

明刊曲本插图往往以如下三种形式反映曲意:

一是撷取剧本中的关键性语句入画。戏曲中抒情意味极浓的唱词经常会成为入画的依据,但画面往往只取其意,语句本身并不出现在画面上。

二是插图表现与剧情关系疏远,有时只是间接地暗示了剧情发展,故事情节的推演较少体现,但画面的整体基调和感情表现却与剧情相吻合,画面上同时题有反映剧中人物心情或感情的关键性词句。台湾学者马孟晶在研究晚明戏曲版画中数量最多、表现也最为突出的《西厢记》插图时发现,部分刊本不再是图像直接与叙事文本相对应,而是图像从文本中撷取出韵文对句,其表现形式更接近于绘画传统中的诗意图。③

三是插图虽然充满了写意,而且附有题画诗,但题句并不出自剧本,而源于古典诗词佳句。比如,收录于《古本戏曲丛刊》第二辑的明末刊本《咏怀堂新编十错认春灯谜记》,上卷收图十一幅,下卷收图十二幅,画上的题词在剧中均找不到出处。这三类插图构成明刊本戏曲的"曲意图"。

从"装饰画"到"叙事画""曲意图",这是明刊曲本插图审美风格多样化的体现,

---

① 王实甫著,王骥德校注:《新校注古本西厢记》(卷二,香雪居刊本),北京图书馆出版社2004年版,第37页。

② 蔡毅:《中国古典戏曲序跋汇编》,齐鲁书社1989年版,第1190页。

③ Ma Meng-ching, Linking Poetry, Painting, and Prints: The Mode of Poetic Pictures in Late-Ming Illustrations to the Story of the Western Wing, in International Journal of Asian Studies 5: 1(2008,1).

也是其艺术功能不断演化的标志。这种风格的多样性或功能的变换,不仅体现在不同时代的曲本插图中,还体现在同一时代不同地域的曲本插图中,有时甚至承载着更为深刻、细腻而隐秘的图文信息。

第三节　明代曲本插图的艺术功能

郑振铎认为,插图的原意是"用图画来表现文字所已经表白的一部分的意思",其功用即在于"补足别的媒介物,如文字之类之表白"。然而他同时指出,这些插图显然不同于"饰图",后者仅为用来装饰文字的外形而已,而插图却"可以使我们在线与点及色彩间看出欲溢于纸或布外的诗意来的",其功力在于"表现出文字的内部的情绪与精神"。[①]　显然,对于古代曲本插图而言,它已远远超出"装饰画"的表面功用,而具有独立的艺术品性和审美价值:"它不是一种'附庸'的艺术,它不单单作为书籍的插图或名画的复制品而存在,它有独立性,它是中国造型艺术的一个重要部门。"[②]仔细考究可以发现,古代戏曲中的这些版刻插图其实与戏曲艺术诸要素,如楔子、科介、角色、曲词等有着密切联系并承担着相同的功能,甚至与戏曲舞台表演、戏曲时空处理等艺术元素存在着相通之处。研究古代曲本插图的文图关系,不应只关注"语"(曲词)与"图"(插图)之间的对应和互文,同时还应把目光聚焦在图像与戏曲诸艺术元素之间的深刻关联上,而后者恰恰是更深一层的"语—图"互文形态。

一、曲本插图与戏曲开场

古代戏曲剧本一般不会在开篇直接进入正题,而运用"开场"。当然,不同时期开场的方式并不相同。"楔子"是元杂剧里加在第一折前头或插在两折之间的片段,也就是一段戏的首曲,它是正戏之外用来交代情节、介绍人物的场子。如王实甫《西厢记》第一本第一折前安排了一个"楔子",用以交代故事的来龙去脉,从而引出后文普救寺里张生和莺莺一见钟情的爱情故事。宋元南戏则形成了以"末"开场的方式。演出未始,末首先登场,但其并不扮演剧中人物,而是念诗诵词,交代剧情大意,为的是引出后面的正戏和主要角色上场。明代南戏演出承袭未变,形成开场的固定套子,明人称之为"副末开场"。[③]　比如,高明《琵琶记》第一出"副末开场"在第一段引出敷演曲目"三不从琵琶记"之后,仅仅用了132个字的唱词便对戏文大意作了极度精练的概括性提示,最后28个字的下场诗更是把主要出场人物及其性格特征暴露无遗:"极富极贵牛丞相,施仁施义张广才。有贞有烈赵贞女,全忠全孝蔡伯喈。"

---

① 郑尔康编:《郑振铎艺术考古文集》,文物出版社1988年版,第3—4页。
② 郑振铎:《中国古代木刻画史略》,上海书店出版社2006年版,第1页。
③ 廖奔、刘彦君:《中国戏曲发展简史》,山西教育出版社2006年版,第147页。

当戏曲文本有了插图以后，情况又会发生怎样的变化呢？众所周知，在明代戏曲各刊本中，插图的位置并不是固定不变的。许多刊本常常在卷首或折（出）前插入图像，相应形成卷首图、折（出）前图。有的则在卷首冠以人物绣像，如《西厢记》卷首的莺莺像。即便是上图下文式的图文混合之作，也常常附有卷首图，如《新刊大字魁本全相参增奇妙注释西厢记》。当然，这些插图的具体功用并不相同。首先，插图以直观的形式对戏曲的关键情节、出场人物、角色关系等予以提示，因而起到统领全曲的作用。比如，《琵琶记》中的插图以直观凝练的方式交代了戏文大意，它与"副末开场"行使着相同的功能，从而形成"语—图"互文关系。其次，插图是对曲文内容的形象展示，令读者未见其文先观其像，对读者的阅读起到引导和规约作用，读者也可以在阅读过程中回过头来对照插图，加深对曲意的理解。像前面提及的弘治本《西厢记》，除了正文以外，还在前面置入了"崔张引首""闺怨蟾宫""增相钱塘梦""新增秋波一转轮""满庭芳"等诗词曲调并相应配以插图，这些图文都是对《西厢记》故事主要情节的描写和补充，不仅内容丰富、生动传神，而且对读者理解、欣赏《西厢记》大有裨益。再次，有的插图则起到形象暗示和情感唤起的作用。比如《新校注古本西厢记》卷首的莺莺像"崔娘遗照"，在有的研究者看来，既是对莺莺性格的形象描摹，又起到了阅读导引、激发想象的作用："不同的绘刻者，创造了不尽相同的绝艳姿容，观看画像由视觉带领的想象，飘落於剧本扉页，成为解读莺莺传说的方向引导：是薄命红颜？还是守礼闺秀？她深情忧郁？抑或才德端庄？"①由此看来，曲本插图显然超出了纯粹装饰和吸引观者注意的功能范围，而与曲文、情节、主题相契合，成为戏曲作品的有机组成部分。如果说前面提及的"楔子""开场诗"等是戏曲正文前的引子，那么这些插图恰恰起到这种"引子"的开场功能。

二、曲本插图与戏曲科介

戏曲剧本离不开关于动作、表情和效果等的舞台提示。对于这种提示，北杂剧多称为"科"，如笑科、打科、见科等，而南戏、传奇多用"介"，如坐介、笑介、鸡鸣介等。科、介义同且有时叠用，如《小孙屠》中有"作听科介""扣门科介"等。戏曲科介的作用很简单，就是起到舞台提示作用，但对于舞台表演来说又是不可或缺的，因为这些提示或显示表演的规范，或显示人物的表情，或显示动作的规范，或显示角色的性格，因而是整个戏曲作品的有机组成部分。明刊曲本插图，尤其是折（出）中图和上图下文式插图，其往往承担着戏曲科介般的提示功能。

曲本插图首先是一种阅读提示。插图虽说是插附在曲文中且依附于曲文的图像，却体现着插图者对曲文的一种诠释和理解。插图者虽然没有在行文中出现，却一直隐性地存在着，而且在读者阅读过程中不时地跳出来，以"隐含的作者"身份与其沟通对话，并以类似舞台提示的方式规约着读者的阅读活动和理解行为。

---

① 毛文芳：《遗照与小像：明清时期莺莺画像的文化意涵》，载台湾《文与哲》2005 年第 7 期。

曲本插图还是一种舞台提示。明万历三十四年(1606)刊刻的《新镌蓝桥玉杵记·凡例》曾有"本传逐出绘像,以便照扮冠服"之说。郑振铎曾论道:"盖戏曲脚本之插图,原具应用之意也。"①周心慧也认为:"戏曲版画的功用,并不仅仅在于从审美角度来提高图书的艺术欣赏价值,同时也是梨园搬演的图释指南。"②应该看到,戏曲是一门表演性极强的艺术,戏曲中的插图自然不可能不保留戏曲舞台的痕迹。

像前文提及的明代福建乔山堂刘龙田刊本《重刊元本题评音释西厢记》,其中有一幅"乘夜踰墙"插图。图中不仅有标题,还有联语,上面题有"漫道文才海漾深尚难猜四言诗句,谁知色胆天来大却易跳百尺垣墙"。此种插图版例颇似早期的舞台布景。在插图中,张生和红娘二人不仅表情异常自然,而且身段动作犹如舞台造型般默契贴合。一旁的莺莺无论就其所处位置还是身段表情,也都极具舞台效果。这样的插图显然起到了"照扮冠服"般的"戏曲科介"作用,给予阅读者、舞台表演者们一定的提示甚至是指导。

明崇祯刊本《盛明杂剧·义犬记》中有一幅描绘弋阳腔演出场面的插图,《荷花荡》传奇下卷七出"戏里戏"里有一幅昆山腔演出场面的插图,这些"画中画"式的插图在人物脸谱、服装砌末、舞台场景、角色位置,甚至是人物性格等方面,确实在行使着类似戏曲科介的功能,能够对舞台表演起到一定的提示作用,即便不是直接的,也是间接的。有的学者便指出,山西洪洞广胜寺元杂剧壁画、《金瓶梅词话》中的《玉箫记》演出图、《盛明杂剧·义犬记》插图、崇祯本《一捧雪》中《中山狼》演出图、《同光十三绝》等五幅图像,"在相关绘画史乃至美术史上很少有人注意,但在戏曲史研究领域却是正确认识元杂剧、明传奇(海盐腔、弋阳腔)、明杂剧和近代京剧表演艺术不可或缺的第一手资料。站在一般艺术学的角度,将图像(造型艺术)和表演(戏剧艺术)打通研究时其价值更加凸显"③。

三、曲本插图与戏曲唱词

中国古代戏曲以唱曲为主,对话为辅,以至将对白称为"宾白"。戏曲中的对白主要起到推演情节的作用,而戏曲最基本的艺术手段和最精华部分应该在唱词。戏曲唱词的主要功能不是叙述和情节推进,而是铺展、深描、抒情,旨在达到渲染环境、表情达意、一唱三叹的艺术效果。比如《西厢记》第四本第三折唱道:"[四煞]这忧愁诉与谁? 相思只自知,老天不管人憔悴。泪添九曲黄河溢,恨压山峰华岳低。到晚来闷把西楼倚,见了些夕阳古道,衰柳长堤。[端正好]碧云天,黄花地,西风紧,北雁南飞。晓来谁染霜林醉? 总是离人泪。"《牡丹亭》第十出"惊梦"唱道:"[皂罗袍]原来姹紫嫣红开遍,似这般都付与断井残垣。良辰美景奈何天,赏心乐事谁家

① 郑尔康编:《郑振铎艺术考古文集》,文物出版社1988年版,第257页。

② 周心慧:《古本戏曲版画图录》(第一册),前言,学苑出版社1997年版,第13页。

③ 徐子方:《戏曲史研究不可或缺的五幅图像》,载《艺术学界》2012年第2期。

院?"这些唱词情随景生,情景交融,把人物的内心世界刻画得细致入微、淋漓尽致。

曲本插图有时直接选取具有代表性的戏曲唱词入画,以加重抒情写意的意味。如明万历年间刊本《李卓吾先生批评琵琶记》,插图多采用双面连式,一面是敷演情节,一面是写景抒情。其中的"高堂称寿"插图(图13-4),右图描述的是蔡邕这对新婚夫妇行孝二老、"酌春酒,看取花下高歌,共祝眉寿"的场景,左图则全是写景。更有意味的是,该插图本还选取了唱词中的关键语段入画,以画面意境直接呈现唱词意境。出题"高堂称寿"并没有出现在画面里,画家反而直接借用了唱词中的"两山排闼青来好"(原唱词为"夫妻好厮守,父母愿长久。坐对两山排闼青来好,看将一水护田畴,绿绕流")来表达画面的意境。有的插图则全部是写景,且同样是取材于戏曲唱词中的精彩片段。如前文提及的"勉食姑嫜"插图,画面并没有任何情节痕迹,而变成了完全的写意图,画面上的题诗"旷野萧疏绝烟火,日色惨淡黯村坞"也完全取自唱词,却又非常贴合人物的生活境况和当时的心情,极具抒情意味。该刊本其他插图的画面意境也全部取自唱词,如"梦到家山,又被翠竹敲风惊断""花迎剑佩星初落,柳拂旌旗露未干""夜静水寒鱼不饵"等,并且同样贴合画面中人物的心境,真正达到了"唱与图合"的效果。

图13-4 高堂称寿,万历年间容与堂刊本《李卓吾先生批评琵琶记》插图

曲本插图不仅在撷取曲词入图方面与戏曲文本形成互文关系,体现并融合着戏曲语汇,而且许多曲本插图实际上本身就承担着唱词的功能,它们犹如抒情文字般,构成一个充满写意的世界,它与唱词一道共同营造了渲染环境气氛、侧重内心描摹的和声效果。

就艺术风格来说,曲本插图与小说插图有着明显的区别。小说插图重在叙述,注重以最少的画幅和笔墨传达尽可能多的情节内容与叙述含量。而曲本插图则重在写意,注重以浓墨重彩的笔法着力营造画面的意境,它的信息容量是靠纵向度的反复渲染、细致描述来完成的,而不是横向度的事件铺展和情节推进。小说插图的总体风格为"叙事画",曲本插图的总体风格为"曲意图"。前文提及的明天启年间吴兴凌氏刊本《西厢五剧》插图"短长亭斟别酒",该插图所绘人物较小,以风景为主,景多苍凉萧疏。这样的插图附于戏曲文本中,既与戏文"碧云天,黄花地,西风紧,北雁南飞。晓来谁染霜林醉"的离别场景相互文,又非常贴合人物当时的心情,犹如一幅写意抒情画,亦犹如戏曲中的唱词,极力渲染离别时的难舍难分,"仿佛景为人别离而哭泣,人为景萧瑟而伤心,成功地营造出情景交融、感人至深的画面"①,别具一番意趣。

四、曲本插图与戏曲评点

戏曲评点是中国古代戏曲批评的重要形态。《中国曲学大辞典》对"戏曲评点"条目的解释是:"我国传统的戏曲批评方式之一。通常是在剧本正文的有关地方予以圈点、短评,并与读法、总评和序跋合为有机整体,从而对文本进行阐释归纳和导引升华,充分体现出评点家本人的基本思路、审美情趣和哲学观念。"②有学者曾将现存的明代戏曲评点本划分为五种类型,即释义兼评型、注音间评型、改评、考订兼评型、纯粹评点型。③ 这一划分基本上适用于中国古代戏曲评点。从本质上看,戏曲评点是对戏曲文本的解释和理解,故而在第一本文之外形成了"第二本文"。而且,与以往诗话、词话等理论批评形态有所不同的是,戏曲评点(第二本文)紧紧依附于戏曲文本(第一本文)。这样,戏曲的评点便和戏曲的文本一并形成了一种特殊的文学存在形态,即评点本或文评本。

古代戏曲版本形态除了文字型的评点本外,还有一种就是加附插图的"图文评本"。像《新校注古本西厢记》《重刻订正元本批点画意西厢记》《李卓吾先生批评幽闺记》《新刊重订出相附释标注拜月亭记》等,均是集戏文、评点和插图于一体的戏曲版本形态。这是一种更加复杂也更有兴味的文学存在形态。评点是阐释和理解,插图本身其实也是评点,因而同样是阐释和理解。台湾学者马孟晶认为,插图在明版画中所占的位置,实应同时兼顾图文两者。在她看来,"书籍的版式与插绘的设计者可说是文本最初的读者,一如注释或评点者;他们所创造出来的形式,正如评点者可以影响读者对文本的理解一般,也可能模塑读者的视觉习惯或观览方式"。④ 也就是说,曲本插图不只是一般性的装饰,其版式、构图等从一开始便是"有意味的形式",在更为直观和形象的向度上承载着戏曲评点的功能。

"图文评本"的确是一种特殊的戏曲艺术存在形态。这种艺术形态要求我们关注戏曲版刻插图时必须兼顾图、文、评等各种形态,文与图、文与评、图与评之间有

---

① 林惠珍:《明刊〈西厢记〉戏曲版刻插图研究》,台湾淡江大学汉语文化暨文献资源研究所硕士班 2008 年硕士论文。

② 齐森华等主编:《中国曲学大辞典》,浙江教育出版社 1997 年版,第 18 页。

③ 朱万曙:《明代戏曲评点研究》,安徽教育出版社 2002 年版,第 31 页。

④ 马孟晶:《耳目之玩——从〈西厢记〉版画插图论晚明出版文化对视觉性之关注》,参见颜娟英主编:《美术与考古》,中国大百科全书出版社 2005 年版,第 643 页。

着千丝万缕的关系。文与图、文与评之间的关系容易理解，后者依托于前者，是对前者的一种诠释理解，属于第二本文，而且第二本文与第一本文共存于整个书籍作品中。图与评之间的关系相对更复杂些。同样作为"文"的诠释和理解，两者之间是否存在直接影响，目前我们尚没有发现这方面的证明材料，但间接性的互文关系是一定存在的。不管图与评的出现孰先孰后，但先出现的那一种批评形态势必会成为其后另一种批评形态的"语境"，也一定会或深或浅、或多或少地存留于其所处时代的文化积淀中，进而内化为一种"时代无意识"。这种文化积淀和时代无意识会像人类的记忆一样，在此后的文化批评形态中被不时地忆起或体现出来。由此，图像与评点之间的互文性便成为可能。无论如何，关注图、文、评三者的间性、互文和张力，是研究曲本插图"语—图"互文问题所必须面对的。

五、曲本插图与戏曲艺术

曲本插图对戏曲语汇的体现，不仅表现在开场、唱词、评点等戏曲艺术要素上，还表现在曲本插图和戏曲艺术对许多问题的技术处理有着异曲同工之妙。我们不妨以戏曲表演中的时空处理为例。

众所周知，戏曲是舞台艺术，对时空处理的要求非常高。受舞台场所和演出时间的限制，戏曲的台词、人物、布景等，都必须充分体现舞台性，考虑实际效果。对时间和空间跨度较大的场景、情节，戏曲文本必须进行艺术处理。比如，《元曲选》之"赵盼儿风月救风尘"杂剧第一折开篇，此处出现的人物众多，场景转换频繁，但主要还是为了交代情节，引出下文，加之考虑到舞台演出因素，因此时空处理干净利落，直入主题。戏文中，场景通过"周舍上""周舍下""做见科""安秀实上"等戏曲科介得以快速转换。如写周舍做买卖回来，想选个吉日良辰去见宋引章的母亲，仅用了"走一遭去"四个字便作了交代，而且说时迟那时快，人转眼间就到了目的地。王实甫《西厢记》第三本第二折对时间的处理同样颇具匠心。在戏文中，莺莺约张生晚上花园见面，张生喜出望外，巴不得天马上就黑，于是有了下面这段心理描写：

今日颓天百般的难得晚。天，你有万物于人，何故争此一日？疾下去波！读书继暑怕黄昏，不觉西沉强掩门；欲赴海棠花下约，太阳何苦又生根？[看天云]呀，才晌午也，再等一等。[又看科]今日万般的难得下去也呵。碧天万里无云，空劳倦客身心；恨杀鲁阳贪战，不教红日西沉！呀，却早倒西也，再等一等咱。无端的三足乌，团团光烁烁；安得后羿弓，射此一轮落？谢天地！却早日下去也！呀，却早发擂也！呀，却早撞钟也！拽上书房门，到得那里，手挽着垂杨滴流扑跳过墙去。[下]

这里，物理时间由于人物心急而被拉长，我们可以从"看天云""又看科""才晌午也""难得下去也""再等一等咱"等描述中得到确证；但同时舞台时间经过艺术处理又被拉短，仅仅通过几句道白和人物心理刻画便实现了从中午到晚上的时间过渡。可见，作者对时间的处理游刃有余，一方面张生的心情和形象跃然纸上，另一方面读者也在时间的拉长和变短中感受到舞台艺术的审美魅力。

看来，古代戏曲能够很好地处理时空跨越问题。那么明代曲本插图是否可以做到这一点呢？受插图数量和画幅的限制，亦考虑到实际舞台效果，曲本插图同样在时空处理方面表现出高超的艺术技巧，充分体现了绘画语汇和戏曲艺术的自身特点。曲本插图常常运用"并置"的方法，有效地解决时空阻隔的问题。

一是通过类似舞台艺术处理的办法实现不同时空中的场景并置。戏曲舞台表演具有"假定的真实性"，有时只是通过角色的一句台词或一个程式化动作便实现了时空转换。如杂剧"赵盼儿风月救风尘"，仅仅通过一句台词"说话之间，早来到郑州地方了"和角色在舞台上走了几步，便在不知不觉中实现了从开封到郑州的场景过渡。曲本插图同样如此，如万历年间香雪居刊本《新校注古本西厢记》插图"省简"（图13-5）。该图可以大致切分为三个空间：一是左上角莺莺与红娘所在的厢房，一是右下角张生的住处，一是两座厢房之间布局浓密的树石庭院。乍一看来，这样的结构布局显然不符合常理，因为在现实生活中人们不可能同时看见张生和莺莺的住所。该幅插图却通过艺术处理，把发生在不同时间和空间中的场景并置在一起，犹如演员在舞台上的真实表演一样，而且画面营造出的"艺术的真实"情境也很容易得到观众的认可。不仅如此，张生的眼神、莺莺的装扮、中间隔着的树石庭院等，也都有穿越或连接时空的意味，极具象征意义，图像的信息容量得到极大的拓展。

图13-5　省简，万历年间香雪居刊本《新校注古本西厢记》插图

二是通过俯视视角实现不同时空中的场景并置。俯视视角是古典曲本插图中最常用的一种叙事策略，它类似于古典小说中的"全知全能型"叙述视角。采用这种叙述视角，可以有效地解决插图画幅小和叙事容量大之间的矛盾。如万历刊本《新校注古本西厢记》"完配"插图（图13-6），该图采用俯视视角，把厅堂、庭院和屋外之景以及中心事件前前后后的情节全部并置在同一个画面中：左上方为通至厅堂的走廊，一名童仆正端着茶水走向右方的厅堂，欲侍奉衣锦还乡的张生与众人；右上方为厅堂，张生、莺莺、老夫人、红娘等人物被妥善安排在画面中间，并且通过动作演绎戏文中的还乡场景；左方两株树木当中的留白，是前来关心婚事发展状况

图 13-6　完配,万历年间香雪居刊本《新校注古本西厢记》插图

的法本长老,一面用手指向厅堂,一面侧身回首询问童仆;画面下方则为杜确将军及其童仆随从,他穿着正式官服前来向张生贺喜。整个画面信息含量非常大。特别需要指出的是,古代曲本插图在采用俯视视角时,常常通过故意留白或不关甚至不设门窗的方式把原本看不见的室内之景呈现出来,犹如演员在戏曲舞台上的演出,观众可以一览无余。不能不说,在时空处理艺术方面,曲本插图与戏曲艺术有着异曲同工之妙。

三是通过虚实相连的方法实现不同时空中的场景并置。受画幅大小的限制,抑或是考虑实际的舞台效果,古代曲本插图常常通过艺术处理,打通时空界限,实现天上与人间、冥界与世俗、真实与梦境的连接。明天启年间吴兴凌氏朱墨套印本《西厢五剧》插图"草桥店梦莺莺",远景为群山点点,"晓星初上,残月犹明",中景为客栈中歇息的张生和琴童,近景则为伫立于桥上的莺莺,不同时空中的场景被并置于同一张画面上,可谓匠心独运。

从时空处理技巧来看,曲本插图与戏曲艺术具有内在相通之处。由于媒介性质的不同,曲本插图没有也无法直接使用戏曲语汇,却潜在地运用或暗含了戏曲基本语汇,它以图像化的手段转译着戏曲文本的内在表达,因而它是一种独特的戏曲语汇。正是依靠这种特殊语汇,戏曲图像以某种潜在的方式行使着戏曲艺术的诸般功能,并与戏曲诸艺术要素形成一定的互文关系。

总之,古代戏曲版刻插图与戏曲艺术诸要素紧密相连:它不是楔子,也不是开场诗,却如同楔子或开场诗;它不是戏曲科介,却无时无刻不在行使着戏曲科介的功能;它不是戏曲唱词,却像一首"无声的诗"在默默吟唱;它不是戏曲评点,却胜似评点,始终在以直观形象的方式诠释着戏曲文本;它也无法像其他戏曲艺术元素那样可以用语词直接言说,却一直在用一种特殊的戏曲语汇转译着它无法直接呈现的艺术表达,并与戏曲艺术的内在精神相默契、相暗合。研究这种特殊的戏曲语汇,对研究明代曲本插图的文图关系无疑具有重要的借鉴和启迪作用。

第十四章　明代传奇与图像

第一节　明代传奇与图像概述

传奇之名,源于唐代对短篇小说的称谓。传奇之名用于指称戏剧,始于元代。明代以后,特别是到了近代,传奇通常用来特指明清两代以演唱南曲为主的长篇戏曲作品。① 吕天成《曲品》云:"金元创名杂剧,国初演作传奇。杂剧北音,传奇南调。杂剧折惟四,唱惟一人;传奇折数多,唱必匀派。杂剧但撼一事颠末,其境促;传奇备述一人始终,其味长。无杂剧则孰开传奇之门? 非传奇则未畅杂剧之趣也。"(《曲品》卷上)传奇之名源于其对情节和人物的奇异性与新颖性的追求。恰如清初戏剧家李渔所说:"古人呼剧本为传奇者,因其事甚奇特,未经人见而传之,是以得名,可见非奇不传。"(《闲情偶寄·词曲部》)

明代传奇的勃兴是继明初戏文而起的,嘉靖以后出现大盛,万历年间则进入高潮。受这一时期社会风气和文化思潮的影响,戏剧的地位不断提高,无论是观戏赏戏还是填词度曲,都成了一件有品位的风雅之事。特别是大批有身份和有地位的文人参与戏剧创作,一方面文学水准得到了提升,声调音律受到了重视;另一方面戏剧创作的功能发生了巨大变化,戏剧成为宣泄个性、表达自我的手段。这期间,涌现出大批颇有名气的剧作家,如汤显祖、孟称舜、沈璟、梁辰鱼、高濂、张凤翼、徐复祚、阮大铖、郑若庸等;也产生了大批优秀的传奇之作,如《浣纱记》《鸣凤记》《红拂记》《红梅记》《玉簪记》《红梨记》《牡丹亭》《邯郸记》《义侠记》《西楼记》《八义记》《焚香记》《东郭记》《怀香记》《娇红记》《燕子笺》《玉玦记》等。各戏剧流派也竞相争秀,出现以汤显祖为代表的临川派、以梁辰鱼为代表的昆山派、以沈璟为代表的吴江派,他们从文词、声腔、音律等方面,为戏剧艺术的发展做出了重要贡献。

据傅惜华《明代传奇全目》统计,作家姓名可考的明代传奇作品计六百一十八种,无名氏作品计三百三十二种,合计九百五十种。受"戏曲无图,便滞不行"观念的影响,这些传奇之作大都附有插图。研究这些插图与传奇剧本内容之间的互文关系,便成为明代传奇研究的一个新的切入点。下面便以《浣纱记》《红拂记》《玉簪记》三部作品为例,简要介绍明代传奇作品的插图刊行情况以及图文呈现特点。《牡丹亭》《娇红记》在后文中则以专题章节的形式予以重点介绍。

---

① 叶长海、张福海:《插图本中国戏剧史》,上海古籍出版社2004年版,第222页。

一、《浣纱记》的创作及插图刊行情况

《浣纱记》，梁辰鱼撰，又名《吴越春秋》，《曲品》著录。该剧取材于《史记·吴越世家》及东汉赵晔《吴越春秋》。剧本以范蠡和西施的爱情作为贯穿线索，但主要不是描写他们的悲欢离合，而是着力总结吴越兴亡的历史教训，有借古喻今和针砭现实之用意。作者在第一出《家门》[红林擒近]中不无感慨地说：“试寻往古，伤心全寄词峰。”该剧“填词赢得万人传”（雷琳等撰《渔矶漫抄》卷3所引《白下逢梁伯龙感旧》诗），又适宜演唱，被誉为“平仄甚谐，宫调不失”（徐复祚《曲论》），吕天成《曲品》则将其列入“上中品”。梁辰鱼的《浣纱记》在戏剧史上通常被认为是第一部用改革后的昆山腔谱曲并演出的传奇剧本，是昆山腔的奠基作品。从明代万历元年（1573）刊行的《八能奏锦》开始，明清两代的戏曲选集，几乎都选了《浣纱记》的散出，其中的《回营》《养马》《打围》《分纱》《进施》《寄子》《采莲》和《泛湖》诸出，一直活跃在昆曲舞台上。京剧和其他地方戏中有关西施的剧目，也多源于《浣纱记》。①

《浣纱记》明刻本有：万历间金陵富春堂刻本、文林阁刻本、武林阳春堂刻本、崇祯间怡云阁刻本、明末李卓吾评本以及汲古阁原刊初印本《六十种曲》本。《古本戏曲丛刊》初集据怡云阁刻本影印。其中许多刻本都附有插图，不过插图的风格并不相同，图文关系也呈现多样化的特点。

《刻全像音释点板浣纱记》，又题《重刻出像浣纱记》，为《绣像传奇十种》之一，直隶昆山梁伯龙编次，金陵对溪富春堂梓行，插图为双面连式。以“别施”为例，插图的场景刻画较为细腻，背景简练，景小人大。颇有意味的是，插图画面极具蕴藉性和张力效果：第一，画面明显分为两个部分，一边为范蠡及其随从，一边为西施及其随从。两人分别占据左右两个画幅的中心，分别代表着两股相斥却又相合的力量。第二，画面展现的是范蠡和西施两人“前途相见甚难”而“就此拜别”的场面，画面中西施手藏于袖，心情异常复杂又颇显沉稳，既有“想亦为死别生离”的担忧和“莫学逝水东流不转头”的期盼，又体现出深明大义和勇于牺牲的内在精神品格。此时的范蠡正挥手向西施道别，那一挥手中暗藏着丰富的情感，流露出诸多的无奈，也有带给对方的“料分飞应不久”的安慰，同时又包含着舍己为国的大智慧、大心胸。第三，画面一左一右，两股力量既呈分开之势，又相互粘连，“分开”指向服从大局，而“粘连”指向感情难舍。但最终个人还是服从了大局，这样便为后文作了很好的铺垫。有这样的深明大义，有这样的处心积虑，吴灭越兴自然是指日可待。不能不说，这样的画面安排是颇富深意的。

《吴越春秋乐府浣纱记》插图则呈现出另一种风貌。该刊本或称《吴越春秋乐府》，别题《李卓吾先生批评浣纱记》，明万历年间武林刻本，黄一凤、黄一楷、黄一彬、黄应祥同刻，插图为双面版式。此刊本插图最大的特点是与戏曲文本的内容渐

---

① 李修生主编：《古本戏曲剧目提要》，文化艺术出版社1997年版，第258页。

行渐远。许多插图虽是取自文意,但似乎并不重在"讲述",而在于"展示"。如果说《刻全像音释点板浣纱记》中的插图是"叙事画",那么《李卓吾先生批评浣纱记》中的插图则属于"曲意图",即重在写意和抒情,为故事的演进提供一种氛围。

台湾"故宫博物院"1988 年版,万历年间武林刻本《吴越春秋乐府浣纱记》中的两幅"演舞"图,对"演舞"并没有给予写实性的表现,即并不去表现西施如何演唱、如何演舞的外在形象与具体动作,而充满了写意的味道。在第一幅图中,景多人少,犹如一幅画卷,画中人"遥指"的动作把观者的视线引向了远方,图中的景象对应的不是剧情,而是剧中角色的唱词,画中题句"夜月鹤归三殿,春风莺啭千门"既是对画面内容"夜月""鹤归""三殿"的提示,又无疑加重了画面的写意意味与抒情氛围。在第二幅图中,人物占据的空间同样很少,大量的空间留给了写景,山石、树木、亭子、曲桥、流水、莺鸟这些物象在曲文中并不曾出现,而是插图者根据剧本的唱词提示和人物的情感表现想象并外化出来的。图中题句与文中唱词"见莺声风外紧,袅袅起芳尘"相呼应,有力地烘托出西施演舞时的丰富内心情感。该刻本中另一幅插图"送饯"同样写意性极强。从画面题句"雕笼深锁,愁杀两鸳鸯"来看,插图描绘的当为剧情中的"送饯"一出。但这幅插图并没有着意去表现"送饯"的场景和情节。从图像内容来看,不只是对应剧情中的"送饯",而且延伸到了"养马"和"打围"等内容。画面的一边为写意风景,有山有水,一匹马正在悠闲地回首;而画面的另一端则是端坐着的越王夫妇,他们的情绪看上去并不是异常沉重,反而显得非常悠闲,对应了"打围"一出的曲文内容"当此流离困苦之际,不失君臣夫妇之仪",更凸显了后文吴王"殊为可怜,殊为可敬"的情感态度。这些充满写意性的画面处理,正是李卓吾刊本插图的常用技巧和独特之处。

《浣纱记》明代刊本,除了全刻本外,还有不少戏曲选集也选入了该作的一些出目。这些戏曲散出选本往往将戏曲的精华展现给读者,所谓"语语琼琚,字字瑶琨,譬则天庭宝树,一枝一干,皆奇珍异宝之菁华也"(《乐府玉树英·乐府玉树引》)。如《词林一枝》选入"吴王游湖"(中层),《八能奏锦》选入"越王别吴归国"(一下)、"吴王游湖"和"打围行乐"(正文作"吴王打围",二上),《群音类选》选入"伍员自刎",《乐府玉树英》选入"吴王游湖"(三上),《乐府红珊》选入"吴王游台"(十),《玉谷新簧》选入"吴王游湖"(中上)、"姑苏玩赏",《吴歈萃雅》选入《闺谈》"追思洗纱溪上游"、《采莲》"澄湖万顷"、《分离》"清秋露黄叶飞"、《嘱行》"休回首"、《溪遇》"农务村村急"、《迎娶》"三年曾结盟",《月露音》选入《嘱行》"休回首"、《归湖》"问扁舟何处"、《采莲》"澄湖万顷"、《分别》"告天地神明"、《浣纱》"农务村村急"、《歌舞》"当筵要飞尘",《乐府万象新》选入"西施女诉心病"(一下)、"吴王登舟游湖"(后二上,无题)、"越王别臣往吴"(后四上,无题),《大明天下春》选入"范蠡归湖"(四上),等等。① 从当时戏曲作品的刊行情况来看,这些戏曲散出选本大

----

① 参见王秋桂主编:《善本戏曲丛刊》(第 1—6 辑),台湾学生书局 1984 年(1—3 辑)、1986 年(4—6 辑)版。另参见朱崇志:《中国古代戏曲选本研究》,华东师范大学博士学位论文 2003 年"附录 3《戏曲选本收录传奇之概况》"第 4 页。

都刊附有数量不一且风格不同的插图,《浣纱记》也不例外。这一点我们可以从《善本戏曲丛刊》的辑录情况大致看得出。

比如,《乐府红珊》卷首序题为"万历壬寅岁(万历三十年,1602)孟夏月吉旦秦淮墨客撰"。由于未找到明刻原本,学者王秋桂便以大英博物馆所藏清嘉庆五年(1800)积秀堂覆刻本《乐府红珊》十六卷予以影印,编入他主编的《善本戏曲丛刊》第2辑。我们不妨来看一下其中所选《浣纱记》"吴王游姑苏台"(即"打围")所刊附的一幅插图(图14-1),以此来窥探当时戏曲散出选本的插图风貌。[①] 与前面两种类型的《浣纱记》插图风格有所不同,该图叙事性和展示性味道较浓。虽为定格静止的画面,却把"一团箫管香风送,千群旌旆祥云卷,苏台高处锦重重"的豪华壮观场面展现得淋漓尽致。画中人物的表情、动作、姿势,以及楼台、令旗、武器等场景安排,甚至是画面中上升的云气,都在指向一个主题:吴王的得势与得意。而且这样的图像安排,很容易把读者引向更深入的思考方向:吴王会一直这样长久居于上位和优势吗? 如此一来,便与下文"祸兮福所伏""福兮祸所依"的主题表达自然勾连了起来。"吴灭越兴"的结局通过图像得以含蓄暗示。

图14-1 吴王游姑苏台,嘉庆五年(1800)积秀堂覆刻本《乐府红珊》十六卷插图,大英博物馆藏

再来看《怡春锦》中所选的另一幅《浣纱记》插图。据《善本戏曲丛刊》卷首提要,《怡春锦》为明冲和居士编,崇祯年间刻本,书名全题为《新镌出像点板怡春锦》,别题《新镌出像点板缠头百练》,凡六卷,所采录者均为明人传奇散出。需要特别指出的是,对于《浣纱记》的主题,学界普遍认为,该剧作虽以范蠡和西施的爱情故事

---

① 覆刻本也称翻刻本。翻刻本是照所依底本原样翻雕,它除了可以改变字体以外,其他如行款字数、版框大小、边栏界行、版口鱼尾等,都不能随意改变。故而,尽管此处引用的是清刻本,但由于是覆刻本,我们仍然可以通过其中的插图大致了解明代戏曲散出选本的插图风貌。

图 14-2　行春，崇祯年间刻本《怡春锦》插图

为线索，但其主要目的不是描写两人的悲欢离合，而是借"浣纱"来总结吴越兴亡的历史教训，意在借古讽今，针砭现实，"以生旦个体情感的悲欢离合为中心线索，以吴越国家兴亡的重大历史事件为背景和情节发展的推动力，在爱情故事与历史故事间架起一座有机的桥梁"①。按理来说，戏曲刊本应该选择那些最能体现吴越兴亡的情节和细节予以图像表现，爱情故事只是起到穿针引线的作用。但《怡春锦》中所选的《浣纱记》插图虽然只有一幅（图 14-2），却选择去表现其中的"行春"（即"游春"）。在画面中，范蠡和西施相对而立，周围杨柳依依，春水潋滟，山色烂漫，有力地渲染了两人见面时的柔情氛围，与剧本中"行春到此，趁东风花枝柳枝，忽然间遇着娇娃"的情节内容相唱和，语图之间较好地实现了互文。

二、《红拂记》的创作及插图刊行情况

《红拂记》，张凤翼撰，《曲品》著录，共三十四出。本事见唐朝杜光庭《虬髯客传》和唐孟棨《本事诗·情感类》。此剧颇受好评。李贽《焚书》卷四《杂述·红拂》评云："此记关目好，曲好、白好、事好。"此记第二出"仗策渡江"和第十一出"侠女私奔"为昆剧常演之剧目。明凌濛初有《红拂三传》杂剧，清曹寅有《北红拂记》杂剧，明冯梦龙有《女丈夫》传奇，清许喜长有《风云会》传奇。京剧《红拂传》、川剧《三异图》、滇剧《三义图》等，均源于《红拂记》。

《红拂记》现存的明代刊本有：万历年间金陵继志斋刻本、杭州容与堂刻本、金陵文林阁刻本、书林萧腾鸿师俭堂刻本、书林游敬泉刻本、汪氏玩虎轩刻本、明末吴兴凌氏刊朱墨套印本、明末汲古阁原刊初印本《六十种曲》本。《古本戏曲丛刊》初集据凌氏刊朱墨套印本影印。这些刊本大都附有插图，而且插图式样、插图风格、图文关系等呈现出较大差异。下面不妨以其中的几个版本为例，对明刊《红拂记》中的插图表现和语图关系予以重点介绍。

（一）《重校红拂记》

该本为明万历二十九年（1601）金陵继志斋刊本，图为双面连式。此本绘镌"潇洒飘逸，刚柔相济，如出自然，人物形象生动，韵味极浓"②。该刊本插图人物造型

① 廖奔、刘彦君：《中国戏曲发展简史》，山西教育出版社 2006 年版，第 179 页。
② 首都图书馆编辑：《古本戏曲十大名著版画全编》（下册），线装书局 1996 年版，第 181 页。

突出,背景简约,叙事意味浓,因此图文关系较为紧密。但就每一幅插图而言,图文关系又不尽相同,有的选择事件的最高潮瞬间,有的则选择事件的高潮前或高潮后。

一是选择高潮中的画面入图。如"掷家图国"插图(图14-3),图中共有六人出场,李靖和虬髯公两对夫妇,以及持箱的丑末角。六人分别占据三个空间:第一个空间展示李靖和虬髯公两人在亲切地交谈着,一个在说,一个在听,虬髯公似乎在说"愿持予之赠,以佐明主""资斧千箱完具,尽付君家好佐那人行事",一旁的李靖似乎在推辞说"小生受之无名,断然不敢"。第二个空间为二位妇人即旦角和贴角之间的交谈,对应着曲文中"贴对旦介"的舞台科介。第三个空间为持箱忙碌的丑角和末角,一人站立着等待主人的吩咐,一人正扛着箱子进门,与曲文中"丑末持箱上"的舞台提示相对应。整个插图选择的是"掷家图国"这一事件的高潮,人物最为集中、场景最为丰富,也最有戏味。"杨公完偶"一幅同样如此,杨素、乐昌、徐德言、卖镜的丑角等同时出现在画面中,是"完偶"情节最集中、"最具包孕性的瞬间"。

图14-3 掷家图国,万历二十九年(1601)金陵继志斋刊本《阳春六集》之《红拂记》插图

二是选择高潮前的画面入图。如"张娘心许"一图(图14-4)。根据出目内容,插图应该着力表现唱词"看他言慷慨,貌伟然,信翩翩,美少年,私心愿与谐姻眷。只是无媒怎得通缱绻。我有计在此了。且俄延,须教月下,成就这良缘"。该图却避开了这一高潮点,把画面移至生、外两个角色面对面的瞬间,一方"坐讲",另一方则接受了"拜禀",而旦、贴两个角色分立在外角杨素的两侧,此后的"张娘心许"在此时被描画为"旦目生"的神态。另一幅插图"侠女私奔"(图14-5)同样如此。按照常理,插图应该着力表现两人屋内相见以及"骤然惊见喜难持"和"怜君状貌多奇异,愿托终身效唱随"的丰富内心世界。图像表现却并非如此,而是选择了高潮前

图 14-4　张娘心许, 万历二十九年(1601)金陵继志斋刊本《阳春六集》之《红拂记》插图

图 14-5　侠女私奔, 万历二十九年(1601)金陵继志斋刊本《阳春六集》之《红拂记》插图

的瞬间予以表现。图右侧的红拂女作"敲门"状, 与剧本中"不免敲门则个。〔敲门介〕开门, 开门"相吻合; 图左侧的李靖躬身持灯, 似有些措手不及的样子, 暗合曲文中"夜深谁个扣柴扉, 只得颠倒衣裳试觑渠"的唱词描述。此幅插图不仅没有描写两人"诉怀"这个情感高潮点, 甚至也没有去描写两人开门见面"识相"这一意外顷刻, 而是把时间点移至更前的"敲门"。这样的差异性处理, 其实反映了剧作家与插图者对同一个情节"侠女私奔"的不同理解。

　　三是选择高潮后的画面入图。如"物色陈姻"一图(图 14-6)。对应于剧情, 插图当是描绘杨素"试问他亡陈故事"和乐昌公主细说"当初相约事情"这一情节,这也是这出戏最精彩的段落。但实际情况并非如此。画面的右侧,是"堂上闻呼唤,阶前听使令"的丑角,他毕恭毕敬,听候传唤;左侧是杨素立于案前,桌子上放着半面镜子,似乎在说"你与我将这半面破镜,在街上去卖"。这明显是表现"物色陈姻"之后的事件。更有意思的是,剧本中的贴角已走下舞台,但插图中的乐昌公主却躲在屏风后面偷听。这样的艺术处理虽不合"常理",既避开了最精彩、最具冲突性的情节内容,又与剧本内容不完全对应,但似乎更符合"常情"。前者似乎是通过桌上的"半面镜子"和外丑之间的对话,暗示另一半镜子,引出后文乐昌公主与徐德言的会面,从而推动剧情向前发展;而把乐昌公主放置于屏风之后,更符合此时人物的内心世界,观者可以想象出她此时的期待心理和迫切心情。另一幅插图"拜月同祈"同样表现的是高潮后的瞬间。剧写红拂女与乐昌公主在徐德言离开后二人相约焚香拜月的情节。插图并没有正面表现两人"焚香拜月"的动作,而是把着力点放在焚香拜月之后。图的左半部分是一桌两椅,桌上香炉里的炉火已经燃尽,暗示"焚香拜月"活动已结束;图的右半部分是红拂女和乐昌公主两人离去的场景,两人似在对话,其中一人手指着前方,暗合了曲文中"祷告已毕,同向幽径中少走一回如何"的语言描述。

图 14-6　物色陈姻,万历二十九年(1601)金陵继志斋刊本《阳春六集》之《红拂记》插图

(二)《李卓吾先生批评红拂记》

此本为明万历年间武林容与堂刊本,图为双面连式,黄应光、姜体乾刻。图版绘刻隽秀疏朗,背景描绘典雅清丽。今只存下卷,有图九幅。

从目前仅存的九幅插图来看,《李卓吾先生批评红拂记》保持了容与堂刊本景大人小的布局特点,画面的写意性较浓,且画上附有题句。如"掷家图国"插图(图

14-7），画面中的一男一女为"私出西京"的李靖和红拂女，两人目光回望，当是看后面有无人追上，对应剧本中"司空既不追寻，我今日就与你同行也不妨了"的内容。画中题句"回首晋阳天碧，烟树几家浑未识"有力衬托出人物此时的心情，充满了抒情的意味。画面中人物比例较小，占据了图像很少的空间，画面的左半部则全部为景物所覆盖，充分体现了"人让位于景"的总体布局。

图14-7　掷家图国，万历年间武林容与堂《容与堂六种曲》本插图，日本宫内厅书陵部藏

　　如果说插图"掷家图国"还能找到相对应的曲文内容，那么"教婿觅封"一图（图14-8）则几乎看不到图文对应之处。图像中空无一人，全部为景物覆盖。图中题

图14-8　教婿觅封，万历年间武林容与堂《容与堂六种曲》本插图，日本宫内厅书陵部藏

句"门掩梨花夜雨时"既是一种抒情写意,也算是对插图内容的提示,对应着剧本中的唱词"更生憎影茕茕伯劳东去,只怕萧条虚绣户,禁不得门掩梨花夜雨时。纵不然化做了望夫石,也难免瘦了腰肢"。另一幅插图"拜月同祈",图中同样空无一人,红拂女和乐昌公主二人"焚香拜月"的情被简约为一幅较为纯粹的风景图。似乎只有通过画中的题句"秋千院静落花飞",读者方能辨明和读懂这幅图的画意。

其他插图,如"破镜重符"(图中题句为"爱他风雪耐他寒")、"竞避兵燹"(图中题句为"水流花落鸟声愁")、"奇逢旧侣"(图中题句为"一湾流水三山拱,五柳当门半亩宫")、"寄佛论兵"(图中题句为"何事关情一树烟")等,虽然图中有人,却都只出现一人,大量的空间让位给了景物,写意的味道极其浓厚。单从图像上看,读者很难判定出该幅插图(图)对应于剧本中的哪一出情节内容(文)。此时,画中题句(文)便是一种很好的提示,它对图像有一种"锚定"(罗兰·巴特语)功能。

(三)吴兴凌氏刊朱墨套印本《红拂记》

该刊本《红拂记》现藏于日本内阁文库。图单面方式,前图后赞。王文衡绘,前冠唐张说撰《虬髯客传》。图版"绘刻精丽,情景交融,灵气盈纸,为吴兴版画上选"①,共有图十二幅。该刊本插图表现及图文关系大体有如下几个特点:

1. 并非每一出剧本内容均配有相应插图,而是选择部分主要情节入图。如"仗策渡江""侠女私奔""掷家图国""破镜重符""拜月同祈"等主要情节内容,插图均有表现。

2. 每幅图均附有回题,以提示插图内容。十二幅插图中的回题分别为"渡江""谭侠""望气""私奔""遇知""观棋""弃家""符镜""归海""奇逢""同祈""擒王",对插图所对应的戏曲文本内容给予了恰当的提示。

3. 就插图的整体风格而言,写意与写实并重。就写实而言,读者可以凭借插图表现和回题提示,较为容易地辨识出图像所对应的曲文内容;就写意而言,图像注重景物描绘和空间布局,从而留给读者一定的想象余地和情感空间。

4. 从图像表现来看,十二幅插图对曲文内容的呈现较有规律。大多数插图表现的是情节中最精彩的部分,如"渡江""望气""私奔"等描绘的均是事件的"进行时"。只有少量插图表现的是"高潮前"的时刻,如"擒王"一图并不着意于表现"擒"的过程和动作,而是呈现其身不由己、进退两难的状态,即"将军来,我两人扶你上船"这一"将擒未擒"的时刻。依此判断,吴兴凌氏刊朱墨套印本《红拂记》的图文关系相对还是较为紧密的,兼有"故事画"与"写意图"的妙处。

(四)《陈眉公先生批评红拂记》

署名为"陈眉公"的戏曲评点本,原为明代万历年间书林师俭堂萧腾鸿刻本,清代时被修文堂购买,重新印行,汇集六部剧作,合刊称为《六合同春》。此为建安版画,陈继儒评,蔡冲寰等画,刘素明刻。共有插图十幅,图像为双面版式,《古本戏曲

---

① 首都图书馆编辑:《古本戏曲十大名著版画全编》(下册),线装书局1996年版,第226页。

十大名著版画全编》全录。

此刊本插图特点及图文关系大体表现在如下几个方面：

1. 明代建阳刻书以及插图版画一向以风格古朴而著称。但万历以后，版画雕镌艺术出现了新局面，最显著的特点是吸收了徽派、金陵派的版画风格而朝着工细、活泼、精整的方向发展，版画的设计也改变了上图下文式的传统形式，出现了一种全幅大叶或者双面连式的版面，令人刮目相看。这种情况在师俭堂所刻的《陈眉公先生批评红拂记》中表露得十分突出。

2. 该刊本插图既没有金陵世德堂刊本所呈现的鲜明"故事画"特征，也没有容与堂刊本所呈现的鲜明"曲意图"特征，而是介于二者之间。图文关系也因此呈现出既"松散"又"紧密"的特征。

就"松散"而言，有的插图，如"片帆江上挂秋风"（第二出"仗策渡江"）、"夜雨柴门思黯然"（第六出"英豪羁旅"）、"汾阳桥畔朝烟冷"（第十三出"期访真人"）、"回首晋阳天碧，烟树几家浑未识"（第十八出"掷家图国"）等，景大人小，充满了写意的意味，写实性、故事性明显弱化。画中题句大都取自抒情性唱词，更是加深了画面的抒情韵味。从画面总体特征来看，已非常接近容与堂刊本的写意风格。

就"紧密"而言，插图位置并不是统一放置于文本之前，而是图居文中、文图一体。插图表现同样如此。有的插图，如"改新妆，寻鸳侣"（第十出"侠女私奔"）、"西望长安，那里是雪中宫阙"（第二十一出"髯客海归"）、"几回剩把银缸照，犹恐相逢是梦中"（第二十六出"奇逢旧侣"）、"无端燕子衔春去，柳絮因风满院飞"（第二十九出"拜月同祈"）等，依旧保持了"故事画"的风格，选择了颇具表现力的场景和瞬间予以画面呈现。仅凭插图，读者似乎并不难辨识其所表现的情节和对应的剧本内容。

3. 插图的场景选择具有独特性。也就是说，该刊本插图在选择场景入图时，与其他刊本并不一致。值得一提的是第十出"侠女私奔"（图14-9）和第二十六出"奇逢旧侣"（图14-10）所附插图。前者既没有表现两人互诉衷情、相见甚欢的场

图14-9　侠女私奔，万历年间萧腾鸿师俭堂刻本《陈眉公先生批评红拂记》插图

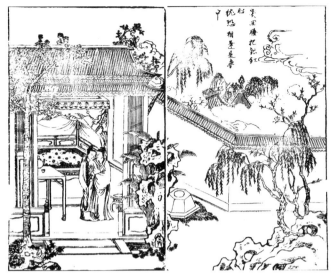

图 14-10　奇逢旧侣,万历年间萧腾鸿师俭堂刻本《陈眉公先生批评红拂记》插图

面,也不像继志斋刊本《重校红拂记》去表现"敲门"的动作和内心世界,而是把场景再度提前至梳妆打扮的时刻,即剧本中的"如今夜阑人静,打扮做打差官员的妆束,私奔他去",画中题句"改新妆,寻鸳侣"亦作了很好的提示。画面的一边为精心打扮的红拂女,画面的另一边则为沉睡的众更夫,一动一静,对比鲜明,韵味特别。画面虽为静止定格的,却充满了叙事性和时间性,后文的事件和情节得到了很好的暗示。后者同样没有表现高潮中的"奇逢旧侣"情节,而是把画面时间拉向了此前乐昌公主与徐德言"破镜重符"后对过去的追忆、对重逢的珍惜。插图呈现的是乐昌公主与徐德言二人在甜蜜厮守,"几回剩把银缸照,犹恐相逢是梦中"的画面题词很好地点明了插图内容。画面中,二人紧紧相拥,唯恐是在梦中,又唯恐对方离开。从这两幅插图来看,二者均没有选择高潮中的瞬间予以表现,而是选择了"高潮前"的顷刻,并且用一种特殊的处理方式表现了这样的一瞬。

三、《玉簪记》的创作及插图刊行情况

《玉簪记》,高濂撰。剧本写道姑陈妙常与书生潘必正的爱情婚姻故事。故事最早见于《古今女史》[①],元代关汉卿有《萱草堂玉簪记》(不知是否写这段故事),明人有杂剧《张于湖误宿女贞观》。明代何大抡纂辑的《燕居笔记》卷九《张于湖误宿女贞观》载有小说全文。《玉簪记》人物心理刻画细腻,词语清丽。作者把陈妙常对

---

① 《古今女史》里记:"宋女贞观尼陈妙常,姿色出众,诗文俊雅。工音律。张于湖授临江令,宿观中。见妙常,以词调之,妙常亦以词拒之。后与于湖故人潘法成通。潘密告于湖,以计断为夫妇。"首先将这故事搬上舞台的是无名氏的"张于湖误宿女贞观"杂剧。在黄裳先生看来,高濂所作的《玉簪记》应该说是杂剧的改编,但是一个做了大量增删改写的改编本。参见高濂著,黄裳校注:《玉簪记》,上海古典文学出版社1956年版,第119页。

爱情既热烈追求又害羞畏怯的复杂心理,描写得玲珑剔透。《秋江哭别》一出,情景交融,富有诗意。《琴挑》《秋江》等回目,被各种地方戏作为保留剧目,盛演不衰。昆曲《琴挑》《偷诗》、川剧《秋江》等均为人所称道。

该剧现存的版本有:

1. 明万历间继志斋刻本:二卷,北京图书馆藏,万历二十七年(1599)刻。首行标"重校玉簪记",版心题"玉簪记",卷首目录,目录之尾署"己亥孟夏秣陵陈大来校录"。插图为双面连式。插图见周芜《中国版画史图录》《金陵古版画》以及周心慧《中国古代戏曲版画集》等。《古本戏曲丛刊》初集据之影印,1956 年上海古典文学出版社出版的黄裳校注本即以此本为底本,用汲古阁刻《六十种曲》本为校本,插图亦采自此本。黄裳在后记中提到"这里所用的底本即是继志斋本。因为它是较早的、近于原本的一个本子。其他的一些明本,都是极难得见、几乎是孤本的秘笈的本子,无从一一借校,现在就用汲古阁本进行校勘。因为汲古阁本在明代诸本刊行最晚,是经过一些细密的校订以后的比较完整的本子"[①]。

2. 明万历间文林阁刻本:《重校全像注释玉簪记》,首行标"重校玉簪记",金陵文林阁唐锦池刻本,二卷,插图为双面连式。民国时藏于北平图书馆,后藏于台湾"中央"图书馆,转藏台北"故宫博物院"。插图见周芜《金陵古版画》、周亮《明清戏曲版画》等。

3. 明万历间长春堂刻本:《全像注释玉簪记》,二卷,插图为双面连式。傅惜华旧藏,今归中国艺术研究院图书馆,又见日本京都大学文学部图书馆。插图见傅惜华《中国古典文学版画选集》和周心慧《中国古代戏曲版画集》等。周亮《明清戏曲版画》题为《新镌女贞观重会玉簪记》。

4. 明万历间世德堂刻本:二卷,日本长泽规矩也藏。[②]

5. 明万历间萧腾鸿刻本:二卷,傅惜华旧藏,今归中国艺术研究院图书馆。插图见傅惜华《中国古典文学版画选集》。

6. 明万历间容与堂刻本:万历年间《容与堂六种曲》之《李卓吾先生批评玉簪记》,二卷,凤梧刻,插图为双面连式,绘刻精工,当列上乘。插图见周亮《明清戏曲版画》、周心慧《中国古代戏曲版画集》等。

7. 明万历间陈眉公刊本:万历年间师俭堂萧腾鸿刊本,《六合同春》之一种,二卷,插图为双面连式,属于建安版画。北京大学图书馆编辑《不登大雅文库珍本戏曲丛刊》之十二影印。插图见周亮《明清戏曲版画》等。

8. 其他版本:

明万历间黄德时还雅斋刻本,二卷,白绵纸印本,郑振铎旧藏,现藏于国家图书馆。郑氏得此书颇费曲折,前后历时三十年,得后曾为之作长跋。附录于后,可见

① 高濂著,黄裳校注:《玉簪记》,上海古典文学出版社 1956 年版,第 136 页。
② 长泽规矩也二十世纪二十年代来中国访书,以五十元的价格购于琉璃厂路南"保古斋"。购前,书曾为徐森玉、赵万里看过,二人均有意购藏,尚在偕价中,售者私下为多卖钱,被长泽氏捷足先登,致事后误传抢了赵氏的书,起了醒龊,长泽请了桥本向徐森玉解释也无济于事。见长泽规矩也文《中华民国书林一瞥》。

郑振铎爱书之真性情(见《西谛书话》)。

明万历二十六年(1598)观化轩刻本,二卷,上海图书馆藏。见周芜《徽派版画史论集》。

明末新都青藜馆刻李卓吾评本,前南洋中学藏。

明崇祯间苏州宁致堂刻本,二卷,日本宫内厅书陵部藏,此本收入《传奇四十种》内。

明末汲古阁原刻初印本,二卷。封面题作"玉簪记定本"。

汲古阁刻《六十种曲》所收本。题"重校玉簪记",系重刊万历间文林阁刻本,首页题"绣刻玉簪记定本",无图。

明刻清印本《新刻重会女贞观玉簪记大全》,二卷,上海图书馆藏。

第二节 《娇红记》文图关系

明传奇作品《娇红记》是孟称舜的代表作,一名《节义鸳鸯冢》,又名《鸳鸯冢》,现存明崇祯间陈洪绶评点本《节义鸳鸯冢娇红记》,《古本戏曲丛刊》二集据此影印。凡二卷五十出,作于崇祯十一年(1638),叙申纯与王娇娘情深百折、凄绝感人的爱情故事。事本北宋宣和间实事(见《花朝生笔记》),元有郑梅洞小说《娇红传》,后世诸多戏剧据此敷衍而成。元明杂剧、戏文、传奇,都有这一题材的作品,但大多"种种情态,未经描写",未能"极其情之必至"(吕天成《曲品》[卷下]评沈受先《娇红记》传奇语)。[①] 而《娇红记》则"十分情十分说出,能令有情者皆为之死"(第四十五出《泣舟》),"深于情者,世有之矣,能道深情委折微奥一一若身涉之,顾安得再一子塞乎"(卷首马权奇《鸳鸯冢题词》)。

一、《新编金童玉女娇红记》文图关系

《新编金童玉女娇红记》杂剧[②],刘东生(刘兑)著,明宣德十年(1435)金陵积德堂刊本,今存日本。该刊本是仅晚于《新编校正西厢记》的早期戏曲版画,为现存最早的金陵戏曲版画,也是目前第一部完整的戏曲插图本。该刊本在"娇红记序"后署"金陵乐安新刊积德堂刊行",并画有一金童举着一个牌子,上面书写"魁本娇红记"。题目正名:"十年别叔侄才相会,三家亲兄妹初留意,熙春堂按乐宴芳时,惜花轩对月消春睡。"(卷上)"杨安抚空使权豪妒,王通判悔把姻缘误;申厚卿难通叔伯婚,王娇娘上升神仙路。"(卷下)总关目:"王娇娘愿托终身配,申厚卿暗作通家婿;判仙凡彩笔木兰词,誓死生锦片娇红记。"《古本戏曲丛刊》初集据此影印。《古本戏

---

① 郭英德:《明清传奇史》,江苏古籍出版社1999年版,第289页。

② 《新编金童玉女娇红记》虽为杂剧,但为了与孟称舜的传奇作品《节义鸳鸯冢娇红记》的插图及图文关系作一比较,故而本节虽然介绍的是明代传奇作品,但依旧纳入此部剧作。后面章节在介绍明代杂剧的文图关系时,该剧将不再重复出现。

曲十大名著版画全编》影收，图版全录。

该刊本的插图风格及文图特点主要体现在如下几个方面：

一是左图右文的插图形制。据周心慧先生研究，此本构图繁复而有变化，绘刻手法古拙，颇具古趣。如果取其与弘治刊本《西厢记》相比较，不难发现两者除版式不同外，在人物造型、刀刻运用等方面多有相似之处。此本有文字八十六面，配单面方式图八十六幅，每面配一图，左图右文，正合古人"左图右书"的古义，至于图版之宏富，自不待言。更重要的是，它实际上是对宋元盛行一时的上图下文式旧版型的大胆变革，把原置于版面上部、占版面四分之一左右的图版移至左面，并保留了图与文和的基本形式，从而极大地扩大了版刻插图的表现空间。① 该图版的绘、刻"仍保留有宋元版画古拙朴质遗风，布景繁复，人物形象生动、鲜明，则又出《西厢》之上，是中国戏曲版画史上的重要作品，也为金陵版画在万历的大发展开辟了道路"。②

二是插图的叙事性特征非常明显。由于是左图右文，每幅图基本选取最能体现故事情节和人物特征的某一瞬间予以图像表现，图文唱和，相得益彰。图文关系亦比较紧密，加之每页均有图像，读者依据图像可以很容易读出图意，从而享受着读文与读图的双重乐趣。剧本的故事情节基本上围绕申纯与王娇娘的爱情展开，大多数图像也都贴合这一主题。画面对申纯与王娇娘两人的表现所花笔墨最多，可见画家用情之多。颇有意味的是，插图对申纯与王娇娘的几次分别场面刻画得较为生动细致。这些图像和场面的穿插与安排，既是申纯与王娇娘爱情故事的有机组成部分，同时插附在各个情深意切的见面情节之间，又可起到穿针引线的作用，让两人的爱情故事变得波澜起伏，从而增强阅读兴味。不能不说，这样的安排非常巧妙。

三是插图极具舞台化效果。受"照扮冠服"观念的影响，明代早期插图均带有鲜明的舞台表演痕迹，《新编金童玉女娇红记》同样不例外。该刊本插图的人物造型极具舞台表演效果，读者看图犹如置身于剧院内看戏，画面所采取的俯视视角更加重了这种舞台化效果。比如，在描绘申纯偷鞋送金二姐，后又被发现、遭诘问这一情节内容时，该刊本先后运用了三幅插图。从这三幅图来看，无论是人物的服装、造型还是位置、动作，都具有很强的舞台化效果。第一幅图展示的是娇娘的卧房，整幅图被切割成三个空间：一是娇娘在床上休息的场景，画面中的她"和衣儿半歪着红绫被"，全然不知申纯的到来；二是手中拿着绣鞋的申纯，从他神态动作上来看，当有一番心理活动；三是旁边房间里的侍女，她正若无其事地忙着自己的事情，从她的表情上看，她应该不知道申纯此时的到来。第二幅图描绘的当是飞红发现了申纯来到小姐的房中，以为小姐会给他一些什么东西，于是便跟着去了书房。从两人的位置关系上看，申纯不太可能不知道后面飞红的存在，图像显然经过了舞

---

① 周心慧：《中国古代戏曲版画述略》，参见周心慧撰：《中国古代戏曲版画集》，学苑出版社 2008 年版，第 3 页。

② 首都图书馆编辑：《古本戏曲十大名著版画全编》（上册），线装书局 1996 年版，第 373 页。

台化的艺术处理。至于她发现申纯拿走的居然是小姐的一只鞋,以及发现后如何与申纯对质,图像把这部分想象空间留给了读者。第三幅图描画的则是娇娘拿着鞋质问申纯:"你偷了鞋儿去书房里去了,飞红拾的来;他的词儿可又你拿将来了。天下偶然事非那里没。我怎么敢恼你?"一边的申纯似乎无言以对,呆呆地站在那里。中间一人呈手舞足蹈的造型,犹如在舞台上演出一般。从人物的发型、服饰以及剧本情节内容上看,此人当为娇娘的侍女。这三幅插图,既充满了浓郁的叙事性,又呈现出鲜明的舞台性。

其实,正是缘于该刊本插图的文图关系十分紧密,插图的叙事功能便变得异常明显。戏曲插图创作原本是"叙事时间的空间化",但由于插图本身叙事性的增强,空间性图像也具备了时间性特征,因而构成了"叙事空间的时间化"。正是因为戏曲插图具有时间性特点,如果我们把这些图像连缀起来,即便没有语言文本的存在,同样算得上一件独特的艺术品,读者可以图像的方式欣赏申纯与娇娘之间那段可敬可叹的爱情故事。这正是《新编金童玉女娇红记》插图风格和文图关系的独特之处。

二、《新镌节义鸳鸯冢娇红记》文图关系

《新镌节义鸳鸯冢娇红记》,孟称舜撰,明崇祯十二年(1639)刊本,陈洪绶评并图。卷首冠有陈洪绶亲手绘制的娇娘绣像四幅,"造型典雅秀隽,婉约出群,被人称为'绣像夺魁'之作"①。

该刊本在正文中并没有刊附插图,只是在卷首冠以四幅娇娘像,同时附有《鸳鸯冢题词》《鸳鸯冢序》《节义鸳鸯冢娇红记序》等内容。从陈洪绶的序和文中评点,以及他的亲笔题词等内容来看,陈洪绶是带着"极其情之必至"的态度进行申、王故事的二度创作的。也就是说,陈洪绶对申、王二人至死不渝忠贞爱情的歌咏,对阻隔、破坏和扼杀他们忠贞爱情的社会制度的批判,与此前诸多同题材作品相比是"有过之而无不及"的。陈洪绶的这一情感态度势必会或隐或显地影响到他精心绘制的娇娘像。

(一) 该刊本文图关系的基本特点

《新镌节义鸳鸯冢娇红记》刊本图文关系的基本特点,可以从如下几个方面加以把握:

一是刊本的文图关系较为松散。与一般性的明代戏曲插图本有所不同,《新镌节义鸳鸯冢娇红记》没有在文中对应的折目中或折目前插入相应的图像,只是附上了陈洪绶绘制的四幅娇娘像,且每幅图像附有题词。这些画像所处的位置并不在文中,而位于卷首,插图与文本离得较远。如此简单的图像处理与故事丰满、情节跌宕、共有五十出内容的剧本相比,显然是大打折扣的。读者更不可能仅仅通过这

---

① 首都图书馆编辑:《古本戏曲十大名著版画全编》(上册),线装书局1996年版,第397页。

几幅图像,即能辨认和识别出其所对应的剧本故事情节,想要通过图像从总体上把握申、王二人感人至深的爱情故事,同样是一件非常吃力的事情。总之,就《新镌节义鸳鸯冢娇红记》插图来说,图像与文字之间的关系是渐行渐远的。

二是刊本插图体现了戏曲图像创作的文人化倾向。如果说孟称舜对《娇红记》杂剧的改编已经体现出语言文本层面上的文人化改造,那么陈洪绶所绘制的娇娘像同样体现出鲜明的文人化倾向。首先,陈洪绶虽然不同于其他文人画家,而"经常为通俗而作",但他的许多图像作品显然都充满了文人趣味。高居翰便认为,画家陈洪绶为了达到自己古怪的目的,便"持续地利用绘画,把绘画当作一种探索及发问的媒介,也因此,他在其中所表现的一景一物,都不能单取其表面意义"[1]。事实上,到了陈洪绶所生活的晚明时代,戏曲、小说的地位已不断提高。在高居翰看来,此时的戏曲和小说绝非纯粹只是为了通俗大众而作,这些作品也都不是出于通俗作家或是社会阶层低下的作家之手,相反由其最精华的部分可以看出,都是由文人所写(或改写),其中反映了纤细高雅的品位,以及文人阶层所特别关注的一些事物,包括对社会和政治的讽刺等等。他们心中所设定的观众,乃是那些同样也能够作出有教养回应的人,尤其是读书人和有钱的精英分子。[2] 如果我们取陈洪绶所绘的娇娘像与他所创作的仕女图作比较的话,不难看出二者之间的形似与神似。由此,我们有理由作出判断,陈洪绶在娇娘像上贯注了文人化的意旨与趣味。其次,娇娘像上的题词同样体现出插图的文人化倾向。此刊本中的娇娘像均为陈洪绶所绘,但题词有的是自题,有的是他题,前者体现了文人自身的意趣,后者体现了文人之间的合作。

三是此刊本在插图与曲文的关系上渐行渐远,但同时又体现出新一层的图文关系。就此刊本所附的娇娘像而言,其独特之处在于既有绘像又有题词。也就是说,陈洪绶为孟称舜剧本作插图,孟称舜再根据插图题写词句。如此一来,一边是娇娘像,一边是"题娇娘像词",左图右文,相互印证;既有后面剧作家创作的戏曲文本,又有前面插画家根据戏曲文本所创作的插图,在插图中又附有剧作家或插画家的题词,文中有图,图中有文,进而形成了新的意义上的图文关系。

(二) 四幅娇娘像的"语—图"分析

下面,就该刊本卷首所冠、由陈洪绶绘制的四幅娇娘像,从"语—图"互文的角度分别予以阐析。

1. 娇娘像一

仅从外观上看,陈洪绶所绘的第一幅娇娘像(图14-11)最为朴素和简单,衣着和头饰刻意装饰的成分不多,人物形象的总体基调为天真烂漫。从游移的眼神和半扭的身段上判断,人物的内心世界当是复杂多端的,充满了愁情和相思。娇娘手持一把带有坠饰的笛子,却无心去吹,尽显其苦闷闲愁。此幅插图所附的题词为孟

---

① 高居翰:《山外山:晚明绘画(1570—1644)》,上海书画出版社2003年版,第207页。
② 同上,第208页。

称舜所作的《题娇娘像之一：词寄蝶恋花》：

真色生香天措与，眼尾浸波，望断湘水暮。深浅樱桃唇半吐，玉容却教花容炉。晓向花前闲信步，似笑如颦万种情难诉。零雨断云无觅处，魂随笛韵潇湘去。

这首词的前半部分写人，描绘了娇娘的"真色天香"，她眼尾浸波，唇齿半吐，却引来花容炉忌；后半部分写情，描绘了娇娘花前信步、多情难诉的无奈和惆怅。

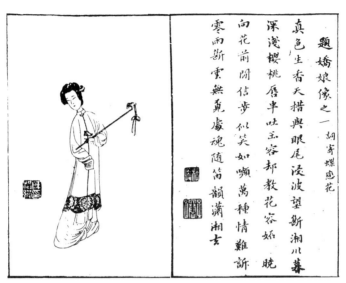

图 14-11　娇娘像一，崇祯十二年（1639）武林刊本《新镌节义鸳鸯冢娇红记》插图，日本京都大学文学部藏

如果对照剧本原文，我们不难看出，这幅画像和题词还是紧贴剧情、符合原文之意的。剧本中娇娘第一次出场时，是其刚在绣房中绣罢锦鸳鸯，此时的她"朱粉未施，双鬟绾绿""乱云鬟低绾出汉宫妆，斜鞾着一枝金凤凰"，俨然一个"娇怯怯云雨巫山窈窕娘"。而在申纯眼里，则是"蓦见天仙来降，美花容云霞满裳，天然国色非凡相""翠脸生春玉有香""猛教人魂飞魄扬，猛教人心迷意狂"。应该说，无论是娇娘像还是孟称舜的题词，都符合剧本原文对娇娘所进行的"天然国色""朱粉未施""娇怯怯云雨巫山窈窕娘"等语言描述。娇娘一出场，无论是剧本原文，还是娇娘画像，抑或画像题词，既展现了人物朴素绝色的外在美，又展示了人物丰富的内心世界和情感空间，同时为后文娇娘争取自己的爱情权利和生存自由作了有力的铺垫。从这个意义上讲，图、文、词是互文一体的。

2. 娇娘像二

与第一幅图相比，第二幅娇娘像（图 14-12）要富丽华贵得多，无论从发饰还是服饰看都是如此。画中的娇娘手持一把红拂，但红拂却被甩在了身后，似乎此时的她并不在意红拂的存在。她在低头注视着什么，内心充满了愁思。如果说第一幅娇娘像着意刻画的是娇娘的绝色天香和多情难诉，那么此幅画像则更多地表现娇娘内心的愁绪；如果说第一幅图中娇娘所持有的感情还明显带有深居闺阁、情窦初开的朦胧感的话，那么此幅画像中的娇娘所持有的感情已经走在闺阁和现实的交又点上,一方面她遇到了心仪之人,敞开了自己的心扉,另一方面这种情感并未真正经受现实的考验,能否真正经得起这种考验还是个未知数。在剧本中,每当遇到感情受阻时,她总显得底气不足,说出"我当初错信申生,如今悔也悔不迭了""今者君弃妾耳""我王娇娘直恁般儿命薄"之类的话;而当两人不得不分开时,她又说出"此虽飞红贱人所为,实亦一时缘分所致"(《愧别》)、"不是我负心爹无始终,则我多情女忒命穷"(《生离》)之类的话。可见,对于娇娘而言,尽管在追求着自己的爱情,但这条路的未来如何,她是看不到的。想到此,其内心世界充满惆怅和落寞。恰如剧本第二十六出中的一段唱词所言:"可怜人情已改,旧欢如梦,我和他敢一般儿意愁心冗。"

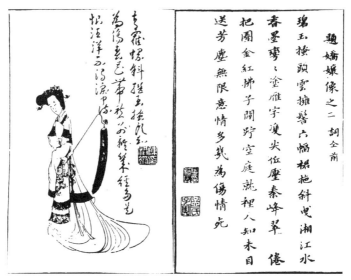

图 14-12　娇娘像二,崇祯十二年(1639)武林刊本《新镌节义鸳鸯冢娇红记》插图,日本京都大学文学部藏

再来看孟称舜的题词。对于娇娘,孟称舜是再熟悉不过了,对她的褒扬和敬佩都融化到剧本的字里行间了。但孟称舜为娇娘安排的结局是悲剧式的,这既是对现实的一种鞭挞,又是娇娘和申纯二人追求爱情自由的必然结果。他无法让他们走出这个怪圈。故而,他的题词充满了诸多无奈:

碧玉搔头云拥髻,六幅裙拖,斜曳湘江水。香墨弯弯涂雁字,双尖位压秦峰翠。倦把圈金红拂子,闲蹰空庭就里人知未。目送芳尘无限意,情多几为伤情死。

该词前半部分依旧写娇娘的外貌和美态,但此时的娇娘已不再是"朱粉未施,双鬟绾绿",而是"碧玉搔头""六幅裙拖"。此前的娇娘是"花前闲信步",此时是"闲蹰空庭"。如果说第一幅图中的娇娘是未经雕饰的自然美,那么第二幅图中的娇娘则是刻意打扮的富丽美;如果说第一幅图中的娇娘所表现出的更多是"少年不识愁滋味"般的多愁善感,那么第二幅图中的娇娘则因经历了诸多现实波折和世事风雨而显得日益成熟。孟称舜在这首词中为娇娘定下的基调是:"目送芳尘无限意,情多几为伤情死。"不能不说,这样的词意表达已经在预设着娇娘和申纯爱情故事的

悲剧结局。

颇有意味的是，在这幅娇娘像的旁边，陈洪绶还附上了一首自题诗：

青螺斜继玉搔头，却为伤春花带愁，前程策径多是恨，汪洋不泻泪中流。

如果说第一幅娇娘像已经呈现出较为复杂的文图关系，即文（剧本内容）—图（娇娘像）—文（孟称舜题词），那么这首画上题诗的出现，则让原本就较为复杂的文图关系变得更加多元而富有兴味。应该说，孟称舜创作剧本，陈洪绶为娇娘画像，孟称舜又为画像题词，陈洪绶又在画像上题诗，仅从这一现象便可推断孟、陈两人在认识和评价娇娘形象上的内在一致性。正是这种内在一致性，才形成两人合作上的高度默契。① 分析这首画上题诗不难看出，陈洪绶所要表达的与孟称舜画像的题词并无二致。除了首句是描绘娇娘的穿着打扮外，后三句反复提及"伤""愁""恨""泪"等字眼，这既是娇娘形象的真实写照，又是其悲剧性结局的鲜明信号。不得不承认，陈洪绶之所以选择在这幅图上题诗，一定是基于他个人偏好的特殊考虑，而他通过绘像、题诗诸种艺术手段所表达出来的情感，又必然是内在深沉的。从这一角度看，陈洪绶的画上题诗又与孟称舜的娇娘像题词互文一体，产生出非同寻常的和声效果。

3. 娇娘像三

第三幅娇娘像（图14-13）后人讨论得最多。该形象的特别之处在于人物服饰之华丽、长裙之拖曳、配以高高的发髻，尽显高贵优雅。图中的娇娘手持羽扇置于身前，扇子上的图案与裙服上的图案融为一体，巧妙地形成了一种装饰。从她服饰

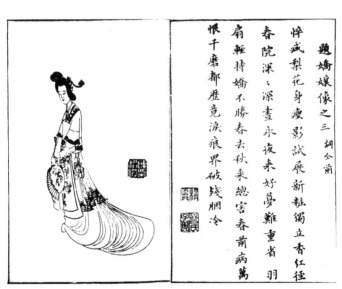

图14-13 娇娘像三，崇祯十二年（1639）武林刊本《新镌节义鸳鸯冢娇红记》插图，日本京都大学文学部藏

① 陈洪绶作为孟称舜的挚友，对时人对孟的评价提出了反驳。他在《节义鸳鸯冢娇红记序》中对"目之为迂生、为腐儒"的说法提出了批评，认为他们没有看到孟称舜"情深一往，高微眇渺之致"。在他眼里，孟称舜"能言娇与申生性情之至，而使其形态活现、精魂不死"，且"文似苏、韩，诗追二李，词压秦、黄""其为人则以道气自持"。可见陈洪绶对孟称舜的评价以及二人关系之非同一般。

的造型来看,她的精心装扮说明她希望把自己最为美好的一面展示在别人,尤其是申纯面前。从她目光所视的角度和距离加以判断,她的内心是充满愁绪的。从人物的表情神态来看,我们似乎可以感受到,画中的娇娘尽管衣着华丽整洁,却无法掩饰内心的不平静,外表与内心形成了强烈的反差。联系到剧本第十出的一段唱词"一个懒整新妆上翠楼,一个青衫湿尽楚江头;一个门掩梨花倦对酒,一个寒添锦袖慵挑绣",我们似乎更能够明晰地感觉到这种内外反差。我们甚至可以大胆地想象,画像呈现的虽然是娇娘的形象,但始终有另一个形象站在对面,此人即是申纯,因为娇娘的内心世界既属于她自己,还属于她所心仪的人。在娇娘看来,"妾身不可再辱,既以许君,则君之身也",这是她的为人之道、节义之道,也是她爱情观的底线和准则。不得不说,尽管只是简单的一幅画像,但其内在含蕴还是非常深厚的。

孟称舜同样为此幅娇娘像题词,即《题娇娘像之三》:

悴减梨花身瘦影,试展新妆,独立香红径。春院深深深昼永,夜来好梦难重省。羽扇轻持娇不胜,春去秋来总害春前病。万恨千磨都历竟,泪痕界破残胭冷。

该词中的"身瘦影""展新妆"写的是娇娘的仪态,"独立香红径"和"羽扇轻持"写的是娇娘的举止,而"夜来好梦难重省""春去秋来总害春前病""泪痕界破残胭冷"写的则是人物的内心情感。无论是仪态举止,还是内心情感,都指向了娇娘丰富复杂的心路历程,并最终暗示其与申纯之间爱情故事的悲剧性结局。根据该词所使用的"梨花""新妆""红径""春院""羽扇""残胭"等意象,我们可以很自然地找到与孟称舜剧作原文之间的某种内在关联:

慵理新妆,腰肢瘦减,宽掩湘裙多少。(第九出)

梦上秦楼烟树迷,醒来魇损远山眉,一腔幽怨诉谁知。夜遇春寒愁欲起,晓窗暝色映花枝,罗衾滴尽泪胭脂。(第九出)

一个门掩梨花倦对酒,一个寒添锦袖慵挑绣。(第十出)

残英落尽胭脂冷,阻幽闺长门昼扃。前约无凭,后期难订,叹红颜何事多薄命。无情滴滴通宵雨,隔人远在花深处。斜倚薰笼坐到明,肠回千折和谁诉。(第十四出)

深深院宇,睡起思千缕。(第三十一出)

床头相对病多娇,瘦影棱生骨半销。(第四十五出)

可见,曲文与图像之间、题词与曲文之间、题词与图像之间构成了多重的互文关系,语图之间巧妙地形成了叙事合力,这是单纯的语言或纯粹的图像所无法比拟的。

4. 娇娘像四

第四幅娇娘像(图14-14)同样显得意味深长。画中的娇娘服饰和头饰等又回到了第一幅的状态,不再华丽富贵,而是素朴淡雅。她手持的既不是笛子,也不是红拂和羽扇,而是菱花镜;镜子的位置也开始上移,位于胸前,既映出了自己日渐苍老的容颜,亦照出了自己愁苦的内心。从眼神和表情来看,她的心情依旧没能走出此前的落寞与惆怅。

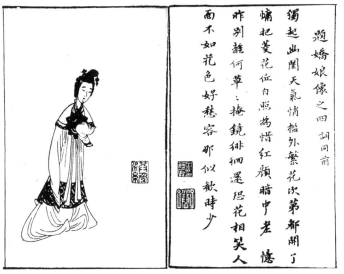

題嬌娘像之四 詞同前

獨起幽閨天氣情 檻外繁花次第都開了
慵把菱花位自照 為惜紅顏暗中差
憶昨別雜何草々 掩鏡徘徊還恐花相笑人
面不如花色 好愁容 那似歡時少

图 14－14　娇娘像四，崇祯十二年（1639）武林刊本《新镌节义鸳鸯冢娇红记》插图，日本京都大学文学部藏

与前面三幅画像相比，此幅娇娘像中有两个细节值得注意：

一是人物服饰上的变化。第一、四幅图像中娇娘服饰的装饰性较弱，呈朴素、简洁风格；第二、三幅图像中娇娘服饰的装饰性较强，看上去较为雍容华贵。服饰往往能够反映人物的内心。第一幅中的素雅，说明娇娘的"意懒"，她对自己的装饰似乎很无心无意，即便是会见客人，考虑到与自己是亲戚关系，也没有刻意去梳妆打扮一番。第二、三幅中的华贵，说明娇娘此时已非常注重自己的打扮，因为她已有了自己的意中人，"女为悦己者容"，自然她每次出场都要精心装扮一下，她想给心仪的人留下一个美好印象。应该说，这样的服饰造型非常符合人物心理特征的微妙变化。然而，到了第四幅又回归到素朴，但此时的素朴已与当初"意懒"的天然质朴有着天壤之别，因为经过世事的沧桑和现实的磨砺，她的感情、激情、爱情被折磨得够呛，她心灰意冷了，再也没有心思去为自己精心打扮了，即便是遇见自己心爱的人。此时，残酷的现实才是她必须面对的。

二是人物朝向上的变化。在第一幅图里，娇娘身子朝内头部朝外，显得犹豫不决、无所适从；在第二、三幅图里，娇娘的整个身子和头部是朝外的，看上去斩钉截铁、义无反顾；到了第四幅图里，娇娘的身子和头部全然向内，颇有些选择无奈、只好如此的感觉。应该说，四幅图的人物朝向并不是随意安排的，而有着特定的内涵。第一幅图中的娇娘之所以看上去犹豫不决、无所适从，是因为娇娘尚处在情窦初开的阶段，既想释放自己，又要掩饰自己。难怪开始遇到娇娘时，申纯始终觉得摸不着头脑，因为娇娘总是"似真似假，如迎如拒，去之则迩，即之复远"。第一幅图把娇娘像处理得很矛盾纠结，是符合娇娘此时既想大胆表白又娇羞腼腆的性格特征的。到了第二、三幅图里，娇娘则显得义无反顾，这是因为此时的她选择申纯已命中注定，"得个同心子，死共穴，生同舍。便做连枝共冢、共冢我也心欢悦"成了她不变的追求和行事的法则，接下来的事情只是如何争取这份爱情的权利而已。到了第四幅图,情况又发生了变化。此时的娇娘与申纯尽管为他们的爱情费尽了心思,但苦于家庭的压力、权势的压力,最终不可能有美好的结局。除了来自家庭和社会的压力外,娇娘还更多地看到了命运在捉弄她,始终认为自己"命薄""命穷"。饱受内外交加的力量压迫,娇娘无法看到自己的前途,原来自己为爱做的种种努力和挣扎最终也只能化为幻影,她只有选择以死来抗争。所以,第四幅画像中的娇娘被处理成回归自我、回归内心的形象,而不再敞开自己的心灵、感情和情怀。

再来看一下孟称舜的题词《题娇娘像之四》:

独起幽闺天气悄,栏外繁花,次第都开了。慵把菱花位自照,为惜红颜暗中老。忆昨别离何草草,掩镜徘徊还恐花相笑。人面不如花色好,愁容那似欢时少。

这首词以"独起幽闺"领起,定下了全词的基调。虽然栏外繁花次第,但似乎娇娘已无意欣赏。手持菱花镜自照,可惜朱颜已改。第一首题词中的"玉容却教花容妒"却成了"人面不如花色好""掩镜徘徊还恐花相笑",可见世事消磨、感情未遂使娇娘身心产生了巨大变化。此时的娇娘已全然没有了此前的心情,"愁容那似欢时少",当初对爱情的那种期待、憧憬和朦胧感此刻已被打击、失望和落寞感所取代。

可以说,这样的画面安排和如此扣人心扉的题词,是与孟称舜《节义鸳鸯冢娇红记》的悲剧结局相一致的,它带给读者的震撼效应确实非同一般。

(三) 四幅娇娘像的深层意蕴

孟称舜创作剧本,陈洪绶为之绘制娇娘像,孟称舜和陈洪绶再联袂题写诗词,不得不说这样的合作本身便充满了意味。通过前文对娇娘像以及相应图文关系的分析,我们大致可以如此描画娇娘像背后的深层意旨以及创作者的心灵轨迹:

一是对娇娘的敬佩、赞叹和称颂。孟称舜在卷首题词中已明确提出:"天下义夫节妇,所为至死而不悔者,岂以是为理所当然而为之耶? 笃于其性,发于其情,无意于世之称之,并有不知非笑之为非笑者而然焉。"他对"两人皆从一而终至于没身而不悔"感到由衷的敬佩,在字里行间充满着对娇娘勇于追求爱情的歌咏之意,亦为两人最后的悲剧结局而惋惜。他为娇娘像所作的四首词作,很难说是对娇娘外在形象和内心情感的一种纯客观描述,里面掺杂着敬佩、尊重、惋惜、无奈等多种复杂情感。再来看看陈洪绶。他仅用四幅娇娘像,便高度概括了他对《节义鸳鸯冢娇红记》剧作的基本理解,也表明了他对娇娘形象的基本态度。他不仅为《节义鸳鸯冢娇红记》绘制娇娘像,而且还亲笔题词。从诗作中的伤、愁、恨、泪等字眼以及娇娘像所呈现出的愁容不难看出,陈洪绶在娇娘身上不知贯注了多少个人感情与生命激情。难怪他会说:"昔人云'读出师表而不泣下者必非忠,读陈情表而不泣下者必非孝',吾谓读此记而不泣下者必非节义人也。"(第一出眉评)无论是他的卷首题词,还是他所作的娇娘像,抑或是他为自己绘制的娇娘像亲笔题写诗句,都充分体现了他对娇娘所代表的女性的重视、敬佩与尊重。恰如有的学者在诠释陈洪绶笔下的娇娘像时所概括的:"陈洪绶的插图,不画申纯,只画娇娘,说明画家的视点不在'鸳鸯',更不在'节义',他惟一着力表现的,只是一位具有独立人格的女性! 他画出了一位具有独立人格的女性美，从而把对冲破封建礼教的自由恋情的歌颂，发展到对真诚纯洁的女性的歌颂。"[①]

二是对"节义"主题的突出。孟称舜之所以把其剧作名称确定为《节义鸳鸯冢娇红记》，正是看中男女主人公所体现出的"节义"。在卷首题词开篇，孟称舜便把申纯与娇娘称为"义夫节妇"，并认为他之所以在剧名中冠以"节义"二字，乃是缘于两人均为"从一而终至于没身而不悔者"。陈洪绶之所以没有选择与剧本相关的重要叙事情节入图，也没有在图像中插入其他任何背景，而是只突出娇娘形象，主要也是源于对娇娘操持"节义"的一种认可和褒扬。有的研究者便认为，"盖陈洪绶为《节义鸳鸯冢娇红记》画的四幅插图，目的并不是像其他版画插图一样在捕捉重要剧情的画面或作为情节辅助之用，而是着重在刻画娇娘这个人物形象的特色，而这个特色就在于娇娘对于爱情忠贞、誓死不二所树立的节妇形象"[②]。陈洪绶本人在序中同样表白得较为直接："申、娇两人，能于儿女婉娈中立节义之标范，其过之不甚远也。"

三是作家借传奇创作抒发一己之情怀，暴露社会现实的一角。前文已述，明代文人常常借戏曲创作来抒发自己的胸怀，即通常所说的"夺他人之酒杯，浇自己之垒块，诉心中之不平，感数奇于千载""盖才人韵士，其牢骚抑郁、啼号愤激之情，与夫慷慨流连、谈谐笑谑之态，拂拂于指尖而津津于笔底，不能直写而曲摹之，不能庄语而戏喻之"。孟称舜在题词中也说："性情所种，莫深于男女，而女子之情则更无藉诗书理义之文以讽谕之，而不自知其所至，故所至者若此也。"可见，借男女恋爱的题材来表现对诗书理义之文的不满，乃是全剧的一大宗旨。陈洪绶原评："李卓老称'作西厢者必大有感于君臣、父子、兄弟、朋友之间'，此记亦然耶？"此处，陈洪绶引述李卓吾的一段话，旨在表明作者对封建伦理道德的不满。他为本剧作序、作评并绘制娇娘像，就是要痛斥那些口讲理义而"行同于狗彘"者，申、娇二人能在男女爱情中表现出很高的情义、操守，比那些衣冠禽兽不知要好出多少倍。有的学者便指出，陈洪绶给《节义鸳鸯冢娇红记》作插图，"是他不满现实的另一面，体现出他对礼教反抗者寄予深切的同情"[③]。可以说，陈洪绶独特的人生经历和生命体悟造就了他"高古奇骇"的画风。而他的独特画风和个性，也决定了他为戏曲刊本所绘的插图绝不会受限于戏曲剧本，必然会有所溢出，并视其为遣意抒怀的载体。

不难看出，《新镌节义鸳鸯冢娇红记》所附插图虽然只有四幅娇娘像和几首题诗(词)，但在语言与图像的背后却隐藏着深意。一幅幅娇娘像连同画上的题诗，完全把读者带入了戏曲语言文本和戏曲插图文本的另一个世界。相对于单纯的语言文本，插图文本无疑创造了新的符号能指，以另辟蹊径的方式给读者带来了新的阅读体验。语言与图像在此构成多重的互文关系，它们之间互相唱和，共同形成了叙事和抒情的合力。作者的观点、感情、倾向，都一并化在了语言与画像之中，虽然前

①　裴沙编著：《陈洪绶研究：时代、思想与插图创作》，人民美术出版社2004年版，第75页。

②　陈毓欣：《陈洪绶人物画之研究——兼论版画中的人物形象》，台湾淡江大学硕士学位论文2007年。

③　黄涌泉：《陈洪绶年谱》，人民美术出版社1960年版，第177页。

者是有声的,后者是无声的。但无论是有声的还是无声的,都是整个图文关系的有机组成部分。

第三节　《燕子笺》文图关系

《燕子笺》在明代传奇作品中较为独特,一方面其作者阮大铖因人品问题一直以来饱受诟病,另一方面该作又被中国戏剧史研究者誉为"才调无双"之作。该作所呈现出的文图关系同样值得关注。

一、阮大铖与《燕子笺》

阮大铖(1587—1646),字集之,号圆海、石巢、百子山樵,明末政治人物,著名戏曲作家。他以进士居官后,先依东林党,后依魏忠贤阉党,崇祯朝终以附逆罪被罢官为民。明亡后在福王朱由崧的南明朝廷中官至兵部右侍郎、兵部尚书、右副都御史,对东林、复社人员大加报复,大兴党狱。南京城陷后又乞降于清,授内院职衔,后病死于随清军攻打仙霞关的石道上。

阮大铖为人圆滑奸诈,嗜权罔利,品格卑劣,一直为后世所不齿。吴梅在《顾曲麈谈》中便直言道:"其人其品,固不足论。"但人品的低劣,并不意味着文学成就的低劣,因而不能完全抹杀其在文学领域的成就,特别是他在戏曲创作方面的影响。明张岱在《陶庵梦忆》卷八"阮圆海戏"中,认为阮大铖"居心勿静,其所编诸剧,骂世十七,解嘲十三,多诋毁东林,辩宥魏党,为士君子所唾弃,故其传奇不之著焉",但如就戏而论,"则亦镞镞能新,不落窠臼者也""故所搬演,本本出色,脚脚出色,出出出色,句句出色,字字出色"。[①] 吴梅先生一方面诟病阮大铖的人品,另一方面却对其戏曲创作成就给予了客观评价:"然其所作诸曲,直可追步元人君子,不以人废言,亦不可置诸不论也。"[②]他还认为:"自来大奸慝必有文才。严介溪之诗,阮圆海之曲,不以人废言,可谓三百年一作手矣。"[③]阮大铖所作传奇作品有《春灯谜》《燕子笺》《双金榜》《牟尼合》《忠孝环》《桃花笑》《井中盟》《狮子赚》《赐恩环》《老门生》等,今仅存前四种,合称《石巢四种》。

在《石巢四种》中,《燕子笺》成就较高,影响较大。吴梅便认为,《燕子笺》在《石巢四种》中最为曲折,相比于《双金榜》的"古艳"、《牟尼合》的"秾艳"、《春灯谜》的"悔过之书",《燕子笺》则属于"新艳"。[④] 尽管清代戏曲家叶堂认为阮大铖"以尖刻为能,自谓学玉茗堂,其实全未窥其毫发"(《纳书楹曲谱续集》),但后世对阮大铖及其《燕子笺》给予了好评,并对当年的演出盛况给予了描述:"一时民间之演此剧者,

---

① 张岱著,马兴荣点校:《陶庵梦忆·西湖梦寻》,上海古籍出版社1982年版,第73—74页。
② 吴梅:《顾曲麈谈》,参见《顾曲麈谈·中国戏曲概论》,上海古籍出版社2000年版,第113页。
③ 吴梅:《中国戏曲概论》,参见《顾曲麈谈·中国戏曲概论》,上海古籍出版社2000年版,第172页。
④ 同上,第171—172页。

岁无虚日,誉满大江南北。"①冒辟疆《影梅庵忆语》记载:"是日新演《燕子笺》,曲精情艳,至霍、华离合处,姬泣下,顾、李泣下。一时才子佳人,楼台烟水,新声明月,俱足千古。至今思之,不异游仙枕上梦幻。"吴翌凤《灯窗丛录》曾记载:"南都新立……时阮集之填《燕子笺传奇》,盛行白门,是日,句队末有演此者,故北若诗云:'柳岸花溪澹泞天,恣携红袖放灯船。梨园弟子觇人意,队队停歌燕子笺。'"就连复社文人冒辟疆的忘年交孔尚任在《桃花扇·侦戏》中写侯方域、陈贞慧等观演《燕子笺》时,也曾有"点头听,击节赏,停杯看……真才子,笔不凡……论文采,天仙吏,谪人间。好教执牛耳,主骚坛"之评。清初徐铮作《杂感》诗云:"乱落杨花搅白绵,皖江江水绿如烟。南朝狎客无人见,肠断声声燕子笺。"京剧亦有尚小云演出的《燕子笺》。可见,《燕子笺》对后世的影响。从这个意义上说,研究明代传奇的文图关系,《燕子笺》当不可忽略。

传奇作品《燕子笺》写的是唐代士人霍都梁与名妓华行云、尚书千金郦飞云的曲折婚恋故事。关于此剧的本源,梦凤在暖红室刻本跋中说:"后又从顾氏假得《燕子笺》小本,仅有平话,而无曲文,分6卷18回……今传奇演成42出,出目迥异。小本平话无年月可考,而纸墨甚旧,当出明初叶刊板。取以校传奇,说白无不吻合,每回诗句,亦不差一字……似百子山樵作传奇时,即据此为蓝本。"

流传的明代版本有《石巢传奇四种》所收本(题"咏怀堂新编燕子笺记")②、《怀远堂批点燕子笺》和《雪韵堂批点燕子笺记》,后世版本有寄傲山房藏板同治甲戌(1874)重刊本、宣统二年(1910)暖红室汇刻本、民国六年(1917)扫叶山房重校精印传奇小说《燕子笺》③、民国八年(1919)董康诵芬室《重刊石巢四种》所收本④。《古本戏曲丛刊》二集据怀远堂本影印。另有上海古籍出版社1986年版《古代戏曲丛书》所收刘一禾注、张安全校本,黑龙江人民出版社1987年版延沛整理本,以及中华书局1988年版《明清传奇选刊》所收蔡毅点校本。⑤ 还有一些版本值得关注,如民国二年(1913)上海群益书社再版精装、陈家琪校、雪韵堂批点《燕子笺传奇》,民国十五年(1926)扫叶山房石印线装本《批点燕子笺》,民国十八年(1929)黄岩和罗宝珩详注、山阴汤寿铭校阅的《详注评点——燕子笺传奇》,上海进步书局线装本《绘图绣像燕子笺》,黄山书社1993年版徐凌云和胡金望点校的《阮大铖戏曲四种》,等等。

《醉怡情》卷一收录此剧"奸遁""邂逅""合宴""诰圆"四出。清阙名有《燕子笺》

① 阮大铖著,刘一禾注:《燕子笺》前言,上海古籍出版社1986年版,第3页。

② 明崇祯间吴门毛恒刊刻,题"咏怀堂新编燕子笺记"。上下两卷,四十二出,白口,四周单边。卷首载佚名《燕子笺叙》,及署"崇祯壬午年(十五年,1642)阳月桐山韦佩君居士书于笛步画舫中"之序。国家图书馆藏之。国图所藏此本卷尾有署"壬申四月霜崖癯叟吴梅书于百嘉室"之跋。国家图书馆2010年据此刻本影印《石巢传奇四种》,此为中华再造善本,8开线装,全二函16册。

③ 有学者认为,从卷首载序、行间圈点、眉端评语等来看,此本系暖红室传奇汇刻本之覆本。参见丁登花:《〈燕子笺〉传世版本述略》,载《重庆科技学院学报》(社会科学版)2012年第21期。

④ 诵芬室主人于此刊本的跋中称:"予得咏怀堂原本,重为校刊。"可知此本即为《石巢传奇四种》所收"咏怀堂新编燕子笺记"之覆刻。

⑤ 李修生主编:《古本戏曲剧目提要》,文化艺术出版社1997年版,第358页。

小说,现存迎薰楼刻本。清嘉庆间澹园有《燕子笺弹词》,现存清咸丰乙卯年(1855)燕海吟坛刻本。近世京剧、华剧、秦腔等均有《燕子笺》,莆仙戏有《霍都梁》。①

二、《燕子笺》插图本的文图关系

下面以明代《怀远堂批点燕子笺》和《雪韵堂批点燕子笺》等刊本为例,介绍《燕子笺》插图本的文图关系,并与清代暖红室汇刻本的文图关系作适当对比。

(一)《怀远堂批点燕子笺》

《怀远堂批点燕子笺》,上下二卷,四十二出,明崇祯年间(1628—1644)武林刊本,图为单面方式,陆武清绘,项南洲刻。版心上镌"燕子笺",中镌卷次。卷首有序,残缺不全,撰者失考。全书共有插图十八幅,单面方式,皆清丽工致,由陆武清绘,项南洲刻。卷首为华行云、郦飞云像各一帧,"形象生动,顾盼有神,论者皆以为是中国古代仕女版画不可多得的名作,甚至认为出于陈洪绶之上"②。目录页题作"雪韵堂批点燕子笺记目"。卷上下首行题"怀远堂批点燕子笺",次行皆署"百子山樵撰"。北京师范大学图书馆、上海图书馆均藏之。1955 年《古本戏曲丛刊》编刊委员会据上海图书馆藏本影印,卷首总目标作"怀远堂批点燕子笺",收入《古本戏曲丛刊》二集。

该插图本除了卷首附有郦飞云和华行云绣像外,其余十六幅插图涉及"约试""授画""写像""误画""骇像""题笺""拾笺""守溃""拒挑""误认""入幕""劝合""笺合""奸遁""合宴""诰圆"等十六出内容。该刊本所反映出的文图关系大体体现在如下几个方面:

1. 出多图少,文图数量并不对应,且统一置前,文图关系并不像明代早期插图那样异常紧密。全剧共四十二出,但插图只有十八幅,且两幅为卷首人物绣像。其中第二出"约试"和第三出"授画"、第八出"误画"和第九出"骇像",为两出相连均配有插图,其余一般隔三四出会安排一幅插图。有的插图所在的出数则相距较远,如"拾笺"为第十二出,下一幅插图"守溃"则到了第二十出,中间七出内容没有配插图。整个剧本,霍都梁与华行云、郦飞云的爱情故事是中心和重点,所以十六幅插图中有十五幅图像呈现的都是他们之间感情的起伏波澜;而安禄山叛变只是作为整个爱情故事背景出现的,它的作用只是为了推动情节演进或出于矛盾冲突的需要,所以,除去卷首绣像外的十六幅插图中只有一幅图像"守溃"略略表现了以哥舒翰为代表的守军"溃不成军"的场面。此外,与明代早期插图有所不同的是,该版本插图并没有插附到曲本中,而是统一放到了卷首。如此安排,彰显了明后期插图文图关系渐行渐远的发展趋势。

2. 从图像表现上看,有的侧重情节再现,叙事味道较为浓郁,颇似"故事画"。

---

① 郭英德编著:《明清传奇综录》,河北教育出版社 1997 年版,第 388 页。

② 首都图书馆编辑:《古本戏曲十大名著版画全编》(下册),线装书局 1996 年版,第 460 页。

如第八出插图"误画"(图14-15),重在表现末留丑躲的戏剧场面。在画面中,末角作拉扯状,先是把郦老爷衙里讨画的当作她的老伴儿,后又借着酒劲儿极力挽留对方"同吃两杯茶,乐一乐去何妨";而取画的丑角拿到装裱好的画后迅即离开,对应着曲文中"小姐要供奉,催得紧,快拿与我去",画面中的他颇有点"避之唯恐不及"的感觉。二人均作挥手状,在"丑扯末撮嘴,末推倒,撒手取桌画,出介"这一留一躲、一扯一推中尽显喜剧性和滑稽感。但正是这"一留一躲"的动作和取画者"两手劈开歪缠路,一身跳出鬼婆门"的急于离开心理,导致了后文中霍都梁和郦飞云、华行云之间情感上的阴差阳错。从这一点上看,此幅插图既带有故事画的特点,人物的言行、举止、表情、神态被表现得淋漓尽致;同时又体现出鲜明的暗示性,从而为后面的情节推演埋下了伏笔。图14-16表现的则是"拒挑"一出内容。画面表现的是"小旦将手一推出门介"的精彩瞬间,此时的华飞云似乎在说"请抽身转步,别处寻春",将鲜于佶拒之门外,而此时的鲜于佶显然自讨没趣地落魄而逃,似乎在生发着"我好似颠狂柳絮随风舞,他倒做雨打梨花深闭门"的感慨。画面选择的这一包孕性瞬间,把时间节点推到了后面,对突出表现鲜于佶的狡黠和尴尬以及华飞云的坚守和断然起到推波助澜的作用,而前面大量的过程性交锋(包括语言、动作、心理等)则被图像省略掉了,这个大量的空白留待读者去想象和填补。其他插图,如"授画""骇像""守溃""入幕""劝合"等,叙事意味也都很浓,人物的动作感都比较强,较好地展现了曲文中的情节内容。

图14-15 误画,崇祯年间武林刊本《怀远堂批点燕子笺》插图,《古本戏曲丛刊》二集影印本

图14-16 拒挑,崇祯年间武林刊本《怀远堂批点燕子笺》插图,《古本戏曲丛刊》二集影印本

3. 有的图像则景大人小,抒情的成分较重,颇似"曲意图"。如"写像"一出插图(图14-17),图中霍都梁与华行云相对而坐,两人在投机地说着话。根据剧情,

应是霍都梁感到眼前的华行云在天姿出色上丝毫不亚于画中的明妃,意欲为华行云作一幅"听莺扑蝶图"。两人的动作、表情并不复杂,整个画面充分表现了"今日流莺啼树,粉蝶过墙,风景宛然如画"的美景,其间充斥着一股浓浓的抒情味道,似是在为"写像"提供情感铺垫。图中既有莺歌燕舞般的欢愉,又流露出淡淡的愁绪,华行云"桃花薄命,流落平康"的身世感慨和"奴家风尘陋质,怎便相烦彩毫"的情绪表达都跃然纸上。其他如"拾笺"一出插图(图14-18),画面的情节很简单,就是表现霍都梁低头拾笺的场景,但画面写意抒情的意味非常浓,水面波光粼粼,燕子随风飞舞,一派小桥流水、杨柳依依、春光明媚的景象。根据曲词,图中应是描绘"俏步曲江烟,看落红一阵阵把春光饯""飞飞燕子,随风往还。那红襟小尾,贴杨花舞旋,为何迎风掉下猩红瓣""见轻盈掠水有乌衣燕,春愁小语如相盼"等场景。不难看出,这些场景描摹都是在为"燕子衔笺"和"拾笺"进行必要的情景铺垫。图中景大人小的结构布局,更是加重了插图的写意氛围。其他插图,如"约试""题笺"等出插图,写意抒情的色彩同样浓重。

图14-17　写像,崇祯年间武林刊本《怀远堂批点燕子笺》插图,《古本戏曲丛刊》二集影印本

图14-18　拾笺,崇祯年间武林刊本《怀远堂批点燕子笺》插图,《古本戏曲丛刊》二集影印本

4. 插图绘制者的情感指向深藏图间。颇有意味的是卷首所附的郦飞云、华行云绣像(图14-19,图14-20)。将"双云"造型置于卷首,首先起到的叙事功能便是"导引"。读者看后难免会生疑窦:这两人是谁?剧中男主人公与这两个人究竟发生了怎样的爱情故事?哪一个最终成了"眷属"?不过,作者最终巧妙地驾驭着剧情的发展,很好地处理了他们之间的爱情纠葛,以"一样相称"让霍都梁最终如愿携得"二美"归。再来看华行云和郦飞云的造型。郦飞云和华行云都是绝色美女,虽然两人最后一为"节度夫人",一为"状元夫人",因而都不失雍容华贵,但其身世、

图 14-19　郦飞云像,崇祯年间武林刊本《怀远堂批点燕子笺》插图,《古本戏曲丛刊》二集影印本

图 14-20　华行云像,崇祯年间武林刊本《怀远堂批点燕子笺》插图,《古本戏曲丛刊》二集影印本

家庭、遭际毕竟有着很大的差异,导致她们的美迥然有异。画像作者有意地强化了这一点。在曲作者的笔下,郦飞云是官宦之家的千金小姐,自然"性生慧淑""知书达礼",她与霍都梁的结合体现了门当户对、媒妁之言和才子佳人式的婚姻结合,所以曲文中她才会有"一鞍一马正相当,那有侧出的行云倒要恋楚王""幼生闺阁,长效于归。与霍郎合卺军中,节度为媒,原非野合"的争辩以及"奴本是明珠擎掌,也不羡花诰风光"的赌气之辞。同样,在插图者的笔下,郦飞云尽显荣华富贵,其服饰、装扮、表情、神态无不显示出她的地位和千金小姐的自信。应该说在对待郦飞云的态度上,插图者与曲作者的情感指向与内在意图是一致的。在华行云身上,这种一致性同样十分明显。在曲文中,华行云同样"天姿出色""半天风韵,仍然人面桃花",类似"点眉峰,螺黛匀,你看他露春纤,约斜领,你看他满腮涡,红晕生,你看他立苍苔,莲步稳"的评价文中多处出现。但与郦飞云相比,她确实要朴实低调许多。她自感出身卑微,不幸门户单贫,所以时常流露出"桃花薄命,流落平康""抛歌卖笑,捧心长是自怜""奴家风尘陋质""奴本是墙花劣相"等感慨。然而在争取自己的感情和爱情上她又是那样的大胆、坚定、执着,她"念头一向只要从良",遇到霍都梁便"私心暗约,可托终身""不惜琴心相许"。即便在离乱分别中,仍然刻骨铭心地思念着对方。她爱憎分明,认为鲜于佶不可靠,"天生眼脑,不是至诚人";面对他的狡黠和纠缠,她始终坚守底线,义无反顾地把其逐出门外。且正是依靠其智慧和用心,才最终使郦安道识破其诈取功名的险恶用心。面对郦飞云的封诰质疑,她表现得不卑不亢,因而才有"盟言曾烧下普陀香,莲花作证非虚谎,怎生别岫的飞云倒把神女抢""婚姻之道,何分门户大小? 但论聘定后先。霍郎与孩儿原在佛前焚香设

图 14-21　奸遁，崇祯年间武林刊本《怀远堂批点燕子笺》插图，《古本戏曲丛刊》二集影印本

誓，愿做夫妇，永不相忘"等激辩之词，也才有"奴本是墙花劣相，怎敢并上苑春光"的赌气之辞。所以，在华行云身上，曲作者的溢美之辞随处可见。对于华行云，插图者并没有因为其地位低下而吝啬笔墨，反而同样给予了礼赞。图中的她天姿出色，朴素中不失典雅，惆怅中更添执着，正是这种典雅与执着在其脸上写下了对未来的自信。其与郦飞云的绣像双双出现在剧作的最前面，充分显示了曲作者和插图绘制者对两位女性的歌颂与赞赏之情。

能够充分表现插图者情感的除了郦飞云、华行云的绣像外，恐怕要属鲜于佶的形象塑造了。在除了两幅绣像之外的十六幅插图中，出现鲜于佶形象的有两幅。一幅是"拒挑"（图14-16），一幅是"奸遁"（图14-21）。对于鲜于佶，戏曲文本始终给予"差评"。其一出场，便是下面的这段"自画像"：

为人滑溜，做事精灵，浑身上十万八千根毛孔，孔孔皆是习钻；一年中三百六十个日头，日日无非游荡。遇着疑难事，只须眼睛眨一眨，就是鬼谷子也透一片机关；逢着劣板腔，略把嘴唇掀一掀，饶他孔圣人，早摸他三分头脑。青楼撒漫第一，朱窝掷手无双。最喜金山广有，数甚么柴米油盐茶酒醋，般般何止千箱？可恨墨水全无，只是这之乎者也矣焉哉，字字不通一窍。

而在华行云眼里，此人"天生眼脑，不是至诚人"，所以她在"约试"一出中提醒霍都梁"请三省，算不如伯劳飞燕，各进前程"。在"拒挑"一出中，鲜于佶不仅以狡黠之心借机逼走了霍都梁，还起了贼心，上门调戏华行云。其不学无术、阴险狡诈的嘴脸暴露无遗。在"奸遁"一出，曲作者更是精心设计情节，让他钻狗洞，出尽洋相，这既是对晚明科场舞弊之风的绝妙讽刺，也饱含着曲作者对寡廉鲜耻、冒取功名之人的愤恨之情。作者的是非善恶观念涌现于字里行间。这一点在插图表现中同样得到了突出呈现。图14-16呈现的是鲜于佶被华行云驱出门外的"狼狈"场景。图14-21更是直接以鲜于佶从狗洞钻出、被狗追逐的"落魄"瞬间入画。画面中的他以袖挡面，健步如飞，后面的狗儿穷追不舍，一副灰溜溜的样子。在这样的场面处理中，插图绘制者的良苦用心清晰可见。这一形象的成功塑造，既反映了插图绘制者对鲜于佶形象的否定，又与华行云形象形成了强烈的反差。

（二）《雪韵堂批点燕子笺》

《雪韵堂批点燕子笺》为明崇祯年间刻本，二册，四十二出，白口，四周单边，无鱼尾。版心上镌"燕子笺"，栏上镌评。插图为月光型版式，上下卷各有插图六面三页。"画面虽小,如镜取形,别有一番隽永意味。"①。日本大谷大学藏。清人李慈铭《越缦堂读书记》载:"得《燕子笺》一册,大字旧纸,尚是百子山樵原刻也。直六千,上下卷各有图六幅,极精妙。首标雪韵堂批点。"②下面不妨比较一下雪韵堂本与怀远堂本在文图关系方面的异同,以此来审视和把握雪韵堂本的基本风貌。

1. 雪韵堂刊本属于明末刊本,文图关系并不十分紧密。首先,从插图位置上看,所刊附插图置于卷首,而不是图文对应性地镶嵌于文中,文图关系呈现出松散的特点。其次,从插图数量上看,上下两卷也只有十二幅插图,远不能与四十二出曲文内容相匹配。也就是说,许多出目的情节内容并没有配以插图,只有一些相对重要的关目才附有对应插图。再次,从插图图式看,月光形插图版式形式较为新颖独特,但与单面版式和双面版式相比,图像空间受到了更多的限制,因而艺术表现力多少受到了影响;加之一些插图因年代久远,显得模糊不清,一定程度上影响了其艺术性。因此,从语图唱和角度来看,雪韵堂本的文图关系总体上不如《怀远堂批点燕子笺》插图本更和谐与默契。

2. 雪韵堂本与怀远堂本在文图关系的艺术处理上具有相似之处。比如"误画""写像""拾笺"几出的插图,与图 14-16、图 14-17、图 14-18 的图像内容和表现方式基本相同;"奸遁"一出插图与图 14-21 也是大同小异,只是鲜于佶逃跑的方向稍有变化,并且多了狗儿咬住其衣服的瞬间;"约试"一出插图也都是表现"副末持书上"的内容,图像中霍都梁正在"向小池花树下略步一步,以拨烦闷",此时斋夫送上鲜于佶相约一同择吉上路参加长安黄榜招贤的信件,只是雪韵堂本中两个人之间的距离更远些。

3. 雪韵堂本与怀远堂本在文图关系的艺术处理上也有不同之处。比如"误认"一出,雪韵堂本重在表现"误",因而插图(图 14-22)中郦飞云的母亲(老旦)和华行云(小旦)两人相距较远。按照曲文,郦母正担心飞云现不知在何处,连梅香也失散不见踪影,感到"叫天不应,天也忒狠绝",于是生发出"教我如何割舍,我如何割舍,不如丧荒丘,免受生离别"的感慨。正在这个时候,她"做远看、见小旦",发现了前面草坡上坐的,分明是女孩儿,并且把华行云误认为她的女儿。插图表现的正是这一瞬间。在图像中,郦母正快步上前,急切地去认自己的"女儿";而华行云则孤苦伶仃地坐在树下的草坡上,从其眼神判断,应该也是发现了眼前的这位老人。在画面中,郦母为"动",而华行云为"静",前者明显占据主动,所以整个插图更侧重表现郦母的"误认"。而怀远堂本则重在表现"认",因而在图 14-23 中郦母与华行云是近距离地手拉手、面对面。画面中,两人的位置发生了变化。从放在地上的包裹和画来看,根据剧作"小旦背包裹、画,缓行上介"的科介提示,左边人物当为华行云。从人物表情上看,占据画面主导地位的仍是郦母。此时的她似乎正在对眼前的"女儿"说着什么,或许是在诉说自己"避难出来,不料被贼兵冲散"的境遇,或许

① 首都图书馆编辑:《古本戏曲十大名著版画全编》(下册),线装书局 1996 年版,第 479 页。
② 李慈铭:《越缦堂读书记》,上海书店出版社 2000 年版,第 1234 页。

图14-22　误认，崇祯年间刊本《雪韵堂批点燕子笺》插图，《古本戏曲丛刊》二集影印本

图14-23　误认，崇祯年间武林刊本《怀远堂批点燕子笺》插图，《本戏曲丛刊》二集影印本

是在仔细辨认眼前这个人与自己真正的女儿到底有什么区别，或许是希望华行云"可一路与我作个伴，到家里时，便做亲女厮认"。总之，雪韵堂本比怀远堂本在"误认"上更进了一步。再比如"劝合"一出，雪韵堂本与怀远堂本在表现手法上有着较大差异。怀远堂本插图表现的是丑驼婆与郦小姐在促膝长谈。在画面（图14-24）中，两个面对面地端坐着。左侧为丑驼婆，从其坐姿和手势上来看，当是在苦口婆心地劝说着郦小姐承应贾老爷提出的郦小姐招赘下参军这门亲事。显然，她是在倾力完成贾老爷交给的任务。右侧为郦飞云。从其表情和神态来看，当是在掩面而泣，似乎在诉说着自己的内心苦楚：一方面贾公收养再生，他的言语岂敢执拗？另一方面，此时的至亲爹娘，不知散失何所，哪有这般闲心考虑个人亲事？此外，六礼未成，又无媒妁，岂能答应这门亲事呢？所以，内心充满了矛盾和犹豫，故而"心上未免踌躇"。从画面上看，两人谈话的氛围和效果当是很好，而且两人的位置是面对面式的平起平坐，比较符合谈心的场景。同样是"劝合"，雪韵堂本却把时间节点提到了前面。在画面（图14-25）中，丑驼婆与郦飞云两个人的位置发生了巧妙的变化：第一，两个人不是相向而坐，而是同向站立，只是郦飞云把头扭向了丑驼婆；第二，两个人所处的位置也并不在同一高度，一个是在台阶上（门内），一个是在台阶下（门外）。这两个画面信息显然说明，此时两个人并未开始谈话，尚处于要谈未谈之时。郦飞云似乎在说"妈妈，你唤我出来有何话说"，具体谈什么，怎么劝，效果如何，画面并没有提及。所以说，从这两出曲文内容的插图表现来看，在选择最具包孕性的瞬间这一点上，雪韵堂本与怀远堂本还是存在较大差异的。

图 14-24 劝合,崇祯年间武林刊本《怀远堂批点燕子笺》插图,《古本戏曲丛刊》二集影印本

图 14-25 劝合,崇祯年间刊本《雪韵堂批点燕子笺》插图,《古本戏曲丛刊》二集影印本

(三)《明刻传奇图像十种》所收《燕子笺》刊印本

现在所见的《明刻传奇图像十种》为民国陶湘辑武进陶氏涉园石印本,卷首署"庚午春澹翁署",即民国十九年(1930)。此本为《喜咏轩丛书》之一。陶湘(1870—1940),字兰泉,号涉园,江苏武进人。《喜咏轩丛书》是民国十五年至二十年(1926—1931)陶湘所辑,共有甲、乙、丙、丁、戊五编四十二册。该书印刷精美,装订考究。所收书为诗词、戏曲、传奇和图谱等,书中附有大量插图。《明刻传奇图像十种》列丙编第二十四、二十五册。北京工艺美术出版社 2004 年曾影印出版过该书;浙江人民美术出版社 2013 年同样影印出版该书,书名为《古刻新韵·明刻传奇图像十种》,软精装,全一册。关于该刊印本的基本情况,北京工艺美术出版社影印本的"出版说明"中有如下一段文字介绍:

这本《明刻传奇图像十种》是明天启丁卯年(公元一六二七年)间刊印的十种戏曲插图的汇集本,为私人所珍藏。这十种脍炙人口、流传甚广的传奇剧本,包括元高明的《琵琶记》,王实甫的《西厢记》,金董解元的《董西厢记》,明汤显祖的《牡丹亭》、《紫钗记》、《邯郸记》、《南柯记》及张凤翼的《红拂记》,阮大铖的《燕子笺》等。插图的作者署名均为吴门王文衡所绘,刻图者为新安黄一彬,及郑圣卿、刘杲卿、汪文佐共四人。王文衡字青成,苏州人。画署庚申年绘,为天启元年(公元一六二一年),诸本插图均刻于天启丁卯年间。在三百多年前,便出现了这种把一位画家的插图辑集成册的书籍,可见当时书商、画家对书籍插图的重视和插图创作的活跃。在这些插图中,画家为适应木刻的需要,采用了传统的线描画法,撇开了渲染皴擦的表现,这种"洗去铅华,独存本质"的线描本身,乃是一种创造。画面中有的注意场面描写,有的则着重人物的安排;有的为了突出主要人物,画面简洁空阔;有的则

追求画面细致的刻画,不放过一丝一发,在多样中求得统一的效果。画者所绘的山水亭阁、树木花草,院落内外布置得宜,陈设雅致,以景衬情,情景交融;所绘的人物或雍容大度、穿戴华丽,或身材窈窕、婀娜多姿,生动自然,各具特色。镂刻者以刀代笔,刀法多样,刻制十分精美,创造性地再现画稿于梨枣木版之上,表现出他们的深厚功力和学养。①

这段文字对该刊印本的刊刻特点给予了准确而细致的描绘,从中不难看出此本插图的精美细腻以及图文唱和的艺术魅力,分明是在以"另一种讲述的方式"演绎着传奇《燕子笺》。刊本选用的插图虽是王文衡所绘,但与怀远堂本当为同一底本,只是更加清晰、精致、工丽。其文图关系不再另作介绍。

(四) 清宣统年间暖红室汇刻传奇本《批点燕子笺》

清宣统二年(1910)《批点燕子笺》,二卷,四十二出。白口,四周单边,单黑鱼尾。版心上镌"燕子笺",中镌卷次。书口下方刻"暖红室"堂号。② 卷首载《燕子笺原叙》,此序即为明崇祯吴门毛氏刻《石巢传奇四种》中所收《咏怀堂新编燕子笺记》卷首所载佚名《燕子笺叙》。卷尾有署"庚戌九月二十有九日梦凤并识"之跋。卷首总目标作:"燕子笺",并署"怀远堂批点,暖红主人署检",另刻"小红点勘"阳文篆章一枚。每卷正文首行上端,书名标作"批点燕子笺卷上(下)";首行下端署"汇刻传奇第十七种"。每卷正文次行皆署"百子山樵撰,梦凤楼暖红室刊校"。眉端刻批语,行间刻圈点。卷首弁郦飞云与华行云绣像两帧,落款分别为"傅春姗摹"和"晓红"(刘世珩继配傅俪葱,字春姗,号晓虹,才艺绝佳)。有学者认为,从造型、服饰等来看,此刻本卷首绣像当与"怀本"无大差异,知即为傅春姗从"怀本"中摹出无疑。也有学者根据"暖红室本,多据明刊善本传摹"认为署"傅春姗摹"的卷首图显系据陈洪绶绘娇娘像仿刻。③ 每卷有插图六幅,图为单面方式,落款为"颐性主人绘图"④。刘氏于跋中自称:"惟《燕子笺》,咏怀堂本竟不可获。坊间覆刻,讹谬触目。客岁,乃从武进费氏假得此本,首行题作'怀远堂批点燕子笺记',刻本甚精,眉端评语,简当有味,图画亦极工致,因即据之覆刻。""费本评语并刊,以存其旧。惜图画

---

① 王文衡绘:《明刻传奇图像十种》,北京工艺美术出版社 2004 年版,出版说明。

② 刘世珩,清末著名藏书家、刻书家、文学家。小字奎元,字聚卿,又字葱石,号继庵,别署灵田耕者、枕雷道士,安徽贵池人,尤工词曲,藏书富。其用二十年的时间刻成了《暖红室汇刻传奇》这套大型丛书。该丛书汇集我国戏曲文学中的重要文献,所据都是佳善之本,校雠刻印皆精善,版图镂刻隽美,诚为佳品。

③ 此处参见丁登花:《〈燕子笺〉传世版本述略》(《重庆科技学院学报》[社会科学版]2012 年第 21 期)和首都图书馆编辑:《古本戏曲十大名著版画全编》(下册)(线装书局 1996 年版,第 486 页)。本文关于暖红室汇刻传奇《燕子笺》的相关介绍以及所选附该刊本插图,分别参阅了这两个文献。但需要指出的是,后一文献在介绍《批点燕子笺》时,认为此暖红室汇刻本是清光绪年间(1875—1908)刊本。而前一文献在介绍这一刊本汇刻时间时,认为此本应为宣统二年(1910)之作。笔者查阅了相关文献,采用了前一文献的观点。

④ 颐性主人即是清末民初画家吴子鼎(1873—1945),名瑞汾,安徽休宁人。工山水,曾佐陈夔龙幕,陈之水流云在图等,均出其手笔。参见俞剑华编:《中国美术家人名辞典》,上海人民美术出版社 1981 年版,第 305 页。

多不完,因倩吴子鼎补绘足成之。而山荆又从原本上摹郦、华二像,以弁卷端,益见予二人之好事矣。"可知,此刻本当为怀堂批点本的覆刻。

与明代诸刊本相比,清代暖红室汇刻传奇本《批点燕子笺》的文图关系呈现出鲜明的特点,即插图的叙事性明显增强,画面内容比较丰满。

首先,插图中人物数量有所增多。比如"约试"一出插图,怀远堂本与雪韵堂本画面上均出现两人,即霍都梁和其斋夫,表现的是"副末持书上"的场景。至于霍都梁与鲜于佶两人见面一同赴试,则到了第四出"借征"中才有交代。但暖红室本的画面中却出现了四个人物,根据剧情,骑马的两个人应为赴长安应试的霍都梁和鲜于佶,画面右下角多了两个随从。显然,该刊本的首幅插图把表现的瞬间推到了更为靠后的"借征",但真正"借征"的内容又并没有出现在插图中,可以看出,此插图的图像呈现其实不过是"约试"一出内容的延伸而已。此外,该刊本所附第二幅插图表现的是第三出内容"授画",从这一点看,第一幅插图表现的实则为第一出"约试"的内容,而不可能是后面第四出的"借征"。这也体现出暖红室本插图在表现原剧作内容时,既尊重原作又不完全拘泥于原作,而是有所突破和变化,图文之间既相互唱和又不完全吻合。第三十二出"招婚"、第四十出"排宴"插图,画面中的人物更是多至七人,并且神态各异,表情不一。

其次,插图人大景小,抒情意味明显降低,叙事成分明显增强。景小人大的构图安排,使得画中人物的服饰、表情乃至一些细节都表现得非常清楚,似有局部放大的感觉。比如第三出"授画"插图,人物刻画非常细腻,神态表情清晰可见,就连天雄节度使贾南仲托人送来的"水墨观音像",甚至"吴道子写"的题款,读者都可以一览无余。这是暖红室本有别于怀远堂本和雪韵堂本的明显特征。第六出"写像"插图同样如此,不仅人物的装束、神态活灵活现,就连桌案上所摆放的物品和霍都梁作画的纸笔镇尺等都一清二楚。

再次,插图的层次感明显增强,叙事意味浓郁。比如第十九出"伪缉"插图(图14-26),整个画面被切分成两个部分,即门内和门外。门外展现的是"杂扮捕役二人锁驼婆上"的场景,画面中一名捕役手里拉着被铁链锁住的丑驼婆,另一名捕役在"作轻叩门介"。室内场景同样具有层次感,远景是墙上的一尊佛像,当是那幅水墨观音像画作;中景是香台,那是云娘"拈普陀云一柱香""在此为小生祷告";近景是霍都梁"同小旦跪对像介",面对佛像立下"夫荣妻贵,永不相忘"的爱情誓言。一扇门把屋内屋外的场景隔开,而一旦那扇门打开,里面的安宁静谧便会被打破。插图绘制者巧妙地运用俯视视角,把室内室外的场景同时展现出来,使画面的叙事容量大大增加。这样的构图方式显然是吸收了明刊小说插图的叙事画表现技巧。第三十九出"双近"插图(图14-27),画面的层次感和表现力同样非常强。画面中的五个人被自然切割成三个区域:一个是贾仲南和郦安道两人所在区域,两人拱手相让的样子表明,他们在寒暄客套的叙旧中又不乏愧疚和不安;另一区域是郦飞云和华行云所处位置,两人都在嗔怪对面的霍都梁,一个在说"恐你别路风流,忘了正道姻缘",一个在说"怎生蓦地姻连,蓦地姻连,招赘朱门,忘却寒酸。闪得我月下星前,独自孤单";再一区域则是霍都梁所在的位置,面对"双云"的责怪,他显然在两

图 14-26　伪缉,宣统二年(1910)刊本《批点
燕子笺》插图

图 14-27　双逅,宣统二年(1910)刊本
《批点燕子笺》插图

边招架,一会儿劝郦飞云说"旧约新婚,小生心中一样相待",一会儿劝华行云说"原告过的,题笺的人儿,相会之时,定要圆成""从别后,魂梦长牵,大和小原说过一般看",看上去一脸无辜无奈的样子。这幅插图体现出明显的叙事层次感。这种叙事层次感在第二十五出"误认"插图中表现得同样明显。不同于图 14-26 通过俯视视角增加叙事容量,该插图是以空间区隔的方式增加叙事容量。画面右下部分表现的是郦母与华行云"误认"的情节,而左上部分呈现的则是战乱的场面,为"误认"提供场景铺垫和情节缘由。不得不说,这样的画面布局是匠心独运的。

图 14-28　奸遁,宣统二年(1910)刊本《批点
燕子笺》插图

又次,插图人物的动作感非常强,既反映出人物复杂的内心世界,又往往蕴含着特定的矛盾冲突。图 14-27 中的华行云与其他人物不是面对面地交流,而是把头扭向了另一侧,很显然她是在向霍都梁表达嗔怪之情,也预示着后面"封诰"情节中的矛盾冲突。第四十二出"诰圆"插图表现的是丑驼婆"卧地双手捶胸介"的瞬间。此时的她负责调解"双云"的诰封争端,在"公说公有理,婆说婆有理"的状况下,她无奈采取了"拼残躯老命,跌在华堂"的办法,旨在通过卧地之举使她们都能宽容对方,

达成谅解。画面选择了诰封到来之前的这段情节入图，一方面是对此前郦飞云和华行云两条叙事线索的归结和收束，另一方面也是对后面诰封情节的过渡和铺垫，可谓用心巧妙。插图人物的动作感比较明显的还有第三十八出"奸遁"插图（图 14 - 28）。颇有意思的是，各曲本都选择了"奸遁"这一情节入图。但该刊本在图像瞬间的撷取上与其他版本有所区别：一是与一般插图表现鲜于佶从狗洞钻出后被狗儿追咬仓皇逃跑的瞬间有所不同，此插图选择的是鲜于佶正从狗洞钻出的狼狈瞬间；二是画面中不只一条狗，而是出现了两条狗，这两条狗正在"严阵以待"地狂吠着。应该说，没有选择"遁"逃的瞬间，而是选择正从狗洞"钻"出这一"要跑未跑"的瞬间入图，更具有孕育性。不仅这一瞬间可以暗示此前此后的情节，而且把画面定格在钻出狗洞，更有助于揭示鲜于佶的阴险嘴脸和落魄下场。插图绘制者的情感意图虽隐藏其间，却又清晰可见。

第十五章　明代杂剧与图像

第一节　明代杂剧与图像概述

　　明代杂剧是明代戏曲研究和文图关系研究的重要内容之一。明杂剧是"在元杂剧衰微后，吸收了包括宋金杂剧、院本在内的多种戏剧艺术成就而形成的"[①]，它不仅上承元代的北曲杂剧，而且创造性地发展了"南杂剧"，并开启清杂剧的新路。长期以来，明代杂剧在人们心目中的地位并不高。明代的沈德符、臧晋叔等人对明杂剧大加贬低，斥之为"按拍者既无绕梁遏云之奇，顾曲者复无辍味忘倦之好"（《元曲选序》）；王国维亦有"元人生气，至是顿尽""已失元人法度矣""均鲜动人之处""然不逮元人远甚""既无定折，又多用南曲，其词亦无足观"[②]等评价。受此影响，明代杂剧的研究长期以来受重视程度不高。至于明代杂剧中的文图关系，研究者更是少之又少。

　　研究明杂剧的文图关系，首先遇到的一个问题便是，明代究竟有多少杂剧作家和杂剧作品。这一问题确实难以准确回答。有的学者甚至认为，"这是永远不能确实解决的问题。因为曲籍浩如烟海，搜辑不易，加上散佚残缺，要编成一部完整的全目是几乎不可能的"[③]。让我们先来看一看几部重要的著录或考订过明代杂剧的著作：朱权《太和正音谱》、无名氏《录鬼簿续编》、祁彪佳《远山堂剧品》、姚燮《今乐考证》、黄丕烈《也是园藏古今杂剧目录提要》、董康《曲海总目提要》、王国维《曲录》、八木泽元《明代剧作家研究》、叶德均《戏曲小说丛考》、傅惜华《明代杂剧全目》、庄一拂《古典戏曲存目汇考》、曾永义《明杂剧概论》、戚世隽《明代杂剧研究》等。这些著述就上述问题给出的答案并不相同。如祁彪佳《远山堂剧品》著录明代杂剧作家七十九人，杂剧二百六十六种；姚燮《今乐考证》著录明代杂剧作家四十四人，杂剧一百四十四种；傅惜华先生的《明代杂剧全目》，共著录明代杂剧五百二十三种，其中包括有姓名可考者三百四十九种，无名氏作品一百七十四种；曾永义《明杂剧概论》综合八木泽元与傅惜华二家目录，辨其讹误，增其所无，共得明代杂剧作家一百二十五人，作品四百一十三种，合无名氏一百三十四种，计五百四十七种；庄

---

① 叶长海、张福海：《插图本中国戏剧史》，上海古籍出版社2003年版，第321页。
② 王国维撰，叶长海导读：《宋元戏曲史》，上海古籍出版社1998年版，第128页。
③ 曾永义：《明杂剧概论》，台湾学海出版社1979年版，第23页。

一拂《古典戏曲存目汇考》著录明代杂剧作家一百二十二人，作品三百五十九种。其实，明杂剧作家作品之所以难以有一个精确数量，除了"曲籍浩如烟海，搜辑不易，加上散佚残缺"等原因外，还有两个因素值得注意：一是不少作家在时间跨度上兼及元明或明清，各家著录时，就互有异同；二是有些作品兼具杂剧和传奇两方面性质，各家收录并不完全一致。① 但不管怎样，有一点很明确，即明代杂剧的数量是相当可观的，其"作品数量超过了元代杂剧和南戏的总和"②。研究明代戏曲的文图关系，不能忽视对明代杂剧的研究。

研究明代杂剧的文图关系，有必要先从明代杂剧这一特殊的文体形式说起。

首先，从艺术形制上看。在音乐体制方面，明杂剧有纯用南曲的杂剧，也有纯用北曲的杂剧，另外还有创造性地使用南北合套曲的杂剧。在篇幅内容方面，明杂剧大多为短剧形制，如《文姬入塞》、《昭君出塞》、《中山狼》（院本）仅为单折，《雌木兰》为两出，长一些的如《郁轮袍》和《一文钱》等也只有六七折（出）。因此，明杂剧篇幅较为简短，形式较为自由。尽管如此，它又与从传奇中抽出单独上演的折子戏有所不同，明杂剧作品往往选材严肃，线索明晰，结构严谨，故事完整，情节集中，形象鲜明，戏剧性效果非常突出。

其次，明杂剧大都属于文人剧。明杂剧在明初曾有一段历史，即"宫廷杂剧"。《大明律讲解卷二十六刑律杂犯》明确规定："凡乐人搬做杂剧、戏文，不许妆扮历代帝王后妃忠臣烈士先圣先贤神像，违者杖一百；官民之家，容令妆扮者与同罪，其神仙道扮及义夫节妇孝子顺孙劝人为善者，不在禁限。"这样的规定导致明初杂剧具有浓厚的道德教化倾向，其集中指向的是"汉家大一统社会建立后民族自信和自负的时代精神"，杂剧作家的创作任务变成"单向度地满足接受主体——皇族贵人的遣兴供奉需求"。如此一来，在北杂剧衰微后明杂剧的正宗地位是保住了，但"这一地位的保有是以作家创作主体意识的削弱甚至消失为代价的"，即使是身为藩王的剧作家也不能在剧作中流露出自己的真情实感。③ 因而，明初杂剧走向衰微成为必然。于是，从弘治年间的康海、王九思开始，明杂剧实现了入明后的又一次重要转变，即由贵族化不断走向文人化。

有的学者甚至认为，明杂剧本质上是文人剧。④ 而在有的学者看来，后期的文人南杂剧作家"既无元杂剧作家与市俗大众融为一体的机遇，又无为求自身生存、安全而趋奉权势贵族之幸运，因而能得以在作品中充分表现自己，使个性得到最大的发挥"。⑤ 文人剧的最大特点便是遣意抒怀，具有强烈的主体性。有学者指出，"如果说前期宫廷杂剧以其整体气势表现了社会的向心趋势的话，那么此时期文人剧作则通过个体对传统规范的冲击表现了一种社会离心倾向"⑥。从创作主体来

① 戚世隽：《明代杂剧研究》，广东高等教育出版社 2001 年版，第 21—23 页。

② 徐子方：《明杂剧研究》，台湾文津出版社 1998 年版，第 2 页。

③ 同①，第 61 页。

④ 叶长海、张福海：《插图本中国戏剧史》，上海古籍出版社 2003 年版，第 323 页。

⑤ 同②，第 38 页。

⑥ 同②，第 40 页。

看,元代杂剧多为场上之曲,适合舞台搬演,演员和作家也大多来自底层,"元人诸剧,为曲皆佳,而白则猥鄙俚亵,不似文人口吻"[1]。到了明杂剧,创作主体变成了文人、士大夫和贵族,"显然他们的意图不只是剧本的流行、演出的成功,而是遣情排意、昭显文学才情"[2],正所谓"文人之意,往往托之填词"(《盛明杂剧》袁帽亭序),"盖才人韵士,其牢骚抑郁呼号愤激之情,与夫慷慨流连,谈谐笑谑之态,拂拂于指尖而津津于笔底,不能直写而曲摹之,不能庄语而戏喻之者也"(《盛明杂剧》程羽序)。

文人化倾向导致戏曲发展远离舞台表演,而逐渐成为案头之作。南杂剧作家徐翙在《〈盛明杂剧〉序》中便指出了文人化所导致的对舞台表演的偏离:"此何等心事,宁漫付之李龟年及阿蛮辈,草草演习,供绮宴酒阑所憨跳?"不仅戏曲剧本如此,明末如雨后春笋般出现的戏曲选集更是把文人化向前推进了一大步。这些选集不仅剧本本身充满了浓郁的文人写意性,更是附上了议论性、评价性色彩很浓的评语、序言、插图等戏曲语汇,使得戏曲的文人意趣大大加重,甚至欣赏价值和审美价值超过了舞台价值和表演价值。

接下来,简要概括一下明代杂剧文图关系的总体风貌。

第一,与传奇相比,明杂剧及其插图的风貌呈现出多元化的特点。明初的宫廷杂剧多有歌功颂德、教化补世等功能,作品充满了欢乐祥和与雍容华贵的气息。这些剧本今天或已佚,或只存目,存世的大都见于脉望馆藏《古名家杂剧》、王季烈校刊《孤本元明杂剧》。插图却难得一见,国内流行的诸多戏曲插图选本也大都未予收录。从万历十七年(1589)刊本《帝妃春游》(图 15 - 1)、明刊《元曲选·铁拐李度金童玉女》(图 15 - 2)以及《群仙庆寿蟠桃会》等剧本插图,我们似乎可以想见此类插图的刊行盛况以及所呈现出的"错彩镂金"之美。尤其是《金童玉女娇红记》杂剧,左图右文,图文并茂,是明代早期戏曲版画的典范之作,也是研究明初杂剧文图关系的重要文献。杂剧发展至明后期的文人杂剧,其篇幅相对短小,插图数量亦较少,每个剧本常常只有一两幅插图。如万历年间刊本《四声猿》杂剧,只是在卷首为每剧附上一幅插图,一共只有四幅图;杂剧选集《新镌古今名剧·酹江集》共收录了二十六位剧作家(含无名氏)的三十部杂剧作品,插图共有五十六幅,平均每剧不到两幅。

第二,明代杂剧的插图常常选择剧本中的某一情节入图,或予以情节提示,或予以高潮展示,或予以情感暗示。如《新镌古今名剧·酹江集》选录的《昆仑奴》杂剧所刊附的两幅插图(图 15 - 3),分别为"红绡姝手语传情"(右图)、"昆仑奴剑侠成仙"(左图)。右图以红绡和崔生为中心,画面描绘的是崔生同摩勒离开郭府时的场景,崔生意欲离去,手作告别状,摩勒站立一旁,而台阶上的红绡正做出"三指三反掌"的动作。画面虽然选取的是告别的一瞬间,却充满了意味:一是红绡的手势究竟是何用意,读者难免会跟随崔生一起思考;二是此时的红绡内心活动究竟怎样,这个空白留给了读者去想象和填充,从她的眼神和手势中读者似乎可以读出剧本

---

[1] 王骥德:《王骥德曲律》,湖南人民出版社 1983 年版,第 181 页。

[2] 张艳艳:《盛明杂剧研究》,黑龙江大学硕士学位论文 2011 年,第 8 页。

图 15-1 帝妃春游,万历十七年(1589)刻
本插图

图 15-2 铁拐李度金童玉女,万历年间
臧懋循雕虫馆刻本插图

图 15-3 红绡妓手语传情、昆仑奴剑侠成仙,崇祯六年(1633)刻本《新镌古今名剧·
酹江集》插图

中"看那生貌如冠玉,声似掷金,举止安详,发言清雅,是好托终身的"这段心理描述。左图描绘的是"将官领众卒执兵器"与昆仑奴摩勒交锋的场面。画面中的摩勒一副腾云驾雾的造型,用剧本中的描述便是"匕首星光,鹤背云翔"和"飞出高垣,惊若翅翎,疾同鹰隼",这恰与他的"剑侠"和"仙都上界"的身份相吻合。地面上的众将卒可谓是各种武器齐上阵,形成了"吉铮铮,铁钉铛,密匝匝,绿沉枪"和"攒矢如

雨,列甲成云"的合围之势,不过这并不能对铁甲金身的摩勒造成丝毫的伤害,后文"眼见他上天有路,惊得我入地无门"既是双方力量悬殊的一种提示,同时点明了摩勒的最终去向。不得不说,这样的瞬间选择是耐人寻味的。像《新镌古今名剧·酹江集》选录的其他作品,如《红线女》(图15-4)、《郁轮袍》(图15-5)等,也都是选择了剧情中的关键情节予以图像展现,前者为"红线女夜窃黄金盒"(右图)、"冷参军朝赋洛妃诗"(左图),后者为"王摩诘拍碎郁轮袍"(右图)、"韩持国正本中书省"(左图)①。《盛明杂剧》所收录的两幅《郁轮袍》插图同样如此。

图15-4　红线女夜窃黄金盒、冷参军朝赋洛妃诗,崇祯六年(1633)刻本《新镌古今名剧·酹江集》插图

第三,与传奇的巨制相比,明杂剧特别是明后期杂剧,虽然插图常常选择剧本中的某一情节入图,但插图与剧本之间的关系相对来说并不十分紧密。一是插图总量偏少,即便是展现某一情节,但由于图像总量较少,与情节的丰富性相比,这种对应性呈现稍显薄弱。比如《酹江集》所选录的《红线女》,根据正目提示,基本内容当有"薛节度兵镇潞州道,田元帅私养外宅儿;红线女夜窃黄金盒,冷参军朝赋洛妃诗",但插图只是选择了后面两个情节作图,另外两个情节则没有入图,至于剧本中其他可以入图的诸多"富有包孕性的瞬间"更未进入插图表现的视野。二是插图位置往往不在文中,有的位于正文之前,有的甚至提到了卷首,文图相离较远。比如,《酹江集》收录的所有插图均集中于卷首,图文唱和的效果较弱。《盛明杂剧》所附

① 据傅惜华《明代杂剧全目》,《郁轮袍》有明万历间刻本(日本内阁文库藏)、《盛明杂剧》本、《酹江集》本。其中万历间刻本与《酹江集》本中的正名相同,作"王摩诘拍碎郁轮袍,韩持国正本中书省";而《盛明杂剧》本则为"乔秀才两番错认,哑文字四面受攻;王摩诘腌臢学士,韩持国自在三公"。参见傅惜华:《明代杂剧全目》,作家出版社1958年版,第114页。另参见傅芸子:《正仓院考古记·白川集》,辽宁教育出版社2000年版,第136页。

图 15-5 王摩诘拍碎郁轮袍、韩持国正本中书省，崇祯六年（1633）刻本《新镌古今名剧·醉江集》插图

插图同样不在每折中间，或对应剧本内容出现之处，而是位于每个剧本之前。三是由于明杂剧大多属于文人剧，因而其中的插图与曲文、评点、序言等一道，充满了文人的内在旨趣和审美立场，舞台化效果较弱，案头化倾向明显，插图功能由舞台性表演让位于品鉴性欣赏。四是有的插图写实与写意并重，抒情意味较为浓郁。如明万历四十三年（1615）武林版画《徐文长改本昆仑奴杂剧》插图（图 15-6），插图为双面连式，景大人小，写意性较强。从图中表现来看，当为崔生和红绡"同游曲江"

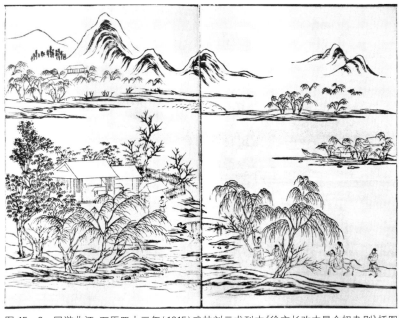

图 15-6 同游曲江，万历四十三年（1615）武林刘云龙刊本《徐文长改本昆仑奴杂剧》插图

的画面。图中崔生骑马前行，摩勒跟随其后，而红绡则坐着车子，暗合了剧本中"姜乘油壁车，郎乘青骢马"的语言描述。插图对曲文中"车油壁，暗尘飞，马青骢，游心荡，步春云晚色年芳，看曲江翠幕排银榜，通御气停仙仗"的一段描写给予了充分的图像展现。尤其是画面的左半部分，浓密的树丛中点缀着一处院落，根据剧情当为"杏花村酒店"。整个插图写意性极强，近景与远景的搭配错落有致，人沉醉于景中，似乎忘却了自己的身份。

第二节　《中山狼》文图关系

中山狼的故事，早在唐代便有流传。[①] 明末清初刻本冰华居士辑《合刻三志》一书，在其中"志寓类"收录了《中山狼传》，原署"唐姚合撰、程羽文校阅"；明嘉靖年间刻本陈楫所辑《古今说海》中收录了《中山狼传》，署名宋代谢良；明人马中锡《东田文集》卷三为《杂著》，其中第二篇为《中山狼传》。明人康海、王九思、汪廷讷、陈与郊均以中山狼故事为题材创作过杂剧剧本。

一、杂剧《中山狼》的文本呈现

《中山狼》的语言文本有如下几种：

（一）王九思《中山狼院本》

据傅惜华《明代杂剧全目》，该剧作自明清以来，各家戏曲书目，未见著录。现流传的版本有：1. 明崇祯十三年（1640）张宗孟重刻《王渼陂全集》所收本，卷首有"崇祯庚辰（十三年）岁春三月晋人张宗孟书于鄂衙之思补堂"之"中山狼院本序"，卷首标名，亦作"中山狼院本"；虽题为院本，实为一折杂剧。2. 世界文库第四册所收本，系重印全集者。[②] 不少论者认为，王九思所作的《中山狼》开明代单折杂剧的先河。郑振铎在《插图本中国文学史》中的观点颇具代表性。他认为，"王九思亦作《中山狼院本》一种，却只有一折。杂剧转变之机，于此时已可窥见"[③]。

（二）康海《东郭先生误救中山狼》

《远山堂剧品》著录，简名"中山狼"，列入"雅品"。现存版本有：1.《盛明杂剧》本第十九卷，卷首标名"中山狼"，分署云"关中对山康海编，西湖林宗沈泰评""海阳干城黄之城、武林仲常沈乔阅"。正名作："东郭先生误救中山狼，杖藜老子智杀负

---

① 蒋星煜先生曾撰《康海〈中山狼〉杂剧并非为讥刺李梦阳而作——兼谈〈中山狼传〉小说之作者》一文，对《中山狼传》小说的流变和作者予以分析考证。参见蒋星煜：《中国戏曲史钩沉》，中州书画社 1982 年版，第 159—172 页。郑振铎先生也曾撰写《中山狼故事之变异》一文（原载《小说月报》第十七卷号外，青木正儿《中国近世戏曲史》予以摘录），介绍了欧洲与亚洲各国古代中山狼类型民间传说之异同。

② 傅惜华：《明代杂剧全目》，作家出版社 1958 年版，第 86 页。

③ 郑振铎：《插图本中国文学史》（二），见《郑振铎全集》第九卷，花山文艺出版社 1998 年版，第 290 页。

心兽。"2.《酹江集》本,第二十一种,题曰"明康海著",孟称舜评点,刘启胤订正,卷首标名及正名与前本同。3. 世界文库第四册所收本亦收此剧,为据《盛明杂剧》本重印。

(三) 汪廷讷《中山救狼》

《远山堂剧品》著录,列于"能品",并谓:"南北(曲)六折。《中山狼》,陈记之而简,康记之而畅,不必更问环翠子之墨矣。且若狼、若杏、若老牛作人语犹可,以之唱曲,太觉不像。遇青黎丈人,寥寥数言,亦未发挥负心之态。"据傅惜华先生研究,"其他戏曲书目,从未著录此剧,而今日亦未见有流传之本"[①]。陈眉公云:"读《中山狼》剧,真救世仙丹,使无义男见之不觉毛骨颤战。"(《今乐考证》著录 3 引)《远山堂剧品》云:"中山狼一事,而对山、禹阳、昌朝三演之,良曲世上负心者多耳。"

(四) 陈与郊《中山狼》

《远山堂剧品》著录,列入"雅品"。今此剧亦无传流之本。《远山堂剧品》谓此剧:"南北(曲)五折。借中山狼唾骂世人,说得透快,当为醒世一编,勿复作词曲观也。"

二、杂剧《中山狼》的插图呈现

尽管杂剧《中山狼》著者不一,版本多样,但有的刊本未见流传,其中的图像呈现已无从考证。这里,主要以《盛明杂剧》本、《酹江集》本和程大约《中山狼图》为例,就《中山狼》的插图情况予以介绍。

(一)《盛明杂剧》本

《盛明杂剧》为明代杂剧作品的重要选本。《盛明杂剧》为明沈泰辑,包含初集和二集,分别在崇祯二年己巳(1629)和崇祯十四年辛巳(1641)刊行,每集各收明人杂剧三十种,共计六十种。通常所见为武进董氏诵芬室翻刻本(初集在 1918 年翻刻,二集在 1925 年翻刻)。刊本版式精美,插图精致,是明末刊本中的典型。初集和二集均将六十幅插图分置于每本之前,便于进行图文一体的阅读和品鉴。所收杂剧作家除了明初的朱有燉外,大多是嘉靖以后的文人,共三十一人。

《盛明杂剧》所收录杂剧《中山狼》为康海所作。卷首有插图两幅,分别对应正名内容"东郭先生误救中山狼,杖藜老子智杀负心兽"。两幅插图均采取"并置"的方法,把发生于不同时间段的事件同时置入画面,从而大大提升了画面的信息量,有效地规避了画面空间的局限。

图 15-7 描绘的是中山狼乞救的内容。画面被山的轮廓线自然分为两个部分:下半部分表现的是东郭先生和中山狼巧遇。东郭先生"骑驴负囊""待进取功

① 傅惜华:《明代杂剧全目》,作家出版社 1958 年版,第 127 页。

名，急忙里要赶程途"，不料中途遇见中山狼"带着箭，负痛走"。从神情、动作上看，狼很明显是在向东郭先生乞怜。读者似乎可以感受到他们之间所进行的对话："先生可怜见，救俺一命咱。"如此一来，原本静态的画面便具有了动感。画面的另一端是赵简子及其随从在打围，他们追赶着中箭的中山狼，"忽腾腾的进发，似风驰电刮；急嚷嚷的闹喳，似雷轰炮打；扑刺刺的喊杀，似天崩地塌"，气势非同一般。画面中，虽然赵简子尚没有与东郭先生形成冲突，但读者可以想见接下来必然会有一番对阵和交锋。此幅插图表现的是高潮前的瞬间，即求救尚未施救、寻狼尚未寻到这样的时间点，图像通过暗示的手段让读者自行去想象和填充这个时间点前前后后的事件。

图15-8描绘的是"杖藜老子智杀负心兽"的情节。画面右下角为主场面，杖藜老子已经把中山狼骗入囊中，并对东郭先生的不忍和犹豫进行了质问和训话，从而把"负心的中山狼"的情节提升到"负恩的世间人"的表达层面。虽说图像没有语言表达得那么明晰和清楚，但通过人物的表情和对话读者还是能够读出此番意思来的，只不过形式更为隐蔽，表达更为间接罢了。颇有意思的是，画面的空间布局除了表现"智杀"这一情节外，还把此前的诸多情节吸纳了进来。根据剧情，中山狼欲吃东郭先生，但二人一时相持不下，便决定找第三方来评理明断，正所谓"若要好，问三老"。在找到杖藜老子之前他们先后找到了一株老杏树和一头老㹀牛，但对方均根据自己的身世遭遇认为东郭先生不该有恩于狼，故而"该吃"。画面对这一情节给予了暗示性的展现，即通过"并置"的手段，把一株老杏树和一头老㹀牛置于画面中，从而使画面具有了连续性的叙事功用。从老杏树、老㹀牛到杖藜老子，时间进程和故事内容得到充分展现，原本静态的画面具有了时间性和运动感。

图15-7　东郭先生误救中山狼，崇祯二年 (1629)刊本《盛明杂剧》初集插图

图15-8　杖藜老子智杀负心兽，崇祯二年 (1629)刊本《盛明杂剧》初集插图

（二）《酹江集》本

《酹江集》所收录的杂剧《中山狼》亦为康海所作，只是评者与《盛明杂剧》不同，后者为沈泰，前者为孟称舜。《酹江集》所附插图共有五十六幅，均集中放在卷首，插图形式为单面方式。《中山狼》插图共有两幅，一幅为"东郭先生误救中山狼"（图15-9右），另一幅为"杖藜老子智杀负心兽"（图15-9左）。与《盛明杂剧》本相同，《酹江集》本中收录的《中山狼》同样只有两幅插图，且两幅插图都是表现"正名"的内容，大体与剧情相吻合，而且图像表现也大同小异。

图15-9右所选择的时间点与图15-7基本相同，即中山狼"带着箭，负痛走"时恰遇东郭先生并乞求相救的故事瞬间，画面的另一端为追杀中山狼的赵简子及其随从。画面两个部分被山体轮廓自然隔开。这一点与《盛明杂剧》本相同。稍有不同的是，《盛明杂剧》本插图的线条、构图等更多带有山水画的画法，写意性偏浓；而《酹江集》本中的插图写实性更强些，艺术技巧偏弱，叙事重于表现。

图15-9左所选择的时间点与图15-8稍有不同。在图15-8中，中山狼已被骗入囊中，杖藜老子正欲将其杀掉。而图15-9左展现的则是东郭先生和中山狼遇到最后一老即杖藜老子，杖藜老子欲以不相信中山狼的话为由骗其再次进入囊中然后将其杀掉。图中杖藜老子正在与中山狼进行一番对话，狼尚未进入囊中。如果说图15-8侧重表现的是结果，即最后将狼骗入囊中以及"负恩的世间人"的主题表达；那么图15-9左所侧重的则是杖藜老子的"智杀"，老者的智慧和东郭先生的迂腐显现无遗。在图15-9左中，虽然那株老杏树和那头老牸牛同样进入了画面，但显然更多的是一种情节提示。而图15-8中的老杏树和老牸牛，比例明显小了许多，那头老牸牛只是藏在一角，不加注意很容易被忽略，那株老杏树似乎很

图15-9　东郭先生误救中山狼、杖藜老子智杀负心兽，崇祯六年（1633）刻本《新镌古今名剧·酹江集》插图

自然地融入了周围的景观,成为风景的有机组成部分。如果说图 15 - 9 左是一幅写实性较强的故事画,那么图 15 - 8 的风格更像是一幅有人物出现的山水画。

(三) 程大约《中山狼图》①

程大约,明万历年间人,字幼博,又名君房、士芳,徽州歙县岩寺人,著名制墨家,被誉为李廷珪后第一人。作《程氏墨苑》十二卷,收录其所造名墨图案五百二十式,其中图版五十幅,分玄工、舆图、人官、物华、儒藏、缁黄六类,由著名画家丁云鹏等绘图,徽州黄氏木刻名工黄应泰、黄麟等手刻,徽州滋兰堂套色印刷,是一部杰出的墨法集要和版画珍品,被郑振铎称为版画之国宝。《程氏墨苑》有十二卷和十四卷等版本。正文后一般都带有《墨苑人文爵里》,主要记述参与题赞的名人的官职、功名和籍贯等,以及他们为《程氏墨苑》所作的序。个别版本还带有附录,主要有两个内容,一是以《信而步海》《二徒闻实》《淫色秽气》和《天主图》四幅西洋图像为主,以及利玛窦为前三幅图所作的中文和罗马音标对照的解释;二是《中山狼图》及《中山狼传》《续中山狼传》等。在流传下来的《程氏墨苑》中,附有《中山狼图》的版本并不多,如上海书店出版社《丛书集成续编》第八十册、上海古籍出版社《中国古代版画丛刊二编》第六辑所收录的《程氏墨苑》。今所见《中山狼图》为涉园墨萃本影印(图 15 - 10)。

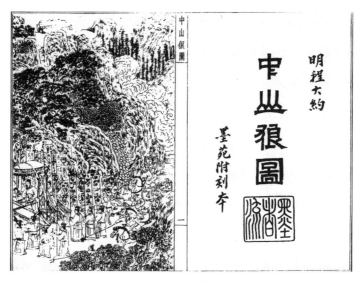

图 15 - 10　中山狼图,万历年间程大约绘刻《中山狼图》影印本插图

《中山狼图》共有图像八幅,双面连式,分别描绘"简子围猎""狼危乞救""简子断辕""负恩反噬""初质老杏""再质老牸""丈人诘故""殪狼弃道"八个场景。每幅图上有四字标题,对画面内容予以提示。图后附有《悼狼辞》、《中山狼传》(署"宋叠山谢枋得著""明篠野程大约校")以及《刻中山狼传引》(署"万历丙午中元日守玄居

---

① 程大约《中山狼图》虽不是杂剧插图,但与杂剧属于同一个故事来源。此图与《盛明杂剧》本和《酹江集》本插图均刊刻于明代。为了与明代杂剧插图作一比较,故而放入此内容。

士程大约录")。

　　我们不妨将程大约的《中山狼图》（简称程本）与此前的《盛明杂剧》本（简称盛本）和《酹江集》本（简称酹本）所附插图作一比较，从中可窥见其文图关系之异同。

　　第一，程本图像共有八幅，每幅图像均讲述一个故事，所有图像连贯起来便具有"连环画"的艺术效果。人们不看文字，只看图像，便可大致领略图像所讲述的故事内容。因而，程本图像属于"连续性叙事"。而盛本和酹本则属于"单一性叙事"，它们只有两幅插图，且分别对应了剧本中的"正名"内容即"东郭先生误救中山狼，杖藜老子智杀负心兽"。与"连续性叙事"相比，"单一性叙事"的信息量较小且不连贯，视觉冲击力不如前者。

　　第二，程本图像是连续性图像，其连缀起来方构成完整而复杂的叙事，但就单幅图像来说，内容表现往往比较单一，以讲述某一个故事为主，与其他故事内容之间较少有关联。如"初质老杏""再质老牸""丈人诘故"共用了三幅插图，分别讲述了三个故事，每幅图只讲"三老"中的一个，周围场景均服务于这一叙事中心，表现单一却又复杂充分。但盛本和酹本的处理方法明显不同。图15-8和图15-9左均以"杖藜老子智杀负心兽"为叙事中心，至于老杏树和老牸牛等内容则是通过"并置"的方法进入图像，从而弥补了单幅图像表现不足的劣势。很显然，两类图像的表现手段并不相同。

　　第三，三种图像对于情节瞬间的选择并不完全相同。比如，对于"智杀中山狼"这一情节，图15-8重在表现杖藜老子的"智杀"，因而图像中的中山狼被处理为"被骗入囊中"；图15-9左显然更侧重于表现向第三老质询的交锋过程，所以图像中的中山狼既没有被处死，也没有进入囊中，三者处于对话和斗智的状态。而程本在表现同一内容时，则分为两幅图像，一幅为"丈人诘故"（图15-11右），另一幅为"殪狼弃道"（图15-11左）。如此一来，前幅图自然就被处理成丈人、东郭和中山狼三者之间的对证与博弈；有"前因"就必有"后果"，于是后幅图就被处理成"殪狼

图15-11　丈人诘故、殪狼弃道，万历年间程大约绘刻《中山狼图》影印本插图

弃道"的效果,中山狼被弃置一旁,而丈人则在规劝和说服东郭。不能不说,这样的处理还是颇见艺术匠心的。

第四,就图像表现来看,程本与盛本、酹本呈现出不同的艺术风格。三个版本图像都有较强的叙事性,依据图像读者往往很容易辨认出相应的表现内容。但相比较而言,酹本的叙事味更浓,其次为盛本和程本。而就写意性而言,则呈现出相反的顺序。酹本以叙事为主,画面即便有场景描写,但笔墨着力较少,只是叙事的一种背景和衬托;盛本虽然仍以叙事为主,但背景的写意性明显增强,山石树林的皴法使得背景颇似一幅水墨画;而程本在注重情节叙事的同时,背景的处理充分显示了徽派版画精致工丽的特点,笔墨厚重浓烈,景致层次分明,人物占据空间较小,抒情写意的意味明显增强。

第三节 《四声猿》文图关系

《四声猿》是指明代徐渭的四部杂剧,分别为《渔阳弄》(一出,全称为"狂鼓史渔阳三弄")、《翠乡梦》(二出,全称为"玉禅师翠乡一梦")、《雌木兰》(二出,全称为"雌木兰替父从军")、《女状元》(五出,全称为"女状元辞凰得凤")。此四剧各自独立,合为《四声猿》。《四声猿》在曲坛上颇受好评。王骥德《曲律》称评诸剧"高华爽俊,浓丽奇伟,无所不有。称词人极则,追蹑元人",是"天地间一种奇绝文字"。袁宏道称其"语气雄越,击壶和筑,同此悲歌"(《盛明杂剧》)。祁彪佳评云:"此千古快谈,吾不知其何以入妙,第觉纸上渊渊有金石声。"(《远山堂剧品》)评价之高可见一斑。下面就明刊《四声猿》几个重要版本的文图关系作重点厘析。

一、万历年间钱塘钟氏刻本

明万历四十二年(1614)钱塘钟氏刻本《四声猿》,卷首冠图,合页连式,古歙汪修绘图。插图四幅,均有题识,分别为"渔阳意气"("狂鼓史渔阳三弄")、"暮雨扣门"("玉禅师翠乡一梦")、"秋风雁塞"("雌木兰替父从军")、"玉楼春色"("女状元辞凰得凤")。[①]《古本戏曲丛刊》初集第三种据此影印。

此刊本虽为钱塘钟氏刻本,但由于绘图者汪修为古歙人,其中所附的四幅插图总体上呈现出典雅、精致、工丽的特点,显然受徽派版画风格的影响。

第一幅插图"渔阳意气"(图 15 - 12)以写实为主,图绘祢衡击鼓骂曹的场景。图像共分为三个区域:第一个区域的中心为祢衡,画面中的他一边击鼓一边指骂曹操,对应曲文中"正好俺借槌来打落,又合着鸣鼓攻他"的描述。此时的祢衡以"本等服色"出场,此前穿着的"常衣"被丢在一旁。从祢衡的表情动作人们似乎可以想见出"俺这骂一句句锋芒飞剑戟,俺这鼓一声声霹雳卷风沙"的酣畅淋漓场面,甚至可以感受到借"击鼓骂曹"抒发胸中情绪的内在力量。第二个区域是"判官引

---

① 参见傅惜华:《中国古典文学版画选集》,上海人民美术出版社 1981 年版,第 238—245 页。

图 15－12　渔阳意气,万历四十二年(1614)钱塘钟氏刻本《四声猿》插图

鬼"和曹操所在之处。根据曲文描述,诸人的位置关系应该是"判左曹右,举酒坐",画面却把众人处理为站立的姿势。这样的艺术处理虽然不符合剧作原意,却符合人之常情,因为面对祢衡痛快淋漓的大骂,曹操不可能心安理得地坐在那里,判官也不会无动于衷,于是他们呈站立的姿势便非常符合常理。从另一角度看,虽然剧本描述的是"举酒坐",但从实际情形推测,座中人不可能始终保持同一个坐姿,遇到祢衡的痛骂难免会站立起来,甚至离席作辩解(如"那时节乱纷纷,非只我曹操一人如此"),或作判(如"丞相这一桩却去不得""手下采将下去,与他一百铁鞭,再从头做起"等)。从某种意义上讲,这种看似不合原意的姿势处理,却暗示了"击鼓骂曹"的激烈程度以及双方冲突的强度。第三个区域为女乐所在的位置。根据剧情,女乐的出现应是在判官说出"俺闻得丞相有好女乐,请出来劳一劳"以后,或是玉帝差人召祢衡之后(有"内作细乐"的科介提示)。按照常理,这些女乐是不该出现在画面上的。但插图为了增加信息量,在重点安排祢衡击鼓骂曹这一情节的同时,有意安排了女乐出场,由于女乐出场和祢衡骂曹并不在同一时间点上,故而被安排在了屏风背后。有了女乐出场,后面的情节便自然而然地得到了暗示。

　　如果说第一幅插图充满了浓郁的叙事性,那么接下来的三幅插图则充满了鲜明的写意性。三幅图均是人淹没于景,写意抒情超越记事叙写,画上题句更是加重了这种写意的氛围。

　　第二幅插图内容为"玉禅师翠乡一梦"(图 15－13),选择的是"暮雨扣门"的场景。按理来说,剧本中可以入图的场景瞬间非常多,主要情节内容和戏剧冲突也不在"扣门",但正是这个"扣门"拉开了剧本的序幕,也揭开了一段情缘,居于高潮前的这段戏颇具"包孕性"。在画面中,"风雨潇潇"中坐落着一处院落,门里门外各有一个人影,虽不是非常清晰,但读者尚可以判断出门外人即红莲,而院中人为道人。

图 15－13　暮雨扣门，万历四十二年(1614)钱塘钟氏刻本《四声猿》插图

此时的玉通和尚正在关门打坐，所以没有出现在画面上。从门外人和院中人的位置关系来看，二人当有一段对话，红莲借机表明了自己想要借宿的意思，从而为后面发生的故事作了很好的铺垫。

　　第三幅插图内容为"雌木兰替父从军"(图15－14)。与其他版本一般选择木兰临行前或归家后的场景有所不同，此幅插图表现的是"秋风雁塞"的场景。在画面中，木兰一身戎装，边上的队伍绵延很长，剧本中"过万点青山，近五丈红关，映一座城栏，竖几手旗竿"的描述得到了较好的呈现。在画面中，人被景包围着，似乎插图

图 15－14　秋风雁塞，万历四十二年(1614)钱塘钟氏刻本《四声猿》插图

绘制者更着意去表现"秋风雁塞"以及由眼前之景引发的情感波澜,在替父从军、征战沙场的背后读者可以感受到一种别亲离乡的思绪,恰与剧本中"马头低遥指落芦花雁,铁衣单忽点上霜花片,别情浓就瘦损桃花面"相互文。不难看出,画面尽管有叙事抒写的成分,但毕竟增添了诸多写意表现和情感因素,渗透着一股抒情氛围。

第四幅插图内容为"女状元辞凰得凤"(图15-15),画意为"玉楼春色"。画面既有叙事写实的成分,又有写意抒怀的成分。根据剧本中"快叫小姐取过新礼服冠髻来,与嫂嫂插带改妆。待大爷回来,就好成亲"的语言描述,画面的右半部分叙写的情节内容当为崇嘏改妆。在插图中,楼上有两个人,应是小姐凤雏为其嫂嫂插带改妆。画面的左半部分叙写的情节内容为"凤羽喜中状元",对应着剧本中"众吹打迎生上"的科介提示和"看挂名的忙,落名的懒,马嘶金勒骄何大。我杏园折得状元红,这杏花一任他十字街头卖"的语言描述。整个插图虽然具有较强的叙事性,但从画面的安排(景大人小以及大量留白)和立意(题名为"玉楼春色")来看,写意性同样明显。

图15-15 玉楼春色,万历四十二年(1614)钱塘钟氏刻本《四声猿》插图

二、万历年间徽州刻本

明万历年间徽州刻本《四声猿》,卷首冠图,合页连式,黄伯符镌刻。① 南京图书馆藏,《古本戏曲丛刊》初集第65种据此影印。

与钱塘钟氏刻本相比,此刊本虽然带有徽派版画细致、工丽、典雅的特点,但写意性和抒情性明显减弱,叙事性有所增强,因而表现出另一种截然不同的风貌。

---

① 参见傅惜华:《中国古典文学版画选集》,上海人民美术出版社1981年版,第308—314页。

与图 15－12 相比,图 15－16 虽然表现的同是祢衡击鼓骂曹的场景,但表现手法还是有差异的。图 15－16 中祢衡击鼓的位置在右,而判官和曹操站立的位置居左。从画面布局来看,判官和曹操所处的位置反而成了中心,他们占据了画面的左部空间;相比之下,祢衡击鼓位于偏右下的位置,且占据了较小的空间。根据剧本,祢衡的力量应占上风,应该给予足够的表现和空间,但在此刊本中,祢衡所占据的空间并不大,位置偏下,人物比例也显得较小,双方力量悬殊还是比较明显的。绘图者或许是考虑到这种艺术处理才是对当年击鼓骂曹的一种场景再现,因为现实中祢衡的身份地位直接决定他与曹操之间的不对等性以及他所处的位置。从插图来看,双方的力量悬殊还是明显存在的。从脱衣这个动作来看,图 15－12 与图 15－16 都把祢衡处理成以"本等服色"击鼓,此前出场时所穿的常衣被弃置一旁。但相比之下,艺术效果并不相同。在图 15－12 中,祢衡直接把常衣扔到了地上,这样的处理比较符合剧本的原意,也符合祢衡当时的心理。可以设想,作为鼓史,祢衡"自有本等服色",他却身着常衣,曹操手下的人并不同意,于是一气之下"祢脱旧衣,裸体向曹",然后才"换锦巾绣服扁绦"。由穿到脱再到穿,应该是一连贯的过程。祢衡把旧衣脱掉后,直接扔到地上,再去穿上击鼓服,这样的安排是合情合理的。故而,图 15－12 把常衣放置地上,这样的处理符合常理,也符合祢衡义愤填膺和迫不及待的心理。图 15－16 却给出了不同的艺术处理。祢衡脱掉的旧衣被挂在了旁边的栏杆上。按理来说,当时的祢衡正处于激愤之中,脱掉旧衣,裸体而立,再穿上鼓衣,他是不太可能有时间和心情把脱下来的旧衣规规矩矩地放在一旁的栏杆上的。因而,这样的艺术处理一方面不符合当时人物的真实心理,另一方面也弱化了人物的性格表现和击鼓骂曹所带来的震撼力。与图 15－12 相比,图 15－16 省略了乐队,而略增了几处山石。

图 15－16　击鼓骂曹,万历间徽州刻本《四声猿》插图,南京图书馆藏书

图15-17、图15-18的叙事性同样比较明显，而写意性明显减弱。与图15-13相比，虽同为表现"玉禅师翠乡一梦"，但图15-17中的人物明显修长清晰，院内院外之间层次分明，而且院内人有个侧身转向的动作。如此一来，院外人(A)、院内人(B)、室内人(C)之间，便形成了多重对话关系。除了A—B之间的对话关系(A敲门—B询问—A回应)，还有B—C之间的对话关系(B询问—C质疑—C同意)，此外还有A—C之间的隐性对话关系(B只是个中介，经由他，A与C之间建立一种接下来的关联)。与图15-14相比，虽同为表现"雌木兰替父从军"，但图

图 15-17　暮雨扣门，万历间徽州刻本《四声猿》插图，南京图书馆藏书

图 15-18　秋风雁塞，万历间徽州刻本《四声猿》插图，南京图书馆藏书

15-18背景明显缩减和削弱，人物相应地得以突出和放大。这样的结构比例变化，意味着叙事性和写意性之间的力量消长。图15-14中被弱化和淹没的叙事性，在图15-18中得到彰显。人物的内心情感也随着画面比例的放大和周围景物的弱化，被叙事性所遮掩。

三、崇祯年间山阴延阁李氏刊本①

明崇祯年间(1628—1644)山阴延阁李氏刊本《四声猿》，徐渭撰，沈景麟、李告辰校，所刊附的插图为双面连式。周芜所编的《武林插图选集》和《中国古本戏曲插图选》均有收录。

此刊本插图既有叙事纪实的特点，又兼有写景写意的成分。以其中的"木兰从军"插图(图15-19)为例。该插图画面布景繁复，内容丰富，结构谨严。整幅插图由主画面和次画面组成。主画面为送别的场面。对于木兰从军向父母辞别，原剧本用了"所事儿都已停当，却请出老爷和奶奶来，才与他说话"作了交代，并没有明确交代辞别的地点。按照常理来说，辞别的地点应该是在院内或至多在门口。此

图15-19　木兰从军，崇祯年间山阴延阁李氏刊本《四声猿》插图

① 从"木兰从军"等插图来看，水月居绘图本与崇祯间山阴延阁李氏刊本所用图版相同。据周芜所编《中国古本戏曲插图选》，这两个插图本并不是同一版本。他认为，除了山阴延阁李氏刊本外，"徐文长《四声猿》尚有水月居绘图本、《徐文长全集》本及黄伯符刻图本，插图均精工。全集本插图出钟氏本，稍弱。"(参见周芜：《中国古本戏曲插图选》，天津人民美术出版社1985年版，第162页)不少学者也认为，现存有明崇祯间沈景麟校刻的延阁本、明崇祯间澂道人评本等诸多版本，如周中明校注的《四声猿》(附《歌代啸》，上海古籍出版社1984年版)。但学者周心慧则持不同意见。在他看来，两本实为同一版本。他在《中国古代戏曲版画集》中认为，沈景麟、李告辰所校的明崇祯刊本，即署水月居写。参见周心慧：《中国古代戏曲版画集》，学苑出版社2008年版，第492页。本文取周芜的观点。本部分所列举的山阴延阁李氏刊本插图，依据的是周芜所编《武林插图选集》和《中国古本戏曲插图选》中所选插图。

插图却把场景移到了户外，图像内容也由"木兰向父母辞别"变成了"父母为木兰送行"。在画面中，木兰身体前倾，向父母行礼，似乎在说"你尽放心，还你一个闺女儿回来"；其手势又指向行军的方向，其意是要抓紧时间，随行二军已在极力催促。旁边站着的两个人，年龄较小些，当是木兰的妹妹木难和她的小兄弟咬儿。他们似懂非懂地看着眼前发生的一切。左侧的随行二军，骑着马，扭头看着送行的场面，显然是在催行，也暗示了场面持续之久和木兰与父母之间的不忍分离。画中人物的动作和神态，较好地反映了面对送别的不同感觉和心理世界。次画面有两个，一边为军旗、军营和行军的队伍，一边为木兰家的院落，两处场景形成了鲜明的对比，暗示了恋家与从军之间的不可兼得，以及木兰勇于舍弃小家、主动投身军营的担当情怀。由此，木兰的形象得到了有力的衬托。

四、明末水月居绘图本

明末水月居绘图本《四声猿》，署天池生(徐渭)撰，澂道人评。卷首附有《四声猿引》和"读《四声猿》调寄《沁园春》"。明末坊刻本，水月居绘，插图为双面连式，日本内阁文库藏。

此刊本插图总体上呈工丽细腻的风格，人物、布景的安排巧妙独到，叙写中兼有写意的成分。图15-20表现的是祢衡击鼓骂曹的场景。此幅插图的特点比较明显。一是把祢衡击鼓描绘成"裸体向曹"。虽然剧本中祢衡有"裸体向曹"的举动，却是发生在击鼓之前。此插图把这一细节处理成击鼓进行中。这是与原作有出入的地方。二是判官居中，一边为骂者祢衡，一边为被骂者曹操。这三种力量所处的位置关系和人物的姿态，与原作相吻合。而图15-12和图15-16在处理各种角色的姿势时均设计为站立。三是与图15-12一样，该插图让女乐出现在了画

图15-20　击鼓骂曹，明末水月居绘图本《四声猿》插图，日本内阁文库藏

面中,从而扩大了图像的叙事容量,对此后的情节也起到了暗示作用。水月居绘图本中"暮雨扣门"插图的图像表现同样别有趣味。此幅插图一半为叙写,一半为写意。图的左半部分叙写的是红莲扣门的场景。图中门外人、院中人、室内人均出现在画面上。红莲作敲门状,道人前来开门,此时的玉通和尚正在室内打禅静坐。图的右半部分为场景描摹,远山、树石、小桥、流水,既表明了红莲来的方向,又极具写意性,颇有"暮雨扣门"的意境。尤其是那前来开门的道人手持一把雨伞,表明此时天在下雨,更吻合了"暮雨扣门"之意。整个画面在叙写情节的同时,充满了浓浓的写意味道。

五、《盛明杂剧》本

作为明代杂剧选集,《盛明杂剧》选录了徐渭的《四声猿》。《盛明杂剧》本《四声猿》,每部作品前面均附有两幅插图,图像为单面方式。从图像表现上看,这些插图基本上为叙事画,即选择剧本中的关键性情节与场景入图,叙事性较强。

"狂鼓史渔阳三弄"共刊附了两幅插图。其中描绘"祢衡击鼓骂曹"情节的插图画面虽为单面方式,信息量却并不弱,把其他双面连式插图的基本表现大都呈现出来了。此幅插图与图15-20有着异曲同工之妙,比如裸体向曹的祢衡、后台待唤的女乐、居中指挥的判官、遭到骂座的曹操,这些角色悉数进入了画面。整个插图达到了以少胜多的艺术效果。与其他版本只有一幅双面插图有所不同,《盛明杂剧》本采取的是两幅单面插图。第二幅插图描绘的是玉帝差人召请祢衡,判官厚赏远饯,于阴阳交界之处拜别的场面。此幅插图的内容在其他刊本插图中较为少见,足见《盛明杂剧》本的独特之处。画面表现较为简单,祢衡和判官两人一个在高处(阳界),一个在低处(阴界),背景比较简约。二人的辞别既是对祢衡击鼓骂曹这一情节的收束,又交代了玉帝对祢衡所做出的"前凶后吉"命运安排。通过图像,杂剧的主题隐约可见。

再来看"雌木兰替父从军"中的两幅插图。与前面几幅雌木兰插图相比,该插图明显不同。首先,选择的时间节点不一样。前面几种版本入图的瞬间是从军途中,而此版本选择的瞬间是离家前的辞别。把图像聚焦在家门口,既符合剧情和常理,也适宜表现人物的内在情感。其次,图像表现的着力点不同。前者是写实,父母双方、弟妹二人、所备马匹等应有尽有,木兰一身戎装正整装待发,唯一缺少了催行的二军,但这样的处理让辞别场面表现得更为充分和淋漓尽致。尤其是人物的表情很丰富,动作中传递着丰富的情感。后者在写实中兼有写意,着意描绘"秋风雁塞"的分别场面。除此以外,《盛明杂剧》本还增添了一幅插图。此幅插图描绘的是木兰从军后立功回家的场面。画面中的木兰在屋内已重返女儿身,正与其母亲叙旧;在屋外面,随军中的一人正欲归家而向木兰之父辞别,木兰之父双手托向室内,作挽留状,从而为后文随军识破女儿身埋下伏笔。两幅插图一为辞别,一为归家,一首一尾,前后呼应,构成了虽然简单却又连贯的叙事,中间的情节事件交由读者去想象和填补。不得不说,《盛明杂剧》所刊附的"雌木兰替父从军"图像布置极具"人情味",也显示出该刊本插图的独到之处和特有韵味。

六、《酹江集》本

《新镌古今名剧·酹江集》本收录了徐渭《四声猿》中的两部杂剧作品,即《渔阳三弄》和《替父从军》。插图为单面方式,集中放于卷首,《渔阳三弄》和《替父从军》各有一幅。总体来看,这两幅插图以叙事性为主,背景淡化明显,基本风格、艺术表现与《盛明杂剧》本相差无几。

图15-21展现的是"祢衡击鼓骂曹"情节。画面布局与《盛明杂剧》本中该情节插图大体相同。不同的是,图15-21中祢衡距离曹操的位置更近了,判官只是以"旁观者"的身份在一旁观看,而不是以"调停者"的身份居中调停,似乎击鼓骂曹的力度更大,骂得更猛。画中的祢衡不再是裸体向曹,而是以"本等服色"击鼓,当初穿着的常衣被弃置一旁。此外,原背景中的屏风、栏杆等,在此图中不再出现。女乐没有藏在后面,而是统一站在判官一旁,等候发号施令。整个画面简洁明了,却充满叙事性,"祢衡击鼓骂曹"的基本情节得到了充分反映。

图15-22与《盛明杂剧》本中该情节插图亦是大同小异。相同的是,两图均表现木兰向父母辞行的场景,且地点均被安排在家门口,与剧情相吻合,人物的表情和动作(弯腰、辞行、拭泪等)表现得非常充分,内心世界和情感表达清晰可见。就连鞍马回顾的姿势和抬蹄的动作都十分相似。不同的是,图15-22为辞行所留出的空间更有限,连《盛明杂剧》本中该情节插图中房屋旁边的小桥流水也没有了,只

图15-21　渔阳三弄,崇祯六年(1633)刻本《新镌古今名剧·酹江集》插图

图15-22　替父从军,崇祯六年(1633)刻本《新镌古今名剧·酹江集》插图

剩下门口的那点空间,背景也比较简约,送行人中其他插图都有的木兰弟弟,此图中也被精简掉了。

可见,与《盛明杂剧》本相比,《酹江集》本插图的叙事性功能更加凸显。

第三节　《大雅堂乐府》文图关系

《大雅堂乐府》,一名《大雅堂杂剧》,是明代杂剧作家汪道昆创作的杂剧著作。全剧四折,每折演一个故事,各自独立,分别为《高唐梦》《洛水悲》《五湖游》和《远山戏》。这是一部典型的表现文人情趣之作。作者汪道昆因"厌听繁音"而将风流遗事改作杂剧,以此满足自己的欣赏要求,传达一种文人的雅兴与情调。今存有万历年间《大雅堂乐府》刻本,《盛明杂剧》亦收录《大雅堂乐府》四部作品。《大雅堂乐府》卷首附有汪道昆于嘉靖三十九年(1560)所作的序,可知这些作品的创作时间最晚在嘉靖三十九年(1560)。

万历本《大雅堂乐府》刊有四幅插图,每部作品一幅,黄伯符刻,插图为双面连式,镌刻精工。图像表现总体上以叙事为主,均选择故事情节中的某一瞬间入图。与剧作本身的艺术追求一样,插图同样体现了较浓的文人雅趣。《盛明杂剧》本刊有插图八幅,每部作品两幅,集中放于作品前面。从插图位置来看,图文之间表现出渐行渐远的关系。但从插图表现来看,图文关系仍较紧密。与《大雅堂乐府》本插图风格相比,《盛明杂剧》本插图给环境描摹留下了更多的空间,图像在写实中又带有写意的成分,只是有的图像写意性较浓,有的图像则写意性较淡。下面,就四部作品的图文关系分别作介绍。

一、《高唐梦》文图关系

《高唐梦》,又作《高唐记》,剧写楚襄王梦中会见巫山神女,题材本自宋玉《高唐赋》。在元明戏曲中,以楚襄王梦会巫山神女故事为题材的剧作不少,杂剧有元杨讷《楚襄王会巫娥女》、明王子一《楚岫云》和车任远《高唐梦》等,传奇作品有吕天成《神女记》和《双栖记》、王翀《春芜记》等。除《春芜记》外,这些剧作大多散佚不传。汪道昆的《高唐梦》长于抒情,语词丽而不艳。明人祁彪佳评论说:"他人记梦以曲尽为妙,不知《高唐》一梦,正以不尽为妙耳。"(《远山堂剧品》)

万历本《大雅堂乐府》中的《高唐梦》有插图一幅,图为双面连式。画面表现并不复杂,只是选择"高唐梦"主要情节入图。画面左侧,楚襄王因宋大夫谈朝云神女之事,不免神思飞动,如在恍惚,于是伏案而睡,旁边为张灯的净角以及丑角(内使)和小外二人(力士)。楚襄王由入睡进而入梦,图像中呈气球状的区域,实际上即是楚襄王梦境中的内容。这是一种叙事并置的方法,即通过并置的方式把发生在不同时间段的情节内容呈现出来,以此增强图像的信息含量。在梦境中,楚襄王与神女相会,并有一段对话。画面中,两人相视而立,距离很近。原剧中对神女美貌所进行的"美目横生,五色并驰""详而视之,夺人目精。近之既妖,远之有望。骨发多奇,就者克尚"等语言描绘,此刻化作了历历在目的鲜活神女形象。

《盛明杂剧》本《高唐梦》有插图两幅,图像为单面方式。第一幅插图描绘的是楚襄王出游云梦,来到高唐山边的行宫观景,向众人问话的场景。在图中,楚襄王与众人被集中安排在了左下角的位置,大量的空间留给了环境描摹,远处的群山连绵起伏,云气甚奇,高唐观在山峦间隐约可见。从人物的神情来看,谈话的核心当是关于神女的故事。宋大夫对"朝云"的解释,对先王与神女梦中交会的演绎,以及对神女"婉若游龙,皦如初日,那更羞花闭月"的描绘,不免引来了众人的兴趣,大家都不约而同地把目光聚焦于他。正是听了宋大夫所言及的这番朝云神女之事,楚襄王不免神思飞动,如在恍惚,因而导致后来的神女入梦。第二幅图表现的便是楚襄王梦中与神女相会的情节。与《大雅堂乐府》该情节插图相比,两图都是表现同一内容,而且都是用气球状区域把梦境与现实作了区分。但表现手法有所不同的是,《盛明杂剧》本插图并没有选择两人面对面相见、对话这个场景,而是把定格瞬间向前推移。从画面表现来看,当是两人要见未见之时。神女欲"令睡魔入梦,与襄王相会"来到了寝殿门口,此时她并没有贸然进入,而是令保母"快入去通报"。这一点可以从图中保母的脸部朝向和手势动作看得出来。颇有意味的是,此时的神女把头扭向了画面之外,没有正视楚王。这或许是对后面"神人异途,就此辞别"情节发展的一处暗示。应该说,两图在处理同一场景时有着异曲同工之妙。

二、《洛水悲》文图关系

《洛水悲》,又名《洛神记》,全名《陈思王悲生洛水》,本事源自曹植的《洛神赋》,剧演甄氏托名宓妃与曹植洛水相见并互赠礼物而别的故事。此剧文辞清丽,注重抒情。明人王世懋认为该剧"出调凄以清,写意婉而切,读未终而感伤情思已在咽喉间矣"(《盛明杂剧》),《远山堂剧品》评价认为"陈思王颤面晤言,却有一水相望之意,正乃巧于传情处,只此朗朗数语,摆脱多少浓盐赤酱之病",可见评价之高。

万历《大雅堂乐府》本《洛水悲》有插图一幅(图 15-23),图为双面连式。图像描绘的是洛神托为宓妃与陈思王在洛水边相见的场景。插图用浓密的墨线条对洛水作了艺术化的处理,点明了洛神的身份和来处。画面中共有九人,可分为三组:第一组为陈思王与洛神。两人相对而视,内心世界极为复杂:一方主动地自我介绍,另一方则默契地自报家门;一方"一见颜色,十分沉吟",另一方"无语自伤,有怀莫吐";一方见"宓妃容色,分明与甄后一般"而"好生伤感",另一方则"慕君久矣";一方有感于"神人异道",另一方则感慨"悲凉人世苦参商"。画面虽然是简单静止的,思想却是流动的,情感又是深沉的,展现出人物丰富而复杂的内心世界。第二组是紧跟着陈思王与洛神的随从。有意思的是,他们两两之间都有目光和言语上的交流,这一点与剧本稍有出入。至于他们究竟在交流什么,读者可以任凭想象。第三组仍旧是陈思王的另一拨随从。他们并没有紧随陈思王,而是在一旁等候。从他们的表情和手势来看,当为洛神的美貌所惊叹。整个画面信息量非常大,在如实表现故事情节的同时,也潜藏着诸多隐秘的抒情信息。

图 15-23　洛水悲，万历年间刊本《大雅堂乐府》插图

　　《盛明杂剧》本《洛水悲》有插图两幅，图像为单面方式。第一幅图描绘的是：洛神遇陈思王之前，在进行一番心理活动之后，决定托为宓妃并渡河与陈思王相会，于是令明珠、翠羽二人捧百和香、持七宝扇，与其同去走一遭。画幅描画的便是洛神与明珠、翠羽二人对话的场面，为接下来的"织女渡河""牵牛相会"作了很好的铺垫。图中刻画的背景自然是烟波浩渺的洛水，洛神凌波而立，其"翩若惊鸿、婉若游龙"的绝美外表得到了生动的展现。第二幅图描绘的则是陈思王与洛神相见的场景，图中人物的神态、表情、姿势及周围场景等都极具渲染力，对洛神形象的塑造与主题表达起到了"一唱三叹"的艺术效果。在画面中，陈思王作弯腰状，洛神则以袖挡面，看得出来此时他们才刚刚相见，似乎还停留于起始阶段的自我介绍，尚没有打开深入的话题。应该说，这样的艺术处理还是极具"包孕性"的，更多的信息隐藏在接下来的两人对谈中。

　　如果我们细心比较《洛水悲》原文和两个版本所刊附的三幅插图，不难看出图文关系的两个突出特点：一是洛神已实现由"神"到"人"的造型变化。无论是《大雅堂乐府》本还是《盛明杂剧》本插图，洛神都不再是云雾缭绕的"飞天"造型，而是走出水中并"在那壁厢立地"。这一点，恰恰从另一个侧面展现了洛神形象逐步世俗化的发展趋向。① 二是无论是图像还是文字，都指向一种内在的抒怀。打开《洛水悲》剧作，首先映入眼帘的便是洛神的特殊身份和复杂的心理活动：

　　妾身甄后是也，待字十年，倾心七步。无奈中郎将弄其权柄，遂令陈思王失此盟言，嘉偶不谐，真心未泯。后来郭氏专宠，致妾殒身，死登鬼录，谁与招魂？地近王程，宁辞一面。将欲痛陈颠末，自分永隔幽明。毕露精诚，恐干禁忌。如今帝子

_____

① 张玉勤：《宣物莫大于言，存形莫善于画——"语—图"互文语境中的洛神形象》，载《兰州学刊》2009 年第 7 期。

已度伊阙,将至此川,不免托为宓妃,待之洛浦。

　　这段描述字数虽然不多,却极具特点,因为它显然是把后人对《洛神赋》的理解和赋意即"感甄说"①吸收了进来,甚至直接把洛神描绘成甄妃的化身(即"托为宓妃,待之洛浦"),同时吸纳了"中郎弄权""郭氏专宠""倾心七步"和"真心未泯"等情感表达和情节叙事。不能不说,剧本写意抒怀的用意还是非常明显的。图像表现同样如此。通过前文分析不难看出,陈思王与洛神之间绝不是一次普通的见面,他们互相诉说的分明是一份深沉的感情,一段伤痛的记忆,一桩不公的历史,这里有未泯的真情,有权力的滥用,有无辜的伤害。此时的图像,构成了"无声的语言",与剧本的语言描述相互文。

三、《五湖游》文图关系

　　《五湖游》,又名《五湖记》,全名《陶朱公五湖泛舟》,本事源于《吴越春秋》。剧演春秋时越灭吴后,越大臣范蠡感到越王勾践不可共事安乐,乃携西施避居五湖,后因渔歌而进一步逃世避名的故事。元明戏曲中与此剧同一题材之作有元赵明道《陶朱公荡蠡归湖》杂剧、明聏园生《浮鸥记》(佚)等。祁彪佳《远山堂剧品》认为:"《五湖》之游,是英雄退步,正不可作寂寞无聊之语。此剧以冷眼写出熟心,自是俗肠针砭。"

　　万历本《大雅堂乐府》中的《五湖游》有插图一幅(图15-24),图为双面连式。整个画面为宽阔的水域所覆盖,周围没有丝毫的其他景观,着力营造出一种"沙白渚清"的澄明与远离尘世的静谧,与范蠡"载西子,泛轻舟"、避居五湖的主题表达相对应。宽阔的水面上,横着两只船。图的左半部分为范蠡和西施所坐的船只,此时正由"竖子开船,慢慢摇在湖心深处停泊"。图的右半部分,渔翁、渔妇正摇船前来,手里提着一条鲈鱼,意欲以鱼换酒。考虑到"那渔翁吐辞不俗,想他是江湖散人",于是范蠡提出,对方作渔歌一曲,便可获赠美酒一斗。图像对两船之间发生的故事给予了较为直观而充分的展示。至于渔翁到底唱的什么歌,范蠡从中又听出了什么特别意味和人世启示,这只能留待读者自己去补充。对此,剧本的语言描述也已经给出了答案。熟知剧本内容的读者自然能够填补上这个空白,也定能读出图像之外的故事情节以及图像背后的深意。有一个细节值得注意,两只船上各出现一个儿童,一个稍大的像在烧饭,一个较小的在无忌地玩耍。这个细节剧本中并没有出现,但安排在画面上,却能让人体味到,生活虽然朴素简单,却处处充满了纯净、

---

① 最早提出"感甄说"的是李善注《文选》时所引的那篇为人们熟知的《记》:"魏东阿王,汉末求甄逸女,既不遂。太祖回与五官中郎将,植殊不平,昼思夜想,废寝与食。黄初中入朝,帝示植甄后玉镂金带枕,植见之,不觉泣。时已为郭后谗死。帝意亦寻悟,因令太子留宴饮,仍以枕赉植。植还,度轘辕,少许时,将息洛水上,思甄后,忽见女来,自云:我本讬心君王,其心不遂。此枕是我在家时从嫁前与五官中郎将,今与君王。遂用荐枕席,欢情交集,岂常辞能具。为郭后以糠塞口,今被发,羞将此形貌重睹君王尔。言讫,遂不复见所在。遣人献珠于王,王答以玉佩,悲喜不能自胜遂作《感甄赋》。后明帝见之,改为《洛神赋》。"蒲松龄也据此写就《聊斋志异·甄后》。此后,持"感甄说"的学者不在少数,汪道昆便是其中之一。

安详和静谧,从而较好地呼应了剧作的主旨表达。

图 15-24　五湖游,万历年间刊本《大雅堂乐府》插图

　　《盛明杂剧》本《五湖游》有插图两幅,图像为单面方式。第一幅图的画面布局与《高唐梦》本插图有着异曲同工之妙,都是把人物集中放置在画面的左下角,而把大量空白留给了景物描摹。与图 15-24 相比,该图着力表现剧本中的主要情节,即荡舟湖间、两船相遇、以歌易酒,表达一种远离尘嚣的野趣和规劝退隐的主题。有所不同的是,该图中两只船的距离更近,更接近生活中朴实和真实的状态。如果说图 15-24 是空灵超脱中夹杂着生活气息,那么该图则是纯朴的生活气息中透露出天然和超逸。尤其是大量的空间留给了景物描摹,更加重了这种天然纯真的氛围营造,也更接近于剧作的主旨表达。第二幅图构成了一种内在张力:一方是渔翁、渔妇唱完歌便撑船驶向更为空旷的水域,继续他们逍遥自在的“避世逃名”之路;另一方则是范蠡和西施驻船不前,眼睛朝向驶离他们的渔翁渔妇,细细体味他们唱词的深意。不过,顺着渔翁渔妇的思考方向,范蠡和西施终于意识到自身“虽知名遂身退,奈何身隐名彰”的不足,于是决意“欲为汗漫之游,使世人莫知踪迹”“见渔翁既去,我等亦从此逝矣”。此幅插图不仅引导范蠡和西施进入“避世逃名”之路,也把读者引向了自在澄明之境。

四、《远山戏》文图关系

　　《远山戏》,又名《京兆记》,全名《张京兆戏作远山》,本事源于《汉书·张敞传》。剧演汉京兆尹张敞为妻子画眉的故事。元明清戏曲中与此剧同一题材的作品有元高文秀《张敞画眉》杂剧(已佚)、清南山逸史《京兆眉》杂剧及陈培脉《画眉记》传奇。祁彪佳《远山堂剧品》评价认为:“他人传张夫人,不免妖媚,此则转觉贞静。所以远山一画,乐而不淫。"

万历本《大雅堂乐府》中的《远山戏》有插图一幅,图为双面连式。此图省去了张敞画眉的情节,而直接表现张敞与妻子同至后阁洗妆楼上赏玩的情形。图中,张敞与妻子情深意浓地侧身而立,一边欣赏"风吹绣幌,日上金铺"的楼中好风景,一边命下人奉酒、奉曲或"着女乐每斗草耍子"。整幅插图虽然场面较为宏阔,出场人物众多,但表现力总体比较单调和薄弱,人物的动作性呈现不够,甚至略显呆板,原作中的画眉情节被省略,女乐也没有出场,远山之"戏"没有得到较好的呈现。

相比之下,《盛明杂剧》本《远山戏》的插图表现要出彩得多。该刊本共有两幅插图,图像为单面方式。第一幅图选择剧作中较为精彩的"画眉"情节予以图像表现。张敞从朝中归来,发现妻子"膏沐妆成,娥眉不扫",问其原因,方知是"迟君不来,留此以待君耳""含颦独坐无情思,等待郎描初月眉",于是拿起彩笔为妻子画眉。图中,妻子端坐着,张敞正持笔画眉。二人的恩爱之情,通过这一举动得到清晰展现。第二幅图表现的则是张敞为妻子画眉后,二人到后阁洗妆楼上赏玩。画中人物的表情明显丰富,动作表现也比较充分,手持乐器的女乐也应数出场,整个画面"戏""玩"的成分比较浓,艺术表现力较强,也比较符合剧情发展和读者的审美期待。同《盛明杂剧》本其他插图相类似,从图像布局来看,此刊本插图人物往往相对较为集中,占据空间较小,大量空间则留给了场景描摹和景物描绘。这样的艺术处理无疑加重了剧作和插图的抒情意味。

第十六章　《牡丹亭》与图像

在明代传奇作家中,汤显祖成就最著。日本学者青木正儿在《中国近世戏曲史》中,将他和莎士比亚并称为东西方交相辉映的两颗明星。汤显祖生活在传奇大繁荣的时代,以自己的剧作独占明代剧坛鳌头。他创作的传奇四种,分别为《紫钗记》《牡丹亭》《南柯梦》和《邯郸梦》,合称"临川四梦"或"玉茗堂四梦"。其中,《牡丹亭》成就和影响最大。汤显祖曾自谓:"一生四梦,得意处惟在《牡丹》。"①

《牡丹亭》剧作完成于明万历二十六年(1598)。该剧讲述的是一对青年男女恋爱的故事,剧中女主人公杜丽娘在游园后梦见与书生柳梦梅在牡丹亭畔幽会,故因情生病,因病至死。三年后柳梦梅借宿梅花庵观中,拾得杜丽娘画像,杜丽娘与他魂游后园再度幽会,柳生因而掘墓开棺,与死而复生的杜丽娘结为夫妻前往临安。柳生受丽娘之托送家信传报还魂喜讯,却因盗墓之罪被杜丽娘之父杜宝囚禁拷打,纠纷闹到皇帝面前,最终在皇帝调解下杜丽娘与柳梦梅二人终成眷属。故事依据的是《杜丽娘记》和《杜丽娘慕色还魂》话本,前者见晁瑮《宝文堂书目》"子杂类",后者见明何大抡辑《重刻增补燕居笔记》卷9。汤显祖对此前话本的加工改编,一是突出了杜宝等人的卫道士立场,二是改变了杜、柳门当户对的关系,三是改话本中杜丽娘封建淑女色彩为叛逆女性,四是强调追求自由爱情的艰难曲折。此剧问世后,引发了诸多好评。沈德符在《顾曲杂言》中说:"汤义仍《牡丹亭梦》一出,家传户诵,几令《西厢》减价。"吕天成《曲品》把此剧列为"上上品":"杜丽娘事甚奇。而着意发挥,怀春慕色之情,惊心动魄,且巧妙叠出,无境不新,真堪千古矣。"《牡丹亭》问世后,一直流行于歌场,清末《劝农》《惊梦》《冥判》《拾画》诸改编单折,仍活跃于昆剧舞台上。《游园惊梦》《寻梦》《拾画叫画》等,京、昆、徽、豫等各大剧种均有上演。此剧故事被多次拍成电影,蜚声海内外。白先勇集合内地(大陆)与港台地区的优秀艺术家共同推出的《青春版牡丹亭》,在传统昆曲的现代传播上作了有益的尝试,影响较大。

《牡丹亭》计五十五出,相较而言,《训女》《延师》《惊梦》《寻梦》《拾画》《玩真》《魂游》《幽媾》《回生》《闹宴》《硬拷》等为主要出目,在剧本中占重要地位。《训女》《延师》中杜宝为女儿请家庭教师的情节揭示了主人公杜丽娘爱情发端的根本原因在于封建礼教的束缚;《惊梦》《寻梦》中所述游园惊梦的情节是杜丽娘爱情的发端,也为杜丽娘病终种下因果;《拾画》《玩真》隐现出柳梦梅幻变成真的预兆;《魂游》

---

① 王思任:《批点玉茗堂〈牡丹亭〉叙》,凤凰出版社2011年版,第1页。

《幽媾》表现柳梦梅与杜丽娘真正于现实生活中会面，这才有后文掘墓的情节；《回生》交代杜丽娘死而复生，是成就柳、杜爱情故事的转折点；《闹宴》《硬拷》是杜宝与柳梦梅间矛盾冲突最为激烈的出目，为全剧高潮。从故事情节来看，有研究者认为该剧本基本可以分为三种类型：1. 基本上只有单个人物的故事场景，如《写真》《寻梦》《拾画》基本是男女主角单独抒发某种情感。2. 男女主角之间的感情戏，初次的欢会，接下来的见面，私订终生，等等，一般场景为男女主人公在某个地方，或是屋内，或是室外相见。因为《牡丹亭》为杜丽娘与柳梦梅的感情故事，感情戏自然占有较高比重，如《惊梦》《幽媾》《冥誓》。3. 有较多人物且情节较为复杂曲折，如杜宝抗击北方番兵，杜丽娘的感情带来的家庭变故与纠纷这类较为复杂的故事情节。例如，《训女》《冥判》，以及大团圆结局《圆驾》都是如此。①

此剧刻本甚多，有三十余种。下面选择其中几种明代刊本予以重点介绍，对其中的插图进行分析，着重分析插图风格及文图关系。②

第一节　明刊插图本《牡丹亭》概述

一、明万历金陵文林阁刻本

明万历年间金陵文林阁唐锦池刻本《新刻牡丹亭还魂记》为《绣像传奇十种》之一，共四卷。十一行二十字，小字双行同，白口，四周单边。此本封面分行题"刻全像杜丽娘\金陵唐氏藏板\牡丹亭还魂记"，正文卷端题"新刻牡丹亭还魂记"，版心题"全像注牡丹亭记"。此本中国国家图书馆、北京大学图书馆、南京师范大学图书馆（此本有吴梅跋语）均有收藏。封面分行题"文林阁编辑""绣像传奇十种""牡丹蕉帕四美鱼篮义侠浣纱云台米糷易鞋还魂\郁郁堂藏板"，栏上横题"南北雅调"。此藏于京都大学文学部（正文卷端下方有"王国维"朱文方印）、台北"故宫博物院"图书文献处。

二、明泰昌元年吴兴闵氏朱墨套印本

明泰昌元年（1620）吴兴闵氏刊朱墨套印本《批点牡丹亭》，共四卷，明茅暎、臧懋循评，九行十八字，白口，四周单边，单鱼尾。此本中国国家图书馆、中国社会科学院文学研究所有收。《古本戏曲丛刊》初集据此影印。另，日本内阁文库亦收，著录为"《牡丹亭记》，四卷首一卷，明刻朱墨套印本，臧懋循编"。

此本正文卷端题"牡丹亭"，版心题"牡丹亭记"，卷首载《牡丹亭题词》，署"万历戊戌（二十六年，1598）秋清远道人题"；次《批点牡丹亭序》，署"前溪茅元仪题"；次

---

① 高旭：《明刊本〈牡丹亭〉插图比较研究》，江南大学硕士论文 2014 年，第 48 页。
② 此部分涉及的《牡丹亭》明代刊本，参考了郭英德先生的研究成果，后面不再一一注明。参见郭英德：《〈牡丹亭〉传奇现存明清版本叙录》，载《戏曲研究》第 71 辑。

《题牡丹亭记》《凡例》，署"青苔茅暎远士篆"。插图第八叶下署"汪文佐镌"，第十一叶版心下署"刘升伯镌"，插图第十四叶署"庚申（泰昌元年）中秋写\王文衡"。王文衡为明末吴门著名画家，郭味蕖《中国版画史略》云："按朱墨本插图剧曲，刊自吴兴、苏州者居多，吴门王文衡是当时当地插图名手，如《红佛记》《邯郸梦记》《红梨记》插画皆出其一人之手。"

该刊本由王文衡绘，刘升伯、汪文佐刻，有图十三幅，为双面连式。后附有杜丽娘像一幅，署"刘杲卿刻"，线条简略，人物表情略显呆板。笔者爬梳相关材料，制成图表（表 16-1）。

表 16-1

出次	回目	插图内容	插图题字	题字出处
5	延师	丫头传杜老爷话让杜丽娘前去拜师，杜小姐画眉、戴佩珠，出落得亭亭玉立。	添眉翠，摇佩珠，绣屏中生成仕女图	添眉翠，摇佩珠。绣屏中生成仕女图
6	怅眺	韩愈后人韩子才与来访的好友柳梦梅在山路上相遇，追述先人的辉煌功名、传世名文以及穷达之变。	荒台古树寒烟	那攀今吊古也徒然，荒台古树寒烟
8	劝农	初春时节，桃花盛开，田野返青，杜太守来到乡间巡视所管辖的农村，走进农家，鼓励农民及时播种，当地农民备酒迎接。	竹篱茅舍酒旗儿叉，雨过炊烟一缕斜	竹篱茅舍酒旗儿叉，雨过炊烟一缕斜
10	惊梦	杜丽娘来到后花园，闲坐欣赏春景，触景生情，撩起伤春的情绪。另一半画面则是与柳梦梅在后花园中幽会的梦境。	雨香云片才到梦儿边	雨香云片才到梦儿边，无奈高堂唤醒，纱窗睡不便
10	惊梦	丫鬟春香手捧衣物给杜丽娘送去，杜小姐在步出香闺闲游后花园前担心梳妆不整有失仪态而对镜观容。	没揣菱花偷人半面	没揣菱花偷人半面，迤逗的彩云偏
12	寻梦	春色旖旎，杜丽娘在水边的阁楼中睡着了，进入了梦乡。	楼上花枝照独眠	咱杜丽娘呵，少不得楼上花枝也则是照独眠
24	拾画	柳梦梅站立于水滨，神情凝重地望着眼前的一户人家，却发现篱门葱翠却倒了半架，园中狼藉令他怀想当日盛景。	水阁摧残，画船抛躲，冷秋千尚挂下裙拖	断烟中见水阁摧残，画船抛躲，冷秋千尚挂下裙拖
27	魂游	杜丽娘的亡魂因石道姑等人的拈香祈祷而重游后花园，后花园阴冷幽冥，杜丽娘触景生情，黯然神伤，撒下些梅花瓣。园中犬因闻动静而对此大叫。	赚花阴小犬吠春星，冷冥冥梨花春影	夜荧荧，墓门人静。原来是赚花阴小犬吠春星，冷冥冥梨花春影

出次	回目	插图内容	插图题字	题字出处
32	冥誓	杜丽娘与柳梦梅在后花园中人鬼幽恋,杜丽娘向柳梦梅挑明真相,共商还阳之事。	衔幽香一阵昏黄月	便到九泉无屈折,衔幽香一阵昏黄月。冻的俺七魄三魄,僵做了三贞七烈。
42	移镇	杜宝奉旨移军,弃船乘马,他便让杜夫人乘船取道临安躲避战乱,老夫妻只得怆然离别。	落日摇帆映绿蒲	浪花飞吐,点点白鸥飞近渡。落日摇帆映绿蒲,白云秋窣鸣箫鼓。
43	御淮	杜宝率领军队杀出血路,军队中士兵手举旗帜,佩带大刀,在山中行进。	望黄淮秋卷浪云高	西风扬噪,漫腾腾杀气兵妖。望黄淮秋卷浪云高。排雁阵,展龙韬,断重围杀过河阳道。
53	硬拷	后花园的池中水波荡漾,映着月影,如同伴着孤魂,环境凄清幽冥,池边松树林立,阴冷不堪。	后苑池中月冷断魂波动	现在么,把他玉骨抛残心痛。(生)抛在那里?(外)后苑池中,月冷断魂波动。(生)谁见来?(外)陈教授来报知。
55	圆驾	杜丽娘全家人及春香、陈最良、何道姑等人都准备前往金銮宝殿见驾。	平铺著金殿琉璃翠鸳瓦	平铺著金殿琉璃翠鸳瓦,响鸣梢半天儿刮剌。
末		杜丽娘像一幅	无题字	

三、明万历朱氏玉海堂刊本

明万历年间(1573—1620)朱氏玉海堂刊本《牡丹亭还魂记》,朱元镇校,首都图书馆、青岛市博物馆藏。共二卷,十行二十二字,小字双行同,白口,四周双边,图为单面方式,黄吉甫、黄端甫、黄一凤刻。此本与万历间七峰草堂本、明末怀德堂本以及清初冰丝馆本、清晖阁本图版相同。《古本戏曲十大名著版画全编》收录其翻刻本,有图四十幅,全录。此本插图极精,美轮美奂,具有极高的观赏价值。笔者爬梳相关材料,制成图表(表16-2)。

表 16-2

出次	回目	插图内容	插图题字
2	言怀	柳梦梅坐于柳树下郁郁沉思。	无题字
3	训女	杜丽娘整装向父母进祝美酒,杜宝自叙身世,与夫人商议教女儿读书。	无题字
6	怅眺	柳梦梅立于山中攀今吊古,有心一展才华。	无题字

出次	回目	插图内容	插图题字
8	劝农	杜宝巡视所辖农村,鼓励农民及时耕种,赢得农民的爱戴,农人们纷纷备酒迎接。	无题字
9	肃苑	杜丽娘在严厉的家教下感到郁闷压抑,要去后花园消遣,春香便准备去找花郎打扫路径。	无题字
10	惊梦	杜丽娘在后花园中梦到与柳梦梅幽会。	无题字
12	寻梦	丽娘再次来到后花园欲鸳梦重温。	无题字
13	诀谒	柳梦梅外出前与郭驼子道别。	无题字
14	写真	杜丽娘对着镜子画自画像,春香伴其左右。	无题字
15	虏谍	金兵南犯。	无题字
16	诘病	杜夫人盘问春香杜丽娘的病因。	无题字
17	道觋	石道姑被请来为丽娘驱魔。	无题字
18	诊祟	杜丽娘病情加重,陈最良前来探望。	无题字
19	牝贼	投降金国的汉将李全率军攻打淮安城,其妻杨氏的梨花枪万人无敌。	无题字
21	谒遇	柳梦梅赶到香山岙多宝寺求见苗舜宾大人。	无题字
23	冥判	丽娘鬼魂飘到阴曹地府,胡判官依罪量刑。	无题字
24	拾画	柳梦梅在花园的假山旁拾得紫檀匣。	无题字
26	玩真	柳梦梅欣赏丽娘的自画像,并在其上题诗。	无题字
27	魂游	石道姑等人为杜丽娘拈香祈祷,丽娘亡魂飘然而至。	无题字
28	幽媾	柳梦梅闻杜丽娘敲竹之声,前去开门。	无题字
29	旁疑	石道姑盘问小道姑,疑心她与柳生有染。	无题字
30	欢挠	小道姑和老道姑去柳处探究竟,躲在门外偷听。	无题字
32	冥誓	杜丽娘与柳梦梅共商还阳之事。	无题字
33	秘议	柳梦梅取笔点动,向石道姑说明事情真相。	无题字
35	回生	柳梦梅在石道姑、佺儿的帮助下,挖开坟墓使杜丽娘起死回生。	无题字
36	婚走	柳梦梅、杜丽娘、道姑等人乘舟远走高飞。	无题字
37	骇变	陈最良来到梅花观发现人去楼空。	无题字
38	淮警	降金贼将李全大规模南侵。	无题字
39	如杭	柳梦梅将赶赴考场,杜丽娘为柳祝酒。	无题字
41	耽试	柳梦梅错过试期,再三恳求以死明志。	无题字
43	御淮	杜宝率军赶到淮安与李全在城内外僵持对峙。	无题字
44	急难	柳梦梅去打探杜丽娘父母的消息而与丽娘告别。	无题字
45	寇间	陈最良被贼兵捉住。	无题字

出次	回目	插图内容	插图题字
46	折寇	杜宝在军中烦忧之时,士兵来报陈最良相访。	无题字
47	围释	金使者调戏李全妻,惹怒李全。	无题字
48	遇母	杜丽娘母女重逢。	无题字
49	淮泊	柳梦梅来到淮安欲在小客店歇宿一夜。	无题字
50	闹宴	官衙里大摆庆贺宴席,柳梦梅前来认岳父。	无题字
53	硬拷	杜宝上任判柳梦梅罪状。	无题字
55	圆驾	杜丽娘等人来到金銮宝殿面圣。	无题字

四、明天启《玉茗堂牡丹亭还魂记》

《玉茗堂牡丹亭还魂记》,明天启三年(1623)会稽张弘毅著坛刻本,共二卷,九行二十字,白口,四周单边,无鱼尾,署"古闽徐肃颖敷庄删润""潭阳萧儆韦鸣盛校阅"。正文卷端题"清晖阁批点玉茗堂还魂记",署"会稽著坛订正"。版心上题"玉茗堂还魂记",下署"著坛藏版"。卷首载《批点玉茗堂牡丹亭词叙》,署"天启癸亥(三年)阳生前六日谑庵居士王思任题于清晖阁中";次《王季重批点牡丹亭题词》,署"白石山眉道人陈继儒题"。目录题"清晖阁批评牡丹亭还魂记"。扉页题"王季重先生批点牡丹亭""著坛藏版",蔡冲寰、萧照明、紫芝等绘,刘素明刻。本版乃中国国家图书馆藏,首都图书馆、中国社会科学院文学所、中国艺术研究院图书馆、南京图书馆、日本京都大学文学部(著录为"天启三年刊本")有收。

此书又题《玉茗堂四梦》,八卷,明末张弘毅著坛刊本,又题《清晖阁批点玉茗堂还魂记》,汤显祖撰,王思任批点,明天启四年(1624)会稽张氏校刊本。笔者爬梳相关材料,制成图表(表16-3)。

表 16-3

出次	回目	插图内容	插图题字	题字出处
3	训女	杜丽娘整装向父母进祝美酒,杜宝自叙身世,与夫人商议教女儿读书。	敢进三爵之觞少效千秋之祝	曲词"今日春光明媚,爹娘宽坐高堂,女孩儿敢进三爵之觞,少效千秋之祝"。
6	怅眺	柳梦梅立于山中攀今吊古,有心一展才华。	祖龙飞鹿走中原倚定摩崖半壁天	曲词"祖龙飞鹿走中原。他倚定着摩崖半壁天"。
10	惊梦	杜丽娘在后花园闲坐入梦,梦中与柳梦梅在园中幽会。	雨香云片才到梦无奈高堂唤醒来	曲词"雨香云片才到梦儿边,无奈高堂唤醒,纱窗睡不便"。

出次	回目	插图内容	插图题字	题字出处
12	寻梦	丽娘再次来到后花园欲鸳梦重温。	他年得傍蟾宫客 不在梅边在柳边	杜丽娘题于画上的诗。
14	写真	杜丽娘对着镜子画自画像，春香伴其左右。	情知画到中间好 丹似生成别样娇	曲词"情知画到中间好，再有似生成别样娇"。
19	牝贼	投降金国的汉将李全率军攻打淮安城，其妻杨氏的梨花枪万人无敌。	百战惹雌雄 血映燕支重	曲词《番卜算》。
21	谒遇	柳梦梅前往香山岙多宝寺求见苗舜宾大人。	无题字	
24	拾画	柳梦梅在花园的假山旁拾得紫檀匣。	小蹉跎 压的旎檀合 便做好相观音	曲词"小蹉跎，压的旎檀合，便做了好相观音俏楼阁"。
26	玩真	柳梦梅欣赏丽娘的自画像，并在其上题诗。	丹青妙处却天然 不是天仙即地仙	柳梦梅在画上所题的诗。
28	幽媾	柳梦梅与杜丽娘在梅花观幽会。	题字不清晰	
35	回生	柳梦梅在石道姑、侲儿的帮助下使杜丽娘起死回生。	香惊辞地府 舆槎出天台	36出曲词"你惊香辞地府，舆槎出天台"。
41	耽试	柳梦梅错过试期，再三恳求以死明志。	万马争先 骍骝落后	曲词"万马争先，偏骍骝落后"。
47	围释	金使者调戏李全妻，惹怒李全。	无题字	
48	遇母	杜丽娘母女重逢。	肠断三年 坠海明珠去复旋	曲词"肠断三年，怎坠海明珠去复旋"。
53	硬拷	杜宝上任判柳梦梅罪状。	斯文倒吃斯文痛 无情棒打多情种	曲词"是斯文倒吃斯文痛，无情棒打多情种"。

五、臧懋循改本《还魂记》

臧懋循改本《还魂记》，今存明万历四十六年(1618)吴兴臧氏原刻《玉茗堂四种传奇》本，署"临川汤义仍撰""吴兴臧晋叔订"，正文首行书名标作"还魂记"，版心上镌"还魂记"，栏上有眉批，文中无圈点。有插图三十四幅，为单面方式，《古本戏曲十大名著版画全编》全部收录。图版绘刻俱佳，极具欣赏性(见图16-1)。《汤显祖戏曲集》便采用此版插图，校点者钱南扬先生认为，"按《四梦》插图有四五种之多，今采用臧懋循订正《玉茗堂四梦》本插图，因其绘刻精致，可供观赏"。臧懋循之所以改订《牡丹亭》，是因为他对明万历之后的整个南曲传奇深表不满。他说："今南曲盛行于世,无不人人自谓作者,而不知其去元人远也……豫章汤义仍,庶几近之,而识乏通方之见,学罕协律之功,所下句字,往往乖谬,其失也疏。"(《〈元曲选〉序二》)他在《玉茗堂传奇引》中说:"临川汤义仍为《牡丹亭》四记,论者曰:'此案头之书,非筵上之曲。'夫既谓之曲矣,而不可奏于筵上,则又安取彼哉?""今临川生不踏吴门,学未窥音律,艳往哲之声名,逞汗漫之词藻,局故乡之见闻,按亡节之弦歌,几何不为元人所笑乎?"由此可见,其删订的初衷是认为汤显祖的剧作不谐音律,不易搬演,其删订的原则是"事心丽情,音必谐曲",目的是"与王实甫《西厢》诸剧并传乐府"。在他看来,传奇剧本不宜太长。他在改本的批语中说:"予观《琵琶记》四十四折,令善讴者一一奏之,须两昼夜乃彻。今改《牡丹亭》三十五折,已几《琵琶》十之八矣,常恐梨园诸人未知悉力搬演。而玉茗原本有五十五折,故予每嘲临川不曾到吴中看戏。"

图 16-1 冥判,明万历臧懋循改本《还魂记》插图

图 16-2 悼殇,明万历臧懋循改本《还魂记》插图

在此思想的指导下,臧氏在改编中删除了《牡丹亭》原本中的"慈戒""诀谒""虏谍""道觋""旁疑""欢挠""诇药""淮警""仆侦""御淮""淮泊"等内容,并把"腐叹""闺塾"二出并入"延师"一折,"肃苑"和"惊梦"合并为"游园"一折,"诊祟"并入"写真","拾画"并入"玩真","秘议"并入"回生","索元"并入"硬拷"。可以看出,所删并的场次皆与主题关系不大,而且有的本身存在缺陷。有的内容作了改动,如"闹殇"删缩为"悼殇"(见图 16-2),"谒遇"改为第六折,"诘病"改在"写真"前,将"移镇"移于"回生"后,移"寇间"于"如杭"与"急难"之间。经过大量删减后,这 35 折按顺序分别为:"言怀""训女""堂试""央媒""游园""谒遇""寻梦""诘病""写真""牝贼""悼殇""旅寄""冥判""玩真""魂游""忆女""幽媾""缮备""联姻""寄书""移阵"

"婚走""骇变""如杭""寇间""耽试""折寇""急难""围释""遇母""闹宴""榜下""硬拷""闻喜""圆驾"。这些改动都是考虑到场上演员搬演的需要。应该说,从删改的情况来看,情节更为集中和紧凑,一些细枝末节被省略掉了,一些次要人物也被删减,同时也适合舞台搬演。笔者爬梳相关材料,制成图表(表16-4,为了方便比较,插图出次仍与上述四本保持一致)。

表 16-4

出次	回目	插图内容	插图题字
2	言怀	柳梦梅立于树下感叹。	无题字
3	训女	杜丽娘父母教育女儿,丽娘跪于地。	无题字
5	延师	陈最良教丽娘等人学习《诗经》。	无题字
10	惊梦	杜丽娘梦见与柳梦梅幽会。	无题字
12	寻梦	丽娘再次来到后花园欲鸳梦重温。	无题字
14	写真	杜丽娘对着镜子画自画像,春香伴其左右。	无题字
16	诘病	杜夫人盘问春香杜丽娘的病因。	无题字
19	牝贼	投降金国的汉将李全率军攻打淮安城,其妻杨氏的梨花枪万人无敌。	无题字
20	悼殇	杜丽娘被葬在太湖石下,其父母等人哭悼。	无题字
8	劝农	杜宝巡视所辖农村,进入农家,农人们备酒接待。	无题字
22	旅寄	柳梦梅落入溪水中为陈最良所救。	无题字
23	冥判	丽娘鬼魂飘到阴曹地府,胡判官依罪量刑。	无题字
25	忆女	春香为小姐烧香祭奠,杜夫人不胜悲伤。	无题字
26	玩真	柳梦梅欣赏丽娘的自画像,并在其上题诗。	无题字
27	魂游	石道姑等人拈香祈祷感动得丽娘亡魂飘然而至。	无题字
28	幽媾	柳梦梅与杜丽娘在梅花观幽会。	无题字
31	缮备	新城墙落成,杜宝军队开宴,对酒临江抒发感慨。	无题字
36	婚走	柳梦梅、杜丽娘、道姑等人乘舟远走高飞。	无题字
37	骇变	陈最良来到梅花观发现人去楼空。	无题字
39	如杭	柳梦梅将赶赴试场,杜丽娘为柳祝酒。	无题字
41	耽试	柳梦梅错过试期,在午门外候旨。	无题字
42	移镇	杜宝移军,与夫人离别,杜夫人乘船取道临安。	无题字
44	急难	柳梦梅去打探杜丽娘父母的消息而与丽娘告别。	无题字
45	寇间	陈最良被贼兵捉住。	无题字
46	折寇	杜宝劝说陈最良再入贼营送信。	无题字
47	围释	陈最良送去劝降信,李全夫妇同意归宋。	无题字
48	遇母	杜丽娘母女重逢。	无题字

出次	回目	插图内容	插图题字
50	闹宴	官衙里杜宝大摆庆贺宴席,柳梦梅带画前来认岳父,被阻止进入。	无题字
		官员捧笏站立于官衙门口。	无题字
53	硬拷	柳梦梅的裹袄被搜,杜宝认定其掘盗女儿墓。	无题字
54	闻喜	杜丽娘母女等人在报喜人处得知柳梦梅高中状元的喜讯。	无题字
55	圆驾	柳梦梅与杜宝起争执。	无题字
		圣旨到,杜丽娘全家团圆。	无题字

第二节　《牡丹亭》插图的内容及形式

　　明万历金陵文林阁刻本并非每一出都有插图,全书共有插图十幅。具体分布为第一至二卷每卷三幅,第三至四卷每卷两幅。第一卷在"训女"(第三出)、"惊梦"(第十出)、"写真"(第十四出)等情节内容中附有插图,第二卷中的三幅插图分别出现在"诊祟"(第十八出)、"冥判"(第二十三出)、"魂游"(第二十七出)等部分。第三卷在两处出现插图,插图分别出现在"回生"(第三十五出)、"寇间"(第四十五出)两部分。第四卷的两处插图,分别出现在"硬拷"(第五十三出)和"圆驾"(第五十五出)两部分。在这十出剧本中,除了"惊梦"外其余皆不是讲述杜丽娘与柳梦梅感情的重点段落,其中第十四出"写真",第二十七出"魂游"属于杜丽娘个人独白式的感情戏,其余七出都属于情节冲突较为强烈、人物出场较多的剧目。因此,就内容选择而言,数量有限的插图,多半选择了情节性较强的出目予以形象再现。以第三出"训女"为例,其基本内容是杜太守自叙身世,希望把女儿教育成谢女班姬式才女,他日嫁人,光耀门楣,因而与夫人商议教女儿读书之事。该出内容使后文情节如行云流水般发展,因训女故延师教育,因延师教育故杜丽娘深受礼教束缚,因受礼教束缚故有百无聊赖游园惊梦种种变故。而这种变故亦须归结于杜宝要求女儿略识周公礼数,恪守四德,该出内容点明了束缚人心的封建礼节,与全剧强烈反抗封建礼教的主旨相合,因而是奠定全剧的关键出目,故而此本选取该情节进行画面的呈现。就形式而言,这些插图均为图在文中,图文结合。

　　明泰昌元年吴兴闵氏朱墨套印本共有十三幅双面连式插图,根据图表可知,除第十出"惊梦"对应两幅插图外,其余均为一出对应一幅。由于"惊梦"是女主人公杜丽娘人生的转折,"游园惊梦"是全剧中最为重要的情节,绘制者想来注意到了这一出的核心地位,故而特意用两幅插图来表现游园前的准备以及杜丽娘的梦境。

　　具体分析插图内容,可将此十三幅插图分为三种类型:

1. 插图与剧本情节和题图文字皆相关。如第十出"惊梦"、第二十四出"拾画"、第三十二出"冥誓"等。以"惊梦"为例,该出讲述的是杜丽娘整装游园后触发伤情,梦见与柳生在后园中幽会,与插图表现的情景以及题字"雨香云片才到梦儿边"相合,下文将详细阐述,此处暂付阙如。

2. 插图只与题图文字相关,离剧情较远。如第六出"怅眺"、第八出"劝农"、第十二出"寻梦"等。以"劝农"为例,该出讲述的主要剧情是杜太守到乡间巡视所管辖的农村,鼓励农民及时播种。而插图整体表现的则是小桥流水人家的自然之景,右半幅插图的右下角描绘了杜宝与农民坐在插着酒旗的茅舍中,着重刻画了竹篱、茅舍、酒旗等意象,这与剧情出入较大,却符合题图文字"竹篱茅舍酒旗儿叉,雨过炊烟一缕斜"所描绘的画面。

3. 插图与剧情和题图文字皆不相关,或是二者存在较大差距。如第五十五出"圆驾",剧本讲述的主要情节是杜宝不相信女儿复活的事实并将此事上报了皇上,于是杜丽娘被招进金銮宝殿,听候裁决,最终在皇帝的询问调解下,通过相互间的交谈对证,杜丽娘全家人终于相认团圆。而该出插图(见图16-3)表现的则是在荒郊野外的情境,右半幅图描绘了头戴官帽的杜宝,右侧是书生模样的人,左侧是手提灯笼的丫头,左半幅图描绘了两位紧挨着的道姑,一人手中还持着拂尘,左侧的女子转头回望,似有告别之意。这与该出的剧情并不相关,而插图文字"平铺著金殿琉璃翠鸳瓦",是杜丽娘进宫后对宫殿的描绘,但插图刻画的并不是金銮宝殿,而是荒山深林,因此该插图与题图文字也毫不相关。此种情况,题图文字表现的是主要情节,而插图内容刻画的则是主要情节发生前的细节场面,这种出入不可避免。大体论之,插图与主要剧情、文字有较大疏离的情况乃罕见。

图16-3 圆驾,明天启年间吴兴闵氏刊朱墨套印本《批点牡丹亭》插图

从插图位置来看,该刊本所附十三幅插图均集中位于卷首目录前,不同于普通刊本的插图穿插于各章节中出现。因此,该刊本呈现出一种图文分离、图文关系渐行渐远的状态,插图的独立性亦显著增强。刊本中插图大多是对戏曲中典型情节、典型人物、典型环境等的图像化反映,因而相对于后面的情节而言,插图叙事一定程度上也成了一种"预叙",但插图的写意化,未必能明显地呈现在每幅插图中。

以其中一幅题为"水阁摧残,画船抛躲,冷秋千尚挂下裙拖"插图(见图 16‐4)为例,该插图对应的是第二十四出"拾画",该出叙述的情节是柳梦梅久病初愈后误了春围试期,烦闷时偶然得知梅花观后的大花园,便前去观赏,游园时在假山旁拾取装有杜丽娘自画像的紫檀匣,并小心翼翼地带回观中书房准备点灯叩拜。就插图本身而言,图右下角一名书生站立于水滨,神情凝重地望着眼前的一户人家,发现篱门葱翠却倒了半架,配合插图题字可知此书生见园中狼藉而怀想当日盛景,抒发物是人非的伤颓情感。对比相应故事情节而言,插图要素显然不够完整,没能抓取书生拾画的典型画面,对该出主要情节的叙述功能明显不足,但如果脱离文本语境,仅就插图论,依然能够表达较为明晰的主题。从这一角度看,插图确实具有一定独立性,对故事文本的依赖性较弱,能够脱离文本背景来表现一定内容。

图 16‐4　拾画,明天启年间吴兴闵氏刊朱墨套印本《批点牡丹亭》插图

明万历朱氏玉海堂刊本每一出的插图都反映了该出的主要情节,基本不存在插图内容与剧本情节相去甚远的出目。这与《批点牡丹亭》中的插图有很大区别,"硬拷"这一出最为显著,"硬拷"一出的主要情节是柳梦梅前来寻岳父,因裹袱被搜而被杜宝判定盗墓之罪,被拷打。此本插图(见图 16‐5)表现的是柳生被打前的动态画面,杜宝傲然坐于堂前,左右两侧的小卒正准备上前逮捕柳生,插图左下角还立着两位手持棍棒的小卒。而《批点牡丹亭》该出插图描绘的则是后花园池中水波荡漾映着月影的阴冷之景,与剧本情节并不相关。该刊本文图特点可从插图数量、插图的叙事性和情节性、插图与文字结合的紧密性等三个方面予以考察。

　　此刊本插图数量较多,共有四十幅,除了第一出"标目",以及"腐叹""延师""闺塾""慈戒""闹殇""旅寄""忆女""缮备""诇药""仆侦""移镇""榜下""索元""闻喜"等出外,其他各出皆配有一幅精美插图。对照故事情节来看,绘制者有意回避了上述较为次要的内容,而主要将精力放在主要情节。这或许是因为插图数量有限制,绘制者只能依据故事情节的重要与否做出选择,又或者绘制者认为,上述各出皆属次要情节,插图可有可无,故而有意作了省略,以免画蛇添足,反而影响读者的阅读质量和阅读兴趣。首先,"腐叹""延师""闺塾"主要是关于次要人物陈最良成为杜丽娘家庭教师的情节,相较于上文所论在剧本中处于重要地位的第三出"训女",这些作为紧接着出现的出目则处于次要地位,为了避免内容冗杂繁复,绘制者选择回避这些出目的内容。而"慈戒""旅寄""诇药"等出在篇幅上较短,所述情节前后关联性较强,此等插图存在意义不大。又如"榜下""索元""闻喜"这几出皆与"硬拷"的情节相关,并且情节琐碎,次要人物众多,故未配插图。笔者对比识得,在未配有插图的出目中多出有次要人物陈最良的参与,但是陈最良亦以主要表现人物出现在"骇变"中,且插图中仅有他一人。在人物表现上,该出中陈最良目睹杜丽娘墓被盗而梅花观人去楼空的景象,作为揭发柳梦梅盗墓罪的直接人物;在情节发展上,"骇变"作为柳梦梅与杜丽娘远走高飞、东窗事发的转折点。故尽管"骇变"一出表现的是次要人物,但因其表现的是不可或缺的转折点,该插图(见图16-6)亦被选入刊本。可见,在插图绘制者看来,最能吸引人的是那些最具情节冲突性、能够推动情节发展、彰显人物性格的重要关目。根据这些内容创作插图,自然能够吸引读者的注意,扩大戏曲的接受效果和传播效应。

图16-5　硬拷,明万历年间朱氏玉海堂刊本《牡丹亭还魂记》插图

图16-6　骇变,明万历年间朱氏玉海堂刊本《牡丹亭还魂记》插图

明天启《玉茗堂牡丹亭还魂记》除了改单面图为双面图外,写意性更加突出。共收图像二十幅,周心慧《中国古代戏曲版画集》、周亮等主编《苏州古版画》选录了其中的部分插图。我们亦可以通过《古本戏曲十大名著版画全编》所收录的十五幅图像,了解该刊本的插图风貌。其中,除了附有"训女""惊梦""寻梦""拾画""玩真""幽媾""回生""硬拷"这八回主要出目的插图外,该本还选录了"怅眺""写真""牝贼""谒遇""耽试""围释""遇母"这七出的插图。"怅眺"交代了主人公柳梦梅的出场。"写真"是"拾画""玩真"的伏笔。"牝贼"与"围释"相呼应,在众多生活图景中添加了征战图景,也构成杜宝率军作战方面的前后线索。"谒遇"与"耽试"相照应,是主人公柳梦梅高中状元的前奏。"遇母"中杜丽娘复生后首次见到家人,为"圆驾"一出最终杜丽娘全家团聚作准备。绘制者选取这些在全剧中较为重要且具有较强故事性的出目来绘制双面插图再现情节。在这十五幅双面图中,除了有一半空间继续保持玉海堂刊本写实性与写意性并重的特点外,另一半空间则往往为纯粹的写意,画中题句更是加重了这种抒情氛围。

臧懋循改本《还魂记》插图全部冠于文前,每幅图上题有折目的名称。由于对剧本内容的删减,此本较为追求情节的完整,基本实现了每折一图,因此也就有面面俱到、不加取舍之嫌,不仅收录了"惊梦""写真""魂游""硬拷""圆驾"等重要出目的插图,"悼殇""忆女""缮备""如杭"这些很少有版本选用的次要情节出目亦被编入,插图虽多,刻画得却极其细致。同时,此本对插图内容的选择也严格按照剧目的主要情节,对剧情的描绘驾轻就熟,每幅插图都能够表现出该出目的主要内容。就连"遇母"一出插图也刻画得甚是独到,母女相见,杜夫人受了惊吓站得很远,手持烛台照之,春香与何道姑站于一旁,面带笑容。而在明万历朱氏玉海堂刊本和明天启《玉茗堂牡丹亭还魂记》的插图中,杜夫人都是背对着低头坐着的杜丽娘,缺少所谓遇母之意。由此可见,此本对剧本情节刻画技艺之精湛。

从该本所附插图来看,图像具有绘制精致、观赏性强的特点。与上述四本相比较,明显可以看出,臧懋循改本《还魂记》的插图一笔一画摹刻精细,且色彩都比较深,具有很强的鉴赏性,不像其他刊本深深浅浅不易辨识,给人以随意涂抹之感觉。此本绘制精细,描绘人物哭泣这个动作尤为生动,如在"悼殇"一出中,杜宝身边两个仆人掩面而泣,相当具有真实性,杜夫人双手并拢于胸前的祈祷之态也十分逼真。同样在"忆女"一出中杜夫人见到丽娘生前旧物时,悲伤难耐的落泪神态也展现得尤为真切。

第三节 《牡丹亭》插图的叙事性研究

金陵文林阁唐锦池刻本插图较为精美,人物比例偏大,背景较为简约,且情节叙事性较浓,图文关系甚为紧密。

如第五十三出"硬拷"所附插图,虽没有题图文字,但是与"硬拷"的曲词联系紧密。插图左半部分"高吊起打"画面中杜宝左侧一人手拿一株桃条,使读者联想到拷打前杜宝的发令及下人的准备,这正与曲词中"(外)左右,取桃条打他,长流水喷他""（丑取桃条上）要的门无鬼，先教园有桃。桃条在此"等密切联系，互相照应。而右半部分的画面与该出曲词联系更为紧密，将在下文详细阐述。

从画面表现来看，人物较多，在画面中所占比例较大，有八个角色相继出场，内容也比较丰富，人物刻画占主导地位。相比之下，插图的写意性较弱，插图背景仅为树，且是配合人物"吊打"的工具，景物本身不具备存在意义。左右两图接在一起，彼此分别反映不同的故事情节，与此同时，二者的"接合"又产生了微妙的联系，促使读者展开丰富的联想，从而可以开拓更为广阔的视域，表现更为复杂的叙事内容。此幅插图虽然是静止的画面，却极具"连续性叙事"的意味，因为它把相继发生的、不居于同一时刻的故事情节通过"并置"的方式巧妙地连缀在起来，使得该图虽然为定格的画面，但至少呈现了具有时间进程的三个情节，这其中，人物刻画起到至关重要的作用：

一是外角（杜宝）对生角（柳梦梅）的拷打。在图的右半部分，柳梦梅被高吊在一棵树上。在图的左半部分，位于杜宝右侧一人，手持棍棒，背向观者，似有离开的样子；位于杜宝左侧一人则一手拿着一株桃条，一手端着茶水。从这两人的表情和动作来看，当是曲文中"高吊起打"情节的结束。

二是净角（老驼）对外角（杜宝）的责打。曲文中有"（净将拐杖打外介）拼老命打这平章"的文字描述，到了插图中，"高吊起打"的情节刚刚结束，老驼就持拐杖快步跑到了外角（杜宝）面前，"将拐杖打外"，其对面的杜宝则挥动其左手，似乎在作"凡为状元者，有登科录为证。你有何据？则是吊了打便了"的言辞辩解，动作性和冲突性非常强。

三是以登科录解围。画面右半部分共有四人，左起第二人为被吊起的柳梦梅，最左面的一人（净扮苗舜宾）手指前方，似乎在用"老公相住手，有登科录在此"一席话回答杜宝的辩解，第三人则设法把柳梦梅从树上放下来，对应着曲文中"快请状元下吊"的描述，而最后一人（贴扮堂候官）则"捧冠袍带上"。整个画面的叙事性非常突出，图文关系甚为紧密，人物关系颇为复杂。

吴兴闵氏朱墨套印本插图充满了写意性的特点。写意本是中国画的一种画法，不求工细形似，只求以精练之笔勾勒景物神态，抒发情趣。写意用于插图时，则不求与文本情节形似，只求与文本的氛围、基调神似，抒发该文本侧面透露出的情理意趣，视角独到。画面中写景的内容占据多数空间，人物很少，所占版面也很小，大都淹没于景，极具抒情意味，同时也使得插图的叙述功能有所削弱。有论者云："幅幅皆精丽，重视对环境氛围的描写，无论老树枯枝，殿阁楼台，碧波舟楫，冷月清风，皆精致可观，是一部情景交融、景与情合的戏曲版画名作。"

在十三幅双面连式的插图中唯有四幅图（"惊梦""御淮""圆驾"等）双面皆有人物出现，且人物所占面积极小，八幅插图以单面形式来展现人物，剩余一幅（"硬拷"）甚至没有人物出现。

在第五十三出"硬拷"中，杜宝严刑拷打柳梦梅，并判他冒认官亲、掘墓盗宝当斩，而柳梦梅亦据理力争、誓不认罪，最终在吊打时因郭驼子、苗舜宾等人赶来说明事实而得救。虽此是极具戏剧性的一出戏，但插图仅题为"后苑池中，月冷断魂波动”,整个图像双面全部为景物所充斥,空无一人。仅就图而言,读者很难联想到柳梦梅与杜宝间唇枪舌剑之战以及强行拷打的情节,与文本内容是绝对的疏离。另,双面皆有人物出现的插图亦呈现出具有高度审美价值的写意性,譬如第十出“惊梦”的“没揣菱花,偷人半面”。该双面连式插图的左半部分描绘的是丫鬟春香手捧衣物给小姐杜丽娘送去,杜小姐则在步出香闺闲游花园前,担心梳妆不整有失仪态而对镜观容,题句中“偷”字生动地摹刻出一位清纯可爱、穿戴漂亮的大家闺秀形象,“停半晌整花钿”,画面因人物而被赋予活灵活现的美感。但人物终究被掩藏在大幅的景物中,闲庭深院曲折,窗瓦轮廓分明,庭外大树葱茏,树叶密集遍布,树干纹路清晰,泥土层层铺盖。左半部分插图着力精细描绘春色如许的环境,右半部分插图更是展现出粼粼水面、春花盛放、假山林立之景,“云霞翠轩,雨丝风片,烟波画船”,俯身于水边台阶欣赏春色的小姐仅仅占据一角,在整个画面中显得次要单薄。据此观察,画面写景独占鳌头,画面叙事退为其次,插图的写意性甚是显著,呈现出抽象性与形象性相结合的特色,即此出插图虽只营造了庭院深深深几许之景,却暗藏着年轻貌美的小姐内心火热的情怀、压抑的痛苦,以及“未逢折桂之夫,却慕春情”的交织感情。“袅晴丝吹来闲庭院,摇漾春如线”,春水荡漾、微风乍起之镜同样吹乱了小姐的万千游丝。插图复杂的写意性也由此让读者产生万般联想,达到突破狭隘界限“形象大于思想”的审美境界。与此类似,其他插图也皆能引发读者想象插图背后的丰富情感,深入探索画面所包含的深层意蕴。

尤其需要注意的是,此刊本插图带有插图题句,诸题句皆以剧中的唱词入图,非常具有抒情意味。《牡丹亭》剧本唱词本身非常优美,也非常符合人物的身份。插图选择其中的精彩段落进行图像呈现,并配以该段落的主要短句,这使得位于卷首的多幅插图能够被明确指出在戏曲中所处的位置,为读者阅读或研究戏曲带去便利,令人更清晰、更深层地理解画面所表现的内涵。其写意性也不会给后世读者造成云里雾里的模糊感,甚至引起关于该出处的争议。唱词入插图确实体现了图文之间若即若离的对应关系,但更为重要的是图文共同形成了抒情合力。插图题句以书法字体出现在画面的留白处,诗画合一,更是增添了画面的抒情意味。

以其中“惊梦”一出插图为例。从画面表现上来看,有两幅插图对应着“惊梦”一出的内容。其中一幅插图中的题句为“雨香云片,才到梦儿边”,可知表现的是“入梦”情节。右半部分画面为杜丽娘游园赏春、相思入梦的场景,周围为“姹紫嫣红开遍”的“良辰美景”;另一侧为梦中情景,杜丽娘与柳梦梅于芍药栏前、湖山石畔“千般爱惜,万种温存”。插图既体现了居于不同时空的虚景与实景的并置,又有“人融于景”的强烈抒情意味。另一幅有关“惊梦”的插图则表现了事件初始时的情景。画面中,杜丽娘正在室内梳妆打扮,印证了“停半晌,整花钿”(唱词[步步娇])的曲文描述,画中题词“没揣菱花,偷人半面”同样出自[步步娇]唱词。整幅画面叙事性较弱,人物的内心世界早已融入了外部的自然景观之中,预示着下文“游园惊梦”情节的出现。如果说剧本中的这些曲子“把剧本主人公的眼中景、心中情及心灵深层的梦幻世界巧妙地融合在一起,浓墨抒写,文采斐然,曲意隽永,非常细腻地表现了闺阁少女的微妙心理,抒发了杜丽娘热爱自然、热爱青春、追求幸福、追求美好的纯真情感,并反映了她的忧伤、怨苦与失落、失望",那么以这些唱词为基调,把曲子所反映人物的内心世界和复杂情感诉诸画面,便成为《批点牡丹亭》戏曲插图的显著特点。并且,图像文本与语言文本之间形成了内在的抒情合力。

插图与剧本在内在情感和情绪表达上具有一致性。汤显祖在《牡丹亭》"题词"中有言:"如杜丽娘者,乃可谓之有情人耳。情不知所起,一往而深。生者可以死,死亦可生。生而不可与死,死而不可复生者,皆非情之至也。"不得不说,剧中人物的内在情感和作者的情绪表达是颇为复杂的。一方面,作者充分肯定了杜丽娘对爱情和自由的执着追求;另一方面,杜丽娘又时常陷入极度的苦闷之中,因为她无法摆脱置身于其中的现实窘境。生可以死、死又可以复生,便是其复杂内心和命运的真实写照。表现在剧本中,汤显祖反复使用"叹介""悲介""哭介""泣介""泪介"等科介提示,以衬托人物的悲性苦境。据笔者统计,叹介使用至少 37 次,悲介使用至少 6 次,哭介至少 26 次,泣介 19 次,泪介 8 次,闷介 1 次,其中"悼殇"一出使用此类科介最多,共计 14 次,5 次泣介,4 次叹介,3 次哭介,1 次悲介以及 1 次闷介。通过这些科介提示,来表现"悼殇"中病重的杜丽娘于中秋时节仍为游园惊梦魂牵梦萦,最终香消玉殒的悲惨情节,烘托出人物形象的悲剧感。

这样的艺术处理在插图中同样得到了生动体现。在《批点牡丹亭》中有多幅插图描绘了杜丽娘不同形式的"出场",但画中的杜丽娘,无论是睡相还是坐相,无论是独自一人还是遇到柳梦梅,都满脸惆怅与愁绪,因为她清楚地知道离自己真正的爱情还很遥远,眼前的爱情或是苦苦相思的"梦游",或是生死之间的"魂游",即便死而复生得以与柳梦梅相见,但依旧只是一场"真梦"而已,何时能够得以重见天日、得到确证,尚遥遥无期。该刊本后面所附的杜丽娘像,同样是低头锁眉,不敢正视,充满了惆怅和悲苦。梦境与现实形成鲜明的对比,她充分认识到现实的残酷和前途的黯淡,插图绘制者因此不得不把其笔下的杜丽娘像处理得"略显呆板"。从这一角度看,图像与文字之间具有内在的一致性。

明万历朱氏玉海堂刊本插图的叙事性和情节性比较突出。《牡丹亭》的唱词极具抒情性,整部戏曲也极具浪漫和抒情的色彩。插图绘制者为了向读者呈现相对较为完整的故事情节,往往选择该出中最具包孕性的情节瞬间予以图像表现,而对于此一瞬间前后的事件和情节,对于情节背后暗藏的真情实感,读者完全可以经由图像的暗示,通过自身的想象去补充和体会。如此一来,该刊本插图便在"事—情—事—情"中循环往复,即在"事"件中流露真"情",在真"情"中捕捉"事"件瞬间入图,又在图像的叙事中暗含真"情"。

朱氏玉海堂刊本《牡丹亭还魂记》之"言怀"(见图 16 - 7)与"拾画"(见图 16 - 8)两幅插图乍看上去基本无异,都表现了相同人物(柳梦梅)、相似处境(独自一人)、相近场景(柳树、湖石等),只是一为伏坐相,一为行走相。从图像的结构布局上看,景大小人,极具抒情意味。这样的艺术安排比较符合《牡丹亭》整部剧作的抒情基调。但插图绘制者有意识地把情感空间让位给了叙事空间,让图像自说自话,作者的真实情感却被图像的叙事性所遮盖。前一图表现的是"言怀"的内容,图像中的柳梦梅伏坐在湖石旁,眼睛望着院外。图像所呈现的尽管是静态画面,人物的内心世界却异常波动和复杂,其思绪早已飘向了远方。其半个月前于情思昏昏的状态下做的一个美梦似在眼前,未来之路却又遥不可知。"门前梅柳烂春晖",既是写实写景,又是写意抒情,事与情合,情寓事中。后一图表现的是"拾画"的内容。虽然汤显祖在《牡丹亭》唱词中处处设情,此幅插图却把画面定格在柳梦梅"拾画"的瞬间,这一点我们可以从其目光所至及弯腰捡拾的姿态中看得出来。但柳梦梅置身于此时此景,难免会生情愫,周围的景致安排便是最好的说明。恰如剧本中所言:"凭阑仍是玉阑干,四面墙垣不忍看。想得当时好风月,万条烟罩一时干。""敢断肠人远,伤心事多?"事与情、显与隐融为一体,互为表里。

图 16-7 言怀,明万历年间朱氏玉海堂刊本《牡丹亭还魂记》插图　　图 16-8 拾画,明万历年间朱氏玉海堂刊本《牡丹亭还魂记》插图

该刊本中所附的"肃苑"(见图 16-9)和"寻梦"(见图 16-10)两幅插图,无论是杜丽娘的神态还是周围的场景描摹,抑或是情与事的融合等,都与"冥判"和"拾画"有着异曲同工之妙。"肃苑"与"寻梦"两幅插图都表现了相似的场景(湖石、柳树),相同人物(杜丽娘),且杜丽娘都站立于湖石旁略作低头之态,有感慨沉思之意。两幅图有意识地将情感空间与叙事空间相结合。"肃苑"中表现了杜丽娘读完《毛诗》第一章的感慨,正如曲文中道:"圣人之情,尽见于此矣。今古同怀,岂不然乎?"丽娘沉吟一会儿,又逡巡而起,向丫头春香询问如何消遣。插图尽管呈现的是一幅静态,丽娘的内心却在春香的怂恿下前后波澜起伏,最终决定违规游园。小姐千金之躯,游园先要肃苑,她"低回不语者久之",谨慎地吩咐春香,用手指指着她周密安排。"肃苑"一图将杜丽娘游园前的安排与难平的心理刻画得淋漓尽致,保证了事—情之间的平衡性。在"寻梦"插图中精心描绘了湖石亭台、榆荚、芍药、杨柳,杜丽娘乃独自一人置于后园景物之中,她趁无人陪伴寻到梦中的湖山、亭台,"那一

答可是湖山石边,这一答似牡丹亭畔",丽娘立于其旁,以手遮面生发感慨,"不是前生爱眷,素乏平生半面。则道来生出现,乍便今生梦见",大概又想起书生的情话绵绵,而料想在梦中与书生缘定三生。丽娘重寻后园景,却觉昨日已如东流水,内心之情溢于言表,"昨日今朝,眼下心前,阳台一座登时变"。插图虽然只具有一瞬间的画面感,但是此前此后的情节以及主人公变化的心境全然融于插图中,读者通过自身想象以及图文结合的暗示即可揣测当时的事与情。

图 16-9　肃苑,明万历年间朱氏玉海堂　　图 16-10　寻梦,明万历年间朱氏玉海
刊本《牡丹亭还魂记》插图　　　　　　　　堂刊本《牡丹亭还魂记》插图

与此同时,图文关系也较为紧密。一方面,插图并不像吴兴闵氏《批点牡丹亭》那样统一置放于卷首,而是嵌于各出目的文中,以图配文,以文释图,图文胶着。插图虽然不带题字,但因插图内容与剧本原文具有契合性,插图能够形象地诠释剧本情节,同时剧本内容也能够赋予插图更深层次的意义。以"惊梦"一出为例,杜丽娘面色忧郁,"观之不足由他缱,便赏遍十二亭台是惘然",曲文表明丽娘因观之不足的春色而掀起无限春情,感慨没有知己相伴。丽娘伏于水阁案桌上,右手撑着脑袋,插图的左上角则是一块气泡状的图景——丽娘在梦境中与柳梦梅于湖石旁如神仙眷侣般幽会,丽娘腼腆忸怩,柳生绵绵爱语,"千般爱惜,万种温存"。插图形象逼真地描绘出柳生与丽娘"转过这芍药栏前,紧靠着湖山石边"幽会欢爱的场面,"则为你如花美眷,似水流年",这般柔情全都与插图中丽娘的欲拒还迎、柳生的折柳示爱相融。"和你把领扣松,衣带宽,袖梢儿揾着牙儿苦也,则待你忍耐温存一晌眠"更是令读者对插图的动态表现浮想联翩,达到此时无声胜有声的效果。"惊梦"一出插图与吴兴闵氏《批点牡丹亭》"雨香云片,才到梦儿边"一出插图相比,朱氏玉海堂刊本的插图善于用图像(气泡)来表现梦境与现实,而吴兴闵氏本则更多通过题图文字来指出入梦的情节,仅靠双面连式的图像(右半面杜丽娘赏春,左半面柳

生搂住丽娘)不能明确表示"惊梦"的情节。且此本插图嵌于各出目中也决定了图文关系的紧密性。

另一方面,插图内容与出目内容基本吻合,也就是说,从插图表现我们基本可以判定出对应的曲文内容。尤其是"写真""冥判""玩真""魂游""欢挠""淮泊"等出插图,即使脱离剧本具体内容,亦能快速地与出目的题目相对应。如"写真"一出描绘的是杜丽娘对着镜子画自画像,即表现了"写真"的本意(画像);"冥判"一出描绘的是杜丽娘鬼魂飘到阎罗殿(一团团云烟以及长相怪异的小兵),胡判官依罪量刑,即表现了"冥判"的本意(阎罗殿审理鬼魂);"玩真"一出描绘的是柳梦梅欣赏丽娘的自画像,并在其上题诗,即表现了"玩真"的本意(赏画);"欢挠"一出描绘的是道姑们在柳梦梅住处偷听,惊扰了柳生与丽娘的幽会,即表现了"欢挠"的本意(欢愉的时刻被打扰);"淮泊"一出描绘的是战乱中柳梦梅背着包裹欲进客店宿一夜,即表现了"淮泊"的本意(在淮安城歇宿)等等。除此之外,其余插图即使不能准确与出目名字对应,但基本都能够与出目内容相吻合。仅根据插图内容或会因插图刻画得不细致难以辨识画面中人物的事与情,或会因插图的静态性误解剧本所传达的意思,但若与剧本内容相对照,很容易了解插图本身瞬间的动作以及前后情节的发展。就如"闹宴"一出的插图,画面大部分描绘的是官衙里大摆庆贺宴席的情境,却没有正面刻画闯入的柳梦梅,但是依照出目内容读者可以理解,继而想象柳生闹宴的情景。

总体来说,此本若单看插图,则颇有连环画的特点。画面既非常写实,可读性强,同时具有写意抒情明显、可看性强的突出特点。难怪明代有那么多的戏曲刊本均采用此图版。

明天启《玉茗堂牡丹亭还魂记》本似袭朱氏玉海堂刊本,因而插图也具有一定的叙事性和情节性。如"拾画"一出所附插图,与朱氏玉海堂刊本相比,有三处显著变化。这三处变化恰好表明此本插图具有写实性、写意性、诗画合一的特征。

其一是在柳梦梅面前出现了一轴画,画面的指向性更明显,不再会使读者感到难以辨识柳梦梅在园中做何事,使得插图的写实性更强。

其二是多了右半幅画面,此半幅画面纯粹是左半图画面的延伸,且全部为景物描摹,犹如剧中的抒情性唱词,有力地衬托出人物的内心世界和剧作的情感氛围,从这方面来看,此本插图也增强了写意性,描绘景物并不是为了表现景物本身,而是为画面中主人公的心理呈现塑造一种更切合的环境,使得插图具有较强的审美感。

其三是插图留白处增设了画上题句"小嵯峨,压的旛檀合,便做了好相观音",诗画合一,形成了"语—图—语"的多重互文。插图上的题句出自该处曲词"小蹉跎,压的旎檀合,便做了好相观音俏楼阁",题句根据曲词稍有更改,使得题句更为简洁。整体来看插图中的题句,不难发现题句均出自剧本,对原文的代词、语气词等作了增减,题句大多注重字数整齐,使诗句读上去朗朗上口。如第六出"怅眺"中的题句"祖龙飞鹿走中原 倚定摩崖半壁天"删去了"他"后更具诗句美感。这些富有美感的诗句或为插图的情节展示提供线索,或为插图的景物呈现塑造氛围,或为插图的人物塑造提供依据。同时,插图的题句大多是该出中的精辟句子,但是

"回生"一出则与众不同。"回生"插图呈现出另一种风貌。图的左侧为杜丽娘"回生"的场面,回生的杜丽娘、作搀扶状的柳梦梅、启坟的丑角、受人之托的观主同时出现在画面中,这与出目的内容相对应。右侧的画中题句却是引自下一出"婚走"中净角的一句唱词"你惊香辞地府,舆榇出天台",很显然这半幅图具有承上启下的过渡性功能,这半幅图描绘的是滚滚江水,暗示杜丽娘起死回生后将与柳生乘船渡江远走高飞。

再以"玩真"一出的插图为例进行对比。两个刊本对"玩真"这个基本情节作了并无二致的呈现,朱氏玉海堂刊本只有单页图像,而《玉茗堂牡丹亭还魂记》(《王季重先生批点牡丹亭》)刊本却多了纯粹描写景物的半幅图,这半幅图像是柳梦梅居所的延伸,同样是空无一人,全为景物所覆盖,增强了画面的写意性。画上题句"丹青妙处却天然,不是天仙即地仙"既是一种画面提示,同时也是写意抒情,柳生眼中的美人图活灵活现,俨然他已经爱上了图中女子,他在画上所题的这句诗也直接点明了人物柳梦梅"玩真"时的内心感受,情景相融,充满了韵味。

仔细探究,与朱氏玉海堂刊本相对照,"训女""写真""拾画""玩真""冥誓""回生""围释"等出插图纯粹添加了半面景物性的写意性画面,譬如上述分析的"拾画""回生""玩真"三出例子,添加了半面景物性画面,画面中多为亭台楼阁、湖石假山、杨柳百花、江河鸟兽,或增强了插图的写意性,或增强了承上启下的过渡性功能,但仍以增强插图写意性为目的居多。"训女"一出插图增加的是半幅景物图,右半幅图中立于庭前的鹤从图中脱颖而出,为整幅插图赋予了一种动态美和色彩美。仔细观之,左半幅图屏风上的图像也有所改变,一改之前简洁的孤舟,而呈现出复杂的山河美景,左上角的图案纹路也更为精致细腻,因而使得此本插图的写意性更强,画面更为精美,更能打动读者。又如"写真"一出插图增加了半幅室外的春景描绘,而不再是单调的室内画像的情景,左半面烂漫春景的写意性客观上与右半面情节性相融合,增添了插图的审美艺术效果,不仅如此,这春景也暗示了杜丽娘写真的缘由——伤春,杜丽娘感慨人如花貌都过早衰老,为了留住容颜她只能画下自己当下的花容月貌。

而"怅眺""惊梦""寻梦""牝贼""谒遇""幽媾""耽试""遇母""硬拷"等出都是将朱氏玉海堂刊本中的单面插图扩充为双面插图。如"惊梦"一出插图仅是将杜丽娘的梦境扩大到了另一版面,其所表现的情节并未增加,正因如此,"惊梦"的梦境刻画占据了较大版面,也更为清晰。又如"怅眺"一出插图,仅是将柳梦梅与韩子才分隔到不同版面来呈现,画面所描绘的景物并未新加,此举更能烘托出江山浩大、个人渺小的无奈以及柳生重树先人伟业的雄心壮志。

在臧懋循改本《还魂记》中,绝大多数图像的叙事性非常明显,读者很容易根据插图想见对应的剧本内容,图与文形成叙事合力。如将该刊本"言怀"插图与朱氏玉海堂刊本该回插图相比,周围的景致大同小异,"柳""梅"成为共同意象,眼睛都是朝向画面之外的远方;不同的是,朱氏玉海堂刊本中的柳梦梅为坐姿,而臧懋循改本中却成了立姿。此幅插图既对应"言怀"的情节内容,又较好地展示了人物此时丰富的内心世界。此人为何立于园中? 他此时刻在想些什么? 此人和接下来出场的女主角杜丽娘将会是什么关系？这些问题均能引发读者进一步联想，也自然而然地引出了下文。

再比如，"闹宴"一折插图叙事性特征非常明显。图像自然分为两个部分：一是室内，一是室外。插图采用俯视的叙事视角，让室内室外之景一览无余。室内，杜宝正在领文武官员吃太平宴，桌上菜肴丰盛，有美酒美女侍候，气氛热烈，展现了"陪将相，宴公侯"的场面。而门外，柳梦梅携着一幅画儿，欲冲门而入，但门口有两人横加阻拦，边上的另一个人也欲上前阻止。从室内人物的表情上看，室外的冲突似乎并没有影响到室内的盛宴，室内的人对外面发生的事情似乎并不知晓。看来，这场冲突只是刚刚开始。插图虽是表现"高潮前"的瞬间，却极具包孕性。可以想见，当室内的杜宝听见外面吵闹和打斗时，他和柳梦梅之间的冲突也就在所难免。这是一幅典型的"叙事画"。

此本基本做到每一折对应一幅插图，文图相合，文图相互印证。从插图表现上看，在这三十四幅插图中，有几幅图比较偏重对人物内心世界的描摹，如言怀、游园、寻梦等。"言怀"一出描绘了柳生立于草树间，右手半举着作感慨之态，虽仅表现了柳梦梅独自一人，文图结合却将他内心的思绪摹刻得淋漓尽致。柳梦梅梦见梅花树下的美女告诉他"遇俺方有姻缘之分，发迹之期"，因而多情公子柳生不仅抒发出生不逢时、满腹才情不得舒展的郁闷无奈，而且也表达了内心对男女姻缘的渴望。该插图的情节性虽不强，但注重对柳梦梅的心理描摹。又如"游园"一出（与上四本对应即是"肃苑"和"惊梦"两出），插图描绘的是杜丽娘伏于案桌上进入梦乡，此时丽娘的内心世界即是与柳梦梅在后花园中幽会，这种春梦也正暗示了杜丽娘内心的极度空虚，作为名门贵族的千金小姐，却不知何时才能寻到情投意合、门当户对的如意郎君，而在心里生发出对美好姻缘的渴望。再如"寻梦"一出，杜丽娘来到后花园欲重温旧梦，她站立于柳树之下，却发现寻寻觅觅、冷冷清清，叫人好不伤心。杜丽娘心中悲伤寂寞，发现昨日之事不可留，终是青天白日一场梦，"明放着青天白日，猛教人抓不到魂梦前"。这三出的插图都只呈现了一位主人公，正因如此，图像与剧文相结合，对主人公心理的描摹尤为深刻。

有论者指出："明代《牡丹亭》插图，种类颇多，有的不容易见到，如万历四十五年徽派版画家黄一凤、黄一楷、黄应淳合刻的原本《牡丹亭》插图，现在台湾。而现在比较容易见到的，大概有两种。一种是明朱墨本《牡丹亭》插图，乃吴门派版画家王文衡、汪文佐、刘升伯绘刻的，对幅版，共十三幅……另一种是万历吴兴臧懋循本《还魂记》，有半幅版插图，共三十四幅。"除了上述这些版本，还有一些插图刊本值得关注。如：明万历石林居士刻本，二卷，明万历四十五年（1617）石林居士序刻本，四册，正文卷端题"牡丹亭还魂记"，署"明临川汤显祖若士编"，版心题"还魂记"，卷首载《牡丹亭还魂记题辞》，署"万历戊戌（二十六年，1598）秋清远道人题"（末题"程子美刻"）。据云此本插图刻工为黄吉甫（德修）、黄应淳、黄端甫、黄翔甫、黄一凤（鸣岐），均为歙县虬村黄氏一族。此外，还有万历金陵唐振吾刻本、泰昌朱墨套印本、天启四年（1624）刻清晖阁批点本，明末朱元镇刻本、独深居点次本、柳浪馆刻本，等等。限于篇幅，不再一一介绍。

第十七章 明代文学与图像的关系理论

钱基博有云"中国文学之有明,其如欧洲中世纪之有文艺复兴"①,所以就文学领域而言,传统的诗歌与文章、异军突起的小说与戏曲,共同见证了明代文学的繁盛。就图像领域而言,"明代二百七十六年间,绘画情形,非常复杂""从大体上说,各派绘画,都是文学化的"②,而"光芒万丈"的小说、戏曲版画同样也是"文学化的",作为诗文"载体"的书法亦概莫能外。③ 可见,明代文学与图像关系密切并且呈现出多重形态,主要涉及诗歌与绘画、书法与绘画,至于小说(戏曲)与插图方面的理论文献则不多见。④ 我们需要对这些学术资源作详细整理与深入探讨。

第一节 明代的"诗画关系"研究

作为一种文艺现象,广义的文学与图像关系古已有之、屡见不鲜,这主要体现为二者的互相摹仿。而"诗画关系"研究,实际上是诗歌与绘画"互仿"创作实践的理论表征,因此,我们有必要简单勾勒"诗画关系"研究自宋代至明代的发展轨迹。

尽管诗意画与题画诗早在宋代之前就已经出现,真正探讨"诗画关系"的著述却并不多见,仅有少许经典名言,例如《唐朝名画录》对张志和诗意图的概括与评述,"随句赋象,人物、舟船、鸟兽、烟波、风月,皆依其文,曲尽其妙,为世之雅律,深得其态",等等。但是,当苏轼提出"味摩诘之诗,诗中有画;观摩诘之画,画中有诗",以及"诗画本一律,天工与清新"之后,"诗中有画,画中有诗"似乎成了"诗画关系"的定论。而"诗画一律"作为艺术观念的影响极其深远,衍生出诗歌是"有声

---

① 钱基博:《明代文学》,岳麓书社 2011 年版,第 1 页。

② 郑昶:《中国美术史》,江苏文艺出版社 2008 年版,第 63 页。

③ 启功:《浮光掠影看平生》,陕西师范大学出版社 2008 年版,第 62 页。

④ 较之"诗画关系""书画关系",明代关于小说(戏曲)与插图关系的论述并不是非常集中,散见于书籍的出版"序言"、小说评点以及文人的赏析中。例如袁无涯所谓"或特标于目外,或叠采于回中",揭示了《出象评点忠义水浒全书》插图的摹仿原则(袁无涯:《〈出象评点忠义水浒全书〉发凡》,马蹄疾编:《水浒资料汇编》,中华书局 1977 年版,第 13 页)。又如双峰堂刻本《京本增补校正全像忠义水浒志传评林》书首的"评语栏",有一则题为《水浒辨》的短评:"《水浒》一书,坊间梓者纷纷,偏像者十余副,全像者止一家。"出版社借机批评他人之不是,以突出自己刊刻"全像"的优势和特点,进而折射出小说插图类型从"偏像"到"全像"的更迭和发展。再如许自昌的一则笔记,"其书(《水浒传》——引者注),上自士大夫,下至厮养隶卒,通都大邑,穷乡小邑,罔不目览耳听,口诵舌翻,与纸牌同行",反映了《水浒叶子》等"绣像"类插图在明末的流行(许自昌:《樗斋漫录·卷六》,马蹄疾编:《水浒资料汇编》,中华书局 1977 年版,第 358—359 页)。

画"、绘画是"无声诗"或者"诗如画"等花样繁多的代名词,苏轼也就被奉为探讨这一话题的鼻祖与权威。①

宋代及其后的题画诗,与唐五代之前的画赞或咏画诗最大的不同之处,在于前者从此将诗题写在画面上,也就是说,诗歌与绘画共享同一个文本。文人画在宋代逐渐兴起并成为中国绘画的主流,时至明清期间又盛行写意画,因而"'诗画一律'变成了'诗画一局'"②,绘画对题画诗的依赖性愈发强烈,"以诗臆画"进而成为这一阶段观画不言而喻的"潜规则",诗与画的关系进一步紧密。③ 接下来,我们将具体分析明代"诗画关系"研究中的具体理论问题。

一、诗歌对绘画的影响

虽然明代的题画诗数量急剧增长,但时人并不重视研究诗歌对绘画的摹仿,而是更关心诗歌对绘画的影响。主要原因在于,题画诗属于语言对图像的"逆势"摹仿,这些诗歌作品与同时代的纯诗相比,在艺术成就上稍有相形见绌之感,因而绘画对诗歌的影响不被重视也就在所难免了。④

就诗歌对绘画的影响研究而言,首先,明代画家非常看重语言文本所提供的"命题",以及题款在绘画中的特殊功用。例如晚明时期的沈颢认为郭熙所谓"作画先命题为上品,无题便不成画"的观点大有胶柱鼓瑟之嫌,他进而以诗歌创作来比喻绘画,"麾之不去,得句成篇,题与无题,于诗何有?"所以,如果画家并不善于自拟命题,就不如直接取用古意,如果古画题仍不能概括这幅画,索性以无题处置。简而言之,一方面,沈颢意识到题目与绘画本身应"互为注脚",但是如果画家无法以合适的题目——这一语言文本概括绘画意义的话,那么就应该另辟蹊径,或者取用传统的命题,或者以无题作为画作的题目。此外,沈颢还提出"一幅中有天然候款处,失之则伤局"⑤的观点,这恰恰是明代写意画中"语—图"关系的真实写照,此时的画面已经不能离开题款这一语言文本而单独存在,因而画家必须在"经营位置"时将题款考虑进去,否则有可能引发不良后果。比如金农的《盛梅图》,将诗歌题款

① 如果我们将"诗画关系"放在整个中国古代文学史、绘画史以及美学史的视阈中进行综合考察,那么就会有新的发现:随着诗歌与绘画在互相摹仿这一创作实践层面的联系日益密切,围绕二者关系的理论与批评随之增多。但是,"诗画关系"研究的发生、发展史并非本节的主题,我们将另文探讨。

② 徐建融:《题跋 10 讲》,上海书画出版社 2004 年版,第 14—15 页。

③ 通过对"中国基本古籍库"的检索,可发现提及"无声诗"这一词组的古籍高达 985 部,其中明代和清代分别包含 93 部和 819 部。这些汗牛充栋的著述,无疑反映了宋代之后,特别是明清时期诗歌与绘画的密切关系,例如孙绍远编纂的首部题画诗集《声画集》,便是取意于诗歌这一"有声画"对绘画"无声诗"的摹仿。另据相关学者的考证,"《御定历代题画诗》共收录唐以后题画诗 8962 首,其中明代 3752 首,即占总数40% 以上。而其实际数量却远不止于此。仅据杨士奇、刘嵩、李东阳、吴宽、刘基、王世贞、高启等 24 人的文集统计,其中的题画诗就多达 4000 余首,所以整个明代题画诗之多,则不难想象。"详见刘继才:《中国题画诗发展史》,辽宁人民出版社 2010 年版,第 323 页。

④ 赵宪章:《语图互仿的顺势与逆势——文学与图像关系新论》,载《中国社会科学》2011 年第 3 期。

⑤ 沈颢:《画麈》,见俞建华编著:《中国画论类编》,人民美术出版社 1957 年版,第 774—775 页。

在梅花枝桠中间的空白处,刻意将题款组成一个方形,以至于绘画的纤巧与题款的凝重、呆滞之间,"形成了失衡,甚至是冲突",令不少文人感觉"略显粗俗"①。当然,题款同时还涉及书法与绘画的关系,我们下文将有详述。

其次,包括诗歌在内的文学给绘画注入的境界与文人性,也不断被明代画家和画论家所津津乐道。比如《画说》云:"昔人评大年画谓得胸中千卷书更奇古。又大年以宋宗室不得远游,每朝陵回,得写胸中丘壑。不行万里路,不读万卷书,欲作画祖,其可得乎? 此在吾曹勉之,无望于庸史矣。"②莫是龙以前人对宋代赵令穰的评价为例,即绘画的"奇古"境界是由"胸中千卷书"所致,因为对自然的亲身考察,以及对文学的不断阅读,才能保证"行万里路"与"读万卷书",换言之,实践与文学知识中的任何一环,都不能为绘画创作所忽略。

董其昌也持有类似的观点,其《画禅室随笔》的论述较为集中,我们不妨在此引述:

画家六法,一曰"气韵生动"。"气韵"不可学,此生而知之,自然天授。然亦有学得处,读万卷书,行万里路,胸中脱去尘浊,自然丘壑内营。成立鄞鄂,随手写出,皆为山水传神。

昔人评赵大年画,谓得胸中著千卷书更佳。又大年以宋宗室不得远游,每得一新境,辄目之曰"又是上陵回也"。不行万里路,不读万卷书,看不得杜诗。画道亦尔。马远、夏圭辈不及元季四大家,观王叔明、倪云林《姑苏怀古》诗可知矣。③

所谓"画家六法",即谢赫在《古画品录》中论述的六则绘画要领,"一气韵生动是也,二骨法用笔是也,三应物象形是也,四随类赋彩是也,五经营位置是也,六传移模写是也"。④ 钱锺书认为应当作出如下的句读:"六法者何? 一、气韵,生动是也;二、骨法,用笔是也;三、应物,象形是也;四、随类,赋彩是也;五、经营,位置是也;六、传移,模写是也。"也就是说,"气韵"就是"生动"的意思,但这并非宽泛意义上的"风格"范畴,而是专门指人物画中的形象生动体现人物风气韵度。⑤ 而作为"六法"之首,"气韵"被画家们奉为创作的最高目标,董其昌认为对于"气韵"的描绘,画家们无法学习,纯粹是"自然天授"。然而,如果画家"读万卷书,行万里路"之后,便可以脱去凡俗之气,进而内心中自然生成深远的意境,绘画作品中的"气韵"也就随之而来了。再如李日华亦云:"绘事必须多读书,读书多,见古今事变多,不狃狭劣见闻,自然胸次廓彻,山川灵奇,透入性地,时一洒落,何患不臻妙境?"⑥可以说,整个明代画坛都非常注重绘画的学问和文人性,除了需要"师法自然"所必需

① Sullivan Michael, The Three Pefections, New York: George Braziller, 1980, p. 11.
② 莫是龙:《画说》,见俞剑华编著:《中国画论类编》,人民美术出版社 1957 年版,第 712 页。
③ 董其昌:《容台集》(别集卷四),董庭刻本。需要说明的是,由于董其昌的画论属于后人辑集而成,其中内容与莫是龙《画说》多有重合之处,而俞剑华编著的《中国画论类编》并未收录董其昌的全部画论,所以请参考潘运告主编:《明代画论》,湖南美术出版社 2002 年版,第 173—174 页。
④ 谢赫:《古画品录》,见俞剑华编著:《中国画论类编》,人民美术出版社 1957 年版,第 355 页。
⑤ 钱锺书:《管锥编》,生活·读书·新知三联书店 2007 年版,第 2109—2115 页。
⑥ 李日华:《竹嬾论画》,见俞剑华编著:《中国画论类编》,人民美术出版社 1957 年版,第 134 页。

的亲身游历之外，还要从文学中汲取营养。

如果说"诗画一律"的提出，只是苏轼为了概括王维诗歌与绘画在风格方面的一致，那么，明代的"诗画一律"又有了新的内涵。进而言之，从作品的命题到画面的格局，从境界到文人性，无不体现出绘画与诗歌的"一律"，以及后者对前者的深刻影响。

二、诗歌与绘画的差异

不少学者至今都坚持这样一种观点，即"诗画一律"是中国诗歌与绘画关系的特点，并且古人鲜有"诗画异质"方面的论述，以至于将援引莱辛"诗画异质论"作为研究中国"诗画关系"问题的方法视为洪水猛兽。[①] 殊不知，中国历来不缺乏"诗画异质"的看法，而恰恰是因为对于诗歌与绘画两种艺术形式、语言与图像两种表意符号之间差异的清醒认识，"诗画一律"的特色才会愈发昭彰。

例如何良俊在《四友斋画论》中所言：

> 古五经皆有图，余又见有《三礼图考》一书，盖车舆、冠冕、章服、象胜、榆狄、笄褕之类，皆朝廷典章所系，后世但照书本言语，想象为之，岂得尽是？若有图本，则仪式具在，按图制造，可无舛错，则知画之所关盖甚大矣。陈思王《画赞序》曰："盖画者鸟书之流，昔明德马后，美于色，厚于德，帝用嘉之。尝从观画，过舜庙见娥皇女英。帝指之戏后曰：'恨不得如此者为妃。'又前见陶唐之像，后指尧曰：'嗟乎群臣百僚，恨不得为君如是。'帝顾而笑。故夫画所见多矣。"[②]

何良俊认为后世对于古代礼仪事物，如果仅仅依靠语言文本，那么则只能"想象为之"，并不一定能正确还原这些事物的原貌和真貌。然而，《三礼图考》中的图像却保证了"仪式具在"，按照图像中的形象制造仪式，就不会出现错误，由此可以发现绘画的重要价值。尽管何良俊旨在凸显图像"成教化""助人伦"的功能，却从一个侧面反映出古人对于文学与图像以及语言符号与图像符号之间差异的体悟。在何良俊看来，语言文本的阅读需要受众想象语象的模样，因为语象并不可见，而可见的只有图像，所以，保存事物的形象是图像符号之优长。但这并不意味着语言符号没有保存事物形象的能力，例如《周礼》《仪礼》《礼记》等"三礼"中关于冠冕、章服的语言文本，也能够提供一定的语象供人们理解事物，但是由于时间逝去已久，

① "诗画一律"与"诗画异质"应当是"诗画关系"问题的两个基本维度，恰如一枚硬币的两面，彼此的存在都不能离开对方。但是，往往有人将"诗画一律""诗画异质"视为中西方"诗画关系"之特色，而且斥责援引"诗画异质"的论点来研究中国的"诗画关系"问题。比如，刘石指出"钱锺书在《读〈拉奥孔〉》中完全搬用莱辛诗画异质、诗优于画的观点分析中国传统诗画，论证诗歌的无所不能和绘画的种种无能"。蒋寅也在《对王维"诗中有画"的质疑》中力驳苏东坡对王维"诗中有画"的定义，理由就是："我们不应该忘记莱辛的告诫，'能入画与否不是判定诗的好坏的标准！'"详见刘石：《西方诗画关系与莱辛的诗画观》，载《中国社会科学》2008年第6期。

② 何良俊：《四友斋画论》，见俞剑华编著：《中国画论类编》，人民美术出版社1957年版，第108页。着重号系引者所加。

语言的所指意义亦发生了不少变迁，因此何良俊说"想象为之，岂得尽是"。

杨慎亦曾有这一方面的论述，其《论诗画》曰：

东坡先生诗曰："论画以形似，见与儿童邻；作诗必此诗，定知非诗人。"此言画贵神诗贵韵也。然其言有偏，非至论也。晁以道和公诗云："画写物外形，要物形不改；诗传画外意，贵有画中态。"其论始为定。盖欲以补坡公之未备也。①

对于苏轼强调"画贵神诗贵韵"的观点，杨慎并没有盲信，而是同时援引晁以道的观点对苏轼的观点加以补充。就"画贵神"而言，杨慎认为那些鄙夷"论画以形似"的做法并不可取，用现在的话说，与原型之间的相似性是包括绘画在内一切图像的生成机制②，所以从理论上讲，绘画的基本形态就应当是保证原型的"物形不改"。这就令人联想起文人画的兴起。高居翰研究中国绘画史时发现，那些"曾是宋代早期大师们辛勤获得的用以达到再现目的的手段"，比如山水画对土石地质的区分、天空阴晴变化上的视觉差异，以及光线的瞬间效果等，"都是文人画家所不介意的，并被指责为职业画家所掌握的技能"，而且"再现技巧"被打入冷宫的同时，还被批评家们斥为"形似"。可以说，尽管"这些手段恰恰推动了诗意画的全面兴盛"，却是以牺牲图像再现世界原型为代价的。③　因此，无论如何讨论"形神关系"，都不能脱离图像与原型之间真正而非"程式化"的相似，否则"神"便成了空中楼阁。其次来看"诗贵韵"，苏轼只是以"作诗必此诗，定知非诗人"比附绘画不能仅满足于形似，但是晁以道"诗传画外意，贵有画中态"延伸了苏轼的本意，认为尽管诗歌强调"象外之意""味外之味"，但仍然不能完全抛弃"象"，即其所谓的"画中态"，如若不然，诗歌极有可能倒退为魏晋时期枯燥乏味的玄言诗。杨慎非常认可晁以道较为辩证的论点，因为后者既区分了诗歌与绘画的不同评价标准，同时也没有忽略二者在学理上的勾连。

此外，还有一些关于诗歌"可画"与"不可画"的论述，已经涉及语言符号与图像符号表意的极限问题。鉴于孙鑛的论点较为典型，我们姑且以此为例进行详细阐发。孙鑛的《书画跋跋》曰："王右丞'诗中有画'，昔人已言之矣。'山色有无中'，果是画家三昧语，第不知'江流天地外'若何画？使宣和以此为题，其魁当作何经营耶？"④孙鑛思考的是诗意画在何种意义上无法呈现诗歌，例如王维《汉江临泛》这首五律："楚塞三湘接，荆门九派通。江流天地外，山色有无中。郡邑浮前浦，波澜动远空。襄阳好风日，留醉与山翁。"黄公望这幅《江山胜览图》以绵延的雾气环绕千姿百态的山峰，因而可以呈现出"山色有无中"这种若有若无的山色景象。然而，

---

① 杨慎：《论诗画》，见《升庵集》(第六十六卷)，《景印文渊阁四库全书》第 1270 册，台湾商务印书馆 1982 年版，第 647 页。

② 参见赵宪章：《语图符号的实指和虚指——文学与图像关系新论》，载《文学评论》2012 年第 2 期；赵敬鹏：《再论语图符号的实指与虚指》，载《文艺理论研究》2013 年第 5 期。

③ 高居翰著，洪再新、高士明、高昕丹译：《诗之旅：中国与日本的诗意绘画》，生活·读书·新知三联书店 2012 年版，第 7—8 页。

④ 孙鑛：《黄大痴江山胜览图》，见《书画跋跋》(卷三)，《景印文渊阁四库全书》第 816 册，台湾商务印书馆 1982 年版，第 100 页。

孙鑛认为"江流天地外"却无法画出，即便像宋徽宗宣和年间以此为画题考试，恐怕考生也不知"当作何经营"。这其中的原因恐怕在于，纵使山色若隐若现（即"有无"），但它仍旧存在，当属王维亲眼之所见，而长江流向天地之外，也许只是王维目力所及的缘故，并非真正消失在天地之间。换言之，王维在"江流天地外"这句诗中所使用的夸张修辞，无法被画家们呈现。借用西方符号学和现象学的观点，我们便可以发现，图像符号实际上并不能像语言符号那样尽情地修辞，因为图像仅仅是一种"不透明"的符号，这种不透明性表现在"能指与所指关系中的结构性"，所以这种符号表意便具有先天的不明确性。① 而恰因为图像仅仅是一层不透明的"薄皮"，它的不透明性决定了它不可以像语言符号那样进行语义的重复叠加。② 所以，就"江流天地外"的夸张修辞而言，图像只能单独呈现"江流"和"天地"，却无法将二者组合起来，因为图像不可能呈现长江流向不可见的"天地外"。又如恽向所言，"'行到水穷处，坐看云起时'，此十个字，寻味不尽，解说不得，故画中之人，须别有天地，谲荡奇妙"③，同样表达了对于图像符号表意的极限，意思是像类似意味无穷的诗句，绘画实际上"解说不得"，所以只能另辟他径。

三、诗歌与绘画互相提高对方品位

自宋代以降，"诗中有画，画中有诗"被广泛用于鉴赏诗歌和绘画，而不仅仅像苏轼那样专门用以评价王维，摇身变成了"放之四海而皆准"的普适公理。例如《宣和画谱》载仲佺"至于写难状之景，则寄兴于丹青，故其画中有诗"，可见此处的"画中有诗"被理解为文人以绘画寄托诗情。又如《跋周东村长江万里图后》："少陵诗云'华夷山不断，吴蜀水常通。'只此二语写出长江万里之景，如在目中，可谓'诗中有画'。今观周生所画《长江万里图》，又如见乎少陵之诗，可谓'画中有诗'。'诗中有画'，长江在诗；'画中有诗'，长江在画。"④唐顺之将杜甫诗歌中描写的长江景色称为"诗中有画"，而周氏所绘的长江图像则是"画中有诗"，由此无限放大了苏轼观点的本意。

特别是明代诗意画逐渐走向程式化，导致以下现象的出现："唐寅的不少题画诗反复出现在不同的画面里。比如现藏上海博物馆的《虚阁晚凉图》和现藏四川省博物馆的《虚阁晚凉图》题诗完全一样。然而前者是纸本，采取水墨淡彩之法，画的是凉亭的近景；后者则是绢本，采取工笔重彩之法，画的是崇山峻岭。这表明，唐寅的题画诗与绘画并没有直接的因果、逻辑关系，它们之间可以自由组合。"⑤当然，这并不能抹杀优秀的诗画互文作品，例如徐渭尽管喜好画竹，也喜好为这一题材的

① 理查德·沃尔海姆著，刘悦笛译：《艺术及其对象》，北京大学出版社2012年版，第53页。
② 赵宪章：《语图叙事的在场与不在场》，载《中国社会科学》2013年第8期。
③ 恽向：《道生论画山水》，见俞剑华编著：《中国画论类编》，人民美术出版社1957年版，第765页。
④ 唐顺之著，马美信、黄毅点校：《唐顺之集》，浙江古籍出版社2014年版，第769页。
⑤ 汪涤：《明中叶苏州诗画关系研究》，上海文化出版社2007年版，第153页。

绘画题诗,但是绘画之间、题诗之间都各有千秋。有学者研究发现,徐渭曾画有雪竹、雨竹、倒竹、笋竹、菊竹、竹石、水仙杂竹等多种类型的作品,相应的题画诗亦是丰富多彩。比方说徐渭题墨竹的诗歌:"嫩筱捎空碧,高枝梗太清。总看奔逸势,犹带早雷惊。"题诗虽短,但与墨竹图相映成趣,修竹的劲节挺拔之态与风舒卷云的奔逸之势形成了鲜明的对比,并统摄于同一画面。尤其是后两句,形象、充分地显示了题画诗的独特魅力。① 道理很简单,因为"早雷惊"当属绘画所难以再现的听觉效果,诗歌却以竹叶"奔逸"的态势充任植物对"早雷惊"反映的结果,意义在诗歌与绘画的互文中得以丰富和延宕。

对于诗歌与绘画本该有的关系,还是石涛说得好:"诗中画,性情中来者也,则画不是可拟张拟李而后作诗。画中诗乃境趣时生者也,则诗不是便生吞生剥而后成画。真识相触,如镜写影,初何容心? 今人不免唐突诗画矣。"②然而可惜的是,画家热衷于谈论绘画的"笔墨",完全以笔墨的优劣当作评价绘画的圭臬,以至于明清六百年间绘画的前程被"笔墨"耽误了,即吴冠中所指出的"笔墨等于零"③。道理很简单,"诗画合体"的明清绘画,其文人性与意蕴都离不开题诗的合适阐发,但程式化笔墨所给予的诗意显然有限,因而无法做到石涛意义上完满的、自然的生发。

第二节 明代的"书画关系"研究

《历代名画记》曾引述颜延之所言:"图载之意有三,一曰图理,卦象是也;二曰图识,字学是也;三曰图形,绘画是也。"④可见,同样是作为图像的书法与绘画,不但有着共同的源流,并且二者的关系史丰富而悠长,特别是强调这两类图像之间会通的"书画同源"问题,也就成了明人重点观照的问题之一。而明代"书画关系"研究的另一方面,则是针对"援书入画"与"书画同法"现象,因为这是明代之后绘画的新特点。⑤

首先来看明代关于"书画同源"的研究。宋濂认为书法与绘画"同源"之"异流",二者"殊途"而"同归"。在宋濂看来,书法作为书面语言(文字)的载体,能够有效地"济画之不足",因为绘画的主要功能是表彰事物,并敦促人们效仿,"记事"并非它的专长。

---

① 周群:《略论徐渭题画诗》,见赵宪章主编:《文学与图像》(第二卷),江苏教育出版社 2013 年版,第 192—193 页。

② 石涛:《石涛论画》,见俞剑华编著:《中国画论类编》,人民美术出版社 1957 年版,第 164 页。

③ 吴冠中:《吴冠中画语录》,人民文学出版社 2009 年版,第 48 页。

④ 张彦远著,俞剑华注释:《历代名画记》,上海人民美术出版社 1964 年版,第 3 页。

⑤ 事实上,"卦象"即易学的主要研究对象,"历代相传有极多的《易》图,是以《周易》经传,尤其是六十四卦为主要诠释对象,"而《易》图大体上分为四种类型:以表达《周易》经传原理为中心的《易》图、以表达儒学思想为主的《易》图(《太极图》)、以表达道教思想为主的《易》图,以及受《易》图启示而以儒学思想为中心的其他图。但是,由于这些图像与文学的关系并不是十分紧密,故而恕不在此讨论。详见郑吉雄:《易图像与易诠释》,台湾大学出版中心 2004 年版,第 158—198 页。

史皇与仓颉皆古圣人也。仓颉造书,史皇制画,书与画非异道也,其初一致也。天地初开,万物化生,自色自形,总总林林,莫得而名也,虽天地亦不知其所以名也。有圣人者出,正名万物,高者谓何,卑者谓何,动者谓何,桓者谓何,然后可得而知之也。于是上而日月风霆雨露霜雪之形,下而河海山岳草木鸟兽之著,中而人事离合物理盈虚之分,神而变之,化而宜之,固已达民用而尽物情。然而非书则无纪载,非画则无彰施,斯二者其亦殊途而同归乎?吾故曰:书与画非异道也,其初一致也。且书以代结绳,功信伟矣。至于辨章服之有制,画衣冠以示警,饬车辂之等威,表旌旂之后先,所以弸纶其治具,匡赞其政原者,又乌可以废之哉!画缋之事,统于冬官,而春官外史专掌书令;其意可见矣。况六书首之以象形,象形乃绘事之权舆。形不能尽象而后谐之以声,声不能尽谐而后会之以意,意不能尽会而后指之以事,事不能以尽指,而后转注假借之法与焉。书者所以济画之不足者也。使画可尽,则无事乎书矣。吾故曰:书与画非异道也,其初一致也。①

解缙也把书法视为一种图像创作,他指出"描揭为先,傍摹次之。双钩映拟,功不可阙。对之仿之,如灯取影;填之补之,如鉴照形;合之符之,如瑞之于瑁也;比而似之,如睨伐柯"②。孙鑛的《书画跋跋》认为书法具备同绘画类似的结构问题,"俱是一笔挥成,而画画安置得所,苍劲中含媚,绝有势"。此外,亦有其他明人的经典名言涉及"书画同源"问题,如杨慎说"书画同一关捩",李日华说"古者图书并重,以存典故,备法戒",何良俊说"书画本同出一源,盖画即六书之一,所谓象形者是也"等。

毫不夸张地讲,"书画同源"的影响一直持续到今天,比如王公懿指出"我觉得中国画的基础就在书法,就是有了一个感受,怎么样用柔软的毛笔把它呈现出来,有提按,有起承转合,足够了",这就是将绘画与书法同样视为图像的观点。即便童中焘反驳说"书法家和画家还是有区别的。画自有一套东西,要写形",言外之意就是书法并不需要"写形",实质上也不足以称之为理据。③

由于明代绘画正处于走向"大写意"的过程中,所以逐渐出现了对于"援书入画"以及"书画同法"的认识,这需要我们着重探讨。早在明初,谢应芳便指出了元代以来的"援书入画"现象,他说"松雪之书妙天下,以书为画妙亦同"④。无独有偶,《六如论画》亦云:"工画如楷书,写意如草圣,不过执笔转腕灵妙耳。世之善书者多善画,由其转腕用笔之不滞也。"⑤唐寅将工笔画比作楷书,将写意画比作草书,而且还认为书法家大多善于绘画,言外之意则是画家并非一定"善书"。一方面,唐寅发现了写意画的表现性要远远大于工笔画。另一方面,他还似乎意识到绘画对书法的借鉴,特别是书法的"转腕用笔",给写意画提供了"不滞"写意的可能,

① 宋濂:《画原》,见俞剑华编著:《中国画论类编》,人民美术出版社 1957 年版,第 95 页。着重号系引者所加。
② 解缙:《书学详说》,上海书画出版社编:《历代书法论文选》,上海书画出版社 1979 年版,第 499 页。
③ 《笔墨写生及道脉回溯——"潘天寿与中国画写生"学术座谈会辑论》,载《诗书画》2015 年第 2 期。
④ 谢应芳:《龟巢稿》卷六《王叔明云峰图》,四部丛刊三编景钞本。
⑤ 唐寅:《六如论画》,见俞剑华编著:《中国画论类编》,人民美术出版社 1957 年版,第 107 页。

应当说非常有见地。然而，像唐寅这样隐约（或者明确）指出"援书入画"与"书画同法"现象的，并不是个别案例。

例如蒋乾《虹桥论画》道："夫书称魏晋，画擅宋元，此人人知之，至于书中有画、画中有书，人岂易知哉！徐道冲乃临池家而好绘事，持《真赏斋法帖》命余仿《临池合作图》……败笔盈簏，年逾八旬，粗知画道与书通耳。"①王世贞则更加细致地论述了书法与绘画的"同法"：

> 语曰："画石如飞白木如籀。"又云："画竹干如篆，枝如草，叶如真，节如隶。"郭熙、唐棣之树，文与可之竹，温日观之葡萄，皆自草法中来，此画与书通者也。至于书体：篆隶如鹄头、虎爪、倒薤、偃波、龙凤磷龟、鱼虫云鸟、鹊鹄牛鼠、猴鸡犬兔、科斗之属；法如锥画沙、印印泥、折钗股、屋漏痕。高峰坠石、百岁枯藤、惊蛇入草；比拟如龙跳虎卧、戏海游天、美女仙人、霞收月上；及览韩退之《送高闲上人序》、李阳冰《上李大夫书》，则书尤与画通者也。②

王世贞首先引述赵孟頫《疏林秀石图》中的跋语，旨在阐发"援书入画"的现象，即画石头要以书法的飞白笔法，画树要像写大篆的笔法那样。至于竹子各部分的画法，则有更为精确的书体与之相对应，如竹子的枝干像篆书，竹枝像草书，竹叶像楷书，竹竿的节像隶书。而"书画同法"体现在书法中，就是书体愈发与各种物象的原型相似，例如篆隶书体像虎爪等。这就改变了受众对于绘画与书法的欣赏标准，例如屠隆说"画看之法，如看字法"③。到了董其昌所在的明末，以书法作画已成为不可反驳的铁律，否则画家便会被视作比"士气"低劣的"画师"：

> 士人作画，当以草隶奇字之法为之。树如屈铁，山如画沙，绝去甜俗蹊径，乃为士气。不尔，纵俨然及格，已落画师魔界，不复可救药矣。④

就明代绘画史以及书法史而言，同一位艺术家的绘画与书法有着高度的一致性，其根本原因在于"书画同源"与"书画同法"理念的根深蒂固，这在写意画家那里表现得最为突出。但需要指出的是，写意画已经开始向"抒写性笔墨乃至书法性笔墨"发展，经八大山人、石涛发展为清代以郑燮为代表的扬州八怪，但是明代书法"却基本上没有从绘画那里汲取有益的营养"，换言之，所谓"书画同法"仅仅是以"援书入画"为主。至于"画学书法"，即书法借鉴写意画的结构以及造型意趣，"用墨方面也吸取了绘画笔墨的丰富变化，而有别于'永字八法'之类，因而比之一般的书法更具'画意'的一种形态"，则要到清代才最终出现。⑤

---

① 蒋乾：《虹桥论画》，见俞剑华编著：《中国画论类编》，人民美术出版社1957年版，第125页。
② 王世贞：《艺苑卮言》（增补卷十二），樵云书舍刻本。
③ 屠隆：《画笺》，见俞剑华编著：《中国画论类编》，人民美术出版社1957年版，第1239页。
④ 董其昌：《容台集·别集》卷四《画旨》，明崇祯三年（1630）董庭刻本。
⑤ 徐建融：《题跋10讲》，上海书画出版社2004年版，第45—48页。

图像编目

彩图 1　三顾茅庐图轴,戴进,绢本,纵 172.2 cm,横 107 cm,北京故宫博物院藏。

彩图 2　赏菊集群英,选自陈启明校订《水浒全传插图》。

彩图 3　宣文君授经图,陈洪绶,绢本设色,纵 172.8 cm,横 55 cm,克利夫兰艺术博物馆藏。

彩图 4　花阴唱和图,选自《明闵齐伋绘刻西厢记彩图·明何璧校刻西厢记》。

彩图 5　历代帝王图(局部),阎立本,绘本,纵 51.3 cm,横 531 cm,美国波士顿美术馆藏。

图 1-1　桃花源图(又名《桃源问津图》),周臣,绢本设色,纵 161.5 cm,横 102.5 cm,苏州博物馆藏。

图 1-2　桃源仙境图,仇英,纵 175 cm,横 66.7 cm,天津博物馆藏。

图 1-3　赤壁图(局部),仇英,绢本设色,纵 26.1 cm,横 292.1 cm,辽宁省博物馆藏。

图 1-4　琵琶行图轴(局部),唐寅,绢本设色,尺寸不详,美国大都会艺术博物馆(The Metropolitan Museum of Art)藏。

图 1-5　《李卓吾批评忠义水浒传》(第三十八回)之"及时雨会神行太保,黑旋风斗浪里白跳"插图。

图 1-6　周曰校万卷楼刊《新刻校正古本大字音释三国志通俗演义》之"司徒王允说貂蝉"插图。

图 1-7　琴剑西游,苏复之撰,罗懋登注释,万历间刻本,书内插图合页连式。

图 1-8　佛殿奇逢,万历间福建乔山堂刘龙田刊本《重刊元本题评音释西厢记》。

图 1-9　两情难舍,嘉靖三十二年(1553)福建书林詹式进贤堂刻本《新刊摘汇奇妙戏式全家锦囊北西厢》影印。

图 1-10　莺送生分别辞泣,弘治戊午北京金台岳氏刻本《新刊大字魁本全相参增奇妙注释西厢记》。

图 1-11　乘夜踰墙,万历间福建乔山堂刘龙田刊本《重刊元本题评音释西厢记》。

图 1-12　草桥店梦莺莺,天启年间吴兴凌氏朱墨套印本《西厢五剧》。

图 1-13　短长亭斟别酒,天启年间吴兴凌氏朱墨套印本《西厢五剧》。

图 1－14　唐崔莺莺真,隆庆三年(1569)苏州众芳书斋顾玄纬刻本《西厢记杂录》,传宋陈居中绘,唐寅摹,何钤刻,单面版式,高 19 cm,宽 13.8 cm。

图 1－15　莺莺遗艳,隆庆三年(1569)苏州众芳书斋顾玄纬刻本《西厢记杂录》,传宋陈居中绘,唐寅摹,何钤刻,单面版式,高 19 cm,宽 13.8 cm。

图 1－16　双文小像,崇祯十二年(1639)刻本《张深之正北西厢秘本》,陈洪绶绘图,项南洲镌刻。

图 1－17　莺娘像,崇祯四年(1631)山阴李氏延阁刻本《北西厢记》。

图 1－18　牛氏玩春,万历年间金陵世德堂刊本《新刊重订出像附释标注琵琶记》。

图 1－19　伯喈操琴,万历年间金陵世德堂刊本《新刊重订出像附释标注琵琶记》。

图 1－20　路途劳顿,万历二十五年(1597)汪氏玩虎轩刊本《元本出相琵琶记》。

图 1－21　官媒议婚,万历年间容与堂刊本《李卓吾先生批评琵琶记》。

图 1－22　强子求官,万历年间金陵世德堂刊本《新刊重订出像附释标注琵琶记》。

图 1－23　丹陛陈情,万历年间萧腾鸿师俭堂刻本《鼎镌琵琶记》。

图 1－24　勉食姑嫜,万历年间容与堂刊本《李卓吾先生批评琵琶记》。

图 1－25　南浦嘱别,万历年间容与堂刊本《李卓吾先生批评琵琶记》。

图 1－26　请偕伉俪,万历年间容与堂刊本《李卓吾先生批评幽闺记》。

图 4－1　明人画驺虞图,佚名,绢本设色,纵 54 cm,横 129 cm,台北"故宫博物院"藏。

图 4－2　瑞应图(局部),佚名,纸本设色,纵 30 cm,横 686.3 cm,台北"故宫博物院"藏。

图 4－3　三友百禽图,边景昭,绢本设色,纵 151.3 cm,横 78.1 cm,台北"故宫博物院"藏。

图 4－4　牡丹锦鸡图,吕纪,轴,绢本设色,纵 184.3 cm,横 100 cm,中国美术馆藏。

图 4－5　桂菊山禽图,吕纪,轴,绢本设色,纵 192 cm,横 107 cm,北京故宫博物院馆藏。

图 4－6　双鹰图,林良,轴,绢本设色,纵 166 cm,横 105 cm,广东省博物馆藏。

图 4－7　芦雁图,林良,轴,绢本墨笔,纵 138 cm,横 69.8 cm,北京故宫博物院藏。

图 4－8　竹鹤双清图,边景昭、王绂合绘,轴,纸本设色,纵 109 cm,横 44.6 cm,北京故宫博物院藏。

图 4－9　三鹭图,吕纪,轴,绢本设色,纵 209 cm,横 119 cm,山东郓城文管所藏。

图 4－10　鱼藻图,缪辅,轴,绢本设色,纵 171.3 cm,横 99.1 cm,北京故宫博

物院藏。

图 4 - 11　双鹰图,林良,轴,绢本设色,纵 133.4 cm,横 50.5 cm,台北"故宫博物院"藏。

图 4 - 12　杏花图,沈周,轴,纸本设色,纵 80 cm,横 33.5 cm,北京故宫博物院藏。

图 4 - 13　古松图,沈周,轴,纸本墨笔,纵 73.9 cm,横 51.2 cm,台北"故宫博物院"藏。

图 4 - 14　卧游图册·枇杷,沈周,册,纸本设色,纵 27.8 cm,横 37.3 cm,藏地不详。

图 4 - 15　牡丹图,沈周,轴,纸本墨笔,纵 154.6 cm,横 68.1 cm,北京故宫博物院藏。

图 4 - 16　辛夷花,沈周,卷,纸本设色,纵 35 cm,横 59 cm,北京故宫博物院藏。

图 4 - 17　三友图(局部),文徵明,卷,纸本墨笔,纵 26.1 cm,横 475.5 cm,北京故宫博物院藏。

图 4 - 18　岁寒三友图,唐寅,轴,质地、尺寸不明,藏地不详。

图 4 - 19　墨菊图,唐寅,轴,纸本墨笔,纵 138 cm,横 55.5 cm,天津博物馆藏。

图 4 - 20　墨松图(局部),沈周,卷,纸本墨笔,纵 48.7 cm,横 782.9 cm,首都博物馆藏。

图 4 - 21　七星桧图,沈周,纸本水墨,纵 56 cm,横 120.6 cm,南京博物院藏。

图 4 - 22　古木寒泉图,文徵明,轴,绢本设色,纵 191.4 cm,横 59.3 cm,台北"故宫博物院"藏。

图 4 - 23　古木幽篁图,唐寅,轴,绢本设色,纵 146 cm,横 148.2 cm,南京博物院藏。

图 4 - 24　双鸟在树图,沈周,轴,纸本水墨,纵 140 cm,横 52.2 cm,台北"故宫博物院"藏。

图 4 - 25　荔柿图,沈周,轴,纸本水墨,纵 127.8 cm,横 38.5 cm,北京故宫博物院藏。

图 4 - 26　牡丹图,沈周,轴,纸本墨笔,纵 150.4 cm,横 47 cm 南京博物院藏。

图 4 - 27　玉兰花,沈周,轴,纸本设色,尺寸不明,藏地不详。

图 4 - 28　漪兰竹石图(局部),文徵明,卷,纸本墨笔,纵 29.8 cm,横 1210 cm,辽宁省博物馆藏。

图 4 - 29　卧游图·鸡雏,沈周,册,纸本墨笔,纵 27.8 cm,横 37.3 cm,藏地不详。

图 4 - 30　虞山七星桧图(局部),文徵明,卷,纸本墨笔,纵 29.3 cm,横 988.5 cm,美国檀香山艺术博物馆藏。

图 4 - 31　花卉图册之五·螃蟹,徐渭,册页,纸本墨笔,纵 46.3 cm,横 62.4 cm,北京故宫博物院藏。

图 4-32 墨花图册之二·螃蟹,徐渭,册页,纸本水墨,纵 30.4 cm,横 35 cm,北京故宫博物院藏。

图 4-33 杂花卷之葡萄和水仙,徐渭,卷,纸本水墨,纵 29.5 cm,横 304.7 cm,中国历史博物馆藏。

图 4-34 花卉图之二·牡丹,徐渭,册页,纸本墨笔,纵 46.3 cm,横 62.4 cm,北京故宫博物院藏。

图 4-35 五月莲花图,徐渭,轴,纸本墨笔,纵 103 cm,横 51 cm,上海博物馆藏。

图 4-36 花卉杂画之二·石榴芭蕉(局部),徐渭,卷,纵 28.2 cm,横 665.2 cm,日本东京国立博物馆藏。

图 4-37 瓶花图,徐渭,轴,纸本墨笔,纵 96.5 cm,横 27.7 cm,广东省博物馆藏。

图 4-38 三清图,徐渭,轴,纸本墨笔,纵 200.9 cm,横 100.8 cm,南京博物院藏。

图 4-39 鱼蟹图,徐渭,横幅,纸本墨笔,纵 29 cm,横 79 cm,天津博物馆藏。

图 4-40 三友图,徐渭,轴,纸本墨笔,纵 142.4 cm,横 79.5 cm,南京博物院藏。

图 4-41 竹石图,徐渭,纸本水墨,纵 122 cm,横 38 cm,广东省博物馆藏。

图 4-42 雪竹图,徐渭,轴,纸本墨笔,纵 126 cm,横 58.5 cm,北京故宫博物院藏。

图 4-43 四时花卉图(局部),卷,纸本墨笔,纵 46.6 cm,横 622.2 cm,北京故宫博物院藏。

图 5-1 西园雅集图,刘松年,临摹本,卷,绢本设色,纵 24.5 cm,横 203 cm,台北"故宫博物院"藏。

图 5-2 西园雅集图,马远,卷,绢本淡设色,纵 29.3 cm,横 302.3 cm,美国纳尔逊·艾京斯艺术博物馆藏。

图 5-3 香山九老图,谢环,卷,绢本设色,纵 29.8 cm,横 148.2 cm,美国克利夫兰美术馆藏。

图 5-4 杏园雅集图,谢环,卷,绢本设色,纵 37.5 cm,横 1238 cm,镇江市博物馆藏。

图 5-5 竹园寿集图,吕纪、吕文英,卷,绢本设色,纵 33.8 cm,横 395.4 cm,北京故宫博物院藏。

图 5-6 五同会图,丁彩,卷,绢本设色,纵 41 cm,横 181 cm,中国历史博物馆藏。

图 5-7 甲申十同年会图,佚名,卷,绢本设色,纵 48.5 cm,横 257 cm,北京故宫博物院藏。

图 5-8 魏园雅集图,沈周,轴,纸本设色,纵 145.5 cm,横 47.5 cm,辽宁省博物馆藏。

图5-9 匏庵雪咏图(画心),周臣,卷,水墨纸本,纵23.2 cm,横95.9 cm,藏地不详。

图5-10 清白轩图,刘珏,轴,纸本墨笔,纵97.2 cm,横35.4 cm,台北"故宫博物院"藏。

图5-11 人日小集图,文徵明,卷,纸本墨笔,纵19.5 cm,横59.3 cm,上海博物馆藏。

图5-12 惠山茶会图,文徵明,卷,纸本设色,纵21.9 cm,横67 cm,北京故宫博物院藏。

图5-13 石湖清胜图,文徵明,卷,纸本设色,纵23.3 cm,横67.2 cm,上海博物馆藏。

图5-14 文字饮诗书画,姚绶,卷,纸本墨笔,纵23.3 cm,横77.2 cm,美国大都会艺术博物馆藏。

图5-15 凤城饯别图,王绂,轴,纸本水墨,纵91.4 cm,横31 cm,台北"故宫博物院"藏。

图5-16 京江送远图,沈周,卷,纸本设色,纵28 cm,横159.2 cm,北京故宫博物院藏。

图5-17 金阊别意图(局部),唐寅,绢本设色,纵28,5 cm,横126.1 cm,台北"故宫博物院"藏。

图5-18 虎丘饯别图(局部),沈周,卷,设色纸本,纵32 cm,横116 cm,藏地不详。

图6-1 全思诚像,徐璋,绢本设色,纵29.2 cm,横31.8 cm,南京博物院藏。

图6-2 沈度像,佚名,轴,绢本设色,纵142.7 cm,横92.4 cm,南京博物院藏。

图6-3 吴宽像,佚名,轴,纸本设色,纵64 cm,横25 cm,南京博物院藏。

图6-4 王鏊朝服像,佚名,册,纸本设色,纵25.5 cm,横29 cm,绢本设色,纵21 cm,横21.5 cm,藏地不详。

图6-5 王鏊像,佚名,轴,绢本设色,纵161 cm,横96.1 cm,南京博物院藏。

图6-6 董其昌像,徐璋,册页,纸本设色,纵29.3 cm,横21.7 cm,南京博物院藏。

图6-7 姚广孝像,佚名,轴,绢本设色,纵184.5 cm,横120.6 cm,清宫旧藏。

图6-8 沈度像,佚名,卷,绢本设色,纵39.6 cm,横95.6 cm,南京博物院藏。

图6-9 王鏊像,佚名,轴,纸本设色,纵40.5 cm,横23 cm,藏地不详。

图6-10 王锡爵像,佚名,轴,绢本设色,纵199.3 cm,横60.5 cm,藏地不详。

图6-11 历代帝王图·曹丕像(局部),佚名,绢本设色,纵51.3 cm,横531 cm,美国波士顿美术馆藏。

图6-12 宋太祖像,佚名,轴,绢本设色,纵191 cm,横169.7 cm,台北"故宫博物院"藏。

图6-13 朱元璋像,佚名,纸本设色,纵173 cm,横100.5 cm,中国国家博物

馆藏。

图 6-14　明成祖像,佚名,轴,绢本设色,纵 220 cm,横 150 cm,台北"故宫博物院"藏。

图 6-15　明熹宗朱由校朝服像,佚名,轴,绢本设色,纵 111.2 cm,横 75.7 cm,清宫旧藏。

图 6-16　杏园雅集图,谢环,卷,纸本设色,纵 37 cm,横 243.2 cm,美国大都会艺术博物馆藏。

图 6-17　武侯高卧图,朱瞻基,卷,纸本墨笔,纵 27.7 cm,横 40.5 cm,北京故宫博物院藏。

图 6-18　董其昌像,曾鲸、项圣谟合作,册页,绢本设色,纵 53 cm,横 30.5 cm,上海博物馆藏。

图 6-19　李日华像,陈裸,纸本设色,纵 30.5 cm,横 168 cm,北京故宫博物院藏。

图 6-20　松阴高士图,沈周,轴,水墨绢本,纵 129.5 cm,横 48.5 cm,藏地不详。

图 6-21　苍崖高话图,沈周,轴,纸本水墨,纵 149.9 cm,横 77 cm,台北"故宫博物院"藏。

图 6-22　品茶图,文徵明,轴,纸本设色,纵 88.3 cm,横 25.2 cm,台北"故宫博物院"藏。

图 6-23　绝壑高闲图,文徵明,轴,纸本设色,纵 64.5 cm,横 33.1 cm,台北"故宫博物院"藏。

图 6-24　松壑飞泉图,文徵明,轴,纸本设色,纵 108.1 cm,横 37.8 cm,台北"故宫博物院"藏。

图 6-25　骑驴归思图,唐寅,轴,绢本设色,纵 77.7 cm,横 37.5 cm,上海博物馆藏。

图 6-26　事茗图,唐寅,卷,纸本设色,纵 31.1 cm,横 105.8 cm,北京故宫博物院藏。

图 6-27　夜坐图,沈周,纸本设色,纵 84.8 cm,横 21.8 cm,台北"故宫博物院"藏。

图 6-28　茂松清泉图,文徵明,轴,纸本设色,纵 89.9 cm,横 44.1 cm,台北"故宫博物院"藏。

图 6-29　悟阳子养性图,唐寅,卷,纸本水墨,纵 29.5 cm,横 103.5 cm,辽宁省博物馆藏。

图 6-30　琴士图,唐寅,卷,纸本设色,纵 29.2 cm,横 197.5 cm,台北"故宫博物院"藏。

图 6-31　春山伴侣图,唐寅,轴,绢本设色,纵 82 cm,横 44 cm,上海博物馆藏。

图 6-32　沈周暨夫人袍服像,轴,尺寸不明,藏地不详。

图 6-33 沈周像,佚名,轴,绢本设色,纵 71 cm,横 52.4 cm,北京故宫博物院藏。

图 6-34 沈周自寿图,沈周,轴,绢本设色,纵五尺五寸,横二尺七寸,台北侯沈彧华藏。

图 6-35 蕉石鸣琴图,文徵明,轴,纸本墨笔,纵 84 cm,横 27.2 cm,无锡博物院藏。

图 6-36 杨季静小像,文伯仁,卷,纸本设色,纵 29.1 cm,横 23.9 cm,台北"故宫博物院"藏。

图 6-37 徐渭像,佚名,册,纸本设色,纵 40.4 cm,横 25.7 cm,南京博物院藏。

图 6-38 徐渭像,佚名,质地、尺寸不明,藏地不详。

图 6-39 屠隆像,佚名,质地、尺寸不明,藏地不详。

图 6-40 葛一龙像,曾鲸、黄仕元,卷,纸本设色,纵 31 cm,横 78 cm,北京故宫博物院藏。

图 6-41 顾梦游像(局部),曾鲸,轴,纸本设色,纵 105.4 cm,横 45 cm,南京博物院藏。

图 6-42 吴允兆像(局部),曾鲸,胡宗信补景,轴,绢本设色,纵 147 cm,横 82 cm,北京故宫博物院藏。

图 6-43 李醉鸥像(局部),曾鲸,纸本设色,纵 91.7 cm,横 28.1 cm,上海博物馆藏。

图 6-44 陈继儒像,徐璋,纸本设色,纵 29.3 cm,横 21.7 cm,南京博物院藏。

图 6-45 沛然像(局部),曾鲸,轴,绢本设色,纵 120.4 cm,横 46.6 cm,上海博物馆藏。

图 6-46 严用晦像及跋(部分),曾鲸,卷,纸本设色,画心横 131.4 cm,纵 30 cm,藏地不详。

图 6-47 李流芳像,士中,轴,纸本设色,纵 124.6 cm,横 40 cm,藏地不详。

图 6-48 屈子行吟图,陈洪绶,木刻,纵 20 cm,横 13.3 cm,上海图书馆藏。

图 6-49 陶渊明故事图(局部),陈洪绶,卷,绢本设色,纵 30.3 cm,横 308 cm,美国檀香山美术学院藏。

图 6-50 杨升庵簪花图,陈洪绶,轴,绢本设色,纵 143.5 cm,横 61.5 cm,北京故宫博物院藏。

图 6-51 乔松仙寿图,陈洪绶,设色,纵 202 cm,横 97.8 cm,台北"故宫博物院"藏。

图 6-52 王羲之笼鹅图,陈洪绶,轴,绢本设色,纵 103.1 cm,横 47.5 cm,浙江省博物馆藏。

图 6-53 阮修沽酒图,陈洪绶,轴,绢本设色,纵 78.3 cm 横,27.1 cm,上海博物馆藏。

图 6-54 品茶图,陈洪绶,轴,绢本设色,纵 75 cm,横 53 cm,朵云轩藏。

图 6 - 55　吟梅图,陈洪绶,轴,绢本设色,纵 125.2 cm,横 58 cm,南京博物院藏。

图 6 - 56　斗草仕女图,陈洪绶,轴,绢本设色,纵 134.3 cm,横 48 cm,辽宁省博物馆藏。

图 7 - 1　洪崖山房图(画心),陈宗渊,卷,纸本水墨,纵 27.1 cm,横 106.2 cm,北京故宫博物院藏。

图 7 - 2　东庄图(局部),沈周,册页,纸本设色,纵 28.6 cm,横 33 cm,南京博物院藏。

图 7 - 3　双鉴行窝,唐寅,册,绢本设色,纵 30.1 cm,横 55.7 cm,北京故宫博物院藏。

图 7 - 4　真赏斋图,文徵明,卷,纸本设色,纵 36 cm,横 107.8 cm,上海博物馆藏。

图 7 - 5　洛原草堂图,文徵明,卷,绢本设色,纵 28.8 cm,横 94 cm,北京故宫博物院藏。

图 7 - 6　浒溪草堂图,文徵明,卷,纸本设色,纵 26.7 cm,横 142.5 cm,辽宁省博物馆藏。

图 7 - 7　友松图,杜琼,卷,纸本设色,纵 29 cm,横 92.3 cm,北京故宫博物院藏。

图 7 - 8　青园图,沈周,卷,纵 29.1 cm,横 188.7 cm,旅顺博物馆藏。

图 7 - 9　存菊堂(局部)(仿本),文徵明,卷,绢本设色,纵 13.2 cm,横 30.4 cm,北京故宫博物院藏。

图 7 - 10　毅庵图(局部),唐寅,卷,纸本设色,纵 30.5 cm,横 112 cm,北京故宫博物院藏。

图 7 - 11　拙政园三十一景图册(局部),文徵明,册页,绢本设色,纵 26.4 cm,横 30.5 cm,藏地不详。

图 7 - 12　拙政园平面图,顾凯。

图 7 - 13　西林三十二景(局部),张复,纸本设色,纵 35.8 cm,横 25.6 cm,无锡市博物院藏。

图 7 - 14　《止园图》第一开,张宏,册页,纸本设色,纵 32 cm,横 34.5 cm,柏林东方美术馆藏。

图 7 - 15　勺园祓禊图,吴彬,卷,纸本设色,纵 30.6 cm,横 288.1 cm,北京大学图书馆藏。

图 7 - 16　环翠堂园景图(局部),钱贡绘,黄应组刻,版画,纵 24 cm,横 148.6 cm,藏地不详。

图 7 - 17　《止园图》第二开,张宏,册页,纸本设色,纵 32 cm,横 34.5 cm,柏林东方美术馆藏。

图 7 - 18　寄畅园外景,宋懋晋,册页,纸本设色,纵 27.4 cm,横 24.2 cm,华仲厚藏。

图8-1　周曰校万卷楼刊《新刻校正古本大字音释三国志通俗演义》书影。

图8-2　《三分事略》"桃园结义"插图（一）。

图8-3　《三分事略》"桃园结义"插图（二）。

图8-4　《全相三国志平话》"桃园结义"插图（一）。

图8-5　《全相三国志平话》"桃园结义"插图（二）。

图8-6　三顾茅庐图,戴进,绢本设色,纵172.3 cm,横106.7 cm,北京故宫博物院藏。

图8-7　《三分事略》"三顾茅芦"插图。

图8-8　《全相三国志平话》"三顾茅芦"插图。

图8-9　周曰校万卷楼刊《新刻校正古本大字音释三国志通俗演义》之"玄德风雪请孔明"插图。

图8-10　余象斗评林本"曹操陈宫见吕伯奢"插图。

图8-11　郑少垣本"曹操陈宫见伯奢"插图。

图8-12　汤宾尹本"曹操陈宫见吕伯奢"插图。

图8-13　汤宾尹本"曹操拔剑杀吕伯奢"插图。

图8-14　余象斗评林本"操与邹氏取乐帐中"插图。

图8-15　郑少垣本"操与邹氏取乐帐中"插图。

图8-16　历代帝王图（局部）,阎立本,绘本,纵51.3 cm,横531 cm,美国波士顿美术馆藏。

图8-17　汤宾尹本"玄德陈祭品祭陶谦"插图。

图8-18　笈邮斋本"玄德作文祭陶谦"插图。

图8-19　汤宾尹本"公台下楼引颈就戮"插图。

图8-20　笈邮斋本"布骂玄德大耳儿"插图。

图8-21　余象斗评林本"押布宫等见曹操"插图。

图8-22　蜀汉寿亭侯关壮缪公像,丁云鹏,纸本设色,纵133 cm,横47 cm,私人收藏。

图8-23　周曰校万卷楼刊《新刻校正古本大字音释三国志通俗演义》之"张辽义说关云长"插图（局部）。

图8-24　余象斗评林本"羽观春秋胡班窥看"插图。

图8-25　笈邮斋本"关云长大骂孙权"插图。

图8-26　郑世荣本"关公父子被捉"插图。

图8-27　诸葛亮像轴,佚名,绢本,纵208.4 cm,横100.6 cm,北京故宫博物院藏。

图8-28　武侯高卧图,朱瞻基,纸本,纵27.7 cm,横40.5 cm,北京故宫博物院藏。

图8-29　诸葛武侯像,明万历年间刊刻《古先君臣图鉴》本,美国哈佛燕京图书馆藏。

图8-30　周曰校本"孔明智退司马懿"插图（局部）。

参考文献

一、国内著作

1. 陈启明：《水浒全传插图》，人民美术出版社 1955 年版。
2. 孙楷第：《中国通俗小说书目》，作家出版社 1957 年版。
3. 俞剑华编：《中国画论类编》，人民美术出版社 1957 年版。
4. 王伯敏：《中国版画史》，上海人民美术出版社 1961 年版。
5. 郭味蕖：《中国版画史略》，朝花美术出版社 1962 年版。
6. 于安澜编：《画史丛书》，上海人民美术出版社 1963 年版。
7. 鲁迅：《中国小说史略》，人民文学出版社 1973 年版。
8. 傅惜华：《中国古典文学版画选集》，上海人民美术出版社 1981 年版。
9. 谭霈生：《论戏剧性》，北京大学出版社 1981 年版。
10. 周芜：《徽派版画史论集》，安徽人民出版社 1984 年版。
11. 周芜：《中国古本戏曲插图选》，天津人民美术出版社 1985 年版。
12. 郑振铎：《郑振铎美术文集》，人民美术出版社 1985 年版。
13. 刘再复：《性格组合论》，上海文艺出版社 1986 年版。
14. 魏子云编：《金瓶梅研究资料汇编》，台湾天一出版社 1987 年版。
15. 郑振铎：《中国古代版画丛刊》，上海古籍出版社 1988 年版。
16. 郑尔康编：《郑振铎艺术考古文集》，文物出版社 1988 年版。
17. 张寅德编选：《叙述学研究》，中国社会科学出版社 1989 年版。
18. 张秀民：《中国印刷史》，上海人民出版社 1989 年版。
19. 江苏省社会科学院明清小说研究中心编：《中国通俗小说总目提要》，中国文联出版公司 1990 年版。
20. 周骏富辑：《明代传记丛刊·艺术类》，台湾明文书局 1991 年版。
21. 陈正宏：《沈周年谱》，复旦大学出版社 1993 年版。
22. 江澄波、杜信孚、杜永康编著：《江苏刻书》，江苏人民出版社 1993 年版。
23. 周芜编著：《金陵古版画》，江苏美术出版社 1993 年版。
24. 黄广华：《中国古代艺术成象论》，广西教育出版社 1995 年版。
25. 钱存训著，刘拓、汪刘次昕译：《造纸及印刷》，台湾商务印书馆 1995 年版。
26. 杨义：《中国古典小说史论》，中国社会科学出版社 1995 年版。
27. 首都图书馆编辑：《古本小说四大名著版画全编》，线装书局 1996 年版。
28. 陈邦彦选编：《康熙御定历代题画诗》（下卷），北京古籍出版社 1996 年版。
29. 李日华：《味水轩日记》，上海远东出版社 1996 年版。
30. 首都图书馆编辑：《古本戏曲十大名著版画全编》，线装书局 1996 年版。
31. 沈周：《沈周书画集》，天津人民美术出版社 1996 年版。
32. 蒋星煜：《〈西厢记〉的文献学研究》，上海古籍出版社 1997 年版。
33. 周心慧：《古本戏曲版画图录》，学苑出版社 1997 年版。
34. 李修生：《古本戏曲剧目提要》，文化艺术出版社 1997 年版。

35. 李东阳著，钱振民点校：《李东阳续集》，岳麓书社1997年版。

36. 周心慧：《中国古代版刻版画史论集》，学苑出版社1998年版。

37. 郑振铎：《西谛书跋》，文物出版社1998年版。

38. 郑振铎：《郑振铎全集》，花山文艺出版社1998年版。

39. 叶德辉：《书林清话》，岳麓书社1999年版。

40. 张树栋、庞多益、郑如斯等：《中华印刷通史》，印刷工业出版社1999年版。

41. 陈大康：《明代小说史》，上海文艺出版社2000年版。

42. 王朝闻总主编，杨新、单国强主编：《中国美术史·明代卷》，齐鲁书社·明天出版社2000年版。

43. 周群：《儒释道与晚明文学思潮》，上海书店出版社2000年版。

44. 周心慧：《中国古版画通史》，学苑出版社2000年版。

45. 毛文芳：《物·性别·观看——明末清初文化书写新探》，台湾学生书局2001年版。

46. 钱锺书：《七缀集》，生活·读书·新知三联书店2001年版。

47. 薛冰：《中国版本文化丛书·插图本》，江苏古籍出版社2002年版。

48. 唐寅：《唐伯虎全集》，中国美术学院出版社2002年版。

49. 王清原、牟仁隆、韩锡铎编纂：《小说书坊录》，北京图书馆出版社2002年版。

50. 朱万曙：《明代戏曲评点研究》，安徽教育出版社2002年版。

51. 周心慧：《中国版画史丛稿》，学苑出版社2002年版。

52. 曹涵美绘：《金瓶梅画集》，上海书店出版社2003年版。

53. 陈平原：《看图说书——小说绣像阅读札记》，生活·读书·新知三联书店2003年版。

54. 陈崎等编著：《古本插图元明清戏曲故事集》，上海辞书出版社2003年版。

55. 沈宁：《腾固艺术文集》，上海人民美术出版社2003年版。

56. 孟超著，张光宇画：《〈金瓶梅〉人物》，北京出版社2003年版。

57. 石昌渝主编：《中国古代小说总目·白话卷》，山西教育出版社2004年版。

58. 叶长海、张福海：《插图本中国戏剧史》，上海古籍出版社2004年版。

59. 赵宪章：《文体与形式》，人民文学出版社2004年版。

60. 高小康：《中国古代叙事观念与意识形态》，北京大学出版社2005年版。

61. 颜娟英主编：《美术与考古》，中国大百科全书出版社2005年版。

62. 张国标：《徽派版画》，安徽人民出版社2005年版。

63. 董捷：《明清刊〈西厢记〉版画考析》，河北美术出版社2006年版。

64. 黄季鸿：《明清〈西厢记〉研究》，东北师范大学出版社2006年版。

65. 郑振铎：《中国古代木刻画史略》，上海书店出版社2006年版。

66. 马幼垣：《水浒人物之最》，生活·读书·新知三联书店2006年版。

67. 曹意强：《艺术史的视野：图像研究的理论、方法与意义》，中国美术学院出版社2007年版。

68. 吴荣光等编：《过云楼续书画记》，西泠印社出版社2007年版。

69. 徐小蛮、王福康：《中国古代插图史》，上海古籍出版社2007年版。

70. 程国赋：《明代书坊与小说研究》，中华书局2008年版。

71. 黄霖：《金瓶梅讲演录》，广西师范大学出版社2008年版。

72. 刘克明：《中国图学思想史》，科学出版社2008年版。

73. 杨新主编：《明清肖像画》，上海科技出版社、商务印书馆(香港)2008年版。

74. 于德山：《中国图像叙述传播》，山东文艺出版社2008年版。

75. 宗白华：《宗白华全集》，安徽教育出版社2008年版。

76. 张恨水：《水浒人物论赞》，江苏文艺出版社2008年版。

77. 周心慧：《中国古代戏曲版画集》，学苑出版社2008年版。

78. 卢辅圣主编：《朵云：第68集·陈洪绶研究》，上海书画出版社2008年版。

79. 罗书华、苗怀明等：《中国小说戏曲的发现》，人民文学出版社2009年版。

80. 郑振铎：《中国俗文学史》，商务印书馆 2010 年版。

81. 韩玮：《中国画构图艺术》，山东美术出版社 2010 年版。

82. 刘继才：《中国题画诗发展史》，辽宁人民出版社 2010 年版。

83. 聂绀弩：《〈水浒〉四议》，北京大学出版社 2010 年版。

84. 翁万戈编：《美国顾洛阜藏中国历代书画名迹精选》，上海人民美术出版社 2010 年版。

85. 陈怀恩：《图像学：视觉艺术的意义与解释》，河北美术出版社 2011 年版。

86. 钱基博：《明代文学》，岳麓书社 2011 年版。

87. 赵毅衡：《符号学原理与推演》，南京大学出版社 2011 年版。

88. 戴敦邦：《戴敦邦彩绘金瓶梅》，荣宝斋出版社 2011 年版。

89. 孙楷第：《中国通俗小说书目（外二种）》，中华书局 2012 年版。

90. 田洪：《沈周书画编年目录》，天津人民美术出版社 2012 年版。

91. 郑振铎：《中国版画史图录》，中国书店出版社 2012 年版。

92. 朱一玄、刘毓忱编：《三国演义资料汇编》，南开大学出版社 2012 年版。

93. 朱一玄编：《〈金瓶梅〉资料汇编》，南开大学出版社 2012 年版。

94. 田晓菲：《秋水堂论金瓶梅》，天津人民出版社 2013 年版。

95. 龙迪勇：《空间叙事研究》，生活·读书·新知三联书店 2014 年版。

96. 颜彦：《中国古代四大名著插图研究》，社会科学文献出版社 2014 年版。

97. 赵宪章：《文学与图像》，人民文学出版社 2014 年版。

二、译著

98. ［德］莱辛著，朱光潜译：《拉奥孔》，人民文学出版社 1979 年版。

99. ［法］让-保罗·萨特著，魏金声译：《影象论》，中国人民大学出版社 1986 年版。

100. ［美］潘诺夫斯基著，傅志强译：《视觉艺术的含义》，辽宁人民出版社 1987 年版。

101. ［法］热拉尔·热奈特著，王文融译：《叙事话语·新叙事话语》，中国社会科学出版社 1990 年版。

102. ［英］巴克森德尔著，曹意强等译：《意图的模式》，中国美术学院出版社 1997 年版。

103. ［英］贡布里希著，林夕等译：《艺术与错觉》，湖南科学技术出版社 1999 年版。

104. ［美］梅维恒著，王邦维等译：《绘画与表演——中国的看图讲故事和它的印度起源》，北京燕山出版社 2000 年版。

105. ［英］诺曼·布列逊著，王之光译：《语词与图像》，浙江摄影出版社 2001 年版。

106. ［法］蒂费纳·萨莫瓦约著，邵炜译：《互文性研究》，天津人民出版社 2003 年版

107. ［美］W. J. T. 米歇尔著，陈永国、胡文征译：《图像理论》，北京大学出版社 2006 年版。

108. ［美］浦安迪著，沈亨寿译：《明代小说四大奇书》，生活·读书·新知三联书店 2006 年版。

109. ［英］约翰·伯格、［瑞士］让·摩尔著，沈语冰译：《另一种讲述的方式》，广西师范大学出版社 2007 年版。

110. ［美］韩南著，王秋桂等译：《韩南中国小说论集》，北京大学出版社 2008 年版。

111. ［美］高居翰著，夏春梅等译：《江岸送别：明代初期与中期绘画》，生活·读书·新知三联书店 2009 年版。

112. ［美］高居翰著，王嘉骥译：《山外山：晚明绘画》，生活·读书·新知三联书店 2009 年版。

113. ［美］巫鸿著，文丹译：《重屏：中国绘画中的媒材与再现》，上海人民出版社 2009 年版。

114. ［美］黄卫总著，张蕴爽译：《中华帝国晚期的欲望与小说叙述》，江苏人民出版社 2010 年版。

115. ［英］柯律格著，黄晓鹃译：《明代的图像与视觉性》，北京大学出版社 2011 年版。

116. ［美］高居翰著，洪再新等译：《诗之旅：中国与日本的诗意绘画》，生活·读书·新知三联书店 2012 年版。

117. ［美］高居翰著，黄晓、刘珊珊译：《不朽的林泉：中国古代园林绘画》，生活·读书·新知三联

联书店 2012 年版。

118. ［美］鲁晓鹏著，王玮译：《从史事性到虚构性：中国叙事诗学》，北京大学出版社 2012 年版。

119. ［法］雅克·朗西埃著，张新木、陆洵译：《图像的命运》，南京大学出版社 2014 年版。

三、丛书文献

120. 《古今图书集成》，中华书局·巴蜀书社 1985 年版。

121. 《景印文渊阁四库全书》，台湾商务印书馆 1986 年影印本。

122. 《古本小说丛刊》，中华书局 1987 年版。

123. 《丛书集成新编》，台湾新文丰出版公司 1989 年版。

124. 《故宫珍本丛刊》，海南出版社 2000 年版。

125. 《古本小说集成》，上海古籍出版社 2016 年版。

后　记

　　遵赵宪章教授之嘱,我承担了赵教授主持的大型研究项目《中国文学图像关系史》明代卷的组撰工作。虽然研究明代文学有年,但对于文学与图像之间关系的研究,学植殊浅,能否顺利完成,心中实在无底。有幸的是,明代卷的撰著团队结集了一批训练有素的作者,其博士学位论文几乎都涉及文学与图像关系研究,他们以自己的博士论文为基础,精心结撰,形成了本卷的基本规模。从这个意义上说,这卷书稿的基本构架不啻是一套小规模的明代文图关系研究丛书。本人在二十多年前也曾撰写过博士论文,深知这一成果所包含的非同寻常的学术、情感体验。因此,这卷书稿载荷着的是人生一段重要的历史记忆。今天,这些作者已成为文图关系研究领域的一支生力军,他们将这一珍贵的成果奉献出来,这既是对赵宪章教授主持的这项富有意义的学术事业的支持,更是为如雪地栖居的我送来了捆捆炭木! 在此,除了感谢之外,我要郑重地表达对他们由衷的敬意! 责任编辑王岚女士精心编校书稿,弥补了原稿中诸多不足。对她的一丝不苟的敬业精神同样表示诚挚的感谢!

　　本卷的具体分工是:

　　朱湘铭:第一章第一节、第二节,第八章,第三章第一节。
　　王　逊:第二、十二、十六章,第三章第五节(其中,第十六章、第三章第五节与
　　　　　　肖瑶共同撰写)。
　　张高元:第四、五、六、七章。
　　赵敬鹏:第九、十七章,第三章第二节。
　　杨　森:第十章,第三章第三节。
　　冯　韵:第十一章,第三章第四节。
　　张玉勤:第一章第三节,第十三、十四、十五章。
　　本人则承担绪论及全书统稿工作。

　　尽管这部书稿是团队成员历经数年殚精竭虑而成,但由于各自的研究方法及领域都有不同的特点,而这套书又有共同的研究理念与写作规范,因此,各位撰稿人对研究视角、写作方法都作了适当的调整,但调整的痕迹仍然难以全部消除。本卷书稿虽然是团队成员多年精心结撰的成果,但由于本人学识所限,且本卷卷帙颇为浩繁,舛误与不足仍有不少,敬祈同好不吝指谬。

周群

2019 年 11 月 8 日于仙林南大

图书在版编目(CIP)数据

中国文学图像关系史.明代卷:上、下/赵宪章主编.—南京:江苏凤凰教育出版社,2020.12(2023.10重印)
ISBN 978-7-5499-9038-2

Ⅰ.①中… Ⅱ.①赵… Ⅲ.①中国文学-古代文学史-清代 Ⅳ.①I209

中国版本图书馆 CIP 数据核字(2020)第 231542 号

书　　名　**中国文学图像关系史·明代卷(上、下)**
主　　编　赵宪章
本卷主编　周　群
策 划 人　顾华明
责任编辑　王　岚
装帧设计　周　晨
监　　印　杨赤民
出版发行　江苏凤凰教育出版社(南京市湖南路 1 号 A 楼　邮编 210009)
苏教网址　http://www.1088.com.cn
照　　排　南京前锦排版服务有限公司
印　　刷　江苏凤凰通达印刷有限公司(电话:025-57572508)
厂　　址　南京市六合区冶山镇(邮编:211523)
开　　本　787 毫米×1092 毫米　1/16
印　　张　58.25
版　　次　2020 年 12 月第 1 版
印　　次　2023 年 10 月第 2 次印刷
书　　号　ISBN 978-7-5499-9038-2
定　　价　256.00 元(上、下卷)
网店地址　http://jsfhjycbs.tmall.com
公 众 号　苏教服务(微信号:jsfhjyfw)
邮购电话　025-85406265,025-85400774
盗版举报　025-83658579